이 저서는 2011년 정부(교육부)의 재원으로 한국연구재단의 지원을 받아 수행된 연구임(NRF-2011-1-812-A00215)

시베리아의 향수

근대 한국과 러시아 문학, 1896-1946

How Korea Read Russian Literature during Colonial Time

일러두기

1. 본문에 인용된 외국어 텍스트는 달리 명시되지 않은 한, 인용자 자신의 번역이다.
2. 본문 내 각주에서는 참고자료 작성을 약식화하였고, 대신 책 뒤에 수록된 「참고문헌」 섹션에서 상세 정보를 밝혔다. 단행본에 수록되지 않은 근대기 자료는 본문 각주에서 출전(발표 지면, 발표 연월)을 명시하였다.
3. 근대기 자료는 현대어법에 맞추어 철자·띄어쓰기 등을 수정하되, 예술 텍스트 또는 원문 뉘앙스 강조가 필요한 일부 인용문에서는 수정하지 않았다.
4. 외래어 표기는 국립국어원 현행 지침에 따르는 것을 원칙으로 하였으나, '푸슈킨' '고르키' 등 몇몇 경우 저자 자신과 일반 독자들의 친숙성을 고려하였다. 근대기에 사용된 각양각색의 외래 고유명사 표기는 대부분 그대로 보존하였다.
5. ( ) 표시와 차별하여 [ ] 안에 들어간 내용은 저자 자신의 첨언이다. 그 외에 본문에 사용된 문장 부호는 다음을 의미한다.
   「 」: 시, 단편, 논문
   『 』: 장편소설, 드라마, 단행본, 잡지
   " ": 인용
   ' ': 강조

시베리아의 향수

근대 한국과 러시아 문학, 1896-1946

김진영 지음

이숲

우리 안의 러시아

1.

개화기부터 해방기에 이르는 반세기 동안 한국이 읽은 러시아 문학, 그리고 러시아 문학에 열렬히 호응했던 당대 독자들이 이 책의 주인공이다.

러시아 근대 문학은 서구 유럽 문명의 유입과 함께 시작되었다. 프랑스와 독일 문학을 토대로 한 초기 발생 단계에서 외국 문학과 자국 문학 혹은 번역가와 창작가 사이의 구분은 거의 무의미했다. 근대기 문필가는 외부로부터 수입한 사상과 감성을 전파하며 시대를 이끌어갔고, 낙후된 현실에 맞서 비판의 목소리를 대변해주었다. 작가가 작가 이상의 존재로 우러름 받는 러시아 전통은 그때 뿌리내린 것이다.

한국 근대기의 양상도 흡사하다. 서양은 근대의 상징이었으며, 근대를 구축한 서양문물의 중심에는 서둘러 읽고, 번역하고, 모방해야 할 문학이 있었다. 문학이 새로운 사상과 유행의 교본이요, 실험무대요, 선언의 장이던 시절이었다.

당시 일본의 서구 열풍을 타고 들어온 외국문학 중 러시아 문학은 강력한 영향력으로 대중의 인기를 끌어 모았다. 러시아 문학은 최남선, 이광수, 김동인에서 이어져 내려오는 모든 근대 문학가의 도서 목록에 어김없이 등장하며, 그들의 독서 경험은 한결같은 감동의 수사로써 기록된다. 문학의 매력이 그만큼 컸고, 감성의 순도 또한 그만큼 높았다는 증거이다.

위대한 문학의 시대에, 갓 피어오른 감수성의 흡인력으로, 그들은 러시아 문학을 읽었다. 그냥 읽은 것이 아니라 문학을 통해 배우며 함께 성장했다. 첫 일본어판 『부활』을 읽던 최남선이 19세, 이광수 17세, 그보다 훨씬 위라던 홍명희가 불과 23세였다. 최남선은 스물네 살 때 톨스토이의 『부활』을 번역해 자신의 잡지에 실었고, 홍난파는 스물한 살 때 도스토옙스키의 『가난한 사람들』을 번역해 역시 자신이 창간한 유학생 잡지에 연재했다. 러시아 문학은 가히 '소년'과 '청춘'의 문학이었다.

최초의 청년 독자층을 거쳐 그 다음 세대가 출현함에 따라 계몽과 감성의 문학은 의식과 대응의 문학으로 점점 자리를 굳혀갔다. 핍박 받는 민중의 고통을 분노와 연민의 붓으로 투시한 리얼리즘은 식민지 조선을 비춰주는 거울이자 대리 발언대였다. 투쟁의 창구이기도 했다. 조선의 지식인 독자에게 러시아 문학의 휴머니즘과 비판 정신은 결코 남의 얘기가 아니었으며, 당연히 문학만의 얘기도 아니었다.

그러므로 근대 한국의 러시아 문학 수용사는 하나의 현상이다. 한국과 러시아 문학이 그토록 밀접하게 서로 조응한 시대는 다시 없었다. 러시아 문학이 소개되고 해석되고 이식된 일련의 과정은 그 자체로서 근대와 식민과 이념의 소용돌이였던 20세기 전반부의 사회문화사인 것이다.

2.

그런 얘기를 나는 이 책을 통해 하고 싶었다. 문학 수용사에서 흔히 다루는, 누가 무엇을 어떻게 번역했는가의 사실이나 이른바 전신(傳信) 태도, 텍스트 간 영향 관계는 관심 밖이었고, 좀 더 큰 그림으로 시대와 사회의 맥락을 풀어내고 싶었다. 러시아와 러시아 문학보다는 '우리'에 대해 더 말하고 싶었던 것도 같다.

근대 한국이 상상하고 체험하여 기록한 러시아는 분단 이후의 정치 상황 속에 굳어진 현대적 표상과는 전혀 다른 것이다. 페레스트로이카 이후 오늘날의 러시아관이 여전히 춥고, 강하고, 무섭고, 낯선 부정적 이미지에 머물러 있다면, 근대기의 러시아관은 낭만적 동경과 향수의 긍정적 이미지를 축으로 한다. 최소한 일제 말 반공·반소 이념의 등장 전까지, 실은 이후로도, 러시아는 갈 곳 없는 조선인을 위한 정신적이고 실질적인 '대안'의 고향과도 같았으며, 자본주의 제국의 다른 세계와 엄연히 차별되는 자유와 방랑과 혁명의 제3지대였다. 그래서 궁핍한 시대의 유민들은 신분에 관계없이, 저마다의 '양식'을 찾아 러시아로 향했다.

근대 조선의 '러시안 드림'은 실재하는 꿈이었던 셈인데, 애초 그 꿈을 싹틔운 토양이 바로 러시아 문학이었다. 그리고 그 꿈은 다시 조선 작가·지식인의 글을 통해 현실로 이행되곤 했다. 예컨대 "눈 덮인 시베리아의 인적 없는 삼림 지대로 한정 없이 헤매다가 기운 진하는 곳에서 이 모습을 마치고 싶소"(이광수, 『유정』)와 같은 문장이 자연스레 유통되는 상상력과 사유의 틀이 당시에는 확보되어 있었던 것이다.

시베리아로 대표된 러시아는 진입이 수월한 이국땅이었을 뿐 아니라 문학을 통해 익히 친숙해진 선험의 공간이었다. 개념적으로나 정서적으로 익숙했기에, 가보지 못한 곳인데도 떠나온 고향처럼 그리울 수 있었다. 러시아가 단순한 호기심이나 동경을 넘어 '향수'하는 공간으로 자리잡게 된 것은 그런 배경에서다. '시베리아의 향수'라는 책 제목도 거기서 나왔다.

분단과 냉전의 공로(恐露) 의식 한 켠에 자리한 친로(親露) 의식의 실체, 그것이 나는 궁금했다. 나의 과제는, 가령 러시아 문학은 위대하다거나, 러시아 음악이 우리 정서에 맞는다거나, 러시아 예술이 다른 어떤 서구 예술보다 감동적으로 와 닿는다거나, 러시아인과 한국인의 기질이 유사하다고 생각하게 만드는 저 막연하면서도 확고한 의식(또는 무의식)의 원류를 추적하는 일이었다. 한마디로, 내 탐구 대상은 '우리 안의 러시아'였다.

3.

'우리 안의 러시아'를 알기 위해서는 '우리'를 잘 알아야 할 터, 그것은 외국 문학을 전공한 나에게 큰 장애였으며, 아직까지 장애로 남아 있다. 감히 능력 밖 영역을 건드린 사람의 불안감으로 이 책이 드러낼 무지의 소치에 대해 미리 양해를 구하고 싶다.

이 주제에 처음 흥미를 갖게 된 것은 1996-1997년, 러시아에서 연구년을 보내던 때다. '푸슈킨과 동양'이라는 논문을 준비하던 중, 도서관에 소장된 한국학 자료를 접하고 소개하곤픈 생각이 들었다. 그래서 '러시아가 본 근대 한국'을 주제로 후배 노문학도들과 공동 연구를 신청해 V. 바츨라프의 조선 인상기 『코레야 1903년 가을』(개마고원, 2006)을 번역했다.

연구년에서 돌아온 1998년부터는 과목도 개설했다. '러시아문학과 한국문학'이라는 이름으로 처음 학부 수업을 진행하던 그때가 기억난다. 아직 근현대문헌 DB도 제대로 갖춰지지 않고, 공산권 자료는 광화문 특수자료실(북한 및 공산권 정보자료센터)에서만 열람하던 시절이었다. 나는 항상 단 한 건의 자료라도 직접 자기 손으로 찾아 만져보는(또 운 좋으면 발굴하는) 경험의 중요성을 강조하곤 했는데, 90년대 대학생에게는 도서관 고문서실이나 정부 특수기관 출입이 뭔지 모를 뿌듯함을 안겨줬던 것 같다. 그때 내 강의가 매우 부족했을 텐데도, 학기말 강의평가서에서 한 학생이 '노문학과의 미래를 본다'고 썼다. 그 학생은 지금 어디서 무엇을 할지 궁금하다.

이후 몇 년에 한 번씩 같은 강좌를 열었는데, 그동안 수업 내용은 더 나아진 반면, 학생들의 열기는 상대적으로 줄어들거나 관심의 회로 자체가 아예 바뀌어버렸다. 인터넷 검색에 길든 오늘의 학생에게 활자 나쁘고 먼지 쌓인 실물 자료를 찾아다니는 것은 귀찮기만 하고, 한자 해독은 영 힘들고, 이태준, 한설야, 이기영 같은 월북 작가들의 친북·친소 문헌도 새삼스러울 수밖에 없다. 그래서 지난 학기(2017년 봄)에 보고서 범위를 동시대로 확장했더니 '러시아와 한류' '키릴 문자와 스트리트 패션' '러시아 애니메이션과 한국 대학생' 같은, 예전에 볼 수 없던 토픽들이 대거 등장했다. 그러면서 러시아뿐만 아니라 한국에 대해 더 많이 알게 되었다는 것이 강의평가 내용이었다.

사실 지난 이십 년 가까운 기간 동안 한국을 더 많이 알게 된 사람이 있다면, 그것은 다름 아닌 나 자신이다. 미처 몰랐던 역사, 문학, 그리고 무엇보다 일제강점기에서 분단까지 '역동적 암흑'의 시대를 살아간 지식인에 관해 읽고 배울 수 있었다. 그 과정에서 러시아와 러시아 문학의 위력을 확인한 것은 축복이었으나, 식민지 근대의 운명을 보는 것은 과히 행복한 일이 아니었다. 낭만의 시대색 도처에 울분과 절망과 자기모순이 배어 있었다.

2천 년대 들어 한국의 근대 문학·문화학계가 이루어낸 발전은 놀랍기만 하다. 내가 처음 이 주제에 눈을 돌리던 90년대에는 관련 연구업적은 물론 기초자료의 파악조차 미비한 상태였다. 가장 중요한 기초자료가 영문학자 김병철 선생이 집대성한 번역문학사 연구(총 3권) 정도였는데, 컴퓨터도 없던 시절 완성된 그 방대한 자료집에 많은 빚을 졌다.

국문학계는 90년대 말부터 일제강점기와 근대성 연구에 본격적으로 매진했다. 신문잡지 아카이브가 만들어지고, 근대기 미공개 자료가 조금씩 공개되기 시작한 것은 2천 년대 들어와서다. 식민지 근대성 연구도 2천 년대 이후 이론과 수사의 수위를 높여가며 쏟아져 나왔고, 근래에는 러시아 관련 주제의 정치한 논문들도 눈에 띄는 추세이다. 국문학계 연구자들의 성과 역시 내 느린 작업을 끝내는 데 큰 도움과 자극이 되었다.

제국, 식민 자본, 정복, 욕망, 초극, 로컬리티, 문화 기획 같은 논쟁적 공격성의 담론과 비교할 때 이 책의 접근이나 기술 방식은 어쩌면 너무 느슨하고, 피상적이고, 따라서 덜 아카데믹해 보일 수 있다. 그러나 앞서 말했듯, 내게는 특정 쟁점이나 논점을 파고드는 것보다 전체적인 맥락이 더 중요했다. 나의 목표는 근대 한국의 시대사를 러시아 문학의 프리즘으로 투시해 재연하는 것이었고, 그것이 러시아학 연구자로서 기여할 몫이라고 생각했다.

이 책의 가치는(가치가 있다면) 저자인 나의 서술이 아니라, 내가 인용한 근대기 작가들의 1차 기록에 있다. 감상, 회고, 여행기, 창작 등 다양한 형태의 근대기 기록이 책의 중심이고, 나머지는 보조 기술일 따름이다. 당시 기록이 묵혀두기에는 아까운 것들이어서 조만간 힘을 모아 자료집 형태로 엮어내고자 한다.

1896년 조선왕조 사절단의 첫 러시아 여행부터 1946년 이태준의 첫 소련 여행에 이르는 반세기 동안 유입된 러시아 문학의 행렬에서 제대로 다루어지지 못한 부분이 있다. 오장환의 예세닌 번역 시집, 체홉 드라마, 그리고 고르키를 비롯한 소비에트 리얼리즘 문학이다. 다른 연구자가 이미 웬만큼 논의해놓은 측면도 있지만, 솔직히 내 역량이 부족하여 포함시키지 못했다. 모두 한 챕터 범위를 넘어서는 주제인데, 해방기 이후 연구에서 되짚을 수 있을 것이다.

애초 계획은 분단 후 페레스트로이카까지 아우르는 것이었으나, 도저히 한 권 책으로 소화할 내용이 아니었기에 반세기의 근대가 저무는 지점에서 일단락 짓기로 했다. 해방기를 거쳐 분단, 냉전, 반체제 운동, 개방, 포스트모더니즘 시대로 이어지는 한국 현대사와 러시아 문학의 관계는 또 다른 차원의 복잡한 문제이고, 근대기와는 전혀 다른 준비와 접근법이 요구된다. 북한 문학과 고려인 문학도 포함되어야 할 것이다. 이제 다시금 긴 호흡으로 그 과제에 눈 돌릴 차례다.

4.

책을 구성하는 열개 장 중 일곱 장 가량은 지난 십여 년간 학술지(『동방학지』『러시아연구』『러시아어문학연구논집』『비교한국학』)를 통해 선보인 내용이다. 여러 분야 연구자의 평가와 검증이 필요했다. 논문에 대해 건설적인 조언과 격려를 보태준 익명의 심사자들께 뒤늦게나마 고맙다는 말을 전한다.

자료 수집과 집필 단계에서는 하바드 옌칭 연구소, UB(United Board), 한국연구재단의 지원을 받았다. 재단 지원 덕분에 여러 유명 도서관의 귀한 자료와 시설을 이용할 수 있었고, 특히 후반부에는 하와이 대학의 해밀튼 도서관에서 작업에 열중할 수 있었다. 외국 대학 도서관만이 아니다. 지난 1년 넘게 연세대학교 중앙도서관 국학자료실은 내 비밀의 작업실이었다. 귀중본 자료도 자료지만, 장시간 지긋이 앉아 일할 수 있도록 편의를 봐주신 사서 선생님들께 감사드린다.

도움을 준 동료가 많다. 일본에서는 사이타마 대학 사사키 교수·오사카 시립대학 아사오카 교수·동경대학 누마노 교수가, 중국에서는 북경사범대 류웬페이 교수가 후원을 해주었다. 연세대학교 국문과 신형기, 이경훈, 허경진 교수와 중문과 김현철, 하경심 교수도 가르침을 준 동료들이다. 학교에서 불쑥 옆 방 문을 두드리거나, 전화하거나, 또는 길 가다 마주쳐 질문할 수 있어 좋았다.

그동안 수업을 함께 하며 생각을 공유해준 학생들도 기억한다. 언제나처럼, 강의는 가장 효과적인 공부시간이었다. 권순민, 김혜영, 홍지영은 학부·대학원 과정을 거치며 조교로 도와주었고, 특히 권순민은 책 마무리 단계에서 여러 귀찮은 일을 도맡아주었다.

근대와 러시아가 뒤섞인 책이다 보니, 편집 과정에 불편이 적지 않았다. 그 면에서 책을 만들어주신 이숲 출판사에 고마움에 앞서 미안한 마음이 크다. 나와 내 글을 잘 인내하며 인도해주셨다. 정말 수고하셨다.

멋진 표지 그림은 내가 좋아하는 김원숙 화백께서 흔쾌히 제공해주셨다. 잦지는 않았어도 오래된 만남의 덕을 톡톡히 본 셈이다.

책을 쓰는 동안 지금 옆에 있었으면 싶었던 사람이 있다. 오래 전 돌아가신 나의 할머니 김필렬 여사. 여고시절 여름 방학 때 오빠들과 시골에서 '브나로드 운동' 흉내를 냈다고 하셨다. 여의사였던 할머니는 해방기에 약간의 고초를 겪으셨던 것 같다. 그리고 할머니 방에는 예쁜 '귀례 할머니'가 얌전히 앉아 계시곤 했다. 어릴 때부터 가장 친했던 동무인데 '오빠 친구에게 그만... 운운’ 하는 얘기를 들었다. 그분이 바로 임화의 이귀례 여사임은 할머니 돌아가신 후에야 알았다. 살아 계실 때 좀 더 많은 얘기를 듣고 기록했어야 했다.

북조선 연구자였던 고(故) 서동만 교수도 생각난다. 나보고 이념의 ‘백지’라는 말을 했는데, 이 책을 두고 뭐라 평할지 궁금하다. 근대 지식인의 이념적 계보, 사회주의 지성사, 해방공간사와 같은, 내가 잘 모르는 분야에 관해 묻고 확인하고 싶은 순간들이 있었다. 놀라운 기억력과 명확한 지식 체계를 갖춘 사람이었다.

마지막으로 지금 내 곁 가까이 있는 가족에게 감사하며 글을 마친다. 부모님(김용원·신갑순)은 변함없는 믿음으로 나를 지켜봐주셨다. 내 평생의 보루인 두 분께 참으로 많은 혜택을 입었다. 하와이 대학의 구해근 교수도 냉철한 판단력과 깊은 이해심으로 그동안 나를 지탱해준 중요한 사람이다. 원래 사회학자지만 이제는 러시아 문학에도 입문하지 않았을까 싶다.

모두의 건강과 행복을 진심으로 바랄 뿐이다.

2017년 9월 18일
김진영

차례

머리말 _ 우리 안의 러시아 5

I
러시아라는 이름의 서양

『해천추범』과『전함 팔라다』

1. 1896년, 조선의 첫 러시아 여행

이번 여행이 대개 7개월 동안에 8개국과 6만 8천 3백 6십 5리를 돌아다
니었다. 피득보(彼得堡) 오정이 우리 서울의 오후 6시 45분이다.[1]

한국 최초의 러시아 여행기이자 "8개국과 6만 8천 3백 6십 5리"를
일주한 최초의 실질적인 세계 여행기록 『해천추범(海天秋帆)』은 이렇게 끝
을 맺는다.[2] 고종의 특명을 받은 민영환 전권 공사 외 5인(윤치호·김득련·김
도일·손희영·러시아인 슈테인)의 외교사절단은 1896년에 러시아를 방문했다.
상해, 요코하마, 밴쿠버, 뉴욕, 리버풀, 런던, 플러싱, 베를린, 바르샤바를 거
쳐 56일 만에 모스크바에 도착해 니콜라이 황제의 대관식을 참관하고, 페
테르부르그(피득보)에서 72일간(6.8-8.19) 머문 후 시베리아를 통해 귀국하
는 근 7개월간의 여정이었다. 대부분의 시간은 배와 기차와 마차로 이어지
는 길에서 소요되었고, 가장 오래 머문 장소가 페테르부르그로, 그곳의 70
여일 체류 기록이 『해천추범』의 1/3 분량을 차지한다. 여행의 주된 배경이
자 관찰 대상이 대관식 장소인 모스크바나 다른 선진 유럽 도시가 아니라

----

1) 민영환, 『해천추범』, 132쪽. 사진 자료와 해설을 덧붙인 현대어 최신판 『해천추범』(조재곤 편역,
2007)도 있으나, 여기서는 옛 번역본을 사용하면서 필요한 경우 현대어법에 맞게 수정을 가하였다. 이
후 나오는 인용문은 ( ) 안에 1959년 번역본의 쪽수만 밝히기로 한다.

2) 유길준의 『서유견문』이 『해천추범』보다 10여 년 앞서 나온 것은 사실이지만, 『서유견문』은 체험적 여
행기가 아니라 후쿠자와 유키치(福澤諭吉)의 『서양사정(西洋事情)』과 같은 선행 자료들을 종합하여 엮
은 서양 입문서에 가깝다. 반면, 『해천추범』은 1896년 4월 1일 서울을 떠나 10월 21일 귀환하기까지 총
6개월 20일간 직접 보고 겪은 외국 실정을 하루하루 기록한 여행 일지로, "사실상 최초의 지구 일주여
행"이라는 평가를 받는다. 고병익, 「로황대관식에의 사행과 한로교섭」, 『동아교섭사의 연구』, 516쪽.

제정 러시아의 수도 페테르부르그였으며, 그 결과 우리의 첫 여행기가 기록하여 전한 서양 문명 경험의 대부분도 "유럽의 웅도 페테르부르그"라는 프리즘을 통해 굴절될 수밖에 없었다.

"피득보 오정이 우리 서울의 오후 6시 45분이다"라는 문장으로 여행기는 끝을 맺지만, 러시아 수도의 시간이 우리 시간으로 환산되는 것은 그때만이 아니다. "피득보의 오정은 모스코의 오후 1시다" "시계로 비교하니 피득보 오정이 이곳은 오후 2시다" "피득보 오정이 이곳은 오후 4시다"라는 식으로 시베리아에서 서울까지 귀행길은 '피득보 오정'의 표준시를 따라 진행되고 인식된다. '피득보'가 시공의 척도며, 이정표인 셈이다.

중국 너머 서쪽으로의 첫 사행(使行)이기도 했던 이 러시아 여행은 조선이 마침내 서양을 발견하고 중국 아닌 세계를 목격하는 대사건이었다. 피득보 오정을 축으로 한 시공의 전개는 우리의 세계관이 중국 중심의 상상적 지리관에서 페테르부르그, 즉 유럽의 실제 공간으로 확장되었음을 알려주며, 그와 더불어 세계관과 자아 인식의 중심이 바뀌고 있음을 신호해준다.[3] 그런데 이는 동시에 우리가 가진 세계관과 자아 인식의 한계에 대한 징표이기도 하다. 세계의 축이 중국 대신 서양으로, 그중에서도 페테르부르그로 옮겨졌을 뿐, 중심으로서의 타자와 변방으로서의 자아라는 관계 질서는 인식의 지도안에서 수정된 바 없으니 말이다.

---

3) 1603년 마테오 리치 신부가 제작한 곤여만국전도가 수입되면서 서양에 대한 우리의 지리관이 변하기 시작했다고 보는데, 그럼에도 불구하고 20세기 초까지 일반인들 사이에서는 여전히 평면으로서의 지구관과 중국 중심의 지리관이 지배적이었다. 가령 20세기 초에 러시아에서 출간된 교양백과도서 『고요한 아침의 나라』(B. Нарская, *Страна утренняго покоя : Корея*)에는 당시 조선의 시골 서당에서 사용하던 평면 세계 지도와 그에 얽힌 우스운 일화가 인용되어 있다. 한국어 번역 나르스카야, 『동화의 나라, 한국』, 안지영 옮김, 43-44쪽.

공식적인 사행 목적은 니콜라이 2세의 대관식 참석이었지만, 더 중요한 임무는 경제 원조와 왕실 보호 요청에 있었다.[4] 사절단이 러시아로 떠난 것이 을미사변과 아관파천 직후의 일이다. 1890년대 후반부터 고조된 러시아의 국내 영향력은 아관파천 이후 절정에 달해, 집권계층은 물론 일반 민중 사이에서도 러시아의 위상과 힘에 대한 일치된 여론이 형성되어 있었다. 1898년에 북부 지방을 여행하며 조선 민담을 채집했던 가린-미하일롭스키의 기록에서 확인되듯이(그것이 설령 외교적 발언에 불과했다 할지라도), 당시의 조선인에게 러시아는 "신성"하고 "너그러운 나라"였던 것이다.

우리는 러시아인들에게 행복이 함께하기를 기원합니다. 러시아인들은 행복을 가지고 있어서 우리에게 오면 바람도 조용해지고 햇빛이 비칩니다. 러시아인들이 더 자주 우리에게 오기를 바랍니다. 그러면 우리는 먹고 입을 걱정을 하지 않아도 되고 홍호자로부터도 안전할 겁니다.[5]

한국에서 러시아의 이름은 신성합니다. 러시아는 너무 많은 것을 우리에게 해주었고, 우리가 그걸 모른다고 하기에는 러시아가 너무나 너그러운 나라입니다. 러시아는 우리에게 가장 귀한 손님입니다. 우리나라는 두 마리 짐승의 벌린 입 사이에 있습니다. 한쪽은 일본이고 다른 한

---

4) 민영환 공사가 니콜라이 황제에게 전달한 고종의 친서에는 러시아의 군사적 보호와 경제 원조를 요청하는 다섯 가지 조항이 적혀 있었다. 『해천추범』에는 그 사실이 전혀 언급되지 않지만, 윤치호의 일기(1896년 6월 5일-30일)는 다섯 가지 조항에 관해 민영환, 니콜라이 황제, 로바노프 외무장관, 비테 재무장관, 카프니스트 외무 국장 사이에서 이루어진 대화 내용과 러시아 측의 최후 답변을 상세히 기록하고 있다. 당시의 외교 문서들은 박노벽, 『한러 경제관계 20년: 1884-1903』, 65-73쪽에 수록되어 있다.
5) 가린-미하일롭스키, 『(러시아인이 바라본 1898년의) 한국, 만주, 랴오둥반도: 가린-미하일롭스키의 여행기』, 이희수 역, 306쪽.

쪽은 중국입니다. 우리가 그 어느 쪽의 입에도 들어가지 않은 것은 당연히 러시아 덕분입니다.[6]

조선 사회에 팽배해 있던 이 우방국-러시아론은, 그것이 일본과 중국의 정복욕으로부터였건 또는 마적의 위협으로부터였건, 러시아가 조선을 지켜주리라는 희망과 기대의 표출이나 다름없었다. 서양 강대국의 힘과 선의를 믿어 의심치 않으려는 약소국의 의존성이 그 안에는 깊이 숨어 있고, 조선의 안위를 위해서라도 러시아는 당연히 유럽 최강국이어야만 했다. 바로 그 점을, 1896년의 첫 여행자들은 확인하고자 했을 것이다. 그것은 군대 사병식을 보며 러시아 병력이 "유럽에서 으뜸"이라고 단언하게 하는 절대적 믿음의 동력이었다.

이 나라 병력이 유럽에서 으뜸이라
땅을 널리 개척하여 태평성세를 이루었네.
이미 진나라를 본받아 더욱 부강해지며
상하가 한마음으로 지극한 정치를 이루었네.
슬프다. 우리 군대 이야긴 어디 가서 들을 수 있나.[7]

조선 왕조 사절단은 러시아 군사력에 놀라고, 러시아식 교육에 감

---

6) 가린-미하일롭스키, 『(러시아인이 바라본 1898년의) 한국, 만주, 랴오둥반도: 가린-미하일롭스키의 여행기』, 460쪽.

7) 「觀兵式歸題長句」, 허경진 역, 『환구음초(環璆唫艸)』, 68-69쪽. 『환구음초』는 김득련이 사절단 수행 중 지은 총 136수의 한시를 묶은 책이다.

탄하며, 공장·농장·공원·박물관·음식 등 거의 전 분야에 걸쳐 찬탄의 경이감을 경험한다. 사실 그들이 보고 기록한 러시아(페테르부르그)는 실제로서의 러시아라기보다 개념으로서의 서양에 가깝다고 할 수 있다. 러시아는 19세기 초중반까지만 해도 '몽고의 별종' 혹은 '대비달자국(大鼻獺子國: 코 큰 동물의 나라)'으로 통했으나, 개항기에 이르러 '구라파의 족속'인 '서양의 큰 나라'로 급부상한 터였다.[8] 19세기 말 처음으로 중국 너머의 세계와 대면한 사절단 일행의 이분법적 세계관 안에서도 러시아는 서양의 범주로 쉽사리 편승해버린다.

> 서양 사람들의 물품 운반은 대개 차로 하는데 이곳에는 남자는 이고 여
> 자는 지고 다니니 우리 풍속과 비슷하나 또한 반대[이다]. 차식(車式)은
> 서양 각국과 같되 전차는 없고 차를 끄는 말의 꼬리를 자르지 않고 눈
> 을 가리지 않았다. 서양 풍속에 매일 만찬 뒤에는 남자가 마차도 타고
> 보행도 하며 각처로 다니며 음악도 듣고 연극도 보다가 밤이 늦은 뒤에

....

8) 다음의 두 예문을 비교해 보라. "악라사(鄂羅斯)는 혹 아라사(阿羅斯)라 일컫기도 하고, 혹 아라시(俄羅嘶)라 일컫기도 하며, 그 사람들은 모두 코가 크므로 혹 대비달자(大鼻獺子)라고도 하는데, 몽고의 별종이다. [...] 그 나라는 서양과 가까워서 그 교를 숭상하기 때문에 서양의 제도를 모방하여 천주의 상을 봉안한다고 한다."(김경선, 「악라사 관기」, 『연원직지』 제3권, 『(국역)연행록선집』, 민족문학추진위원회, 1977, X, 303-4쪽). "또 아라사는 서양의 큰 나라이니, 이제 서양의 교(教)를 배움은 곧 아라사의 교를 배우는 것입니다. 그 교학(教學)이 같으면서도 다르고, 다르면서도 같아서 대동소이하며 한 번 더 나아가면 같은 궤도로 돌아가나니 어찌 그 배움을 같이하면서 사람을 달리 할 리 있겠습니까. [...] 이른바 아라사는 구라파의 족속이니 또 이름하기를 '러시아'라고 하며 그 나라가 본디 태평양밖에 있어서 서이(西夷)의 일종입니다"(「出身 洪時中 疏抄掠」, 1881, 김유, 『국역 해상기문』, 세종 대학교 출판부, 1988, 137-8쪽). 원재연에 따르면, 북경에 와 있던 러시아 정교 신부들이 유럽의 예수교 신부들과 달리 음주벽이 심하고 야만적이었기 때문에 몽고 계통의 코 큰 동물이라는 의미로 '대비달자', '대비달자국'이라는 명칭을 사용하게 되었으나, 19세기 이후로는 그 명칭이 연행록에서 사라진다고 한다. 원재연, 「19세기 조선의 러시아 인식과 문호개방론」, 220쪽.

오는 것을 운동이라고 하는데 이곳 사람들이 여러 번 놀러가자고 청하
는 것을 우리나라 국법에 국상 중에는 음악 연극을 못하는 것이라 전일
경축 공연에는 부득이하여 참례하였어도 사사로 오락은 못하겠다고
사절하였더니 그 사람들이 다시는 청하지 아니하였다. (52, 인용자 강조)

　　페테르부르그 도착 5일째의 이 기록이 보여주듯이 사절단의 시각
은 서양과 러시아("이곳")의 차이에 대한 인식에서 서양과 러시아의 동일
시로, 이어 서양과 조선의 대조로 거의 동시에 전이된다. 이미 미국과 유럽
도시들을 보고난 뒤였는데도 러시아 고유의 문화와 유럽 문화의 차이, 혹
은 풍속과 제도의 차이 같은 중요한 개념을 쉽게 간과해버릴 만큼 그들의
시선은 오로지 '서양 견문'에 집중되었기 때문이다. 선진 문명국 러시아라
는 대전제하에 전개되는 관찰과 기록은 민족지학적 원칙(ethnographism)에
충실한 서양의 대부분 동양 인상기와는 반대로 장소적 특성을 일반화해버
린다. 러시아인의 생활상이나 민속, 흥미로운 일상사에 대한 묘사가 있어
야 할 자리에 '우월한 서양'의 표상 — 문명, 청결, 풍요, 편리, 인본주의 —
을 열거하고, 본연의 지방색 대신 인공시설의 이치와 성능만을 일관되게
예찬하는 그 과정은 '상상의 동양'을 만들어낸 오리엔탈리즘만큼이나 의
도적이고, 또 못지않게 이데올로기적이다.

　　옥시덴탈리즘이라 명명해도 무리가 아닌 이 이데올로기는 가장 단
순한 의미에서 '서양을 바라보는 동양의 눈'을 말한다.[9] 서양을 동양의 타

---

9) 옥시덴탈리즘은 '서양을 보는 동양의 눈' 정도로 번역되면 좋을 듯하지만, 반대로 '서양을 보는/만드
는 서양의 눈'이라는 의미로 사용되기도 한다. C. Venn, *Occidentalism: Modernity and Subjectivity*;
J. G. Carrier, "Occidentalism: the world turned upside-down" 참조. 그러나 사이드의 '오리엔탈리

자로 인식하는 단계에 따라, 그리고 지역이나 시대의 상황에 따라 옥시덴탈리즘의 양상은 전혀 다를 수 있다. 그 한편에 탈식민주의적 대항과 반성 담론이 자리 잡고 있다면, 다른 한편에는 일차적 거부 반응이나 무조건적 동경도 있다. 구한말의 전근대적 서양 인식이 보여준 것은 바로 후자에 가까운 옥시덴탈리즘이었다. 동시대 서양인의 조선 여행이 탐사와 원정의 과정이었다면, 조선인의 서양 여행은 시찰과 학습의 과정이었고, 전자의 전략이 비교와 분석에 바탕을 두었다면, 후자는 수용과 모방의 가능성을 염두에 둔 것이었다.

페테르부르그 체류기록 중 무기 공장을 견학하는 장면이 있다. 감탄과 거부감의 양가적 시각이 드러나 있어 특히 흥미로운 부분이다.

> 소기선(小汽船)을 타고 서쪽으로 30리 되는 탄환 제조창을 가서 보니
> 기계의 웅장함이 보던 중 제일이요 대소 대포와 수뢰 대포가 수 없이
> 쌓이었고 대포의 큰 것은 길이가 8,9발(丈)이요 주위가 수삼 아름(把)이
> 나 되고 탄환의 큰 것은 길이가 한 발이요 주위가 한 아름은 되는데 한

즘'이 정착된 오늘에 이르러 옥시덴탈리즘을 그처럼 단순한 차원으로 수용하는 것은 거의 불가능해졌고, 실제로 현대적 담론으로서의 옥시덴탈리즘은 오리엔탈리즘 못지않게 뚜렷한 의도와 전술이 내포된 반/탈 서구주의 이데올로기를 강조하거나, 혹은 그런 것으로 과격하게 축소 해석되어지는 경향이 있다. 샤오메이 천의 『옥시덴탈리즘』, 안드레 군더 프랑크의 『리오리엔트』, A. Margalit & I. Buruma의 *Occidentalism: the West in the Eyes of its Enemies* 등이 그 대표적 예일 터인데, 대항 이데올로기로서의 옥시덴탈리즘 개념은 분명 오리엔탈리즘이 파생시킨 탈식민주의 시대의 산물로서 사이드 식 도식에 깊게 의존하고 있으며, 그런 의미에서 '확장된 오리엔탈리즘'에 불과한 담론으로 비판될 여지를 지닌다. 옥시덴탈리즘은 또한 탈식민주의적 대항, 혹은 반성 이데올로기로서만 집중 조명됨으로써 오히려 역사성을 잃어버리는 경우도 있다. 가령, "동양인의 눈으로 본 옥시덴탈리즘은 제3세계의 반식민주의·반헤게모니 경향의 성격을 명백히 지니고 있다"(W. Ning, "Orientalism versus Occidentalism?," p. 62)는 류의 발언에는 식민주의 이전 단계의 옥시덴탈리즘에 대한 고려를 아예 망각해버린 단기적 시각이 드러난다.

번 쏘면 50리 거리를 간다고 하는 대포는 1년에 겨우 하나 밖에 제조하
지 못한다고 한다. 연일 소류병기(小陸兵器)의 제조함을 보니 세계 각
국에서 장차 어디 쓰려는지 날마다 쉬지 않고 병기만 제조하니 참 생령
(生靈)을 위하여 딱한 일이다. 하늘이 우리 생령을 편안히 하시려면 이
러한 제조는 아니 하고 농기만 제조할 날이 꼭 있을 것이다.(73)

10여 년 앞서 나온 『서유견문』에서 유길준은 서양의 군사 제도를
소개하며 "기계가 날카롭지 못한 나라는 백만 군대가 있다고 하더라도 기
계가 정밀하고도 날카로운 나라의 일만 군대를 대적할 수가 없다"라고 썼
다.[10] 신무기 제조에 재정을 아끼지 않는 서양 각국의 입장을 정당화하면
서 오직 군사력 강화의 필요성만을 역설했던 것이다. 반면, 무기 공장을 견
학한 사절단은 러시아의 제국주의적 야욕을 꿰뚫어보고 "날마다 쉬지 않
고 병기만 제조하니 참 생령(生靈)을 위하여 딱한 일"이라고 지탄한다. 그
러나 그 같은 평화주의적 통찰이 대항의 논리로 발전되는 것은 아니다. 러
시아의 영토 확장에 대해서도 다음과 같은 기록이 있다.

아국(俄國) 판도(版圖)가 지구상 육지의 7분지 1을 차지하고 인구가 1억
1천 3백 3십 5만 4천 6백 4십 9인이나 되어도 늘 부족하게 생각하고 동남
으로 개척하려는 마음이다. 대개 한대지라 불용지가 많은 까닭이다.(53)

....

10) 『서유견문』, 허경진 역, 270쪽. 『서유견문』이 제국주의를 언급하지 않으며, 따라서 서양 문명론의 배
후에 자리 잡은 '오리엔탈리즘'을 의식하지 못했다는 견해는 이미 제시된 바 있다. 박지향, 「유길준이 본
서양」 참조.

사절단이 어떤 사실을 객관적으로 인지했다 한들, 그것은 곧 납득하고 합리화하려는 관용의 태도로 이어지게 마련이다. 러시아의 영토 확장은 불용지가 많아서이니 불가피하며, 무기 제조 또한 전세계적 추세이니 어쩔 수 없다는 식이다. 긍정적으로 본다면 세태 순응이고, 부정적으로 본다면 패배주의에 가까운 이 현실수용의 논리야말로 약소국의 자기 정당화이자 숙명론적 무저항주의가 아닐 수 없다. 앞서도 말했듯이, 페테르부르그에 집중된 사절단의 옥시덴탈리즘은 선진 문명국으로서의 러시아라는 전제를 배경으로 한 것이다. 러시아에 대한 우리의 관용은 '러시아=우방국=서양 최강국'이라는 믿음에서 비롯된 것이었고, 그것이 러시아에 원조를 청하는 우리 입장의 정당화였다.

서양으로서의 러시아를 바라보는 옥시덴탈리즘의 또 한 가지 배경은 러시아의 특정성, 즉 비교적 짧은 기간에 근대화를 이루어 서양 강국과 겨루게 된 성공 사례로서의 가치이다. 페테르부르그에 도착한 사절단이 임시 숙소에 국기를 게양한 뒤 시내에 나가 처음 본 것은 바로 표트르 대제의 청동 기마상이며, 이것은 곧 러시아 근대화 과정의 상징물로 기록된다.

피득대제는 서력 1672년에 출생하고 25세에 즉위하니 그때 국민이 아직 진화되지 못하고 정치가 문란한지라 나라를 부강하게 하려고 평민이라 자칭하고 미복(微服)으로 구라파 각국에 가서 여러 가지 과학을 배우고 또 목공이라고 자칭하고 조선 행선(行船)하는 방법을 배우고 또 영국에 가서 정치학을 연구하고 돌아와서 이 피득보를 발견하고 땅을 개척하고 궁전을 짓고 포대(砲臺)를 쌓아 수도를 만든 뜻은 서북을 진압하려 함이다. 차년에 서전[瑞典, 스웨덴]과 싸워 패전을 하였어도 큰

뜻과 담약은 꺾이지 않고 말하되 지금은 저희들이 아무리 우리를 이기
었으나 우리가 저희들을 이기도록 가르친 것이라 하고 4년간 국력을
양성한 뒤에 또 대전하여 분난[芬蘭, 폴란드], 핀랜드(Finland), 인립아
[茵立亞, 일리리아], 라트비아(Latvia) 각지를 얻고 개선하여 돌아와서 국
민에게 말하되 20년 전에는 나도 야인(野人)이었다고 하였다.(49-50, 인
용자 강조)

조선의 개화기 초기에 표트르 대제만큼 인기가 높았던 위인도 없
다. 표트르 대제의 전기(「러시아를 중흥식힌 피터대제」)는 최남선의 계몽 잡지
『소년』에 3회(1908-1909)로 나뉘어 연재되었고, 또한 일본으로부터 건너온
『彼得대제전』은 1907-8년에 걸쳐 세 차례나 번역되었다.[11] 일본에서는 18
세기 말부터 표트르 대제에 대한 관심이 일어 1805년에 「러시아를 중흥시
킨 피터 대제의 시대에 대한 간략한 역사」가 쓰였고, 이후 국가 개혁의 모
델이 되었다. 1868년 유신이 성공하자 메이지 정부는 표트르 대제가 러시
아에서 했던 것처럼 답사단을 조직해 21개월간 세계 여행을 하게 했다. 이
때 러시아 군주제의 실상을 보고 더는 러시아를 두려워하지 않게 된 일본
은 훗날 러일전쟁을 감행하게 되는 것이다.[12]
반면, 조선은 일본보다 100년은 뒤처진 움직임을 시작하고 있었다.
'유럽으로의 창'이라 일컬어지는 페테르부르그를 세워 수도를 옮기고, 그

---

11) 김병철, 『한국근대번역 문학사 연구』, 228-30쪽. 표트르 대제의 전기가 처음 번역된 것은 관비 동경
유학생들의 기관지 『공수학보』(1907년 2, 3, 4권)를 통해서였다.
12) H. Wada, "Japanese-Russian Relations and the United States, 1855-1930," J. Thomas Rimer
ed. A Hidden Fire: Russian and Japanese Cultural Encounters, 1868-1926, p. 203-204.

곳을 기점으로 러시아를 서구화와 근대화의 길로 이끈 표트르 대제의 형상은 19세기 말 조선의 개화 사상가들에게 매우 개연성 있는 롤 모델이었다. "20년 전에는 나도 야인이었다"라고 말하는 "중흥 성군" 표트르 대제의 고백은 러시아의 과거 역시 구한말 현실과 유사했음을 말해준다. "몽고의 별종"에서 "구라파의 족속"으로 돌변하는 러시아의 성장 과정은 야만에서 문명으로의 진화론을 증명해주는 것으로, 사절단 일행이 페테르부르그라는 렌즈를 통해 확인한 것은 바로 그 진화의 결과물이었고, 그것은 곧 조선의 진화 가능성을 약속하는 표본이기도 했다.

조선에게 러시아는, 비록 서양의 일부로 간주된다 할지라도, 그 점에서 다른 서양과 근원상의 차이가 있었다. 러시아는 경이와 예찬의 대상으로 그치고 마는 박물관적 별세계가 아니라, 학습과 모방의 효력을 증거해주는, 문명화된 동양의 실제 사례였기 때문이다. 강조하건대, 사절단이 조명한 러시아의 서양상은 근대문명의 집약임은 물론, 러시아의 위력에 대한 실증이며, 동시에 조선의 미래상에 대한 희망적 투사였다. 조선의 첫 서양 여행이 담고 있는 일견 단순하면서도 복합적인 서양관은 그 대상이 다른 서양 국가가 아닌 러시아라는 점과 밀접하게 연결되어 있다. 그것은 조선의 첫 공식 서양 여행기가 왜 유독 표트르 대제의 페테르부르그란 공간에 집중하는지, 그리고 왜 서양으로서의 러시아란 전제를 결코 벗어나거나 회의하지 않는지의 집단적 심리에 대한 설명이 될 수 있을 것이다.

2. 1854년, 러시아 원정대의 첫 조선 탐사

러시아 원정대의 전함 팔라다호가 동해안에 닻을 내린 것은 조선왕조 사절단의 러시아 방문보다 40여 년 앞선 일이다. 푸티아틴(E.B. Путятин) 제독의 지휘 아래 1852년 10월부터 1854년 6월까지 세계를 일주한 팔라다호의 항해 목적은 일본의 개항과 극동 탐사였는데, 그 과정의 끝 무렵인 1854년 4월에 거문도와 동해안 북부를 거쳐 간 것이다. 이 원정대에는 19세기 러시아의 대표적 소설가인 이반 곤차로프(И.А. Гончаров)가 동행하여 페테르부르그, 런던, 남아프리카, 홍콩, 싱가폴, 나가사키, 류큐(현 오키나와), 필리핀, 조선, 시베리아에 이르는 전 여정을 기록했다.[13]

총 17장과 에필로그로 이루어진 여행기 『전함 팔라다호(*Фрегат Паллада*)』에서 조선 관련 부분은 제14장의 일부에 불과하다. 오랜 여행에 지칠대로 지친 상태로 잠시 스쳐간 기록에 지나지 않지만, 자연·인종·풍습 묘사와 같은 민족지학적 원칙에 충실하며, 제국주의 오리엔탈리즘의 의도 또한 노골적으로 드러나 있어 주목을 요한다.

마침내 4월 2일 우리는 해밀톤[거문도]에 닿았다. [...] 이 작은 섬은 다해서 3마일 길이로, 절벽과 암석들, 빈약한 관목들, 그리고 몇 그루 안되는 나무들로 이루어져 있다. [...] 우리의 보트가 해변에 다가가자, 공

---

13) 곤차로프의 여행기 중 한국 관련 부분은 1974년에 발췌·번역된 바 있으며(「1854년의 조선」, 박태근 역, 『신동아』, 1974.8, 268-98쪽), 근래 다시 번역되어 『러시아인, 조선을 거닐다』, 심지은 편역, 13-80쪽에 수록되었다.

포에 질린 여자와 아이들이 마을에서 산으로 도망치는 것이 보였다. 우리가 해변에 다다르자, 한 무리의 남자들이 와서 우리편의 팔과 다리를 붙잡으며 보트에서 내리지 못하게 막았다. 러시아인들은 단지 땅을 점검하며 잠시 거닐다 가려고 왔을 뿐이니 아녀자들은 걱정할 필요가 없다는 내용을 한자로 적어주었다. [...] 한국인은 류큐인을 가장 많이 닮았지만, 단 류큐인이 자그마한데 반해 한국인은 골격이 아주 큰 종족이다. 대개 말털처럼 길고 뻣뻣한 수염이 나 있는데, 어떤 사람의 수염은 양쪽 뺨과 얼굴 하부 전체를 덮고 있고, 어떤 사람은 반대로 턱에만 나있다. 커다란 동 테 안경을 끈으로 머리에 매 쓰고 있는 사람들도 많다. 근시 때문은 아니고 일종의 눈병 때문인 것 같다. 눈병에 걸린 사람들이 많다.[14]

현지인의 생김새, 유사 종족과의 비교, 인상착의에 대한 나름의 분석과도 같은 민족지학적 구체성은 『해천추범』에서는 결코 발견되지 않는 요소이다. 안경은 당시 조선에서 소수 지배계층의 권위에 대한 상징이었고, 그래서 안경 쓴 조선인이 러시아인의 출몰 장소에 많이 나타났을 터인데도[15] 그것을 눈병에 걸린 사람이 많았다고 단정 짓는 곤차로프의 성급함에서 이른바 '문명인'의 일방주의를 느끼게 된다. 우월감에 사로잡힌 문명 유럽인에게 조선은 열등하고, 우스꽝스럽고, "자연의 아이들"처럼 야만스럽고, 그래서 지루하기 짝이 없다. 그렇기 때문에 더 길게 관찰할 가치도

---

14) И.А. Гончаров, Фрегат Паллада, *Собрание сочинений в 8-и томах*, т. 3, с. 294-297.

15) V. 세로셉스키의 여행기에는 시력 때문이 아니라 위엄을 나타내기 위해 안경 쓰는 조선인들에 대한 묘사가 있다. 『코레야 1903년 가을』, 김진영 외 옮김, 152·217쪽. 가린-미하일롭스키 또한 위계질서에 따라 안경을 쓰고 벗는 장면이 기록되어 있다. 『(러시아인이 바라본 1898년의) 한국, 만주, 랴오둥반도: 가린-미하일롭스키의 여행기』, 244쪽.

없이("한두 마을을 보고 한두 무리의 군중을 보았으니 이것으로 전부를 본 것과 같지 않은가.") 조선은 유럽식 재교육의 대상으로 분류되고 만다.

확실히 조선인은 아직 경험으로 배운 바도, 외부 세계와의 접촉도 없고, 정치 제도라는 걸 스스로 만들어내지도 못한 상태이다. 그렇기 때문에 실은 더 잘되었다. 그들에게는 유럽인을 만나 자신을 재교육시키는 일이 불가피한데, 그 방향으로 한 걸음을 내딛는 것이 그만큼 더 빠르고 용이해지니까 말이다.

[...]

내 생각엔 유럽인에 대한 그들의 의심이 아직 뿌리내리지 않고 유럽인을 완전히 외면하고 있지도 않은 지금, 그리고 정부도 외국인이나 외국인의 상업 행위에 대해 강력한 제지 방안을 취하고 있지 않은 지금 그들과 관계를 맺는 것이 가장 편리할 듯하다. 이 사람들은 물물교환을 너무도 좋아한다! 우리의 유리 접시, 놋쇠 단추, 식기 할 것 없이 보는 것마다 얼마나 달려드는지 모른다. 우리의 양복 코트에는 모두 눈들이 돌아간다. 양복감을 쓰다듬어 보기도 하고, 장화를 건드려보기도 한다. 빈 병 하나만 주면 커다란 밀짚모자도 선뜻 내준다.

[...]

한 가지 잊었는데, 방금 떠나온, 그리고 이제까지 상세히 묘사한 그 넓은 만(灣)을 우리는 고인이 된 제독을 기려 '라자례프 만'이라 이름 붙였다.[16]

---

16) Гончаров, Фрегат Паллада, с. 317-319.

새로운 시장을 향한 경제적 타산은 영토상의 야심과 직결되는데, 그 물리적 욕구의 첫 신호가 언어적 정복 행위, 즉 장소의 명명이다. 거문도가 '해밀턴'이고 제주도가 '퀠파트'이듯이, 영일만은 '운콥스키만'으로, 영흥만은 '라자례프만'으로 이름 붙여진다. 심지어 영흥만 북쪽의 많은 섬 중 하나는 '곤차로프섬'이 되기도 한다.[17]

곤차로프의 시각이 제국주의 오리엔탈리즘과 그 근저에 자리 잡은 정복욕을 노골적으로 드러낸다면, 서양 이방인을 맞이하는 우리의 태도에는 경계와 경외라는 이중의 감정이 혼재해 있다. 마을에 들어오지 못하게 막고 도망치다가도 극도의 호기심 어린 친근감을 가지고 접근한다든가, '야만인'(오랑캐)이라는 통칭과 "특별하고 높은 민족"이라는 수사적 표현을 혼용하는 장면들이 그 예이다.

> 우리는 손님들을 테이블 앞에 앉히고 차와 빵, 설탕, 럼주를 대접했다. 그리고는 한문 필담으로 활기찬 대화를 나누었다. 그들의 붓놀림은 우리가 눈으로 따라갈 수 없을 정도로 빨랐다. 그들은 제일 먼저 우리가 북쪽에서 온 야만인인지 남쪽에서 온 야만인인지를 물어왔다.
>
> [...]
>
> 현지인들이 멀리서 모여들더니, 그중 긴 지팡이를 든 노인을 포함한 네 명의 남자가 풀밭 위에 나란히 앉았다. 마치 상견례식과 인사, 인사말 같은 류의 환영 의식을 준비하는 것 같았다. [...]
>
> 아바쿰 신부가 한문으로 우리는 러시아인들이며 잠시 거닐러 왔을 뿐

---

17) 『러시아인, 조선을 거닐다』, 55쪽, 각주 59.

아무 것도 손대지 않을 것이라고 종이에 써주었다. 그러자 그들 중 한 명이 그걸 읽고 나서 다음과 같은 질문을 썼다. "러시아인들이여, 바람과 돛의 뜻을 따라 우리 땅에 온 연유가 무엇인가? 그대들은 모두 안녕하고 건강한가? 우리는 2등의 낮은 민족이로되, 그대들은 특별하고 높은 민족임을 알겠노라." 그것도 한시(漢詩)로 말이다.[18]

노인 선비가 도포 자락을 휘날리며 오더니 달필의 한문을 쓴다. 글의 내용은 단순히 '왜 왔느냐'는 식의 심문이 아니라, "바람과 돛의 뜻을 따라 우리 땅에 온 연유가 무엇"이냐는 꽤나 시적인 인사이다. 동방예의지국답게 자신은 낮추고 상대를 높이는 겸양의 수사도 곁들인다. 그러나 이 멋진 필담 장면이 곤차로프에게는 한낱 비웃음거리가 될 뿐이다.

이들은 일본인과 달리 상냥하지도 않고 세련되지도 않았으며 아첨을 하지도 않고, 류큐인처럼 소심하지도 않으며, 중국인처럼 이해가 빠르지도 않다. 조선인들에게서는 유명한 군인이 나올 법도 하다. 그런 이들이 중국식의 학문에 감염되어 한시나 쓰고 있다니![19]

러시아와 조선의 첫 만남이 이러했다. 러시아는 조선을 관찰하여 자신의 문맥에 맞춰 '번역'했으며, 그것을 기록으로 남겼다. 문제는 그러는 러시아를 조선은 관찰하지도, 번역하지도, 기록으로 남기지도 못했다

---

18) Гончаров, Фрегат Паллада, с. 297-314.

19) Гончаров, там же, с. 314.

는 것이다. 처음 본 서양인을 향한 호기심과 무지와 경계와 격식이 혼돈에 가깝도록 코믹하게 뒤섞인 모습은 모두 곤차로프의 눈에 비친 조선의 초상에 불과하다.

　　조선이 비로소 러시아를 관찰하고, 번역하고, 기록하게 된 것이 바로 1896년의 『해천추범』에 이르러서다. 그러나 『해천추범』과 『전함 팔라다호』의 대비는 오리엔탈리즘과 옥시덴탈리즘의 대칭 구조만을 여실히 드러내줄 따름이다. 러시아는 조선에 원정대를, 조선은 러시아에 사절단을 파견했다. 러시아가 조선의 사람과 자연을 관찰했다면, 조선은 러시아가 보유한 서양 문명을 학습하고자 했다. 러시아는 조선 땅에서 꽃, 풀, 뱀, 민속품 등을 채집했고, 조선은 각종 기구와 공산품을 수집하기에 급급했다. 러시아는 조선을 다른 동양 나라들과 비교하며 분석했으나, 조선은 러시아를 비교하지 않았다.

3. 비교되는 러시아

『해천추범』은 공식적으로는 민영환 저작으로 분류되지만, 한 개인의 사적 여행기가 아니다. 『해천추범』은 2등 참사관 자격의 역관 김득련이 기록한 여행 일지에 민영환이 가필한 것으로, 김득련 자신이 쓴 여행 기록 『환구일기(環璆日記)』와 거의 동일한 내용을 담고 있다. 그러나 그렇다고 해서 김득련을 실제 저자로 인정할 수도 없는 일이다. 『해천추범』은 개인의 목소리와 시점으로 전개되는 현대적 의미의 여행기와 거리가 멀고, 서술 체제나 형식이 연행기(燕行記) 전통에 속한 공적 집단 인상기에 가깝다.[20]

그런데 이와는 상이한 또 한 편의 여행 기록이 존재한다. 1등 서기관 자격으로 민영환을 수행했던 윤치호의 영문 일기이다. 사사로운 느낌과 감정이 절제된 『해천추범』과 달리, 윤치호의 일기는 더없이 사적이고 솔직한 내면의 기록이다. 윤치호는 상해의 미국 선교사 학교와 미국의 대학(Vanderbilt와 Emory)에서 공부하였기에, 사절단 일행 중에서는 서양을 직

....

20) 러시아 사행과 관련된 문헌으로는 민영환의 『해천추범』, 김득련의 『환구음초』, 『환구일기』, 『부아기 정(赴俄記程)』이 있다. 민영환이 저자로 명기되어 있는 『해천추범』의 실제 저작권 논의는 사행록 장르 뿐 아니라 고전 문학 전반의 저작권 개념 논의에 속한 문제로, 이 글에서 확정 짓거나 가정할 수 있는 성 질이 아니고, 현재로서는, 비록 모호할 수 있겠으나, '민영환 일행'의 것으로 보면서 집단적 시점과 집 단적 저작권의 측면에 무게를 두는 것이 옳을 듯하다. 문헌들 간의 상관관계와 저작권에 대해서는 고 병익, 「로황대관식에의 사행과 한로교섭」, 『동아교섭사의 연구』, 518-21쪽 참조. 이들 여행일지의 실 제 기록자는 김득련이었는데, 이에 대해서는 윤치호의 일기가 다음과 같이 기록하고 있다. "Ever since we came to Petersburg he[김득련] has been at work to get up-to-date the journal of the Mission. He copies much from certain Chinese diaries of a similar nature. Yet it is work to write pages on pages day after day." 『윤치호 일기』, IV, 266-267쪽. 이하 윤치호 일기의 인용문에는 ( )에 쪽수만 밝히 기로 한다.

접 경험해 알고 있던 유일한 인물이다. 일기는 1883년에서 1906년까지 이어지는데, 1889년부터 사용 언어를 영어로 바꾼 탓에 러시아 여행 시기는 영어로 쓰였다. 영어라는 언어 도구와 개인 일기의 장르적 특성, 그리고 서양에 대한 친숙감, 그것이 낳은 우월감과 친서구 성향 등은 윤치호의 기록을 특징 지어주면서 조선 사대부의 한문 기록인 『해천추범』으로부터 차별해준다. 공무 일정이나 집단적 감정과는 관계없이 사적인 판단과 감정을 놀랍도록 세세하게 기록하고 있는 그의 일기는 때론 공적 여행기가 은폐한 부분을 폭로하는 외교 비화로, 때론 일행의 집단적 옥시덴탈리즘에 대한 반론으로 읽혀지기도 한다.

윤치호의 러시아 인상에서 가장 눈에 띄는 것은 아시아로서의 러시아라는 개념이다. 모스크바에 대하여 "러시아의 건축과 의복에는 아시아적인, 따라서 그로테스크한 것이 많다"[21]라고 지적한 그의 일기는 『해천추범』과 동떨어진 세계관을 보여준다. 러시아는 아시아이고, 아시아는 그로테스크하다는 그의 판단이야말로 서양의 관점에서 본 동양, 곧 러시아 열등론을 의미한다. 페테르부르크 근교의 페테르고프 황궁에 대해서도 그는 같은 결론을 내린다.

> 내가 이곳에서 본 거의 모든 궁궐에는 흥미롭게도 이른 바 중국실이라는, 다른 방들과 달리 그로테스크하고 영 매력 없는 방이 어디나 하나 이상씩 있다.(252)

---

21) "There is much that is Asiatic, hence grotesques, in the architecture and costume in Russia." (187)

유럽식의 다른 방들과 그로테스크하고 매력 없는 중국식 방의 비교는 우월하고 아름다운 서양과 열등하고 추한 동양이라는 오리엔탈리즘의 도식에서 비롯된 것이다. 윤치호의 일기에 전제된 이 서양 우월주의는 『해천추범』의 서양 문명 예찬과 근본적인 차이가 있다. 요컨대 『해천추범』의 서양 문명 예찬은 결코 동양에 대한 열등의식으로 이어지지 않았다. 그러나 윤치호의 서양 우월주의는 동양의 추함에 대한 인식에서 끝나지 않고 한복에 대한 수치심으로("조선 관복은 악마가 만들어낼 수 있는 옷 중에서도 가장 추하다."),[22] 더 나아가 약소국 조선에 대한 열등감으로 점점 심화되어 간다.

> 저마다의 의복과 모자를 갖춘 보카라, 몽고, 인디아의 대표들과 함께 단상에 올라앉아, 수많은 사람들이 우리의 뿔 달린 모자와 유령 같은 관복을 보며 웃고 있는 걸 지켜보자니, 그러면서 우리가 대표하는 저 불행한 나라를 떠올리자니, 그리고 현 정권 하의 조선에 대한 극도의 무력감을 느끼고 있자니, 내 몸 전체에 고통의 통증이 지나갔다. 그 통증은 외관과 걸음걸이에서부터 자기 나라의 번영과 명예와 영광을 한껏 드러내 보이는 다른 나라 대표들의 모습 앞에서는 더더욱 심해지는 것이었다. (192)

----

22) 러시아 황제의 대관식에는 모두들 모자를 벗어야 했으나, 민영환은 관모를 벗지 않는 조선 법도를 지키기 위해 대관식에 참석치 않았다. 애초부터 모자를 벗도록 권고하였던 윤치호는 민영환의 결정을 어리석은 체면치레라고 비웃으면서, 한복 자체의 우스꽝스러움에 대해 다음과 같이 썼다. "I would, if I could, rather stay home quietly than to expose myself to the sarcasm and ridicule and contempt of the representatives of all nations in my scarecrow of the Corean uniform(?)! The Corean court dress is certainly the ugliest the devil could devise in the shape of a dress."(184-185)

"외국에 나가본 사람에게 조선에서의 삶은 정신의 마찰과 짜증스러움을 의미한다"라고 했던 윤치호였다. 원래부터 개혁 성향이 짙었던 윤치호에게 외국 경험은 조선의 삶만 짜증스럽게 만들어준 것이 아니라 서양에 대한 동양의 열등의식 자체를 심어주었던 것으로 보인다. 서양(미국)이라는 비교 대상을 확보함으로써 그는 조선을 다르게, 서양인에 가까운 눈으로 바라볼 수 있었고, 마찬가지로 러시아 또한 서양의 눈으로 관찰할 수 있었다.[23] 당연히 페테르부르그 예찬으로 일관된 『해천추범』과 달리, 윤치호의 일기는 서양의 수준에 뒤떨어진 러시아를 지적하는 데 주저함이 없다.

대관식을 위한 전등 장식이 미국에 비해 보잘것없으며("미국에서는 더 좋은 걸 보았다."), 크렘블린 박물관의 내용물이 유럽이나 워싱턴 소재 스미소니안 박물관의 뛰어난 수집품과 비교하면 뒤떨어진다는 식의 품평이 그 예이다. 페테르부르그의 경우에도 식물원과 정원, 천문대, 그리고 여자들을 제외하면, 윤치호의 감탄을 자아내는 것은 하나도 없고, 대신 약속을 지키지 않는 나태함이라거나 관료주의, 무관심한 언론, 비속해진 러시아 정교 등이 계속 유럽이나 미국과 대비되며 단점으로 떠오른다.

윤치호는 러시아 방문을 통해 러시아를 보았다기보다 러시아가 결여하고 있는 서양의 면모를 보았고, 결국 '가장 좋은 것은 미국이나 영국 것'이라는 식의 영미 우월주의를 확인할 수 있었다. 그의 영미 우월주의는 미국 교육의 산물인 자기 자신에게까지 이어지면서 엘리트 서구주의자의 선민의식을 번번이 드러내기도 한다. 그것은 자신의 일행에 대해서 느끼

---

23) 바퀴와 상자 등을 만드는 한 목재 공장에서 그는 "가장 좋은 기계들은 모두 미국이나 영국 것들"(254)임을 발견한다. 철도와 호텔에 대해서도 "미국이 유럽을 모두 산산조각 내버렸다"(222)라고 평가한다.

는 우월감일 뿐 아니라 러시아인에 대해서 느끼는 우월감이기도 하다. 그가 페테르부르크에 있으면서 프랑스어 개인 교습을 받는 것도, 페테르부르크 공식 업무가 끝난 후 그곳에 남아 있고자 했던 원래 계획과 달리 프랑스로 유학을 가는 것도 다분히 서구 유럽 선호도를 드러내는 대목이다.

자신의 상관인 민영환의 양반 의식을 줄곧 비판해오던 윤치호는 다음과 같은 분석에 다다른다.

> 그는 본래는 지각 있고, 이성적이고, 개방적이고, 심지어 쉽게 속내를 드러내기조차 하는 사람이다. 그러나 조선의 타락한 공직 사회에서 꺾일 줄 모르고 승승장구를 해오는 동안 타산적이고, 의심 많고, 불평 많고, 거만하고, 이기적인 사람이 되어 버렸다. 만약 그가 외국 교육을 받았더라면, 그래서 사물의 표면을 넘어 본질까지 꿰뚫어보도록 훈련받았더라면, 그는 보다 참되고 용기 있는 조선인이 될 수 있었을 것이다. (224)

서양 교육의 우수성이 단정적으로 역설되는 대목인데, 서양 교육의 훈련을 받았더라면, 그래서 동양식 사고 범주를 벗어날 수 있었더라면, 민영환도 좋은 사람이 될 수 있었으리라는 것이 윤치호의 생각이다. 그 자신이 미국 교육을 받아 다분히 탈동양적 관점에 사로잡혀 있던 윤치호의 입장에서 볼 때, 민영환의 문제는 타자를 바라보는 시각의 편협성과 단순성에 있었다. 이는 비단 민영환 개인의 선에서 끝나는 것이 아니고, 윤치호의 논리대로라면 외국이라는 세계를 제대로 상상할 수조차 없었던 당시의 국내 상황 전체에 해당하는 문제이며, 비유적으로 말해, 타자의 동공에 자신의 모습만을 투영해 보고 있는 유아기적 '거울 단계'의 한계성과도 맞닿아

있다.[24)]

　　"사물의 표면을 넘어 본질까지 꿰뚫어보지 못한다"라는 윤치호의
지적은 당시의 서양관에 관한 한 맞는 말이다. '거울 단계'의 유아가 타자
의 실체를 제대로 보지 못하고, 그리하여 타자는 물론 자신의 실체 또한 인
지할 수 없는 것처럼, 이제 막 외부로 향해 눈을 뜬 구한말의 조선 사회가
서양의 존재를 제대로 파악하기란 어려웠을 것이다. 타자에 대한 인식이
결여된 만큼 자아에 대한 정확한 인식 또한 부족했을 것이고, 그 점에 있어
서는 서구 교육을 받은 윤치호도 예외가 아니었다. 그는 외국 교육을 받은
동양인의 서구주의 편향성을 가리켜 '탈민족화(denationalization)'라고 비난
한 적은 있지만,[25)] 정작 자신의 '탈민족화'된 서구주의에 대해서는 성찰이
부족했던 인물이다.

　　1896년의 사행 후 윤치호는 러시아를 뒤로 한 채 프랑스로 향했고,
프랑스 문화와 문명에 환호했다. 이후 귀국하여 교육자 겸 개혁적 지식인
으로서 독립운동으로, 애국계몽운동으로, 그리고 후에는 친일로 이어지는
다양한 전력을 쌓게 된다. 때로 이중적이고 자기모순적일 수도 있는 그의
행보의 많은 부분은 바로 러시아사행 일기에 드러난 끝없는 자기 갈등, 채
여물지 못한 자아 인식의 단계에서 뒤얽혀 공존했던 강한 열등감과 강한
우월감에 그 근원이 있다.

....

24) 라캉의 이론에 의하면, 생후 6-18개월의 유아에게는 상대의 동공에 비친 자신의 영상과 타자의 존
재를 구분할 능력이 없다. '거울 단계'라 불리는 이 시기를 지나 마침내 상대방의 눈에 투영된 그림자
가 자기 자신의 반영에 지나지 않음을 깨닫게 됨으로써, 그리하여 자신과 타자의 실체를 구별하게 됨
으로써 아이는 비로소 자신을 인식하기 시작한다. J. Lacan, "The Mirror Stage as Formative of the
Function of the I."
25) 『윤치호 일기』, IV, p. 9-10.

한편, 민영환은 이듬해인 1897년 3월 다시 세계일주 길에 올라 또 한 편의 세계 여행기 『사구속초(使歐續草)』를 남겼다. 이번에는 영국 빅토리아 여왕의 즉위 60주년 행사 참석을 위한 사행이었고, 동남아시아·인디아·중동·터키·아테네·오데사·페테르부르그·독일·네덜란드·런던·기타 유럽 국가를 거쳤다. 페테르부르그 체류 기간은 총 16일(5.17-6.1)이었다.

결론적으로 말해, 1897년의 민영환은 1년 전과는 확연히 다른 세계관을 갖고 있다. 『사구속초』는 『해천추범』과 동일한 방식의 일지 형식을 따르고 있지만, 시점이 훨씬 사적이며 서정적이다. 앞머리에 서문을 달고, 공문이나 공식 전언을 본문 내에 인용하며 각국에 보내는 공식 서한('國書') 또한 말미에 수록함으로써 역사적 기록의 가치를 높이고 있는 점도 다르다. 여행은 빅토리아 여왕의 즉위식 이후에도 계속 이어졌으나, 기록은 런던을 떠나가는 시점에서 끝을 맺는다.

"산천 풍토의 다른 점과 인물 도시의 번화함과 서사(書詞) 왕복이 잦았던 그것이 후인들의 혹시 취할 것이 있을까 하여"[26] 기록을 남긴다는 서문에서부터 『사구속초』는 이국의 자연과 문화적 특색에 주목하는 외국 여행자로서의 전형적인 시각을 보여준다. 사행의 공적 임무에만 몰두한 채 그 외의 것에 대한 호기심은 한껏 자제하던(최소한 그렇게 기록했던) 『해천추범』과 달리 말이다. 실제로 동남아시아와 인디아 등의 비서구 지역을 다룬 부분은 여느 서구 민족지학자-여행객의 보고서 못지않게 자연, 인종적 특징, 지방색 등에 대한 비교 묘사에 중점을 두고 있어 1년이라는 세월의 흐름과 두 번째 세계 여행의 경험이 가져다준 시각 변화를 실감하지 않을 수 없다. 물론 타자의 문화를 향한 관심이 늘어난 만큼 선진 문명 자체에 대한

....

26) 『사구속초』, 134쪽. 『사구속초』는 국역 단행본 『해천추범』(1959)에 함께 수록되어 있다.

경이감이나 관찰력이 현격하게 줄어드는 것도 사실이다.

외국 여행에 임하는 민영환 자신의 변모는 놀랍다. 첫 외국 여행 시절 그의 세계 지식은 『신이경(神異經)』 같은 고대 중국 설화에 의거한 것이었다. 그에 반해, 두 번째 여행에서 그가 참조하는 책은 『영환지략(瀛環誌略)』 『사아초(使俄草)』 『만국사(萬國史)』 등 근대 신서이다. 서양에 대한 정보와 실질적 문제의식을 담고 있는 그들 문헌은 당시의 대표적인 개화 서적인데, 특히 『사아초』는 중국 외교관인 왕지춘(王之春)이 1894년의 러시아 방문 시 기록한 여행기로, 민영환은 그 책을 여행가이드 삼아 자신의 체험과 대조해나가기도 한다.

비록 1년 미만의 시간차를 두고 쓰인 여행 기록이긴 하나 『해천추범』과 『사구속초』에 담긴 세계관의 거리는 신화와 사실, 주관과 객관, 혹은 고대적 상상력과 근대적 실제성의 거리로 해석될 수 있다. 그것은 곧 우리가 서양을 바라보는 시각차의 거리이기도 하다. 민영환이 두 여행을 통해 각각 어떤 안내서를 참조하고 어떤 부분을 기록에 인용했느냐는 사실만으로도 그 차이는 충분히 감지되리라 본다.

『신이경』을 상고하니 북방의 만리 동안이 얼음이요 두텁기가 백척인데 혜서(鼷鼠)라는 쥐가 얼음 밑 흙에 있고 그 털의 길이가 8척이요 이것으로 요를 하면 풍한을 면한다 하여 아인(俄人)에게 물어보니 아는 사람이 도무지 없다. 뉘 말에 북극은 얼음이 밑이 없도록 두텁고 혹시 밑이 나와도 다 물이요 흙이 아니라 이러한 쥐가 없을 것이라 한다.[27]

....

27) 민영환, 『해천추범』, 77쪽.

나는 마침 왕지춘의 『사아초』를 읽고 있었는데 맥정납[麥丁納, 메디나] 경외(境外)를 지나가는 곳이 씌어 있다. 해안의 좌우에는 뭇 산이 나열하고 또 두 섬이 평열(平列)하고 등대가 있는 곳이 있으니 그 지방 사람들이 형제도라고 부르며 모두 애급 관할에 속한 것이라고 한다.[28]

다시 찾은 페테르부르그(그는 이제 '피득보'라는 명칭을 사용하지 않는다)에 대한 감회를 『사구속초』가 전혀 언급하지 않고 있음은 의외의 사실이다. 니콜라이 황제에게 하는 인사말("지난번에 잠깐 보고 늘 생각하더니 뜻밖에 오늘 다시 만나…")과 제목(續)만 아니라면, 그것이 두 번째 방문이라는 것을 알 도리조차 없을 정도다.

페테르부르그 기록은 근대 중국의 세계사 전집인 『만국사』를 인용하면서 시작된다. 러시아라는 나라의 지리, 사회 제도, 정치 상황 등을 한 페이지 넘는 분량으로 소개하고, 황제를 알현한 후 구경한 해군성 박물관, 동물원, 조폐국 등에 대해서도 적는다. 사실 동물원이나 조폐국은 첫 방문 시에도 보고 기록했던 시설들이지만, 이번에는 간략한 언급 수준에서 끝나지 않고 매우 자세하게 묘사되는 것이 특징이다. 조폐국의 경우는 러시아 화폐 종류, 색깔, 모양, 조폐 과정, 환전, 그리고 다른 나라 돈과의 환금 가치까지 두루 상세히 설명하고 있다.

하지만 1897년 여행의 중심은 단연코 페테르부르그가 아니다. 페테르부르그의 동물원은 곧이어 '세계 제일'인 베를린 동물원에 의해 빛이 가려지며, 페테르부르그의 문명 시설은 이제껏 "눈으로 보지도 못하였거

---

28) 민영환, 『사구속초』, 『해천추범』, 169쪽.

니와 귀로도 못 듣던"[29] 런던의 각종 문명 이기들, 그리고 당시 근대문명의 최고 상징물로 칭송되던 '수정궁(Crystal Palace)'과 같은 발전상 앞에서 의미를 잃는다. 1897년의 민영환에게 페테르부르그는 이제 개념으로서의 서양을 말해주지 않는다. 그러므로 러시아와 서양을 손쉽게 동일시한다든가, 그 안에서 세계의 힘의 중심을 확인하려는 경향 또한 그의 두 번째 기록에는 없다.

『해천추범』의 옥시덴탈리즘이 지향했던 힘과 발전의 표상이 러시아로부터 떨어져 나와 대영제국으로 이동하는 데는 불과 1년도 걸리지 않았다. 그러나 강대국과 약소국, 보호국과 피보호국이라는 세계의 양분화를 기정사실화한 채, 그 안에서 순응과 의존의 길을 모색하던 민영환의 입장에는 별로 바뀐 바가 없어 보인다. 이제 막 바깥 세계를 접하기 시작했고, 그래서 자기 정체성의 탐구라거나 회의를 꿈꿀 수조차 없던 구한말의 양반 계급에게서 가령 19세기 러시아의 도스토옙스키가 고수한 저 "끊임없는 정신적 반항과 부정"의 흔적을 기대할 수는 없었을 것이다.

도스토옙스키는 1862년 런던에서 수정궁을 보고난 후, "지금 있는 이것을 이상으로 착각하지 않으려면 끊임없는 정신적 반항과 부정이 무척이나 필요하다"라고 다짐했다.[30] 그해 40세 나이로 처음 유럽을 여행하게 된 이 러시아인이 국경을 넘는 기차 안에서 던진 질문은 바로 "러시아인은 누구인가?"라는 자기정체성의 문제였다. 국경을 넘는 순간의 갈림길에서 도스토옙스키는 '유럽으로서의 페테르부르그·러시아'라는 명제를 깊이

---

29) 『사구속초』, 203쪽.

30) Ф. М. Достоевский, "Зимние заметки о летних впечатлениях," *ПСС в 30-ти томах*, т. 5, с. 70.

회의했고, 그로써 근본적인 자기 탐구와 더불어 유럽 문명에 대한 비판을 시작했던 것이다. 그리고 종국에는 범슬라브주의라는 개념의 탈유럽주의를 러시아 정체성 논쟁의 해답으로 제시할 수 있었다.

우리는 아시아에 대한 비굴한 두려움을 떨쳐내야 한다. 유럽이 우리를 아시아의 야만인이라 칭하며 우리를 유럽인이 아닌 아시아인이라고 말하는 데 대한 두려움 말이다. [...] 유럽으로의 창을 외면하기란 어려운 일이다. 그것이 운명이다. 하지만 아시아, 그렇다, 다시 한 번 외치노니, 바로 아시아가 우리의 출구요 우리의 미래가 될 수 있다.[31]

러시아의 유럽 콤플렉스는 서양과 동양 사이에 선 러시아로서는 숙명과도 같은 문제이다. 그렇기 때문에 그곳의 지식인들은 19세기 이후 줄곧 서구주의 대 슬라브주의 논쟁을 계속하면서 영원히 풀리지 않을 이 문제에 골몰해왔다. 그러나 서양에 대한 동양의 이중 감정은, 러시아의 유럽 콤플렉스와 흡사한 면은 있을지 몰라도, 완전히 겹쳐지는 현상은 아니다. 왜냐하면, 그것이 방향성 혹은 지향성에서 비롯되는 문제일 뿐 정체성과 관련된 문제가 아니기 때문이다.

한편, 러시아에 대한 동양의 입장은 또 다른 양상을 띤다. 러시아는 서양이면서 동시에 서양이 아닌 나라이다. 1896년의 러시아 사행이 서양을 향한 첫 발걸음이기는 했으나, 그것은 미국이나 영국이 아닌 '대리 서양'으로의 전진이었고, 어떤 면으로든 접점이 있는(야만국에서 문명국으로의

31) Достоевский, "Дневник писателя за январь 1881 г.: Геок-тепе. Что такое для нас Азия?," ПСС, т. 27, с. 33-36.

변신, 지리적 인접성 등) '유사 서양'으로의 대안적 행보였다. 애초 러시아를 향했던 조선의 친근감과 우호감은 이처럼 제3의 중간 지대를 찾고자 하는 자기방어 본능에서 비롯되었다 할 수 있는데, 그 유대감은 설사 뒤이은 유럽 여행으로 러시아의 낙후된 실상이 인식된다 하여 쉽게 단절될 성질의 것은 아니었다.[32)]

　　이는 일본의 경우와 비교해볼 때 대조적인 사실이다. 한때 러시아를 배움의 모델로 삼았던 일본은 메이지 유신 이후 러시아에 대한 환상이나 두려움을 떨쳐버렸을 뿐 아니라, 일본의 미래를 위해 잠재적 경쟁자인 러시아를 본격적으로 공부하기 시작했다. 1세대 러시아 문학도였던 후타바테이 시메이(二葉亭四迷)가 외국어 학교에 입학하여 러시아어를 배운 동기도 다름 아닌 러시아에 대한 의심과 반감 때문이었다. 1898년에 러시아를 여행한 일본의 국가주의자 우치다 료헤이(內田良平)는 『러시아 망국론』(1901)을 펴냄으로써 불과 몇 년 후에 일어날 러일전쟁을 예고하기도 했다.

　　역사학자 와다 하루키(和田春樹)에 따르면, 지난 2백 년간의 역사를 통해 러시아는 일본의 스승에서 일본의 적으로, 더 나아가 고통의 동반자로, 총 3단계의 관계 변화를 겪어왔다.[33)] 그 분석을 받아들인다면, 일-러 역

---

32) 19세기 중엽에 러시아인들의 군사적 위협과 통상 요구로 인한 공로(恐露)의식이 조선 사회에 일었던 것은 사실이나, 이는 영국, 프랑스, 중국의 '방아론'(러시아 견제)에 의해 조장된 분위기였다는 설이다. 이 공로의식의 극복에 따른 러시아와의 수교는 "자주외교노선의 승리를 의미"하는 것으로도 평가되고 있다. 원재연, 「19세기 조선의 러시아 인식과 문호개방론」 참조.

33) X. Вада, "Представление о России в Японии: учитель, враг, собрат по страданиям," *Россия как проблема всемирной истории*, c. 299-313. 일본이 러시아를 문명의 모델로 삼아 배우고자 했던 19세기 초중반, 제국주의 전쟁을 거쳐 사상적인 대립에 섰던 19세기 말~20세기 전반, 그리고 이웃나라 한국에 미친 비평화적 힘의 행사에 대한 공동 책임의식을 일컫는 분석이다. 일본어 원문은 「日本人のロシア觀 —先生・敵・ともに苦しむもの」, 原影 編, 『ロシアと日本』, 1985에 수록.

사는 수직적인 관계가 수평화되고 적대의 관계가 평화적인 관계로 정상화되는, 말하자면 전향적 진화의 과정이었다고 할 수 있다.

그러나 1백여 년의 한-러 관계가 전향적 진화의 과정이었다고는 보기 어렵다. 한때 조선의 스승이자 수호자였던 러시아는 식민지 시기를 거치며 동반자인 동시에 적으로서의 이중적 관계성을 띠게 되었다. 소비에트 러시아의 반제국주의는 독립운동 정신의 수호자 격이었지만, 반면 공식적으로 볼 때 소비에트 공산주의 이데올로기는 체제의 적이었다. 또한 해방 이후의 분단 상황은 한-러 관계의 분절을 의미했고, 비록 페레스트로이카와 수교를 통해 러시아가 대한민국의 '적'에서 '전략적 협력 동반자'로 격상된 것은 사실이지만, 한반도의 분단이 지속되는 한 '수호자-적'이라는 이중적 존재감은 지워지지 않을 것이다.

이 모든 관계의 시작점이 1896년의 러시아 사행이다. 최초의 러시아 여행이 안고 있는 관점의 복합성(또는 자기기만성)은 한-러 관계사 1백 년에 대한 예견과도 같은 것이었다. 러일전쟁 이후 한반도에 대한 영향력을 상실했던 러시아가 다시금 의미 있는 견문 대상국으로 대두한 것은 해방 직후, 자유 민주주의 이상과 소비에트 혁명 이념이 일부 지식인들에 의해 동일시되면서였다. 그 후 분단과 함께 시야에서 가려져 있던 러시아는 페레스트로이카를 거치며 또다시 역사적 의미를 지니는 이웃 나라로, 인기 있는 여행지로, 그리고 마침내 미국과 서구 유럽에 도전하는 강국으로 재등장하게 되었다.

대략적으로 말한다면, 한국에서는 약 50년을 주기로 러시아를 향한 관심 고조의 시기가 되풀이되어왔다. 국가적 정체성이나 자의식의 큰 변화(개화, 해방, 민주화)를 겪었던 바로 그 시기마다 러시아는 혹은 강력한 우방국으로, 혹은 사회주의 유토피아의 전범으로, 혹은 사회주의 신념의 배반자인 동시에 그 반면교사로서 모습을 드러내왔다. 그리고 그때마다 동양(중국)에 반하는 서양으로 인식되거나, 제국주의(일본)에 반하는 반제국주의로 추종되거나, 반자본주의 운동에 역하는 자본주의 물결의 예증인양 해석되면서 한국을 지배하는 시각과 이데올로기에 상대주의적 관점의 제공처가 되어주었다. 러시아를 향한 관심의 고조는 실은 한국이 겪어온 정체적 변신과 관련된 징후였을 따름이다. 그래서 각 시기마다 생산되었던 러시아 여행의 기록들은 러시아 자체를 말하는 것 이상으로 그 이웃나라인 한국에 관해 말해준다.

II
시베리아의 향수

러시아 방랑과 낭만의 시대색

1. 개념으로서의 시베리아

"아, 시베리아가 그립다!"

지리산 항쟁 후 체포된 좌익 시인 유진오가 감옥 안에서 했다는 말이다.[1] 그는 시베리아에 가본 적이 없는 사람이었다.

이광수의 소설 『유정』의 주인공 최석은 편지로 고백한다. "눈 덮인 시베리아의 인적 없는 삼림 지대로 한정 없이 헤매다가 기운 진하는 곳에서 이 모습을 마치고 싶소."[2] 이 작중 인물 또한 시베리아에는 가보지 않은 사람이었다.

한편 여류 소설가 백신애는 이렇게 회상한다. "시베리아의 넓은 설원을 러시아 병사에게 안기어, 말을 타고 지나가는 느낌은 뭐라 표현할 수가 없다. [...] 그것은 달콤한 순간이었다. 아! 십수 년간 혼자 홀짝거리며 깊어간 꿈! 그 꿈이 이뤄진 아름다운 현실이기도 했다."[3]

1920-40년대를 배경으로 한 이상의 세 장면에 공통분모가 하나 있다면, 그것은 바로 상상의 시베리아에 대한 향수이다. '동경'이 아니라 '향수'라는 단어가 여기서는 유효하겠는데, 왜냐하면 시베리아는 가보지 않았음에도 이미 간 것과 다름없는 공간으로서, 마치 떠나온 고향 같은 그리움의 대상이기 때문이다.

....
1) 이기봉, 『북의 문학과 예술인』, 272쪽. 유진오는 처형되기 전 감옥에서 '아! 시베리아가 그립다!'라는 제목의 시를 쓴 것으로 되어 있으나, 확인되지 않고 있다. 유진오 시집 『창』은 1948년에 출간, 1989년에 재출간되었다.
2) 이광수, 『이광수전집』 8, 90-91쪽.
3) 백신애, 「나의 시베리아 방랑기」, 『백신애선집』, 465쪽.

그것은 곧 시베리아가 체험을 뛰어 넘은 선험적 공간이고, 실제라기보다는 개념으로서의 공간이라는 말이다. 그것이 만국 공통의 시각이라고 해도 과언은 아닐 것이다. 20세기 말미에 한 서양인 여행자는 시베리아로의 진입을 두고 "나는 지금 유럽 쪽 러시아를 벗어나서 어떤 지방이라기보다는 사람들의 뇌리 속에 자리 잡은 어떤 지역 같은 곳으로 들어가려고 하는 것이다"라고 썼는데,[4] 그가 말하는 "사람들의 뇌리 속에 자리 잡은 어떤 지역"이 바로 개념으로서의 시베리아다.

도서관에서 시베리아 여행기를 검색해보면 "희망의 발견" "얼음의 땅, 뜨거운 기억" "눈물의 낙원"과 같은 제목들이 쉽게 눈에 띈다. 시베리아 인상기의 제목들이 말해주는 일반론은 무엇인가? 그것은 시베리아가 희망과 절망, 냉기와 열기, 불행과 환희의 양극 사이로 펼쳐진 모순적 공간이라는 사실이다. 그곳에서 육체와 정신은 고통스럽고, 그러나 행복하다. 결핍의 극한 속에 풍요가 있고, 가장 낮은 것 안에 가장 고귀한 것이 있는 것처럼 그들 여행기는 기록한다.

시베리아 옴스크에서 5년간 실형을 살았던 도스토옙스키가 자신의 지옥 체험을 기록한 것이 1861년 소설 『죽음의 집의 기록』이었다. 러시아 유형지에 관한 첫 문학 작품인 이 소설에서 도스토옙스키는 시베리아를 죽음의 장소로 낙인찍었지만, 이어서 쓴 『죄와 벌』(1866)에서는 구원과 부활의 장소로 소생시켜 놓았다.

잘 알다시피, 전당포 노파를 죽인 대학생 라스콜니코프는 매춘부 소냐에게 감화되어 페테르부르그 대로에서 죄를 고백한 후 시베리아로 유

---

4) 콜린 더브런, 『순수와 구원의 대지 시베리아』, 황의방 역, 12쪽.

형을 떠난다. 죄는 수도에서 범하고 벌은 시베리아에서 받는다고 쉽게 생각할 수 있겠으나, 실은 그렇지 않다. 엄격히 말해 라스콜니코프의 벌은 죄를 범한 그 순간 이미 내려져 시작되었던 것이고, 십자가를 목에 건 채 땅에 입 맞추며 만인 앞에 고백했다고 해서 그의 죄가 대번에 사해지지는 않는다. 소냐가 라스콜니코프의 구원을 도왔다고는 할 수 있지만, 그녀가 그를 구원한 것도 아니다.

구원은 다름 아닌 유형지 시베리아에서 이루어진다. 신의 은총이라고밖에 할 수 없는 이 구원은 인간의 죄와 벌이 다 끝난 다음에서야 저절로, 갑자기 찾아온다. 구원은 곧 죄와 벌의 에필로그인 것이다. 죄의 고백이 있은 후에도 라스콜니코프에게는 사실상 큰 변화가 없었다. 자신의 사상적 오류와 범죄 사실을 인정했을 뿐, 사죄하거나 뉘우치지 않았고, 마음의 평온을 찾았던 것도 아니다. 그러나 사순절이 지난 어느 날의 계시적인 꿈을 계기로 그는 낙원의 비전을 보게 된다.

라스콜니코프는 창고에서 강기슭으로 나온 다음 창고 옆에 쌓아 놓은 통나무 위에 앉아 광활하고 황량한 강을 바라보기 시작했다. 높이 솟은 강기슭에서 광활한 주변 정경이 한눈에 들어왔다. 맞은편의 먼 강기슭에서는 노랫소리가 어렴풋이 들려왔다. 그곳, 햇살을 듬뿍 받은 아득한 초원에는 유목민들의 천막이 가물가물한 점처럼 거무스름해 보였다. 그곳에는 자유가 있고 이곳과는 전혀 다른 사람들이 살고 있었으며, 그곳은 아예 시간이 멈춘 듯 아브람과 그 양떼의 세기가 여전히 끝나지

않은 것 같았다.[5]

라스콜니코프에게 변화가 오는 것은 이 지점에서다. 부정과 회의의 어둠이 긍정의 빛으로 대체되면서 라스콜니코프는 소냐를 향한 무한한 사랑을 느끼고 다시 한 번 무릎 꿇는다. 그 순간부터 두 인물은 부활의 삶을 살기 시작하는 것이며, 물론 그때 이후 시베리아는 '죽음의 집'이 아니다.

도스토옙스키가 이처럼 부활의 비전을 부여했던 유배지 시베리아는 톨스토이의 소설『부활』(1899)에 이르러 다시 한 번 도덕적 구원의 무대이자 상징으로 등장하는데, 이에 대해서는 잠시 미루어둔 채, 도스토옙스키보다도 앞서 시베리아의 의미를 러시아 문학사에 각인시킨 시 한 편을 소개한다.

시베리아 광산 저 아래서도
부디 긍지로 인내하라.
그대 정신의 드높은 이상과
고달픈 노동 헛되지 않으리니.

불행의 진실한 자매인
희망이 암흑의 지하에서
활기와 기쁨을 잠 깨우고,
기다리던 때는 다가오리라.

....

5) 도스토옙스키,『죄와 벌』2권, 김연경 역, 495쪽.

자유로운 내 목소리
그대의 감방을 찾아들듯
사랑과 우정은 어두운 빗장 뚫고
그대를 찾아가리니.

무거운 족쇄 풀리고
감옥 무너지는 날, 자유는
그대를 문가에서 반겨 맞고,
형제들은 장검을 건네리라.

이 시는 시베리아로 유형 간 12월당원에게 쓴 푸슈킨의 정치시로, 당대는 물론 20세기에 이르도록 혁명의 송가로 일컬어진 대표작 중 하나이다. 1825년 12월, 푸슈킨 주변의 진보적인 귀족들이 전제군주에 맞서 일으켰던 봉기가 실패하자 5명의 주모자는 교수형으로 희생되고 다른 가담자들은 시베리아 유형에 처해진 사건이 12월당 운동이다. 강제 이주된 백여 명의 엘리트 귀족과 그 가족은 시베리아의 동료 죄수들과 원주민으로부터 우러름을 받았으며, 실제로 지성과 문화면에서 지역 발전에 큰 기여를 했다. 미개한 원시림으로밖에 여겨지지 않던 시베리아가 자유와 진보 정신의 표상이 된 것도, 도시 이르쿠츠크가 '시베리아의 파리'라는 별칭을 얻게 된 것도 다 12월당원의 출현 덕분이었다.

러시아 역사와 문화가 기억하는 시베리아가 이처럼 모순의 공간이다. 눈보라, 혹한, 유형, 고립과 같은 고난의 이미지로 점철되어 있는 한편, 속죄와 자유와 구원의 이상향이기도 하다. 시베리아는 결코 인간의 제도에 순종하는 장소가 아니며, 단연코 제도 밖의 세상인 것이다. 무한대로 펼쳐진 자연은 광활하고 순수하고 또 압도적이며, 그 극한의 세계 안에서 인간은 초월성을 경험한다. 제도에 불복한 사람을 벌하고 격리하기 위해 만든 또 하나의 제도 따위는 당연히 그 앞에서 힘을 잃을 수밖에 없고, 영웅 서사시의 플롯에서처럼, 시베리아로 떠났던 사람은 영웅이 되어 돌아온다. 그곳에서 죽더라도 영웅으로 죽는다. 이것이 문명 시베리아의 신화이다.

20세기 이후 시베리아 강제노동수용소(Gulag)의 참혹상에 대해서는 여러 가지 통계(가령, 1929-1953년 1천 4백만 명 수용, 1백 60만 명 사망)와 문헌이 있다. 그중에서 솔제니친의 『이반 데니소비치의 하루』『제1원』『수용소 군도』, 샬라모프의 『콜르이마 이야기』, 예브게니아 긴즈부르그의 『가혹한 길』, 브로드스키의 유형지 애가(elegy) 등은 모두 도스토옙스키의 뒤를 잇는 수용소 문학의 일부라 하겠다. 본인이 시베리아 유형의 체험자이자 생존자이기도 했던 위의 작가들은 스탈린식 '죽음의 집' 실태를 낱낱이 고발하면서, 동시에 어떻게 하면 그곳에서 인간답게 살아남을 수 있는지를, 즉 죽음을 이겨내는 인간 존엄성의 실체를 증언해주었다. 솔제니친과 브로드스키의 노벨상 수상은 결국 그 영웅적 증언에 대한 세상의 갈채였다.

문명 시베리아의 신화는 허구로 꾸며진 여느 상상의 이야기와는 거리가 멀다. 시베리아 인상기에 나타난 상투어구 역시 서양 혹은 자본주의 문명사회가 자신의 대립체로 설정한(오리엔탈리즘 식으로) 근거 없는 환영이 아니라, 러시아 문명사에 기반을 둔 인식과 기억에서 비롯된 것이다. 외부인의 눈에 비친 시베리아가 전설의 공간일 수는 있겠으나, 그것은 러시아 내부의 역사적 경험에 근원을 둔 전설이라는 이야기이다.

그렇다면 근대 한국이 체험하고 담론으로 구성해낸 '개념'으로서의 시베리아는 과연 무엇일까? 대체 발 한 번 디뎌보지 않은 그곳을 그리워하는 일이 어떻게 해서 가능해진 것일까? 막연하면서도 확연한 이상향에 얽힌 온갖 꿈, 가령 자유의 꿈, 구원의 꿈, 사랑의 꿈은 어찌하여 그곳에 둥지를 튼 것인가? 시베리아가 단순한 동경을 넘어 향수하는 공간으로 획정되고, 또 그것이 집단적 의식과 무의식으로써 개념화되어온 과정은 무엇인가? 그 질문에 대한 탐구를 시작한다.

2. 러시안 드림을 찾아서

시베리아는 지리적으로 극동(블라디보스토크)에서 우랄산맥에 이르는 거대한 영토를 가리키는데, 우선은 한반도로부터 월경이 용이했던 러시아 대륙으로의 통로이다. 서구적 관점에서는 분기점 밖의 동방 세계지만,[6] 한반도의 입장에서 볼 때는 가장 가까운 서양의 세계였으며, 그러나 다른 서구열강과는 변별되는 '대안'으로서의 이국이었다. 중국 대륙과 겹쳐지는 인접성에도 불구하고 동양(중국·일본)이 지배하는 만주와 엄연히 차별되는 자유와 방랑의 대지였다. '러시아=모스크바'(또는 페테르부르그)가 이성적이고 공식적인 등식이라면, 감성의 측면에서 러시아는 곧잘 시베리아로 환유되고 은유되었다. "노서아라면 첫대바기에 머리에 떠오르는 것이 서백리아"라는 생각은 염상섭 소설에서만의 이야기가 아니었다.[7]

1896년 처음 러시아 땅을 밟았던 조선 왕조 사절단의 귀국길은 시베리아를 통해서였다: 상해, 요코하마, 북미, 서구 유럽을 거쳐 마침내 "유럽의 웅도" 페테르부르그에 입성하던 출행길과는 대조적으로 초라한 행로였다. 페테르부르그에서 크라스노야르스크까지는 기차로, 이후의 시베리아 구간은 마차로 횡단한 후(아직 시베리아 횡단 철도가 완성되지 않은 때였다), 해삼위(블라디보스토크)에서 제물포항까지 배를 타야 했던 두 달여의 귀국 여정, 그중에서도 특히 한 달간의 시베리아 마차길은 그야말로 고단함의

---

6) 18세기 러시아 역사가이자 지리학자였던 바실리 타티셰프(B. Татищев)는 우랄을 경계로 하여 아시아와 유럽을 나누었고, 이후 그 경계를 따라 여러 구의 동서양경계비가 세워졌다.

7) 염상섭, 『삼대』, 356쪽.

연속인 양 묘사된다.

그러나 『해천추범』이 호소한 고단함은 비단 비포장도로와 변변치 못한 잠자리 탓만이 아니었다. 페테르부르크로 가는 길이 휘황찬란한 문명 세계로의 점층 진입이었다면, 돌아오는 길은 비문명 세계로의 점층적 귀속이었다. 서구 문명 제도의 질서 대신 전근대적 무질서의 자연색이 짙어지고, 유럽 상류 사회가 차지했던 자리에는 헐벗은 조선 유민들이 등장한다. 사절단의 귀로는 빈곤하고 무기력하고 약소한 세계로 돌아가는 뒷걸음질과도 같았으며, 그 종점이 1896년 가을의 조선 땅이었다.

민영환을 대표로 한 일행의 귀환길은 이후 수많은 조선인 이주자와 방랑객이 밟아야 했던 러시아행 여정과 포개어진다. 19세기 중엽부터 국경을 넘기 시작한 조선 유민들의 정착지는 애초 두만강 건너 연해주 지방과 우수리스크·블라디보스토크 지역으로 국한되어 있었으나, 이후 이주민 숫자가 대폭 증가했음은 물론, 이주의 지리적 반경도 시베리아 내륙까지 확대되었다. 예컨대 1860년대에 이미 5,310명의 한인이 거주했던 것으로 추정되는 우수리스크 카자흐 마을의 1920년대 한인 인구는 12-13만에 육박했고, 같은 시기 블라디보스토크의 한인 인구 비율은 전 주민의 50%에 달했던 것으로 추산된다.[8] "우리나라 사람으로 러시아 땅으로 흘러들어온 자가 블라디보스토크에서 이곳[아무르강 지역]까지 없는 곳이 없다"고

---

8) 1863년부터 본격적으로 이주를 시작한 조선 농민들은 1884년의 한러통상조약 시 이미 8만 명의 숫자에 이르렀는데, 그들은 각종 곡물 재배는 물론, 황무지를 개척하는 도로, 탄광, 병영 등의 노력에도 종사함으로써 시베리아 개척에 큰 역할을 하였다고 한다. 신기석, 「조선인의 극동노령 이주내역: 그들은 언제 무엇 때문에 고토(故土)를 떠났나?」, 『조광』, 1936.12, 113-121쪽. 극동 지역 한인 이주사에 대해서는 X. Вада, "Корейцы на русском Дальнем Востоке(1863-1937)"; 이병조, 『러시아 프리아무르 한인사회와 정교회 선교활동: 19세기 중엽-20세기 초 극동 한인들의 이야기』, 75-156쪽 참조.

『해천추범』은 기록하고 있으며, 당시 동행했던 역관 김득련은 그 같은 상황을 이렇게 한시로 읊었다.

> 슬프다. 수만 명의 조선 유민들
> 날마다 품을 팔면서도 편안히 여기네.
> 탐관오리의 가혹한 정사야 피한다 해도
> 이국 땅 거친 벌판에서 차마 어찌 살려나.
> 고향 그리워 망건과 상투를 그대로 한 채
> 성명을 연달아 써서 새 문서에 올리네.
> 응당 쇄환하라는 어명이 있을 것이니
> 조국 향한 진실한 마음 변치 말진저.[9]

시는 비록 "슬프다"라고 한탄하지만, 그것은 지배 계층인 조선 왕조 사절단의 관점일 뿐, 수만 명 유민의 모습은 정작 편안해 보인다. 기근과 학정을 피해 찾아 들어온 한인 이주민들에게 러시아는 풍요와 자유의 이상향에 가까웠다. 생활의 고단함과는 별개로, 러시아는 최소한 더 나은 삶을 향한 출구로 여겨졌고, 그래서 사람들은 무작정 몰려들었다. 19세기 말-20세기 초 조선에서 '러시안 드림'은 단연 현실이었다.

『해천추범』의 뒤를 이은 몇몇 러시아 여행 관련 글을 종합해볼 때, 당시 한반도에서 시베리아로 통하는 길은 크게 세 갈래였음을 알 수 있다. 원산이나 청진에서 배를 타고 블라디보스토크에 들어가는 바다길, 신의

---

9) 김득련, 「題贈我邦流民都所」, 『환구음초』, 159쪽.

주나 회령 등에서 기차로 만주를 거쳐 들어가는 열차길, 아니면 걸어서 두 만강 국경을 넘는 도보길이 그것이다. 예컨대, 19세의 "소녀 여행자" 백신 애는 원산에서 블라디보스토크까지 밀항을 했고, 러일전쟁 당시에 연해 주 지방을 방랑했던 한용운도 원산에서 블라디보스토크까지 배를 탔다.[10] 1905년 시베리아 횡단 철도가 완성되자 모던 식자층은 철로를 애용했는 데, 가령 나혜석은 1926년의 세계일주 여행 때 안동현-봉천-하르빈-시베 리아-모스크바-폴란드-파리로 이어지는 시베리아 횡단 열차를 탔고, 고 고미술사학자 김재원 역시 시베리아 횡단 열차로 베를린 유학길에 올랐 다.[11] 도보로 월경하는 방식은 대부분 빈곤한 농민 이주자의 경로였겠으 나, 서간도를 통해 걸어서 러시아로 입국한 국어학자 이극로라든가 회령 만세 사건 이후 야반도주하여 러시아 땅을 7개월간 방랑한 나운규 같은 경 우도 있다.[12]

이렇듯 혹은 해로로, 혹은 철로로, 혹은 도보로 러시안 드림을 좇 아 국경을 넘던 조선인들의 심경을 한마디로 요약할 순 없겠지만, 『해천추 범』의 사절단이 귀국길에 느꼈던 쓸쓸함과 슬픔과 고단함 일색과는 거리 가 있고, 또 그보다는 훨씬 복잡 다양했을 것으로 짐작된다. 생활 터전을 찾아 나선 사람, 몸 피해 도주하는 사람, 유학에 뜻을 둔 사람, 독립운동에 몸 바친 사람, 정처 없는 방랑길을 떠나온 사람 등 실제 동기나 목적이 무 엇이었건, 그들은 대부분 미래를 찾아 떠난 사람들이었다. 시베리아를 등

10) 한용운, 「서백리아 거쳐 서울로」, 『삼천리』, 1933.9, 92-93쪽.
11) 나혜석, 「쏘비엣 로서아행」, 『나혜석 전집』, 621-628쪽; 김재원, 「소련인상기」, 『동서를 넘나들며』, 297-303쪽.
12) 이극로, 「시베리아에서 머슴사리」, 『조광』, 1936.4, 92-99쪽; 나운규, 「나의 로서아 방랑기」, 『문예·영 화』 1, 1928, 23쪽.

지는 것이 아니라 시베리아를 향해 가고 있었고, 그곳에 "일상 꿈꾸던 나라"[13] "그렇게 그리워하던 로시야!"[14]가 있었다.

두 층으로 된 삼등 선실은 층 위에나 층 아래가 다 만원이다.

오래지 않은 항해이지만 동요와 괴롬에 지친 수많은 얼굴들이 생기를 잃고 떡잎같이 시들었다.

누덕감발에 머리를 질끈 동이고 돈 벌러 가는 사람이 있다. 돈 벌기 좋다던 부령 청진 가신 낭군이 이제 또다시 돈 벌기 좋은 북으로 가는 것이다. 미주 동부 사람들이 금나는 서부 켈리포니아를 꿈꾸듯이 그는 막연히 금덩이 구는 북국을 환상하고 있다.

'부자도 없고 가난한 사람도 없고 다 같이 살기 좋은 나라'를 막연히 찾아가는 사람도 많다. 그 중에는 삼 년 동안이나 한 닢 두 닢 모아 두었던 동전으로 마지막 뱃삯을 삼아서 떠난 오십이 넘은 노인도 있다.

'서울로 공부 간다고 집 떠난 지 열세 해 만에 아라사에 가서 객사한' 아들의 뼈를 추리러 가는 불쌍한 어머니도 있다.

색달리 옷 입고 분바른 젊은 여자는 역시 돈 벌기 좋은 항구를 찾아가는 항구의 여자이다. '돈 많은 마우자[15]'는 빛깔 다른 조선 계집을 유달리 좋아한다'니 '그런 나그네는 하룻밤에 둘만 겪어도 한 달 먹을 것은 넉넉히 생긴다는' 돈 많은 항구를 찾아가는 여자이다.

이 여러 가지 층의 사람 숲에 섞여서 무엇인지 중얼중얼 외는 청년이

---

13) 이효석, 「노령근해」, 『이효석전집』1, 204쪽.
14) 김서삼, 「로서아 방랑기」, 『조광』, 1936.1, 322쪽.
15) 馬牛子, 즉 짐승 자식이라는 뜻으로 러시아인을 낮춰 부르는 말.

있다. 품에 지닌 만국지도 한 권과 손에 든 노서아어의 회화책 한 권이 그의 전 재산이다.[16]

저마다의 사연으로 이루어진 블라디보스토크 밀항 현장을, 이효석의 소설은 이렇게 생생히 기록해놓았다. 그중 석탄고에 숨어 밀항 중인 청년의 구체적인 목적을 정확히는 알지 못하나, 그의 전 재산이 "만국지도 한 권과 손에 든 노서아어의 회화책 한 권"이라는 대목에서 대략적인 배경을 짐작하게 된다. "일상 꿈꾸던 나라"인 "그곳에 가면 나도 이놈의 옷을 벗어버리고 이제까지의 생활을 버리겠네"라는 그의 다짐이 말해주는 것은 새로운 삶에 대한 기대와 믿음이다. 중요한 것은 그곳에 가면 실현될 꿈의 구체성이 아니라, 그곳을 향해 간다는 사실 자체일 것이다. 유토피아 러시아를 향한 동경은 그만큼 막연하면서도 무조건적이며, 떠듬떠듬 내뱉게 될 그의 첫 러시아말 "루스키 하라쇼!"[17] 또한 그렇다.

속편 격인 다음 작품에서 주인공 청년의 밀항 동기는 보다 뚜렷해진다. "오래 전부터 사모하여 오던 땅! 마음속에 그려오던 풍경! 가죽옷 입고 에나멜 혁대 띤 굵직한 마우자들 숲에 한시라도 속히 싸여 보고 싶었다"[18]라고 그는 독백한다. 그를 마중 나온 사람 또한 "동지 로만 박"이라는 동포이다. 주인공의 월경이 소비에트 사회주의에 대한 동경에서 비롯되었으며, 현지의 조선인 혁명 조직과 관계 맺고 있음을 시사 해주는 대목이다.

1930년에 쓰인 이효석의 러시아 삼부작(「노령근해」 「상륙」 「북국사신」)

---

16) 이효석, 「노령근해」, 『이효석전집』 1, 204쪽.
17) '러시아 사람 좋아요!'라는 뜻의 비문법적 러시아어.
18) 이효석, 「상륙」, 『이효석전집』 1, 144쪽.

은 자유와 광명의 나라를 찾아드는 식민지 조선인들의 현장 르포인 동시에, 유토피아로서의 소비에트 러시아에 대한 확신의 선전문인 양 읽히는 것이 사실이다.

> 모든 인상이 꿈꾸고 상상하던 것과 빈틈없이 합치되는 것이 어찌도 반가운지 모르겠네. 남녀노소를 물론하고 다 같이 위대한 건설 사업에 힘쓰고 있는 씩씩한 기상과 신흥의 기분![19]

"모든 인상이 꿈꾸고 상상하던 것과 빈틈없이 합치되는" 소비에트 러시아는 막연한 동경의 가상물이 아니라 엄연한 현실이다. 지옥 같은 암흑의 석탄고를 빠져나와 신흥의 새 나라에 정착한 주인공 밀항자를 이효석은 사랑의 해피엔딩으로 보상하기조차 한다. 키스 경매라는 우스운 계기를 통해 러시아 미녀의 사랑을 얻게 된 그는 상대로부터 "류블류 코레이스쿠"라는 고백을 듣게 되는데, '한국인을 사랑해요'라는 뜻의 이 엉터리 러시아어는 밀항자의 첫 러시아어 발화였던 "루스키 하라쇼!"에 대한 긍정의 화답이며, 사적인 애정 고백 이상의 것이기도 하다. 부두 노동자인 동시에 야학 교사이기도 한 조선인 밀항자와 혁명 일꾼인 러시아 미녀 간의 사랑은 두 이념가의 동지애를, 더 나아가 사회주의 건설에 동참한 두 민족 간의 우애를 함축하는 것이기 때문이다.

경향적인 이 삼부작 시절은 이효석의 동반자 작가 시기라 일컬어지

....

19) 이효석, 「북국사신」, 『이효석전집』 1, 181쪽.

며, "일종의 세태 추종적 외도"로 비평되기도 한다.[20] 실제로 30년대 초반의 이효석은 「노령근해」「상륙」「북국사신」「북국점경」 등 소비에트 러시아와 국내 러시아인 거주지를 무대로 작품을 썼다. 「행진곡」「추억」「북국통신」「프레류드」 등도 모두 주제와 인물이 사회주의 러시아와 관련 맺고 있는 작품들이다.[21] 약 4년간의 동반자 작가 시기는 단편 「오리온과 임금」(1932)에서 로자 룩셈부르크의 초상이 떨어져 산산조각 나는 순간 상징적으로 끝난다고 할 수 있겠는데, 1940년의 이효석은 이 시기에 대해 꽤 냉철한 자기 진단을 내리고 있다.

이때는 시대색도 뚜렷해서 누구나의 작품에나 일관된 채색이 있었다.
사실주의 시대인지는 모르나 기실은 낭만주의 시대였다.[22]

이효석의 회고대로 1920-30년대 러시아 붐은 다분히 '낭만적' 시대색의 일부로서, 공간에 대한 취향에 앞서 이데올로기적 경도에 따른 현상이었다. 그것은, 「노령근해」에서 밝혔듯이 "부자도 없고 가난한 사람도 없고 다 같이 살기 좋은 나라를 막연히 찾아가는" 물리적이자 정신적인 여정의 스케치였으며, 이상을 향한 꿈의 표출이라는 점에서 낭만적인 동시

20) 이상옥, 『이효석의 삶과 문학』, 216쪽.
21) 1920년대 말에서 1930년 초반의 글에 자주 등장하는 '북국'은 함흥, 경성, 회령 등의 국내 북부 지역과 그 너머 러시아, 시베리아, 북만주 지역까지를 광범위하게 일컫는다. '북쪽 나라'라는 지리적 개념 외에도, '북국'이라는 말 안에는 혁명러시아로 대변되는 이념성이 깃들어 있는데, 이효석의 동반자문학이 그 생생한 예를 제공한다. 이효석의 초기 문학에 나타난 '북국' 표상의 의미에 대해서는 이현주, 「1920년대 후반 식민지 문학에 나타난 '북국(北國)' 표상 연구: 이효석 초기 작품과 카프 관련 활동을 중심으로」 참조.
22) 이효석, 「노마의 십년」, 『이효석전집』 7, 266쪽.

에, 더 구체적으로는 탈자본주의 사회를 지향한다는 점에서 혁명적 낭만주의에 해당하는 시대색이었다. 이효석의 좌경 문학이 보여준 "추상 개념의 나열이나 정치적 구호의 외침"[23]은 당시 조선 지식인들이 공유했던 혁명적 낭만성의 메아리였을 뿐이다.[24]

---

23) 이상옥, 『이효석의 삶과 문학』, 217쪽.

24) 당대의 신문과 잡지들을 분석한 결과 "1920년에 이미 사회주의가 서점에서 가장 인기 상품이 되었고 [...] 1920년대 중·후반에서 1930년대 초반까지 조선에서는 사회주의가 사회적 주조였다고 해도 과언이 아니다." 이현주, 「1920년대 후반 식민지 문학에 나타난 '북국(北國)' 표상 연구」, 667쪽. 혁명적 낭만주의에 대해서는 다음의 정의를 기억할 것. "*Revolutionary romanticism*, which refuses both the illusion of returning to the communities of the past and reconciliation with the capitalist present [...] is projected toward a postcapitalist future." M. Löwy, "Marxism and Revolutionary Romanticism," p. 3.

3. 시베리아 방랑의 로맨티시즘

　　낭만적 시대색의 또 하나 예로서 백신애의 「나의 시베리아 방랑기」를 주목할 필요가 있다. 1927년, 19세의 나이로 가출하여 원산에서 블라디보스토크까지 밀항한 목적은 확실히 밝혀진 바 없으나, 시대적 상황과 백신애 자신의 이념적 활동 배경으로 미루어 볼 때 반일 사회주의 조직 운동과 관련된 입국이 아니었을까 추정된다. 실제로 그녀는 귀국하던 도중 밀정 혐의로 왜경에게 잡혀 혹독한 고문을 받기도 했다.[25]

　　그런데 우리에게 중요한 건, 백신애가 왜 러시아에 갔는가보다는 그녀가 자신의 러시아행을 어떻게 재현하고 있는가의 문제이다. 췌장암으로 요절하던 해(1939)에 발표된 「나의 시베리아 방랑기」에는 이효석의 경우와는 또 다른 낭만성이 내재해 있다. 사회주의 이념의 시대색이 아니라 방랑의 시대색으로 채색된 감상적 낭만주의라고 할 수 있을 것이다. 백신애의 회상에 따르면, "멋있는 나라" 러시아를 향한 동경은 소녀 시절에 시작된 것으로, 오로라, 통나무집, 조각배, 설원, 새빨간 보석 루비와도 같은 동화적 풍경을 바탕으로 한다.

　　나는 북국, 오로라, 낮에도 어둡다, 라는 말에 '어머! 멋있는 나라겠다'
　　라고 생각했다. 십삼 세 소녀의 꿈은 끝없이 펼쳐졌다. 그때부터 나의
　　홀짝홀짝 구석에 붙어 있는 세계지도는 내 생활의 전부인 듯이 생각되

---

25) 이중기, 「백신애, 그 미로를 따라가다」, 『백신애선집』, 478-481쪽.

었다. 북국, 오로라만이 아니라 레나 강도 찾아내었고 바이칼 호도 우랄 산도 나의 아름다운 꿈속에서 동경의 대상이 되어버렸다.

"언젠가 꼭 레나 강에 조각배를 띄우고 강변에는 자작나무로 된 통나무집을 짓고 눈이 하얗게 덮인 설원을 걸으며 아름다운 오로라를 바라볼 거야! 그리고 초라한 방랑시인이 되어 우랄 산을 넘을 땐 새빨간 보석 루비를 찾아 볼가의 뱃노래를 멀리서 들을 거야"라는 뱃노래를 멀리서 듣는다. 내 머릿속은 공상의 즐거움으로 가득했다.[26]

19세가 되었을 때 백신애는 드디어 그동안 꿈꿔왔던 동경의 나라를 찾아 혈혈단신 길을 떠난다. "시간은 흐르고 세월은 쌓여 열아홉 살의 봄을, 아니 열아홉 살의 가을을 맞이했다. 드디어 찬스가 왔다. 감상의 오랜 꿈은 빨간 열매로 익어 작은 손가방 하나를 든 소녀 여행자가 된 것이다"[27]라고 표현한 그녀의 여행길은 '열아홉 순정'만큼이나 감상적이며 상투적이다. 그것은 계획된 여행이라기보다는 무모한 방랑이며, 변장·밀항·발각·수감·추방·도주 같은 험난한 단어들로 이루어진 목숨 건 모험이다. 그리고 거기에는 열아홉 소녀에게 빠질 수 없는 문학적 감상과 로맨스의 요소가 짙게 자리 잡고 있다.

블라디보스토크 밀항 중 '게페우(GPU: 소련 헌병)'와 맞닥뜨리게 된 주인공은 죽음을 각오하지만, 그녀가 상상하는 죽음은 공포를 일으키기에는 너무도 순진하고 문학적인 것이다. "푸른 하늘 아래서 몇 발의 총탄을

26) 백신애, 「나의 시베리아 방랑기」, 『백신애선집』, 458쪽.
27) 위의 글, 458쪽.

맞고 퍽 쓰러져 죽는" 멋을 떠올리기도 하고, "총살 오 분 전에 구출된 도스토옙스키의 운명"을 기대하기도 하면서 직면의 순간을 기다리던 그녀는 천만다행으로 위기를 모면한다. 하지만 얼마 못가 발각되고, 결국엔 시베리아 설원에서 러시아 병사의 손에 이끌려 추방될 운명에 처하고 마는데, 바로 그때 오래도록 꿈꿔왔던 낭만의 에피소드가 펼쳐지는 것이다.

넓고 넓은 시베리아의...라는 노랫말 그대로인 넓고 넓은 설원을 지나 황량한 언덕과 산을 걸어서 넘었다. [...]
삼사십 리나 걸었으리라 생각될 무렵 나는 한 언덕 아래 쓰러지고 말았다. 그러나 두 병사가 뛰어내려 뭐라고 서로 외치더니 그중 젊은 쪽이 나를 가볍게 들어 안고 말을 탔다.
나는 어렸을 때 아버지에게 안기어 말을 타본 적은 있지만, 시베리아의 넓은 설원을 러시아 병사에게 안기어, 말을 타고 지나가는 느낌은 뭐라 표현할 수가 없다.
한 손에는 말고삐를 한 손에는 나를! 그리고 네 명의 중국인은 병든 노예처럼 뒤를 따른다. 마치 서부활극의 한 장면 같기도 했다.
말만 통했다면 그때 병사와 나는 아주 멋진 말들을 속삭였을지 모른다. 하지만 그는 때때로 나를 꽉 안으며 빙긋 웃어보였고, 나는 그에 답하여 살짝 흘기는 눈짓을 보일 뿐이었다.
그것은 달콤한 시간이었다. 아! 십수 년간 혼자 홀짝거리며 깊어간 꿈! 그 꿈이 이뤄진 아름다운 현실이기도 했다.[28]

....
28) 위의 글, 465쪽.

실제로 일어난 일이라고 믿기에는 너무나 잘 각색된, 그야말로 러시아판 "서부활극의 한 장면"이 아닐 수 없지만, 아무튼 젊은 남녀의 로맨스가 암시된 이 대목 덕택인 듯, 백신애는 추방당하는 대신 조선인 농가에 무사히 인도된다. 그리고 그곳에서 '쿠세레야 김'이라는 가명으로 여권을 얻어 당당히 블라디보스토크에 입성한다. 실은 그때부터가 진짜 방랑의 시작이었을 것이다. 그러나 백신애는 「나의 시베리아 방랑기」를 방랑 초입부인 그 지점에서 불쑥 중단해버리고 있다.

"아! 방랑!"
내 눈은 감상적인 눈물에 젖어 이 감상을 한 수의 시에라도 담고 싶었다. 정말로 나라는 여자애는 어떻게 할 수 없는 무서운 여자였다.
도대체 어찌할 셈이었던가? 지금 돌이켜보면 몸서리가 쳐진다.
말도 모르고, 아는 이라곤 강아지 한 마리도 없는 타국의 거리에서 돈이라곤 종이에 싸서 가지고 있는 십삼 원 육십일 전뿐인데. 아아! 도대체 어찌할 셈이었을까!²⁹⁾

왜 백신애는 방랑이 시작되는 이 대목에서 회고를 멈춘 것일까? 그녀는 과연 자신의 방랑기를 계속할 생각이었을까? 그녀의 시베리아 회상에서 어디까지가 전기적 사실이고 어디까지가 문학적 사실일까? 시베리아에 간 시점(1927년의 전기적 시점)과 그것을 '낭만적 방랑'으로 회고하는 시점(1939년의 문학적 시점) 사이에는 10년 넘게 간극이 있다. 처음 시베리아 여

....
29) 위의 글, 468쪽.

행을 꿈꿨던 어린 시절과는 무려 20년 가까운 시간차가 있다. 죽음의 문턱에 선 백신애의 관심이 과연 방랑의 실제에 있었을지는 의문이다. 애틋한 회상의 시선으로 동화 같던 유년기와 무모했던 청춘기를 되돌아보는 그녀가 거듭 감탄해마지 않는 것은 자신이 "이상한 여자애" "무서운 여자"였다는 사실이다. 즉, 시선의 초점은 시베리아가 아니라 비범한 한 여성으로서의 자화상에 맞춰져 있다.

백신애가 서술하고 있는 시베리아 경험은 결코 새로운 것이 아니다. 그녀가 발 디딘 곳도 "넓고 넓은 시베리아의...라는 노랫말 그대로인" 시베리아이고, 그녀가 만난 러시아 군인과의 로맨스도 "서부활극의 한 장면"이며, 설사 그녀가 총살형에 처해졌다 해도 도스토옙스키가 겪었던 운명의 장난에서 크게 벗어났을 리 없다. 노래, 영화, 소설 등의 선행 텍스트가 없었더라면 그녀의 방랑은 달라졌거나 아예 없었을지도 모르는 일이다. 그녀가 서술하는 방랑의 경험은 데자뷰의 성격을 지닌 유사 경험의 일종이고, 이는 바꿔 말하면 그녀의 회고가 낭만적 방랑 이야기의 재구성으로 이루어져 있음을 의미한다.

'방랑'은 실제로 1930년대의 키워드였다. 일본 여류 작가 하야시 후미코(林芙美子)의 수기 『방랑기』가 출간되어 60만 부나 팔린 해가 1930년이다. 하야시 후미코에게 자극을 주었다고 되어 있는 1920년 노벨상 수상 작가 크누트 함순의 『방랑자』는 당시 일본어로 번역되어 널리 읽히고 있었다.[30) 국내에서 1933년에 방인근의 통속소설 『방랑의 가인』이 출간되었음도 같은 맥락에서 기억되어야 할 사실이다. 근대화 시기의 일본과 조선

---

30) 하야시 후미코, 『방랑기』 상, 최연 역, 387쪽.

에서 외국으로의 관심이 커지고 여행에 대한 동경이 일어나는 것은 당연한 일이었겠으나, 요는 '세계를 알자'는 취지의 초보적인 세계화 운동과 별도로 방랑의 붐이 일었다는 사실이다. "방랑은 청춘의 생명이며 인생행로의 첫 출발이다"[31]가 슬로건처럼 회자되던 시절이었다.

'무작정 떠남'의 이 시대적 붐에 내포된 낭만성은 가령 18-19세기 유럽이 향유했던 '그랜드 투어'의 낭만성과는 차원이 다른 성질의 것이다. 세상을 책과 지도가 아닌 몸으로 직접 학습한다는 의미에서 시작된 그랜드 투어가 점차 낭만주의 시대 엘리트 계층의 유럽 여행 붐으로 발전하면서 문명과 문화의 위계질서를 견고히 해주었다면, 20세기 초의 방랑은 무엇보다 그 질서에서 소외된(혹은 소외되고 싶은) 이들의 반사회적, 반문명적 현상이었다. 그랜드 투어가 부르주아 여행이었던 데 반해, 방랑은 본질적으로 프롤레타리아 여행이었고, 물질적·문화적 풍요가 아닌 결핍의 체험 과정이었다. 방랑에는 목적이나 규약이 없었다.

시대가 방랑을 강제했다고도 말할 수 있다. 세계대전을 비롯한 여러 전쟁이 공동체는 물론 개인의 삶을 무너뜨렸고, 전통적인 생활 기반을 파괴했다. 산업화·도시화 시대의 경제·사회 구조 역시 삶의 피폐와 파편화를 불러왔다. 다수가 뿌리를 잃고 방황했으며, 대부분이 집 없는 빈털터리였다. 방랑은, 말하자면, 낭만적 유행이기 이전에 불가피한 생존 방식이었을 뿐이다. 그 결핍의 생존 방식이 낭만으로 미화되고 정당화되는 것은 1920년대 이후이다.

근대 한국의 경우, 집단적 방랑 의식의 발단은 한일합방이었다.

---

31) 경운生(현경준), 「서백리아방랑기」, 『신인문학』, 1935.3, 117쪽.

1910년(한일합방)과 1919년(독립운동) 두 해에 만주·시베리아 지역 이주가 급격히 증가했다는 사실은 식민지 조선인의 '엑소더스'에 담긴 정치사회적 함의를 말해주는 가장 확실한 증거이다.[32] 1910-20년대를 풍미한 이 방랑의 물결은 대중잡지의 시대인 1930년대에 들어서면서 본격적으로 서사화되기 시작하는데, 나운규의 「나의 로서아 방랑기」(1927)를 선두로 하여, 홍양명의 「시베리아 시대의 회상」(1931), 김동진의 「서백리아로 방랑」(1932), 한용운의 「서백리아 거쳐 서울로」(1933), 이규갑의 「우랄산을 넘어 노도(露都)에」(1934), 현경준의 「서백리아 방랑기」(1935), 김서삼의 「로서아 방랑기」(1936), 이극로의 「시베리아에서 머슴사리」(1936), 여운형의 「서백리아를 거쳐서」(1936), 이광수의 「문단 고행 30년: 서백리아에서 다시 동경으로」(1936), 그리고 백신애의 「나의 시베리아 방랑기」(1939)에 이르기까지, 대표적인 시베리아 인상기는 모두 '방랑'의 체험을 소재로 삼은 젊은 날의 회고이다.[33]

혹은, 당대의 방랑 서사가 시베리아 배경을 선호한 것이라고 뒤집어 말할 수도 있다. 요컨대 미대륙, 유럽, 일본, 중국 여행기나 체류기는 좀처럼 '방랑'이라 표현되지 않는 데 반해,[34] 시베리아를 주 공간 삼은 러시아행 기록은 제목에서부터 '방랑'이라는 단어의 사용이 두드러진다. 유학, 시찰, 또는 사업, 개척 등의 구체적인 목표를 가지고 떠났던 여타 여행지와 달리, 시

----

32) 이훈구, 『만주와 조선인』, 99-100쪽. 1910-26년 통계에서 만주·시베리아 지역에 이주한 조선인 수는 1910년 49,771명과 1919년 44,344명으로 다른 해에 비해 현저히 많다.
33) 나운규가 '로서아 방랑'이라고 했을 때의 그 '로서아'는 시베리아를 가리키며, 김서삼이 10여 년간의 러시아 체류를 '로서아 방랑'이라고 일컬었을 때도 실제의 물리적 방랑 공간은 시베리아였다.
34) 미국 유학 시기를 '방랑'으로 회고한 박인덕의 「북미대륙 방랑의 일년」(『우라키』, 1930.6, 134-137쪽) 정도가 예외적일 것이다.

베리아는 '방랑'의 단어 뜻 그대로 '정처 없이 이곳저곳으로 떠돌아다님'을 목적 삼은 초국적이자 초극적인 부유의 공간이었다. 근대성과 소비를 주축으로 유행하기 시작했던 식민지 시대 여행 문화와는 반대로, 탈제국·탈근대·탈자본·탈제도의 자유로운 활보를 위해서는 시베리아만큼 적절한 무대가 없었다. 눈 덮인 시베리아는 톨스토이의 소설(『부활』)을 통해 널리 대중화되어 있던 문학적이고 감성적인 자기 정화의 표상이기도 했다.

만주 대륙이 또 하나의 탈출구였다고 할 수 있겠으나, 일본 치하의 만주국은 식민지 조선인에게 제국적 유토피아니즘의 개척지였지 시베리아식 무법적 방랑 공간은 아니었다. 당시 '시베리아 방랑기'가 양산되었던 것과는 차별되게, '만주 방랑기'라는 제목의 글은 찾아보기가 어렵다.[35] 무엇보다 만주는 서구적 낭만의 방랑성이 향유되는 무대가 아니었다. 만약 만주가 방랑의 장소로 기능했다면, 그것은 러시아의 대체물, 또는 연장선상의 의미에서였을 것이다. 만주 벌판은 곧 시베리아 벌판이었고, 하르빈은 "극동의 모스코우"로서 조국 잃고 떠도는 백계 러시아인과 동병상련의 정을 나눌 수 있는 애수의 장소였다.

> 벌써 십몇 년의 세월이 흘렀던가. 아침저녁으로 만나면 '투르게네프'니 '체홉'이니 '떠스토이에프스키'니 또 누구누구하며 로서아문학에 심취하여, 서로 이야기가 끝날 줄을 모르던 그때의 우리가 우랄산 저편의 '모스코우'는 몰라도 '극동의 모스코우'라는 하르빈만이라도 보고

---

35) 최삼룡·허경진 편, 『만주기행문』에 수록된 47편의 만주 여행·체류 기록만 보더라도 그렇다. 만주를 소재로 하거나 만주에서 생산된 문학을 바탕으로 한 만주 서사 연구는 2000년대 들어 활발하게 진행되고 있는데, 이들 연구 안에서도 방랑의 담론은 발견되지 않는다.

싫다고 노상 입에 거품을 물고 뒤떠들던 그때의 우리 — 형과 같이 하르빈의 로서아 거리로, 달밤의 송화강반으로 또 '까바레'로 끽다점으로 발 가는대로 산책하며 로서아적 이국정조를 어느 정도까지 맛볼 수 있은 것은 또한 유쾌했다. 당년의 '로맨틱씨즘'이 흘렀던 것이다.[36]

조선인 여행객이 하르빈에서 감응한 이 '로맨틱씨즘'은 일찍이 문학을 통해 배양된 러시아적 정취에 대한 동경과 더불어 고향 떠난 방랑자의 감상이 발효시킨 것이다. "혼자 여행에 지친 피로와 고적"의 방랑자에겐 하르빈에 정착한 러시아인들의 "서러운 풍경"이 "라스꼬리니꼬프적 풍경"과 교차되며 애수를 자아낸다.[37] 그런가 하면 "고향을 그리워하며 서백리아를 방랑"하던 끝에 한 처녀를 만나 "뻬치카 연통에 부딪치는 처량한 눈보라 우는 소리를 들으며" 러시아 시와 조선 고시조를 함께 읽는 로맨틱한 정경도 있다.[38]

시베리아 방랑의 배후에 문학이 있는 한, 그것은 문명 지식인의 방랑일 수밖에 없다. 문학은 시베리아 체험을 충동하는 한편, 실현되는 순간의 체험을 다시 문학의 차원으로 환원시킨다. 그러므로 시베리아 경험은 삶의 층위와 문학의 층위가 맞물려 완성되는 셈이고, 그곳에서의 방랑 서사 역시 실제와 상상의 경계선상에서 진행되기 마련이다. 시베리아로 대

---

36) 홍종인, 「애수의 하르빈」, 『조광』, 1937.8, 211쪽. 또 하나의 예인 함대훈의 「남북만주편답기」, 『조광』, 1939.7, 72-86쪽에서도 남북 만주에 당도한 여행객이 찾아가는 곳은 백계 러시아인의 카바레와 묘지 등이다. 이처럼 만주의 조선 여행객이 향유하는 '북국정경'이란 곧 러시아풍 정경을 말한다.

37) 위의 글, 214-215쪽.

38) 김동진, 「서백리아로 방랑」, 『삼천리』, 1932.4, 85-87쪽. 김동진의 방랑기는 「나의 로맨틱 시대」라는 특집 코너에 실린 글이다.

변되는 러시아는 조선의 근대인에게 인종적으로나 문화적으로 '낯선 곳'
이면서도, 정신적으로는 독서 경험을 통해 이미 '낯익은 곳'이 되어버린
묘한 땅이기도 했다. 무엇보다 거기엔 억압으로부터의 해방을 기치로 내
건 볼셰비키 혁명 신화가 있었다. 남의 땅이 되어버린 고향 대신 모두의 땅
으로 되살아난 그곳에서 감상과 신념의 낭만적 '방랑'은 일제강점기 내내
지속되었다.

4. 낙토의 표상 시베리아

시베리아! 이 얼마나 이 땅의 인민에게 회자되는 이름이랴? 그것은 소
박과 광대라는 무한감에서 생하는 말 못할 위대감과 목가적인 생활과
극한에서 상기되는 극한감과 모든 점으로써 이유 없이 우리들에게 웅
대한 자연의 화폭으로 군림한다. [...]
회고컨대 어느덧 9년 전의 일이다. 당시 문예 팬이던 나는 투르게네프
의 『父와 子』의 주인공 바사로프에 대한 성격적 흥미로써 유치된 슬라
브민족의 국민성에 대한 흥미와 또는 그런 작품 등에 나타나는 북구의
전원의 목가적인 묘사에서 얻은 지식으로 인한 유장한 그곳의 생활기
분에 대한 흥미와 이보담 물론 제 일차적인 1917년 볼셰비키 혁명으로
인한 노농 정부의 진상을 알고 싶은 지식적 동경이 한참 방랑성을 띠게
된 17세의 소년인 나를 몰아 입로(入露)할 찬스를 얻기에 열중하게 만
들었었다.[39]

1931년도 『삼천리』 지에 발표된 홍양명의 회고이다. 17세 소년 홍
양명이 러시아로 밀항한 것은 1922년의 일인데, 그 동기는 복합적인 것으
로, "1917년 볼셰비키 혁명으로 인한 노농 정부의 진상을 알고 싶은 지식
적 동경"이 일차적 동기로 언급되고 있긴 하지만 배후에는 러시아 문학의
감흥과 시대적 유행으로서의 방랑성이 자리 잡고 있었다. 직접 언급되고

....
39) 홍양명, 「서백리아시대의 회상」, 『삼천리』, 1931.2, 25-27쪽.

있지는 않으나 독립운동에 대한 의지 또한 주요 동기였음은 미루어 짐작할 수 있다.

감동 어린 독서 경험, 자유를 향한 방랑 욕구, 독립운동, 유학의 꿈, 사회주의 혁명에 대한 호기심 — 한일합방과 3·1운동 이후 급증한 지식인의 시베리아 방랑 동기는 이렇게 압축된다. "어디를 무엇을 하러 가느냐 하면 꼭 바로 집어 대답할 말은 없으면서도 그래도 가슴 속에는 무슨 분명한 목적이 있는 듯도 싶은 그러한 길이었다. 그것도 시대사조라고 할까, 이렇게 방랑의 길을 떠나는 것이 무슨 영광인 것같이도 생각되었던 것이다"[40]라고 이광수가 말했을 때의 그 '시대사조'를 형성한 배경이 대략 그렇게 설명될 수 있다. 홍양명보다 거의 10년 앞서 톨스토이를 애독하며 방랑벽에 시달렸던 이광수는 미국에서의 독립운동과 유학 계획이 좌절되자 시베리아 치타에서 약 7개월을 머물렀다.[41] 같은 시기에 시베리아를 표류하다 이광수와 치타에서 조우했던 이극로의 경우 상트페테르부르그에서 육군학을 공부하겠다는 것이 무전도보 방랑의 원래 목적이었다.[42] 러시아 정교회 소속으로 러시아어를 배운 김서삼이 1917년 시베리아 방랑을 시작한 것도 러시아 본토에 들어가 "진정한 종교의 정체"를 확인하기 위해서였다.[43]

....

40) 이광수, 「그의 자서전」, 『이광수전집』 9, 318쪽.

41) 이광수는 오산학교 재직 중 무작정 방랑을 떠나 상해에 잠시 머물다가 샌프란시스코에서 발행하는 『신한민보』 주필직을 제안받고 미국행 배를 타기 위해 블라디보스토크까지 왔으나, 여비가 해결되지 않는 바람에 결국 치타에 남게 되었다.

42) 이극로, 「시베리아에서 머슴사리」, 94쪽. 하얼빈을 통해 도보로 북만철도를 따라 무작정 방랑을 떠난 이극로는 애초 페테르부르그에 갈 생각이었으나 세계대전 발발로 중도 포기해야만 했다.

43) 김서삼, 「로서아 방랑기」, 『조광』, 1936.1, 320-330쪽; 1936.2, 142-151쪽. 김서삼의 「로서아 방랑기」는 러시아 정교회 소속이었던 필자가 혁명 직후 "진정한 종교의 정체를 보려고" 만주 벌판과 시베리아

지식욕에 불타는 근대기 청년들에게 러시아는 일본·미국·유럽을 대체할 서구 선진 학문의 본향처럼 여겨졌기에, 특히 혁명 이후에는 "러시아만 가면 돈 없이 공부한다"[44]라는 풍문 속에서 유학을 꿈꾼 학생이 많았다. 굳이 유학을 계획하지 않았더라도, 또 사상적 경향이 확고하지 않았더라도, 민족과 계급 해방의 이론을 행동에 옮긴 소비에트 러시아는 식민지 조선인으로서 단연히 궁금하고 또 본받을 만한 신생 국가였다. 막연한 도피처 혹은 무모한 방랑의 현장에 불과했던 시베리아가 구체적인 '낙토'(유토피아)의 표상으로 정착해나가는 것이 이 즈음이다.

　　소비에트 시베리아의 유토피아니즘은 일제 만주국이 선전한 '왕도낙토, 오족협화'의 그것과는 정반대의 근원에서 출발하는데도, 실은 유사한 성격을 띤다. 시베리아는 자본주의 제국의 억압으로부터 자유로운 곳이며 반제국주의적인 "세계의 동네 끝"으로 호명되지만,[45] 결국에는 사회주의 '제도'의 승리를 정당화하기 위해 통제되고 차출된다는 점에서 국가주의 이데올로기에 예속되고 말 운명의 공간이다. 한쪽이 자본주의 근대의 유토피아를, 다른 한 쪽이 반자본주의 탈근대의 유토피아를 예증하고자 했다는 사실이 다를 뿐, 각각 자신이 속한 '제국'의 선전적 실험장이었다는 점에서 차이가 없다는 말이다. "자유 없이 노예로 근생(僅生)함보다

<hr />

평원을 거쳐 페테르부르그에 당도하는 이야기이다. 페테르부르그 대성당에 안치되어 있던 기적의 미이라가 허수아비에 불과했음을 목격하는 것으로 방랑기는 끝맺지만, 실제 기록의 많은 부분은 시베리아 지역에서 일어난 사건들에 할애되어 있다.

44) 『개벽』, 1924.1, 9쪽에 실린 「구아(歐俄) 유학」의 필자 이빈손은 입로(入露) 방법과 대학 학비에 대해 구체적으로 설명하면서, 근래에 러시아 유학을 희망하는 학생 동포가 많으나, 무작정 오지는 말 것을 당부했다.

45) 이호, 「도피를 가는 꿈」, 『개벽』, 1926.8, 15쪽. "세계의 동내 끗—저 먼 '시베리야'—이/ 외따른 집에서/ 황혼을 지고/ 밧밋헤 깔려잇는 '세계'를/ 눈아래 두고섯다."

넓고 넓은 벌판을 자유롭게 임의로 펄펄 뛰다가 결백한 눈 속에 파묻혀버리면 그 얼마나 쾌하며 장한 일인가"[46]와 같은 단순한 원시의 기상이 애초 식민지 조선인의 북국 이주를 동기화했던 것이지만, 만주의 자유는 1932년의 괴뢰국 수립과 더불어, 그리고 시베리아는 혁명 후 내전의 종결(1922)과 더불어 그 꿈을 제도적으로, 또 실질적으로 수용할 수 없게 되고 만다.

> 웅기서 고읍[두만강 근처 마을]은 60리가량 되는 험한 산길이었지만 미
> 지의 나라를 동경의 나라를 찾아간다는 일종의 모험적 쾌감과 용기를
> 얻어가지고 나는 그날 저녁 편에 무사히 고읍에 도착되었다. 여관에는
> 나뿐만 아니라 노령으로 가는 손님들이 꽉 차 있었다. 그들은 대개가
> 다 생활에 쫄려서 '빵'을 찾아가는 무리들이었으니 …[47]

　　1925년 당시 17세 학생(경성고보) 신분이었던 현경준의 이 회고는 시베리아 방랑의 역사가 계층적이고 이데올로기적인 차원에서 두 갈래 길이었음을 말해준다. 이효석의 소설 「노령근해」에서도 확인했듯이 '빵'을 찾아 떠나가는 다수의 무리 틈에는 동경의 나라 혁명 러시아를 목적지 삼은 극소수 지식인이 끼어 있기 마련인데, 생존의 양식과 신념의 양식이 함께 제공되는 '낙토'로서의 시베리아 이미지는 1920-30년대의 대중매체를 통해 조선에서 널리 확산되었다. 앞서 언급했던 1930년대의 시베리아 방랑기 붐은 "잡지홍수시대"[48]의 출판 상황이 일으킨 유행이면서도, 근본적

---

46) 박봄, 「국경을 넘어서」, 『개벽』, 1924, 97쪽.
47) 경운생, 「서백리아방랑기」, 117쪽.
48) "정말 오늘의 조선은 잡지홍수시대라 하여도 과언은 아니리만큼 잡지가 쏟아져 나온다." 우석, 「현

으로 오로라와 백화나무의 낭만적 풍경, 생활 터전으로서의 개척 가능성, 사회주의 제도의 우월성이 함께 가미된 '낙토 시베리아'의 신화화 현상과도 관련이 있다.

실제로 소비에트 혁명 정부는 사회주의 이상의 청사진 아래 시베리아 건설을 주도하면서 '낙토 시베리아'의 이미지를 대대적으로 홍보했다. 밝고 건강하고 아름다운 시베리아의 노래·영화·문학이 만들어지고, 노동 역군 시베리아인의 범례가 영웅화되었으며, 시베리아 이주도 적극 권장되었다. 고난의 유형지로만 각인되었던 원시의 대지가 기적의 신천지로 뒤바뀌는 역사만큼 혁명적인 서사는 없을 터이고, '유토피아-시베리아'의 건설 서사는 결국 사회주의 리얼리즘의 중추를 구성하게 된다.[49] 그러나 사회주의 리얼리즘의 등장 이전인 1920년대 조선에서도 시베리아는 이미 "신로서아 건국의 업원지"이자 "자유와 인도의 향토"로, 또 소련 시민은 물론 가난한 조선인을 위해 "낙토로 택정된 곳"으로서 선전되고 있었다.[50]

예컨대, 화가 나혜석의 오빠인 사회주의자 나경석은 3·1운동 후 블

....

대 조선의 4대광」, 『제일선』, 1932.9. 조남현, 『한국문학잡지사상사』, 21쪽에서 재인용.

49) 혹독한 자연을 인간의 의지로 정복하고 길들이는 '북극 테마(the Arctic theme)'는 소비에트 신사회의 은유로 기능하면서 소비에트 소설에 자주 등장하곤 했다. K. Clark, *The Soviet Novel: History as Ritual*, p. 101-106. 스탈린 시대의 시베리아 낙토화 운동("Siberia to Utopia")에 대해서는 Y. Slezkind & G. Diment eds. *Between Heaven and Hell: The Myth of Siberia in Russian Culture*, p. 5-6 참조. 시베리아 개발을 위해 선전용으로 제작된 소련 영화 『시베리아 대지의 곡』과 『동행열차』는 해방 후 북한에서도 상영되었다고 한다. 이기봉, 『북의 문학과 예술인』, 213-215쪽.

50) 윤기호, 「서백리아의 애국시인」, 『청년』, 1923.10, 47-51쪽; 1923.11, 41-46쪽. 시베리아 출신 시인의 이야기를 전한 이 기사에는 당시 소련의 시베리아 건설 정책에 부흥하는 선전적 내용이 담겨져 있다. "금일에 지하야 그의 열애하던 고향 즉 서백리는 자치운동이 일어나며 그의 전국은 신로서아 건국의 업원지(業源地)가 되어서 세계인의 시선을 집중함이 되었다. […] 우리는 서백리를 다만 천연의 부원(富源)을 장치한 무인의 황야로만 알지 말고 자유와 인도의 향토로써 그 문화적 지도에 부하지 아니하면 아니될 줄 생각하노라."

라디보스토크로 망명한 뒤, 동아일보 객원기자 자격으로 당시 내전 중이던 그곳의 현황을 6회(『동아일보』, 1922.1.19.-1.24)에 걸쳐 보도했다. "우리 보기에는 아라사에는 과격파란 것은 하나도 없고 위험이니 불령이니 할 족속은 보도 듣고 못하였나이다. 과격파라 함은 일본신문 장사의 무식한 추측으로 생긴 상상이고 불령이라 함은 조선총독부의 전매품이고 위험이라는 것은 일본내부성의 어용어이외다"라며 볼셰비키 러시아에 대한 악선전을 일축한 나경석이 조선인의 시베리아 이주를 독려한 대목은 다음과 같다.

> 말이 노국 땅이지 백만 우리 동포가 사는 서백리아인즉 우리 해삼위 우리 서백리아라함을 괴상히 아지 말것이외다. 더구나 현금 로국은 국가와 경제의 조직을 해체하야 국경이란 관념이 희박하고 노력이 이권이 본체라는 공리를 주장하는 곳이라 우리가 건설하고 우리가 개척하고 또 우리가 많이 사는 곳을 우리 무엇이라 함이 오히려 적합한 일이외다. 자연의 법칙은 비교적 공평합니다. 궁하고 약하고 무식하고 간난한 **조선사람의 낙토로 택정된 곳이 서백리아라 합니다.** [...] 가서 可치 아닌 곳이 없는 코스모폴리탄의 심리와 성격을 가진 조선 사람은 서백리아의 주민으로 제일 적합합니다. [...] 살육을 당할 권력도 없고 약탈을 당할만한 부력도 없으니 겁낼 것도 없고 두려울 것도 없습니다. 노동을 해보던 경험은 많이 있은 즉 공산제도를 이상으로 하는 노국에는 무쌍한 이상적 선민(選民)이 될 것이외다.[51] (인용자 강조)

---

51) 공민(公民), 「노령견문기」, 『동아일보』, 1922.1.19.

시베리아를 조선인의 낙토로 지명한 것은 '민족주의자' 한용운도 마찬가지였다. 조선 땅을 떠나지 않는 것이 좋겠다고 생각은 하면서도, 만약 생존을 위해 어쩔 수 없이 가야 한다면 하와이·미국·동경·오사카·홋카이도·만주를 제치고 "서백리아로 집단적 이주함이 유일의 길이 아닐까"라고 밝혔던 것이다.[52] 1932년에 게재된 짧은 글이긴 하지만, 한용운의 「서백리아에 이농」에 담긴 시베리아 선호 사상은 "우익적 입장을 가진 사람들도 소련을 그다지 부정적으로 보지는 않았다"[53]라는 1920년대 분위기를 여실히 뒷받침해준다.

혁명 이후 노농 정부의 진상이 궁금해 시베리아 방랑을 감행했던 17세 소년 홍양명의 경우처럼, 또 상상에 의거하여 시베리아 밀항 광경을 재현해낸 이효석의 소설처럼, 소비에트 러시아에 대한 호기심과 동경은 지식인들의 다양한 월경 기록을 양산했다. 그 기록 중에는 회고나 수기 류의 사적인 것이 많지만, 공식적 성격의 현장 기사도 있다. 동아일보 객원 기자 자격으로 시베리아 근황을 보고한 나경석의 「노령견문기」를 위시해 1925년에 각각 동아일보와 조선일보 특파원으로 소련 견문기를 기획 연재한 이관용과 김준연의 경우가 후자에 속한다.

두 필자 모두 소련의 실상을 보도하면서 서두에 '과학적' 객관성을 다짐했던 것은 사실이다.[54] 그러나 이관용은 한국사회당 대표 경력의 조선

---

52) 한용운, 「서백리아에 이농」, 『삼천리』, 1932.10, 51쪽. 한용운의 글은 '조선민족은 남진호(南進乎), 북진호(北進乎)'라는 제목의 특집 코너에 실린 것으로, 고향땅을 떠나 삶을 개척할 수밖에 없는 운명의 조선인, 그중에서도 빈농에게는 대지를 무상으로 장기 불하해주는 시베리아가 최적의 이주지임을 말하고 있다.

53) 권희영, 「일제시대 한국인의 소련관」, 『한국과 러시아: 관계와 변화』, 261쪽.

54) 이관용의 견문기는 「붉은 나라 로서아를 향하면서」를 제1신으로 하여 1925년 2월 27일부터 6월 18일까지 9회에 걸쳐 『동아일보』에 연재되었다. 김준연은 2개월간 소련을 시찰한 후 1926년 6-7월의 『조

인 최초 철학박사(스위스 취리히 대학)였고, 김준연은 베를린 대학 출신의 조선공산당원이었다. 두 지식인의 이념적 입장이 확고했던 만큼, 그들이 주장한 관점의 중립성은 당연히 지켜지지 않았다. 요컨대 동아일보 특파원 이관용은 "전무후무한 고통과 비극을 무릅쓰고라도 인류의 장래를 위하여 고전악투하는 것이 로서아 민족의 고상한 정신"임을 확인해주었으며, 조선일보 특파원 김준연은 제3차 소비에트 대회에서 울려 퍼진 「인터내셔널」의 "위대한 감동"을 연재물 마지막의 클라이맥스로 삼았다. '붉은 나라 로서아'와 '노농로서아'로 지칭된 그들의 견문 대상은 제국주의를 물리치고 혁명의 꿈을 이룬 위대한 사회주의 국가였고, 견문 기록의 궁극적인 목적은 친혁명·친소 감정의 선포와 홍보에서 벗어날 수 없었다.

선일보』지면에 기행문을 실었고, 이후 이를 묶어 정치, 경제, 재정, 노동, 교육, 부인, 공산당의 총 7장으로 이루어진 소련 안내 내용과 함께 단행본(『노농로서아의 진상』)으로 출간했다. 이관용은 "보고의 성질을 잃지 않고 모든 것을 순전히 객관적으로 관찰하는 과학자의 태도를 유지하기 위하여 모든 주관적 감상을 제외할 것입니다"라고, 김준연은 "일시적 인상기에 그치지 아니하고 노농 정부의 본질에 관한 문제"를 다루었다고 견문기 서문에서 각각 밝히고 있다.

5. 시베리아 여행 담론과 이념

해방기에 이르러 첨예한 이데올로기적 대립 양상을 띠게 될 소련 방문 서사의 한 축은 이런 일련의 과정을 통해 진화하며 뿌리내린 것이다. 대부분 낭만적 애수와 좌익 경향의 분위기 속에 감행된 1920년대 지식인의 방랑 유행은 1930년대에 이르러 본격적으로 서사화 함으로써 결코 부정적이지 않은 방향에서 문학·영화·대중문화의 주요 소재를 제공해주었다. 그와 동시에 각종 잡지에 단골로 등장하던 이른바 '중립적' 성격의 현황 소개 기사들(러시아 아동·학생·신여성·연애와 결혼·가정 등 관련)도 신흥 러시아에 대한 대중적 관심의 확산에 큰 기여를 했다.[55] 가령 1935년 10월의 『삼천리』에는 「막사과의 여당원과 신흥공기: 금석의 모스크바를 이약이 하는 회」라는 좌담회 기사가 실렸는데, 그 내용은 혁명 전부터 꽤 오랜 기간 러시아에 체류했던 4인의 러시아 통이 한자리에 모여 제정 러시아와 소비에트 러시아의 현실을 비교하는 것이었다.[56] 정치·사회의 변혁을 일상 생활의 변화로써 말해준 이 좌담회는 단기 여행자가 아닌 장기 체류자의 눈을 통해 혁명 후의 향상된, 매우 긍정적인 러시아 상을 증언해주었다는 점에서 더 큰 신뢰성을 확보할 수 있었다.

....

55) 1930년대 대중잡지(『삼천리』 등)가 소비에트 러시아를 다룰 때 지켰던 정치적 중립 전략에 관해서는 장영은, 「금지된 표상, 허용된 표상: 1930년대 초반 『삼천리』에 나타난 러시아 표상을 중심으로」 참조.
56) 「莫斯科의 女黨員과 新興空氣, 今昔의 모스크바를 이약이 하는 회」, 『삼천리』, 1935.10, 202-209쪽. 좌담에는 혁명 후 1·2차 신경제정책(NEP) 시기를 모두 경험한 이동인, 모스크바 대학 유학생 김해룡, 러일전쟁부터 혁명기까지 러시아에 체류했던 최일선, 제정러시아 때부터 러시아를 출입해온 한명 등 4인이 참여했다. 이들의 좌담회는 1935년 9월호(「막사과의 신여성과 신문화, 금석의 모스크바를 이약이 하는 회」)와 10월호 두 차례에 걸쳐 게재되었다.

한편, 소비에트 러시아의 또 다른 진상을 알리는 반혁명·반소 입장의 인상기도 서서히 등장했다. 1920년대부터 볼셰비키 혁명에 대한 회의적 입장이 표출되지 않은 것은 아니어서, 1925년 창간된 잡지 『신민』 같은 경우는 "신흥민족의 전도는 우(右)도 아니고 좌(左)도 아니다"(창간사)라는 중도 입장의 표명 아래 볼셰비즘과 소비에트 러시아의 실체를 밝혀 비판하는 기사들을 반복해 실었다. 소비에트 러시아의 볼셰비즘은 진정한 사회주의가 아니라 또 하나의 제국주의에 불과하다는 식으로 이론적 모순 문제가 먼저 제기된 뒤에는,[57] 실상의 부조리를 폭로한 세브란스 의전 교수 오긍선의 「노농로서아 별견기(瞥見記)」 같은 기사도 이어졌다. 제목 그대로 11일간의 주마간산격 견문에 불과했지만, 오긍선의 기록은 6년 후 나타날 앙드레 지드의 여행기(*Retour de l'URSS*, 1937)를 예고하는 것이었다. 요컨대 "로서아의 금일의 모든 정치시설이라는 것은 표본시대 혹은 선전기를 면치 못한 것임을 실제로 본 사람이면 누구나 부인하지 못하리라"라는 생각은 '위대한' 혁명의 이상이 실현되지 않았다는 실상 파악의 수준을 넘어 스탈린 체제의 억압성과 순응주의에 대한 앙드레 지드식 진단이기도 했다.

오긍선의 소비에트 러시아 여행은 미국 시찰 귀국길에 이루어진 것이었고, 입국 루트는 역시 시베리아 횡단이었다. 이 귀국길에서 오긍선은 허상이 깨어지는 경험을 두 차례 한다. 열차에서 가진 돈을 강도당함으로써 시베리아 낭만이 허물어지는 것이 사적 차원의 경험이라면, 또 하나는 '낙토 시베리아'가 허상에 불과하다는 집단적 실망감의 인식이다.

----

57) 유기석, 「노농로서아의 신경제정책」, 『신민』, 1925.12, 29-34쪽; 포박(抱朴), 「무산계급전제와 쏘벳트」, 유서(柳絮) 역, 『신민』, 1926.7, 61-70쪽.

그곳에서도 유랑의 생애를 머물고 있는 우리 동포들이 별로히 직업도 없이 토굴생활을 계속하고 있는 것을 보았습니다. 그나마 그들은 하등의 보호와 지도도 없고 또 언어를 통치 못함으로 노국관헌으로부터 추방압박을 당하여 자유로운 천지를 찾아 들어온 그들은 이제는 실망을 하고 진퇴난곡에 빠져 어쩔 줄을 모른다 합니다. 소문에는 황야를 개척하기 위하여 조선농민의 이주를 환영한다 하나 실상은 아주 딴판이었습니다.[58] (인용자 강조)

오긍선의 시베리아 인상이 기존의 낭만적 서사에 대한 반론이 될 수밖에 없는 것은 이 여행자의 기본 입장과 관련이 있지만, 그의 여행길이 미국 시찰을 거친 후에 이루어졌다는 사실과도 무관하지 않다. 앞에서 언급한 시베리아 방랑과 견문의 서사가 사회주의자 김준연과 이관용을 제외하고는 대부분 최초의 서구 여행 기록이었던 것에 반해, 오긍선은 이미 미국 유학을 거친 사람으로 소련에 대한 비교의 기준점을 갖추고 있었고, 따라서 그의 서사는 단선적일 수가 없었다. '웅도' 페테르부르그를 경험한 후의 조선왕조 사절단에게 시베리아 귀환길이 슬픔과 고단함의 문명 역행에 불과했던 것처럼, 그리고 일행 중 이미 미국에 체류했었던 윤치호에게는 페테르부르그마저도 열등한 서구사회였던 것처럼, 오긍선을 위시해 다른 세계의 비교 대상을 갖고 있던 여행자들에게 소비에트 러시아, 특히 시베리아는 여전히 낙후된 혼돈의 원시에 가깝게 비쳐졌다.

비슷한 시기에 유사한 입장에서 기술된 박포샤의 「파란국경을 넘

---

58) 오긍선, 「노농로서아 별견기」, 『신민』, 1930.7, 33쪽.

어 '모스코'에」가 유럽과 소비에트 러시아를 대비해 후자의 열등함을 지적하고, 동일 인물로 여겨지는 박포사의 「소연방삼만리 횡단여행기」가 파리, 베를린, 바르샤바를 거쳐 당도한 러시아를 "별로 재미가 없어 보인다"라고 혹평하는 등이 그 예가 될 수 있다.[59] 1926년에 횡단열차로 세계일주 여행을 떠난 나혜석도 러시아를 지나는 과정에서는 낭만적으로 상상했던 것과 상이한 러시아 혁명의 여파에 실망하다가, 폴란드 농촌에 진입하게 되어서야 "이만해도 서양 냄새가 충분히 나는 것 같고 내 몸이 이제야 서양에 들어온 것 같은 감이 생겼다"라고 서술했다.[60] 베를린 유학과 방문 시 세 차례나 시베리아를 기차로 지나갔던 김재원의 경우도 유럽인의 관점에서 러시아를 독일 또는 일본과 비교 폄하하기는 마찬가지였다.

1920년대부터 양분화의 길을 걸어온 소비에트 러시아 여행 담론은 1930년대 말 소련과 일본이 전시 태세를 갖추고, 마침내 만주에서의 소·일 대립과 세계대전 발발로 치달으며 양립 불가능 상황이 전개된다. 혁명 러시아에 대한 인상기는 이념 대립의 표출 창구이자 실제 전쟁의 예행연습이었다.[61] 시베리아 여행 담론이 흥미로운 것은 낭만적 이상향에서 실질적 유토피아 혹은 디스토피아로서 양극단에 이르는 상상력과 공간 재현의 인문사를 반세기 남짓한 비교적 짧은 기간에 걸쳐 압축적으로, 또 대단히 문학적으로 보여주기 때문이다. 그런 의미에서 시베리아 여행 담론은 근대사의 요약본이다.

---

59) 박포샤, 「파란국경을 넘어 '모스코'에」, 『신인문학』, 1934.12, 19-22쪽; 박포사, 「소연방삼만리 횡단여행기」, 『신인문학』, 1936.10, 48-58쪽.

60) 나혜석, 「쏘비엣 로서아행」, 『나혜석 전집』, 35쪽.

61) 국내 지식인들 간의 이념 대립은 실제 여행담론을 포함하여 러시아 혁명 전반에 대한 해석과 입장에 있어 활발히 전개되었다. 황동하, 「일제식민지시대(1920년~1937년) 지식인에 비친 러시아혁명—대중적으로 유통된 합법잡지를 중심으로」 참조.

III
삶의 텍스트, 소설의 텍스트

이광수와 톨스토이

1. 이광수가 읽는 톨스토이

외국 문학의 수용은 자의적이기 마련이지만(특히 근대 문학 형성기에 그렇다), 톨스토이만큼 우리나라에서 선택적으로 읽히고 번역된 작가는 없다. 소설가이자 도덕주의 사상가로서 톨스토이라는 이중적 위상이 근대계몽기의 특수 상황과 맞물려 일으킨 현상이기도 하고, 일본으로부터의 직접적인 영향 때문이기도 할 터이다.

일본에서 톨스토이가 처음 소개된 때는 1877년이고, 1886년에는 처음으로 『전쟁과 평화』가 부분 번역되었다. 19세기 말부터 일본의 문필가들이 야스나야 폴랴나 영지로 톨스토이를 직접 방문하기 시작했는데, 그중 러시아 정교회 신학생이었던 코니시 마스타로(小西增太郎)는 톨스토이와 함께 『도덕경』을 번역하기도 했다. 1905년에는 러일전쟁에 대해 쓴 톨스토이의 반전문이 일본에서 번역되어 사회주의자와 반전운동가들 사이에 큰 영향을 미쳤고, 우치다 로안(內田魯庵)의 『부활』 완역본이 『니혼신분(日本新聞)』에 연재되었다. 우치다 로안의 번역은 이후 1908과 1910년 단행본 상하권으로 나뉘어 출간되었으며, 같은 시기 톨스토이에 경도된 사실주의 작가들은 '백화파(白樺派)'를 결성하여 문예 잡지 『백화』를 간행하기 시작했다.[1]

우리나라에 톨스토이가 유입된 것이 바로 그즈음의 일이고, 이광수

---

1) 일본의 톨스토이 수용사에 대해서는 대표적으로 S. Nobori, "Russian Literature and Japanese Literature,"; P. Ким, *Русская классика и японская литература*, ред. *Лев Толстой и литературы Востока*, с. 57-86; B. Koyama-Richard, *Tolstoï et le Japon* 참조.

가 톨스토이 문학과 사상에 입문하는 것도 때를 같이한다. 톨스토이에 대한 첫 언급은 1906년 『조양보(朝陽報)』를 통해서였다고 알려졌으나, 더 보편적인 의미에서의 첫 소개는 최남선의 『소년』 잡지를 통해서였다.[2] 1908년 창간호에 "러시아에는 톨스토이라는 유명한 어진 사람이 있나니, 그의 사적을 쉬 내일 터이오"라는 내용의 사고(社告)가 등장하는데, 「러시아를 중흥시킨 페터(彼得) 대제」라는 기사 끝 대목에 붙여진 안내문이었다.

표트르 대제와 톨스토이에 대한 관심은 일차적으로는 일본으로부터 수입된 것이다. 메이지 유신 이후의 일본은 러시아를 국가 발전 모델로 삼았고, 그것은 표트르 대제의 개혁이 일구어낸 유럽으로서의 러시아를 의미했다. 비록 19세기 후반에 접어들며 러시아에 대한 일본의 경외심은 사라졌다 할지라도, 러시아 사회의 시류와 문화는 여전히 최고의 관심 대상이었고, 표트르 대제는 나폴레옹과 함께 세계 위인전의 주인공으로 가장 높은 인기를 누렸다.

그런데 우리나라에서 나타난 흥미로운 현상은 중흥 군주 표트르 대제와 나란히 '어진 사람' 톨스토이가 등장하고 있다는 사실이다. '어질다'라는 말은 개혁이나 계몽의 발전론과는 동떨어진 도덕론의 범주에 속한다. 그 단어의 사용은 『소년』의 편집자(최남선)가 톨스토이를 어떻게 바라보았는가의 문제뿐 아니라 당시 사회가 추구하던 이중의 가치 체계, 즉 힘과 덕이라는 속성의 길항을 은연중에 드러내준다. 표트르 대제로 대변되

---

2) 「토르스토이伯 의 아국 국회관」, 『조양보』 5, 1906.8.25, 15-16쪽. 같은 잡지 10호(1906.10.25)에 실린 「수감만록」에서도 톨스토이는 공자, 노자와 함께 언급되었다. 『소년』에 소개된 톨스토이를 다룬 최근 논문으로는 최현식, 「1910년대 번역·번안 서사물과 국민국가의 상상력: 『소년』과 『청춘』을 중심으로」; 권보드래, 「『소년』과 톨스토이 번역」 등이 있다.

는 중흥 러시아의 역사가 자연에 맞선 인간 의지의 승전사라면, '어진 사람' 톨스토이가 역설한 것은 인간의 의지와 규율을 초월하는 하나님의 '사랑의 승전'이었다. 『소년』제2권 6호(1909.7)를 통해 최초로 번역된 톨스토이 작품이 바로 「사랑의 승전」이었음은 결코 우연이 아닐 것이다.

일본에서 번역된 첫 톨스토이 작품이 『전쟁과 평화』였던 것과는 대조적인데, 처음 번역 소개한 작품의 차이는 향후 톨스토이 수용사에서 양국이 보여줄 격차의 뚜렷한 전조이기도 하다. 요컨대, 『소년』지에서 톨스토이를 막 소개하기 시작했던 1909년, 일본에서는 이미 『안나 카레니나』와 『부활』같은 주요 대작들이 완역된 상태였다. 반면, 한국에서는 1956년에 이르러서야 『전쟁과 평화』가, 1959년이 되어서야 『안나 카레니나』가 비로소 완역되었다. 일본에서는 1918년 이후 지금까지 10-47권짜리 선집이 13차례 이상 출간되었지만, 한국에서는 1960-70년대를 중심으로 6-9권짜리의 선집만이 4차례 간행되었을 따름이다.[3]

2003년을 시점으로 국내에 일었던 톨스토이 붐은 20세기 초 톨스토이 현상의 리바이벌처럼 보인다. 박형규 번역의 『톨스토이 단편선』은 발간 즉시 베스트셀러 반열에 오른 후 각종 홍보 효과에 힘입어 200만 부 넘는 판매 실적을 올렸다. 러시아 문학 작품 중에서는 이례적인 기록이 아닐 수 없는데, '단편'이라는 이름의 이 선집에 포함된 작품은 가령 「이반 일리

---

3) 현재까지 국내에서 발간된 톨스토이 선집은 다음과 같다. 『똘스또이 전집』(총 8권, 1966, 삼국문화사), 『대똘스또이 전집』(총 9권, 1970, 신구문화사), 『똘스또이 인생론 전집』(총 8권, 1971-73, 삼성출판사), 『똘스또이 인생론 전집』(1981, 대호출판사). 1981년 『똘스또이 인생론 전집』은 그 이전 간행물의 복판본이다. 최근 2014년 말까지 총 18권짜리 종이책 '전집'(이 또한 기존의 번역 '전집'들과 마찬가지로, 엄격한 의미에서는 '선집'이다. 박형규 단독 번역)이 출간될 예정이라는 출판사 측 발표가 있었으나, 2017년 현재 제1권 『안나 까레니나』만 발간을 마친 상태이다.

치의 죽음」이나 「크로이체르 소나타」와 같은 예술 산문이 아니라 톨스토이가 말년에 쓴 교화적 내용의 우화들이었다. 말하자면 『소년』지에 처음 소개되었던 것과 동일한 작품들이 다시금 국내 독서계를 휩쓸고, 1백 년 전에 그랬듯이 인생의 스승 톨스토이가 21세기 한국 독자들을 움직였다는 이야기이다. 이 『톨스토이 단편선』 외에도 국내에서 가장 빈번히 번역 출간되는 톨스토이 문학이 우화집이라는 사실은 우리나라 출판계와 일반 독자들의 톨스토이 독법이 계몽기 양상으로부터 크게 변하지 않았음을 말해 준다.

계몽기 톨스토이 독법의 표본이자, 근현대 한국문학사를 통틀어 러시아와 가장 인연이 깊은 작가가 춘원 이광수다. 시베리아를 '방랑'했고, 치타에 7개월간 머무는 동안에는 한인 정교회 일을 보았다. 러시아어를 구사할 줄 알았으며, 톨스토이의 희곡 『어둠의 힘』을 번역했고, 시베리아를 배경으로 한 작품도 몇 편 남겼다. 술에 취하면 러시아어로 말하고 시베리아를 회상했다는 이광수. 아내에게는 "우리 발콘스키 부인" 혹은 "볼콘스키 여왕"이라는 호칭을 사용하기도 했다. 심지어는 러시아인 혼혈아라는 전설적인 이야기마저도 돌았다. 무엇보다 이광수 문학의 원천이 러시아 문학, 그중에서도 톨스토이였다.[4]

---

4) 이광수와 톨스토이에 대한 근래의 국내 연구로는 김미연, 『이광수의 톨스토이 수용과 번역 양상 고찰』; 김윤식, 『이광수와 그의 시대』 I, 222-230쪽; 문석우, 「러시아 사실주의 문학의 수용과 그 한국적 변용: 톨스토이를 중심으로」; ____, 『한·러 비교문학 연구』, 51-77쪽; 박진영, 「한국에 온 톨스토이」 등이 있다. 러시아 내 연구로는 Д. Х. Хон, "Восприятие творчества Л. Толстого в корейской литературе"; В. И. Иванова, "Л. Н. Толстой в Корее: Власть тьмы на корейском языке" 참조. 아내 허영숙을 볼콘스키 부인으로 지칭한 대목은 1922년의 편지글에서 확인할 수 있다. 『이광수전집』 19, 497-501쪽. 이광수의 러시아 혼혈설에 관해서는 이경훈, 「첫사랑의 기억, 혼혈아의 내선일체 — 이광수와 야마사키 도시오」 참조. "춘원이 혼혈아건 아니건 상관없이, 야마사키 및 일본인 학생들이 춘원을 혼혈아로 생각했던 일은 실재했다"고 한다.

이광수가 톨스토이를 처음 접한 것은 동경 유학 시절인 17세(1908) 때의 일이다. 이때 동급생의 형에게 빌려 읽은 책이 톨스토이의 신앙고백서인 「나의 종교」라는 사실을 주목할 필요가 있다. "성경을 읽기 전에 톨스토이의 작품을 읽어 깊은 감화를 받았습니다. 앞으로도 톨스토이를 많이 읽을 것이며 그를 따를 터입니다"(「작가로서 본 문단의 10년」)라는 고백이 말해주듯이 톨스토이는 이광수에게 영향의 순서와 무게 면에서 예수보다도 앞선 존재였다. "톨스토이, 예수, 석가의 영향을 순차로 받아서 나의 무저항심은 더욱 깊어지고 말았다"(「내가 속할 유형」)라는 서술에서도, 또 중학시절 처음 톨스토이를 접한 후 "톨스토이를 숭배하여 ― 톨스토이를 통한 예수를 숭배하는 것이지마는 ― 마태복음 5, 6, 7장과 누가복음 12장을 그대로 실행해보려고 하였습니다"(「두옹과 나」)라는 회고에서도 춘원은 톨스토이를 예수와 동일선상에, 그러나 분명 그 앞자리에 위치시키고 있다.

톨스토이가 이광수에게 끼친 영향의 본질은 톨스토이 사상의 각론적 주제(가령, 이웃을 사랑하라, 저항하지 말라, 금욕하라 등)에 있다기보다, '삶의 도구로서의 문학'이라는 총론적 관점에 있다. '인생을 도덕화'하는 것이 곧 '인생을 예술화'하는 것이라고 보았던 이광수의 예술론은 톨스토이 예술론의 축약본인 동시에 그 예술론의 이광수식 변용이며, 좀 더 엄격히 평가하자면 당시의 조선 현실에 맞춰 생산한 실용적 번안 텍스트이다.

이광수의 「예술과 인생」(1922)은 톨스토이의 「예술이란 무엇인가」(1897)를 부분 번역했다고 할 만큼 기본 내용이나 표현에 있어 겹쳐지는 부분이 많지만, 사실 톨스토이 예술론의 미학적 깊이와 사상적 배경은 전적으로 결여하고 있다. 무엇보다, 두 예술론의 각기 다른 제목이 말해주듯이 두 작가의 관심사와 시야에는 근본적인 차이가 드러난다. 톨스토이는 예술의 역사와 그것을 해석해온 미학의 역사를 총망라하여 자신의 민중예술론을 도출해낸 반면, 이광수는 예술의 본질에 대한 깊이 있는 논의는 생략한 채 다만 "종교는 곧 예술과 일치한다"라는 명제만으로 예술을 삶의 도구화하는 데 급급한 편이다. 톨스토이의 글이 미학적 담론이라면, 이광수의 글은 사회적 담론에 가까우며, 그 담론의 수준이 훨씬 단순하고 국지적이다.

예술의 도덕적 보편성을 주장한 톨스토이와 달리, 이광수의 관심은 조선예술의 현실적 특수성에 있다. 그에게 중요한 것은 '예술이란 무엇인가'라는 미학적 화두가 아니라 오늘의 조선인, "가장 못나고, 가장 가난하고, 산천도 시가도 남만 못하고, 가옥도 의복도 살림살이도 남만 못하고 과학도 발명도 철학도 예술도 없고, 일을 할 줄도 모르거니와 일할 자리도 없"는 조선인의 예술을 통한 개조이다. '인간 상호 간의 교류'가 톨스토이 예술의 정의이자 목표였다면, 이광수 예술의 정의와 목표는 '삶의 개조'에 있다. 예술은 새로운(즉 발전된) 삶과 새로운 세계에 이르는 길의 또 다른 이름이요 수단일 따름이다. 전 인류의 결합을 염두에 둔 민중예술론과 특정 민족(조선인)의 개화를 목표로 한 민중예술론은 비록 '민중예술'이라는 명칭은 동일할지라도 서로 차원이 다른 담론이 아닐 수 없다. 이광수의 「예술과 인생」은 「민족개조론」과 같은 해에 발표되었다. 문명과 진보의 제도를 부정했던 톨스토이와는 정반대로, 이광수의 예술은 문명과 진보를 진흥하는 계몽 담론의 제도 안에 위치했던 것이다.

그런데도 이광수는 "나의 예술관에 가장 큰 영향을 준 것은 톨스토이 선생이었습니다"(「두옹과 나」)라고 당당히 선언한다. 톨스토이를 잘못 읽어서라기보다는 선택적으로 읽어서라고 봐야 할 것이다. 예술론의 경우가 그런 것처럼, 이광수는 자신이, 그리고 당시 한국이 읽은 바대로의 톨스토이에게 영향을 받았다고 하는 편이 옳다.

이광수가 톨스토이를 어떻게 읽었는가는 그가 어떤 문학을 추구했는가와 직결된 문제이다. 작가의 독서론은 그의 창작론을 비쳐주는 거울이기 때문이다. 애초 톨스토이를 읽음으로써 방향이 설정된 이광수 문학과 삶의 행로는 역으로 이후 그가 읽는 톨스토이에 영향을 미치기도 한다. 한발 더 나아가, 이광수가 읽는 톨스토이를 이광수 자신의 문학과 삶에 대한 변호나 자기정당화 수단으로 해석해볼 여지도 있다.

1920년대 말부터 이광수는 대중 언론을 통해 톨스토이를 자주 언급한다. 물론 '잡지홍수시대'를 맞이하여 명사의 학창시절 회고나 연애담, 독서 감상, 여행담과 같은 흥미 중심의 지면이 유행하게 되는 추세와 관련이 있을 수 있겠지만, 그 점을 감안하더라도 톨스토이에게 집중된 이광수의 1930년대 언필 활동은 예사롭지가 않다.

이광수가 톨스토이를 처음 거론한 대중 잡지는 1929년 『문예공론』 창간호였는데, 「내가 속할 유형」이라는 이 글은 자신의 무저항주의에 대한 일종의 변론과도 같은 것이다. "원래 천성이 폭력을 싫어하는데다" "톨스토이, 예수, 석가의 영향을 순차로 받아서 나의 무저항심은 더욱 깊어지고 말았다"라고, 그는 스스로 자신을 분석한다.

그 이듬해에는 톨스토이 예를 들면서 자기 뿌리가 사회주의 기독교 사상(키노시타 나오에, 톨스토이)에 있음을 밝히기도 한다.

나는 자기가 '내가 프로작가'라고 표방하고 나서지 아니한 사람 이외의 작품이라도 민중의 감정을 잘 표현하였으면 프로문학이라고 할 수가 있다고 생각합니다. 톨스토이가 프로작가는 아니지만 그의 작품 중에는 당당한 프로작품이 많이 있지 않습니까. [...] 나의 문학상 주의요? 잘들 아시는 바와 같이 민족주의 문학이겠지요. 그러나 나는 누구의 무엇을 읽기 전보담도 木下尙江의 『불기둥』을 읽었고 성경을 읽기 전에 톨스토이의 작품을 읽어 깊은 감화를 받았습니다. 앞으로도 톨스토이를 많이 읽을 터이며 그를 따를 터입니다.[5]

1933년 『삼천리』가 진행한 인터뷰 중 애독서에 대한 답변에서는 톨스토이, 고르키, 푸슈킨을 꼽는다. 이들은 동경 유학 시절인 1909년 독서 목록에 적혀 있던 바로 그 작가들이며,[6] 또 당시에는 혁명적 민중주의 계열로 분류되던 작가들이다. 그들과는 별도로 투르게네프를 가리켜 "화려하게 장식해놓은 서재에서 '하마끼'[시가]나 태우면서 읽을 예술"로 일축하는 대목이 흥미롭다.

역시 로서아의 톨스토이 것이올시다. 두옹 작품은 20년래 늘 읽어옵니다. 이밖에 로서아 작가로는 고리키, 푸시킨 것도 좋아해요. 그리고 투르게네프의 작품도 거지반 다 보았는데, 퍽 아름다워요. 그러나 어쩐지 그 사람 것은 유한계급적 예술이라는 느낌이 나요. 이를테면, 화려하게 장식해놓은 서재에서 '하마끼'나 태우면서 읽을 예술인 줄 알아요.[7]

투르게네프는 톨스토이와 함께 1920-30년대를 통틀어 한국에서

---

5) 이광수, 「작가로서 본 문단의 10년」, 『이광수전집』 16, 396-397쪽.
6) 이광수, 1909년 12월 31일 자 일기, 『이광수전집』 19, 16쪽.
7) 이광수, 「이광수씨와 교담록」, 『이광수전집』 20, 248쪽.

가장 많이 읽히고 번역된 러시아 작가이다.[8] 게다가 『사냥꾼의 일기』나 『전날 밤』, 『처녀지』 같은 소설만 보더라도 충분히 사회비판적이고 진보적인 경향의 작가로 인정받을 만하다. 그런데도 이광수는 투르게네프를 "유한계급적 예술"로 분류함으로써 톨스토이와, 그리고 톨스토이를 평생 애독해온 자신과 거리 두기를 꾀한다. 그 거리 두기를 이광수 자신의 반부르주아 민중예술론에 대한 공개 선언이라 보아도 무방할 것이다.

이후 이광수는 톨스토이 사후 25주년을 기해 세 편의 글을 발표하는데, 모두 톨스토이를 통한 자기 대변으로 읽힌다는 점에서 명시적이다. 「톨스토이의 인생관: 그 종교와 예술」 「두옹과 현대」 「두옹과 나」에 깔린 기조는 톨스토이의 무저항·비폭력주의다. 무저항주의, 반자본주의, 반국가주의를 표방하는 톨스토이 사상은 현대나 가까운 미래의 현실과 상반되는 것처럼 보이지만, 그래도 현대인은 톨스토이를 좇아 "현실에 발을 꽉 붙이고 이상의 미래를 끌어 잡아당기는 성의 있는 노력"(「두옹과 현대」)을 해야만 한다고, 이광수는 설득한다. '하나님의 나라는 네 마음속에 있다'는 톨스토이의 가르침에 따라 "마음에 믿는 대로 아무에게도 복종 말고 오직 자유로 생활하며," 그러나 만약 그 과정에서 국가의 압제나 형벌이 주어진다면 역시 톨스토이의 가르침대로 "질병이나 죽음과 같이 무저항으로 감수할 것이요, 그것이 무서워서 쇄역(碎易)할 것이 아니며 도리어 진리를 위하여 받는 고난을 영광으로 알 것"(「톨스토이의 인생관」)이라고 종용한다.

생애 최후 시점에서 톨스토이가 간디와의 서신 교환을 통해 교감했던 무저항주의는 당시에 이미 널리 알려져 있었다.[9] 그러나 그것이 식민지

8) 김병철, 『한국근대번역문학사연구』, 440-448, 736-742쪽 참조.
9) 일례로 "1910.11.15. 즉 톨스토이 서거 전 5일 당시 남아(南阿)에 있는 간디에게 보낸 서한이다"라는 설

조선의 현실에서, 더군다나 이광수의 펜을 통해 거듭 강조되었다면 그때의 의미를 단선적으로 받아들일 수는 없을 것이다. 이광수가 1930년대에 접어들어(혹은 그 이전부터) 보여주었던, 그리하여 결국 '친일'이라는 오점으로 종착되는 전체주의적 내셔널리즘의 일면이 톨스토이 사상의 근거를 빌려 정당화되고 있다는 느낌을 지우기란 어렵다.[10]

"지금 와서도 종교적 인생관에 있어서 나는 톨스토이와 길이 달라졌지마는 그의 예수교의 해석과 실천적 인생관에 있어서는 전과 같이 톨스토이를 선생으로 섬기고 있"(「두옹과 나」)다는 것이 이광수의 1935년 고백이다. 1936년 이후로 대중매체를 통한 이광수의 톨스토이론은 사라진다.[11] 사실 1929년 이전에도 없었다. 1922년에 쓴 「예술과 인생」이 톨스토이 예술론에 너무도 큰 빚을 졌으면서도, 당시 이광수는 자신이 받은 영향을 언급하지 않았다. 1923년 톨스토이의 희곡 『어둠의 힘』을 번안에 가깝게 번역했을 때에도 그는 원작이나 원작자에 관해 아무 글도 남기지 않았다.

톨스토이를 평생 읽고 추종했다는 이광수가 유독 1930년대 전반부에만 톨스토이의 사상과 영향력을 논하고 있음은 분명히 수수께끼이다.

명과 함께 톨스토이의 편지가 소개되기도 했다. 「간디에 보낸 톨스토이 서한」, 『삼천리』, 1934.8, 97-99쪽.

10) 1930년대 전반기의 이광수가 전파한 복종과 순응의 전체주의 내셔널리즘에 대한 견해는 최주한, 「1930년대 전반기 이광수의 지도자론과 파시즘」 참조. 1920년대부터 이광수의 글에서 간파되었던 파시즘의 흔적에 대해서는 김현주, 「이광수의 문화적 파시즘」 참조. 두 연구 모두 이광수의 파시즘과 톨스토이 수용의 상관성에 대해서는 언급하지 않고 있다.

11) 1936년 『신인문학』에 실린 「이광수씨와의 일문일답기」에서 "나는 톨스토이의 예술론을 지지하는 사람입니다"고 말한 것이 대중 매체를 통한 마지막 논평이었다. 이광수가 소설 이외의 글이나 인터뷰에서 톨스토이를 언급한 경우는 다음과 같다. 「내가 속할 유형」(1929), 「작가로서 본 문단의 10년」(1930), 「내가 소설을 추천한다면」(1931), 「『부활』과 『창세기』: 내가 감격한 외국 작품」(1931), 「이광수씨와 기독을 語함」(1932), 「창부집의 하루밤」(1932), 「이광수씨와의 교담록」(1933), 「나의 문단 생활 30년: 감사와 참회」(1934), 「북경호텔과 관성자의 밤」(1934), 「톨스토이의 인생관」(1935), 「두옹과 현대」(1935), 「두옹과 나」(1935), 「다난한 반생의 여정」(1936), 「이광수씨와의 일문일답기」(1936).

그러나 그 수수께끼 같은 이력이 실은 이광수의 사상적, 실천적 행보에 관해 많은 것을 말해준다. 1935년 사후 25주년 행사를 정점으로 국내의 톨스토이 열기는 전반적으로 가라앉고, 톨스토이에 관한 글이나 번역도 현저히 줄어든다.[12] 1930년대 후반은 또한 일본 제국주의 파시즘의 압력이 점점 표면에 드러나면서 이광수를 위시한 일부 지식인들이 노골적인 친일로 전향하는 시기이며,[13] 그 같은 시대 상황이 톨스토이즘의 향유를 허용했을 리 만무하다. 한편, 이광수가 톨스토이 사상과의 연대의식을 공개적으로 드러내던 1930년대 전반부는 그가 민감한 시대적 주제(전체주의, 무저항주의, 친일 등)에 관해 자신의 입장을 정립해가던 시기였다. 앞에서도 언급했듯이, 그 과정에서 이광수가 톨스토이의 사상을 자기정당화의 보루로 차용했을 가능성이 있다. 톨스토이에 대한 발언 내용이 무저항주의, 전체주의, 민중주의와 같은 이데올로기와 연결되어 있다는 사실은 그 같은 추정을 뒷받침해준다.

이광수가 언제 어떻게 톨스토이를 읽고 말했는가는 그 자신이 언제 어떻게 자신의 길을 고민하며 선택했는가를 비쳐주는 간접적인 증표이다. 톨스토이가 이광수의 사상적 토대가 된 것은 사실이지만, 이광수가 톨스토이의 이름으로, 또는 그의 말을 빌려 자신의 입장을 포장한 것도 사실일 것이다. 이광수가 읽은 톨스토이는 선택적이었을 뿐 아니라 의도적이고, 게다가 실용적이었다는 말이다.

---

12) 김병철의 번역물 조사 자료만 보더라도 톨스토이 작품(소설과 산문, 평론 포함)이 1920년대 23편, 1930-35년 7편, 1936-40년 2편 기록되는 것으로 미루어 35년 이후의 인기 감소를 확인할 수 있다. 나의 조사에 따르면, 톨스토이에 대한 소개글이나 감상문 역시 같은 경향으로 줄어든다.
13) 이광수는 1938년 사상전향서를 발표했다.

2. 이광수 시대의 『부활』

이광수는 톨스토이를 평생 읽었다. 그러나 그가 읽은 것은 주로 톨스토이 말년 작품들이었다. 이광수가 『안나 카레니나』와 『전쟁과 평화』를 읽은 것은 확실하지만, 두 대작에 관해서는 어떤 논평도 하고 있지 않으며,[14] 「하지 무라트」나 「이반 일리치의 죽음」처럼 1910년대 일본에서 출간된 주요 작품들에 대해서도 전혀 언급이 없다. 톨스토이를 향한 경애의 글을 상당수 남겼는데도, 그가 막상 거론한 문학 작품은 오직 『부활』 단 한 편뿐이다.

1909년 독서 목록에 포함되었던 『부활』은 1930년대에도 여전히 애독서로 손꼽힌다.[15] 『부활』은 구약성서 「창세기」, 빅토르 위고의 『레 미제라블』과 함께 이광수가 추천하는 3대 소설이며,[16] 셰익스피어와 비교할 때 "단연 승하다"라고 평가되는 작품이기도 하다.

사건이 묘하고 재미있는 소설을 찾자면 『부활』에 몇 배 나은 것이 많으리라. 셰익스피어의 작을 보아도 그 문장이 찬란하고 착잡하게 엮은

---

14) 『안나 카레니나』는 1909년 독서 목록에 포함되어 있다. 또한 1922년 편지글에서 아내 허영숙을 '볼콘스키 부인'으로 지칭함을 볼 때, 이광수는 그 이전에 이미 안드레이 볼콘스키 공이 주인공으로 나오는 『전쟁과 평화』를 읽었을 것이다. 이광수가 『안나 카레니나』를 지칭한 것이 한 번 있으나, 그것은 톨스토이가 『안나 카레니나』를 쓴 태도와 『바보 이반』을 쓴 태도가 다른 것을 어떻게 생각하느냐는 양주동의 질문에 대한 답변에서였다. 「문예사상문답」, 『문예공론』, 1929.5, 34쪽.

15) '내가 좋아하는 문호는 톨스토이이고 지금도 그의 『부활』과 「천국은 네 안에 있다」는 글은 애독합니다.' 이광수, 「나의 문단 생활 30년: 감사와 참회」, 『이광수전집』 16, 406쪽.

16) 이광수, 「내가 소설을 추천한다면」, 위의 책, 400쪽.

인정의 기미는 과연 재미있구나 할 것이 많지만은, 셰익스피어의 것은 '꾸민' 것이라 하는 느낌을 준다. 대인대화에 나오는 말을 보아도 그것은 보편 우리네들의 일상생활에는 있을 수 없는 그런 것이 대부분이요, 사건도 작위가 많은 것 같은 그런 느낌을 주지마는 『부활』은 그렇지 않고 누구나 목전에 보고 들을 수 있는 문장과 언어로 되어 있다. 어쨌든지 인생과 사회를 심각하게, 엄숙하게 보고 독자에게 무슨 힘인가 던져주는 점에서 『부활』이 단연 승하다고 믿는다.[17]

『부활』은 20세기 초반 한국에서 대중적으로 가장 유행한 러시아 소설이었을 뿐 아니라 톨스토이의 대표작으로 간주되었던 작품이다. 애초 최남선이 톨스토이를 처음 번역 소개할 때부터 "『부활』은 선생의 저작 중에 가장 귀중한 것으로 괴테의 『파우스트』와 셰익스피어의 각본과 단테의 『신곡』 등과 같이 만세불굴의 대작"이라는 평가를 얻었다.[18] 그러나 『부활』의 대중적 인기에는 무엇보다 비련의 카추샤를 주인공으로 내세운 신파극 『부활』과 극에 삽입되었던 「카추샤의 노래」 역할이 컸다.

톨스토이 사후 25주년을 맞아 각종 언론 매체가 특집을 기획했을 때도, 예컨대 『매일신보』 1935년 11월 20일 자 특집란을 장식한 것은 대부분 『부활』과 카추샤를 둘러싼 작가들의 회고였다. "나는 이인직을 알기 전에, 이광수를 알기 전에, 염상섭을 알기 전에, 김동인을 알기 전에, 최학송[최서해]을 알기 전에 톨스토이를 알았다. 그리고 톨스토이를 알기 전에 '카

17) 이광수, 「『부활』과 『창세기』: 내가 감격한 외국 작품」, 위의 책, 365쪽.
18) 최남선, 「현시대 대존사 톨스토이선생의 교시」, 『소년』, 1909.7, 6쪽.

튜샤'를 알았다"라는 연극인 최상덕의 회상(「'갓주사'와 나」)을 비롯하여, 김동인, 전영택, 염상섭, 김기진 등의 톨스토이 추모는 모두 『부활』에 얽힌 기억으로 시작된다. 『부활』을 통해 톨스토이를 알게 되었으며, 더 나아가 『부활』을 통해 문학의 길로 접어들게 되었다는 이들 문학가의 글을 읽다 보면, 톨스토이와 『부활』이 없는 우리 문학의 지형은 크게 달랐으리라는 생각이 든다.

『부활』의 번역사에 관해서는 비교적 상세한 연구들이 나와 있으므로 굳이 부연하여 설명할 필요는 없겠으나, 논지 전개를 위해 간략하게나마 소개하겠다.[19] 『부활』이 처음 한국에 소개된 것은 최남선이 '갱생'이라는 제목의 6쪽짜리 요약본을 『청춘』 제2호에 실으면서였다. '세계문학개관'이라는 표제 하에 실린 「갱생」의 첫 페이지에는 'Resurrection by Lyov Nikolaevich Tolstoy'라는 영어 제목이 포함되어 있으며 주인공들의 이름 또한 영어로 병기되어 있어 영문판을 저본으로 삼은 듯하다. 이 초역(抄譯)은 카추샤가 재판장에 끌려 나오는 장면에서 시작하여 네흘류도프의 뉘우침과 청혼, 카추샤의 거절, 네흘류도프의 깨달음만을 간략하게 전하며 끝이 난다.

최남선의 번역본이 소개된 1914년은 일본에서 앙리 바타유(Henri Bataille) 각본, 시마무라 호게츠(島村抱月) 각색·감독의 연극 『부활』이 순회 공연을 시작하던 때다. 연극을 통해 사회 제도에 대한 톨스토이의 비판 사상을 보여준다는 것이 불가능하기에, 네흘류도프와 카추샤의 사랑만을 테

---

19) 『부활』 번역사에 대한 최근의 국내 연구로는 박진영, 「한국에 온 톨스토이」, 『번역과 번안의 시대』, 267-275쪽; 우수진, 「카츄샤 이야기: 『부활』의 대중서사와 그 문화 변용」 등이 있다.

마로 다루겠다는 것이 시마무라의 의도였는데,[20] 그 의도가 바야흐로 대중 멜로드라마『부활』의 성공시대를 열었다. 이 연극에 삽입된 노래(시마무라 작사, 나카야마 심페이(中山晉平) 작곡)가 일본 엔카의 원조「카추샤의 노래」다. 시마무라의 연인이었던 마츠이 수마코(松井須摩子)가 불러 유행시킨 이 노래는 극 앞부분 네흘류도프와 카추샤가 사랑하는 장면과 이후 카추샤가 감옥에서 그때를 회상하는 장면에 나온다.

1915년에는 시마무라의 '예술좌' 내한 공연이 있었는데,『매일신보』(1915.11.9)는『카츄시야』을『싸로메』,『마구다』와 함께 "고상한 사회극"으로 소개했다. 그 다음 해인 1916년, 시마무라의 극을 바탕으로 제작한『카츄샤』5막극이 '예성좌'에 의해 공연되면서 국내의 '부활 신파극' 전성기가 열린다. 여장 배우 고수철이 바이올린과 퉁소 반주에 맞춰 막간에 불렀던「카츄샤의 노래」는 1920년대 16세 나이로 등장한 이애리수의 막간 노래로 대유행하고 나서, 1960년대 번안 영화(김지미·최무룡 주연의『카츄샤』)의 삽입곡으로, 심지어는 2000년대에 나타난 '정통 악극'「카츄샤의 노래」로까지 명맥을 유지하게 된다. 한편, 동경 유학생들이 결성한 '토월회'에서 1923년 무대에 올린 연극「카츄샤」도 조선 최초 여배우 이월화의 명성과 함께『부활』의 통속적 대중화에 크게 기여한다.

『부활』의 통속화는 번역 문학의 경우에도 예외가 아니다. 최남선의「갱생」에 이어서 중국어 번역본을 바탕 삼은 박현환의 초역『해당화』가 '가주사 애화(賈珠謝 哀話)'라는 부제와 함께 1918년 단행본으로 발간되

---

20) 이는 시마무라가 1903년 런던에서 처음 본 바타이유 각색극의 의도이기도 했다. 일본의『부활』수용사에 관해서는 Т. Фудзинума, "Постановка спектакля *Воскресение* японским драматургом Хогецу Симамурой," *Лев Толстой и литературы Востока*, с. 71-86 참조.

고,[21] 1922-23년에는 우치다 로안의 일본어 완역을 저본으로 둔『부활』이 총 223회에 걸쳐『매일신보』에 연재된다. 번역자는 춘계생(春溪生)으로, 이광수 혹은 그의 아내 허영숙일 수 있다는 추측이 제기되고 있으나 확인된 바 없다.[22] 1926년 5월에는 흑조생(黑鳥生) 역의『부활한 카쥬샤』(영창서관)가, 6월에는 이서구 번역의『부활후의 카츄샤』(『매일신보』)가 발표된다. 두 경우 모두 원작의 뒤를 잇는 속편 격에 해당하며, 1915년 일본에서 나온 소설과 영화를 바탕으로 하고 있다.[23] 해방 이전에 나온『부활』관련 번역본으로서는 이것이 마지막이다.

이상『부활』의 초기 수용사에서 추적되는 몇 가지 특이점은 근대 한국의 사회문화사에 대한 이해로, 또 이광수의 문학 세계에 대한 이해로 이어지는 통로가 아닐 수 없다. 한국에서 번역되고, 회자되고, 또 대중적으로 유행한『부활』의 가장 큰 특징은 남자의 '부활'이 아니라 여자의 '갱생'

<hr>

21) 김병철은 박현환의 번역이 일역을 대본으로 했으리라고 추측한 바 있다(『한국근대번역문학사연구』, 361쪽). 그러나 1914년에 나온 첫 중국어 번역본(馬君武 번역)의 제목 '심옥(心獄)'이『해당화』의 신문관 광고 문구에도 사용되는 단어인 데다("심옥에 신음하는 정의공자 내류덕"), '가주샤', '내류덕'과 같은 주인공 이름 역시 중국식으로 표기되어 있는 것을 볼 때, 상해 체류 경험이 있던 박현환이 중국어 텍스트에 기초하여 초역하지 않았을까 판단된다.

22) 박진영,「한국에 온 톨스토이」, 208쪽.

23) 박진영의 연구에 따르면, 흑조생과 이서구 역의 후속편 원작은 1915년 출간된 마츠모토 다케오(松本武雄)의『後のカチューシャ(이후의 카추샤)』로 추정된다. 그러나 흑조생과 이서구의 속편 내용이 일치하지 않으므로 두 편 모두의 원작자를 마츠모토로 단정하기는 어려울 듯하다. 흑조생의『부활한 카주샤』는 네흘류도프와 카추샤가 진정으로 사랑하여 맺어진다는 이야기인 반면, 이서구의『부활후의 카추샤』는 카추샤가 시몬손과 결혼한 후 시몬손이 죽고, 이후 카추샤와 네흘류도프가 온갖 우여곡절 끝에 죽은 줄 알았던 딸을 다시 만나 결국 가족으로 맺어진다는 이야기이다. 마츠모토의 속편이 출간된 1915년, 일본에서는 영화로 각색된 두 편의 속편 '이후의 카추샤'와 '또 그 이후의 카추샤'가 나왔다. 흑조생과 이서구의 속편을 이 두 편의 영화와 연결 지어 볼 여지도 있다고 생각된다. '흑조생'이라는 필명의 번역가가 누구인지는 밝혀지지 않고 있으나,『부활한 카추샤』와『부활후의 카추샤』가 거의 동시에 발표된 속편임을 미루어볼 때, 이서구와 동일 인물일 수도 있다.

(또는 '재생')에 방점이 놓인다는 사실이다. 그리고 그것이 종국에는 여성뿐 아니라 남성에게까지 미치는 순결 콤플렉스로 발전한다는 사실이다.

　톨스토이의 모든 장편 소설은 가족 소설, 불륜 소설, 성장 소설, 사회 소설, 역사 소설 같은 다양한 장르 중 어느 하나만으로는 규명되지 않는 거대한 세계이다. 불륜을 소재로 삼은 『안나 카레니나』가 그렇고 나폴레옹 전쟁을 배경으로 한 『전쟁과 평화』가 그렇듯, 『부활』 역시 사회 소설이자 연애 소설이자 성장 소설이자 종교 소설로 동시에 읽히는 작품이며, 또 그렇게 읽어야만 하는 대작이다. 만년의 톨스토이가 깨달은 삶과 믿음의 모든 것이 결합된 소설 『부활』에서 19세기 후반의 러시아가 지닌 제도의 폐해, 인습의 부조리, 혁명의 역경, 불굴의 형제애를 통과한 끝에 당도하는 지점이 바로 개인과 사회의 '부활'이라는 대단원인 것이다.

　톨스토이 소설의 '부활'은 한 주인공만의 몫이 아니라 등장하는 모든 인물과 자연, 사회, 그리고 더 나아가 전 세계와 인류에 해당하는 과제이자 은총이지만, 그 메시지의 중심에는 역시 작가의 분신인 네흘류도프가 있다. 『전쟁과 평화』의 피에르처럼, 『안나 카레니나』의 레빈처럼, 『부활』에서는 네흘류도프가 작가의 고민과 절망과 구원의 깨달음을 대변한다. 카추샤의 경험과 변화도 중요하지만, 그것은 네흘류도프라는 한 인간 세계의 변모를 완성시키기 위한 조력자로서의 역할에 더 큰 의미가 있다.

　톨스토이의 『부활』은 이렇게 끝맺는다.

　그날 밤부터 네흘류도프의 생활은 전혀 새로워졌다. 물론 새로운 환경 속에서 생활하기 때문이기도 했으나 그보다는 그에게 일어난 모든 일들이 전과는 전혀 다른 새로운 의미를 가졌기 때문이었다. 그의 삶의

새로운 장이 그의 일생을 어떻게 끝맺어 줄는지는 미래만이 보여줄 것이다.[24]

'부활'은 종교적이고 도덕적인 주제이자, 결정적인 사건 배경이다. 카추샤를 향한 네흘류도프의 욕정은 부활절을 기하여 눈을 뜨며, 둘 사이의 육체적 관계도 그때 이루어진다. 소설은 또한 만물이 소생하는 봄에서 시작하여 흰 눈 내리는 한겨울에 끝남으로써 네흘류도프의 영적 소생과 함께 곧 도래해올 봄, 즉 부활의 약속으로 막을 내린다. 『부활』은 내용과 형식 모두가 유기적으로 얽혀 다시 태어날 "삶의 새로운 장"을 예고하는 소설이다.

그러므로 '부활'은, 특히 톨스토이 소설의 '부활'은 결코 '갱생'의 동의어가 될 수 없다. 최남선이 1914년 '갱생'이라는 제목을 사용했을 때, 위에서 이야기된 톨스토이의 예술적 다층 의미는 폐기되고, 대신 기독교 문맥을 떠난 사회적이고 계몽적인 함의의 화두가 등장한 것이라 할 수 있다. 이는 1910년대 식민지 조선이 필요로 했던, 그리고 최남선과 같은 지식인들이 목표로 삼았던 민족갱생운동의 전개와도 당연히 상관성이 있다.[25]

문제는 그 같은 근대적 계몽주의의 표피 아래 여전히 전근대적 인습의 도덕율이 존재한다는 점이다. '마음이나 생활 태도를 바로 잡아 옳은 생활로 되돌아가거나 발전된 생활로 나아감'이라는 의미의 '갱생'은 네흘류도프보다는 카추샤를 대상으로 한 계몽의 내용이다. 비록 네흘류도프가

---

24) 톨스토이, 『부활』 1, 박형규 역, 379쪽.
25) 1910년대 흥사단 운동이 강조한 것이 조선 독립의 밑받침이 될 민족갱생사업이었다. 처음 톨스토이 소설을 소개했던 1909년에는 '부활'이라는 단어를 그대로 사용했던 최남선이 1914년 번역에서 '갱생'이라는 단어를 제목으로 선택한 것은 그 면에서 유의미하다.

자신의 잘못을 사과하며 하나님에 대한 의무를 다하고자 하지만, 그는 죄인으로 설정되어 있지가 않다. 최남선의 요약본에서 죄인은 카추샤이고, 그녀의 죄목은 다름 아닌 "몸을 더럽힌" 죄이다. 그것이 네흘류도프의 강제에 의해 시작된 것이었음에도, 카추샤의 잘못은 "얼굴 어여쁜 것이 원수가 되어 [..] 남의 첩도 되었다, 갈보도 되었다, 나중에는 삼패 노릇까지 하도록 천하게 된"[26] 죄업에 있다. 그렇기 때문에 네흘류도프와 맺어진다는 것은 감히 상상도 할 수 없는 일이고, 카추샤와 결혼하겠다는 네흘류도프가 오히려 갸륵하고 관대한 신사로 칭송되는 것이다.

여기서 '박명가인 가주사'와 '정의공자 내류덕'의 서사가 탄생한다. 『청춘』지에 실린 박현환 번역의 『해당화』광고 문구는 다음과 같다.

두옹 일대의 걸작으로 세계최고의 찬앙(讚仰)을 수(受)한 『부활』의 요지를 촬(撮)하여 묘미를 존(存)한 것이라. 정해(情海)에 침륜하는 박명가인 가주사(賈珠謝)와 심옥(心獄)에 신음하는 정의공자 내류덕(來流德)이 일야(一夜)의 업원으로 인하여 만리의 적수(謫囚)를 작(作)할 새 양심 최고의 명령 하에 허다한 갈등이 성래하고 화옹지기(化翁至奇)의 희롱 중에 무한한 정취가 용출하며 약부(若夫) 원저자의 우의(寓意)와 주인공의 암시에 지(至)하여는 독자로 하여금 척연(惕然)히 반성하고 숙연히 기경(起敬)하게 하는 자 –재(在)한지라. 감히 강호 독서자의 청독(淸讀)에 공(供)하노라.[27]

26) 톨스토이, 「갱생」, 『청춘』, 1914.11, 123-124쪽.
27) 『청춘』, 1918.9, 109쪽.

박현환의 번역이 "최남선을 중심으로 형성된 청년 톨스토이안 그
룹의 흔적"을 담고 있다는 견해는 맞는 말이다.[28] 그런데 그 흔적의 내용에
관한 부연 설명이 필요하다. 앞서 언급했듯이 최남선의 '갱생'은 계몽의
과제와 인습의 규범이라는 이중 굴레 안에서 선택된 단어였다. 의식적 측
면에서 진보성과 보수성의 양립이 빚어냈던 그 불가피한 모순은 박현환의
번역에 이르러 정착점을 마련한다. 그것이 바로 '박명가인 가주사'의 슬픈
이야기인『해당화』다. 왜 '해당화'인가라는 질문이 응당 대두될 수 있겠다.

　　1914년 중국에서『부활』이 처음 번역(축약 번역)되었을 때, 제목이
'심옥(心獄)'이었다. 일본에서는 1905년 이후 몇 차례 번역되었지만, '부활'
이나 '카추샤' 이외의 제목은 주어지지 않았다. '해당화'는 조선에만 나타
난 특이한 제목인 셈이다. 이 제목은 자신을 해당화로 비유한 양귀비 고사
를 위시하여, 적지 않은 한시에 등장했던 '가시덤불 속 고운 꽃' 여인의 이
미지를 상기시킨다.[29] 붉은 순정의 애처로운 해당화는 박명가인 카추샤의
운명에 합당한 비유이며, 게다가 '海棠'의 일본어 음독이 '카이토-(カイト
ウ)'가 되어 '카추샤'라는 이름을 음성적으로 환기하기도 한다.

　　무엇보다 '해당화'는 앞서 나온 신소설『홍도화』『옥중화』『봉선화』
그리고 거의 동시에 발표된『무궁화』『산중화』등과 함께 신파소설의 계

---

28) 박진영, 「『해당화』의 번역자 나정 박현환: 한국에 온 톨스토이」, 인터넷 블로그 http://bookgram.
pe.kr/120119413222.

29) 함경도 출신의 문인 박홍종이 쓴 한시 「海棠花」를 한글로 풀면 다음과 같다. "가시덤불 그 속에서/
아들아들한 태깔에 시름하듯 붉은 빛깔/ 이 고운 꽃의 멋을/ 그 누가 알리가 할까?/ 깨끗이 씻어내어/
얼굴 곱게 단장한다면/ 인간 세상에서/ 제일가는 꽃이 되련만"(안대회 번역). 그 외에도 여류 문인 금원
의 해당화 시조가 있고, 한용운, 김동환 등의 많은 문인들이 아름다운 여인의 순정에 빗댄 해당화 시를
읊었다. 참고로, 한국근대문학에서 '해당화'가 처음 등장하는 작품은『천도교회월보』2호(1910. 9)에 실
렸던 봉황산인(이종린)의 「해당화하몽천옹」(海棠花下夢天翁)이다.

보를 잇는 표식으로서의 제목이다.[30] 『부활』이 『해당화』가 됨으로써 톨스토이 소설은 신파로 변신한다. '화(花)'라는 글자가 특히 기생과 연결되어 있음도 더불어 기억할 필요가 있다.[31] '옥중화'는 춘향을 가리키며, '무궁화'도 기생의 이름이다. 기생-매춘부, 일부종사하지 못하는 뭇 여성의 인생 스토리가 통속 소설의 장르로 자리 잡게 되는 것이고, 그중에서 『해당화: 가주사 애화』는 1920-30년대 잡지를 장식한 수많은 '애화'의 원조가 된다.[32] 이후 근현대시와 유행가에 자주 나타나는 '해당화'의 원류를 '가주사 애화 해당화'에서 찾을 수 있음은 두말할 나위도 없다. 카추샤의 부활('부활한 카추샤', '부활후의 카추샤')은 다름 아닌 그들 '해당화 텍스트'의 연속으로 실현되어온 것이나 마찬가지다.

1910년대부터 지속적으로 다루어진 이 '타락'과 '갱생'의 서사 한가운데 이광수가 위치한다. 1915년 내한한 시마무라의 『카츄시야』 공연이 『싸로메』, 『마구다』와 함께 "문학에 유지한 사람은 한번 구경할만한" "고상한 사회극"으로 보도되었다는 사실은 주목할 만하다. 카추샤, 살로메, 막달라 마리아, 그리고 당시 그들과 함께 유행했던 춘희의 공통점은 타락과 순결의 조합에 있다. 그들은 쾌락에 이끌려 몸 더럽히는 죄를 지었지만, 결

30) 이상협의 『무궁화』와 심우섭의 『산중화』는 모두 1917년 『매일신보』를 통해 연재되었다. 『무궁화』는 이어서 『해당화』와 함께 신문관 단행본으로 발간되었으나, 『산중화』는 기획만 되었을 뿐 나오지 않았다. 『매일신보』에 연재된 통속 신파소설에 대해서는 이희정, 『한국근대소설의 형성과 『매일신보』』, 72-128쪽 참조.

31) '화대(花代)'라는 용어가 대표적일 것이다. 20세기 초에 통용되었던 '예약화'(미리 예약하는 기생), '관극화'(연극을 함께 보는 기생)와 같은 용어도 마찬가지이다. 김명환, 「모던 광고 파노라마: 변호사 광고 닮은 기생의 개업 인사」, 『조선일보』, 2013.3.28 참조.

32) 김수진, 『신여성, 근대의 과잉: 식민지 조선의 신여성 담론과 젠더 정치, 1920-1934』, 269쪽에 정리된 애화 기사 목록을 참조할 것.

국에는 진정한 회개와 지순한 사랑으로 죄 사함을 받는다. 비극의 여주인 공들이면서도 동시에 성스러운 여인들이다. 그들을 주인공 삼은 연극이 "고상한 사회극"일 수 있는 것은 정통 문학을 무대화한 까닭이기도 하겠으나, 작품의 메시지 자체가 도덕적으로 '고상한' 것이기 때문이다. "더러운 몸이 죽어서 깨끗한 영혼으로 바뀐다면 좀 좋아요"—『부활후의 카츄샤』에 나오는 이 대사야말로 모든 타락한 여주인공들이 받아들인 갱생의 공식일 것이다. 『무정』의 박영채나 『재생』의 김순영 같은 이광수 소설의 부정한 여주인공들 역시 유사한 공식에 따라 속죄하고 거듭난다.[33]

그런데 이처럼 참회하는 여성의 목소리를 만들어낸 주체가 바로 남성 작가들, 특히 "최남선을 중심으로 형성된 청년 톨스토이안 그룹"이다. 따져보면, 첫 일본어판 『부활』을 읽던 1909년경 최남선이 불과 19세, 이광수 17세, 박현환 17세, 훨씬 나이가 많던 홍명희가 23세였다. 스무 살 안팎의 조선 청년들이 열아홉 살 난 대학 3년생 러시아 귀족의 육체에 눈뜨는 과정과 10년 후 겪게 되는 그 결과의 전말을 보며 함께 성장해나간 셈이다. 주인공 네흘류도프의 이야기가 그들에게는 고통스러운 육체적 번민과 사회 현실의 투영이고, 또 앞으로 명심하여 수행해나가야 할 도덕적 과제였을 것이다. 가령, 이른 새벽이면 깨어나 성욕에 시달리던 17세의 이광수가 어떤 동질감 속에 네흘류도프의 억제할 길 없는 욕정을 실감했을지, 또 어떤 감동으로 그의 파국과 갱생 과정을 예험했을지 상상하기란 어려운 일이 아니다.

....

33) 기생이 된 후 순결을 잃은 영채는 대동강에 몸을 던져 죽으려다가 신여성으로 거듭나며, 『재생』의 순영은 투신자살로써 더럽혀진 육체의 죄를 씻는다.

새벽 한시 경에 한기(寒氣)의 깨움이 되어 격렬하게 성욕으로 고생을 하였다. 아아, 나는 악마화 하였는가. 이렇게 성욕의 충동을 받는 것은 악마의 포로가 됨인가.[34]

『부활』을 읽던 시기의 이광수가 남긴 이 일기 대목은 톨스토이의 것으로 읽혀도 전혀 무리가 없을 정도다. 실제로 톨스토이가 일흔이 넘도록 욕정에 시달려야 했으며, 자신의 문학을 통해 평생 그 문제에 천착했음은 주지의 사실이다. 『부활』뿐 아니라 다른 많은 작품에서도 이 인간 본성의 문제는 사건의 발단에 놓이며, 그것을 어떻게 극복하는가가 주인공의 성장에 있어 주를 이룬다. "인생은 성욕으로부터의 해탈에 대한 부단한 노력으로 성립되는 것이다. 이 노력에야말로 인생의 축복이 있다"[35]라는 것이 톨스토이가 설파한 '성욕론'의 핵심이었다.

참회하는 여성과 구원하는 남성, 즉 '박명가인 가주사'와 '정의공자 내류덕'의 구조는 자유연애 사상과 봉건적 도덕관이 혼재된 사회 현실에서 엘리트 남성이 만들어낸 이상론으로 볼 수 있다. 말년의 톨스토이에게 죄악의 근원은 여성이었다. 남성을 끊임없이 유혹하며 삶의 진행을 막

---

34) 이광수, 1909년 11월 7일 자 일기, 『이광수전집』, 19, 9쪽. 1925년 당시 17세 학생 신분으로 『부활』을 읽었던 최재서의 회고 역시 같은 생각을 하게 해준다. "여하튼 그날 저녁부터 나는 농가 석유 등잔 아래서 『부활』을 읽기 시작하였다. 그때까지 『부활』을 달콤한 연애소설로만 알았던 나는 우선 감옥내부의 음참한 묘사에 실망과 아울러 혐오의 정을 느꼈었다. 그러다가 네흐류-돕흐가 출정 도중에 시골 백부의 집에 들러 가츄-샤를 정복하는 구절을 당도하여(이제 참고하여보니 그것은 제1편 제17장이었다) 나는 별안간 전신의 신경이 약동함을 느꼈다." 최재서, 「『부활』의 카츄-샤」, 『조광』, 1936.4, 81쪽.
35) 톨스토이, 『성욕론』, 양우섭 역, 117-118쪽. 톨스토이의 영향과 근대화 과정이 함께 맞물린 현상일 터인데, 이광수가 유학했던 "일본에서는 메이지 초기부터 성을 주제로 한 책이 드물잖게 나왔고 1900년대부터 1920년대 초까지 이른바 성욕학이 크게 유행했"다는 사실도 기억할 사항이다. 권보드래, 『연애의 시대: 1920년대 초반의 문화와 유행』, 169쪽.

는 악의 씨앗이 여성의 더러운 육체에 있었기 때문에, 금욕에 실패한 남성이 마침내는 성적 대상인 여성을 살해하는 극단적 방식조차 「크로이체르 소나타」와 「악마」 같은 작품에서 실현될 정도였다. 이광수로 대표되는 조선 "청년 톨스토이안 그룹"의 정결주의가 톨스토이처럼 과격한 것은 아니었다. 그들이 과연 톨스토이만큼 지난한 자의식에 갈등했을지도 의문이다. 다만, 그들이 타락한 여성의 문제를 일차적으로는 여성 본인의 책임으로, 그리고 사회악으로 돌리는 가운데 자기 역할을 '가해자'에서 '구원자'로 전환한 점은 인정되어야 한다.[36] 타락한 여성의 포용과 구제를 통해 가해자 남성이 면죄부를 얻고 더 나아가 "육체에 대한 정신의 승리"[37]를 구가하게 된다는, 어쩌면 대단히 손쉬운 자기 구원 방식을 그로써 획득한 것은 물론이다.

---

36) 가령 『무정』에 등장하는 남자 주인공(형식)이 기생이 된 첫사랑(영채)에 대해 하는 다짐의 말을 상기해보라. "나는 그를 구원하리라. 구원하여서 사랑하리라. 처음에 생각하던 대로, 만일 될 수만 있으면 나의 아내를 삼으리라."

37) 톨스토이, 『성욕론』, 118쪽.

3. 이광수가 쓰는 톨스토이

"춘원은 늘 종교를 동경하고, '톨스토이'가 되려고 노력하였다. 나는 늘 춘원은 조선의 '톨스토이'가 되었으면 하고 믿고 바랬다" — 방인근의 말이다.[38] '톨스토이가 되고자 한 이광수'라는 화두야말로 최소 책 한권 분량의 연구가 요구되는 주제이겠으나, 여기서는 몇 가지 문제 제기로 대신할까 한다.

한 일본인 연구자는 이광수의 톨스토이 수용사를 다음과 같이 요약했다.

> 대체로 중학시절에는 일인 친구가 권한 톨스토이를 읽던 중 자기 성미에 맞는 인도주의적 자세에 동감하게 되어 그 다음에 오산학교 시절의 전인적 경모와 톨스토이즘 신봉기를 거쳐서 방랑시대를 겪은 사이에 민족주의 사상에 눈을 떠서 톨스토이즘이 미온적으로 보이기 시작해서 극단적인 혐오감마저 느꼈다가 와세다 시절에는 조금 냉정해져 정치사상적으로 이용할 수 있는 한 선택적으로 받아들이게 되고, 그 후 3·1운동 이후 상해에서 좌절감을 가지고 귀국한 1921년 무렵부터 톨스토이의 예술론이나 종교론을 중심으로 재수용한 것으로 보아야 한다고 생각한다.[39]

---

38) 방인근, 「문학운동의 중추: 『조선문단』 시절」, 『조광』, 1938.6, 70쪽.
39) 백천풍, 『한국근대문학 초창기의 일본적 영향』, 68쪽.

톨스토이에 대한 이광수의 입장이 결코 일관된 것이 아니었으며, 시기마다의 상황이나 필요에 따라 변해왔다고 보는 견해이다. 변했다기보다는 발전했다고 하는 편이 적절할지 모르겠다. 한편, "춘원의 톨스토이 이해의 수준은 식민 통치 기간 내내 카츄샤의 눈물을 뛰어넘지 못했다. [...] 그에게는 톨스토이의 모순과 고민을 살필 능력이 없었던 것이다"라는 평가도 있다.[40]

한국 작가로서 이광수에 대한 최종 평가는 국문학계 몫으로 돌린다 치고, 이광수가 "톨스토이의 모순과 고민을 살필 능력이 없었"다는 판단에는 동의하지 않을 수 없다. 톨스토이의 영향을 받은 그의 예술론이 그러했고, 톨스토이의 예술과 사상에 대한 다른 논평들이 모두 그러했듯이, 이광수는 톨스토이의 예술적 깊이나 정신적 다면성을 미처 소화하지도, 또 이해하지도 못했다. 톨스토이를 평생 애독하고 경애한 독자로서 그 정도 수준의 독법에 머무를 수밖에 없었을까 싶을 정도인데, 이는 필경 이광수 개인의 한계라기보다 그가 처한 시대와 사회의 한계였을 것이다. 앞서 말한 대로, 톨스토이를 잘못 읽어서라기보다는 당시의 조선 현실에 맞춰 선택적으로, 또 실용적으로 읽을 수밖에 없었던 급급함에 원인을 돌릴 수밖에 없다. "자기 성미에 맞는" 톨스토이에 동감했다는 말은 작가 이광수에게만 적용되는 것이 아니라 톨스토이를 처음 접했던 조선 사회 전체에 해당하는 표현이다.

'톨스토이가 되고자 한 이광수'라는 명제에는 톨스토이처럼 쓴다는 의미와 톨스토이처럼 산다는 의미가 모두 들어 있다. 작가와 인간이라

---

40) 김윤식, 『이광수와 그의 시대』 I, 344-346쪽. 일찍이 평론가 이선영도 비슷한 결론을 내린 바 있다. 이선영, 「춘원의 비교문학적 고찰」, 『이광수 연구』 上, 191-204쪽.

는 두 층위의 톨스토이 사이에서 조선의 초기 독자들과 이광수가 선택한 것은 물론 후자였다. 인생의 스승으로서 톨스토이와 삶의 도구로서 문학이라는 두 궤도가 합쳐져 등장하는 것이 톨스토이가 쓴 대로 살아야 한다는 지표이다. 소설『부활』은 삶과 문학의 경계가 모호했던 시대와 작가에게 그같은 지표로 읽히고 살아진 텍스트의 경우였다.

"인생과 사회를 심각하게, 엄숙하게 보고 독자에게 무슨 힘인가 던져 주는 점에서" 이광수는『부활』을 세계 최고의 문학 작품으로 손꼽았다. 결국 문학의 교훈적 가치에 우선순위를 매기고, 그 면에서『부활』에 대표성을 부여한 셈이다. 그렇다면『부활』에서 취한 가장 큰 교훈은 무엇인가. 이 질문과 관련된 이광수의 에피소드가 하나 있다. 1914년 시베리아의 치타를 떠나 상해로 가는 도중 하르빈의 유곽에서 묵게 된 하룻밤의 에피소드로, 마땅한 여관을 찾지 못해 어쩔 수 없이 들어간 유곽에서 창부에게 『부활』의 스토리를 이야기해주며 금욕에 성공했다는 회고이다.

톨스토이의『부활』이야기를 하는 동안에 이 여자와 나는 벌써 성욕에 대한 생각은 잊어버리고 피차에『부활』이야기에 정신없어서 열중하는 판인데 하늘이 밝아오기 시작하였습니다. 카추샤가 시베리아로 가는데 그 공작이 뒤를 따라서... 이러한 이야기까지 이르렀을 때는 완전히 밝은 세상 날을 밝혔습니다.

하룻밤을 이렇게 우연히 창기 집에 세우고 인력거를 몰아서 하르빈 정거장을 향하려 할 때는 그 여자는 몹시도 섭섭해 하는 모양이었습니다. 얼마 후 그는 과물과 기차 속에 쓸 물건을 나에게 선물하면서 '이런 양

반은 처음'이라고 하더이다.[41]

희화적이면서도 감상적 기운을 면치 못한 이 실화의 클라이맥스는 네흘류도프가 카추샤의 뒤를 따라 시베리아로 떠나는 장면을 이야기할 때 쯤 아침이 밝아오더라는 대목이 아닐까 싶다. 네흘류도프의 위대한 사랑 과 자기희생이 실행에 옮겨지는 그 대목에서 하르빈의 어둠은 빛으로 밝 혀지고, 이광수는 비로소 자신의 "육체에 대한 정신의 승리"를 확인할 수 있다. 러시아의 카추샤는 물론, 일본 창녀 하나코(花子)의 육체와 정신이 구 원의 희망을 얻는 것도 바로 그 지점에 이르러서다.『부활』의 감동은 독서 의 단계에서 끝나는 것이 아니라 그 이야기의 교훈을 전달하고 더불어 몸 소 체현하는 것으로써 절정에 이른다.

　『부활』의 감격을 서술한 인상기에서도 이광수는 소설의 같은 대목 에 주목한다.

> 톨스토이작『부활』은 나를 감격케 한 작품 중 한 가지다. 그것을 22년 전 일본에서 중학교 다닐 때에 처음 읽었다. 작의 경개(梗槪)는 모르는 이가 거지반 없을 듯 함으로 여기에 다시 말하지 않거니와, 그러면 그 『부활』중 어느 대목이 가장 가슴을 치더냐 하면, 마지막에 네플류도프 가 공작(公爵)과 그 밖에 사회적 지위를 모두 버리고 또 재산과 사모하 여 뒤에 따르는 명문의 여성까지 모두 버리고서 오직 옛날의 애인 카추 우샤를 따라서 눈이 푸실푸실 내리는 시베리아로 떠나가던 그 마당이

---

41) 이광수,「창부집의 하룻밤」,『이광수전집』14, 359쪽.「북경호텔과 관성자의 밤」에서도 되풀이되는 소재이다.

무어라 말할 수 없이 숭고하고 심각하며 엄숙한 맛에 눌리움을 깨달았다. 네플류도프의 그 순정적 사상과 행위, 그것은 인세에서 찾기 드문 아름다운 일의 한가지다.[42]

"네흘류도프의 그 순정적 사상과 행위"로 요약된 『부활』의 감동은 "오직 옛날의 애인 카추우샤를 따라서 눈이 푸실푸실 내리는 시베리아로 떠나가던 그 마당"의 시각적 기억으로 정제되기도 한다. 그러나 따지고 보면 그 장면의 기억은 전적으로 상상된 것이다. 네흘류도프가 카추샤를 따라 시베리아로 가는 때는 흰 눈 내리는 한겨울이 아니라 "뜨거운 7월의 여름날"[43]이기 때문이다. 『부활』에 대한 이 허구적 회고는 39세의 중년 이광수와 17세 소년 이광수 사이의 간극이자, 1920년대를 거치며 대중화된 상투적 인식과 실제와의 간극이기도 하다. 어떻든 그 과정에서 시베리아와 흰 눈과 자기 정화의 클리셰가 『부활』의 대표 이미지로, 더 나아가 러시아적 감동의 표상으로 자리 잡는다. 한국인의 심상에 각인된 '시베리아의 향수'는 그러므로 카추샤의 '부활'에 대한 향수이며, 이광수가 무의식적으로 고정시킨 흰 눈 내리는 시베리아의 시각적 향수와 겹쳐지는 것이기도 하다. 그리고 그 안에 "순정적 사상과 행위"의 교훈이 있다.

톨스토이를 처음 접하고 『부활』을 읽었던 당시의 이광수에게 첫눈의 감흥과 함께 즉각적으로 연상되는 것은 다름 아닌 시베리아 광야의 설경이다.

---

42) 이광수, 「『부활』과 「창세기」: 내가 감격한 외국 작품」, 『이광수전집』 16, 364-365쪽.
43) 톨스토이, 『부활』 2, 177쪽.

첫 눈이다. 잘도 온다. 순식간에 만물이 하얘졌다. 나는 눈을 보면 시베리아를 생각한다. 시베리아의 일망무제한 광야에 서서 설경을 바라본다 하면 얼마나 유쾌할까. 이런 도회에 오는 눈은 마치 그 장엄한 맛을 잃어버리는 것 같았다.[44)]

심지어는 화재로 불타는 동경의 집들을 보면서도 시베리아 대삼림이 불타는 광경을 상상할 정도로 당시 『부활』 속 시베리아를 향한 이광수의 몰입은 대단했던 것으로 기록된다.[45)] 일명 '히스테리아 시베리아카'라고까지 과장적으로 명명된 바 있는 이광수의 시베리아 향수는 이처럼 청년 시절 감동했던 『부활』의 인상과 물리적이자 정신적이었던 그의 방랑성이 합작해 만들어낸 동력의 또 다른 이름이다.[46)]

스물한 살의 이광수는 오산 학교 재직 중 방랑의 길을 떠나 상해, 만주, 블라디보스토크를 거쳐 시베리아에 당도한 후, 1913-14년 약 7개월

....

44) 이광수, 1910년 1월 11일 자 일기, 『이광수전집』 19, 18쪽.

45) "'아아, 쾌하다. 시베리아 대삼림에 불이 붙으면 얼마나 좋으랴!' 하고 나는 부르짖었다. 네로왕이 로마에 불을 놓은 것도 이 장관을 보려고 한 것이다. 나는 바이런을 생각했다." 1909년 12월 14일 자 일기, 『이광수전집』 19, 15쪽.

46) '히스테리아 시베리아카(hysteria siberiaca)'는 김윤식이 이광수 평전에서 사용한 용어이다. "이 방랑의 리듬은 춘원에겐 생리적으로 맞았다. 이 방랑의 마음과 시베리아의 푸른 지도가 치타에서 불붙는 것이었다. 춘원은 저도 모르게 이 분위기에 취해갔다. 그것은 잠자는 본능의 모닥불 같은 것이어서, 은밀히 타오르는 생명의 힘이었다. 시베리아의 지평선, 처녀림의 대지가 아니고는 맛볼 수 없는 것이었다. 히스테리아 시베리아카 – 이렇게 표상되는 병의 일종이었다." 시베리아(또는 시베리아적 자유와 광활)를 향한 방랑의 광증이라고 이해하면 될 이 '히스테리아 시베리아카'(저자의 우리말 풀이는 "시베리아에의 열병앓이")야말로 이광수 문학을 탄생시킨 내적 원동력이었으며, 그 힘이 구체적인 작품으로 형상화 된 경우가 『유정』이라고 김윤식은 설명한다. 용어 사용이 과장되고 지나치게 단정적인 듯하지만, 납득은 가능한 논리이다. 김윤식, 『이광수와 그의 시대』 I, 458-465쪽.

을 치타에서 머물렀다.[47] "쇠망한 또는 쇠망하려는 민족의 나라를 돌아보려는" 목적으로 아세아 방랑을 떠났다고 자전적 소설인 『나의 고백』(1948)에 서술되어 있고,[48] 또 『삼천리』지에 실린 인터뷰 기사에 의하면 "미국 가서 공부하려"는 목적으로 떠났다고도 되어 있지만,[49] 『그의 자서전』(1936)에 따르자면 그것은 뚜렷한 목적이 없는, 다만 나라 잃은 식민지 백성의 '시대사조'와도 같은 방랑길이었다.

> 나는 정처 없이 방랑의 길을 떠난다는 말을 끝으로 하였다. 실상 이 시절에는 방랑의 길을 떠나는 사람이 나만이 아니었다. K 학교를 통과해서 간 사람만 해도 십여 인은 되었을 것이다. 그들은 대개 서울의 여러 가지 운동에 종사하던 명사로서 망명의 길을 떠나는 것이었다. 모두 허름한 옷을 입고 미투리를 신고 모두 비창한 표정을 가지고 가는, 강개한 사람들이었다.
>
> 이때에 이 모양으로 조선을 떠나서 방랑의 길을 나선 사람이 수천 명은 될 것이었다. 그들이 가는 곳은 대개 남북 만주나 시베리아였다. 어디를 무엇을 하러 가느냐 하면 꼭 바로 집어 대답할 말은 없으면서도 그래도 가슴 속에는 무슨 분명한 목적이 있는 듯도 싶은 그러한 길이었

47) 이광수가 원래부터 시베리아 방랑을 계획했던 것은 아니고, 무작정 방랑을 떠난 후 상해에 잠시 머물던 중 샌프란시스코에서 발행하는 『신한민보』 주필 직을 제안받고 미국행 배를 타기 위해 블라디보스토크까지 왔다가, 여비가 해결되지 않는 바람에 결국 치타의 한인 『정교보』 발행소에 남아 일을 돌보게 되었다고 한다. 이광수의 시베리아 체류에 대해서는 김윤식, 『이광수와 그의 시대』 I, 443-471쪽 참조. 이광수의 시베리아 방랑과 러시아라는 문학적 공간성의 의미에 대한 최근의 연구로는 정주아, 「심상지리의 외부, '불확실성의 심연'과 문학적 공간 ― 춘원 이광수의 문학에 나타난 러시아의 공간성을 중심으로」가 주목을 끈다.

48) 이광수, 「나의 고백」, 『이광수전집』 13, 208쪽.

49) 이광수, 「이광수씨와의 교담록」, 『이광수전집』 20, 248쪽.

다. 그것도 시대사조라고 할까, 이렇게 방랑의 길을 떠나는 것이 무슨 영광인 것같이도 생각되었던 것이다.[50] (인용자 강조)

"정처 없는 방랑의 길"이라고 묘사된 이 길은 비분강개한 자들의 자발적 망명길이고, 그래서 영광의 길이기도 하다. 일찍이 조선과 동양의 울타리를 넘어 "전 지구상을 밟고 싶다"(1909년 11월 7일 자 일기)라던 이광수의 지리적 팽창 욕구가 시베리아 방랑의 형태로 실현된 것은 당연한 일일 수 있다. 그러나 "모두 허름한 옷을 입고 미투리를 신고 모두 비창한 표정을 가지고 가는, 강개한 사람들"의 행렬이 연상시키는 것은 세계 여행을 꿈꾸는 청년의 모습이라기보다, 흡사 『부활』에 등장하는 혁명가-죄수와도 같은 유배객의 형상에 가깝다. 옛 애인 카츄샤를 따라 가는 것은 아니라 해도, 숭고하며 비장한 시베리아 도정이라는 면에서만큼 주인공-화자의 방랑과 네홀류도프의 자기 유배는 동질성을 갖는다.

　『그의 자서전』에서 이광수의 자전적 인물로 형상화된 남궁석의 눈에 처음 들어온 시베리아는 『부활』의 배경과 오버랩되어 있다. 눈 덮인 처녀림, 기차 정거장에서 새벽에 나와 먹을 것 파는 아녀자, 또 러시아 헌병을 본 그는 "아라사 문학에서 본 아라사 사람의 성격을 내 손수 보는 것이 기뻤다"라고 기록한다. 러시아 정교회에 가본 후에는 "톨스토이의 『부활』에서 읽은 광경을 목전에 보는 것이 유쾌하였"다고도 말한다. 주인공의 시베리아 방랑은 어떤 면에서 『부활』의 문학 공간을 답사하는 일과도 다를 바 없다. 그러나 단순히 시베리아라는 공간의 연결성만 있는 것은 아니다.

50) 이광수, 『그의 자서전』, 『이광수전집』 9, 318쪽.

주인공이 시베리아 밖에서 겪게 되는 사상적 방황과 애욕으로 인한 고통, 종교적 번민 역시 톨스토이와 그의 주인공이 괴롭힘 당하던 정신적 갈등의 반경 안에 들어 있다.

『그의 자서전』에서는 주인공의 방랑이 끝나지 않는다. 누이동생처럼 돌봐주던 여학생과 소문이 나자 동경 유학을 중단하고 다시 방랑의 길을 떠나는 남궁석의 이야기는 '톨스토이식 삶'의 기준으로 보자면 아직 갈등의 중간 단계에 머물러 있는 것과도 같다. 그와는 달리, 의지의 힘으로 갈등을 종식시키고 인생의 방랑길 또한 종결짓는, 즉 '톨스토이식 삶'에 보다 온전히 가까운 이야기는 이광수의 또 다른 소설인 『유정』(1933)이다.[51] 딸처럼 돌봐주던 여학생(남정임)과의 순결한 사랑을 지키기 위해 시베리아 방랑을 떠나고, 그로써 생을 마감한다는 주인공 최석의 이야기는 이광수의 작품 중 내용 면에서나 배경 면에서나 가장 『부활』에 근접한 소설이다. 『부활』의 대표 이미지로 각인된 시베리아와 흰 눈과 자기 정화의 클리셰가 그 안에는 모두 들어 있다.

『유정』은 애초 기행문으로 기획되었다.[52] 이광수 자신도 작중의 시베리아 자연 묘사 부분에 대해 자부심을 표했거니와,[53] 『유정』은 무엇보다 시베리아라는 공간의 인상과 기억이 탄생시킨 작품이다.

치타는 아라사 땅으로 바이칼주의 수부다. 눈 덮인 몽고 사막과 흥안령을 넘어서 시베리아로 달리는 감상은 비길데 없이 광막하여서 청년 나

---

51) 『유정』과 『부활』의 상관성에 주목한 초창기 연구로는 정명자, 『이광수의 『유정』과 Толстой의 Воскресение 간의 비교문학적 고찰』참조.
52) 이광수, 「『단종애사』와 『유정』」, 『이광수전집』 19, 348-349쪽.
53) 이광수, 「『무정』 등 전 작품에 대해 말하다」, 『이광수전집』 16, 305쪽.

의 꿈을 자아냄이 많았다. 나의 소설 『유정』은 이 길을 왕복하던 인상을 적은 것이었다.[54]

그로부터 몇 해 전 나는 해삼위로부터 합이빈, 만주리를 통과하여 서백리아에 간일이 있다. 갈 때는 겨울이어서 장백산맥의 눈을 인 삼림과 북만의 눈벌판의 위대한 경치에 놀랐고 대정4년 구대전이 터지던 해 팔월 하순에 서백리아로부터 돌아올 때는 동원열차에 막혀서 소역에서 여러 시간씩 정차하여서 망망한 광야 추색을 만끽하였다. 더구나 그 석양과 황혼미는 평생에 잊지 못할 것으로 나는 이 인상 때문에 『유정』을 썼다.[55]

눈 덮인 광야의 광막함과 가을 황혼 녘의 망망함으로 요약될 수 있는 이 시베리아 풍광은 소설 『유정』의 가장 중요한 배경이 됨은 물론, 더 나아가 시베리아 방랑의 존재론적 의미를 상징하기도 한다. 소설의 주인공이 선택한 시베리아는 자기 유배와 도피의 장소이다. 너무나도 쓸쓸하고, 음울하고, 혹독한 자연환경의 시베리아는 주인공의 심리나 인생관에 더없이 당연한 비유일뿐더러 인간 본연의 욕망을 거세하는 데에는 최적의 환경이기도 하다.[56] "눈 덮인 시베리아의 인적 없는 삼림 지대로 한정 없이

---

54) 이광수, 『나의 고백』, 『이광수전집』 13, 219쪽.
55) 이광수, 「만주와 나」, 『만선일보』, 1942.10.4.
56) 소설에 등장하는 다음 대목들을 상기할 것. "나는 바이칼 호의 가을 물결을 바라보면서 이 글을 쓰오. 나의 고국 조선은 아직도 처서 더위로 땀을 흘리리라고 생각하지만은 고국서 칠천 리 이 바이칼호 서편 언덕에는 벌써 가을이 온지 오래요. 이 지방에 유일한 과일인 '야그드'의 핏빛조차 벌써 서리를 맞아 검붉은 빛을 띠게 되었소. 호숫가의 나불나불한 풀들은 벌써 누렇게 생명을 잃었고 그 속에 울던 벌레, 웃던 가을꽃까지도 인제는 다 죽어버려서, 보이고 들리는 것이 오직 성내어 날뛰는 바이칼호의 물과

헤매다가 기운 진하는 곳에서 이 모습을 마치고 싶소" — 이것이 주인공 최석의 바람이며, 일견 구도의 염원으로 해석될 수도 있을 그 길은 초극이 아닌 자기 징벌과 희생의 결말로 이어진다.

> 아버지는 분명 정임을 사랑하신 것입니다. 처음에는 친구의 딸로, 다음
> 에는 친딸과 같이, 또 다음에는 무엇인지 모르게 뜨거운 사랑이 생겼으
> 리라고 믿습니다. 그것을 아버지는 죽인 것입니다. 그것을 죽이려고,
> 이 달할 수 없는 사랑을 죽이려고 시베리아로 달아나신 것입니다. 이제
> 야 아버지가 선생님께 하신 편지의 뜻이 알아진 것 같습니다 백설이 덮
> 인 시베리아의 삼림 속으로 혼자 헤매며 정임에게로 향하는 사랑을 죽
> 이려고 무진 애를 쓰시는 그 심정이 알아지는 것 같습니다.[57]

소설 후반부에서 딸 순임이 아버지 최석에 대해 내리는 이 결론이 야말로 작품 『유정』의 의미와 그 안에 등장하는 시베리아 방랑의 메시지, 그리고 무엇보다 『부활』과의 근본적인 차이점을 대변해주는 지점이라 할 수 있다. 『부활』이 "네흘류도프의 순정적 사상과 행위"로 감동을 자아내고 『유정』역시 최석을 통해 도덕지상주의의 고결한 정신을 보여준다는 점 에서는 유사하겠으나, 기본적으로 『부활』이, 제목 그대로, 다시 태어나는

광막한 메마른 풀판뿐이요. 아니 어떻게나 쓸쓸한 광경인고. 남북 만리를 날아다닌다는 기러기도 아니
오는 시베리아가 아니요?"(『이광수전집』8, 9쪽); "나도 톨스토이 소설에서, 기타의 여행기 등속에서 이
지방(카프카즈)에 관한 말을 못 들은 것이 아니나 지금 내 처지에는 그런 따뜻하고 경치 좋은 지방을 가
릴 여유도 없고 또 그러한 지방보다도 눈과 얼음과 바람의 시베리아의 겨울이 합당한 듯하였소."(위의
책, 71쪽); "기쁨 가진 사람이 지루해서 못 견딜 이 풍경은 나같이 수심 가진 사람에게 가장 공상의 말을
달리기에 합당한 곳이오."(위의 책, 72쪽)
57) 위의 책, 109쪽.

생명력의 찬가인 반면 『유정』은 그렇지 못하다. 시멘트 덮은 도시의 길가에도 흙만 나온 데면 봄이 온다는 『부활』의 유명한 첫 대목과는 대조적으로,[58] 소설 『유정』에는 봄의 자연력이 들어설 자리가 없다. 『유정』이 말하는 "육체에 대한 정신의 승리"는 육체를 억제하고 파괴함으로써 가능해지는 인간 차원의 사건일 뿐, 치유와 복원을 행하는 절대자 하나님의 구원 역사가 아니다.

나는 인생 생활을 움직이는 힘 중에 가장 힘 있는 것이 인정인 것을 믿습니다. 그리고 인생을 높게 하고 깨끗하게 하는 것도 인정인 것을 믿습니다. 돈의 힘으로도, 권력의 힘으로도, 군대의 힘으로도 할 수 없는 것을 인정의 힘으로 할 수 있을 이 만큼 인정에 신비한 힘이 있는 것을 믿습니다. 나는 순전히 정으로만 된 이야기를 써 보고 싶습니다. 사랑과 미움과 질투와 원망과 절망과 회한과 흥분과 침울 등등, 인정만으로 된 이야기를 쓰고 싶습니다.

최석이라는 지위 있고 명망 있고 양심 날카로운 중년 남자와 남정임이라는 마음 깨끗하고 몸 아름다운 젊은 여자와의 사랑으로부터 생기는

58) 이광수의 『그의 자서전』에서는 주인공 남궁석이 자신의 인간적 본능을 빗대어 『부활』의 첫 대목을 인용한다. "『부활』 첫 서두에 있지 아니한가? 시멘트 덮은 도시의 길가에도 흙만 나온 데면 봄이 오느니라고. 그 실만한 틈에서도 풀이 나느니라고. 종교가의 마음은 흙으로 안된 줄 아냐? 나는 종교가도 못되네마는"(『이광수전집』 9, 435쪽). 『부활』의 첫 대목은 정확히 다음과 같다. "몇십만의 인간이 한 곳에 모여 자그마한 땅을 불모지로 만들려고 갖은 애를 썼어도, 그 땅에 아무것도 자라지 못하게 온통 돌을 깔아버렸어도, 그곳에 싹트는 풀을 모두 뽑아 없앴어도, 검은 석탄과 석유로 그슬려놓았어도, 나무를 베어 쓰러뜨리고 동물과 새들을 모두 쫓아냈어도, 봄은 역시 이곳 도시에도 찾아들었다. 따스한 태양의 입김은 뿌리째 뽑힌 곳이 아니라면 어디에서고 만물을 소생시켜, 가로수 길의 잔디밭은 물론 도로의 포석 틈새에서도 푸른 봄빛의 싹이 돋고 …"『부활』 I, 9쪽.

인정의 슬픈 이야기를 써 보자는 것이 이『유정』이라는 소설입니다.[59]

이광수는 이렇게 자신의 작품을 소개했다. "최석이라는 지위 있고 명망 있고 양심 날카로운 중년 남자와 남정임이라는 마음 깨끗하고 몸 아름다운 젊은 여자와의 사랑으로부터 생기는 인정의 슬픈 이야기"는 그 주제나 남녀 주인공의 관계 구도상 '박명가인 가주사'와 '정의공자 내류덕'의 '부활' 이야기에서 크게 벗어나 있지 않다. "인정의 슬픈 이야기"라는 장르적 속성 또한 '가주사 애화'『해당화』류의 통속 텍스트를 연상케 한다. "춘원의 톨스토이 이해의 수준은 식민 통치 기간 내내 카츄샤의 눈물을 뛰어넘지 못했다"는 평가는 그런 의미에서 어느 정도의 설득력을 갖는다.

이광수의『재생』에 대하여 "춘원은 한국을 무대로『부활』을 써보려 한 것이 아닐까? '순영'은 춘원의 '가튜샤'인지도 모른다"[60]라는 평이 존재한다. 그러나 이광수가 정말로 톨스토이의『부활』을 다시 쓰고자 한 것이라면, 그것은『재생』이 아니라『유정』일 것이다.『재생』은 여성의 구원에,『유정』은 남성의 구원에 초점을 맞춘 이야기이다. 그런데 애초『부활』이 이광수에게 미쳤던 감동의 힘은 "네흘류도프의 순정적 사상과 행위"에서 나온 것이었지 카츄샤에 대한 것이 아니었고, 그런 의미에서 육체적으로 타락한 여자 주인공의 파멸과 속죄를 다룬『재생』은 한국의 '카츄샤 이야기'는 될 수 있을지 몰라도 한국의『부활』이 될 수는 없는 것이다.

그에 반하여, 육체적으로 타락하지 않은 남자 주인공의 번민과 자

---

59) 이광수, 「『유정』 - 작자의 말」, 『이광수전집』 16, 285쪽.
60) 『이광수전집』 2, 540쪽.

기 징벌을 보여준다는 점에서 『유정』은 일단 "카추샤의 눈물"의 수준은 뛰어넘은 것으로 봐야 한다. 비록 "인정의 슬픈 이야기"라는 범주에 머물러 있기는 하나, 이광수의 『유정』은 톨스토이 작품의 교훈에 비교적 근접한 남성 주인공의 서사이다. 많은 한계에도 불구하고, 이광수는 자신의 주인공을 통해 '톨스토이가 쓴 대로 산다'는 것의 의미를 재현해보여준 셈이다. 『유정』을 한국의 『부활』로 지목하는 것은 물론 무리이다. 그러나 톨스토이가 되고자 한 이광수의 자취를 그 안에서 찾는 것은 무리가 아니다. 아무튼, 이광수는 자신의 작품 중 번역 될 만한 것으로 그의 가장 톨스토이적인 작품, 다름 아닌 『유정』을 꼽았다.[61]

----

61) 이광수, 「『무정』 등 전 작품에 대해 말하다」, 『이광수전집』 16, 305쪽.

IV
일본 유학생과 러시아 문학

조선의 1세대 노문학도

1. 근대 일본의 러시아어 교육장

후타바테이 시메이(二葉亭四迷)는 적을 알기 위해 러시아어 공부를 시작했다지만, 그 결과란 아이러니컬한 것이었다. 동경 외국어학교(현 동경 외국어대학)에서 러시아어를 전공한 그가 러시아 문학의 영향 아래 쓴 첫 소설 『뜬 구름(浮雲)』(1887)은 일본 근대문학의 시초가 되었고, 1888년에 번역한 투르게네프의 단편 「밀회(Свидание)」(『사냥꾼의 일기』 중 한 편) 역시 문단에 충격을 주며 일본 근대소설의 길을 열었다. 그가 재현해낸 투르게네프의 섬세한 자연 묘사와 아름다운 문체, 낭만적 사랑과 세대 간 갈등, 잉여적 지식인의 고뇌는 일본 독자층의 정서를 움직였으며, 그가 전수한 투르게네프의 '니힐리즘'과 자유사상은 젊은 진보주의자들의 정신적 지표로 자리 잡았다.[1] 비단 투르게네프만이 아니라 러시아 문학 전반에 대해 근대 일본은 열광했다.

일본은 메이지 시대부터 러시아를 주목하기 시작하여 유신 직후 동경과 하코다테에 러시아어를 가르치는 관립 외국어학교가 세워졌고, 1873년에는 영어·프랑스어·독일어·중국어와 함께 러시아어를 전공 학

---

1) 일본의 투르게네프 수용에 대해서는 S. Nobori, "Russian Literature and Japanese Literature," pp. 21-32; Р. Ким, Русская классика и японская литература, с. 21-40 참조. 한편, 일본의 투르게네프 수용이 피상적인 수준에서 이루어졌으며, 러시아 사회에 대한 작가의 비판정신과 심리적 탐구는 일본 문학에 미처 흡수되지 못했다는 의견도 개진되어 있다 . T. Mochitzuki, "Japanese Perception of Russian Literature in the Meiji and Taisho Eras," J. Thomas Rimer ed. *A Hidden Fire: Russian and Japanese Cultural Encounters, 1868-1926*, p. 18. 후타바테이 시메이의 투르게네프 번역과 그 영향권 아래서 조선에 유입된 투르게네프 문학의 의미에 관해서는 손성준, 「텍스트의 시차와 공간적 재맥락화: 염상섭의 러시아 소설 번역이 의미하는 것들」; 정선태, 「시인의 번역과 소설가의 번역: 김억과 염상섭의 「밀회」 번역을 중심으로」 등의 유익한 연구가 있다.

과로 둔 동경 외국어학교가 창립되었다. 후타바테이 시메이는 이 학교의 1881년 입학생이었다. 애초 후타바테이는 일본이 사할린섬을 러시아 황제에게 양도한 사건(1875)에 강한 분노를 느낀 나머지 러시아어를 전공으로 택했던 것인데, 입학 후 러시아 문학에 몰입하면서부터 관심의 방향이 바뀌었다.[2] 그 배경에는 후타바테이가 읽은 러시아 사실주의 문학의 영향도 있었겠으나, 당시 동경 외국어학교 러시아어과에 팽배했던 진보적 분위기도 중요하게 작용했으리라 여겨진다.

1874년에 부임한 레프 메치니코프(Лев И. Мечников)를 선두로, 동경 외국어학교의 초창기 러시아인 교원들은 혁명운동의 전력이 있는 정치 망명객들이었다.[3] 메치니코프 자신은 한때 제1인터내셔널의 바쿠닌(Бакунин) 파에 속했던 사회주의 혁명가로서 플레하노프(Плеханов), 스테프냐크-크랍친스키(Степняк-Кравчинский), 크로포트킨(Кропоткин)과 같은 쟁쟁한 무정부주의자들과 친분이 있었는데, 동경 외국어학교에 재직하는 3년간 생도들로부터 "절대적 신뢰와 인기"를 얻었다. 후타바테이가 재학하던 당시에 러시아어 수업을 담당했던 안드레이 코렌코(А. Коренько)는 시베리아 유형을 거쳐 일본에 정착한 민중주의 혁명가였고, 니콜라이 글레이(Н. Глей) 역시 민중운동의 배경을 갖고 있었다. 코렌코가 수업 교재로 사용하기 위해 직접 편집한 러시아 시집에는 12월당 혁명 시인들과 민중운동가들(나로드니키)의 혁명시가 다수 포함되었으며, 그 시를 원어로 낭송하는 것

---

2) P. Berton *et als. Japanese Training and Research in the Russian Field*, p. 20-21. 근대 일본의 러시아어 교육에 대해서는 같은 책 pp. 11-87; А. И. Мамонов, *Пушкин в Японии*, с. 3-32; 野中政孝 編, 『東京外国語学校史』 등 참조.
3) 동경 외국어학교의 초기 러시아어 교육사에 대해서는 野中政孝, 『東京外国語大学史』, 東京, 1999, 767-812 참조.

이 러시아어 수업의 주요 내용이었다. 교과 과정에 사용된 독본에는 당시 러시아 내에서 금지되었던 급진적 내용의 문헌도 들어 있었다.

당연히 동경 외국어학교의 러시아어 교육은 언어 교육 이상의 것일 수밖에 없었다. '나로드니키 정신'(당시 언어로는 '허무주의 기질')이 러시아어과의 지적 분위기를 지배했으며, 학생들에게는 사회개혁의식과 자유민권 정신과 반정부사상이 전파되었다.[4] 일본에서 1880년대에 나온 첫 번역물이 아나키스트 스테프냐-크랍친스키의 팸플릿을 위주로 한 정치적 선동물이었다는 사실은 이 같은 사상적 분위기의 맥락에서 이해되어야 한다. 최초로 번안 소개된 문학 작품이 푸슈킨의 『대위의 딸』이었음도 원작의 주제가 다름 아닌 민중반란(푸가초프 난)이라는 점과 함께 환기될 문제이다.[5]

1920년에 창설된 와세다 대학 노문과의 초창기 교수 역시 멘셰비키 혁명가로 활동한 바놉스키(А. Вановский)였다. 와세다는 학과 창립 이전에 이미 영문과에서 러시아 문학을 영어로 수업했으며, 1923년에는 '로서아문학회'를 결성하여 계간지 『로서아문학연구』를 발간할 정도로 러시아 문학 열기가 본격적이었다. 원래 영문학자였던 카타가미 노부루(片上伸)가 모스크바 대학 유학 후 돌아와 창설한 노문학과는 진보적 학풍으로 동시대 소비에트 문학과 프롤레타리아 문학 이론 연구에 앞장섰다. 사회주의 문학 이론가인 교수와 러시아혁명 사상에 동조하는 젊은 학생들의 분위기는 '러시아 문학도=위험인물'이라는 낙인이 찍히기에 충분했다. 불온 사상

---

4) 『東京外国語大学史』, 780.

5) 『대위의 딸』은 1883년에 동경 외국어학교 졸업생인 타카스 지스케(高須治助)에 의해 '러시아의 이상한 이야기 — 꽃의 마음과 나비의 생각에 대한 기록(露国奇聞: 花心蝶思錄)'이라는 제목으로 번안되었다. 이 번안소설은 1886년에 다시 '러시아의 사랑 이야기 — 스미스와 메리 전(露国情史: スミス, マリーえ伝)'이라는 제목으로 재출간되었다. Мамонов, Пушкин в Японии, с. 38.

의 온상지로 지목되던 노문학과는 1930년대 이르러 탄압받았고, 1937년 아예 폐지되었다. 재개설된 것은 전후인 1946년에 이르러서다.[6]

일본 지식인 계층이 수용한 러시아 문학의 요체는 사회 현실에 대한 리얼리즘과 휴머니즘을 근간으로 한다. 삶의 비애와 고통을 직시하는 가운데 가난한 자, 약한 자를 향한 연민이 생기면, 그 연민의 감정은 한편으로는 부정과 우수의 감상으로, 다른 한편으로는 분노에 찬 혁명의식으로 발현될 수밖에 없다. "압박받는 사람들의 마음, 그들의 고통, 그들의 투쟁을 열어 보여주었다"라고 중국의 노신(魯迅)은 러시아 문학을 평가했다.[7] 세기말 모더니즘의 초현실적 퇴폐주의가 팽배한 가운데 러시아 문학이 보여준 이 비판적 사실주의 정신의 힘과 깊이야말로 동양에서의 러시아 문학 붐을 설명하는 가장 그럴듯한 근거라고 할 수 있겠다.

근대 일본의 러시아학도들에게는 세속적 의미에서의 출세 지향성이 상대적으로 미약했다는 견해가 있다.[8] 일찍이 메이지기에 최초의 관비 유학생으로 러시아에 다녀온 일본인들은 러시아의 후진성에 실망했던 터였고, 본국에 돌아와서도 영어나 불어권 유학생들에 비해 요직을 차지하지 못했다. 서구 강대국의 각축장에서 러시아는 선두 주자가 아니었으며, 당연히 러시아어를 전공으로 졸업한 학생들이 사회에서 누릴 수 있는 위상 또한 최상위권일 수 없었다. 그런 현실적 상황에도 아랑곳하지 않고 러시아를 전공 분야로 선택했다면, 그것은 그들의 관심이 입신 출세나 부의

6) Berton *et als. Japanese Training and Research in the Russian Field*, p. 40-41; 『早稻田大學百年史』 別卷 I, 769-777 참조.

7) Лу Синь, *Собрание сочинений*, M., 1954-1956, t. 2, c. 99. *Русская классика в странах Востока*, c. 4 에서 재인용.

8) 『東京外国語大学史』, 792-793.

획득에서 한 걸음 물러나 있기에 가능한 일이었을 것이다. 세속적인 가치에 덜 집착했기에 러시아 문학과 사상에 경도되지 않았겠느냐는 이야기이다. 러시아 문학은 제국과 자본의 기득권에 반항하는 정신의 구심점을 제공해주었고, 따라서 러일전쟁 후 정부와 군중으로부터 괴리된 일본 지식인들에게는 "러시아 문학이 가히 자기 자신의 문학이나 마찬가지"일 수 있었다.[9]

9) H. Wada, "Japanese-Russian Relations and the United States, 1855-1930," Rimer ed. *A Hidden Fire: Russian and Japanese Cultural Encounters, 1868-1926*, p. 210.

2. 동경 외국어학교의 조선인 유학생 노문학도

지금까지 근대 일본의 러시아어 문학 교육장에 대해 간략히나마 일별한 것은 그곳을 스쳐간 조선인 유학생들을 조명하기 위해서다. 이제 근대 조선으로 시선을 돌리면, 1895년의 칙령으로 1896년에 설립된 아어학교(俄語學校, 러시아어 학교)를 시초로 할 때, 국내 러시아어 교육의 역사는 120년을 거슬러 올라간다.[10] 애초 영어·프랑스어·독일어·중국어·일어 학교와 함께 설립되었던 러시아어 학교는 1896년에 '관립한성아어학교'로 독립했다가 1906년에는 다시 관립한성외국어학교에 통합되었다. 1896년에 이 학교 교관으로 부임한 인물이 전역 포병 대위 비류코프(Н. Н. Бирюков)이다. 정치 망명가-나로드니키가 러시아어를 가르치기 시작한 일본의 경우와 대조적인데, 러일전쟁이 일어나자 군 장교인 비류코프는 본국에 돌아갈 수밖에 없었고, 러시아어를 배워도 쓸 곳이 없다 하여 학생들이 더 이상 모이지 않자 아어학교는 자연히 폐지되었다. 이후 1930년에 경성 제국대학에서 강좌가 열리기까지 러시아어 교육은 정동의 러시아 정교회를 통해 비공식적으로 이루어졌다.[11]

---

10) 러시아에서는 1874년에 푸칠로(М. П. Пуцилло)의 『노한대역사전(Опыт русско-корейского словаря)』이 발간되었고(같은 해 프랑스어로도 발간), 1897년부터 상트 페테르부르그 대학에서 한국어를 가르쳤으니, 공식적인 교육의 시작에 있어서는 한국이 러시아를 조금 앞선 셈이다. 그곳의 첫 조선어 선생은 1897년의 민영환 사행에 동행했다가 러시아에 남은 통역관 김병옥이었다. 국내 러시아 교육의 역사에 대해서는 이광린, 『한국개화사연구』, 161-186쪽; 김욱동, 『번역과 한국의 근대』, 35쪽 참조. 조선의 첫 러시아어 교관에 대해서는 А. Хохлов, "Первый преподаватель русского языка Н. Н. Бирюков" 참조.

11) 정동의 로서아 교당에서 러시아어를 배우고 혁명기에 러시아(레닌그라드)로 유학했던 두 인물의

러시아 정교회 출신으로 러시아에서 유학한 극소수를 제외하면, 식민지 조선의 노문학도들은 거의 전원이 일본 유학생들이다. 『동경외국어학교일람』 대정 5년(1916) 학적부에는 전수과 과정 노어학과 1년생 진학문의 이름이 등장한다. 유학생 노문학도 1호라 할 수 있을 것이다. 다음해에 역시 전수과 1년생으로 최승만의 이름이 등장하고, 학업을 중단한 진학문은 이제 명단에 오르지 않는다. 당시 동경 외국어학교의 학제는 본과(3년제 문과, 무역과, 척식과), 전수과(야간 2년제), 속성과(1년제)로 나뉘었는데, 진학문과 최승만을 포함하여 러시아어를 전공한 조선인 유학생은 대부분 전수과 소속이었다. 수업이 야간(오후 4시 반 이후 수업)인 데다 2년 속성과이고, 수업료 또한 사립대보다 훨씬 낮았기에 유학 온 고학생들로서는 당연한 선택이었으리라 짐작된다.[12] 1915-1941년 동경 외국어학교에서 러시아어를 공부한 30여 명의 조선인 유학생 중 번역, 창작, 평론 등으로 문단 활동을 한 인물로는 진학문,[13] 최승만,[14] 김온,[15] 이홍종,[16] 함대훈[17]을 꼽을 수 있다.

....

이야기를 참조할 것. 「쏘베트 백악관의 13년: 경성쏘베트 총영사관 통역 김동한씨」, 『조광』 3:7, 1937.7, 190-192쪽; 김서삼, 「로서아방랑기」 1·2, 『조광』, 1936.1, 320-330쪽, 1936.2, 142-151쪽. 경성 제국대학의 러시아어 수업은 서울의 러시아공사관에 재직했던(1911-1914) 백계 러시아인 치르킨이 담당했다. 이충우, 『경성제국대학』, 218쪽; С. В. Чиркин, *Двадцать лет службы на Востоке: записки царского дипломата* 참조.

12) 와세다 대학의 1년 수업료가 80원인데 반해 동경 외국어학교 전수과 수업료는 30원이었다. 동경외국어대학교 도서관에 보관된 『東京外國語學校一覽』 참조. 재확인이 필요한 부분이겠으나, 나의 1차 조사에 따르면 진학문의 이름이 명기된 1916년(대정5)부터 본과 노어부 무역학과 3년생 정요한·1년생 金田光雄의 이름이 나오는 1941년(소화16)까지 일람에 기록된 조선인 유학생 수는 대략 35명 정도다. 그중에서 전 과정을 수료하여 졸업한 학생은 전수과의 신문휴, 박대호, 김온, 함대훈, 계대순, 노윤하, 백문익, 김예용, 최광규 등 9명에 불과하다. 김예용은 본과 문학부로 입학하였으나 중퇴, 전수과로 재입학하여 졸업했고, 무역과를 택했던 2명의 본과생에 대해서는 수료 기록이 없다.

13) 秦學文(1894-1974): 서울 출생. 호는 순성(舜星), 초기 필명은 몽몽(夢夢). 상세 정보는 본문에 서술.

이들이 재학하던 당시의 일본인 교수 중 한 명이 야스기 사다토시(八杉貞利)로, 후타바테이 시메이의 제자이자 상트페테르부르그에서 보두앵 드 쿠르트네이(Baudouin de Courtenay)를 사사한 언어학자다. 교재가 마땅치 않던 시절, 그는 러시아어 독본(クニーガ·ドリャ·チチェーニヤ, 1911; 八杉初等露語讀本, 1920)을 직접 펴내 사용했는데, 기초 문법을 끝낸 학생들은 이 독본으로 문학어를 익힌 후 본격적인 19세기 문학 작품의 세계에 진입했다. 언어 교육의 중심에 문학이 있었던 셈이다. 한번 강독한 텍스트는 다음 시간에 한 줄씩 돌아가며 암송하는 것이 중요한 수업 방식이었고, 야스기 교수의 '암창법(暗唱法)'은 러시아인 교수 토도로비치(Д. Н. Тодорович)의 원어연극 수업과 연계되면서 공연예술로서의 러시아 문학에 대한 흥미를 높여주었다. 유학생 김온이 체홉 극을 번역하고, 이홍종과 함대훈이 귀국 후 신연

14) 崔承萬(1897-1984): 경기도 출생. 극곰, 극응(極熊), 극광(極光)의 필명으로 활동. 보성중학교와 중앙 YMCA 영어과 졸업 후 동경 외국어학교 노어학과 수학(1916-1919년 일람에 재학생으로 등록됨), 1919년에 동경유학생 독립운동(2·8운동) 참여와 함께 중퇴. 유학생 잡지 『학지광』 편집위원, 유학생 문예지 『창조』 동인. 귀국 후 언론인, 정치행정가(제주도지사), 교육가(이화 여자대학교 부총장, 인하공대 학장 등)로 활동.

15) 金溫: 본명 김준엽(金晙燁). 황해도 해주 출신. 1928년 동경 외국어학교 노어학과 졸업. 해외문학연구회 동인으로, 『해외문학』에 체홉의 『구혼』(1호, 1927.1)과 『백조의 노래』(2호, 1927. 7)를 번역 소개했다. 카프 회원. 귀국 후 러시아영사관에 근무하다가 1935년 독일로 유학하여 의학 전공. 독일에서 세계대전을 겪으며 고국에 돌아와 3·8선을 넘어 월남하기까지의 역경을 기록한 『사선만리: 백림-모스크바-삼팔선까지』 출간. 여자의과전문학교 교수로 재직하던 중 납북.

16) 李弘鍾: 학적부 명 이근세. 1926년 이후 1929년까지 동경 외국어학교에 등록한 기록이 있으나, 졸업은 하지 못했다. 해외문학파 일원. 귀국 후 '신흥문학연구회'와 '극예술연구회' 회원으로 활동. 월북. 1949년에 숄로호프의 『고요한 동』 1권을 카프 동지 현덕과 함께 공역으로 출간했다.

17) 咸大勳(1907-1949): 호는 일보(一步). 황해도 송화 출신. 1928년 동경 외국어학교 노어학과에 입학하여 1931년 졸업. 해외문학파. 극예술 연구회 회원. 조선연극문화협회 회원으로서 유치진, 함세덕과 함께 친일 연극 활동인 '국민연극' 운동을 펼쳤다. 1930년대의 가장 왕성한 러시아통 문필가. 1931년에 고골의 『검찰관』을 직접 번역하여 연출했고, 이후 고르키의 『밤주막』, 체홉의 『앵화원』(벚꽃 동산)도 번역, 연출했다. 해방 후 해주에서 소련군에 체포되었다가 월남. 경찰전문학교 교장 재직 중 사망.

극운동(극예술연구회)을 펼치게 된 배후 동인으로 야스기와 토도로비치의 러시아어 수업 방식이 무관하지는 않을 것이다.[18]

조선 최초의 노문학도라 여겨지는 순성 진학문은 13세 나이에 일본으로 건너가 경응의숙의 중학교와 와세다 대학 예과를 거쳐 동경 외국어학교에서 수학했다. 본인의 회고에 의하면 와세다 시절에도 이미 러시아 문학이 전공이었다고 하나, 와세다의 노문학과 창설 시기는 1920년에 와서이고, 진학문은 다만 영문학과 을(乙)과에 편성된 러시아 문학 과목을 수강했던 것으로 이해하면 된다.[19] 진학문이 와세다를 중퇴하고 동경 외국어학교로 재입학한 연유는 명확히 밝혀진 바 없는데, 일단 사립대 학비 조달이 어려웠고, 또 "도스토옙스키, 투르게네프, 고르키에 심취"한 터에 러시아어를 속성으로 배운 후 모스크바에 유학하려는 속셈이 있었다고 추정된다. 하지만 유학을 위한 방랑길을 떠나 당도했던 블라디보스토크에서 이시영 선생의 만류로 "모스크바와 러시아 문학에의 큰 꿈"을 포기해야만 했던 시점 이후, 20년대는 언론 편집인으로, 30년대 중반부터는 만주국 관료로 일하면서 본연의 문필 활동과는 거리가 멀어졌다.[20]

『소년』이 창간된 1908년부터 1910년대의 번역 문학 초창기에 러시아 문학을 소개한 유학생들(최남선, 홍명희, 이광수, 진학문, 박현환, 홍난파, 김억

18) 러시아어 교과 내용 및 야스기 교수의 수업방식에 대해서는 『東京外国語大学史』, 805-808; 토도로비치의 원어 연극 수업에 대해서는 같은 책, 817-818 참조. 1915-1916년 당시(진학문의 수학 시기)의 러시아어 수업 시수는 본과의 경우 주당 21-24시간, 전수과의 경우 주당 10시간이었다.

19) 진학문 연보에는 와세다 대학 영문과 입학이라고 명시되어 있다. 당시 영문과 교과목으로 편성된 러시아 문학 과목들에 대해서는 『早稲田大學百年史』 別卷 I, 769-770 참조.

20) 진학문, 「나의 문화사적 교류기」, 『순성 진학문 추모문집』, 72-83쪽; 최승만, 「순성 진학문 형을 추모함」, 같은 책, 28-31쪽 참조.

등)[21] 중 진학문은 외국어 문학도였다는 점에서 독보적이다. '해외문학파'가 외국어 문학 전공자의 전문성과 직역의 필요성을 강조하기 이전까지, 그리고 실은 그 후에도, 번역은 해당 언어의 구사 능력과 상관없이 지식인이라면 누구나 비교적 쉽게 시도할 수 있던 영역이었다. 시대는 새로운 읽을거리, 새로운 문학과 사상을 절실히 요구했다. 근대기의 번역이 대부분 중역(重譯)으로 이루어진 만큼[22] 일본이나 영어를 읽을 수 있고, 세계의 문헌과 정보를 입수할 능력이 있고, 출판계와 맥이 닿는 사람이라면 전공 분야를 초월해 너도나도 번역자로 활동했다. 역사학도인 최남선이 톨스토이를, 동경음악학교에 다니던 홍난파가 도스토옙스키를 국내 최초로 번역할 수 있었던 것도 그 같은 시대적 배경에서다.

최남선의 『소년』 이후 쏟아져 나온 유학생 잡지와 일반 문예 잡지들의 중추 역할을 하며 해외 문화 전수자 임무를 떠맡았던 주인공이 일본에서 유학한 청년 지식인들이었음은 두말할 나위 없는 사실이다. 동경이 "조선 문학의 제2산모요 온상"으로 지목된 이유가 바로 거기에 있다.[23] 18

....

21) 최남선은 1909년 『소년』에 게재한 톨스토이 우화를 시작으로 하여 1910년대에는 투르게네프의 산문시 「문어구」(『청춘』 1호)와 톨스토이의 『갱생』(『청춘』 2호, 『부활』 초역)을 발표했다. 「문어구」는 잡지 지면에는 역자가 밝혀지지 않았지만, 육당 번역으로 확인되고 있다. 김병철, 『한국근대번역 문학사연구』, 368쪽. 홍명희와 이광수 또한 익명으로 『소년』 지에 톨스토이 글을 번역해 실었다는 것이 최남선의 증언이다. 최남선, 「한국문단의 초창기를 말함」, 『육당최남선전집』 9, 445쪽. 홍명희는 그 외에도 『소년』 지에 「쿠루이로프 비유담」 3편을 중역하여 실었다(1910.2, 60-64쪽). 박현환은 1918년에 『부활』의 초역인 『해당화』를 단행본으로 발간했고, 홍난파는 '도뤠미생'이라는 필명으로 도스토옙스키의 『가난한 사람들』을 중역해 유학생 잡지에 연재했다. 1920년대에 들어서면서 본격적인 번역·창작 활동을 하게 되는 김억은 1919년에 투르게네프의 「밀회」를 번역했다(『태서문예신보』 16호).
22) 1910년대에 국내에서 간행된 역서 중 일역서의 중역이 71%(총 35종 중 25종)를 차지한다. 김병철, 『한국근대번역 문학사연구』, 370쪽.
23) 이헌구, 「『해외문학』 창간전후」, 『문화와 자유』, 50쪽. 한국 근대기 번역의 의미와 역사에 대해서는 김욱동, 『번역과 한국의 근대』 참조. 근대기 유학생 잡지와 관련된 상세 정보는 최덕교 편저, 『한국잡지백년』 1권, 168-243쪽; 황지영, 「1910년대 잡지의 특성과 유학생 글쓰기: 『학지광』을 중심으로」 참조.

세 '소년' 최남선이 귀국 후 자신의 잡지를 발간한데 이어, 1910년대 중반부터는 『학지광』(조선인 유학생 학우회. 1914-1930), 『여자계』(동경여자유학생 친목회. 1917-1921), 『삼광』(재동경유학생 악우회. 1919-1920), 『창조』(1919-1921. 유학생 문학동인지) 같은 중요한 잡지들이 유학생들에 의해 만들어지면서 상당량의 지면이 번역 소개에 할애되었다. 번역 문학이 지배하던 그 시대에 외국어에 대한 직접적인 지식을 갖추고 원문을 옮긴 최초의, 그리고 유일한 문학도가 다름 아닌 진학문이었던 것이다.

조선인 유학생 학우회 임원이었던 진학문이 학우회 기관지인 『학지광』을 통해 발표한 러시아 문학 번역물은 총 6편이다.

3호(1914.12) 코롤렌코(В. Короленко) 「기화(奇火)」

4호(1915.2) 투르게네프(И. Тургенев) 「걸식」

5호(1915.5) 안드레-프(Л. Андреев) 「부활자의 세상은 아름답다」

6호(1915.7) 안드레-프(Л. Андреев) 「외국인」

8호(1916.2) 자이체프(Б. Зайцев) 「랑(狼)」

10호(1916.9) 체홉(А. Чехов) 「사진첩」

동경에서 귀국한 뒤로도 투르게네프의 산문시 「노동자와 손 흰 사람」, 고르키의 「체르캇슈」와 「의중지인(意中之人)」을 추가로 발표하지만, 1922년 이후 새로운 작업은 눈에 띄지 않는다.[24]

....
24) 「노동자와 손 흰 사람」, 『공제』 창간호, 1920.9, 127·142쪽. 「체르캇슈」, 『동아일보』, 1922.8.2-9.16; 「의중지인」(원제 'Болесь'), 『신생활』, 1922.7, 139-147쪽. 『태서명작단편집』(1924)에 실린 5편의 단편은 모두 『학지광』에 발표했던 번역의 재수록이다. 『신가정』 1935년 9월호에 실린 『의중지인』 역시 재수

제1호. 러시아어문학도로서 진순성의 번역이 갖는 의미와 특징이 무엇인가? 러시아어 전공자이니 원문의 직역이나 참조가 가능했을 터이고, 따라서 더욱 충실한 번역이 가능했다는 식의, 말하자면 '번역 태도'에 관한 설명은 큰 의미가 없어 보인다. 그가 번역한 총 9편의 러시아 문학 작품 중 투르게네프의 산문시 「걸식」만큼은 국내 '거지 시' 붐을 일으킨 최초 번역물로서 별도의 주목을 요할 수도 있겠다. 아무튼 정작 흥미로운 것은 어떻게 번역했는가보다 무엇을 번역했는가의 문제일 듯하다.

진학문이 번역한 작가 중 투르게네프와 체홉을 제외하면 모두 현존하던 동시대 작가들이다. 안드레예프와 자이체프는 은시대(Silver Age) 상징주의 계열의 망명 작가이고, 고르키와 코롤렌코는 제정군주제에 저항한 민중혁명 작가 계열이지만, 고전이 아닌 모더니즘 문학의 기수라는 데 공통점이 있다. 또 한 가지 공통점은, 그들 모두가 당시 일본의 젊은 독자와 작가 사이에서 대단한 인기를 끌며 일본 현대 문학의 발전에 영향을 끼쳤다는 사실이다. 당대를 대표하는 러시아 문학 연구자 겸 번역가 노보리 쇼무(昇曙夢)가 현대 작가들의 작품을 수입해 잡지에 소개한 것이 일본 자연주의 문학파의 발생 시기인 1908-1909년이고, 『신소설』『와세다문학』『문학세계』 등의 잡지에 발표된 번역물을 모아 두 권의 단행본으로 발간한 것이 1910-12년 무렵이다.[25] 노보리 쇼무는 또한 1915년부터 와세다 대학에서 러시아 문학을 강의하기 시작했다. 진학문의 유학 시기와 정확히 겹쳐

록 번역물이다.

25) 1910년대부터 일본의 젊은 독자와 작가들 사이에서 선풍적으로 유행한 현대러시아 문학(고르키, 자이체프, 안드레예프, 아르츠이바세프, 솔로굽 등. 20-30년대에 우리말로도 번역되었다)의 영향력에 대해서는 Nobori, "Russian Literature and Japanese Literature," pp. 51-61 참조.

지는 일들이다.

최남선과 이광수가 톨스토이에 몰두했던 것과는 대조적으로 진학
문은 현대 문학에 집중했다. 번역의 목적에 관한 한, 진학문의 의도는 계몽
의 효용성에 있지 않았다. 그의 관심이 톨스토이의 사상적 담론보다는 최
신의 문학적 시류에 경도되었고, 그의 취향이 새로운 경향에 매료된 일본
청년 독자층의 그것을 반향했다고도 말할 수 있겠다. 독자에게 뭔가를 가
르치기에 앞서 자신이 접한 외국 문학의 신경향과 정조를 공유하고 공명
하려는 진학문의 태도에는 확실히 계몽가가 아닌 문학도로서의 전문성이
엿보인다.

발표 매체가 유학생 잡지였다는 점도 관련이 있다. 진학문의 1909
년 단편 「요조오한(四疊半)」이 유학생 삶의 사실적인 소묘라면, 그의 번역
물 또한 가난하고 힘없는 유학생의 간접적 자화상으로 읽히기에 충분하
다. 투르게네프의 「걸식」과 「노동자와 손 흰 사람」은 모두 사회의 당면 문
제(가난, 민중혁명)를 책임진 지식인의 무력함에 대한 고백이며, 안드레예프
의 「외국인」은 '작은 나라' 세르비아에서 유학 온 '작은 학생' 라이코의 고
국에 대한 그리움을 연민하는 작품이다. "자기 자신의 비애, 그 모국으로
부터, 그 박해 받고 있는 불행한 조국으로부터 떨어져 있는 적은 '라이코'
의 비애"[26]라는 대목에 이르러 식민지 조선을 떠나 일본에 온 왜소한 고
학생의 비애를 떠올리지 않을 수 없고, 모스크바의 외로운 대학생이 함께
하숙하는 매춘부에게 가상의 연애편지를 대필해주는 이야기인 고르키의
「의중지인」에서 조선인 유학생의 처지를 연상하게 되는 것도 자연스럽다.

....
26) 「외국인」, 『학지광』, 1915.7, 90쪽.

1916년도 『학지광』 졸업생 축하호(10호)에 실린 체홉의 「사진첩」은 비록 학생과 관련된 일화는 아니지만, 퇴임 장관에게 선사된 부하 직원들의 정성 어린 사진 앨범이 아이들 놀이감으로 전락해버린다는 내용 자체가 졸업하는 유학생들을 빗댄 교훈적 메시지처럼 읽힌다. 실제로 진학문이 역자주에서 자신이 번역한 「사진첩」을 졸업생에게 주는 무형의 선물 '사진첩'에 비유한 만큼, 번역물 선정의 의도성에는 의심의 여지가 없다.

> 이것은 로서아 유명한 단편작가 체홉의 한 편이다. 작자의 인생관은 희극 안에 비극이 있고, 웃음 속에 눈물이 있다 함이요, 또 사람이란 누구든지 한 번은 다 선인이나, 일상생활에 끌려, 부지불식중에 검은 장막 속으로 끌려 들어간다 함이니, 이 한 편 속의 주인공 짐이호프[쥬므이호프]를 보매, 어찌 이것이 전연 우리와 몰관계한 사람이라 하리요. 이것이 현대 사람의 그림자요 우리의 그림자라. 지금 내가 이 사진첩을 우리 졸업생 — 다대한 포부를 가지신 졸업생 여러분께 바치매 무의미한 일이 아니라 생각합니다.[27]

체홉의 짧은 이야기는 현대인의 풍자적 초상이고, 그것은 곧 졸업하여 사회에 나가는 유학생이 맞닥뜨려야 할 현실의 모습이기도 하다. 진학문은 졸업생 축하호를 기하여 '졸업'이라는 특정 상황과 '졸업하는 유학생'이라는 특정 대상에 맞는 작품을 찾아내 번역했다. 그의 독서량과 수준이 그만큼 넉넉했음을 의미하는데, 사실 초기 유학생 번역자들이 어떤

----

27) 「사진첩」, 『학지광』, 1916.9, 50쪽.

작품을 선택하여 번역하는가의 문제는 다분히 사적 정황의 영향권 아래 놓여 있었다. 의뢰에 의한 전문 번역이 아니라 자발적인 번역이었기 때문에 자신이 읽고 감동한 작품, 당시 일본 사회에서 유행하거나 새롭게 조명받던 작가의 작품, 자신의 처지와 심경을 대변해주는 작품, 발표 매체와 독자층의 성격에 부합하는 작품 등을 선택하여 싣는 것이 일반적이었다.

　　동경 외국어학교 시절 진학문의 자료 중에 루바슈카 입은 독사진이 있다. "이놈은 루바쉬카/ 또 한 놈은 보헤미안 넥타이/ 비쩍 마른 놈이 앞장을 섰다"고 정지용이 「카페 프란스」(1926)에서 언급했고, 양주동이 "예의 루빠시까·보헤미안 넥타이로"[28] 20년대 초 서울 대로를 활보했다던 때의 그 러시아 농민복 차림이다. '브나로드' 정신의 상징이라 할 루바슈카는 당시 젊은 지식인층에 확산되어 있던 진보적 혁명 의식의 표식과도 같은 것이었다.[29] 1919-1921년에 일본에서 에스페란토를 가르치며 젊은 지식인들의 인기를 끌었던 눈 먼 시인-무정부주의자 예로셴코(В. Ерошенко) 역시 루바슈카 차림이었다.[30]

　　한편, 그보다 앞서 15세의 진학문이 몽몽(夢夢)이라는 필명으로 『대한흥학보』에 발표한 단편 「요조오한」에는 다음과 같은 일상의 초상이 엿보인다.

....

28) 양주동, 「문주반생기」, 『양주동전집』 4, 52쪽.

29) 일례로 이무영의 단편 「루바슈카」(『신동아』, 1933.2)를 참조할 것.

30) 일본에서 유행한 예로셴코의 작품은 국내에서도 오천석, 봄물결(박아지), 박영희, 함아득, 이은송 등에 의해 번역되었다. 예로셴코가 가르친 에스페란토는 폴란드 무정부주의자 자멘호프(L. Zamenhof)가 창안한 '세계어'로, 조선의 지식인 계층에서도 홍명희, 김억, 이광수, 이극로 등이 1920년 조선 에스페란토 협회를 조직하여 보급에 힘썼다.

이층 위 남향한 '요조오한'이 함영호의 침방, 객실, 식당, 서재를 겸한 방이라. 장방형 책상 위에는 산술교과서와 수신교과서와 중등외국지 지 등 중학교에 쓰는 일과책을 꽂은 책가가 있는데, 그 옆으로는 동떨 어진 대륙문사의 소설이나 시집 등의 역본이 면적 좁은 게 한이라고 늘 어 쌓였고, 신구간의 순문예잡지도 두세 종 놓였으며, 학교에 매고 다 니는 책보는 열십자로 매인 채 그 밑에 버렸으며, 벽에는 노역복을 입 은 고리키와 바른손으로 볼을 버틴 투르게네프의 소조가 걸렸더라.[31]

'요조오한' 즉 다다미 4.5쪽 크기의 이 공간은 한일합방 이전의 초 기 유학생 함영호의 하숙방으로 설정되어 있지만, 15세 중학생 진학문 본 인의 하숙방이라고 보아도 무방할 것이며, 또한 신학문에 눈뜬 유학생 엘 리트의 공간적 표본으로 삼더라도 별 무리가 없다. 유학생 생활의 사실 적 소묘인 이 짧은 개화기 소설에 따르면 "시대적 번뇌"를 삶의 과제 삼고 "시대의 희생"을 개인 운명으로 받아들인 두 청소년('함'과 '채')의 스승은 다름 아닌 러시아 문호들이다. '함'의 하숙방엔 고리키와 투르게네프의 초 상이 걸려 있고, 그를 찾아온 '채'는 톨스토이를 애독한다. '함'의 책상에 쌓인 "대륙문사의 소설"이란 러시아 소설일 확률이 높다.

이 도입부의 주요 기능은 외면이 아닌 내면의 인테리어를 드러내 보여준다는 데 있다. 하숙방의 스케치를 통해 독자는 주인공이 무엇을 읽 는지, 무엇을 공부하지 않는지, 그리고 무엇이 주인공의 정신적 이상향인 지를 알게 된다. 산술, 수신, 외국 정보 같은 과목의 교과서가 '제국'의 커

---

31) 진학문, 「요조오한」, 『송뢰금(외)』, 112쪽.

리큘럼에 속해 있다면, 주인공이 남독하는 책들은 제국 밖의 커리큘럼, 즉 사회 개혁을 꿈꾸는 진보적 목소리에 집중되어 있다. "노역복을 입은 고리키와 바른손으로 볼을 버틴 투르게네프"를 모델로 삼은 '함'이 톨스토이를 읽는 '채'에게 묻는다. "군은 아직도 톨스토이를 애독하오?"

　　주인공의 지향점은 톨스토이주의의 도덕 너머를 향하는 것이다. 그것은 주인공이 주체적으로 선택한 비전이라기보다 그의 주변이, 시대 사상의 흐름이 닦아나가는 길이라고 봐야 옳다. '첨단'이라는 이름의 이 내적 공간에서 노역복 입은 혁명 작가를 우러르던 15세 소년 함영호는 마침내 루바슈카를 입은 21세 청년 진학문으로 성장한다. 톨스토이 대신 고르키와 투르게네프를 읽던 소설 속 중학생이 실제로 고르키와 투르게네프를 번역하고, 더불어 안드레예프, 자이체프, 코롤렌코, 체홉을 소개하는 노문학도로 진화하게 되는 것이다.

　　진학문이 보여준 번역 양상은 시대의 유행을 일관되게 추구하고 수용했던 한 노문학도의 학습 보고서와도 같다. 열심히 학습하고 공명했지만, 거기까지가 한계였는지도 모르겠다. 그는 고르키를 숭앙했으나 혁명 작가가 되지 못했고, 루바슈카 차림으로 포즈를 취했음에도 끝내 민중 작가가 될 수 없었기 때문이다. 블라디보스토크에서 "모스크바와 러시아 문학에의 큰 꿈이 허무하게 무너지고"만 그 지점은, 어쩌면 진학문의 문학 수업 자체가 종료된 순간을 의미하는 것이었다. 문학 수업을 끝낸 후, 즉 유학 생활을 마치고 귀국한 20년대 이후 진학문의 사회 활동은 점차 노역복 혹은 루바슈카 차림의 러시아 지식인과는 거리가 먼 현실주의자의 성격을 띠게 된다. 그리고 이제 세상은 그를 우리나라 최초의 노문학도로 기억

하기보다 만주국 고위 관료를 지낸 친일 인사로 기록하고 있다.[32]

---

32) 만주국 국무원 참사관, 생활필수품 회사 상무이사 등의 경력에도 불구하고, 진학문의 친일 행보에 대해서는 적극적인 변호들이 존재한다. 진학문의 학교 후배이자 막역한 친우였던 독립유공자 최승만의 추모글 「순성 진학문 형을 추모함」(『순성진학문추모문집』, 28-31쪽)이 대표적이다.

3. 와세다의 유학생 노문학도

실용적인 언어 교육에 치중했던 동경 외국어학교와 달리 와세다 대학 노문학과는 '문학부' 학과답게 진지한 문학 연구를 표방했을 뿐 아니라, 와세다 자체가 일종의 '사회주의 대학'으로 인식되어 있을 정도로 좌익 풍토가 강했다.[33] 와세다에서 공부한 노문학도로 문단과 관계된 인물은 이선근,[34] 이석훈,[35] 안막,[36] 이찬,[37] 한재덕[38] 등이 있다.

....

33) "당시 '와세다'라면 大山郁夫, 安部磯雄 등 사회주의학자들이 날리고 있어 일종의 '사회주의 대학' 같이도 되어 있었다." 한재덕, 『김일성을 고발한다』, 35쪽.

34) 李瑄根(1905-1983): 개성 출생. 1923년 예과에 입학하여 러시아어를 공부하고, 1927년에 본과 사학과 진학. 서양사학과에서 조선사로 논문을 써 졸업한 후 언론인으로 활동했고, 해방 후에는 서울 대학교 정치학과 교수, 문교부 장관, 성균관 대학교 총장, 동국 대학교 총장, 영남 대학교 총장, 정신문화연구원 초대 원장 등 화려한 경력을 쌓았다. 『해외문학』 시기 이후로는 러시아 문학과 관련된 문필 활동이 없고, 대신 한국사 관련 저서들을 다수 집필했다. 만주국 협화회 협의원 활동으로 친일인명사전에 올랐다.

35) 李石薰(1907-?): 평북 정주 출신. 1925년 예과 노문과 입학. 귀국 후 매일신보 기자, 소설가, 경성방송국 아나운서, 극작가로 활동했고, 만주 이주 후에는 『만선일보』 편집에 종사. 해방 후 남한에 돌아와 톨스토이의 『부활』 번역(1947), 『문학감상독본』 집필(1948). 6·25 전쟁 중 행방불명. 월북 설도 있다(大村益夫, 韓國近代文學と日本, 53). 친일문학인 42인 명단에 올랐다.

36) 安漠(1910-1958): 경기도 출생. 본명 安弼承. 1928-1930년 사이에 예과 노문과에 입학한 것으로 되어 있으나 학적부 상으로는 확인되지 않으며, 동창회 명부에는 1935년 법과 졸업으로 기록되어 있다(大村益夫, 朝鮮近代文學と日本, 53). 무용가 최승희의 남편으로도 유명한 안막은 유학시절부터 동경의 조선프롤레타리아예술동맹과 조선공산당 조직에 참여했으며, 귀국 후에도 프롤레타리아 예술운동의 이론가로, 또 부인 최승희의 공연기획자로 활동했다. 해방 후 월북, 1958년 숙청됨. '막'이라는 이름이 일본 무용가 이시이 바쿠(石井 漠, 최승희의 스승)에서 따온 것이라고 알려져 있는데, 실은 '막스'(마르크스)와의 연결성도 무관하지는 않아 보인다. 가령, '막'(mak)으로 일본 도서를 검색하면, 마르크스·엥겔스 공산당 선언 관련 책자들이 무수히 나타난다.

37) 李燦(1910-1974): 함경남도 북청 출생. 1929년 본과 노문과에 입학했으나 중퇴. 유학 시기 임화와 교류하면서 카프 운동가, 시인으로 활약. 귀국 후 1931년 연희전문에 재입학. 1932년 KAPF 중앙위원. 1934년 이후 북에서 활동하며 시집 『대망』 『분향』 『망양』 『화원』 『승리의 기록』 『쏘련시초』 출간. 해방 후 조소문화협회 부위원장, 조선 문학예술총동맹 서기장직을 역임했다. 평양의 애국열사능에 묻혔으며, 사후 '혁명시인' 칭호를 받았다. 국내에서는 2003년에 『이찬 시전집』이 편찬되었다.

이선근은 1923년 와세다 대학 제1고등학교(예과)에 입학하여 러시아어를 공부했으나, 본과에서는 서양사학과에 진학했다. 해외문학파 일원으로 활동했고, 『해외문학』 1호에 「로서아문학의 시조 '푸–슈킨'의 생애와 그의 예술」이라는 글과 푸슈킨 시 6편을 번역해 실은 것이 그의 문단 데뷔다.[39] 예과 시절부터 푸슈킨, 투르게네프, 고르키, 체홉의 러시아 문학에 매료되어 흥이 나면 "푸슈킨의 애국적인 서정시를 낭독하는 버릇이 있었다"[40]는 이선근은 학창 시절을 이렇게 회상한다.

'푸–슈킨'! 그는 로서아의 말을 살려 놓은 이요 그의 국민문학을 수립해 놓은 이! 내 일찍이 문학에 뜻을 두겠다고 하였을 때 그의 대표작 『오네–긴』을 그 얼마나 탐독하였던고? [...] 저 『오네–긴』에 나오는 '타챠–나'!

....

38) 韓載德(1911-1970): 평남 성천 출생. 톨스토이에 심취하여 1929년 예과 노문과로 진학했으나, 좌익운동 죄목으로 1932년 퇴학. 동경 시절 임화, 김남천과 교류하며 일본공산당 산하 좌익단체에서 활동. 귀국 후 기자 생활(조선중앙일보 평양특파원 등), 해방 후에는 평남 프롤레타리아 예술동맹에서 주축으로 활약. 북조선 문학예술동맹 서기장, 『민주주간』 주필, 『조선중앙통신』 주필 등의 고위직을 거치며 '김일성 전속 기자'로 활약하다가 좌천, 일본에 공작원으로 밀파되었다(1953). 1959년 전향하여 남한으로 귀순한 후에는 김일성 독재의 북한 실상을 고발하며 반공운동에 주력했다. 『김일성을 고발 한다: 조선노동당 치하의 북한 회고록』(1965)이 대표적인 예.

39) 「로서아문학의 시조 푸–슈킨의 생애와 그의 예술 」, 『해외문학』, 1927.1, 41-44쪽. 같은 호 115-124쪽에 실린 푸슈킨의 시는 「악마」 「독나무(안챠–르)」 「구름장」 「아츰해」 「폭풍」 「배」 등 6편이다. 참고로 국내에 제일 처음 소개된 푸슈킨의 작품은 이용구 번역의 「집시」이며(『계명』, 1922.10), 이어서 『동아일보』에 JS 번역으로 「죄수」(1925.10.7), 「분주한 거리로 돌아다니거나」(1926.6.8), 「챠다예프에게」(1926.6.9. '뿌스킨 시 중에서'라는 제목으로 게재), 「시인」(1926.6.26)의 5편이 차례로 소개되었다. JS의 번역 중 앞 대목이 삭제된 「챠다예프에게」를 제외한 4편은 모두 원문에 전적으로 충실한 직역으로, 러시아어문학도의 작업이라 여겨지지만, 번역자 JS가 누구인지는 미상이다. 같은 시기 『동아일보』에 독일공산주의자 카를 리프크네히트 시(「립크네트 시 중에서」)를 실은 것으로 보아 해외문학파 독문학도 김진섭일 수 있다는 추정이 가능하겠으나(연세 대학교 국문과 이경훈 교수 확인), 아직은 추정일 뿐이다.

40) 이하윤, 「해외문학시대의 문우들」, 『소천이헌구선생 송수기념논총』, 496-497쪽.

나는 '타챠-나'에서 흙냄새 풍기는 듯 순박하고도 대빙원같이 엄숙한 성격에 고요히 느끼며 고개 숙인 때 많았던 것이다. '푸-슈킨'! 그는 나의 소년시대 친한 벗의 하나였으니 주제넘게 시역을 해보겠다고 하였을 때 최초로(또는 최후인 듯한) 두어 편을 번역하여 『해외문학』창간호에 발표하였던 것도 아마 노어 독본에 실렸던 '푸-슈킨'의 서정시였다고 기억된다.[41]

사실 근대 독자 중 푸슈킨에 심취했던 경우는 예외적인데, 이 점은 현대 독자층에서도 마찬가지다. 러시아 문학을 향한 관심은 대부분 톨스토이나 도스토옙스키를 통해서였지 푸슈킨을 읽고 러시아 문학에 빠져들었다는 독자나 문학도는 찾아보기 어렵다. 러시아 문학의 번역이 왕성하던 1920-30년대에도 푸슈킨 작품은 드물게 소개되었고, 이런 현상은 일본에서 또한 동일하게 나타났다.[42] 일반 독자층이 투르게네프와 체홉, 고르키에 열광하고 있을 때 푸슈킨을 탐독하고, 푸슈킨의 작품 중에서도 다름아닌 『예브게니 오네긴』의 여주인공에 감동했다는 이선근의 회고는 그래서 퍽 교과서적으로 들린다.

실상 이선근이 푸슈킨에 대해 사용한 언어는 러시아 문학사를 체계

41) 이선근, 「푸슈킨과 나」, 『조광』, 1937.2, 182쪽.

42) "매우 유감스럽게도 푸슈킨은 일본인에게 잘 알려져 있지 않다. 인기도 면에서 푸슈킨은 톨스토이와 도스토옙스키는 말할 것도 없고, 고골, 투르게네프, 체홉, 고르키에 뒤진다." K. Мидзутани, А. С. Пушкин в Ниппон, Харбин, 1937, c. 81. Мамонов, Пушкин в Японии, c. 34에서 재인용. 푸슈킨이 일반 독자층을 사로잡지 못한 이유로는 일단, 언어 차원에서 시가 산문보다 번역이 어렵다는 점을 들 수도 있겠으나(그래서 국내의 초기 시 번역이 투르게네프의 산문시를 중심으로 이루어졌을 것이다), 푸슈킨 시어의 단순명료한 완벽성이 번역의 어려움을 가중시켰다는 점도 있다. 또 19세기 사실주의 소설가들에 비해 작품의 내용과 메시지 면에서 근현대 독자들에게 덜 친숙했기 때문일 수 있다.

적으로 공부하는 모범생의 답안에서 벗어나지 않는다. 러시아 문학에 관한 한, 푸슈킨이 현대 문학어를 완성하고 '국민' 문학의 전통을 확립했다는 것은 하나의 공리와도 같다. 19세기 러시아 사회의 백과사전이라 지칭되는 『예브게니 오네긴』으로 말하자면 푸슈킨의 대표작일 뿐 아니라 러시아 문학 전체의 대표작으로 손꼽히는 명작이며, 그중에서도 여주인공 타티아나의 형상은 잉여 인간 오네긴에 대비되는 러시아적 자연미와 도덕적 숭고함의 대명사로 평가받는다. 이상이 어떤 시대, 어떤 성향의 러시아 문학사를 펼쳐도 빠지지 않고 강조되는 기본 내용이다. 러시아 문학을 전공하던 문학도답게, 그리고 "첫째로 우리문학의 건설"을 목표 삼아 "가장 경건한 태도로 먼저 위대한 외국작가를 대하"고자 한 해외문학파의 일원답게, 이선근은 러시아 문학의 정전(canon)인 푸슈킨을 제일 먼저 다루고, 또 교과서(러시아어 독본)에 나온 대표시를 번역함으로써 근대문학 형성의 모범을 제시하고자 했던 것이다.[43]

교과서적으로, 즉 보다 학구적으로 러시아 문학의 근원에 접근하려는 이선근의 기본 입장은 『해외문학』 2호에서 푸슈킨 이전의 '여명기' 작가들에 대한 고찰로 이어진다. 이선근이 생각하는 "철저한 연구와 비판"은 역사적 연구를 골자로 하는 만큼, 근대러시아 문학의 발생기인 18세기로 거슬러 올라 시대적 흐름을 따라가는 것이 당연한 경로일 수밖에 없다.

43) "우리가 외국 문학을 연구하는 것은 결코 외국 문학연구 그것만이 목적이 아니오, 첫째에 우리 문학의 건설, 둘째로 세계문학의 호상 범위를 넓히는데 있다. 즉 우리가 가장 경건한 태도로 먼저 위대한 외국작가를 대하며, 작품을 연구하여 우리문학을 위대히 충실히 세워놓으며 그 광채를 돋구어보자는 것이다." 「창간권두사」, 『해외문학』, 1927.7, 1쪽.

로서아에 대한 우리의 동경은 무한히 크다. 그네의 새 사회, 새 정치, 새 문학... 어느 방면을 물론하고 그네의 것을 배우려하지 않는 사람은 없다. 그러나 어느 것을 물론하고 우리는 한갓 기분적 동경에 그치고 말기가 쉬웠으며 무엇 하나 철저한 연구와 비판을 그네에게 대해본 적은 없다. 그리하여 항상 표면에 나타난 로서아에 맹목적 추종이 있었을 뿐이요, 이면의 로서아, 역사상에 로서아는 알아보려고 한 사람도 적었다. 더욱이 문학 방면에 있어서는 거의 없다고 하여도 과언이 아닐 만치 역사적 연구가 없었던 것이다. 따라서 근대로서아문학 — 곧 산문에 있어 고-골 이후 혁명까지의 러시아 문학 — 은 간혹 일문 중역을 통하여 소개된 바가 있으나 그 이전 여명기의 러시아 문학은 전연 소개되지 않았다 하여도 과언이 아니다. 좀 더 쉽게 말하자면 푸-쉬킨 이후에 투르게네프나 톨스토이, 체-홉, 고-리키... 누구누구는 알아도 그 이전, 그레고리-(러시아최초 희곡작가)나 크릴로프, 카라-므진, 쥬코-브스키 같은 이는 이름도 모른다는 것이다.[44]

로모노소프, 칸테미르, 트레챠콥스키, 데르쟈빈 등으로 이어지는 여명기 문단은 이선근의 표현대로 "간단히 말하자면 모방시대"의 문단이다. 그 작가들의 면면을 차례로 소개함으로써 도출해낸 결론은 러시아의 여명기 문학이 서구문학을 발판으로 하여 형성되었다는 것이다. "번역, 혹은 모방, 개작"의 과정을 바탕으로 자국 문학의 토대를 다진 러시아 문단의 역사는 그동안 막연히 동경해온 러시아 문학의 뿌리를 말해줌과 동시

....
44) 이선근, 「여명기로서아문단회고」, 『해외문학』, 1927.7, 6쪽. 인용문에 언급된 '그레고리-(러시아최초 희곡작가)'는 그리보예도프를 가리키는 듯하다.

에 조선 문단의 발전 모델처럼 비치기도 한다. 드러내 비교하진 않지만, 러시아의 여명기 문단 탐구가 여명기 조선 문단 탐구의 우회적 접근이 되고 있음은 자명한 사실이다.

> 그네는 서구문학이란 거울을 잘 닦아 그 앞에 자신의 창조력을 비추어 보는 동시 그로부터 새로운 창작을 찾아냈다는 것이니 곧 거칠고 조잡한 로서아 국민성을 세련된 선진국의 문화로 순화시키고 정화시킨 것이며 무질서 무조직한 슬라브어에 독일어 같은 힘을 더주고 불어나 영어 같은 조직을 만들었고 희랍, 라틴 같은 풍부한 어원을 찾아내는 동시 외국 문학의 건전한 소개와 연구로부터 위대하고 힘이 있는 로서아 근대 국민문학의 튼튼한 기초를 세워놓았다는 것이다.[45]

요즘의 탈제국주의 관점에서 본다면 다분히 서양 우월주의적이고 제국주의적인 단어들로 채워진 대목이겠으나, 모방과 수용을 통한 문화발전론은 서구문학의 발생 단계에서도 유효했던 이론이며 따라서 단순한 코스모폴리타니즘이나 피상적인 서양 숭배와 다르다던 해외문학파의 해명을 기억할 필요가 있다.[46] 아무튼 이선근은 『해외문학』의 강령 아래, 그리고 그 강령을 뒷받침하는 차원에서 러시아 문학도인 자신의 역할을 찾

---

45) 위의 글, 11쪽.
46) "『해외문학』은 결코 단순한 '코쓰모포-리탄'이 아니요 또는 피상적 서양숭배아가 아니며, 우리의 정신을 하시하는 그런 천박한 자아몰상식의 환자도 아니다. 모든 것이 미약하던 서구 각국이 먼저 선진문화인 희랍 나전문학을 가장 경건한 태도로 감상 또는 연구하여 혹은 형식의 모방, 혹은 내용의 모작, 그래서 각기 자유체의 예술혼에 적합한 새로운 형식과 내용을 가진 문학을 건설할 수 있게 [...]" 화장산인(정인섭), 「포오를 논하야 외국 문학연구의 필요에 及하고 『해외문학』의 창간을 祝함」, 『해외문학』, 1927.7, 25쪽.

았다. 표트르 대제의 개혁 역사가 개화기 조선의 당면 과제를 예시해줄 수 있었듯이, 근대 러시아 문학의 역사는 조선 문단의 현실과 미래에 대해 전범으로서의 가치가 있었다. 영·독·불의 서구 문학 전공자들(이하윤, 정인섭, 김진섭, 이헌구 등)이 모두 체계적인 해외문학 수용의 필요성을 이론적으로 역설했지만, 정작 서구문학사를 통해 그 입장의 실증적 근거를 마련해준 것은 이선근 혼자였다.[47] 다른 동인들이 최신의 경향(「표현주의문학론」, 「최신 영시단의 추세」, 「쇼오 극의 작품과 사상」 등)을 소개하기 바쁜 한편에서 그는 러시아의 과거로 눈을 돌려 조선 현실과 가장 유관한, 그리고 해외문학 동지들의 취지에 가장 부합하는 예증을 발굴해냈다. 이처럼 원론적이면서도 실증적인 이선근의 접근법은 오직 그가 러시아 문학도이자 역사학도였기에 가능한 일이었다.

47) 『해외문학』 1·2호를 통틀어 문학의 역사적 발전 단계에 대해 논의한 경우는 이선근의 러시아 문학사 관련 글 2편과 함일돈의 「명치문학의 사적고찰」 뿐이다. 그 밖의 기고문은 모두 해외문학의 최신 경향과 소식을 다루는 글들이다.

4. 함대훈의 경우

그때 우리들의 이상은 마치 19세기 말 로서아 청년들이 느끼는 허무, 불
안, 환멸의 세계에 붙들려 있었다. [...] 이상은 무너지고 현실은 맘대로
되지 않으나 그러나 무슨 이상에 불타는 가슴엔 무언지 모를 불길이...[48]

20세기 초 조선의 모든 청년이 러시아 문학의 풍조에 전염되어 있었
다 해도 과언이 아니며, 또 전공 불문하고 많은 유학생이 러시아 문학의 영
향 아래 문단에서 활동한 것은 사실지만, 함대훈의 경우를 별도로 주목해
야 하는 이유가 있다. 그는 러시아어 문학을 정식으로 공부하고 그 영역에
서 자신의 커리어를 쌓아간 국내 유일의 인물이다. 1930년대 러시아 관련
지면을 독점하다시피 한 러시아통이었고, 번역·비평·소설 창작·연극·언론
분야를 아우르는 활발한 행보를 15년 가까이 이어갔다.[49] 그러나 이제 그러
한 활약상은 거의 잊힌 가운데, 친일 문학인 42인 중 한 명이라는 오점의 기
억만이 뚜렷하게 남아 있는 형편이다. 인물백과사전에 기재된 길지 않은 내
용은 통속소설 작가, 친일 반민족 행위, 미군정 공안국장 등 오늘날의 역사
관에서 볼 때 그다지 명예롭지 않은 서술로써 그의 삶을 요약한다.

함대훈을 재조명하고자 하는 것은 그의 업적이나 재능을 높이 평가

---

48) 함대훈, 「천국에서 온 음성」, 『조광』, 1940. 9, 135쪽.

49) 러시아 문학 관련으로 1930년대에 "3편 이상의 논문을 쓴 사람으로는 함대훈(50), 백철(7), 이운곡
(7), 한식(6), 이하윤(4), 안서(4), 이기영(4), 한설야(3), 이헌구(3) 등을 들 수 있는데, 함대훈과 한식의 논
문은 지적으로 발군적이며, 특히 함대훈의 공적은 질량에 있어 발군적일 뿐 아니라 전공자로서의 사명감
을 다하고 있음을 알 수 있다." 김병철, 『한국근대서양문학이입사연구』 하, 693쪽.

하겠다는 의도에서가 아니다. 솔직히 그가 쓴 글들(비평과 창작 모두)은 진정한 예술성과 상상력이 결여된 채 가벼운 감흥 혹은 유행에 휩쓸렸다는 인상을 주는 것이 사실이다. 소설에서는 신파적 감상주의나 조야한 낭만주의가 느껴지고, 비평 논설에서는 시류에 대한 즉흥적 조응 욕구와 상투적 모방의 흔적들이 발견된다. 푸슈킨의 낭만주의, 고르키의 사실주의, 아르츠이바세프의 연애결혼론, 타티아나의 순종주의, 파시스트 국민연극론을 위시해, 망명 러시아인 바이올리니스트 미샤 엘만 인터뷰에서부터 소련 국민보건운동 '오페테'(ОПТ: Общество пролетарского туризма и экскурсии) 소개에 이르기까지, 온갖 사상과 분야와 내용이 총망라된 원심적 문필 경력에서 초지일관의 방향성을 추적하기란 쉽지 않다. 혹 『해외문학』 동지 이헌구의 표현대로 "소박하고 분방자재한 표현"의 '쾌활함' 정도가 그 원심력의 공통분모는 될 수 있겠다.[50] 함대훈에게 절차탁마의 작품성이 떨어짐을 지적하는 가운데도, 이헌구는 끝내 친구의 단점을 장점으로 읽어내려는 우정 어린 노력을 아끼지 않았다.

> 형은 작품을 쓰는 데 있어서 그 어떤 힌트 내지 영감을 얻으면 그것을 곧 표현에 옮기어 마치 여름 장마 뒤의 분류(奔流)처럼 쏟아져 나와 얼마를 걸리지 않아서 천여 매의 장편을 써내는 것이었다. [...] 나쁘게 말하면 너무 쉽게 작품을 쓴다는 것이요, 다른 면으로 보면 기교중심 묘사중심의 작가들의 창작태도를 무시하고 저 '시베리아'의 원시림과 대자연이 갖는 생명력을 그대로 소박하게 분방자재하게 노현(露現)시키

---

50) "함대훈은 『검찰관』, 『밤주막』 등을 번역한 로서아문학자로(소설도 창작) 『해외문학』 동인 중에서 가장 성격이 쾌활하였다"라는 것이 이하윤의 인물평이다. 이하윤, 「해외문학시대의 문우들」, 511쪽.

자는 것이다. 그러므로 노문학이 주는 그 측량할 수 없는 신비롭고 일·
편 두려웁기도 한 꿈과 낭만정신의 영향이 그대로 드러날 것이라고 보
아야 할 것이다.[51]

이헌구의 합리화를 따른다면, 함대훈의 단점은 개인의 단점이라기
보다 러시아의 특성이다. 소박하고 거친 러시아의 자연력이 함대훈의 정
제되지 못한 문필 작업으로 현현했다고 볼 때, 그의 문학적 '단점'은 오히
려 꾸밈없는 반향성의 '장점'으로 이해될 여지가 있으며, 따라서 그의 작
품을 읽는 것이 곧 러시아 문학의 본질을 읽는 것으로 대체될 수 있다.

이헌구의 이 같은 해석이 흥미로운 것은 그가 함대훈을 너그럽게
평가해주어서가 아니라, 그의 언어가 러시아와 러시아 문학이라는 '타자'
에 대한 당시의 일반론을 함축적으로 드러내기 때문이다. 그의 언어에서
러시아는 "시베리아의 원시림과 대자연이 갖는 생명력," "측량할 수 없는
신비롭고 일편 두렵기도 한 꿈과 낭만정신"으로 집약된다. 당시 지식인 사
이에 뿌리내렸던 '개념'으로서의 시베리아가 효력을 발휘하는 지점이 아
닐 수 없다. 이헌구가 대변한 논리는 다음과 같다. 러시아를 지배하는 것은
인위의 질서가 아니라 자연의 무질서다. 그리고 꿈과 상상력은 질서 밖에
서 생동한다. 그러므로 러시아, 그중에서도 시베리아야말로 가장 낭만적
인 문학의 공간이다. 함대훈의 문학적 무질서가 러시아적 무질서로 이어
지고, 더 나아가 디오니소스적 창조의 잠재력과도 맞닿을 수 있는 것은 이
헌구와 함대훈 사이의 사적 친분보다는 차라리 러시아와 러시아 문학에

---

51) 이헌구, 「로맨티스트 함대훈: 소박하고 분방자재한 표현」, 『자유문학』, 1956.12, 117쪽.

대해 당시 사회가 공유했던 표상의 상투성 덕분이다. 그런 의미에서 함대훈의 문필 활동을 재조명하는 것은 1930년대 문단과 사회가 '러시아'라는 개념의 공간을 어떻게 읽고 수용했는지 재확인하는 과정과 같다. 노문학도로서, 러시아 전문 문화예술인으로서 이제는 희미해진 함대훈의 존재를 소환하는 이유가 거기에 있다.

함대훈이 러시아 문학에 입문하는 계기 자체가 퍽이나 소설적이다.[52] 부친이 운영하던 남포의 곡물 무역회사에서 짐 나르는 인부들을 관리하며 상업을 배우던 시절, 틈나는 대로 창고에 숨어 책을 읽었다 한다. 함대훈은 그중 한 권인 "고리키의 「체르캇슈」같은 작품은 그 항구가 어쩐지 내가 있는 그때 정경 같아서 눈물 속에 읽었다"라고 회고하는데, 당시에 사랑했던 여성('춘향'이라는 별명의 보육원 보모)이 노동자인 자신을 비웃는 듯하여 평양 유학의 결심을 굳히고, 마침내는 일본 대학 경제학과를 거쳐 동경 외국어학교 노어과를 졸업하게 되었다.

노어과를 택한 동기는 분명치 않으나, 그가 쓴 자전적 소설에서 엿보이는 대목이 있다. 원래 함대훈의 소설은 러시아 문학, 러시아 여성, 그리고 일본 유학과 연극계 활동에 걸친 자신의 체험을 바탕텍스트 삼은 경우가 대부분이어서 거의 모두 자전 소설로 규정될 여지가 있지만,[53] 그중

---

52) 함대훈, 「낭만의 감정 길러준 남포항의 추억」, 『조광』, 1938.7, 95-97쪽.

53) 함대훈의 소설 중 러시아 문학과 관련된 대표적인 작품만 예로 들자면, 장편 『순정해협』(『조광』, 1936년 연재)의 종결부에서는 『부활』의 내용이 재현되고, 『무풍지대』(『조광』, 1937-1938년 연재)와 『방파제』(『조광』, 1938-1939년 연재)는 러시아 문학 작품과 주인공(체홉극의 이리나, 투르게네프 소설의 엘레나)을 언급하며, 중편 「자연」(『조광』, 1938.10)과 「묘비」(『조광』, 1938.11)에는 러시아 문학도가 주인공으로 등장한다. 「암전」(『조광』, 1940.6)의 주인공 또한 학창시절 체홉을 공부한 소설가로 설정되어 있으며, 그가 속한 연극회는 『벚꽃 동산』을 공연한다. 해방 직후의 혼란상을 그린 『청춘보』(1947)에서는 러시아어 통역관인 주인공이 북조선의 붉은 군대를 보며 블록의 시 「열둘」을 떠올린다.

에서도 단편 「자연(紫煙)」은 노문학을 공부하고 연극인이 된 주인공-화자의 이야기를 통해 함대훈 자신의 청년 시절을 되짚어주는 작품이다. 주인공은 현재 『안나 카레니나』를 번역하고 각색하고 연출하는 노문학 전공자로, 안나 카레니나 역을 맡은 여배우에게 욕정을 느낀다. 그런데 "로시아인 땅과 강 하나를 새에 두고 맛붙은 국경지방"(함경북도 북단의 어촌 서수라) 출신의 이 주인공이 애초 노문학의 길로 접어든 사연이 있다. 17세 때 첫사랑인 백계 러시아 여자에게 실연당했던 것이다. 서수라에 이주한 그녀의 이름은 '타챠-나', 바로 함대훈이 평생 이상형으로 삼았던 러시아 문학 속 여주인공과 동명의 "기름진 블론드에 푸른 눈이 곱게 빛나는 로시아인 처녀"이다. 주인공-화자는 독학한 러시아어로 연애편지를 써 보내지만, 편지는 그녀의 조롱거리밖에 되지 않고, 그래서 모욕당한 그가 결심하여 공부한 것이 러시아 문학이었다.

> 물론 그 북국의 대삼림, 대광원에서 빚어내인 정열적인 문학에도 취했지만, 그담도 직접 동기는 이 러시아 처녀에게 첫사랑을 짓밟힌 데서 지원하게 된 것도 사실이다.[54]

소설 속 주인공이 러시아 문학을 공부하게 된 경위는 함대훈 자신이 남포 시절 여성에게 무시당해 동경으로 유학길에 오른 실제 경험과 근본적으로 겹쳐진다. 그러나 짓밟힌 첫사랑 때문에 러시아 문학을 전공하게 되었다는 이야기는 지나치게 소설적이고, 거절당한 첫사랑, 연애편지,

54) 함대훈, 「자연」, 『조광』, 1938.10, 267쪽.

백계 러시아 처녀 등의 소재 또한 통속적으로 들리기 마련이다. 모든 것이 순정 소설의 상투적 장치처럼 읽힐뿐더러, 만약 러시아 문학을 아는 사람이라면, 조롱당한 연애편지와 거절당한 첫사랑의 플롯에 '타티아나'라는 여주인공 이름이 더해짐으로써 떠오르는 『예브게니 오네긴』의 기억을 무시할 수 없다. 『안나 카레니나』를 각색하여 연출하는 연극인이 안나 카레니나 역의 여배우와 욕망을 불태우며 작중 인물 안나의 성격을 분석하는 대목 역시도 작위적인 패러디 이상의 인상은 남기지 않는다.

앞서 지적한 것처럼 함대훈의 작가적 역량을 논하기는 아무래도 무리이다. 「자연」을 비롯한 많은 작품이 당시 세태와 유행의 진부함에 러시아적 요소를 덧칠하여 만들어낸 사회 풍속도 수준을 넘지 않는다. 일일이 논할 수는 없지만, 전체적으로 그의 소설은 다양한 러시아 문학 속 인물(카츄샤, 네흘류도프, 이리나, 타티아나, 안나 카레니나, 인사로프, 엘레나 등)과 주제(타티아나의 정조, 안나 카레니나의 불륜, 브나로드 운동, 10월 혁명, 백계 러시아인의 망명 등)를 재료로 한 차용 문학의 범주에 속하는 것들이다. "이건 카추-샤를 건지려는 '네흐류-돕흐'가 된 셈이야?"(「첫사랑」), "언뜻 체-홉의 희곡에서 읽은 '이리-나'의 말이 생각이 되었다"(『무풍지대』), "안나는 나를 '인사롭흐'로 부른다"(「묘비」)와 같은 단적인 예들이 말해주듯이, 함대훈의 창작은 러시아 문학을 참조하지 않고서는 성립되기 어렵다.

실은 함대훈의 존재 자체가 러시아 문학을 떠나서는 존재하기 어렵다고 말하는 편이 옳을 듯하다. 이헌구가 적시한 그의 "소박하고 분방자재한 표현"은 "소박하고 분방자재한" 수용력이 있기에 가능했다. 이헌구의 회고를 다시 한 번 인용해본다.

형이 노문학을 택한 동기는 자상하지 않으나 형에게 깊은 감화를 끼친 두 가지 면이 있었으니 그 하나는 노문학 내지 노국민이 갖는 일관된 견인지구(堅忍持久)의 억센 정신이요 다른 하나는 광대무변한 원시적 대자연 속에서 이를 이겨나가는 인간들 사이에서 꽃피는 꿈과 낭만정 신이었다.

그리하여 이것이 구체적으로 형에게 영향을 준 작가들은 '프쉬킨', '투르게네프', '톨스토이', '체홉', '막심 골키-' 들이었다. 형은 '프쉬킨' 의 '오네-긴'을 즐겨 외우고 있었다. 특히 '타챠-나'에 대한 형의 편 애는 그의 짧은 일생동안을 일관하여 그녀를 이상적 애인으로 생각해 왔던 것이다.

형이 현실적으로 사랑하는 사람에게나 또는 그의 작품 속에서도 이 '타챠-나'를 찾고 또 그를 구현하기에 열중하였던 것이다. 장편으로 처녀작인 '순정해협'을 비롯한 여러 작품의 여주인공들로 하여금 한국 적인 '타챠-나'를 형상화하려고 애썼던 것이다. 그러므로 형은 종시일 관(終始一貫)한 로맨티스트였다고 할 것이다.[55]

한편 함대훈 자신은 이렇게 말했다.

나는 노문학을 연구하면서부터 북국을 좋아했고 눈 오는 북국 깊이 닫 힌 방문 안에서 이야기를 즐기는 북국 사람들을 좋아했다. 그리고 여름 이 되어 생동하는 푸른 움이 쑥 솟아나와 바람과 함께 흔들리는 그 정

---

55) 이헌구, 「로맨티스트 함대훈: 소박하고 분방자재한 표현」, 116-117쪽.

취에 끝없는 동경을 가졌다.[56]

러시아 문학과 함대훈 사이의 성격적 상응성은 함대훈이 러시아 문학으로부터 깊이 흡수한 감화와 감동에서 비롯된 것이다. 그는 "노문학을 연구하면서부터" 러시아적 정취를 동경했고, 『예브게니 오네긴』을 읽으면서부터 타티아나를 이상형으로 삼았다. 사랑하는 여자에게 무시당해 유학을 결심한 것은 전기적 사실이겠지만, '로시아인 처녀 타챠-나'가 연애편지를 비웃어 공부를 시작했다는 대목은 문학적 사실이다. 중요한 것은, 전기적 사실과 문학적 사실의 매개를 러시아 문학이 해주었으며, 두 '사실' 사이의 구분이 함대훈에게는 큰 의미가 없었다는 점이다.

타티아나에 대한 함대훈의 '편애'는 가령, 이선근이 타티아나에게 느꼈던 감동과는 경우와 차원이 다르다. 함대훈은 타티아나를 단순히 명작 속 여주인공으로 사랑하지 않고, "현실적으로 사랑하는 사람에게나 또는 그의 작품 속에서도 이 '타챠-나'를 찾고 또 그를 구현하기에 열중"했다. 함대훈의 첫 번역물이 다름 아닌 『예브게니 오네긴』이었으며, 그중에서도 타티아나의 저 유명한 연애편지와 오네긴을 향한 설교 부분이 번역 대상으로 취사선택되었음은 간과할 수 없는 사실이다.[57] 이 번역이 발표되기 전, 함대훈은 「순정과 별리」라는 수필을 통해 자신의 첫사랑이 "로서아 농촌 백화 숲속에서 자라난 듯한 그러한 여성"이었다고 밝혔다.[58] 그런가 하면 작가 생활 후반부에 자신의 여주인공을 소개하는 자리에서는 타티아

56) 함대훈, 「남북만주편답기」, 『조광』, 1939.7, 84쪽.
57) 「예브게니·아녜-긴」, 『신여성』, 1933.8, 150-156, 130쪽.
58) 함대훈, 「순정과 별리」, 『삼천리』, 1933.3, 33쪽.

나의 미덕인 자기희생, 순정, 지조와 같은 덕목을 "현대를 대표하는 여성상"의 필요조건으로 규정했다.[59]

함대훈의 경우는 삶의 텍스트와 문학 텍스트 간의 호환 관계를 입증하는 아주 좋은 실례 중 하나이다. 러시아를 향한 초지일관의 동경과 몰입은 러시아 문학 속 인물과의 자기동일성으로 이어졌고, 그 결과 전기적 사실과 문학적 사실의 겹침 현상을 낳았다. 애초 푸슈킨이『예브게니 오네긴』을 통해 보여준 낭만주의의 본질은 삶의 텍스트가 문학 텍스트를 모방하는 과정에서 일어나는 연극성과 자기 관찰의 아이러니였다. 물론 함대훈에게 그 같은 연극성의 인식이라거나 객관화된 자기 관찰력이 내재되어 있었다고는 보기 어렵다. 그러나 그가 자신이 동경하는 러시아 문학의 텍스트에 의거해 삶과 문학을 디자인했으며, 따라서 삶의 예술화라는 낭만주의 기본 원칙에 "소박하고 분방자재"하게나마 충실했던 것은 사실이다. 이헌구가 거듭 강조한 함대훈의 '낭만정신'은 그 같은 맥락에서 이해되어 마땅하다.

---

59) 함대훈, 「크고 작은 성군」, 『조광』, 1939.4, 157-159쪽.

5. 위대한 문학의 시대

14, 5년 전 조선 신문학의 초창기였던 만큼 일반으로 문학열이 지극히 높았던 모양이다. 학교 기숙사 안에서도 전반적으로 문학의 기풍이 넘쳐서 자나 깨나 문학이 아니면 날을 지우기 어려우리 만큼 한 기세였다. [...] 소설로는 하아디와 졸라 등 영불의 문학도 읽히지 않은 바는 아니었으나 노문학의 열을 따를 수는 없었다. 푸쉬킨, 고리키를 비롯하여 톨스토이, 틀게네프 등이 가장 많이 읽히어서 『부활』이나 『그 전날 밤』의 이야기 쯤은 입에서 입으로 옮겨져서 사내(舍內)에서는 거의 통속적으로 전파되게 되었다. 전체적으로는 섭렵의 범위가 넓어서 기숙사는 참으로 세계문학의 한 조그만 문고였고 감상의 정도로 하여도 다만 제목만 쫓으매 수박 겉만 핥는 정도가 아니오, 음미의 정도가 상당히 깊어서 거개 소인(素人)의 경지를 훨씬 뛰어난 것이었다. 진귀한 현상이었다. 지금에 문필로 성가한 분은 불행히 총중(叢中)에 한 사람도 없기는 하나 특수한 편으로는 그 후 동경 모 서사(書肆)에서 장편소설을 출판한 이도 있었다. 이상한 것은 그들은 대개 관북인(關北人)이어서 관북과 문학 — 특히 노문학과의 그 무슨 유연관계나 있는 듯이 보이게 하였다.[60]

이효석이 남긴 경성 제1고보 당시의 회고를 미루어 보더라도, 러시

---

60) 이효석, 「나의 수업 시대」, 『이효석전집』 7, 156-157쪽.

아 문학이 일본 유학생들의 전유물이었던 것은 아니다. 지금까지 살펴본 러시아어 문학 전공자들만의 독점물은 더더욱 아니었다. 최남선의 톨스토이 우화 번역을 시초로 하여 김억, 이광수, 홍명희, 현진건, 나도향, 손진태, 현철, 홍난파, 이하윤, 오천석, 박영희, 조명희, 오장환, 백석, 변영로, 김상용, 이태준, 이효석 등의 무수한 작가들이 러시아 문학 작품을 번역하는 가운데 창작의 동력을 얻었고, 그중에서도 이광수, 백석은 독학으로 공부해 러시아어를 구사했으며, 홍명희, 오장환, 이효석도 최소한의 기초 러시아어 지식은 갖고 있었던 것으로 파악된다. 한설야, 이기영, 김남천, 임화를 대표로 하는 카프 계열 작가들에게 소비에트 문학이론이 그룹 운동의 기본 원칙이자 모델이었음은 물론이다.

"러시아 문학이 가히 자기 자신의 문학이나 마찬가지"였다는 이야기는 그러므로 일본 지식인뿐 아니라 조선의 지식인에게도 유효한 설명이다. 20세기 초반에 교육받고 활동한 작가들의 회상에서 단골로 등장하는 러시아 문학의 감동 어린 독서 경험이 그 증거의 표본일 것이다.

> 남의 작품으로는 도스토옙스키의 『죄와 벌』을 읽을 때에 라스콜리니코프가 소냐 앞에 엎드려 "나는 전 세계 인류 고통 앞에 무릎 굽힙니다" 하는데 이르러 가슴이 후끈하도록 감격하여 보았고 투르게네프 작품 가운데 『봄 물결』이라던지 『그 전날 밤』을 읽고 난 뒤에 가슴이 좋지 못하였었고...[61]

---

61) 포석(조명희), 「늦겨본일몃가지」, 『개벽』, 1926.6, 22쪽.

나의 책 읽던 즐거운 추억은 아모래도 동경시절로 날러가군 한다. 사흘 나흘씩 세수도 않고, 봄비 뿌리는 아마도[雨戸: 덧문]는 굳게 닫은 채, 만넨도꼬[萬年床: 이불] 속에서 보던 트르게네프의 장편들, 십일월말까지 가을인 무장야[武藏野: 무사시노]의 무밭머리 길들, 참나무숲의 호소미찌[오솔길]들 거기를 거닐며 읽던 체홉의 단편들, 빠사로프와 함께 흥분하던 '허무', 오렝카 리-도치카, 그리고 카-챠와 더브러 먹음던 애수의 눈물들, 어느 음악, 어느 미술, 어느 시에서 이처럼 인생을 눈물에 사모쳐 감동하였으랴! 지금 생각하면 나의 문학적 청춘시절이었고 나의 '독서의 운문 시대'였었다.[62]

나는 더욱 계급의식에 눈을 뜨게 되었다. 그와 동시에 나는 처음으로 현대 세계문학 작품들을 섭렵하고 로씨야 문학을 알게 되었다. 나는 푸쉬킨, 고골리, 톨스토이, 투르게네프, 체홉, 고리끼의 작품 등을 읽었는데, 그중에도 고리끼의 작품은 더더욱 애독하였다. 그것은 고리끼의 유년시대의 역경이 나의 그것과 방불한 점이 있는 것 같아서 공감을 불러일으켰던 줄 안다. [...] 이때까지 갈팡질팡 헤매던 나는 고리끼의 작품을 읽으면서 미궁에서 벗어나 인간의 새 세계를 발견한 듯했고 세상 진리를 어느 정도 체득한 것 같았다. [...] 참으로 쏘베트 문학은 나의 인생관과 세계관을 확 바꿔놓게 하였다.[63]

---

62) 이태준, 「감상」, 『이태준 문학전집』 17, 68쪽.
63) 이기영, 「이상과 노력」, 『문학론: 이기영선집 13』, 70-71쪽.

유사한 장면의 목록은 길게 이어진다. 어떤 의미에서는 동경 외국어학교와 와세다 대학의 전공생 십여 명을 위시한 20세기 초반의 조선 지식인 모두가 러시아 문학도였다고 말해도 지나치지 않을 듯하다. 때는 위대한 러시아 문학의 시대였고, 그들은 러시아 문학을 읽었다. "혹 이백에게는 술 먹기만 배우고 바이론에게는 호색만 배우고 톨스토이에게서는 마음고생만 배움이 아닌가"[64]라는 구절이 증언하듯이 그냥 읽은 것이 아니라, 러시아 문학으로부터 배웠다. 세계 작가들의 이름과 함께 반복되는 배움의 동사형은 단순한 지식 습득이나 정서적 향유의 수단을 넘어 삶의 자세를 설정하기 위한 학습 과정으로 책 읽기를 정의해준다. 지식인 청년의 특권이라 여겨졌음 직한 '술과 호색과 맘고생' 중에서도 러시아 문학이 가르쳐준 것은 "톨스토이의 마음고생" 혹은 그것에 비견되는 삶의 진지한 과제들이었다.

20세기 초반의 수많은 일반 '노문학도'들과 앞에 언급한 소수의 전공자들 사이에서 굳이 차이점을 찾는다면, 그것은, 다소 진부한 말이 될 수 있겠으나, 후자가 보여준 전문가적 사명 의식과 접근 방식이 아닐까 싶다. 진학문은 누구보다 앞서 러시아 문학의 최신 경향을 소개했고, 이선근은 러시아 문학사의 근원을 탐구함으로써 한국 근대문학의 길을 모색했다. 그리고 함대훈은 가장 활발한 전방위 활동을 통해 러시아적 '낭만 정신'의 대중화를 일구었다. 단순 번역이나 모방을 뛰어넘는 이 모두가 러시아어와 러시아 문학의 직접 지식을 갖춘 전문가였기에 가능했던 활약상이다.

그러나 그들 중 어느 누구도 전공 분야의 전문가로서 오래 활동하

---

64) 이광수, 「김경」, 『이광수전집』 1, 542쪽.

거나 지속적인 연구·교육의 길을 걷지는 못했다. 책임은 시대에 있었다. 분단의 역사는 초창기 노문학도의 길 또한 두 갈래로 갈라놓았는데, 극소수의 예외를 제외하고 북으로 간 거의 모든 노문학도는 숙청의 종말을 맞았고, 한편 남에서 활동한 노문학도는 대부분 친일의 낙인을 피하지 못했다. 약 한 세기 전 인물인 1세대 노문학도들의 궤적을 추적한다는 건 그래서 무척이나 흥미로운 동시에 슬픈 일이다.

V

톨스토이냐 도스토옙스키냐

1920년대 독법과 수용

1. 논쟁의 배경

톨스토이와 도스토옙스키가 문학 논쟁의 주제로 자리 잡은 것은 혁명을 코앞에 둔 세기말적 분위기에서였다. 비록 삶의 배경과 성격이 다르고 그런 만큼 작품의 세계 또한 상이했으나, 러시아의 두 작가가 문학을 통해 탐구한 궁극의 질문은 동일했다. 현실의 삶 너머에 대해 믿음과 희망을 품고 있던 그들은 절대적 사랑에서 구원의 해답을 찾았는데, 사랑의 형태나 범주, 또 인식의 방법에 차이가 있었고, 무엇보다 동시대 작가인 그들은 서로 우위를 견줄 수 없는 강력한 개성의 대예술가였다. 그러므로 그들을 대립의 현상으로 보는 것은 불가피한 비교의 방식이었고, 이에 '대립적 쌍둥이'로서 '톨스토이냐 도스토옙스키냐'라는 명제가 탄생했다.

논쟁의 역사는 러시아 상징주의자 드미트리 메레쥬콥스키가 1900-02년에 쓴 철학 에세이 「톨스토이와 도스토옙스키」로부터 출발한다.[1] 메레쥬콥스키는 도스토옙스키의 기독교적 이상주의와 톨스토이의 반기독교적 이교주의(paganism)를 러시아 정신에 내재된 이원적 원천으로 보았다. 도스토옙스키와 톨스토이의 대비는 기독교와 이교, 러시아와 유럽, 영혼과 육체, 그리스도와 반그리스도, 신인(神人)과 인신(人神) 등 이원

---

1) "Тут, как и во всем главном, они - близнецы, две расходящиеся ветви одного ствола, два противоположных члена одного тела; тут Достоевский отражается, обратно повторяется Толстым, как бездна неба бездною вод." Д. Мережковский, "Л. Толстой и Достоевский. Жизнь и творчество," И. Д. Сытин, *ПСС в 24 томах*, 1914, т. 10. Lib.ru/Классика(http://az.lib.ru)에서 인용. 메레쥬콥스키의 톨스토이·도스토옙스키 비교론을 요약 정리한 논평으로는 B. G. Rosenthal, "Merezhkovskii's readings of Tolstoi: Their Contemporary Relevance" 참조.

적 러시아를 설명해온 각종 대립항의 비유와도 같았으며, '육체의 비밀을 보는' 톨스토이(тайновидец плоти)와 '영혼의 비밀을 보는' 도스토옙스키 (тайновидец духа)의 관계는 통합을 향한 정·반의 길항, 즉 변증법적 성격을 띠는 것으로 여겨졌다. 그런데 세기말의 종말론적 분위기 속에서 새로운 세상을 향한 기로에 서 있던 러시아로서는 우선 톨스토이와 도스토옙스키로 상징된 두 세계관 사이의 선택이 필요했다. 신비주의적 상징주의에 속한 메레쥬콥스키 본인의 선택이 도스토옙스키였다면, 혁명기 러시아 사회(민중)의 선택은 톨스토이(반그리스도적 아나키즘)였다고 할 수 있다. 최소한 메레쥬콥스키의 이분법적 역사관으로 볼 때는 그랬다.

'톨스토이냐 도스토옙스키냐'의 문제는 애초 문학을 넘어 사상의 영역에 속하는 것이었다. 하지만 더 단순한 차원에서 그 질문은 수용자의 문학적 취향, 혹은 기질적 성향과 관련되어 있다. 사상가 베르댜예프의 말대로 인간의 영혼에는 톨스토이 쪽으로 기울어지는 타입과 도스토옙스키 쪽으로 기울어지는 타입의 두 유형이 있을 수 있겠으며,[2] 또 개인의 문제를 초월해 특정 시대나 사회의 경향이 두 작가 중 어느 한쪽과 특별한 친연성을 갖기도 한다. 톨스토이형 인간과 도스토옙스키형 인간의 구분이 언제나 뚜렷한 것은 아닐지라도(주위에는 양성적 인간형이 많다), 톨스토이 쪽으로 쏠리는 시대와 도스토옙스키 쪽으로 쏠리는 시대의 차이는 비교적 분명해 보인다. 톨스토이를 요구하는 시대·사회와 도스토옙스키를 요구하는 시대·사회가 따로 있다고도 할 수 있다. 혹은 각 시대·사회가 취사 선택

----

2) "Можно установить два строя души, два типа души - один благоприятный для восприятия толстовского духа, другой - для восприятия духа Достоевского." Н. Бердяев, *Миросозерцание Достоевского*, с. 226.

하는 톨스토이와 도스토옙스키의 형상이 달리 존재하는 것도 같은데, 그런 경우, 메레쥬콥스키의 글에서 보았듯이, '톨스토이냐 도스토옙스키냐'는 질문은 시대적 쟁점을 대변하는 논증의 도구가 되기도 한다.

　　"러시아를 제외하고는 일본만큼 톨스토이가 자주 재출판되고, 일본만큼 톨스토이에 대해 많은 글을 쓴 나라는 없을 것"이라고 알려져 있다.[3] 그런가 하면 "도스토옙스키 번역에 대해서는 우리나라가 세계에서 최고가 될 것이다. 이것은 마찬가지로 세계에서 우리가 도스토옙스키에 의해서 가장 괴롭힘을 당하고 있다는 의미일 수도 있다"라고 일본의 평론가이자 도스토옙스키 연구자였던 고바야시 히데오(小林秀雄)는 진단한 바 있다.[4] 일본뿐 아니라 동아시아권 비교 대상인 중국과 한국을 통틀어 출판의 양만 본다면 톨스토이가 우위를 차지하는 것이 맞겠지만, 수용의 질적 차원에서는 이야기가 달라진다.

　　"일본이 도스토옙스키에 의해 가장 괴롭힘을 당하고 있다"라는 말은 번역의 양이나 확산과는 별개의 문화적 집착 현상을 가리킨다. "소위 도스토옙스키적 문제들과 도스토옙스키적 인간 유형이 일본 독자 사이에서 너무나 대중적"이며, 따라서 "일본에서는 도스토옙스키가 외국 작가라기보다는 일본 작가로 이야기"된다는 것은[5] 일본이 질적으로 톨스토이보다 도스토옙스키에 밀착해 있다는 의미이다. 19세기 말의 『죄와 벌』독서와 함께 시작된 일본의 도스토옙스키 붐은 1910년대 시라카바(白樺)파의 인도주의, 1930년대의 셰스토프 현상('불안의 철학'), 1950년대 전후파의 실

---

3) P. Ким, "Толстойи Восток," с. 6.
4) T. 모치즈끼, 「일본에서의 도스토예프스키」, 90쪽에서 재인용.
5) 위의 글, 92쪽.

존주의 등 시대 특징적 분위기를 주기적으로 주도해가며 현대 일본 문학의 흐름에 전환점이 되어왔다.[6] 그 과정에서 소위 '도스토옙스키파'로 일컬어지는 3인 작가(시이나 린조, 하니야 유타카, 타케다 토모쥬)를 위시해 다수의 '도스토옙스키적' 소설가도 출현했다. '도스토옙스키적' 작가군으로 후타바테이 시메이, 아쿠타가와 류노스케 등 고전 작가는 물론 오에 겐자부로, 무라카미 하루키 같은 현대 작가들까지 망라됨으로써 도스토옙스키 문학과 일본 문학의 긴밀한 상관관계는 하나의 뚜렷한 계보를 형성해놓은 형편이다.[7] 2006년에 새롭게 번역되어 나온 문고판 『카라마조프 형제들』(카메야마 이쿠오 번역)의 베스트셀러 돌풍 역시 21세기가 계승한 일본 특유의 도스토옙스키 현상 중 하나라고 할 수 있다.

　　중국은 어떠했을까? 근대 중국의 신문학 형성기에 러시아 고전 문학의 영향력은 다른 어떤 외국 문학보다 결정적이었다. 5·4시기의 신문학 운동가들이 '삶을 위한 예술(爲人生而藝術)'의 모델로 삼은 것도 러시아 문학이었고, 민중 계몽의 도구로 삼은 것도 러시아 문학이었다. 그것은 러시아 문학이 유독 "인생의 고통을 낱낱이 깊은 곳까지 묘사하고, 전 세계를

---

6) 일본에서는 1889년에 영역본 『죄와 벌』이 처음 소개되었고, 3년 후인 1892년에는 우치다 로안이 『소설 죄와 벌 제1권』을 번역함으로써 도스토옙스키 논쟁을 출범시켰다. 일본의 도스토옙스키 수용사에 관해서는 모치즈끼, 「일본에서의 도스토예프스키」; Л. Л. Громовская, "Лев Толстой и Токутоми Рока"; Т. Киносита, "Ф. М. Достоевский и японская литература до и после второй мировой войны"; _____, "Восприятие Толстого и Достоевского в контексте развития литературно-философсокой мысли Японии"; 최범순, 「우치다 로안의 『죄와 벌』 번역의 위상」 등 참조. 셰스토프의 도스토옙스키론(Достоевский и Ницше)이 야기한 1930년대의 '불안의 철학' 관련 상세 정보는 조시정, 『1930년대 후반 한국문학의 모색과 도스토예프스키』, 53-101쪽 참조.

7) 일본 현대 작가들과 도스토옙스키의 관계에 대해서는 M. Numano, "Haruki vs. Karamazov: The Influence of the Great Russian Literature on Contemporary Japanese Writers" 참조.

위해 고통의 함성을 호소하는"[8] 인도주의 문학으로 여겨졌기 때문이다. "러시아 문학은 사람의 문학이며, 철저하게 인생에 관여하는 문학"[9]이라는 인식이 20세기 초 중국인에게만 한정되어 있었던 것은 아니겠으나, 중국의 경우에는 반봉건·반제국주의에서 공산주의로 전개되는 역사적 동력과 러시아 리얼리즘 문학의 수용 과정이 맞물려 있었고, 5·4운동을 전후하여 일어난 러시아 문학 붐, 특히 '베체두'(벨린스키+체르느이솁스키+도브로류보프) 문학론(비판적 사실주의 문학이론)의 위상은 최소한 1950년대까지는 절대적이었다.[10]

그런 상황으로 볼 때 근대 중국은 톨스토이 쪽으로 기울 수밖에 없었다. 다수 민중의 입장에 선 계몽기 인도주의 문학론은 본질적으로 톨스토이 예술론의 핵심인데다, 일본의 백화파를 통해 5·4시기 지식인들에게 전수된 톨스토이주의의 영향 또한 지대했다.[11] 민중 계몽에서 민중혁명으로 직행한 변혁의 흐름에는 도스토옙스키의 심리적 리얼리즘보다 톨스토이의 사회적 리얼리즘이, 그리고 도스토옙스키의 정교주의 낙원론보다 톨스토이의 탈종교적, 즉 '세속적' 지상낙원이 이념과 실제의 차원 모두에서 유용했을 것이다. 관건은 대다수 민중의 사회적 현실이지 극소수 영웅주의자의 고통 어린 영혼이 아니었고, 개혁의 대상 역시 눈에 보이는 '이 세

....

8) 王統照, 「俄羅斯文學片面」, 김경석, 「문학연구회 리얼리즘 형성에 대한 소고」, 405쪽에서 재인용.

9) 鄭振鐸, 「俄羅斯名家短篇說集·序」, 위의 글, 408쪽에서 재인용.

10) 이상 중국 신문학기의 러시아 문학 수용사와 앞으로 이어질 도스토옙스키 수용사에 대해서는 M. E. Шнейдер, *Русская классика в Китае*; M. Gamsa, *The Readings of Russian Literature in China: A Moral Example and Manual of Practice* 참조.

11) 백화파 톨스토이즘의 영향은 황선미, 「중국에서의 일본 '新村主義' 수용과 영향」 참조. 중국의 톨스토이 수용사는 A. H. Желоховцев, "Творчество Л. Н. Тостого в Китае"; E. Шуйфу, "Толстой и Китай" 참조.

계'이지 눈에 보이지 않는 '저 세계'일 수가 없었다. 빵의 문제가 시급하고 유물론적 현안이 중시되는 시대적 흐름 속에서 도스토옙스키가 보여준 관념의 이상향보다는 톨스토이의 현실주의적 가르침이 보편성과 실용성의 가치를 지니는 것은 당연했다.

레닌은 톨스토이를 "러시아에서 부르주아 혁명이 도래하던 시기 수백만 농민들 사이에서 출현한 사상과 감정의 대변인"으로 지목하는 가운데 톨스토이주의의 정치적 무관심, 무저항주의, 무정부주의를 혁명 정신에 반하는 "역사적 죄목"으로 들어 비판했다.[12] 톨스토이가 모범이자 반면교사로서 "러시아 혁명의 거울"이 된 것은 그런 의미에서였다. 어찌 보면 혁명의 세대가 톨스토이를 어떻게 읽어야 하는지에 대한 레닌의 이 같은 지침에 힘입어 본디 대지주 귀족 출신의 반혁명론자였던 톨스토이가 혁명 러시아와 혁명 중국에서 배척받지 않고 대중의 작가로 군림할 수 있었던 측면이 있다. 반면, 레닌은 도스토옙스키 독법에 대해 아무런 방향도 제시하지 않았고, 따라서 도스토옙스키 문학 본연의 관념적 이상주의와 인간 내면의 문제는 혁명 대중의 의식 안에 설 자리를 공식적으로 부여받지 못한 채 소수 지식인-작가에 의해서만 전유되었다. 1907년부터 1987년까지 책이 가장 많이 발간된 러시아 작가는 톨스토이, 체홉, 투르게네프 순이고, 도스토옙스키는 그에 훨씬 못 미치는 4위를 차지했다는 통계가 말해주듯이 중국에서 도스토옙스키의 대중적 인기는 높았다고 할 수 없다.[13]

....

12) В. И. Ленин, "Лев Толстой как зеркало русской революции," *Пролетары* 35, 1908.9.11. 레닌의 톨스토이론은 신문학기의 좌익운동가 취추바이(瞿秋白)에 의해 중국어로도 번역되었다. Шуйфу, "Толстой и Китай," с. 108.

13) 중국에서 톨스토이가 인기를 누렸던 것은 사실이나, 문화혁명 시기에는 '봉건주의 쓰레기'로 공격되면서 다른 러시아 고전 문학과 함께 출간이 금지되었다. Желоховцев, "Творчество Л. Н. Тостого

혁명군 작가였던 저우리보(朱立波)는 톨스토이 사후 25주년인 1935년을 기해 두 작가를 강물의 배와 폭포에 비유하면서 삶의 일상적 투쟁에는 톨스토이가 더 걸맞은 작가라고 단언했다.

톨스토이를 읽는 것은 달밤에 배를 타는 것과도 같다. 우윳빛 달빛을 받으며 물결 따라 떠가는 배 위에서 독자는 사건의 소용돌이와도 마주치고, 청춘 남녀가 느끼는 감정의 썰물도 보게 된다. 톨스토이의 위대함은 이 무한한 '조화로움'의 위대함이다. 그는 도스토옙스키처럼 영혼의 잔인한 고통에 사람을 몰아넣지 않는다. 도스토옙스키의 문학은 폭포이고 톨스토이의 문학은 강이라고 한 로망 롤랑의 말이 옳다. 일상적인 삶의 투쟁은 요란한 폭포보다는 물결을 거슬러 가는 배와 더 닮은 것이 사실이다.[14]

"영혼의 잔인한 고통"보다 일상의 삶이 겪는 "사건의 소용돌이"와 "감정의 썰물"에 문학의 본령이 있다는 저우리보의 입장은, 개인적 취향이나 중국적 감수성의 표출이기도 하겠지만, 객관적으로 문학이 삶의 현실 문제를 적시하고 답해야 한다는 비판적 리얼리즘론과 기본을 함께한다. 이는 1930년대 일본이 도스토옙스키적 '불안의 철학'에 물들었던 것과 현

в Китае," с. 99. 한편, 문화혁명 이후인 1980년대에는 도스토옙스키의 '황금기'가 도래했고, 특히 1995년부터는 도스토옙스키 붐이 일어, 『죄와 벌』 번역본만도 30여 종에 이르고 있다 한다. Чень Синьюй, "О роли и влиянии Достоевского в Китае," с. 301. 재판이 아닌 초판의 개별 출간물 양으로 볼 때, 1907-87년 중국에서 책이 가장 많이 발간된 러시아 작가는 톨스토이, 체홉, 투르게네프 순이고, 도스토옙스키는 3위보다 훨씬 뒤떨어진 4위로 조사된다. Gamsa, *The Readings of Russian Literature in China: A Moral Example and Manual of Practice*, p. 17.

14) Шуйфу, "Толстой и Китай," с. 109에서 재인용.

격한 차이점을 보이는 대목이며, 근대기 중국의 지식인과 민중에게는 그들 나름의 정서적 토양과 문화적 당면 과제가 있었음을 시사한다. 톨스토이 선호 경향은 근대 중국이 경험한 민중 계몽과 민중 혁명의 역사와 맞물려 있다. 그래서 중국이 도스토옙스키를 전적으로 외면했다는 것이 아니라, 선택적으로 입맛과 필요에 따라 수용해야 했고, 톨스토이 수용에서도 그 점은 마찬가지였다.

중국에서 처음 읽힌 톨스토이 문학은 그가 민중 교화를 목적으로 말년에 저술한 우화들이다. 홍콩 주재 독일인 선교사가 중국인의 교화와 선교를 위해 1907년 번역하여 출간한 이 우화집이 조선에서도 민중계몽용으로 소개된 첫 톨스토이 번역의 저본이었을 가능성은 다분하다. 톨스토이의 대작 중 중국에서 제일 먼저 번역되고 오늘날까지도 제일 많이 읽힌 소설로 말하면, 역시 그의 작품 중에서 가장 도덕적이고 설교적이고 사회 비판적인 마지막 장편 『부활』이고,[15] 근대 조선에서도 최남선이 종교적 우화에 뒤이어 소개한 『부활』은 대중적 인지도와 영향력 면에서 톨스토이 최고의 작품으로 군림했다. 『부활』은 인간 개인이 따라야 할 도덕적 완성의 길을 제시했다는 면에서 유교적 가르침과 유교적 예술론에 근접한 소설이었다. 일본에서는 1886년 『전쟁과 평화』가 최초로 번역되었으며, 다른 무엇보다 톨스토이의 러일전쟁 반전문이 지식인들의 반체제·사회주의 사상에 대대적으로 공명했던 것과 차별되는 현상이다. 제국주의 침략 전

---

15) 『부활』의 첫 번역은 1913년 상해에서 나왔다. 『부활』은 1978년 이후 1990년대까지 북경에서 68만 9천 부 출판된 반면, 『안나 카레니나』는 44만 3천 부, 『전쟁과 평화』는 14만 5천 부에 그쳤다. Шуйфу, там же, с. 104. 근대기와 최신 추세는 포함되지 않은 통계이지만, 톨스토이 소설의 대중적 인기 순위를 가늠케 해주는 조사 결과이다.

쟁의 공격적 흐름 속에서 '강자'가 주목한 톨스토이와 유교적 전통의 전근대적 봉건 사회에서 '약자'가 흡인한 톨스토이는 달랐다고 볼 수 있다.

도스토옙스키 수용 양상도 비슷하다. 일본에서는 1889년 영역본 『죄와 벌』이 시중에 출현해 눈길을 끈 이후, 1892년에 우치다 로안의 부분 번역이 나왔다. 도스토옙스키 작품의 첫 번역으로, 『부활』보다 10년 이상 앞선 일이었다. 반면에 중국에서는 1920년의 단편 「정직한 도둑(Честный вор)」, 「크리스마스트리와 결혼식(Елка и свадьба)」, 1921년의 「그리스도의 크리스마스트리와 소년(Мальчик у Христа на елке)」에 이어 1922년에 『죄와 벌』이 부분 번역되었고, 1926년에 『가난한 사람들』이 나왔다. 톨스토이의 『부활』보다 10여 년 뒤진 등장이었으며, 모두 영역을 통한 중역이었다.

『가난한 사람들』이 중국의 도스토옙스키 수용사에서 중요한 의미를 갖는데, 그것은 이 중역본을 일본어 번역과 대조하여 감수하고 서문을 쓴 인물이 다름 아닌 중국 근대 문학의 아버지 루쉰(魯迅)이기 때문이다. 일본 학자 노보리 쇼무의 러시아 문학 개론과 메레쥬콥스키의 「톨스토이와 도스토옙스키」를 참고해 쓴 서문에서 도스토옙스키는 고통받는 약자들의 영혼을 파헤친 사실주의 작가로 규정되었고, 이를 계기로 '가난한 사람들'의 작가로서 도스토옙스키의 중국 내 위상은 공식화되었다. 루신은 이후에 쓴 도스토옙스키 평론에서도 도스토옙스키를 "모든 억압의 증오자"로 지칭했으며, 이 또한 사회의 압제에 항거하던 혁명기 독자들에게 보편적인 도스토옙스키론이 되었다.

다만 중국인 독자인 나로서는 도스토옙스키식의 인종(忍從)—횡포에 대한 진정한 인종은 아무래도 익숙해질 수가 없다. 중국에는 러시아와 같은 그리스도가 없다. 중국에 군림하고 있는 것은 '예(禮)'이지 신(神)이 아니다. 백 퍼센트의 인종이란, 시집을 가기 전에 정혼한 남편을 여읜 채 고통을 참고 견디며 여든 살까지 살아가는 이른바 열녀에게서나 어쩌다 발견할 수 있을까. 일반 사람들에게는 없다. 물론 인종의 형식은 있지만, 도스토옙스키식으로 파들어 가면, 아마도 허위일 것이라고 나는 생각한다.[16]

"도스토옙스키식의 인종"에 익숙해질 수 없다는 루쉰의 진술은 중국 독자가 러시아적 정신문화에 대해 느낀 이질감을 말해주는 동시에, 그래서 중국이 택하게 되었을 그 나름의 우회적 수용 경향도 가늠하게 해준다. 따지고 보면, 중국에서 제일 먼저 번역된 단편들에는 모두 도시 빈민과 계층, 사회적 폭력의 문제를 폭로한 비판적 리얼리즘 장르로서의 공통점이 있다. 제일 먼저 완역된 소설 『가난한 사람들』 역시 고골의 뒤를 잇는 인도주의 사회 소설의 원조격이다. 그러나 이들은 모두 도스토옙스키 성숙기의 철학적이고 종교적인 인간 탐구를 아직 드러내고 있지 않을뿐더러, 러시아적 영혼의 정수라 일컬어지는 '인종' 혹은 '온순(смирение)'의 미학 또한 설파하지 않는 작품들이다.

인내를 가르치기보다 분노와 반항을 선동하고, 억압받는 자들의 연대감을 자극하고자 한 저항 정신의 시대 흐름은 도스토옙스키를 '가난한 사람들'과 '학대받는 사람들'(모두 도스토옙스키의 초기 소설 제목이다)의 작가

16) 노신, 「도스토옙스키의 문제(陀思妥夫斯基的事)」(1936), 『魯迅全集』 6, 北京, 1981, 412. 백영길, 「노신 문학의 종교성: 도스토예프스키론을 중심으로」, 550쪽에서 재인용.

로 편중 조명했고, 그 밖의 묵직한 작품과 주제들은 상대적으로 간과될 수밖에 없었다. 단적인 예로, 급진 혁명주의자들의 병적 자기 왜곡과 말로를 보여준 후기작 『악령』 같은 소설은 도스토옙스키의 거의 모든 작품이 번역된 1960년대 초까지도 번역되지 못했다.[17] 그런 의미에서 도스토옙스키 문학의 종교적이고 철학적인 성격은 "사회역사적 접근 혹은 그에 대한 세속화"[18]를 통해 단순화되었다고 결론 내릴 수 있다. 근대 중국의 러시아 문학 수용에서 톨스토이와 도스토옙스키 본연의 문학적 스케일은 확실히 축소되었으며, '휴머니즘'이라는 대(大) 메시지에 의해 두 작가 사이의 변별성보다는 공통점이 부각된 측면도 있다. 경향 문학 시대의 톨스토이와 도스토옙스키는 결코 양자택일의 선택 사항이 아니었다.

17) 『악령』은 1927년에 부분 번역으로나마 소개되긴 했는데, 당시 제목은 '수도승과 악마'였다. Чень Синьюй, "О роли и влиянии Достоевского в Китае," с. 300.

18) 백영길, 「노신 문학의 종교성: 도스토예프스키론을 중심으로」, 550쪽.

2. 사상이냐 예술이냐: 김동인의 비교론

[...] 실로 만년의 톨스토이는 광포한 설교가이었었다. 그는, 우리의 멱살을 그러쥐고, "이놈, 사랑하여라"라고 명령한다. 그는 우리를 밟고 "겸손하여지겠느냐 안 지겠느냐" 토사를 받는다. 그는 우리 머리채를 잡고 일 년에 두 번 이상은 부부동침을 하지 말라고 엄명을 내린다. 그는, 도끼를 쥐고 우리 앞에 막아서서, 예배당에 가지 말고 예수를 믿으라고 위협을 한다. 참으로 「참회」를 쓴 다음의 톨스토이는 '이상한 경험의 세계로 말미암아, 건전한 재능과 건전한 예술의 분야를 내어던졌다.' 그리고 자기의 재능에 대한 자신으로 말미암아 중심을 잃고 필요 없는 한 횡포한 설교자가 되어버렸다. 비평가들에게 힐책을 안 받을려야 안하지 못할 경우에 빠져버렸다.

이와 반대로, 도스토옙스키는 이 같은 악평을 안 받았다. 그는 모든 사람에게 존경을 받고 사랑을 받았다. 그의 작품이 발표될 때마다 군중이 열광하여 그를 환영하였다. '사랑의 철학자여', '성인이여' 모든 사람은 그를 존경하였다. '도스토옙스키는 금세에는 이해 못하는 사람이 있으되, 그는 오는 세기의 문학자이다. 선지자이다' 모든 사람은 그에게 찬미를 바쳤다. 톨스토이는 그의 숭배자에게만 '위대한 인격자'라고 칭송을 받고, 그 밖의 사람에게는 '악마여' '사회의 죄인이여' '그의 교훈은 모두 노파의 헛소리로다' 등으로 악매(惡罵)를 받을 때, 도스토옙스키는 만인에게 환영을 받았다.

[...]

톨스토이는 '사랑'의 가면을 쓴 '위협자'이었었고, 도스토옙스키는 온
건한 사랑의 지도자이었었다.[19]

　　근대 조선에서 '톨스토이냐 도스토옙스키냐'의 문제는 예술적 대
립 논쟁의 주제로 확대되었다. 이점이 특징적인데, 왜냐하면 일본과 중국
은 물론 러시아를 제외한 다른 어느 외국에서도 그 질문을 자국의 문학장
으로 끌어들여 활용한 예는 쉽게 발견되지 않기 때문이다. 위의 인용문에
나타난 톨스토이와 도스토옙스키의 사상적 성향 차이는 뒤로 가면서 더
민감한 문제인 예술적 우열의 평가로 이어지며, 그 부분에서 필자인 김동
인은 "예술가로서 평할 때는 도스토옙스키보담 톨스토이가 아무래도 진
짜"라는 판정을 내리게 된다. 근대 문학의 발달 과정에서 기억될 만한 선
택이었다.

　　『조양보』에 톨스토이가 처음 소개된 것은 1906년이고, 『청춘』에 도
스토옙스키와 소설 『죄와 벌』이 최초로 언급되는 것은 1918년에 이르러서
다.[20] 톨스토이 작품 중 첫 번역물이 「사랑의 승전」 「어른과 아해」 「한 사람
이 얼마나 땅이 있어야 하나」 등의 교훈적 소품인데 반해, 도스토옙스키의
첫 번역물은 홍난파가 '사랑하는 벗에게'라는 제목으로 옮긴 『가난한 사람
들』이었다.

　　두 작가의 소개 방식도 차이를 보인다. 애초 톨스토이는 문학가이

---

19) 김동인, 「자기의 창조한 세계: 톨스토이와 도스토예프스키를 비교하여」, 『김동인전집』 16, 152쪽.
20) 김창제, 「夏의 修養」, 『청춘』, 1918.9, 37-39쪽. 이 글은 청년 학생들의 휴가철인 여름이 정신적으로
위험한 때라면서 "도스토옙스키씨 명저 『죄와 벌』" 속 대학생 라스콜니코프의 범죄 시기 또한 여름휴가
철 중 가장 더운 7월이었음을 상기시키고 있다. 작가와 문학에 대한 더 이상의 언급은 없는 글이다.

기 이전에 도덕적 사상가요 성인으로 소개되었다. 최남선이 『소년』에서 "어진 사람"이라는 표현을 사용한 이래, 대문호 톨스토이의 이름에 으레 따라붙던 표현은 "현대인의 최대 위인" "그리스도 이후의 최대 인격" "현시대 대존사" "성인"과 같은 꼬리표이다. 세계적으로 숭앙받던 톨스토이즘의 표식이기도 했지만, 계몽과 교화의 역할을 주로 삼으면서 동시에 도덕적 가르침의 기능을 강조하던 근대기 문학관의 표출이기도 했다.

한편, 그로부터 십여 년 뒤 도스토옙스키가 등장했을 때의 양상은 다르다. 도스토옙스키에 관한 첫 논평 「노국문호 떠스토예쁘스키씨와 及 그이의 『죄와 벌』」에서 노문학도 최승만은 이렇게 썼다.

> 로서아 문호의 다수가 향촌의 귀족임에 반하야 떠스토예쁘스키씨는 도회의 빈민이었습니다. 물질적으로는 생활문제의 압박이 심하였었으며 정신적으로는 도덕문제의 번민이 극하였었습니다.
> 다른 문호보다도 사상(事象)의 철저한 방면을 묘사하는 데는 비할 이 없을 줄 생각하며, 일층 심오하고 일층 통절하게 인심의 불안이라든가 인생의 고민을 그리는 데는 과연 근대 문학계에 선구가 되리라고 하는 바올시다.[21]

최승만에 따르면 도스토옙스키는 "사상(事象)의 철저한 방면을 묘사"하는 사실주의, "인심의 불안이라든가 인생의 고민을" 그리는 심리주의, "'만물이 일절로 신의 뜻 아닌 것이 없다'는 깊은 신념"의 종교주의적

21) 극웅, 「노국문호 떠스토예쁘스키씨와 及 그이의 『죄와 벌』」, 『창조』, 1919.12, 61쪽.

면모를 두루 갖춘 "근대 문학계의 선구"였다. 최승만이 도스토옙스키를 가리켜 "노서아 문호 중에 가장 수타적(受他的)이오 희생적이오 인도적인 색채를 띠었"다면서 "가장 깊은 인상과 많은 깨달음을 주는 걸작"으로 『죄와 벌』을 꼽은 데에는 자신의 종교(기독교)적 입장이 어느 정도 작용했을 것이라 짐작된다. 그러나 어떻든 '도덕적 스승'의 원광 아래 숭앙받던 톨스토이와 달리 도스토옙스키는 처음부터 '근대 문학가'로서, 예술론적 맥락 안에서 논의되었다.

　　　근대 일본의 톨스토이와 도스토옙스키가 이념의 향방에 따라 인도주의 문학과 프롤레타리아 문학의 두 갈래로 탄력성 있게 활용되었듯이, 근대 조선에서도 두 작가의 형상은 굴절을 겪을 수밖에 없었다. 예를 들어 사회주의 유물론이 도입되자 기존에 톨스토이가 누리던 도덕적 성인으로서의 위상은 무너지고 시대 흐름에 부합하는 새로운 해석, 새로운 독법이 필요해졌던 것이다.

　　　간악과 부정에
　　　양심의 분노로
　　　불같이 일어나는
　　　민중의 반항심을 묵살하는
　　　힘을 가진 그의 사상
　　　그의 사상의 권위는
　　　민중의 권위를 묵살하는
　　　그의 사상의 권위일 뿐이다.[22]

----

22) 우영生, 「톨스토이의 사상 (小話)」, 『공제』, 1920.9, 134쪽. 우영(又影)은 아나키스트 사회주의자 정

『공제』(조선노동자공제회 기관지) 창간호에 실린 우영의 시는 대문호의 공고한 '권위'에 도전을 시도했다는 점에서 도발적이다. 만약 우영의 생각대로 톨스토이의 무저항주의가 "민중의 권위를 묵살하는" 사상이라면, 톨스토이는 결국 '민중의 적'이 될 수밖에 없기 때문이다. 그러나 톨스토이를 반동적 작가로 보는 이 과격함은 더 이상 이어지지 않았다. 대신 『공제』 2호의 유진희는 톨스토이를 크로포트킨, 도스토옙스키, 로맹 롤랑과 함께 사회주의 사상의 '사람다운 선구자'로 분류했고, 그로써 성자 톨스토이를 민중 작가 톨스토이로 변신시키는 데 성공했다.[23] 유진희는 아나키스트 노동 운동론에 입각하여 톨스토이의 인류애, 크로포트킨의 상호 부조론, 도스토옙스키의 무신론, 로맹 롤랑의 신도덕주의를 새로운 시대와 새로운 정신의 기본 요소로 열거했는데, 그의 글에는 다분히 견강부회의 소지가 있는 데다, 사실을 크게 왜곡한 부분도 있다. 다음은 도스토옙스키의 사상으로 인용된 부분이다.

　　'토스도에후쓰키'의 심사에도 오인(吾人)은 경애의 염(念)을 금치 못한다. 피(彼)는 말하기를 "사회주의는 다만 노동자 문제가 아니라 무신론 문제에 주요한 안목이 있으니 즉 무신론에 현대적 색채를 부(付)한 문제이다. 지면에서 천상에 도달하는 문제가 아니고 천상을 지면에 인하(引下)키 위한 신(神) 없이 건축한 바빌론 탑의 문제이다."[24]

....
태신(1892-1923)의 필명이다.

23) 유진희, 「노동운동의 사회주의적 고찰」, 『공제』, 1920.10, 11-20쪽.

24) 위의 글, 19쪽. 『카라마조프 형제들』 1부 1편 5장에 작은 글씨로 등장하는 이 대목의 정확한 번역은 다음과 같다. "왜냐면 사회주의는 노동의 문제 내지는 소위 제4계급의 문제일 뿐 아니라, 주로 무신론의 문제요 무신론의 현대적 구현의 문제이며 땅에서 하늘에 다다르기 위해서가 아니라 하늘을 땅으로 끌

사회주의자 유진희에게 경애심을 일으켰다는 따옴표 속 인용문은 도스토옙스키가 『카라마조프 형제들』에서 주인공 알료샤 카라마조프의 확고한 신앙심을 설명하는 가운데 주석처럼 삽입한 무신론적 사회주의의 요점일 뿐, 작가의 실제 신념과는 거리가 먼 내용이다. "인즉신(人卽神)의 바빌론 탑"은 조선 사회주의자 자신의 이상향이었지 러시아 대문호의 이상은 아니었으며, 필자 유진희는 도스토옙스키의 종교관에 대한 깊은 이해 없이 필경 메레쥬콥스키나 베르댜예프의 도스토옙스키론에서 따왔을 법한 대목을 원래의 맥락과 무관하게 끌어다 쓴 것에 불과했다.

물론 사회주의자의 견지에서 본다면 인류의 이상을 실현한 러시아는 세계에서 가장 앞선 문화국이었고, 러시아 혁명을 가능케 한 주요 동인 중 하나는 바로 '살아 있는 러시아 문학'의 힘이었다. 그래서 19세기 러시아 문학은 위대한 혁명의 문학이고, "다른 국가의 역사에서 일찍이 보지 못한" '참인생'과 '참사랑'의 문학일 수 있었다.

문학을 작(作)하면 문학의 문학을 작치 아니하고 사상의 문학을 작하였으며 미(美)와 교(巧)의 문학을 작치 아니하고 정(正)과 의(義)의 문학을 작하였으며 화(和)와 휴(休)의 문학을 작치 아니하고 투(鬪)와 노(怒)의 문학을 작하였으며 개인의 서정을 주(主)로 하지 아니하고 민중의 감정을 주로 하였으며 영물(詠物)을 주로 하지 아니하고 인생의 실생활을 주로 하였으며 약자의 애원을 주로 하지 아니하고 강자의 후매(詬罵)를 주로 하였습니다. 과연 로서아의 문학은 사문학(死文學)이 아

어내리기 위한, 그야말로 신 없이 건설되는 바벨탑의 문제이기 때문이다." 도스토옙스키, 『카라마조프 형제들』 1, 김연경 역, 57쪽.

니오 생문학(生文學)이었습니다.[25]

　　5·4운동기의 중국이 도스토옙스키, 톨스토이, 안드레예프, 고르키를 모두 동질의 비판적 사실주의 계열 작가로 분류했던 것과 유사하게 동일 시기 조선의 사회주의 문학론에서 도스토옙스키, 투르게네프, 톨스토이, 고르키는 모두 '살아 있는 문학'의 예증으로 균질화되었다. 문학의 가치는 사상에, 즉 사회 정의를 위한 투쟁에 있었고, 문학은 그 목적론에 따라 생산되기도 하고 또 그에 맞게 읽혔다. 그리하여 처음 번역될 때는 "사상문제에 관계한 것도 아니고 특수한 사건을 기록함도 아니다. 다만 [...] 빈한하고 가련한 남녀의 연정을 묘사함에 불과하다"[26]라고 소개되었던 『가난한 사람들』이 "민중을 사랑하는 충정에서 나온" 비판적 리얼리즘 문학으로 정정되는가 하면,[27] 톨스토이에 관해서는 "부(富)한 자의 폭력을 미워하고 가난한 자의 고통에 울"던 민중 작가로서의 면모가 강조되기도 했다.[28]

　　바로 이런 배경에서 김동인의 톨스토이·도스토옙스키 비교론이 등장했다. 그것은 '휴머니즘'의 이름 아래 동질시되던 두 문호를 일대일 비교의 대상으로 삼았다는 점에서, 그리고 무엇보다 문학의 효율성이 아닌 예술성에 주목했다는 점에서 획기적인 사건이었다. 김동인에게 '톨스토이냐 도스토예프스키냐'의 질문은 곧 '예술이냐 사상이냐' 혹은 '기교냐 내용이냐'의 질문으로 대치되는 것인데, 그는 자신의 글 여기저기서 톨스

----

25) 김명식, 「노서아의 산 문학」, 『신생활』, 1922.4, 5-6쪽.
26) 도레미생(홍난파), 「사랑하는 벗에게」, 『삼광』, 1919.2, 27쪽.
27) 김명식, 「노서아의 산 문학」, 8쪽.
28) 위의 글, 9쪽.

토이 작품을 소설 기법의 모범으로 삼아 예찬해 마지않았다. 문학을 알게 되고 또 문학을 하기로 결심하게 된 것이 모두 톨스토이 덕분이며, 엄격한 리얼리즘 기법을 익히게 된 습작 모델 또한 톨스토이의 거작들이었다는 김동인은『부활』을 "인류 번민의 축도"로 보았고,『전쟁과 평화』를 수십 차례 독파하면서 플롯 구성과 인물 성격화의 원칙을 정립해나갔다.[29]

> 역사가 '인생의 사진'이요, 소설이 '인생의 회화'라는 것을 시인하려
> 면 소설에는 분위기라는 것이 없지 못할 것임을 또한 비인(非認)할 수
> 없다. 톨스토이의『부활』을 싼 커다란 분위기는 결코 네프류도프나 카
> 츄샤가 아니다.『부활』은 인류 번민의 축도다.[30]

『부활』을 네흘류도프의 순정이나 카추샤 애화의 주제로 단순화 하는 대신 "인류 번민의 축도"로 읽어낸 것은 톨스토이 독법의 큰 진전이 아닐 수 없다. 더불어 톨스토이의 사상이 아니라 그의 '소설 작법'에 초점을 맞춘 것 또한 당시로서는 드문 일이었다. 가령 예술 지상주의자로 불린 이태준이 톨스토이에 대해서는 "문예가라기보다 사상가인 편에 치우친 것 같아서 체홉이나 모파상에서처럼 얼른 얼른 책에 손이 끌려지지 않았다"[31]라고 하고, 이효석도 톨스토이보다는 체홉과 도스토옙스키에게서 더 큰 매력을 느꼈다고 인정한 것과 비교해본다면[32] 비슷한 계열의 단편 작가

29) 김동인이 톨스토이를 자신의 창작 모델로 언급한 글은 「소설작법」(1925), 「조선의 작가와 톨스토이: 머리를 숙일 뿐」(1935), 「창작수첩」(1941) 등이다.

30) 김동인, 「소설작법」,『김동인전집』16, 164쪽.

31) 이태준, 「내가 본 톨스토이 그의 25주기를 당하야」,『이태준문학전집』17, 246쪽.

32) 이효석의 체홉 애독은 수필 「나의 수업시대」 「노마의 십년」 「소요」 등을 통해 잘 알려진 사실이다.

김동인이 내린 선택은 퍽 독자적이었다.

하지만 김동인의 독자성이 단순히 두 문호의 예술적 우열을 가린 사실에 있었던 것은 아니다. 김동인은 이른바 '인형조종술'("자기가 창조한 자기의 세계를 자기 손바닥 위에 올려놓고, 자기가 조종")에 의거하여 두 작가를 비교했던 것인데, 창작 방법론으로서의 '인형조종술'이 지닌 모호함과 부실함, 그리고 두 러시아 작가에게 내린 평가의 편향성은 일찍이 국문학계의 지적을 받아왔다.[33] 그러나 김동인 예술론에 대한 시비에 앞서 우선적으로 짚고 넘어가야 할 사실은, 톨스토이와 도스토옙스키의 예술성 비교 자체가 김동인의 것이기 이전에 당시 회자되던 일반론이었다는 점이다. 애초 '톨스토이냐 도스토옙스키냐'의 문제를 공론화한 메레쥬콥스키도 자신의 비교론에서 도스토옙스키의 예술적 결함을 언급했고, 무정부주의자 크로포트킨도 서방에서 진행한 강연과 저술을 통해 도스토옙스키 소설의 예술적 미숙함을 지적했다. 우월한 소설가 톨스토이와 열등한 소설가 도스토옙스키는, 말하자면, 당대의 중론이었다.

> 오로지 예술적인 관점에서만 판단하고자 했다면, 도스토옙스키의 문학적 가치에 대한 비평가들의 판결은 결코 우호적일 수 없었을 것이다. 그는 너무 급히 글을 쓴데다가 소설의 완성도에 아무 신경도 쓰지 않았기 때문에, 도브롤류보프의 말대로 문학적 형식에 있어서는 많은 경우 비평의 대상이 될 가치조차 없을 정도다. [...] 도스토옙스키 소설의 예

이효석이 뒤늦게 읽고 좋아하게 된 도스토옙스키 관련 감상문으로는 「독서」(『춘추』, 1942.5)와 「마음의 그늘」(일문, 『금융조합』, 1937.5)이 있다.
33) 강헌국, 「김동인의 창작방법론과 그 실천: 1920년대를 중심으로」, 277-279쪽.

술성은 러시아의 세 거장 — 톨스토이, 투르게네프, 곤차로프 — 과 비교가 안 될 정도로 수준이 낮다. […] 그러나 우리는 도스토옙스키의 모든 것을 용서한다. 도회 문명의 학대받고 무시당한 자들을 향해, 심지어 최악의 모습을 한 인간을 향해 보여준 저 광대하고 무한한 인류애를 생각해서 말이다.[34]

메레쥬콥스키의 에세이는 1902년에, 크로포트킨의 미국 강연책자 『러시아 문학(Russian Literature)』은 1905년에 각각 영문으로 발간되었다. 1910년대에는 일본어로도 번역되었다.[35] 20세기 초 서방 세계에서 러시아 문화 대변자(요즘 용어로 '문화 번역자')로 인정받던 이들 망명 지식인의 일치된 평가는 러시아 문학에 관심은 높았으나 직접적 지식이 부족하던 서구 문화계에 권위 있는 정설로 자리 잡았음은 물론,[36] 동아시아 지식인들에게도 영향력을 발휘했다. 특히 혁명 사상가이자 민중예술론자였던 크로포트킨의 책은 일본에서 1910-20년대에만 세 번 이상 번역될 정도로 인기를 끌었으며, 1930년에는 중국에서도 번역되었다.

조선에서는 별도의 번역 없이 「크로포트킨의 문예관」과 같은 소개 글만 1926년에 등장했는데,[37] 물론 그 이전부터 번역본(일본어 혹은 영어)을

....
34) P. A. Kropotkin, *Ideals and Realities in Russian Literature*, pp. 164-170.
35) 일본에서는 메레쥬콥스키와 크로포트킨의 저술이 1910년대에 번역되었고, 특히 무정부주의자 크로포트킨의 문학사는 1920년대까지 거듭 재번역되었다. メレシュコーフスキー, 森田草平・安倍能成 訳, 『人及芸術家としてのトルストイ並びにドストイエフスキー』, 玄黄社, 1914; クロポートキン, 田中純 訳 『露西亞文藝の主潮』, 春陽堂, 1917; クロポートキン場孤蝶 外 訳, 『露西亜文學の理想と現実』, アルス, 1920; クロポートキン, 新居格 訳 『ロシヤ文學: その理想, 馬と現實』, 春陽堂, 1928.
36) P. Kaye, *Dostoevsky and English Modernism, 1900-1930*, p. 14-16 참조.
37) 유서, 「크로포트킨의 문예관」, 『동광』, 1926.9, 10-12쪽.

통해 지식은 확산되어 있었다. 예컨대 김동인과 더불어 『창조』 동인이었던 주요한에게 크로포트킨의 문학사는 "감동이 남아 있는" 외국 작품 중 하나로 기록된다. [38] 주요한과 함께 유학하면서 톨스토이 문학에 감격해 "톨스토이 작이라면 책가의 고하를 무론하고 책 제호의 호오를 무론하고 사들"였으며,[39] 『전쟁과 평화』만도 십수 번 독파했다는 김동인이 크로포트킨에 무심했을 리 만무하다. 1923년 『개벽』지에 도스토옙스키를 소개한 오천석 역시 자신의 글을 위해 전폭적으로 의지했던 참고 문헌은 크로포트킨이었다.

오인(吾人)이 그의 작품을 읽고 제일로 느끼는 바는 작중에 병인, 빈한자, 살인자, 강도, 방탕자 — 이러한 인물이 자주 나타남이다. 보통으로 '건전'하다고 생각할만한 인물은 극히 적고 사회의 상규(常規)에서 벗어난, 빈(貧), 불건전한, 학대받은, 노예시 당한 그러난 인물이 많다. 크로포트킨도 "그가 즐기는 제목은 생활사건으로 인하여 사회의 구렁덩이에 빠져 다시 올라오지 못할만한 사람들이다"고 논하였다.

[...]

다음으로 그의 작품에서 느낌을 받는 것은 그의 소설 — 특히 장편에 있어서 — 에 중언부언 길다는 것이다. 구주의 비평가들도 "문학상의 형식으로 말하면 많은 점으로 거의 말할 수가 없다"던가 "그의 주인공의 말은 검속(檢束)이 없이 늘 거듭이 많다"고 논한다. 참으로 기교로

38) 주요한, 「내가 감격한 외국작품」, 『삼천리』, 1931.1, 41쪽.
39) 김동인, 「조선의 작가와 톨스토이: 머리를 숙일 뿐」, 『김동인전집』 16, 246쪽.

말하면 아주 볼 것이 없다. 이것은 그가 늘 대단히 급하게 소설을 쓴 이
유에 있다. […]

그러나 그의 소설이 조잡함에도 불구하고 소설계의 고봉이 되어 참연
(嶄然)히 솟은 것은, 그의 경험과 그의 관찰과 그의 사상과 그의 예언에
도저히 상인(常人)이 미치지 못할 점이 있는 까닭이다. 그는 기교의 소
설가가 아니었고 참으로 내용의 대소설가, '혼'의 대소설가였다.[40]

"예술가로서 평할 때는 도스토옙스키보다 톨스토이가 아무래도 진
짜"라는 김동인의 결론 자체는 따라서 새로울 것이 없어 보인다. 반면 '톨
스토이냐 도스토옙스키냐'는 이원 논리로 당대의 조선 문학을 통찰했다는
점은 독창적이다. 김동인은 톨스토이와 도스토옙스키 비교론을 도구 삼아
자신의 소설 작법을 논했다. 그리고 그 과정에서 톨스토이를 최선의 모범
으로, 도스토옙스키를 반(反)모범으로 대조해 보이며 전자의 예술적 우위
를 강조했다. 톨스토이가 도스토옙스키보다 예술적으로 윗길이라는 사실
은 '인형조종술'의 타당성을 보증하는 탄탄한 문학사적 증표와도 같았다.

그러나 무엇보다도 톨스토이·도스토옙스키 비교는 예술가로서 이
광수와 김동인 자신에 대한 비교의 포석인양 비쳐지며, 그 점이 주목을 요
한다. 김동인은 동인지 『창조』의 탄생을 "엄정한 의미의 조선 문학 활동의
시초"로 자부했고,[41] 톨스토이·도스토옙스키 비교론인 「자기의 창조한 세
계」는 『창조』를 통해 발표되었다. 「자기의 창조한 세계」는 '예술이란 무엇

40) 오천석, 「떠스터예브스키라는 사람과 밋 며의 작품과」, 『개벽』, 1923.11, 9-10쪽.
41) 김동인, 「조선근대소설고」, 『김동인전집』 16, 28쪽.

인가'라는 질문으로 시작되는 글이다. 이광수가 그보다 몇 년 앞서 '문학이란 무엇인가'라는 질문을 던지고 "특정한 형식 하에 인(人)의 사상과 감정을 발표한 자(者)"라는 일반론적 정의를 내린 데 반해,[42] 김동인의 초점은 문학의 예술성에 맞추어져 있다. 그리고 그 안에서도 "참 예술가다운 예술가"에 대한 평가를 목표로 삼고 있다. 예술은 "자기의 창조한 인생, 자기가 지배권을 가진 인생"이요, 그 인생(세계)을 "종횡 자유로 자기 손바닥 위에서 놀릴 만한 능력이 있는 인물"이야말로 참 예술가라는 김동인의 논지에 이르러 문학은 비로소 창조적 예술로서 자리매김 하게 됨은 물론, 창조의 개념 또한 조물주의 천지창조에 버금가는 유기적인 대사건의 차원으로 심화된다. 문학이 인공의 세계라면, 문학가는 그 세계의 절대자가 되어야 할 것이다.

　　"조선의 톨스토이"로 일컬어진 이광수에게 톨스토이는 예술가보다 사상가로서 더 큰 의미를 지녔던 인물이다. 그것은 이광수가 톨스토이 작품의 사상에 깊은 감화를 받았기 때문이기도 하지만 예술을 사상의 하위에 위치시킨 자신의 예술관 때문이기도 했다. 이광수에게 예술은 곧 도덕이었고 문학은 곧 도덕화 된 삶의 도구였다. 이와 반대로 김동인에게 문학은 도구가 아니라 목적이고, 예술은 사상에 종속되는 것이 아니라 그 자체로서 절대적 세계를 형성하는 것이었다. 이광수는 만년의 톨스토이 즉 도덕주의자로서의 톨스토이를 읽고 숭배했지만, 김동인은 그 이전의 톨스토이 즉 예술가로서의 톨스토이를 숭배했다. 이광수는 『부활』의 사상에 감격한 반면, 김동인은 『전쟁과 평화』의 기법에 감격했다.

---

42) 이광수, 「문학이란 하오」, 『이광수전집』 1, 507쪽.

사상가로서의 톨스토이와 예술가로서의 톨스토이에 대한 김동인의 양가적 평가는 결국 이광수를 향한 양가감정에 맥이 닿아 있다. 김동인은 이광수가 젊은 세대의 신사조를 대변해 이끌어준 점은 인정했지만, 사상이 소설의 주가 될 수는 없다고 역설했다. 소설은 삶을 그려 보일 뿐 교화의 기관이 될 수는 없는 일이었다.

> 종래의 습관이며 풍속의 불비된 점을 독자에게 보여주는 것은 옳은 일이되 개선 방책을 지시하는 것은 소설의 타락을 뜻함이니, 소설자는 인생의 회화는 될지언정 그 범위를 넘어서서 사회교화 기관(직접적 의미의)이 되어서는 안 되는 것이며 될 수도 없는 것이다. 그 범위를 넘어설 때에는 한 우화는 될지언정 소설로서의 가치는 없어진다. '소설은 인생의 회화이라' ― 이는 만년 불변의 진리이다.[43]

그런 이유에서 문학을 인생 교화의 도구로 삼았던 만년의 톨스토이는 "광포한 설교가"에 불과하며, 그렇기 때문에 사회 교화의 목적론에 갇혀버린 이광수의 소설 역시 참된 예술이 될 수는 없는 것이다. 김동인은 이광수의 결함이 '미'와 '선'의 "이원적 번민" 중 "자기의 본질인 미에 대한 동경을 감추고 거기다가 선의 도금을 하려"했던 "모순과 자가당착"에 있다고 보았는데,[44] 그것은 "'사랑'의 가면을 쓴 '위협자'" 톨스토이의 이중성과도 일맥상통하는 문제이다. 요컨대 이광수의 문제는 톨스토이처럼 자

---

43) 김동인, 「조선근대소설고」, 20쪽.
44) 위의 글, 21쪽.

신의 본성을 위배한 위선에 있었다. 참된 예술가가 되려면 그 "위선적 가면"을 벗어야 했으나, 이광수가 끝내 그러지 못한 원인을 김동인은 세 가지로 추정한다. 그중 하나가 "자신의 아무 줏대가 생기기 전에 톨스토이 등에게서 받은 영향을 그대로 신조로 삼아 오던 것을 이제 갑자기 벗어 버리기가 시기과만의 감이 있"어서라는 것이다.[45]

　　김동인은 톨스토이가 이광수에게 미친 절대적 영향력과 함께, 두 작가가 지닌 성향상의 유사성을 인정했다. 그리고 그 유사성에서 두 작가의 한계 또한 발견했다. 러시아의 톨스토이를 향한 비판과 "조선의 톨스토이"를 향한 비판 기준은 하나, '예술로서의 문학'이라는 잣대였다. 사상가 톨스토이와 그 뒤를 잇는 이광수의 예술적 부적격성은 당연히 예술가 톨스토이와 그 뒤를 잇는 김동인의 적격성을 반증해주었는데, 그것은 곧 김동인의 문학이 이광수의 것보다 발전된 예술임을 입증하는 논리적 근거가 되기에 충분했다.

　　김동인은 조선 근대 소설에서 이광수의 영향과 그에 대한 반작용의 역학을 분명히 인식했던 소설가이다. 동시에 이광수와 더불어 톨스토이의 자장 안에 머물렀던 작가이기도 하다. "영향에 대한 불안(the anxiety of influence)"론[46]의 관점에서 보자면, 김동인에게 이광수는 극복해야 할 대상이었다. 그러므로 문제는 두 작가 모두에게 창조적 근원이었던 톨스토이의 존재로 환원될 수밖에 없었으며, 톨스토이 영향력의 소재(所在)를 분명히 밝히는 것, 다시 말해 톨스토이 문학의 진정한 계승자를 판별하는 일이

---

45) 위의 글, 22쪽.
46) H. Bloom, *The Anxiety of Influence: A Theory of Poetry*. 번역본은 양석원 역, 『영향에 대한 불안』.

중요했다. 톨스토이·도스토옙스키 비교는 예술과 사상, 기교와 내용의 개념 분리를 이끌어냈고, 문학의 본질을 논의의 중심에 고정했다. 예술가 톨스토이와 사상가 톨스토이의 이분법은 참 예술가-김동인과 거짓 예술가-이광수의 이원론을 뒷받침하는 전거와도 같았으니, '톨스토이냐 도스토옙스키냐'는 질문이야말로 사상가 톨스토이를 좇아 '조선의 톨스토이'가 된 이광수와 예술가 톨스토이를 좇아 제2의 '조선의 톨스토이'가 되고자 한 김동인 사이의 경쟁적 화두였던 것이다.

3. 도스토옙스키적 작가의 문제

도스토옙스키의 『죄와 벌』은 일본보다 무려 37년 뒤늦게 '번역'되었다. 화산학인(花山學人) 이하윤이 『동아일보』「세계명작순례」 코너에 내용만 간추려 소개한 것을 말하는데, 그것은 사실 '번역'이나 '소개'라는 단어가 무색하리만치 괴상한 성격의 요약이었다. 애초 "책을 읽은 이가 그 읽은 어떤 이야기를 간단하고 요령 있게 옮기어 주는 것과 마찬가지이거나 또는 늘 같은 방식으로만 이야기 하는 것이 싫증이 날 때에는 이야기 가운데 한 토막을 잘라서"[47] 전한다는 의도로 기획된 이 명작 소개란에서 『죄와 벌』은 9회(1929.8.11-8.20)에 걸쳐 연재되었다. 단 9회로 대작의 모든 것을 간추려 전달하기란 어려운 일이었겠으나, 이하윤의 연재물은 도스토옙스키 소설의 스케일이나 사상을 넘어 아예 내용 자체를 과감히 압축해 버림으로써 대단히 불균형한 이야기를 탄생시키고야 말았다. 한마디로 말해 '죄와 벌'이 아닌 '죄'의 소설로 둔갑시켜 버린 것이다.

9회 분량의 요약이 집중한 것은 다름 아닌 범행 현장이었다. 1회분 앞부분에서 라스콜니코프의 초인 사상이 약간 언급되긴 했어도, 대부분의 지면은 라스콜니코프가 도끼를 들고 전당포 노파의 방에 들어가 어떻게 두 건의 살인을 저질렀으며, 얼마나 아슬아슬하게 그 방에서 도망쳐 나왔는지에 할애되었을 뿐이다. 그러나 원작을 읽어보면 알게 되는바, 도스토옙스키의 관심은 범행 자체보다 범행 이후를 향한다. 소설의 내용과 분량

---

47) 화산학인, 「세계명작순례 1 머리말」, 『동아일보』, 1929.8.4.

면에서도 '죄'는 극도로 짧은 순간에 벌어지지만, '벌'은 무한히 길다. 소설은 라스콜니코프가 도끼 살인 후 겪게 되는 신체적이고도 정신적인 병증, 소냐와의 만남, 치안 판사 포르피리와의 대면, 그리고 우연찮은 사건들과 인물들의 개입을 거쳐 마침내 자수와 유형의 결말에 다다름으로써 '벌'의 완성을 이루는 듯하다. 하지만 도스토옙스키 소설의 핵심은 '구원'이지 '죄와 벌'이 아니다. 소설 전체를 통틀어 가장 결정적인 궁극의 사건이라면 시베리아 유형 중 라스콜니코프가 돌연 깨닫게 되는 낙원의 비전과 사랑일 터이며, 죄와 벌은 오직 그 은총의 대단원에 다다르기 위한 긴 여정에 불과하다. 그런 의미에서 도스토옙스키의 '죄와 벌'은 '구원'의 동의어라 하겠다.

그런데 이하윤의 요약은 도스토옙스키 소설의 이 위대한 메시지를 간과했을 뿐 아니라, 라스콜니코프의 죄와 벌을 윤리적이고 형법적인 인과응보의 틀로써 단순 해석해버렸다. 조선의 첫 번역자나 독자들의 호기심이 완전 범죄의 내막을 엿보는 데 급급했던 나머지 그 너머의 문제는 관심 밖으로 밀려난 감이 있는데, 아무튼 죄 이후의 이야기는 단 몇 줄로, 그것도 괄호 안에 넣어 요약되는 것에 그치고 말았다.

(이리하야 그는 두 사람을 죽이는 무서운 죄를 범하였다. 다음으로 올 것은 벌이다. 그는 혐의를 받고 심문을 당하였다. 경관의 감시를 받았다. 밤마다 밤마다 흉한 꿈에 붙들리고 뭇사람의 눈질에도 중얼거리는 소리에도 불안이 끓어올랐다. 그는 고민하였다. 안타깝고 고민하였다. 참다못해 마침내 경찰에 자수할 황량한 '시베리아'로 흘러가는 배수의 몸이 되었다.)

고전의 통속화라는 측면에서 조선의 『죄와 벌』은 카추샤 애화로 축약된 『부활』의 수용사를 상기시킨다. 『죄와 벌』이 처음 소개되던 1920년대 말은 가난의 고통과 분노에서 야기된 살인, 방화가 신경향파 문학의 단골 소재로 등장하던 때인 만큼, 범죄 현장을 하이라이트 한 『죄와 벌』도 일단 경향(프로)문학의 파장 안에 흡수되었을 공산이 크다.[48] 일찍이 『죄와 벌』을 읽고 "주인공이 빈궁과 기아에 허덕이고 있는 데 대하여 공감하였던" 송영은 "그 빈궁의 원인이 어디 있는가를 알려고 하는 대신 다만 그 빈궁을 실컷 말해보고 싶었고 동시에 세상을 저주하는, 말하자면 룸펜 프롤레타리아적인 니힐리즘에 빠졌었다"라고 회고했다.[49]

빈궁의 근본 원인, 더 나아가 원작의 핵심에 천착하는 대신 룸펜 프롤레타리아적 니힐리즘에 빠져들 수밖에 없었던 프로 작가 송영의 초상은 도스토옙스키 초기 수용사의 단면을 대변한다. 동일 시기 일본이 도스토옙스키에 열광하며 『죄와 벌』을 문학 논쟁의 이슈로 삼았던 데 비해, 조선에서의 진폭은 미미한 편이었다. 김동인이 "내용의 대소설가, '혼'의 대소설가"로 지목한 도스토옙스키이지만, 실제로 소설의 내용이나 '혼'의 깊이에 관해서는 본격적으로 논해진 바 없으며, '빈궁 소설'로 간주된 『가난한 사람들』과 『죄와 벌』 이외의 작품은 별로 언급되지도 않았다. 작품의 주

---

48) 프로작가 최서해에 대한 김동인의 다음 총평을 기억할 만하다. "초기 춘원의 작품이 천편일률의 신도덕 수립과 자유연애를 주제로 삼은 것과 마찬가지로 서해의 초기의 작품은 모두 빈자와 부자의 (표면적) 갈등과 학대받는 빈인의 복수로 끝났다. 그리고 초기 춘원의 작품이 당시 많은 소설가 지원자들에게 악영향을 준 것과 마찬가지로 서해의 초기의 작품이 당시 프로작가 지원자들 사이에 많은 악영향을 끼쳤다. 방화, 살인 소설이 우후죽순과 같이 생겨났다. 그리고 그 영향이 미쳐서 마지막에는 살인이나 방화로 끝이 나지 않으면 프로의 작품이 아니라는 괴상한 관념까지 그들에게 생기게 하였다." 김동인, 「조선근대소설고」, 27쪽.

49) 송영, 「폭풍의 밤을 뚫고」, 이기영 외, 『우리시대의 작가 수업』, 105쪽.

인공이 "병인(病人), 빈한자, 살인자, 강도, 방탕자 등의 기형적 인물"이라는 사실은 적시되었어도,[50] 그들의 정신적·심리적 증후에 대한 분석의 시도 역시 없었다. 도스토옙스키적 비극의 현상에만 탐닉한 채 정작 그 비극의 심연은 파헤치지 못했다고 할 수 있다. 조선의 독자들에게 중요했던 것은 도스토옙스키가 "투르게네프와 같이 비관론자나 허무주의의 인텔리겐치아나 귀족을 보지 아니하고 어디까지든지 무지하고 학대받는 프롤레타리아(물론 룸펜이지만)를 피가 나는 듯이 심각한 붓으로 그리어냈다"라는 바로 그 사실이었다.[51]

그것은 제국주의적 힘에 대한 우월감과 불안감 사이에서 도스토옙스키에 경도되었던 일본의 독법과 다른 점이기도 했다. 일본에서는 인간의 죄와 구원, 아름답고 순결한 인간상, 그리고 대지주의 사상 등이 지속적으로 논의되어온 도스토옙스키적 주제들이라 한다.[52] 과연 식민지 현실과 유교 전통이 배경을 이루었던 근대 조선에 대해서도 똑같은 말을 할 수 있을지 의문이다. 일본 독자들이 라스콜니코프 초인 사상의 영향을 받고 신과의 대결을 통해 절대성에 대한 도전을 꾀하며 실존의 고통에 고뇌하던 것과는 본질적으로 다른 현실과 전통에서 조선의 독자들은 도스토옙스키를 읽고 받아들였다. 독서에 '강자'와 '약자'의 관점이 존재한다고 할 때,

<hr />

50) 오천석, 「떠스터예브스키라는 사람과 밋 뎌의 작품과」, 10쪽.

51) X.Y.Z, 「동서고금 사상가열전(4)」, 『신동아』, 1932.2, 19쪽. 이 소개글의 필자는 "'톨게네프'와 같이 시적간격(詩的間隔)이 없이 또 톨스토이와 같이 교론사(敎論師)로서 일단 높은 지위에서 보지 아니하고 그는 우리와 한가지로 같은 술잔에 마시며 우리와 한가지로 같이 위대하며 또한 천하다"는 메레쥬콥스키의 말을 인용하면서 "동시대의 삼대문호라 일컫는 투르게네프나 톨스토이보다 도스토옙스키는 훨씬 많이 민중에게 가까움이 있고 따라서 그의 작품에는 바닥에 [깔린] 천한 사람의 현실이 심각하게 표현이 되었다"라고 했다.

52) 모치즈끼, 「일본에서의 도스토예프스키」, 99쪽.

조선의 독자는 필경 '약자'의 입장에서 도스토옙스키를 읽었으며, "늘 가난한 사람들과 학대받는 사람들을 동정하여 그들을 구제하고자 부르짖고 끊임없는 인류애를 제창한"[53] 작가의 민중주의에 우선적으로 동조했다. 그 결과 도스토옙스키 문학을 한편으로는 삶의 비극성과 무력감을 표출한 사실적 스케치로, 다른 한편으로는 사회적 반항의 모델로 향수하고 학습하려는 열기에 반비례하여 문학성 자체에 대한 탐구는 상대적으로 소홀할 수밖에 없었다.

그런데 1920년대 문단에도 '도스토옙스키적 작가'가 존재했다. 그 대표적 인물이 훗날 "서에 도스토옙스키, 동에 염상섭"[54]이라는 대중적 평가를 얻게 될 「표본실의 청개구리」(1921)의 작가 염상섭이다. 김동인의 「조선근대소설고」에서 다시 인용한다.

> 원래 역사적으로 많은 학대와 냉시 앞에 고통을 겪어 온 조선 사람은 생활이나 생에 대한 번민을 그다지 느끼지는 않는다. 모든 탓을 팔자라 하는 무형물에게 넘겨 버리고 명일의 조반을 준비한다. 이러한 조선 사람의 산출한 소설이 햄릿식 다민다한이 있을 리가 없었다. 필자는 이를 의심치 않았다. 굵은 선과 침울과 다민은 노서아문학 길이라 하여 침범할 생각도 안하였다. 점잖음과 다분의 유모어와 열정에 대한 조소적 태도, 이를 영문학이라 하였다. 다정과 기지와 연애와 정사, 이를 불문학이라 하였다. 혼의 존재를 잊어버린 괴기와 스피드와 세력, 이를 신흥

---

53) 화산학인, 「세계명작순례 1 머리말」.
54) 1935년 8월호 『삼천리』지의 광고 문구. 박숙자, 『속물 교양의 탄생: 명작이라는 식민의 유령』, 241쪽에서 재인용.

미문학이라 하였다. 그리고 조선 문학의 윤곽으로서 생활에 대한 단념
적 인종과 정열과 연애에 대한 반항적 무시를 정의하였다.

[...] 「표본실의 청개구리」는 노문학의 윤곽을 쓴 것이었다. 필자의 선
망과 경이가 여기 있다.[55]

「표본실의 청개구리」는 "근대적인 노서아문학, 특히 도스토옙스
키의 작품 영향을 받은 것으로서 문단의 1일 선배인 김동인을 놀라게" 했
다.[56] "굵은 선과 침울과 다민"을 러시아 문학의 성질로 파악했던 김동인
은 『개벽』에 연재된 소설 첫 회를 읽자마자 "강적이 나타났다는 것을 직
각(直覺)"하여 "몹시 불안을 느끼면서도 이 새로운 햄릿의 출현에 통쾌감
을 금할 수가 없었다"라고 한다.[57] 물론 김동인은 염상섭 문학의 첫인상을
"노문학의 윤곽"이라고 했지 도스토옙스키적인 것이라고 하지는 않았다.
그러나 "굵은 선과 침울과 다민," "과도기의 청년이 받는 불안과 공포와 번
민" 등은 다른 어떤 러시아 작가보다도 도스토옙스키에 부합하는 표현이
다. 뒤이은 글에서 김동인이 지적한 염상섭 소설의 심리주의와 담론적인
성향 역시 도스토옙스키 문학의 전유물인 양 회자되어온 특질들이다.

그의 작품 중 장편은 여는 하나도 통독치를 못하였다. 『광분』도 띄엄띄
엄 생각나면 읽었지 매일 보지를 못하였다. 그러나 상섭의 작에서 무엇
보다도 심리상 갈등을 탄복하는 여는 그 일회 일회에 나타난 심리적 투

---

55) 김동인, 「조선근대소설고」, 25쪽.
56) 백철, 「『표본실의 청개고리』의 시대적 의미」, 김열규·신동욱 편, 『염상섭연구』, 22쪽.
57) 김동인, 「조선근대소설고」, 24쪽.

쟁과 갈등을 엮어내린 것을 보면서 그 배면에 숨어 있는 작자의 면영을 언제든 심안으로 보았다. 흐르는 듯하고도 얽힘 없는 능변! 그의 작품을 읽은 동안 여는 늘 '보는 것'이 아니요, 귀로 상섭의 이야기를 듣는 감을 받았다.[58]

메레쥬콥스키가 "육체의 비밀을 보는" 톨스토이와 "영혼의 비밀을 보는" 도스토옙스키를 비교한 이래, '보는 소설'과 '듣는 소설'은 두 문호를 특징짓는 표식으로 기능해왔다. 비록 '도스토옙스키적 작가'라고 꼬집어 지칭하지는 않았으나, 김동인은 자신의 기질과는 상이한 진영에 염상섭을 위치시키며 그를 강적으로 지목했고, 그럼으로써 톨스토이의 강적인 도스토옙스키가 염상섭 문학의 원류임을 사실상 시사했던 것이다.

이광수나 김동인과 달리 염상섭은 도스토옙스키를 선호했다. 게이오대학 시절 읽은 책이 "대개가 영·불의 것보다는 러시아 작품들이었고, 톨스토이나 투르게네프의 것보다는 도스토옙스키의 것과 고리키의 것들이 마음에 들었었다"[59]라는 염상섭의 초기작은, 그의 독서 취향을 말해주듯 다분히 도스토옙스키적이다. 수필 「저수하(樗樹下)에서」(1921)에는 병적인 상태로 꾸는 꿈을 묘사한 도스토옙스키의 언술이 그대로 인용된다. 『죄와 벌』의 초반부, 라스콜니코프가 어릴 적 목격한 말의 죽음을 "무서운 꿈"으로 재현하기 직전에 나오는 대목이다.

---

58) 김동인, 「작가 4인」, 『김동인전집』 16, 306쪽.

59) 염상섭, 「문학소년시대의 회상」, 『염상섭전집』 12, 215쪽. 염상섭은 좋아하는 작품과 작가를 묻는 『문예공론』(1929.5)의 설문조사에 "도스토옙스키의 『카라마조프 형제』"라고 답하기도 했다. 『염상섭문장전집』 2, 88쪽.

병적 상태에 있을 때 꿈은 이상히 명확한 윤곽을 가지고 실제와 흡사히 발현한다. [...] 이같은 병적 현몽(現夢)은 통상 장구한 동안 기억에 기능이 남아 있어서 사람이 쇠약하여 과민케 된 기능에 심각한 인상을 주는 것이다.[60]

염상섭은 「표본실의 청개구리」에 관해 3·1운동 직후의 "추향(趨向)할 바 길이 막히어 방황(민족이 갈 길을 잃은 것은 아니로되)하던 심적 허탈 상태와 정신적 혼미 상태 – 현기증 같은 것을 단적으로 표현"했다고 회고하거니와,[61] 그것은 『죄와 벌』의 라스콜니코프가 범행 전후에 겪는 심신 상태와도 최소 병리적으로는 유사성을 띤다. 도스토옙스키의 라스콜니코프와 「저수하에서」의 화자 염상섭, 그리고 「표본실의 청개구리」의 '나'에게는 가난과 병약, 신경과민, 그리고 몽상과 실제가 뒤엉킨 의사 광증 상태에서의 자살 충동 등 몇 가지 공통점이 있다. 숨 막히는 좁은 방에 틀어박혀 오직 신경의 헐떡임만 추적 중인 그들을 통틀어 '라스콜니코프의 형제들'이라 지칭해도 과언이 아니다. 동시에, 오장을 제거당하고도 "진저리를 치며 사지에 못 박힌 채 벌떡벌떡 고민하는" '표본실의 청개구리'에 그들 모두를 비유한다 하여 큰 무리는 아니다.

---

60) 염상섭, 「저수하에서」, 위의 책, 27쪽. 『죄와 벌』 1부 5장에 나오는 이 유명한 대목은 정확히 번역하면 다음과 같다. "병적인 상태에서 꾸는 꿈들은 예외적으로 뚜렷하고 생생하며, 놀라울 정도로 사실과 흡사한 경우가 많다는 것이 특징이다. [...] 이런 병적인 꿈들은 언제나 오래 동안 기억되면서, 쇠약한 나머지 흥분 상태에 도달한 인간의 유기체에 강한 인상을 남긴다(В болезненном состоянии сны отличаются часто необыкновенною выпуклостию, яркостью и чрезвычайным сходством с действительностью. [...]Такие сны, болезненные сны, всегда долго помнятся и производят сильное впечатление на расстроенный и уже возбужденный организм человека)."
61) 염상섭, 「횡보문단회상기」, 위의 책, 236쪽.

「표본실의 청개구리」는 첫 문장부터가 도스토옙스키를 환기시킨다. "동네 산보에도 식은땀을 줄줄 흘리고 이야기하려면 두세 마디 째부터는 목침을 찾"아야 하는 주인공-화자 '나'는 식은땀을 흘리며 거리를 배회하다 졸도해버리는 라스콜니코프의 닮은꼴이다. 세계 평화를 꿈꾸며 3층집을 짓는 광인 김창억의 존재 또한 도스토옙스키가 창조해낸 '지하생활자'(『지하생활자의 수기』)나 '우스운 인간'(「우스운 인간의 꿈」) 같은 과대망상증 유토피아론자의 범주에 속한다. 그런가 하면 "반동 기분"에 사로잡혀 끊임없이 "허언(虛言)"을 반복하는 「저수하에서」의 화자 염상섭은 그 자신이 '역설주의자-지하생활자'의 후예와 다름없다. 도스토옙스키의 소설은 "살아 있는 아버지"가 아니라 "관념"으로부터 탄생될 지하생활자의 후예를 예견하면서 가까스로 끝을 맺었던 것인데,[62] 그 예언이 마치 "끊는 행동이 없음"을 비관하는 역설주의자 염상섭을 통해 실현되는 것과도 같다. 비슷한 시기에 발표된 중편 「제야(除夜)」(1922)에는 "『카라마조프의 형제』 속에 있는 소위 '카라마조프가의 혼'이라는 것과 같은 혼이, 우리 최씨 집에도 대대로 유전하여 내려온다"는 노골적인 언급도 나온다. 일견 『카라마조프의 형제』를 기저텍스트 삼은 양싶지만, 염상섭과 도스토옙스키의 상호텍스트성은 최씨 집안에 내려오는 색욕의 유전자를 "소위 '카라마조프가의 혼'"으로 완곡 표현하는 바로 그 지점에서 멈추고 만다. 염상섭 소설 중 도스토옙스키의 영향으로 열거되는 대부분이 실은 그처럼 일차원적 수준의 반향들이다.

　　도스토옙스키 문학을 신경향파 문학으로 단선화 하지 않았다는 점

---

62) 도스토옙스키의 소설에서 스스로 말을 끝맺지 못하는 지하생활자의 역설은 결국 '편집자'의 개입에 의해 중단된다.

에서, 즉 가난과 범죄의 사건 소재를 단순 차용하는 대신 근대적 개인의 의식과 내면 심리, 고백의 문체 등에 시선을 돌렸다는 점에서 염상섭의 초기작이 당대의 여느 도스토옙스키풍 소설들과 전혀 다른 수준에 올라 있음은 인정된다. 그러나 '조선의 톨스토이' 이광수가 보여준 한계만큼이나 '조선의 도스토옙스키' 염상섭의 한계는 여실하다.

"겉에 드러난 병리현상을 제시하는 것만으로도 자연주의를 표방한 염상섭의 소임은 어느 정도 잘 이루어진 것으로 볼 수 있긴 하지만, 기실 염상섭은 이미 1920년대 초부터 '원인분석'과 '배후탐색'에는 기질적으로 취약했었"다고, 국문학계는 일찍이 평가했다.[63] 염상섭의 자연주의 퇴폐문학이 도스토옙스키에 많은 부분 빚지고 있지만 "도스토옙스키처럼 심각한 정치적·종교적 관심을 가지고 끝까지 대결해 나가지 못하고" 결과적으로는 "안이한 풍속소설의 수준"으로 떨어져버렸다는 지적도 있다.[64]

최소한 도스토옙스키의 작품과 비교할 때 염상섭의 인물에게는 관념적 깊이를 말해주는 '절대'의 추구가 드러나지 않는다. 절대성의 개념이 희박하고, 신에 맞서는 '초인'의 반항 의지도 없으며, 따라서 구원의 가능성도 보이지 않는다. 그는 아프고 피로하고 권태로운 가운데 현재의 병적 증상을 관찰해 기록할 따름이다. '실리적 현실주의'로 집약된 염상섭의 관점은 도스토옙스키의 '관념적 이상주의'에 대척된다.[65] 지금 당장의 현상과 개인의 감각적 관심사에 함몰된 이 인물에게서 타인을 향한 관심이나

63) 조남현, 「염상섭소설의 문학사적 자리매김을 위한 시론」, 권영민 편, 『염상섭 문학연구』, 78쪽.
64) 이보영, 『식민지현대문학론』, 152쪽.
65) '실리적 현실주의'는 유종호의 표현이다. 유종호, 「염상섭에 있어서의 삶」, 권영민 편, 『염상섭 문학연구』, 343쪽.

소통 의지, 더 나아가 심오한 내면의 대화를 기대하기는 어려울 것이다. 그래서 도스토옙스키의 주인공이 독백에서마저 의식의 폴리포니(poliphony)를 일구어 '대화성'을 획득한 반면, 염상섭의 주인공은 유아론(solipsism)적 '헛소리(허언)'에 갇혀버린다.[66]

그러나 이는 소설가 개인만의 한계가 아니다. 애초 염상섭의 "러시아적 윤곽"을 환영했던 김동인은 염상섭이 「표본실의 청개구리」를 거쳐 조선 문학의 길로 들어선 이후에는 그 특징이 사라지고 대신 "동통(疼痛)과 같은 무게"만 남았다는 평을 남겼다.[67] '러시아 문학의 길'에서 '조선 문학의 길'로의 회귀는 무엇을 말하는 것일까? 김동인의 초기 논고를 다시 한 번 인용한다.

　　원래 역사적으로 많은 학대와 냉시 앞에 고통을 겪어 온 조선 사람은 생활이나 생에 대한 번민을 그다지 느끼지는 않는다. 모든 탓을 팔자라 하는 무형물에게 넘겨 버리고 명일의 조반을 준비한다. 이러한 조선 사

....

66) 염상섭의 1930년대 소설 『삼대』를 바흐틴의 대화주의(다성성, 풍자, 카니발) 관점에서 분석한 연구가 있기는 한데, 주로 '풍자 소설'로서의 측면에 치중하고 있다. 한승옥, 「삼대의 다성적 특질」, 김종균 편, 『염상섭소설연구』, 185-212쪽. 이보영은 「표본실의 청개구리」의 '나'와 김창억의 분신 관계를 근거로 도스토옙스키의 다성적 소설과 연결은 시키면서도, 염상섭의 경우가 도스토옙스키의 분신 관계와는 다른 것이어서 "비극적으로 심화될 수가 없"음을 주장했다. 이보영, 「염상섭문학과 도스토옙스키: 초기작을 중심으로」, 291쪽. 도스토옙스키와의 상관성에 관한 한 초기 염상섭 산문의 한계는 지적할 수밖에 없는 것이 사실이다. 그러나 근래 들어 염상섭 문학의 재탐구에 몰두해온 국문학계는 초기 염상섭의 (도스토옙스키적) '번뇌와 고뇌'가 '자기해방의 길'로 이어졌고, 그의 문학이 결국 자연주의 순문학이 아닌 '사회소설'로서의 리얼리즘 문학에 종착했음을 강조한다. 그런 의미에서 도스토옙스키와의 비교는 앞으로 초기 단편 이후로까지 확장되어야 할 것이며, '도스토옙스키적 작가'라는 꼬리표 역시 더 큰 맥락에서 재논의될 필요가 있어 보인다. 염상섭 문학론의 최근 경향은 한기형·이혜령 편, 『저수하의 시간, 염상섭을 읽다』 참조.
67) 김동인, 「조선근대소설고」, 25쪽.

람의 산출한 소설이 햄릿식 다민다한이 있을 리가 없었다.

　　"생에 대한 번민"의 여부 — 러시아 문학과 조선 문학의 경계를 김
동인은 그 문제로 인식했다. 그리고 자신의 '강적' 염상섭을 러시아 문학
의 계보에 포함시키려고 "굵은 선과 침울과 다민" 혹은 "햄릿식 다민다한"
과 같은 지극히 감각적이고 인상주의적인 수사를 구사했다. 김동인이 자
신의 '강적'들 — 이광수와 염상섭 — 을 논평하기 위해 러시아 문학의 척
도(결국 '톨스토이냐 도스토옙스키냐'의 문제)를 이용했다는 점은 흥미롭다. 그
러나 "생에 대한 번민"이 '침울'과 '다민'의 징후로만 표현된다면, 그것은
그 자체로서 과히 러시아적이지 않은 일이다. 마찬가지로 1920년대(초기 염
상섭문학)의 퇴폐주의를 도스토옙스키적 "우울문학의 색조"로만 이해하는
것 또한 별로 도스토옙스키답지 않은 태도이다.[68] 도스토옙스키 문학과 러
시아 문학 전반의 세계에서 문제의 해결(답)은 그처럼 감각적이고 막연한
한 마디로 구해지는 법이 없다. 사실 그 답은, 신이 개입하지 않는 한, 존재
하지 않는다고 보는 편이 차라리 옳다.

　　작가, 평론가, 독자 모두의 경우를 통틀어 1920년대의 톨스토이·도
스토옙스키 수용은 자체적으로 개량된 궤도를 따라 진행되었다. 때로 원
작의 문학 정신에 못 미치고 때로 오독의 결과를 낳기도 하였으나, 후대에
게는 과거의 수용사에 대해 옳다 그르다 평가할 권리가 없다. 단지 전대를
사로잡았던 몇몇 흥미로운 현상을 통해 먼 과거의 목소리, 그 시대의 절실
한 요구와 욕구를 이해하고자 들여다볼 따름이다. 그런 시도의 한 범례가

---

68) "1920년대의 유행한 퇴폐적 경향에는 근대로서아의 우울문학의 색조가 1면을 차지했다고 보는 것
이다." 백철, 『조선신문학사조사』, 211쪽.

있다. 염상섭과 에밀 졸라에 관한 것이지만, 도스토옙스키, 더 나아가 러시아 문학 전반의 경우에 대해서도 생각하게 하는 글이다.

그들[1920년대 작가들]은 일본 문학 또는 일본 문학을 통해서 들어온 서양문학의 극히 피상적 표현들 — 가령 무한에 대한 향수와 단절된 낭만주의, 사소설화 된 자연주의, 또는 권태의 표현으로 수렴된 보들레르 — 을 순 문학의 이름 밑에서 맞이했다. 그것들은 작가의 실존적 요구와 연관되지 않고 또한 본래의 정신에서 소외된 것이기 때문에 새롭고 혁명적인 도전 내지는 비전으로 뿌리를 내리지 못했다.

[...]

마지막으로 우리는 대부분의 한국작가의 경우와 마찬가지로 염상섭에 있어서도 형이상학적 절대에 대한 관심의 결여를 지적할 수가 있다. 인간에게 생존의 근거를 주는 것은 무엇인가, 우리의 궁극적 구원은 어디에 있는 것인가 하는 따위의 질문은 신문학 이전부터 우리에게는 이질적인 것이며 그 이후에도 제기된 일이 별로 없다. 따라서 성에 대한 고찰에 있어서도 졸라가 우주적 생성의 일환으로서의 그 의미에 도달한 반면에 염상섭은 다만 사회적 차원에 있어서의 선악의 문제로 귀착되어 있다.[69]

69) 정명환, 「염상섭과 졸라」, 권영민 편, 『염상섭 문학연구』, 329쪽.

4. 1930년대와 그 이후

동아일보에 『죄와 벌』이 소개되고 1930년대로 접어들면서부터 청년 지식인·문학도 사이에서 도스토옙스키가 유행하기 시작했다. 이 경향은 프로 문학의 시대색과 관련이 깊고, 셰스토프의 『비극의 철학』에서 점화되어 30년대 일본 사회를 강타한 도스토옙스키 현상과도 연관성이 있어 보인다. 아무튼 당시의 신문 잡지에 실린 세계 명작 관련 설문·에세이에서 도스토옙스키의 작품과 주인공은 다른 작가들을 제치고 거듭 거론되었다. 독자층이 직접 일본어로 독서한 시기인 만큼, 국내 번역 실태보다는 설문·에세이가 오히려 더 유의미한 지표일 수 있겠는데, 가령 『신여성』(1933.2)의 「내가 좋아하는 소설의 주인공이 실재해 있다면?」에서는 안석주·안회남이 모두 『죄와 벌』의 소냐를 지명하고, 『동아일보』(1935.7.5~7.30)에 연재된 「내가 사숙하는 내외 작가」에서도 엄흥섭·장혁주·이무영 등의 신진 작가는 도스토옙스키를 손꼽았다. 대중적 인기와는 별도로 이른바 문학가 지망생의 취향이 톨스토이에서 도스토옙스키로 옮겨가고 있었음을 말해 주는 증표이다.

1930년에 김동인은 단편 「죄와 벌: 어떤 사형수의 이야기」를 발표한다. 비록 도스토옙스키 소설의 깊이를 담고 있지는 않으나 최소한 가난의 죄와 형벌이라는 소재, 그리고 제목에서 도스토옙스키의 메아리가 감지되는 작품이다. 1938년에는 카프 작가 한설야가 「지하실의 수기: 어리석은 자의 독백 일착」을 쓰며 첫 대목을 도스토옙스키의 『지하생활자의 수기』 인용문으로 장식하기도 했다. 설령 제목이나 소재를 직접 차용하지는 않았다 할지라도, 1930년대 젊은 작가들은 도스토옙스키를 습작의 모델로 지목함으로써 "예술가로서 평할 때는 도스토옙스키보담 톨스토이가 아무래도 진짜"라던 김동인의 평가와 반대로 1920년대 이후 본격문학의 실질적 전범이 도스토옙스키임을 증언했다.[70]

물론 송영, 엄흥섭, 장혁주, 이무영, 한설야 등의 사상적 배경이 도스토옙스키 경도 경향과 맞닿아 있는 것은 사실이다. 그러나 좌익 성향 작가들에게도 도스토옙스키 사숙의 목표는 사상이 아니라 예술 기법이었다는 점이 중요하다. 무정부주의자였던 장혁주에 따르면 "도스토옙스키와 발자크를 읽기 시작한 것은 대개 동경 문단의 고전 연구 부흥에 따라 읽은 것이고, 특히 셰스토프, 지드들의 평론이 유행함으로써 무슨 새 문학을 바라던 동경 문인들의 정서에 합류한 것이었다." "사실에 있어 발자크보담 도스토옙스키를 숭배하고 배울 수 있으면 배우려고 한다. 그의 사상이[나] 작품 내용보담도 작품 구성과 기교를 특히 배우려고 한다"라는 것이 그의 다짐이었다.[71] 『죄와 벌』을 읽고 "이것이 문학이다! 이것이 예술이리라!" 며 흥분했다는 이무영은 『죄와 벌』을 오독(五讀)하고 난 후에야 도스토옙스키 소설의 기법을 웬만큼 이해하게 되었노라고 밝혔다. 독서가 곧 습작이고, 도스토옙스키 소설이 곧 창작 교본이던 시절이었다.

좌익·프로 문학과 무관한 김동리도 경신학교 재학 중(1928-29) "이

---

70) 엄흥섭은 『죄와 벌』을 모방해 『죄 지은 사나이』라는 장편을 썼다가 불살라버렸다고 고백했으며(「내가 사숙하는 내외 작가: 조그만 체험기」, 『동아일보』, 1935.7.5), 장혁주는 『스테판치코프 촌과 그 주민』의 수법으로 소설을 쓰다 실패했음을 고백했다. 「내가 사숙하는 내외 작가: 정독하는 양 대가 도스토옙스키와 발자크」, 『동아일보』, 1935.7.13.

71) 장혁주, 「내가 사숙하는 내외 작가: 정독하는 양 대가 도스토옙스키와 발자크」, 『동아일보』, 1935.7.12.

작품을 안 읽었으면 문학 작품 읽었다 할 수 없지요"라는 일본인 교사의 말을 곁귀로 듣고 "세계 최고"인 도스토옙스키의 『카라마조프 형제들』을 읽기 시작했다.[72] 그 영향인 듯, 김동리의 초기작 「젊은 초상」(1936)에는 도스토옙스키의 흔적이 짙다. 아마도 염상섭의 「표본실의 청개구리」 이후 등장한 가장 도스토옙스키적인 단편이 아닐까 싶다. 우선 1인칭 화자의 주인공이 젊은 지식인으로 설정되어 있는데, 그는 몇 달째 "차고, 눅눅하고, 굴속같이 어두운" 하숙방에서 하루 한 끼로 연명하며 관성의 수면 상태를 지속하는 무기력한 신인 작가이다. 가끔씩 자리에서 일어나 보아도, 그에게는 갈 곳이 없다.

> 그러나 갈 곳이 없다. 벽과 벽과, 벽과 천장뿐이다. 온종일 벽을 바라보고 누워 공상에 잠기다가, 바라보던 벽에 지치면 공상이 어수선한 꿈으로 이어지고, 꿈에서 다시 눈이 뜨이면 일어나 몇 번이든지 입이 째지도록 하품을 하고 그러고는 또 쓰러져 다시 잠이 들고...[73]

"모든 사람에게는 어딘가 갈 곳이 있어야 한다."("Ведь надобно же, чтобы всякому человеку хоть куда-нибудь можно было пойти.") 이것은 『죄와 벌』의 마르멜라도프가 라스콜니코프에게 했던 말이다. 도스토옙스키의 가난하고 쇠약하고 외로운 인물처럼 김동리의 주인공에게는 "갈 곳이 없다." "더 견딜 수 없이 숨이 갑갑해"진 그가 "잠자코 일어나 벽에 걸린 낡은 양복저

---

72) 김동리, 『나를 찾아서: 김동리 전집 8』, 91쪽.
73) 김동리, 「젊은 초상」, 『무녀도·황토기: 김동리 전집 1』, 108쪽.

고리"를 입고 방을 나오는데, "이마에 햇빛을 느끼는 순간 눈언저리에 어뚤뚤 현기증이 인다." 인용부호 안의 문장들은 모두 라스콜니코프의 인물 묘사와 일치하는 것들이다. 그 밖에도 몇 가지 단어들만 대치한다면(가령, '자동차' 대신 '마차', '구더기' 대신 '이(蟲)') 『죄와 벌』의 한 부분처럼 읽힐 곳이 꽤 있다.

주인공이 땀을 흘리며 걷다가 동료 작가인 친구 S 군을 만나 함께 술 마시는 대목은 라스콜리니코프와 라주미힌의 장면을 연상시킨다. 그 자리에서 라스콜리니코프는 자신의 초인론을 역설하고, 그 결과 살인을 실행에 옮기게 되는 것이 도스토옙스키 소설의 플롯이다. 한편 김동리의 소설에서는 두 친구가 문학 이야기를 나누는데, "그것도 대개는 도스토옙스키다." 두 사람은 모두 도스토옙스키를 좋아해서 작품에 나오는 인물들을 꿰고 있으며, 그런 까닭에 유독 친한 사이다. 그들은 서로를 『악령』에 나오는 인물 이름으로 호칭하기까지 한다.

"자넨 키릴로프야"
S군이 먼저 입을 뗀다.
"자넨 샤토프"
나도 응수를 한다.[74]

염상섭의 데뷔작이 그랬던 것처럼, 김동리의 초기 단편 역시 도스토옙스키 문학의 표피를 환기할 뿐, 그 너머로 파고든다거나 상응할 만한

---

74) 김동리, 위의 글, 115쪽.

주제를 보여주지는 않았다. 김동리 초기 문학의 "변두리에 속해 있는 작품"[75]쯤으로 간주되는 「젊은 초상」은, 제목 그대로 치기어린 문청 시절의 초상이자 시대적 유행의 보고서에 불과할 수 있다. 그런데도 이 작품은 도스토옙스키 수용의 역사에서 하나의 전환점을 이룬다. 「젊은 초상」에 나오는 두 신진 작가는 김동리 자신과 서정주를 모델로 했다고 알려진다.[76] 그들은 도스토옙스키 소설을 통독하고, 그중에서도 사상의 혼돈과 인텔리겐치아의 몰락을 그린 『악령』에 자신의 세계를 대입하며 소설 속 인물의 이름으로 서로를 지칭한다. 유신론과 무신론 사이에 끼어 자살하는 키릴로프와 전향한 무정부주의자로서 살해당하는 샤토프는 모두 '사상'의 배회자들이고, 도스토옙스키 자신이 평생 화두로 삼았던 신과 인간의 관계를 변증하는 담론적 인물들이다. 김동리와 서정주 두 청년 작가가 각각 키릴로프와 샤토프로 비유된 배후 사정을 정확히는 알 수 없으나, 분명한 것은 그들의 관심사가 가난, 절도, 살인, 매춘 같은 사건적 현상에서 관념의 현상으로 전이했다는 점이고, 그들이 사숙하는 도스토옙스키가 이제는 비판적 사실주의와 경향 문학의 선구가 아닌 "철학적 도그마의 화신"으로 재평가되기에 이르렀다는 사실이다.

"철학적 도그마의 화신"은 시인 김춘수가 쓴 표현이다. 니혼 대학 예술학과에서 수학(1941-1943)한 김춘수는 대학 시절 도스토옙스키 독서 경험을 다음과 같이 기술한다.

---

75) 유종호, 「현실주의의 승리: 김동리의 초기 단편」, 『유종호전집』 5, 148쪽.
76) 황석영, 「황석영이 뽑은 한국 명단편: 김동리 '역마'」, 『경향신문』, 2012.3.16.

나는 도스토옙스키의 모든 작품을 낱낱이 다 읽었다. 그중에서도 『죄와 벌』『악령』『카라마조프가의 형제들』은 몇 번이고 되풀이 읽고 또 읽었다. 너무도 벅찬 감동이었다. 그 감동은 되풀이 읽고 또 읽어도 줄어들지 않았다. 그것은 소설이라기보다는 나에게는 하나의 계시였다. 도스토옙스키를 읽으면 우리가 얼마나 왜소한 삶을 살았는가를 절감하게 된다. 왜소하다 함은 천박하다는 말과도 통한다. 가령 김동인의 소설 「감자」에 나오는 복녀와 『죄와 벌』에 나오는 소냐를 비교해 보라. 복녀는 육체가 무너지자 영혼도 함께 무너진다. 구원될 길이 없다. 그러나 소냐는 육체가 무너졌는데도 영혼은 말짱하다. 소냐는 우리에게는 수수께끼와도 같은 인물이다. 납득이 안 된다. 그러나 슬라브 민족의 피 속에는 그런 괴물스러운 패러독스가 숨어 있다.[77]

훗날 한 명의 주지 시인을 탄생시키게 될 토양은 도스토옙스키에 의해, 그리고 셰스토프·베르댜예프 등 도스토옙스키를 철학적으로 읽어낸 세기말 사상가들에 의해 마련되었던 것이다.

대학에 들어가자 도스토옙스키를 읽게 되고 셰스토프와 베르댜예프를 읽게 되자 나도 내 나름의 철학을 가지고 싶은 욕구가 불현 듯 솟아나곤 했다. 도스토옙스키나 셰스토프나 베르댜예프는 내 눈에 철학적 도그마의 화신으로만 비쳤다. 그것이 그들의 매력이요 나에게는 선망의 타깃이었다. 혹 짧은 소리가 되더라도 나도 내 철학을 가져야 할 것만

---

77) 김춘수, 『꽃과 여우』, 104-105쪽.

같았다.[78]

　　1930년대 이후의 모든 독자들이 도스토옙스키를 관념적으로 치열하게 읽은 것은 아닐 것이다. 그러나 문학도들의 관심이 톨스토이에서 도스토옙스키로, 그중에서도 존재의 근본을 파고드는 철학적 화두로 이행한 조짐은 두드러진다. 그 면에서 "형이상학적 절대에 대한 관심의 결여"[79]라는 평가는 1930년 이전으로 국한될 필요가 있다. 근대 문학과 문단의 진보, 또 문학가 세대의 성장은 세계문학의 독법에도 변화를 가져왔고, '톨스토이냐 도스토옙스키냐'의 비교에도 당연히 변이는 일어났다. 1942년 4월, 그러니까 작고하기 한 달 전의 이효석은 거의 마지막 글이 될 자신의 수필 「독서」에 다음과 같이 썼다.

　　시기가 늦게 도스토옙스키를 읽으면서 세상의 소설가는 도스토옙스키 한 사람임을 새삼스럽게 느꼈다. 고금의 수많은 모든 소설가를 모조리 없애 버린다고 하더라도 꼭 한 사람 도스토옙스키만을 남겨 놓는다면 소설의 세계에는 족한 것이다.

　　[...]

　　나는 이제 와서 늦게서야 도스토옙스키 문학의 진미를 알게 된 것을 유감되이 여긴다. 전에도 그의 문학을 더러 읽지 않은 것은 아나나 진짬으로 그 좋음을 알게 된 것은 비로소 오늘에 이르러서다. 그때 그의 문

78) 김춘수, 위의 책, 139-140쪽.
79) 정명환, 「염상섭과 졸라」, 239쪽.

학을 통독할 기회가 있었던들 오늘같이 그를 이해하고 즐기지는 않았을는지도 모른다. 역시 오늘 그를 알게 된 것이 다행인지도 모른다.

[...]

인생 유일의 이념을 사랑에서 찾는 것쯤 누구나 하기를 즐겨하고 하는 일이나 도스토옙스키를 읽을 때에는 그것이 마치 금시 하늘에서나 떨어져 온 새로운 이념인 듯도 한 신선미를 가지고 육박해 온다. 역시 작가적 재능과 수완으로 말미암은 듯하고 그의 우울한 인생에 접해 오면 마지막 결론에 이르러 사랑을 찾는 외에는 도리가 없는 것이다. 그러므로 그의 사랑은 언제나 새로운 것이다.[80]

문학 연구자들 사이에서 톨스토이의 『안나 카레니나』와 도스토옙스키의 『카라마조프 형제들』은 세계문학사상 가장 완벽한 소설로 손꼽혀 왔다. '톨스토이냐 도스토옙스키냐'는 예술적으로나 사상적으로 현재진행형 화두이며, 관련 연구자와 독자들을 여전히 고민하게 하는 질문이다. 베르댜예프의 말대로 두 문학적 중력을 향한 관성이 성향의 문제일 수 있겠으나, 그 '성향'이라는 것이 결코 선천성으로 주어지는 것만은 아니다.

1910-2000년 통계를 보면, 국내에서 단행본으로 번역 출간된 도스토옙스키 작품집 수는 톨스토이의 절반 정도다. 2000-15년 현황을 대충 훑

---

80) 이효석, 「독서」, 『이효석전집』 7, 323-325쪽. 김춘수가 평생의 도스토옙스키 독서를 결산하며 연작시집 『들림, 도스토예프스키』를 상자하는 것은 그로부터 반세기도 더 지난 75세(1997년) 때의 일이다. 『들림, 도스토예프스키』는 『죄와 벌』 『악령』 『백치』 『카라마조프가의 형제들』 같은 소설의 인물들이 작품의 경계를 초월해 서로 대화 또는 독백하면서 원작과는 다른 자기들만의 이야기를 펼쳐내는 포스트모던 작품으로, 긴 세월의 독서경험과 쉼 없는 연상의 상상력이 만들어낸 문학적 빙의현상의 결정체이다. 작품 자체는 논외로 하더라도, 1930년대 이후 도스토옙스키 독법의 관념화가 도달하게 될 종착지를 보여준다는 측면에서는 기억되어야 한다.

어보아도 도스토옙스키 단행본은 톨스토이의 절반에 못 미친다.[81] 출판 양으로는 톨스토이가 부동의 1위, 도스토옙스키가 2위이고, 1,2위의 큰 격차는 변함이 없다. 한데 질적인 면을 보면 문제가 그리 단순치 않다.

2007-2017년 10년간 가장 "사랑받은," 즉 많이 판매된 서양 고전으로는 2위가 『톨스토이 단편선』, 3위가 『카라마조프 형제들』로 집계된다. 『안나 카레니나』와 『죄와 벌』은 그 목록에서 공동 23위를 기록했다.[82] 그런가 하면 한 문예지가 문인들을 대상으로 조사한 '세계명작소설 100선'에서는 『카라마조프 형제들』이 2위, 『부활』이 3위에 올랐다.[83] 영미권 작가들이 뽑은 애독서 1위, 3위가 톨스토이의 『안나 카레니나』와 『전쟁과 평화』인 것과는 전혀 다른 양상이다.[84] 2012년에 국내 한 일간지가 실시한 '파워 클래식' 앙케이트에서도 『카라마조프 형제들』이 톨스토이의 『전쟁과 평화』나 『안나 카레니나』를 멀리 제치고 문화예술계 '명사'들의 다수 추천을 받았다.[85]

대중매체의 인기순위 발표는 '추천도서 목록을 보고 책을 산다'는

---

81) 1910-2000년 통계에서 톨스토이 단행본은 426종, 도스토옙스키는 241종으로 집계된다. 엄순천, 「한국에서의 러시아 문학 번역현황 조사 및 분석」 참조. 비공식적으로 조사한 바에 의하면, 2000-2015년까지 출간된 단행본은 대략 톨스토이가 171종, 도스토옙스키가 80종으로 드러난다. 앞으로 현황 통계가 더 정치하게 보완되어야겠지만, 현재로서도 두 작가가 누리는 대중적 인기와 판매량의 격차는 뚜렷해 보인다.

82) 「'햄릿', 지난 10년간 한국서 가장 사랑 받은 서양고전」, 조선일보 2017.4.20.

83) 「세계명작소설 100선」, 『문학사상』, 2004.3, 129-136쪽. 문인 3백 명이 참여한 이 설문조사에서 1위는 카뮈의 『이방인』이 차지했다. 조사 결과 시인은 『어린 왕자』, 평론가는 『이방인』, 그리고 교수는 『카라마조프 형제들』을 선호하는 것으로 드러났다는 대목이 눈길을 끈다.

84) 「영미권 작가들은 톨스토이 팬... 애독서 1위 '안나 카레니나'」, 『동아일보』, 2007.2.26. 영미권 작가 125명에게 물었다는 이 설문에서 도스토옙스키의 『죄와 벌』은 17위를 차지했고, 『카라마조프 형제들』은 순위에 들지 못했다.

85) 「101명이 추천한 파워 클래식」, 『조선일보』, 2012.12.31.

말이 나올 정도로 파급 효과가 크고, 결국에는 도서 판매의 지형을 바꾸기도 한다. 대중적 인지도가 높은 『톨스토이 단편선』과 전문적 평판도 면에서 우세한 『카라마조프 형제들』이 오늘날 앞뒤를 다투며 최고의 판매 실적을 올리게 된 배경에는 TV 프로그램과 주요 일간지 기획이라는 강력한 제도의 뒷받침이 버티고 있다. 그러나 그 근원에는 두 러시아 문호를 처음 접하고 받아들였던 근대기 독자들의 기억이, 마치 원형처럼, 스며들어 있는 것도 사실이다.

VI

거지와 백수

투르게네프 번역의 문화사회학

1. 가난의 시대와 문학

동경 음악학교 재학 중이던 홍난파가 자신이 발간한 유학생 문예지 『삼광』 1,2,3호(1919-1920)에 '도레미生'이라는 필명으로 번역하고 연재한 작품이 도스토옙스키의 『가난한 사람들』이다. 영문 번역본을 참고하여 일역에서 중역했다고 추정하는데, 처음에는 제목이 '사랑하는 벗에게'였다가, 3회 때 '빈인(貧人)'으로 바뀌었다. 1923년 6월에 나온 완역 단행본(신명서림) 제목은 '청춘의 사랑'이었다.

도스토옙스키의 데뷔작인 『가난한 사람들』(1846)은 가난하고 외롭지만 서로 의지하며 살아가는 페테르부르그 소시민의 이야기이다. 나이 차가 큰 남녀 주인공이 주고받는 진심 어린 애정의 서간 소설이고, 역자인 홍난파가 "2인의 빈한하고 가련한 남녀의 연정을 묘사"했다고 소개하지만, 그렇다고 해서 일반적인 의미의 연애 소설은 아니다. 소설 『가난한 사람들』의 진정한 주제는 젊은 남녀의 사랑이 아니라 수치심·모멸감·자존심과 같은 가난의 심리학이며, 그 자학적 인간심리를 향한 연민의 감상이다. 주인공들은 자신의 가난에 수치를 느끼고, 자신의 짓밟힌 명예에 분노하며, 남자 주인공인 마카르의 경우 사회 부조리에 대한 자각과 공분 의식 속에서 불온한 '자유 사상'의 태동에 미숙하게나마 감응하기 시작한다.

그런 맥락에서 '사랑하는 벗에게'나 '청춘의 사랑' 같은 제목은, 당시 독서계의 감상적 연애문학 붐(특히 1923년 초 발간된 노자영의 베스트셀러 연애 서간집 『사랑의 불꽃』)에 따른 출판 전략이었다고는 해도, 도스토옙스키 작품의 사회적 메시지를 외면하는 부적절한 선택이었다. 그런데 비록 청춘 연애물처럼 포장되긴 했지만, 도스토옙스키의 첫 번역물이 『가난한 사람들』이었다는 사실은 도스토옙스키 수용사의 중요한 대목이 아닐 수 없다. 일본이 라스콜니코프의 초인 사상에 매혹된 바로 그 시기에 식민지 조선의 독자는 가난한 사람들의 사랑 이야기를 읽고자 했다.

투르게네프의 경우, 일본과 한국 공히 첫 번역은 산문시 「문지방(Порог)」이었다. 일본에서는 1883년, 한국에서는 1914년 '문어구'라는 제목으로 번역된 이 작품은 사회에 대해 의식을 갖고 투쟁의 대열에 참가하려는 한 처녀와 그녀가 들어서고자 하는 세계를 지키는 어떤 절대적 목소리와의 대화로 이루어진 민중 혁명시로, 마치 세례식 때의 문답처럼 진행되는 다짐의 선서를 마친 처녀가 '문지방'을 넘어 고통과 자기희생의 세계로 넘어가는 순간, 그 뒤에서 "바보다" 또는 "성녀다"라고 수군대는 민중의 두 목소리가 들려온다는 내용이다.[1]

「문어구」의 뒤를 이어 국내에 소개된 투르게네프 산문시는 진학문 번역의 「걸식」이다. 원 제목이 '거지(Нищий)'인 이 시야말로 투르게네프 번역시 중 최고의 인기를 누린 작품인데, 일제강점기인 1910년-1930년 사이에만 최소 12회 반복 번역되었으며, 김억은 같은 시를 3번씩이나 개역했다. 현재까지 파악된 근대기 번역 목록은 다음과 같다.[2]

....

1) 「문지방」은 투르게네프의 산문시 중 가장 먼저 외국어로 번역된 작품이다. 프랑스 신문 『정의(Justice)』(1883.10.21)에 처음 실린지 2달 만에 일본어로도 번역되었는데(『조야신문(朝野新聞)』, 1883.12.28), 일본어 번역자는 알려져 있지 않다. К. Савада, "И. С. Тургенев в Японии," с. 108. 『청춘』 창간호(1914)에 실린 「문어구」 역시 번역자 미상이나, 최남선이 당시 자신이 발간하던 잡지의 많은 번역을 직접 담당했다는 사실 때문에 최남선 작업으로 추정되고 있다. 김병철, 『한국근대번역문학사연구』, 346쪽.

2) 김억은 같은 시를 총 네 번 번역하여, 세 번역본은 잡지에, 네 번째 번역본은 단행본 『투르게네프 산문

몽몽(진학문), 「걸식」, 『학지광』 4, 1915

김억, 「비렁방이」, 『태서문예신보』 5, 1918

억생, 「비령방이」, 『창조』 8, 1921

나빈(나도향), 「거지」, 『백조』 1, 1922

손진태, 「거지」, 『금성』 3, 1924

조규선, 「거지」, 『신생』 2:3, 1929

전치화, 「걸인」, 『진생』 5:3, 1929

김억, 「거지」, 『신여성』 5:3, 1931

또한밤(이영철), 「걸인」, 『조선일보』, 1931.9.9

김상용, 「걸인」, 『동아일보』, 1932.2.20

이경숙, 「걸인」, 『만국부인』 1, 1932

함대훈, 「걸인」, 『삼천리』 5:12, 1933

시 「거지」는 중국에서도 1915년에 나온 투르게네프의 첫 번역물 중 하나이고, 일본에서는 1901년에 처음 번역되었다.[3] 작품이 번역되고 나서 재번역되는 사례는 흔하지만, 일제강점기 조선의 경우처럼 한 편의 시가

시』에 실었다. 단행본 번역시집은 김억의 납북 이후인 1959년 홍익출판사가 출간했는데, 번역자 서문의 날짜가 1950년 3월 5일로 명기되어 있는 것으로 보아 원래는 전쟁 이전에 출간 예정되었던 것이라 짐작된다. 김억은 「거지」 외에도 「내일(명일)」을 4번 중역했고, 2회 이상씩 번역한 시도 여럿이다. 논지에 있어서는 나와 차이가 있지만, 「거지」 시 번역 문제를 언급한 선행 연구로 조용훈, 「투르게네프의 이입과 영향: 「산문시」를 중심으로」; 안병용, 「뚜르게네프 산문시 "거지"와 윤동주의 "트루게네프의 언덕"」이 있다. 조용훈이 작성하고 안병용이 그대로 따른 근대기 「거지」 시 번역 목록은 총 10편이다. 나는 기존의 목록에 전치화, 함대훈의 번역을 추가하였다.

3) 시인 유반농(劉半農)이 영어본에 기초하여 번역한 「거지」는 「마샤」, 「바보」, 「수프」와 함께 『中國小說界』, 1915년 7월호에 실렸다. 일본에서는 우에다 빈(上田敏)이 번역한 「物乞(구걸)」이 잡지 『心の花』(1901.4-5)와 번역시선집 『みをつくし(헌신)』(文友館, 1901)를 통해 처음 등장한 것으로 확인된다.

20년도 채 되지 않은 기간에 열 번 넘게, 때로는 불과 몇 달 상간으로 재번 역되고, 또 같은 역자가 무려 네 번씩 재번역한다는 것은 문화적 기현상으로 여겨질 만하다. 흡사 '거지의 행진'을 방불케 하는 이 현상은 무엇인가?

1916년 『오사카 아사히(大阪朝日)』 신문에 연재 후 이듬해 발간된 사회주의 경제학자 가와카미 하지메(河上肇)의 『가난 이야기(貧之物語)』 첫 장 제목은 "얼마나 많은 사람들이 가난한가?"이고, 첫 문단은 이렇게 시작된 다. "놀랍게도 현 시대의 문명국에 가난한 사람이 많이 있다."[4] 가난은 분명 식민지 조선에만 국한된 문제가 아니었다. 그럼에도 불구하고 조선, 특히 조선의 문학은 유독 '가난'의 문제에, 그리고 '거지'의 존재에 거의 자학적인 기분으로 몰입했던 것인 양 비쳐진다. "비용 없는 혼인식, 비용 없는 장례. 거지같은 조선 사람이니 거지같이 하여라"[5]라는 이광수의 논설은 내용상 가와카미 하지메가 가난 퇴치 방법으로 제시했던 사치 근절의 교훈을 반복하고 있지만, 실은 조선 전체를 거지의 나라로 내려다보는 자조적이며 비하적인 어조가 완연하다. "조선(인)이 그 자체로 '빈민'과 '무산계급'의 집단적 표상"[6]이었던 그 관점은 타자의 것이기 이전에 조선인 자신의 것이었다.

일본에서 돌아온 김기진이 조선의 빈궁을 가리켜 "경성 인구 이십 팔만에 실업자가 이십만"이라고 한 것은 1924년의 일이다.[7] 1925년 초에

<hr />

4) 가와카미 하지메(河上肇), 『가난이야기』, 전수미 역, 27쪽.
5) 이광수, 「거지같은 조선사람」, 『이광수전집』 10, 70쪽. 참고로 「민족개조론」(『개벽』, 1922.5)에 포함된 의식개혁 8개 항목 중에는 '근검절약정신'이 포함되어 있다.
6) 이혜령, 「지식인의 자기정의와 계급: 식민지 시대 지식계급론과 한국 근대소설의 지식인 표상」, 132-133쪽.
7) 김기진, 「경성의 빈민—빈민의 경성」, 『김팔봉문학전집』 4, 275쪽.

발표된 조명희의 단편 「땅속으로」에도, 통계 수치는 다르지만, 다음과 같은 대목이 나온다. 동경에서 대학까지 나왔으나 직업을 구하지 못해 가족을 굶기고 결국에는 강도와 살인을 꿈꾸게 되는 룸펜 인텔리의 이야기다.

> 서울은 20만 인구의 도회로서 무직업한 빈민이 18만이라는 말을 신문기사를 보고 알았지마는 세계지도 가운데 이러한 데가 또 있거든 있다고 가리켜 내어 보아라. 말만 들어도 곧 아사자, 걸식자가 길에 널린 것 같다. 배보다 배꼽이 더 크다는 셈으로 20만 인구에 걸식자가 18만![8]

20만 인구 중 18만이 거지로 전락해버린 도시의 빈궁에 대한 자의식은 강도, 살인, 방화와 같은 분노와 복수의 폭력행위를 거치는 한편, 궁극의 두 질문 — '누구의 죄인가?'와 '무엇을 할 것인가?' — 으로 귀결되기 십상이다. 러시아의 경우 각각 게르첸과 체르느이솁스키의 비판적 리얼리즘 소설 제목이었던 두 질문은 레닌의 팸플릿 「무엇을 할 것인가?」로 진화하여 결국에는 볼셰비키 혁명을 불러왔다. 일제 강점기 조선의 극빈 현상 또한 지식인들 사이에 혁명의 필요성을 부각시켰고, 그 과정의 제1단계로서 사회반항적인 신경향파 문학을 탄생시켰다. "제재의 극빈성, 주제의 반항성은 신경향파 문학의 가장 뚜렷한 특색인 동시에 이 시대의 한 풍조요 일종의 유행이었다"고 정리한 백철은 그것이 "이 땅의 문학사조이기 전에

----

8) 조명희, 「땅속으로」, 『조명희선집』, 130쪽.

먼저 세계적인 사조요 한국의 일반 사조"였음을 강조한 바 있다.[9] '무엇을 할 것인가?'에 대한 첫 반응은 바로 문학이었다.

> 신소설 장사치들은 동대문께 다리 밑에서 시작하여 종로 쪽 다리 밑으로 이동하면서 밤마다 소설 낭송을 하였다.
> 구차한 사람들이 주머니를 탈탈 털어서 그 소설들을 샀다.
> 그 소설 내용은 거지반 다 가정 비극이지만 이 비극은 이미 가정의 범위를 벗어나서 커다란 사회 문제로 되고 있었다. 나는 물론 아직 사회 문제에 대해서 눈뜰 나이는 못 되었지만 어쨌든 조선의 불쌍한 사람, 가난한 사람들에 대하여 눈뜨게 되었으며 그들을 그 불행에서 건져내야 한다고 생각하게 되었는데 지금 명확한 기억은 없으나 그 때 이미 그 고귀한 일을 붓으로 해보리라는 그런 의식이 숨은 씨알의 형태로나마 나의 가슴속에서 움직여졌던 것 같다.
> [...]
> 거기[신소설]에는 가난한 사람, 눌리운 사람, 그늘에 사는 사람, 억울하고 원통한 사람들의 이야기가 그들을 동정하는 입장에서 씌어져 있었다. 그것은 아직 유치한 것이었지만 불쌍한 사람들의 아프고 견딜 수 없는 고통을 세상 사람들에게 알리는 하나의 절실한 호소였다.[10]

한설야가 중학생이던 1915년 무렵의 정경이다. 한설야 문학은 투르

9) 백철, 『신문학사조사』, 288-302쪽.
10) 한설야, 「나의 인간 수업, 작가 수업」, 이기영 외, 『우리시대의 작가 수업』, 28-29쪽.

게네프의 「거지」가 처음 번역되던 그 시대 "조선의 불쌍한 사람, 가난한 사람들" 틈새에서 잉태되었던 것이다. 한편 1920년대 초에 습작기를 보낸 또한 명의 카프 작가 송영은 자신의 젊은 시절을 다음과 같이 회고하고 있다.

> 그러나 그때, 그런 습작을 할 때에도 세계적으로 저명한 문호가 되어 보자는 막연한 이상만은 가지고 있었다. 노르웨이 작가 그누뜨 한슨[크누트 함순]의 장편 소설 『주림』은 내가 그때 외국 소설을 제일 첫 번으로 본 것인데 거기에서 깊은 감명을 받은 것은 그 소설의 주인공이 가난한 그 점이다. 그것은 나의 생활과 흡사했기 때문이다. 다음으로 읽은 외국 소설이 도쓰또예브쓰끼의 『죄와 벌』이다. 나는 이 소설에서도 그 주인공이 빈궁과 기아에 허덕이고 있는 데 대하여 공감하였던 것이다.
>
> 이래서 그 빈궁의 원인이 어디 있는가를 알려고 하는 대신 다만 그 빈궁을 실컷 말해보고 싶고, 동시에 세상을 저주하는, 말하자면 룸펜 프로레타리아적인 니힐리즘에 빠졌었다.
>
> 그후 나는 도쓰또예브쓰끼의 일련의 빈궁소설을 거의 다 통독하였다. 그 영향으로 하여 이 시기에 습작한 나의 두 장편에서는 빈궁을 폭로하고 저주하고 영탄하는 무력한 젊은이가 주인공으로 되어 있었다.[11]

처음으로 번역된 도스토옙스키 작품이 『가난한 사람들』이라는 사

---

11) 송영, 「폭풍의 어둠을 뚫고」, 위의 책, 104-105쪽.

실은 당시 사회 상황과 결코 무관하지 않다. 가난은 도시와 문학 양 공간 모두를 장악한 현실이었다. 송영의 고백대로, 사회 전체가 가난하다는 인식 속에서 "빈궁의 원인이 어디 있는가를 알려고 하는 대신 다만 그 빈궁을 실컷 말해보고 싶"었던 가난한 자의 심리가 일단 투르게네프의 「거지」를 필두로 한 '빈궁문학'의 일대 파장으로 발현되었다는 해석은 충분히 가능하다. 가난이라는 시대 현실이 「거지」 시의 반복 번역을 불러오고, 경재의 「걸인」이나 윤동주의 「트루게네프의 언덕」과 같은 변형시를 등장시키고, 이상화의 「거러지」, 조명희의 「새 거지」, 김동인의 「거지」, 김도용의 「걸인의 꿈」 등 유사 제목의 창작물을 위시해 다수의 빈궁문학을 양산해 온 과정에는 일관된 진화의 방향성이 깃들어 있다.

2. 가난에 내미는 빈손

가난의 자의식과 그로 인해 싹트는 반항심 한편에 가난을 동정하여 고통에 손 내미는 공감과 연민의 휴머니즘이 존재한다. 도스토옙스키의 『가난한 사람들』과 투르게네프 「거지」 시의 요지는 바로 그 가난의 형제애에 있다. 물질의 궁핍보다 인생 자체의 궁핍에 대한 감상문이긴 하지만, 김억은 「가난한 벗에게」라는 시대 특징적 제목의 글을 통해 인류의 '하나됨'을 삶의 기본 명제로 역설했다.

> '남'과 '나'를 나누지 아니하고 서로 지배나 서로 지배받음도 없이 '한아'되는 점에서의 생활이 아니면 아모 뜻이 없는 줄 압니다. 그러기에 옛적부터 오늘까지의 내려온 인류의 긴 살림은 적어도 '한아됨'을 근저로 하고 이해, '나'와 '남'과를 가리지 아니하자는 같은 생명의 길을 찾으려고 애쓰던 고민사라고 합니다.[12]

생각해보면 『가난한 사람들』은 두 주인공의 서신 교환을 통해, 그리고 「거지」 시는 악수를 통해 '나'와 '남'의 동등한 결속을 보여주는 작품이다. 이제 투르게네프의 시를 직접 읽어보기로 한다. 김억의 네 가지 번역본 중 직역에 가까운 1918년 버전이다.

---

12) 억생, 「가난한 벗에게」, 『안서김억전집』 6, 17쪽. 이 글은 1918년 4월 20일에 쓴 것으로 명기되어 있다. 즉, 김억의 첫 「거지」 시 번역(「비렁방이」)과 때를 같이한다.

나는 거리를 걸었다. ... 늙고 힘없는 비렁방이가 나의 소매를 이끈다.

벌겋고 눈물 고인 눈, 푸른 입술, 남루한 옷, 거뭇거뭇한 헌데자리 ...

아아 어떻게 무섭게 가난이 이 불쌍한 산 물건을 파먹어들었노?

그는 붉고 부르튼 더러운 손을 내 앞에 내민다. 숭얼숭얼 탄식하며,
도움을 빈다.

나는 포켓 안에 손을 넣었다. 그러나 돈지갑도 없고, 시계도 없고 수
건조차 없다. 나는 아무 것도 없다.

그래도 비렁방이 오히려 기다린다. ... 그 내밀은 손은 힘없이 떨린다.

어찌할 줄 모르고, 나는 이 더럽고 떠는 손을 잡았다. ... "용서하여
주게, 형제여, 나는 아무 것도 가진 것이 없네."

비렁방이는 붉은 눈을 내게 향하고 그 푸른 입술에는 웃음을 띠우
며, 나의 찬 손가락을 서로 꽉 잡으며 주저리는 말—"고맙습니다. 형
제여, 이것도 받는 물건이지요."

나도 그 형제에게서 받은 물건이 있음을 느꼈다.[13]

---

13) 김억, 「비렁방이」, 『태서문예신보』, 1918.11.2. 『안서김억전집』, 2-1, 240쪽. 표기법과 띄어쓰기는 현
대식에 맞추었다. 투르게네프 원시는 다음과 같다. Я проходил по улице... меня остановил нищий,
дряхлый старик./ Воспаленные, слезливые глаза, посинелые губы, шершавые лохмотья,
нечистые раны... О, как безобразно обглодала бедность это несчастное существо!/ Он
протягивал мне красную, опухшую, грязную руку. Он стонал, он мычал о помощи./ Я
стал шарить у себя во всех карманах... Ни кошелька, ни часов, ни даже платка... Я ничего
не взял с собою./ А нищий ждал... и протянутая его рука слабо колыхалась и вздрагивала./
Потерянный, смущенный, я крепко пожал эту грязную, трепетную руку.../ —Не взыщи,
брат; нет у меня ничего, брат./ Нищий уставил на меня свои воспаленные глаза; его синие
губы усмехнулись—и он в свою очередь стиснул мои похолодевшие пальцы./ —Что же,
брат, —прошамкал он, —и на том спасибо. Это тоже подаяние, брат./ Я понял, что и я
получил подаяние от моего брата.

이 최초 버전은 원시의 메시지를 사족 없이 명료하게 전달하고 있다. 거지에게 줄 것이 없는 화자가 빈손을 내밀어 마음의 적선을 하고, 그것에 고마워하는 거지를 보며 자신도 마음의 적선을 받는다는 것이다. 이런 탈물질화된 교환 과정은 주는 자와 받는 자의 관계를 평등하게 하고, 기존의 계층적 장벽을 단번에 무너뜨린다. '나'와 '거지'는 동등하다. '거지'도 '나'도 지금 이 순간에는 똑같이 아무 가진 것이 없으며, 두 사람은 서로를 '형제(6par)'로 부른다. '나'는 '거지'에게 용서를 구하고, '거지'는 아무 물질적 도움도 못 주는 '나'에게 고맙다 말한다. 그들의 맞잡은 빈손은 정녕 모든 '하나 됨'의 증표임이 분명하다.

시의 등장인물은 '나'와 '거지'로, 화자인 '나'가 아무것도 주지 못하는 이유는 가난해서가 아니라, 때마침 수중에 가진 것이 없어서다. "나는 아무 것도 없다"고 옮겨진 번역 문장은 그 사실을 모호하게 만들어버리는데, 정확히 하자면 "가지고 나온 것이 하나도 없었다"가 맞다.[14] 즉, 상황은 가진 자와 거지의 대립 구도로 확고히 틀지어져 있고, 그러나 둘 사이에서 대등하게 오가는 결속의 제스처 덕분에 계층적 갈등은 사라진다.

투르게네프 시의 인도적인 메시지를 있는 그대로 전달하는 것이 한국 문화의 어법으로는 결코 쉬운 일이 아니었던 듯하다. 가진 자와 거지가 서로 '형제'라 부르는 것이 부자연스럽게 여겨진 까닭인 듯, 번역자들은 각자의 방법을 모색한 흔적이 엿보인다. 가령 나빈, 조규선, 전치화 등은 "여보게"로 하대하는 화자와 "나리" 또는 "영감마님"이라고 존칭하는 거

---

14) 현재까지 파악된 번역들 중에서 조규선("나는 아무 것도 갖지를 않았었다"), 전치화("아모 것도 하나 가지고 온 것이 없었던 것이었다"), 이영철("마침 아모 것도 지닌 것이 없었다"), 안병용("아무 것도 가지고 나오지 않았다")은 이 대목을 정확히 옮겼다.

지를, 또 김억 자신도 단행본에 실린 마지막 번역에 이르러서는 "여보게, 미안하이"와 "천만에요, 영감마님"을 대비함으로써 두 인물을 반상(班常)의 신분 관계에 고정시켰다.[15] 한편 이영철은 거지에게 '형제' 대신 '노인'이라는 호칭을 사용하는가 하면, 김상용과 이경숙은 쌍방에게서 '형제'라는 호칭을 아예 박탈해버렸다. 역자의 이 같은 고민은 현대까지도 이어져, 김학수는 '형제-나리'로, 안병용은 '여보게-나리'로 두 인물의 관계를 옮기고 있다. 시인 장만영은 1965년 출간한 산문시 번역집(『투르게네프 시집』)에서 '나리'와 '동포'라는 단어를 대신 사용하기도 했다.

한국 문화에서 타인, 그것도 구걸하는 이에게 '형제여'라고 부르는 것은 분명 인위적으로 들린다. 그와 반대로 러시아 정교의 문화와 함께 발생한 러시아어에서 '형제·누이'의 사용은 자연스럽다. 또 하나의 문제는 어법에 있다. 러시아어도 한국어처럼 존칭격과 비존칭격이 구분되어 있고, 투르게네프 원시에서 '나'는 비존칭형(Не взыщи)을 사용하지만, 이 경우 반말의 하대라기보다 '형제'로서의 친근감과 동료 의식을 나타낸다. 한편 원시에서 거지의 어법은 존칭과 비존칭의 경계를 초월하는 것이다. 존칭 여부가 드러나는 주어나 동사 술어를 사용하지 않고도 문장을 만드는 방법이 러시아어에 있는데, "이것으로도 고맙다(и на том спасибо)"라고 하는 거지의 발화가 그 경우에 해당한다. 그런데 이 탈존칭형 문장을 똑같이 한

....

15) 안병용은 투르게네프 시에 대한 본인의 번역과 나도향의 번역을 비교하면서, 김억의 번역에 비해 나도향의 것이 자연스럽고 매끄럽다고 평가했다. 한국어권과 러시아어권에서 '형제'라는 단어에 내 포된 의미가 다르며, "한국적 구걸 상황에서 брат 단어의 직역은 러시아적인 의미를 부여해주지 못한 다"는 생각에서 나온 결론이다. 안병용, 「뚜르게네프 산문시 "거지"와 윤동주의 "트루게네프의 언덕"」, 191-198쪽. 두 언어권에서 '형제'라는 단어의 문화적 맥락이 다른 것은 사실이다. 그러나 무엇이 더 잘 되고 잘못된 번역인가는 번역론 고유의 원칙과 개인 입장에 따라 달라질 수 있다고 본다.

국어로 옮기는 것은 불가능하기 때문에, 번역에서는 선택을 할 수밖에 없다. 거지의 입장에서 상대에게 반말을 할 수야 없으니 경어를 사용해야 할 터, 결국 두 사람의 관계가 동등해지려면 상대 쪽에서도 경어를 써야 마땅하다. 진학문, 손진태, 이영철, 김상용, 이경숙 등과 현대에 들어 장만영은 그렇게 처리했고, 나머지 번역자들은 '나'와 '거지'의 어법을 존칭 대 비존칭으로 차별했다.

사실 「거지」 시를 어떻게 번역하는가는 언어의 문제라기보다 이념의 문제가 아닐까 싶다. 민중주의 선언으로서의 「거지」 시에 무게 중심을 둔다면, 문맥의 '매끄러움'보다 가난한 이에 대한 존중이 우선됨은 당연할 것이다. 투르게네프의 시를 혁명적인 방향에서 보느냐, 아니면 단순히 도덕적인 방향에서 보느냐에 따라 번역의 의도와 그 독법은 달라질 수밖에 없다. 예컨대 "'사람은 떡으로만 살 것이 아니라'는 성훈(聖訓)"[16] 운운한 기독교 잡지 『신생』 지면 내에서의 「거지」 시(조규선 역)는 "사람이 떡으로만 살 것이 아니라 [...] 말씀으로 살 것이라"는 복음서 구절(마태 4:4)의 사회적 실천처럼 읽힌다. 그런가 하면 루바슈카를 입고 고르키와 투르게네프를 숭앙하던 동경 유학생 진학문의 번역에서는 당시 사상의 첨단을 걷던 청년 인텔리 계층의 진보 정신을 엿보게 된다. 진학문이 「거지」 시의 어법과 단어를 평등하게 사용하고 있을 뿐 아니라 뒤이어 번역한 또 한 편의 투르게네프 산문시(「노동자와 손 흰사람」) 역시 민중 혁명을 소재로 한 작품이라는 사실은 그 같은 독해를 뒷받침해주는 근거이다.[17]

....

16) 유형기, 『신생』, 1928.10, 2쪽.

17) 진학문, 「노동자와 손 흰사람」, 『공제』 창간호, 1920, 127·142쪽. 김억의 단행본 『투르게네프 산문시』에 수록된 50편 중 「노동자와 손 흰사람」이 빠져 있음은 흥미로운 사실이다. "이는 김억이 투르게네프

이제 투르게네프의 「거지」를 기저텍스트 삼은 변형시로 논의를 옮겨본다. 경재의 「걸인」과 윤동주의 「트루게네프의 언덕」은 투르게네프 원시의 대표적인 변형 작품이다. 경재는 「거지」 시가 네 차례 번역되고 난 후인 1922년 9월 20일, 『독립신문』에 「걸인」을 발표했다.

어느 날인가 몹시도 더운 날
나는 온갖 번민을 박멸코자
더듬더듬 공원으로 찾아갔었다.

남루에 쌓였고 눈물에 묻힌
한 거지가 집에는 칠십 노모가 있고,
배고파 우는 어린아이의 애원
차마 듣고는 있지 못하겠다고
나에게 동령을 청하였었다.

그는 일찍이 어느 공장에서
품팔이 하여 온 식구가 살아왔다는데,
설상의 가상이어라.
기계에 손이 상해서 그것조차 불능이라고,

....

를 순수예술작가의 한 사람으로 인식하고 있었기 때문"이라는 것이 조용훈의 견해인데, 단행본 준비 시점이 해방기-전쟁 직전이라는 것을 감안한다면, '혁명'의 소재 자체가 당시로서 다루기 부적절했을 수도 있다. 한편, 나빈의 13편 번역시에도 「노동자와 손 흰사람」은 포함되어 있지 않다. 이와 관련해서는 나빈의 번역시가 시대 현실보다는 "낭만과 상징 그리고 데카당스"(박종화, 「백조시대 회고」, 『문예』, 1949.10, 124쪽)에 중심을 둔 『백조』 지면에 발표되었다는 점을 이유로 생각해볼 수 있다.

믿지 못하리라. 현대의 자본가,

그를 위해 땀 흘리고 애를 썼건만

일단 몸이 상하고보니 헌신짝 버리듯 하였어라.

믿지 못하리라. 아니 살지 못하리라

현대사회의 제도 밑에서는!!¹⁸⁾

이상의 4연 다음으로는 투르게네프 「거지」 시와 동일한 요지('나'와 '거지'의 맞잡는 손)의 후반부 4연이 이어진다. 총 8연으로 이루어진 경재의 변형시는 물질적 가난의 주제와 비물질적 적선의 주제에 각각 4연씩을 공평히 할애하고 있는 셈이다. 투르게네프가 거지의 처참한 몰골을 빌려 가난의 현상을 그려내는 데 그쳤던 반면, 경재는 가난의 원인을 파헤쳐 '누구의 죄인가?'를 묻는다. 그것이 경재가 덧붙인 4연이 말하는 이른바 '가난의 사회학'이다.

경재 시의 거지는 투르게네프 시의 늙은이가 아니라 한 집안의 젊은 가장이자, 공장 노동자이자, 산재의 희생양이다. 그의 가난은 현대의 자본가와 제도가 빚어낸 사회악으로 지목되며, 물질의 빈곤을 넘어 인간 존엄성의 빈곤으로 비친다. "믿지 못하리라. 아니 살지 못하리라/ 현대사회의 제도 밑에서는!!"이라는 화자의 단언은 '누구의 죄인가?'라는 질문 너머의 또 다른 질문, 즉 '무엇을 할 것인가?'로 향해 있다. 노동 문학의 효시

---

18) 경재의 시는 윤호병, 『문학과 문학의 비교: 한국 현대시에 반영된 외국시의 영향과 수용』, 푸른사상, 2008, 166쪽에 별도의 언급 없이 처음 인용되었다. 여기서는 표기법과 띄어쓰기를 현대식에 맞춰 수정하였다. 경재는 개벽사 기자 김경재(金璟載·金一城·德月山人)의 필명이다. 이상경, 「『부인』에서 『신여성』까지: 근대 여성 연구의 기초자료」, 174쪽.

처럼 읽히는 이 시의 진정한 의도는, 그러므로 따뜻한 형제애를 넘어 공분과 항거의 호출이라 할 것이다. 투르게네프의 휴머니즘과 경재의 비판적 리얼리즘을 거친 1920년대의 '거지 시'가 이후 처절한 투쟁의 절규와 맞닿는 진화의 길을 걷게 되는 것은 당연한 수순이다.

> 아침과 저녁에만 보이는 거러지야!
> 이렇게도 완악하게 된 세상을
> 다시 더 가엾게 여겨 무엇하랴, 나오너라.
>
> 하나님 아들들의 죄록(罪錄)인 거러지야!
> 그들은 벼락 맞을 저들을 가엾게 여겨
> 한낮에도 움 속에 숨어주는 네 맘을 모른다, 나오너라.[19]

투르게네프의 선창과 함께 시작된 '거지' 시의 행렬은 1939년에 이르러 또 하나의 중요한 변형시를 계보에 추수하는데, 널리 알려진 윤동주의 산문시 「트루게네프의 언덕」이 바로 그것이다.

> 나는 고개길을 넘고 있었다... 그 때 세 소년거지가 나를 지나쳤다.
> 첫재 아이는 잔등에 바구니를 둘러메고, 바구니 속에는 사이다병,
> 간즈메통, 쇳조각, 헌 양말짝등 폐물이 가득하였다.
> 둘재 아이도 그러하였다.

---

19) 이상화, 「거러지」, 『상화시집』, 61쪽. 「거러지」는 「구루마꾼」, 「엿장사」와 함께 「가상(街相)」 연작시에 포함된 작품으로, 애초 『개벽』, 1925.5, 41쪽에 실렸다.

셋재 아이도 그러하였다.

텁수룩한 머리털 시커먼 얼굴에 눈물 고인 충혈된 눈, 색 잃어 푸르스럼한 입술, 너들너들한 남루, 찢겨진 맨발,

아아 얼마나 무서운 가난이 이 어린 소년들을 삼키었느냐!

나는 측은한 마음이 움직이였다.

나는 호주머니를 뒤지었다. 두툼한 지갑, 시계, 손수건, …… 있을 것은 죄다 있었다.

그러나 무턱대고 이것들을 내줄 용기는 없었다. 손으로 만지작 만지작 거릴뿐이었다.

다정스레 이야기나 하리라하고 「애들아」 불러보았다.

첫재 아이가 충혈된 눈으로 흘끔 돌아다 볼뿐이었다.

둘째아이도 그러할 뿐이었다.

셋째아이도 그러할뿐이었다.

그리고는 너는 상관없다는듯이 자기네 끼리 소근소근 이야기하면서 고개로 넘어 갔다.

언덕우에는 아무도 없었다.

짙어가는 황혼이 밀려들뿐.[20]

윤동주 시에 대한 해석은 다양하다. 따뜻한 인간애의 발현으로 보는가 하면, 지식인의 유약성, 소시민적 개인주의, 실천력 결여 등에 대한 고백으로 읽기도 하고, 또 다른 한편으로는 날카로운 패러디 감각을 짚어

20) 윤동주, 『하늘과 바람과 별과 시』, 165-166쪽.

내기도 한다. 윤동주 시가 투르게네프의 가식적인 형제애와 값싼 감상주의를 폭로하면서, 결코 이어질 수 없는 계층 간 격차를 드러냈다는 것이다. "부끄러움의 미학" 혹은 "행동하지 못하는 자괴감" "윤동주의 화자가 넘지 못하는 이상향의 언덕" 등을 언급하기도 한다.[21]

여러 해석이 가능하겠으나, 뭐니 뭐니 해도 윤동주 시가 끌어낸 가장 큰 변화는 '거지'의 자립성에 있고, 이 점이 중요하다. 가난의 비참함을 두고 느끼는 '나'의 측은지심은 다른 시와 동일하지만, 윤동주 시에서의 거지는 늙은이가 아니라 세 명의 소년이며, 그들에게는 애초부터 구걸할 생각이 없다. 아이들은 "사이다병, 간즈메통, 쇳조각, 헌 양말짝 등 폐물"을 수집하면서 그들 나름대로 경제 활동을 하고 있고, 따라서 다만 가난할 뿐, 구걸하는 거지가 아니다. 윤동주의 시 제목이 다른 시들처럼 '거지'나 '걸식'이 될 수 없는 것은 그 때문이다.

시 「트루게네프의 언덕」이 조명하는 것은 언덕을 넘어간 소년 거지들이 아니라 언덕 아래 남은 '나'의 모습이다. 다른 거지 시들과 달리 윤동주 시의 주인공은 '나'이고, 그중에서도 호주머니 안에 넣어둔 채 내밀지 못하는 그의 손과 "형제여"라고 소리 내지 못하는 입에 초점이 맞춰져 있다. 고갯길 아래 멈춰 선 이 부동의 '나'는 "두툼한 지갑, 시계, 손수건, ...있을 것은 죄다" 있지만 선뜻 내어주지 못하는 반면, 아이들은 거지처럼 가난한데도 그의 도움을 기대하지 않는다. 시는 자본주의 경제 구조가 벌려놓은 빈부 격차의 단면을 사실적으로 묘사할 뿐, '누구의 죄인가?' '무

---

21) 송우혜, 『윤동주 평전』, 264-265쪽; 안병용, 「뚜르게네프 산문시 "거지"와 윤동주의 "트루게네프의 언덕"」; 김응교, 「윤동주에게 살아난 투르게네프: 투르게네프 「거지」와 윤동주 「투르게네프의 언덕」」등 참조.

엇을 할 것인가?' 같은 질문에도 관심이 없는 듯하다. 만약 언덕 아래 남겨진 화자가 그 같은 질문을 하게 된다면, 그것은 사회학적 물음이기보다 심리적 차원의 물음일 확률이 높다.

총 16행으로 구성된 윤동주 시의 정중앙은 8-9행이다. 형식상으로나 의미상으로나 중심에 위치한 이 대목을 시의 클라이맥스로 보아도 무리가 아닐 것이다. 핵심은 가진 자의 '손'에 있다.

나는 호주머니를 뒤지었다. 두툼한 지갑, 시계, 손수건, …… 있을 것은 죄다 있었다.
그러나 무턱대고 이것들을 내줄 용기는 없었다. 손으로 만지작만지작 거릴 뿐이었다.

3. 백수의 탄생

그리고 머뭇대는 그 손은 필경 '하얀 손(白手)'이었을 것으로 상상된다. 투르게네프 시에서 가진 자인 '나'가 선뜻 손을 내밀 수 있었던 것은 수중에 아무것도 없었기 때문이다. 아이러니컬하게도, 윤동주의 '나'는 모든 것이 있기에 손조차 내밀지 못한다. 거지 소년들에게 "무턱대고 이것들을 내줄 용기는 없었다. 손으로 만지작만지작 거릴 뿐이었다"라고, 윤동주는 쓰고 있다. 머뭇대는 '흰 손'이 윤동주의 전매특허와도 같은 '수치심'을 환유한다면, 그것은 가진 자의 수치심인 동시에 글 쓰는 자의 수치심이어야 한다. "글을 쓰고 있다면, 그것은 행동하지 않고 있음을 의미"하기 때문이다.[22] 프랑스 작가 르 클레지오가 노벨상 연설에서 인용한 「작가와 양심」의 지적처럼, 배고픈 자들을 위해 쓰고자 했던 작가가 정작 배부른 자들에 의해서만 그 존재를 인정받게 된다는 것은 뼈아픈 역설이 아닐 수 없다.[23]

그 역설은 노동자 편에 선 지식인의 역설이기도 하다. 가난에 내미는, 혹은 내밀지 못하는 지식인의 손은 '흰 손'이며, 그 손은 노동자의 '검은 손'과 맞닿지 않는다. 투르게네프는 거지의 '더러운 손(грязн[ая] рук[а])'에 이어 노동자의 '더러운 손(грязные руки)'과 지식인의 손을 대비한 또 한

---

22) "If we are writing, it means that we are not acting." J-M. G. Le Clézio, "Dans la forêt des paradoxes," nobelprize.org/nobel_prizes/literature/laureates/2008/clezio-lecture_en.html.
23) 「작가와 양심(Writer and Conscience)」은 스웨덴 작가 S. 다거만(S. Dagerman)의 에세이로, 르 클레지오가 자신의 노벨상 연설에서 다음 부분을 인용했다. "Because this is where he(the writer) is confronted with a new paradox: while all he wanted was to write for those who are hungry, he now discovers that it is only those who have plenty to eat who have the leisure to take notice of his existence."

편의 산문시 「노동자와 흰 손(Чернорабочий и белоручка)」을 썼다. 이 작품 역시 일제강점기에 여러 차례 반복 번역되었는데,[24] 「거지」의 두 손이 상호 존중과 화합의 증표였던 데 반해 「노동자와 흰 손」이 보여준 두 손의 병치는 계층 간 대립을 상징한다. 투르게네프 시의 제목은, 직역하자면, "검은 노동자와 흰 손의 인간"으로, 막일하는 육체노동자의 검은색과 부르주아 지식인의 흰색은 서로 보색 관계에 있다. 화이트컬러(white-collar)와 블루컬러(blue-collar)의 등장에 앞서 러시아 사회는 흰색과 검은색의 대비로써 계층 간 격차를 표현했던 것이다. 시는 감옥에 수감된 노동자와 혁명가 사이의 대화로 진행된다.

흰손	형제들, 난 당신들 편이야!
노동자	말도 안 돼! 우리 편이라니! 거짓말! 우리 손만 보더라도 그렇지, 이렇게 더럽지 않나? 거름 냄새, 타르 냄새 덩어리지, 그런데 그쪽 손은 하얗군. 냄새는 또 어떨까?
흰손	(손을 내밀며) 맡아 보시게.
노동자	(냄새를 맡고는) 어, 이건 뭐지? 쇠붙이 냄새가 나는 것 같은데.
흰손	쇠 냄새 맞지. 꼬박 6년 동안 쇠고랑을 찼으니까.
노동자	무엇 때문에?
흰손	당신네들 이익을 위해 일했거든, 당신들 무지하고 몽매

<hr>

24) 순성, 「노동자와 손흰사람」, 『공제』, 1920.9, 127, 142쪽; 김동진, 「노동자와 손흰사람」, 『동아일보』, 1923.11.4; 김상용, 「노동자와 백수인」, 『동아일보』, 1933.10.8. 해방 이후인 1946에도 P. H. 번역의 「노동자와 손흰사람」이 『백제』, 1946.10에 실렸다.

한 자들을 해방시키려고 압제자에 맞서 일어나 반란을

일으켰지... 그랬더니 날 감옥에 가두더군.

노동자　감옥에 가두었다고? 반란을 일으키다니 겁도 없었구먼![25]

러시아어에서 '노동자(막노동자, чернорабочий)'라는 단어는 그 자체

가 검은색(черно-)의 담체(擔體)이다. 그뿐 아니라 그들의 '무지'와 '몽매'

도 회색(серый)과 검은색(темный)이라는 어둠의 색채로써 표현된다(хотел

освободить вас серых, темных людей). 신체의 환유인 손 색깔로 보거나 의식 수

준으로 보거나, 노동 계층은 언제나 암울한 반(反)백색 부류로 치부된다.

청결과 진보와 안락의 상징인 '흰 손'이 '검은 손'에 이질적이듯, 지

식인 혁명가의 의식과 행동은 민중에게 이해되지도, 인정받지도 못한다.

"무지하고 몽매한 자들을 해방시키려고 압제자에 맞서" 일어섰던 혁명가

의 자기희생에도 불구하고, 민중은 당장 눈앞의 이익에만 사로잡혀 있을

뿐이다. 투르게네프의 시는 위에 인용된 장면으로부터 2년이 지난 후 교수

형을 당하는 혁명가와 교수형에 사용된 밧줄이 복을 불러온다는 미신 때

문에 그 밧줄 얻어낼 궁리만 하는 노동자들의 후일담을 덧붙임으로써 프

롤레타리아 민중과 부르주아 지식인 사이의 근본적인 괴리감을 드러낸다.

행동을 주도하는 손이든, 아니면 윤동주의 시에서처럼 호주머니 안에 남

---

25) Белоручка: Я ваш, братцы!/ Чернорабочий: Как бы не так! Наш! Что выдумал!
Посмотри хоть на мои руки. Видишь, какие они грязные? И навозом от них несет и
дегтем — а твои вон руки белые. И чем от них пахнет?/ Белоручка (подавая свои руки):
Понюхай./ Чернорабочий (понюхав руки): Что за притча? Словно железом от них отдает./
Белоручка: Железом и есть. Целых шесть лет я на них носил кандалы./ Чернорабочий: А
за что же это?/ Белоручка: А за то, что я о вашем же добре заботился, хотел освободить
вас, серых, темных людей, восставал против притеснителей ваших, бунтовал... Ну, меня и
засадили./ Чернорабочий: Засадили? Вольно ж тебе было бунтовать!

아 있는 손이든, 현실에서 지식인의 '흰 손'은 원천적으로 '검은 손'의 형제가 될 수 없다.

투르게네프의 「거지」는 1878년 2월에, 「노동자와 흰 손」은 1878년 4월에 각각 쓰였다. 거의 같은 시기에 앞서거니 뒤서거니 등장한 두 산문시는 귀족 출신 진보주의자였던 작가 자신의 양가적 민중론이나 다름없어 보인다. 두 시가 활용한 '손'의 알레고리는 인류애를 향한 이상주의와 현실주의의 양 극단을 오가며 민중 앞에 서야 했던 지식인의 고뇌와 갈등을 여실히 보여준다. 위대한 시인을 읽는 것은 무지한 '민중'이 아니라 '국가(민족)'임을 투르게네프는 적시했는데,[26] 그것은 근대 조선의 지식인이 당면했던 역설의 상황과도 겹쳐지는 면이 충분하다. 근대기에 큰 독자층을 형성했던 투르게네프의 리얼리즘 문학 중 특히 가난한 민중과 지식인의 관계를 주제로 한 두 산문시가 지속적으로 번역되며 관심의 대상이 되었던 것은 무엇보다도 그 현상의 실제적 유사성 때문이었다.

투르게네프의 「노동자와 흰 손」은 1920년 9월, 순성 진학문 번역으로 노동 운동 잡지『공제』창간호를 통해 처음 국내에 소개된 후, 1923년에는 김동진 번역으로『동아일보』에 게재되었다. 두 번 모두 제목이 '노동자와 손흰 사람'이기는 했으나, 진학문의 경우 시 안에서 이미 '손흰 사람'을 '백수인(白手人)'으로 직역해 사용했고, 1933년에는 김상용에 의해 시 제목이 아예 '노동자와 백수인(白手人)'으로 바뀌었다. 그보다 앞서 김기진은

---

26) 1860년 모스크바의 푸슈킨 동상 제막식 연설에서 투르게네프는 독일 민중이 괴테를, 프랑스 민중이 몰리에르를, 영국 민중이 셰익스피어를 읽지 못하듯, 러시아의 민중은 푸슈킨을 읽을 수 없으며, 따라서 위대한 시인을 읽는 것은 '민중(народ)'이 아니라 '국가(нация)'라고 역설했다. И. С. Тургенев, "Речь по поводу открытия памятника А. С. Пушкину," *Полное собрание сочинений: собрания*, Том 15, c. 66-76.

1924년 1월, 『개벽』 43호에 실린 글(「눈물의 순례」)에서 '흰손'이라는 말을 사용한 이래 1924년 6월의 『개벽』 48호에 마침내 저 유명한 「백수의 탄식」을 발표했다. 오늘날 '하는 일 없이 놀며 지내는 사람'의 의미로 사용되는 백수의 유래를 정확히 고증할 길은 없으나, 고사성어 백수기가(白手起家)에서 기원했을 법한 이 단어의 근대적 계보 상층부에 투르게네프 산문시의 '흰 손'이 위치해 있음은 거의 확실해 보인다.[27]

이시카와 다쿠보쿠(石川啄木) 작 「끝없는 토론 뒤」(はてしなき議論の後, 1911)의 영향을 받아 썼다고 널리 알려진 「백수의 탄식」은 유한 지식인의 나약함을 비판하면서 동시에 프롤레타리아 문학 운동의 출범을 예고한 카프 시인 김기진의 대표시이다.[28] 다쿠보쿠는 브나로드 민중 운동을 전개했던 "오십년 전 러시아 청년"과 "끝없는 토론"에만 머물러 있는 일본

27) '백수(白手)'의 유래를 설명하는 자료는 아직 없다. 중국에서 쓰는 '백수기가(白手起家)'의 '백수'는 '빈손'을 의미하며, 일본에서는 '백수'란 표현을 사용하지 않는다고 한다. 현대 한국어에서 통용되는 '백수'는 그렇다면 '빈손'과 '흰 손'의 의미가 복합된 고유의 조어가 되는 셈이다. 한국사데이터베이스(db.history.go.kr)의 한국근현대잡지자료를 검색하면 염상섭의 「표본실의 청개구리」(『개벽』, 1921.8)에 나오는 "뼈만 남은 흰 손(白手)"이 가장 최초의 용례로 뜨는데, 이는 진순성이 투르게네프 번역에서 '백수인'이라는 표현을 사용한 뒤의 일이다. 김기진의 '백수'가 등장한 후에는 '백수노동자'(황석우, 『개벽』, 1924.6), '백수기생충 계급'(이광수, 『개벽』, 1924.8), '백수불한당'(『개벽』, 1925.2) 같은 표현이 출현하면서 '일하지 않는 지식인'의 의미가 어느 정도 정착해가는 듯하다. 그 용례로 박영희가 30년대 중반에 사용한 "백수의 지식분자"(박영희, 『개벽』, 1934.12), "백수는 결국 백수인 것과 같이, 점점 대중의 행동에서 유리되는 반면에"(박영희, 『개벽』, 1935.1) 같은 표현들이 있다. 1941년에 이르면 한설야의 글에 '백수건달'이란 표현이 등장한다(「문예시감」, 『삼천리』, 1941.3). 이상의 사례를 바탕으로 할 때 일제강점기에 사용된 '백수'에는 이데올로기적 색채가 강하게 들어 있으며, 투르게네프 번역과 독서의 영향이 그 기저에 작용했으리라는 추측은 가능해진다.

28) 김용직에 따르면, 동경유학 시절의 김기진이 다쿠보쿠 시를 접하고 「백수의 탄식」을 썼다고 한다. 김용직, 『한국 현대경향시의 형성 전개』, 47-48쪽. 김기진은 「백수의 탄식」보다 앞서 발표된 산문 「떨어지는 조각조각」(『백조』, 1923.9)에서 다쿠보쿠의 원시를 인용했다. 다쿠보쿠와 김기진의 영향 관계를 분석한 최근 연구로는 하야시 요코(林陽子), 「'끝없는 토론 뒤'와 '백수의 탄식' 재고찰」 참조. 다쿠보쿠의 국내 수용에 관한 동저자의 「일본문화: 근대 한국문단에 있어서의 석천탁목수용에 관한 일고찰」도 유용한 참고자료이다.

청년들을 대비함으로써 동시대 지식인의 행동력 결여를 꼬집어 개탄했는데, 그의 장시에서 울분의 외침처럼 거듭 반복되는 후렴구가 바로 "누구하나 주먹을 쥐어 책상을 치며/ 'VNAROD!'라 부르짖는 이 없"다는 대목이다.[29] 그런데 김기진이 옮겨 쓴 「백수의 탄식」은, 다쿠보쿠 기저텍스트의 논지와 달리, 지식인의 행동을 주문하는 시가 아니다. 김기진이 후렴구로 반복하는 구절도 "누구하나 주먹을 쥐어 책상을 치며/ 'VNAROD!'라 부르짖는 이 없"다가 아니라, "너희들의 손이 너무도 희"다는 자포자기적 탄식이다.

카페 의자에 걸터앉아서
희고 흰 팔을 뽐내어가며
브나로드! 라고 떠들고 있는
60년 전의 노서아 청년이 눈앞에 있다……

Café Chair Revolutionist,
너희들의 손이 너무도 희구나!

희고 흰 팔을 뽐내어가며
입으로 말하기는 '브나로드!'
60년 전의 노서의 청년의

29) 「끝업는 토론한 뒤에」, 김상회 역, 『신동아』, 1932.2, 100쪽. 하야시 요코, 「일본문화: 근대 한국문단에 있어서의 석천탁목수용에 관한 일고찰」, 510쪽에서 재인용. 김상회의 이 번역물은 국내에서 번역된 최초의 다쿠보쿠 시에 해당한다.

헛된 탄식이 우리에게 있다 --

Café Chair Revolutionist,
너희들의 손이 너무도 희구나!

너희들은 '백수(白手)' --

가고자 하는 농민들에게는
되지도 못한 '미각'이라고는
조금도, 조금도 없다는 말이다.
Café Chair Revolutionist,
너희들의 손이 너무도 희구나!

아아! 60년 전의 옛날
노서아 청년의 '백수의 탄식'은
미각을 죽이고서 내려가 서고자 하던
전력을 다하던 전력을 다하던 탄식이었다.

Ah! Café Chair Revolutionist,
너희들의 손이 너무도 희어!³⁰⁾

---

30) 김기진, 「백수의 탄식」, 『김팔봉문학전집』 4, 377-378쪽. 김기진의 시에서 'Café Chair Revolutionist'를 우리말로 어떻게 읽어야 옳을지는 의문이다. 프랑스어로 읽는다면, 살색(피부색)을 뜻하는 'chair'가 다음 줄에 이어지는 혁명가의 '흰 손'과 연결되면서 아이러니컬한 의미가 깊어진다. 이

김기진의 시는 "60년 전의 노서아 청년의/ 헛된 탄식"과 그것을 반복하고 있는 '우리'의 탄식이 빚어낸 혼성 합창과도 같다. 다쿠보쿠 시가 행동하지 않는 지식인의 현상에 대한 고발이었다면, 김기진 시는 그 현상의 모태인 본질, 즉 지식인의 '흰 손'에 주목한다. 문제는 '흰 손'이다. "너희들의 손이 너무도 희구나!"라는 탄식의 주체는 지식인 혁명가를 바라보는 제3자(노동자 계층을 포함한 외부 관찰자)일 수도 있고, 자신의 흰 손을 바라보는 '백수-혁명가'일 수도 있다. 그것은 '백수'에 대한 타자의 탄식인 동시에 자아의 탄식이며, 부르주아 '미각'[31]의 운명적 한계를 슬퍼하는 지식인 모두의 애도이기도 하다.

「백수의 탄식」보다 1년 먼저 발표된 산문 「프로므나드 상티망탈」에서 김기진은 행동하는 지식인의 역할을 명시한 바 있는데, 그 논지의 근거 역시 혁명기의 러시아 문학, 그중에서도 투르게네프였다.

> 투르게네프가 가르치는 것은 지식 계급의 비애이다. 더 한층 들어가서 러시아의 지식 계급의 무위도생(無爲徒生) 하는 것을 여실이 그려

경우 프랑스어 'chair'가 '사랑하는/친애하는' 또는 '비싸다'의 'cher/chère'와 동일 발음이기 때문에 아이러니의 효과가 배가될 수 있다. 그러나 뒤따르는 단어 'revolutionist'가 프랑스어가 아닌 영어 단어이므로, 그렇게 읽는 데는 무리가 있는 것이 사실이다. 그래서 전체를 영어로 읽는다면 '카페 체어 레볼루쇼니스트'[혁명가좌(座) 카페] 정도가 된다. 시인 자신이 어떤 경우를 의도한 것인지, 외국어 사용의 실수인지 말장난인지는 확인할 도리가 없다. 김기진이 영문학도(릿교대 영문학과 중퇴)이면서 곧잘 프랑스어를 사용한 전력이 있는 만큼, 두 언어권 단어의 혼용을 통해 다의적 의미를 꾀했다고 볼 여지도 있을 것이다.

31) 여기서의 '미각'은 단순한 맛의 감각이 아니라 사회 계층의 문화적 제도에 의해 형성된 판단 기준을 일컫는데, 영어의 taste, 프랑스어의 goût, 러시아어의 вкус에 해당하는 '취향'으로 바꿔 읽으면 보다 이해가 쉬울 것이다. 러시아혁명 시기에 마야콥스키 등이 활동했던 미래주의 운동의 대표 선언서 제목이 「대중의 취향에 가하는 따귀(Пощечина общественному вкусу)」(1912)였다.

준 것은 체홉의 창작에 있다. 『바냐 아저씨』가 그것이다. 그러나 알렉산드르 블록은 「혁명과 인텔리겐치아」라는 소문(小文) 속에서 지식 계급에게 다대한 신망을 가지고 있는 것같이 말한다.

그러나 결국의 일은 지식 계급자가 하지는 못한다.

『처녀지』에 나오는 소로민이 아니면 할 수가 없는 것이다.

[...]

그러면 시대의 선구로 자임하는 동무야, 황막한 '처녀지'는 너희들의 손으로 갈아붙여놓지 않으면 안될 것이다. 너희들이 '갈'고 너희들의 뒤에 오는 사람이 '뿌리'고 그 뒤에 오는 사람이 '거두'어야 한다. 결론을 찾기를 급히 하지 말아야 한다.

[...]

양반계급자의 출몰이 비상하면 반드시 반동적 기운이 나타나게 된다. 더구나 그네들이 자기네끼리는 반동 운동이 아닌 것으로 알고 있는 데 이르러서야!...

모든 운동의 귀결은 결국은 프롤레타리아의 손으로 돌아가는 것이다.[32]

투르게네프가 가르쳐준 "지식인의 비애"는 『처녀지』의 네쥬다노프가 겪었던 관념적 이상주의의 한계를 의미한다. 투르게네프가 볼 때 "결국의 일," 즉 진정한 의식 변혁은 프롤레타리아의 몫이며, 오직 『처녀지』의 솔로민과 같은 민중 출신의 "진짜 존재(суть настоящие)"를 통해서만 서서히

---

32) 김기진, 「프로므나드 상티망탈」, 『김팔봉문학전집』 1, 423쪽.

이루어질 수 있다. '민중 속으로'(브나로드) 섣불리 몸 던졌던 청년 네쥬다 노프는 자신의 허위를 깨닫고 권총 자살에 이르고 말며, 그것은 그가, 비록 서자이긴 하지만, "작은 손" 혹은 "예쁜 손"을 타고난 귀족 계급 시인으로서 "생리에 맞지도 않는 일에 빠져" 괴로워했기 때문이다. 반면, 평민(잡계급) 솔로민은 "이상을 가졌으면서도 말이 없고, 교육이 있으면서도 민중 출신"인 공장 기사로, "농부가 밭을 갈고 씨 뿌리듯 조용히 자신의 일을 함으로써" 민중과 함께 하는 인물이다. "옷차림은 직공이나 화부(火夫)와 다를 것이 없"고, 악수하는 손은 "뼈가 앙상한 못 박힌 손"인 솔로민이 귀족 영주들의 식사 자리에 초대를 받아 준비했던 흰 장갑 대신 '맨 손'으로 나타나는 장면은, 소설의 많은 장면이 그러하듯, 대단히 상징적인 대목이라 하겠다.[33]

김기진이 사회주의자 아소 히사시(麻生久)에게서 조선의 '처녀지'에 씨 뿌리는 솔로민이 되라는 조언을 듣고 고민하다가 프롤레타리아 문학으로 들어선 이야기는 그의 문청 시절 회고를 통해 잘 알려진 바다.[34] '투르게네프냐 솔로민이냐'는 질문을 부제로 삼은 그 회고에서 김기진은 자신이 양자택일의 선택이 아닌 통합, 즉 '솔로민으로서의 작가'라는 프롤레타리아 인텔리겐치아의 길을 입장으로 삼게 되었노라 밝혔다. 그 같은 배경에서 김기진의 시와 산문을 겹쳐 읽어본다면, 60년 전 러시아 '백수'의 탄식에 내포된 함의는 더 분명해진다. 「프로므나드 상티망탈」과 「백수의 탄식」은 소설 『처녀지』에서 잉태된 프로 작가의 출사표이자 예술론이다. 다쿠보

---

33) 인용된 구절들은 김학수가 번역한 『처녀지』에서 가져왔다. 단, "이상을 가졌으면서도 말이 없고,..."의 '이상'은 번역본의 오역('이성')을 수정한 것이다.

34) 김기진, 「나의 문학청년 시대: 투르게네프냐 솔로민이냐」, 『김팔봉문학전집』 2, 419-424쪽.

쿠가 지식인 나로드니키의 관점에서 그들의 결연한 슬로건('VNAROD!')을 일본 사회에 상기시키며 민중 혁명의 실행을 추동했던 것과 달리, 김기진은 자신의 모델인 솔로민의 위치에서 관념적 허상으로서의 브나로드 운동을 경고한다. 투르게네프에 관한 한 다쿠보쿠보다는 한층 이지적인 독자였던 김기진의 관점에서[35] 브나로드 운동의 실패 요인은 지식인의 행동력 결여가 아니라 지식인 자신의 본질, 즉 '백수'의 문제에 있었던 것이다.

김기진의 시는 러시아 브나로드 운동 시기(1873-1874)로부터 정확히 50년 뒤 등장한 작품이다. 민중주의의 이상을 논의하던 1860년대 러시아 지식인들이 급진적 민중 혁명을 도모하며 직접 농촌으로 파고들었던 브나로드 운동은 정작 민중의 호응을 얻지 못했다. 「노동자와 흰 손」에서 노동자에게 이해받지 못한 채 교수형에 처해지는 지식인, 그리고 『처녀지』에서 깊은 절망 속에 권총 자살하는 네쥬다노프는 모두 실패한 나로드니키의 전형으로, 김기진은 투르게네프의 그 같은 작품들에서 "지식 계급의 비애"를 배운다고 했다. 그 비애의 교훈이 한편으로는 "너희들의 손이 너무도 희어!"라는 '백수의 탄식'으로, 다른 한편으로는 프롤레타리아 문학의 길로 이어진 것이라 할 수 있다.

어느 시대, 어느 사회에서나 가난 앞에 선 지식인의 운명은 무거울 수밖에 없지만, 식민지 조선이라는 당대 현실이 지식인의 존재에 압박을 가중했음은 자명한 사실이다. 경제적으로는 물론 정치사회적인 면으로도 "조선(인)이 그 자체로 '빈민'과 '무산계급'의 집단적 표상"이었던 상황에

---

35) 다쿠보쿠도 투르게네프를 애독했으나, 19세기 최고의 작가인 그를 능가해보겠다는 질투 어린 야심이 있었을 뿐, 지적 고민이나 사회적 문제의식에 골몰했던 것 같지는 않다. D. Keene, *The First Modern Japanese: The Life of Ishigawa Takuboku*, p. 111-112.

서 대부분 지식인은 '부르주아 인텔리겐치아'나 '프롤레타리아 인텔리겐치아'가 아닌 '룸펜 인텔리겐치아'의 어중간한 층위를 부유하며 물질의 결여와 정신의 잉여가 함께 섞여 만들어낸 실존의 역설을 견뎌내야 했다. 그리하여 "20만 인구에 걸식자가 18만"이던 민족적 가난의 현실에서 부조리한 지식인의 '흰 손'은 또한 슬픔과 자조의 대상이 되어야 마땅했다.

옮겨다 심은 종려나무 밑에
비뚜로 선 장명등
카페 프란스에 가자.

이놈은 루바쉬카
또 한 놈은 보헤미안 넥타이
비쩍 마른 놈이 앞장을 섰다.
[...]
나는 자작의 아들도 아모것도 아니란다.
남달리 손이 히여서 슬프구나!

나는 나라도 집도 없단다
대리석 테이블에 닷는 내뺨이 슬프구나!
오오, 이국종 강아지야
내 발을 빨아다오.

내 발을 빨아다오.[36]

정지용의 '카페 프란스'는 다쿠보쿠나 김기진의 카페에서 한층 더 퇴화한, 무국적·무목적의 공간이다. 루바슈카, 보헤미안 넥타이 같은 시대 정신의 상징들은 카페에 들어서는 순간 모두 '흰 손'이라는 공통의 기표에 수렴되면서 무기력한 퇴폐의 슬픔과 동화해버린다. 나라도, 집도, 가문의 족보도 없는 근대 조선의 지식인에게 사상의 표식(루바슈카의 혁명성, 보헤미안 넥타이의 퇴폐성 등)은 장식에 불과하며, 모든 것은 그 안에 숨겨진 '남달리 흰 손'처럼 의미와 쓸모를 상실한 잉여의 존재로 남을 뿐이다.

20세기 초를 휩쓴 근대와 식민과 이념의 소용돌이는 '흰 손'의 문화 사에 풍요롭고도 역설적인 의미의 퇴적층을 물려주었다. 애초 가난한 이웃 형제에게 내밀었던 지식인의 손은 분노, 탄식, 비애, 수치스러운 자의식의 단계를 거치며 잉여의 상징물로 굳어져갔고, 부르주아도 프롤레타리아도 되지 못한 룸펜 인텔리의 '흰 손'은 노동 민중의 '검은 손'에 병치됨으로써 적대적 괴리감의 표적으로 타자화하기에 이르렀다. 이후 그 위에 이데올로기까지 덧칠되어 "하얀 손을 가진 인텔리들"은 "혁명가가 아니라 반동,"[37] "손흰 무리의 감언"을 일삼는 민중의 배반자,[38] 혹은 "백색 테-

---

36) 정지용, 「카페 프란스」(『학조』, 1926.6), 『정지용전집』 1, 15-16쪽.

37) "하얀 손을 가진 인텔리들은 일본제국주의와 싸우는 것은 뒷전이고 자신의 종파 이익만 위해서 사업을 수행하므로 혁명가가 아니라 반동이다." 1929년 모스크바에서 열린 "동방노력자공산대학 조선·일본반 합동회의" 속기록에 나오는 박세영(러시아 이름 '로빠찐')의 발언 내용으로, 박세영은 모스크바 유학 후 노동운동에 뛰어든 노동계급 출신 혁명가이다. 김성동, 『현대사 아리랑: 꽃다발도 무덤도 없는 혁명가들』, 85쪽.

38) "아아, 양복쟁이에게 끌리는 농부의 무리어/제발 그의 뒤를 따르지 말라. 네의 순박한 정직한 천성으로/ 저 손흰 무리의 감언에 속지도 말고/ '너는 나를 따르라'하고 그가 호령할 때에/ '도적놈아 물러가

로"[39]의 극단적 우익성과 결부되는 전략의 길을 걷기도 했다. 이것이 '백의 민족'이라는 별칭이 무색하게도 20세기 초 식민지 조선이 지켜봐야 했던 '백색'의 개념적 진화 과정이다.

일제강점기 러시아 문학이 문학 이상의 현상이었음은 부정하기 어렵다. 러시아 문학은 가난하던 시대를 비쳐준 거울이자 대리 발언대로서 다른 어떤 외국 문학보다도 깊은 반향을 일으킨 휴머니즘의 교과서였다. 논의의 중심이 된 투르게네프 수용사는 작품 번역의 차원을 넘어 사회 현실에 대한 시대적 인식과 대응의 다양한 양상을 보여주는 문화사회학적 사료로서 더 큰 의의를 지닌다. 가난과 민중을 소재로 한 산문시 번역은 '빈궁 문학'의 일대 파장에 일조를 했음은 물론, '거지'와 '백수'라는 두 아이콘을 통해 궁핍한 시대의 민중과 지식인 간 역학 관계를 생생히 기록했기 때문이다.

"젊은 작가들의 소설에 '백수'들이 숨 쉬고 있다. 1980년대 소설에 '투사'가, 1990년대 소설에 '댄디'가 있었다면, 최근 소설에는 단연 '백수'가 있다."[40] 21세기 한국 문학에 대한 이 진단의 발원지를 짚어 가노라면, 20세기 초의 근대라는 가난하고 무력했던 시대와 마주하게 된다. '백수'는

라!'하고 웨치라 [...]" 돌이(乭伊), 「끌리는 농부의 무리여」, 『개벽』, 1924.8, 8쪽.

39) 임화, 「병감에서 죽은여석」, (『무산자』, 1929.7), 『임화전집. 1: 시』, 65쪽. 사회주의 혁명의 역사에서는 백색(우익)과 적색(좌익)이 대립항을 이루지만, 계층 갈등의 차원에서는 부르주아의 백색이 노동자 민중의 검은색과 충돌한다. 그리고 이 충돌의 관계는 결국 '악'의 백색 대 '선'의 흑색이라는 전복된 대립 관계를 구축하게 된다. 1920년대의 프롤레타리아 문학가들이 즐겨 사용한 백색과 흑색 대비개념의 원형으로 역시 투르게네프의 「노동자와 흰 손」을 지목할 수 있을 것이다. 한때 경향파로 활동했던 시인 김석송의 다음 구절도 일례로 참고할만하다. "아! 煙突 쑤시는 친구야!/ 너는 나를 원망치 말아라./ 白銅 빗나는 너의 눈알은,/ 천국을 咀呪하는 叛逆의 光!/ 샛검은 너의 전신은,/ 현실을 征服하는 無量의 力!" 김석송, 「샛검은 사람」, 『개벽』, 1923.5, 136쪽.

40) 정혜경, 『백수들의 위험한 수다』, 145쪽.

먼 과거의 문학에도 존재했다. 그것은 '댄디'인 동시에 '운동가'인 룸펜 지식인의 환유에서 출발하여 은유 이전에 자구(字句)적 의미로서 우선 민중의 '검은 손'과 관계를 정립해야만 했다. 그것은 쓸모없는 잉여의 '흰 손'이면서도 21세기의 후예처럼 하는 일 없이 놀며 지낼 수만은 없었던 근대기 지식인의 대명사였다.

VII
신여성 시대의 러시아 문학

카추샤에서 올렌카까지

1. 연애의 발견: 카추샤와 콜론타이

내 가슴은 자주 뛰나이다. 머리가 훗훗 다나이다. 숨이 차지나이다. 나는 정녕 무슨 변화를 받는가 하였나이다. '아아 이것이 사랑이로구나!' 하였나이다. 나는 조선인이로소이다. 사랑이란 말은 듣고, 맛은 못 본 조선인이로소이다. 조선에 어찌 남녀가 없사오리까마는 조선 남녀는 아직 사랑으로 만나본 일이 없나이다. 조선인의 흉중에 어찌 애정이 없사오리이까마는 조선인의 애정은 두 닢도 되기 전에 사회의 습관과 도덕이라는 바위에 눌리어 그만 말라죽고 말았나이다. 조선인은 과연 사랑이라는 것을 모르는 국민이로소이다.[1]

연애를 모르는 조선에 태어났기 때문에 연실이는 연애의 형식과 실체(감정이 아니다)를 몰랐다. 그가 읽은 여러 가지의 소설의 달큼한 장면을 보고 연애는 이런 것이거니 쯤으로 짐작밖에는 가지 못하였다.[2]

인용된 두 소설이 보여주는 20여 년의 간극은 '사랑'과 '연애' 사이에 위치한다. 이광수는 조선이 '사랑'을 모른다 하고 김동인은 '연애'를 모른다 했다. 이광수는 싹 잘린 사랑의 감정을 이야기하고 김동인은 "연애의 형식과 실체(감정이 아니다)"를 이야기하고 있으니, 20년 세월이 조선의 사

1) 이광수, 「어린 벗에게」(1917), 『이광수전집』 14, 31쪽.
2) 김동인, 「김연실전」(1939), 『김동인전집』 4, 40쪽.

랑에 진화를 가져온 것은 확실하다. 그 20년의 지층에 새겨진 러시아 문학의 궤적을 짚어보는 것이 이 챕터의 내용이다.

사랑이라는 감정이 무엇이며 그것이 어떤 표현의 행위와 결과로 이어지는지를 탐구하는 것은 인간의 자연스러운 성장 과정임은 물론, 문명의 성장 과정이기도 하다. "흉중에 어찌 애정이 없사오리이까"라는 이광수의 질문은 곧 흉외(胸外)의, 즉 본능적 감정 너머의 사랑을 염두에 둔 것으로, "사랑에 대해 들어보지 못했다면 사랑에 빠지지 않았을 사람도 있다"는 라 로슈푸코(La Rochefoucauld)의 잠언이 가리켰던 그 사랑은 하나의 '제도'이다. 그것은 "연애의 형식과 실체(감정이 아니다)"를 구성하는 사회적 합의이며, 의식적이든 무의식적이든 학습과 모방의 단계를 거쳐 습득하고 인지하는 경험의 양식이다. 김동인의 여주인공이 보여주듯, 이 같은 사랑의 규범을 전파하는 강력한 전도체 중 하나가 바로 소설이 될 수 있다.

가령 러시아 문학에서 여주인공 타티아나가 사랑을 할 수 있는 것은, 그녀가 인생의 '봄'을 만난 열일곱 살 처녀이기 때문이지만, 그 이전에 프랑스 감상주의 소설을 읽어 사랑의 플롯을 익혀온 순진한 여성 독자이기 때문이다.

"말해 줘, 유모,
유모의 옛날에 대해.
그때 사랑에 빠져 본 적 있어?"

― 큰일 날 소리, 타냐! 그 시절엔
사랑 같은 거 들어 본 일도 없지.

그랬다가는 돌아가신 시어머니에게

남아나지 못했을 걸. −

"아니 그럼 시집은 어떻게 갔어, 유모?"

− 그러니까 그게 신의 뜻이었나 보지. 우리 바냐는

나보다도 어렸단다, 타냐,

나는 열세 살.

중매쟁이가 두 주일쯤

친척 집을 왔다 갔다 하더니만, 이윽고

아버지가 날 내준 거야.[3]

　

연애 소설을 읽은 타티아나는 '사랑이 있어야 결혼할 수 있다'고 믿는 반면, 책을 읽은 적도 없고 연애 문화에도 무지한 유모는 사랑을 "큰일날 소리"로 치부한다. '사랑 없이도 결혼할 수 있다'는 현실의 법칙은 다양한 조건에 적용되지만, 타티아나의 단순하고도 현명한 유모에게는 그것이 '신의 뜻'이므로 불평이나 반항의 여지가 있을 수 없다. 유모가 말하는 '신의 뜻'은 제도 너머의 사랑 즉 자연의 법칙과도 같은 것이며, 또한 주어진 삶에 대한 순종을 전제한다. 그러나 사랑의 문화적 의식이 싹튼 상태에서는 이야기가 달라진다. 결혼은 자연의 법칙('신의 뜻')이 아니라 사회적 관습과 타산('인간의 뜻')에 따른 강제이며, 설사 자발적 순종으로 이루어진다 할지라도 거기에는 주도적 사랑의 결핍에 따른 불행의 씨앗이 남아 있게 마련이다. 이것이 19세기 문학의 여주인공 타티아나가 제기하는 문제이

<hr>

3) A. 푸슈킨, 『예브게니 오네긴』, 김진영 역, Ⅲ: 17-18.

자, 더 나아가 서구식 연애·결혼 문화의 유입과 마주한 근대 조선 사회의 문제였다.

일본에서 1890년대부터 사용된 '연애'라는 말이 조선 땅에 처음 등장한 것은 1912년, 『매일신보』에 연재된 번안 소설 『쌍옥루』를 통해서였으며, 1910년대 말 이후 '자유연애'의 줄임말로 널리 통용되었다고 알려진다.[4] 일본 유학생들을 중심으로 유행하기 시작한 '연애'는 1920년대 조선 사회에서 격론의 담론장을 형성했고, 자유연애·자유 결혼 문제와 결부하여 여성 해방·여성 교육에 관련된 여러 논제도 다양한 각도에서 제기되었다. 유교적 전근대와 근대의 단절은 곧 연애와 신여성이라는 가장 일상적이면서도 선정적인 화제를 프리즘 삼아 실험되고 전파되었다고 볼 수 있다.

근대기 연애 담론과 여성 문제에 관해서는 근래 들어 국문학계와 여성학계가 활발한 연구 자료를 축적해놓은 터라 굳이 그 개요를 길게 되풀이할 필요는 없어 보인다. 다만 러시아 문학 수용의 맥락에서 한 가지 강조하고 넘어갈 것이 있다. 여성 담론의 주도권에 대한 재확인이다. 그 주도권을 여성이 아니라 남성이 쥐고 있었으며, 신여성에 대한 담론에서 정작 신여성의 목소리를 확인하기보다 "사회의 다수자였던 남성의 목소리를 더 많이 만나게 된다"[5]는 것은 자명한 사실이다. 담론의 '대상'이되 '주체'가 되기에는 역부족이었던 신여성의 딜레마는 러시아 문학의 독서와 번역, 향유 차원에서도 역력히 드러나며, 이 점은 '러시아 문학과 신여성'이

---

4) 권보드래, 『연애의 시대: 1920년대 초반의 문화와 연구』, 12-13쪽. 일본 문화권에서의 '연애'어의 등장과 확산에 관해서는 야나부 아키라(柳父章), 『번역어의 성립』, 김옥희 역, 97-114쪽 참조.
5) 『신여성: 매체로 본 근대 여성 풍속사』, 2쪽. 이 점은 근대기 여성 담론 연구자들이 공통적으로 지적하고 강조하는 사실이다.

라는 주제를 다룰 때 불가피한 편향성을 보이게 된다. 러시아 문학이 조선 신여성의 의식과 문화에 미친 영향이나 의미는 많은 부분 '남성'이라는 거울을 통해 굴절되었기 때문이다.

개화기 최초의 여성 잡지인 『가뎡잡지』(1906.6-1908.8)는 편집 발행인(유일선·신채호) 이하 필자 전원이 남성이어서, 육아법이나 요리법과 같은 구체적인 가사 문제도 남성이 다루어야 했다. 이후 『자선부인회 잡지』(1908.8), 『여자계』(1917.6-1920.6), 『신여자』(1920.3-6) 같은 여성 필진 주도의 잡지가 없었던 것은 아니나 이들은 여성 운동 단체의 기관지 성격이 짙었고, 그 밖의 여성 대중 잡지들은 여전히 남성 주도로 기획되고 집필되었다.[6] 개벽사가 여성 계몽을 목적으로 발행한 『신여성』(1923.10-1934.4)의 경우 "여성 필자의 비율은 그리 높지 않은 20% 안팎이었고, 회가 거듭될수록 점차 줄어들었"으며,[7] 가정 부인의 교육을 발간 목적으로 삼았던 『신가정』(1921.7) 또한 거의 모든 필진이 기독교 관련 남성인 형편이었다.[8] 이 같은 사실은 신여성과 신가정의 제반 문제가 여전히 남성 중심의 관점에서 조명되었으며, 설사 이론상으로는 남성 중심주의에서 탈피하고자 했을지라도 실제로는 남성 편의적 자기방어 혹은 자기합리화에서 자유로울 수 없었으리라는 추측을 끌어낸다.

러시아 문학이 근대 조선 독자 사이에서 누린 호황은 러시아 작가·작품과 더불어 문학 작품에 등장하는 인물의 유행을 의미했다. 톨스토이의

---

6) 근대기 여성 잡지물의 전개과정에 대해서는 이상경, 『한국근대여성문학사론』, 35-73쪽; 최덕교 『한국잡지백년』 1, 285-349쪽; 김수진, 『신여성, 근대의 과잉』, 103-217쪽 참조.

7) 『신여성: 매체로 본 근대 여성 풍속사』, 부록.

8) 박용옥, 「신여성에 대한 사회적 수용과 비판」, 문옥표 외, 『신여성』, 56쪽 참조.

카추샤와 네흘류도프, 도스토옙스키의 소냐와 라스콜니코프, 투르게네프의 네쥬다노프, 바자로프, 인사로프, 엘레나 같은 인물은 단순히 러시아 고전 문학의 주인공으로서만 회자되고 애호된 것이 아니라 연애에 눈 뜬 근대적 삶의 모델로, 더 나아가 시대의 '대명사'로 기능하며 문화의 경향을 주도해갔다.

질냄비처럼 뜨거워져 더운 노가타(直方) 길모퉁이에, 그 무렵 카추샤 그림 간판이 세워졌다. 외국인 아가씨가 머리에서부터 모포를 덮어 쓰고, 눈 내리는 정거장에서 기차 창문을 두드리고 있는 그림이다. 그러자 얼마 안 되어, 머리 한가운데를 둘로 나눈 카추샤 머리가 유행하였다.

카추샤 애처롭다 이별하기 서러워
그나마 맑은 눈 풀리기 전에
신명께 축원을 라라 드리워 볼까

그리운 노래다. 이 탄광촌에서 눈 깜짝할 사이에, 이 카추샤 노래는 유행이 되어 버렸다. 러시아 여자의 순정적인 연애는 잘 알지 못했지만, 그래도 나는 영화를 보고 와선 꽤 로맨틱한 소녀가 되었다. 신나는 나니와부시(浪花節) 가락 외엔 다른 극장에 따라가 본 적이 없었던 내가, 혼자 숨어서 카추샤 영화를 매일 보러 갔던 것이다. 한동안, 카추샤 때문에 꿈꾸는 기분이었다. 석유를 사러 가던 길의, 하얀 협죽도가 핀 광장에서, 마을 아이들과 카추샤 놀이나 탄광 놀이를 하며 놀기도 하였다. 탄광 놀이란 여자아이는 광차를 미는 흉내를 내고, 남자아이는 탄광 가락을 부르면서 흙을 파는 몸짓을 하는 것이다.[9]

하야시 후미코(林芙美子)의 자전 소설에 의하면, 『부활』이 불러일으킨 대중적 유행은 사회 개조와 인간 개조라는 톨스토이의 심오한 사상 이전에 연애, 여자 헤어스타일, 노래, 아이들 놀이 같은 일상 영역에서 이루어졌다. 물론 톨스토이 원작이 아니라 시마무라 각색의 신파극에서 비롯된 유행인 데다 실제로 책을 읽지 않은 일반 대중의 눈과 귀를 통해 확산되었다는 점에서 감각적 측면에 치우친 감도 있고, 또 와전된 측면도 있는 문화 현상이었다.

일본으로부터 건너온 톨스토이의 『부활』 수용 문제는 3장에서 이미 논의한 바 있다. 요약하자면, 근대 조선이 '박명가인 가주사'와 '정의공자 내류덕'의 슬픈 사랑 이야기로 압축하고 재구성한 『해당화: 가주사 애화』(1918)는 '잃어버린 정조'라는 시대적 논제를 중심으로 참회하는 여성과 구원하는 남성의 역할 구조를 고착시켰으며, 여성에게는 사랑에 울고 또 도덕에 우는 이중의 굴레를 씌웠다. 남성의 욕망과 가부장제의 관습에

---

9) 하야시 후미코, 『방랑기』 상, 최연 역, 20-21쪽. 인용된 「카추샤 노래」의 후렴구 가사는 박현환 역 『해당화』에 나오는 버전으로 대체하였다. 시마무라 호게츠가 각색한 『카추샤』(『부활』)에 삽입되어 일본은 물론 국내에서도 대유행한 「카추샤 노래」의 가사 전문은 다음과 같다. "가엾은 카츄샤, 헤어지기 서러워라/ 싸리 눈 녹기 전에/ 신에게나 빌어 볼까?// 가엾은 카츄샤, 헤어지기 서러워라./ 오늘밤 내리는 이 눈이/ 내일엔 산길 들길 덮어줬으면. // 가엾은 카츄샤, 헤어지기 서러워라/ 다시 만날 때까지/ 그 모습 그대로 있어줬으면. // 가엾은 카츄샤, 헤어지기 서러워라/ 이별 슬퍼 눈물 흘리는 사이/ 들판에는 바람은 일고 어둠이 오네.// 가엾은 카츄샤, 헤어지기 서러워라/ 내일이면 혼자서/ 드넓은 저 들판을 비틀비틀 걸어가리."

짓밟혀야 하는 '가엾은 카추샤'의 애화는 조선 여성에게 강제된 집단적 운명의 원형이자 비유와도 같았다.

따라서 카추샤가 "이국적인 로맨스와 열정의 표상으로 떠올랐고 곧 다가올 낭만적 사랑과 열애의 시대를 예고한 대명사였다"[10]라는 언술을 수긍할 수는 있어도, 그 또한 남성 중심 관점의 피력임을 지적하지 않을 수 없다. "평양서 녀자 고등보통학교를 다닐 때에 우리 반을 담당한 젊은 선생 한 분이 문학을 퍽이나 즐기어하여 그분이 처음으로 '톨스토이'의 『갓쥬샤』 이야기를 들녀주고 '트르게넵'의 『그 전날 밤』과 『첫사랑』을 이약이하여 줄 때에 내 가슴속에는 때 아닌 불길이 일어 [...]"와 같은 감동이 '문학 기생'의 절절한 경험이라 할지라도,[11] 그 감동의 진원지요 전수자가 남성(그것도 여학교의 젊은 남선생)이었음을 기억해야 한다. "이인직을 알기 전에, 이광수를 알기 전에, 염상섭을 알기 전에, 김동인을 알기 전에, 최학송을 알기 전에 톨스토이를 알았다. 그리고 톨스토이를 알기 전에 '카튜샤'를 알았다"(최상덕, 「'갓주사'와 나」)라는 감성의 원천에 대한 회고도 남성 것이고, 마치 그 이국적 발음 자체가 그리움의 대상인 양 '카츄-샤'를 거듭 호명하는 목소리 역시 남성 것이다.[12] 나운규 영화 『아리랑』(1926)에서조차 대사로 인용되고 또 환상의 장면으로 삽입되었다는 네흘류도프와 카추샤의 이별 정경 또한 모두 남성(대학생 현구와 미쳐버린 친구 영진)의 목소리와 시점으로 펼쳐진다.[13]

---

10) 박진영, 『번역과 번안의 시대』, 272쪽.

11) 장연화, 「문학기생의 고백」, 『삼천리』, 1934.5, 140쪽. 권보드래, 『연애의 시대』, 101쪽에서 재인용.

12) 정진업, 「카츄-샤에게」, 『문장』, 1939.5, 113-120쪽.

13) 나운규의 『아리랑』에는 전문학교 학생 윤현구가 친구(최영진)의 여동생 영희에게 토월회 연극 『부활』 중 카추샤의 이별 정경을 이야기해주는 장면이 나온다. 김갑의, 『춘사 나운규전집: 그 생애와 예술』,

대중적으로 더 없이 높은 인기를 누렸던 톨스토이와 그의 소설『부활』, 그리고 여주인공 카추샤는 모두 남성이 집중적으로 애호하고 언급했을 뿐 여성에 의해서는 거의 거론되지 않았다. 과연 여성에게는 카추샤 이야기가 어떤 의미로 각인되었을까? '가엾은 카추샤'의 사랑 이야기는 통속적으로는 20-30년대 잡지를 장식한 수많은 '애화', 특히 순정을 배반당해 죄악의 길로 빠지는 여성 애화의 원류를 형성했다.[14] '카추샤'는 곧 대명사였다. 당시의 많은 여성 애화(실화 기사·수기·소설 등)가 카추샤 애화의 복사판처럼 재생산되었으며, 또 그 비극이 실제 삶이나 문학 속에서 전형적인 여성 애화로 유형화되었다는 말이다. 가령, 일본 유학 출신 신여성으로 인천의 권번과 종로의 카페를 전전하던 여배우 복혜숙은 "우리의 '카쥬사'" 취급을 받았고,[15] 결혼의 구습에서 도망쳐 항구 술집 여자의 길을 택한 이름 모를 신여성 또한 '카츄-샤'라는 별칭으로 호명되었다.[16] '카쥬샤'라는 이름의 주점도 있었다.[17] 『삼천리』 잡지에 실린 1930년 통계에 따르면, 조선 여성의 범죄 중 가장 잦은 것이 살인, 간음, 절도의 순이었다고 하는데, 그것은 카추샤를 법정으로 내몰았던 혐의와 정확히 겹쳐지는 죄목들이기도 했다.[18]

87, 116, 128쪽.

14) 단적인 예로 「조선의 카츄샤: 가엾은 신세」(『매일신보』, 1935.2.27)와 같은 기사를 들 수 있다. "믿었던 정랑은 사랑의 씨만 선물로 주고 다시 돌아오지 아니하여 남의 여관집 고용으로 눈물을 짓고 있는 조선의 카츄샤"가 아이를 버릴 수밖에 없었다는 내용의 실화 기사이다.

15) 「우리들의 '카쥬사' 복혜숙양」, 『삼천리』, 1933.1, 71-72쪽.

16) 정진업, 「카츄-샤에게」.

17) "봉래교를 지나 아현고개 올라가는 길에 '카쥬샤'라는 주점이 있다." 파인(김동환), 「종각잡음(鐘閣雜吟)」, 『삼천리』, 1933.9, 81쪽.

18) 「범죄상으로 본 조선 여성」, 『삼천리』, 1932.4, 60-61쪽.

신파극에 울고 웃는 일반 여성의 입장에서 볼 때, 카추샤는 '버림받은 사랑'의 가엾은 여인상이고, 그러므로 동정과 상련의 대상은 될 수 있어도 동경의 대상은 될 수 없는 여주인공이었다. 그러나 예외적인 해석도 있었다. 남자 주인공 네흘류도프도 그러하지만, 원래 톨스토이의 카추샤는 타락을 거쳐 갱생의 길을 걷도록 되어 있는 인물이다. 신파극은 남자에게 버림받은 카추샤의 슬픈 운명까지를 이야기하는 데 반해, 톨스토이 소설에서는 그 이후 전개되는 이야기가 중요하며, 소설 속 카추샤는 마지막에 자신의 길을 찾아 정치범 시몬손과 결합한다. 그러므로 톨스토이의 원작을 제대로 끝까지 읽은 독자라면, 더군다나 여성 문제에 눈 떠 있던 신여성 독자라면, 카추샤를 바라보는 시각은 다를 수 있다. 1914년의 나혜석이 '혁신'이라는 이름 아래 카추샤를 '부분적' 이상형으로 삼은 것은 바로 그런 맥락에서였다.

> 혁신으로 이상을 삼은 카츄샤, 이기(利己)로 이상을 삼은 막다, 진(眞)의 연애로 이상을 삼은 노라부인, 종교적 평등주의로 이상을 삼은 스토우부인, 천재적으로 이상을 삼은 라이죠여사, 원만한 가정의 이상을 가진 요사노여사 제씨와 여(如)히, 다방면의 이상으로 활동하는 부인이 현재에도 불소(不少)하도다. 나는 결코 차(此)제씨의 범사에 대하여 숭배할 수는 없으나, 다만 현재 나의 경우로는 최(最)히 이상에 근(近)하다 하여, 부분적으로 숭배하는 바라.[19]

19) 나혜석, 「이상적 부인」, 『나혜석전집』, 363쪽.

나혜석에게 카추샤는 비련의 희생양이 아니라 자기 혁신의 주체이며, 비록 불완전하나마 '이상적 부인'의 한 모델이다. 신여성으로서의 독법이 돋보이는 해석이 아닐 수 없다. 그런데 카추샤가 완벽한 이상형이 되지 못하는 이유는 "운명에 지배되어" "평이한 고정적 안일 외에, 절대의 이상을 가지지 못한 약자"[20]이기 때문이다. 나혜석이 볼 때 카추샤는 그 갱생 의지를 본받을 만은 해도, 근본적인 문제를 자각하고 타파할 "시대의 선각자"에는 못 미치는 인물이었다.

애초 카추샤의 비극은 여성에 대한 폭력과 편견 이전에 사회적 신분과 계층 문제에서 비롯한 것이다. 그것은 카추샤가 단순히 아름답고 순진한 처녀여서가 아니라 지주에게 종속된 농노이기에 겪어야 했던 불행이며, 그런 의미에서 『부활』은 의심할 여지 없는 사회 소설이다. 그런데 순결을 빼앗기고 버림받은 여자에서 매춘부로, 술꾼으로, 유형수로 전락한 끝에 참회와 헌신적 사랑으로 새 삶을 얻는다는 플롯은 해피엔딩이되 남성 중심의 도덕주의 틀 안에서 순차적으로 전개된 해피엔딩이고, 다분히 톨스토이 자신이 견지했던 자학적 도덕률과 반여성주의를 통과하여 구성된 구원의 시나리오가 아닐 수 없다. 톨스토이에게 사회의 '부활'이 궁극적 이상이긴 했지만, 그것은 언제나 밖이 아니라 안으로부터의 개혁을 의미했다. '제도'란 본질적으로 거짓된 것이므로 사회 개조는 오직 개개인의 참된 개조를 통해서만 이루어져야 했다. 이처럼 제도의 모순은 그대로 방기한 채 그 제도 안에서 발생한 선악의 문제만을, 그것도 내적 깨달음의 힘으로 극복하게 한 톨스토이의 시나리오에는 현상 유지 성향의 보수성이

---

20) 위의 글, 363쪽.

잠재되어 있다. 그것은 "사회제도와 도덕과 법률과 인습"을 원망하며 "정조는 도덕도 법률도 아모 것도 아니오 오직 취미다"라고까지 역설했던 과도기적 '선각자' 나혜석으로서는 수용하기 어려운 시나리오였다.[21]

'카추샤 애화'로 변질된 톨스토이의 『부활』이 남성 중심적이고 대중적인 신여성 담론의 원형으로 기능했다면, 그 대척점에 위치한 또 하나의 담론으로 콜론타이주의(또는 여주인공의 이름을 딴 '게니아주의')가 있다. 사랑과 결혼의 합치를 주장한 엘렌 케이(Ellen Key), 여성의 자의식을 일깨워준 입센, 연애 지상주의를 설파한 쿠리야가와 하쿠손(廚川白村) 등의 문제작을 통해 자유 연애와 여성 해방의 이데올로기가 신여성 계층에 확산되어 있던 무렵인 1927년, 볼셰비키 공산당원인 알렉산드라 콜론타이(A. Kollonatai)의 『붉은 사랑(赤戀·원제 Василиса Малыгина)』과 『삼대의 사랑(Любовь в трех поколений)』이 일본어로 번역되면서 등장한 사회주의 운동 차원의 급진적 여성 해방론을 말한다.[22]

콜론타이는 여성의 삶과 의식 개혁을 통해 진정한 사회주의 유토피아가 완성될 것으로 보았다. 육체적 순결 의식이나 가정에 대한 의무감, 일부일처제와 같은 관습은 부르주아 사회 제도의 폐습으로 치부되었으며,

---

21) 나혜석, 「신생활에 들면서」, 『나혜석전집』, 528-539쪽.

22) 엘렌 케이의 『연애와 결혼』 영문판은 1921년 소개되었고, 입센의 희곡은 1922년 번역 출간되었다. 쿠리야가와 학손의 『근대의 연애』(近代の戀愛觀)는 동경에서 1922년 출간되었다. 1922년 러시아에서 첫 출간된 콜론타이의 『붉은 사랑』과 『삼대의 사랑』은 1927년 일본에서 번역되었으며, 국내에서는 1933년에 요약본이 김자혜에 의해 처음 번역되지만(『신가정』, 1933.4, 202-209쪽), 그 이전부터 콜론타이즘에 관한 지식은 널리 확산되어 있었다. 1929년 『삼천리』 2호에 게재된 정칠성과의 대담 기사「「적련」 비판 — 콜론타이의 성도덕에 대하여」(『삼천리』, 1929.9, 5-8쪽)가 대표적 근거이다. 이어서 1930년도 『삼천리』 지에는 소비에트 러시아의 콜론타이즘 기조를 언급한 기사가 연거푸 실렸다. 근대기 콜론타이즘 수용에 관한 최근 연구로는 배상미, 「식민지조선에서의 콜론타이 논의의 수용과 그 의미」; 서정자, 「콜론타이즘의 이입과 신여성 기획」 등 참조.

"연애는 사사(私事)"라는 저 유명한 명제 아래 성적 자유도 인간 해방의 일환으로 정당화되었다. 사랑과 성이 개인의 사사로운 문제로 격하되는 순간, 낭만적 사랑의 감상이나 연애 지상주의의 주장은 퇴색할 수밖에 없고, 사랑에 기초한 결혼이냐 아니냐, 가정에 충실할 것이냐 아니냐는 논쟁 역시 의미를 잃는 것이 당연했다. 그렇기 때문에 『붉은 사랑』의 여주인공 바실리사는 남편과의 사적인 사랑을 당당히 포기하고, 아이에 대한 본능적 모성마저도 공동 육아 이념으로 대신할 수 있었다.

> 그녀는 다른 여자들에게 공산주의 방식으로 애를 어떻게 키우는지
> 보여주고 싶었다. 부엌도 필요 없고, 가정생활도 필요 없다. 그런 것
> 은 쓸데없다. 반드시 해야 할 일은 탁아소를 조직하고 자영 공동주
> 택을 설립하는 것이었다. 실천은 설교보다 더 좋은 것이다.[23]

"세상 여성이 모두 『적연』에 나오는 여주인공 '왓시리사'가 되어주었으면 한다"는 1931년 『신여성』 지 기사의 바람은 "부르주아적 위선과 싸우면서 선량한 도덕적 양심을 잊지 않고 인류전체에 대한 모든 의무를 수행하는 부인 '커뮤티스트'"를 향한 예찬이었고, 이때의 콜론타이는 로자 룩셈부르그, 클라라 체트킨, 나데쥬다 크룹스카야와 동일한 여성 혁명가의 범주로 받아들여졌다.[24] 그러나 콜론타이의 또 다른 소설 『삼대의 사랑』이 과격한 성해방론의 양상을 보여주었던 만큼, 콜론타이즘은 대중적으로는 방종과 문란의 대명사로 비칠 수밖에 없었다. 『삼대의 사랑』에서

---

23) 알렉산드라 콜론타이, 『붉은 사랑』, 김제헌 역, 255쪽.
24) 김하성, 「세계 여류운동자 푸로필: 알렉산더 코론타이 부인」, 『신여성』, 1931.12, 49-50쪽.

할머니(마리야), 어머니(올가), 손녀(게니아)의 혁명 여성 삼대가 선택한 삶은 남자에 대한 탈의존성 측면에서 공통된 것이었지만, 그 진화의 수준이 달랐다. 남성에게서 평등한 신념의 동반자를 찾으며 갈등해온 윗세대와 달리, 젊은 세대 게니아는 남녀 관계에 '물 한 컵'과 같은 생리적 충족 이상의 의미를 부여하지 않았고, 따라서 '사랑하는' 여성이 감수해온 감정적·사회적 고뇌에서도 완전히 해방될 수 있었다. 게니아의 사랑은 오직 혁명적 사업과 어머니에게 속한 것이었을 뿐, 그녀의 성은 사랑을 조건 삼지 않았다.

자유연애와 자유 결혼 담론이 한창이던 근대 조선에서 콜론타이의 성 해방론은 찬반양론의 격렬한 대립을 불러오는 가운데 문란한 사생활의 합리화로 쉽게 해석되거나 이용된 측면이 있다. 예컨대 옥에 갇힌 남편에게 이혼을 요구하며 자유분방한 남성 편력을 이어간 허정숙은 '조선의 콜론타이'로 지칭되었고, 사회주의자 신여성들은 '붉은 연애의 주인공들'이라는 제목 하에 그 "애욕의 푸로필"이 속속 파헤쳐졌다.[25] 1932년 1월 7일자 『중앙일보』는 「해방이냐 애욕이냐? 입센이즘과 게니아이즘, 여성은 여기서 방황한다」라는 기사를 통해 게니아의 성적 자유를 "과도기에서 면할 수 없는 한 계단"에 불과한 것으로 은근히 비꼬기도 했다. 여성 사회주의자로 추정되는 김옥엽은 "그저 일시적 육체의 결합이 합리화 하여 이것이 실행되는 것은 프로레타리아-트 계급에 있어서 아무 좋은 결과가 있지 않을 것"이라며 콜론타이즘의 악용을 경계했고, 진상주는 "무산계급적 연애관이 아닌 소쁘루조아적 반동적 연애관"으로 폄하했다.[26]

25) 초사(草士), 「붉은 연애의 주인공들」, 『삼천리』, 1931.7, 13-18·51쪽.
26) 김옥엽, 「청산할 연애론: 과거연애론에 대한 반박」, 『신여성』, 1931.11, 10쪽; 진상주, 「푸로레타리아 연애의 고조, 연애에 대한 계급성」, 『삼천리』, 1931.7, 74쪽. 김옥엽이 "사회주의 신념을 가진 사람이며

유교적 가부장제에 익숙한 남성들 대부분이 콜론타이의 성 해방론에 거센 반발로 대응했음은 두말할 나위 없다. 대표적으로 김억은 "사랑이라는 것이 있고 없고는 별문제로 하고 그때그때의 성욕의 충족만 있으면 관계하여도 괜찮다는 것이야말로 수긍할 수가 없"다면서, 콜론타이의 3세대 연애론에 대해 "인생을 동물화 시킨데 지나지 않"다고 혹평했다.[27] 퍽 중립적인 관점에서 '코론타이 여사의 사상과 문학'을 소개한 하문호도 결론에 이르러 "일처다부 일부다처적의 보리가미[poligamy]적 사상의 시인은 우리들의 용인하기 어려운 것"이라고 반대 입장을 밝히기는 마찬가지였다.[28]

콜론타이의 여성 해방론이 사회주의 계급 해방론을 기본으로 하는 것임에도 불구하고, 퇴폐 문화로 전락한 콜론타이즘은 조선의 사회주의자들에게 환영받지 못했다는 것이 정설이다.[29] 일반적으로 사회주의 입장에 선 남성들이 콜론타이의 연애론을 지지한 것은 연애보다 계급 운동이 중요하다는 취지에서였지 여성의 성적 자유를 옹호해서가 아니었다.[30] 해

여자인 듯하다"는 추정은 김수진, 『신여성, 근대의 과잉』, 324쪽. 진상주에 대해서는 김경일, 「1920-30년대 한국의 신여성과 사회주의」, 280-281쪽 참조.

27) 김안서, 『『연애의 길』을 읽고서 — 콜론타이 여사의 작』, 『삼천리』, 1932.2, 103쪽. 김억은 그 전 해에 쓴 평론 「문예와 삼각연애」에서도 "저 되지도 아니한 '콜론타이'의 『사랑의 길』" 운운하며 콜론타이즘을 혹평했다. 안서, 「문예와 삼각연애」, 『동광』, 1931.12, 53쪽.

28) 하문호, 「코론타이 여사의 사상과 문학」, 『신가정』, 1934.12, 119쪽.

29) 김수진, 『신여성, 근대의 과잉』, 323-327쪽; 김경일, 「1920-30년대 한국의 신여성과 사회주의」, 280-286쪽 참조.

30) 김온의 「코론타이 연애관 비평」(『별건곤』, 1930.6), 장국현의 「신연애론」(『신여성』, 1931.5), 이석훈의 「신연애론」(『신동아』, 1932.12), 김세용의 「막사과의 회상」(『삼천리』, 1932.3) 등 참조. 김세용은 레닌그라드에서 만난 여학생 '아니-사'의 콜론타이즘을 비판은 하면서도("아니-사는 xx주의로서 과도기 자유연애를 주장하였다. 이론과 정부(正否)야 어쨌든 사실을 어떻게 할 수 없다고 긍정하여버리고 이것을 실행하는 '아니-사'는 확실히 오류였다. 이 오류를 또한 긍정하면서 극복 못하는 곳에 이 여성이 속하는 계급의 성생활 경향의 일단을 볼 수 있었다."), 실제로는 그녀와 함께 콜론타이 연애(2주간의 "각별한 우정")를 즐겼던 것으로 회상기에 암시되어 있다.

외문학과 러시아 문학도였던 김온의 「코론타이 연애관 비평」은 그 면에서 시사하는 바가 크다. 부르주아 성도덕의 노예 제도에서 벗어나는 것이 '성적 해방'임을 인정하면서도, 그는 가정과 남편에 대한 여성의 의무를 여전히 환기시켰던 것이다.

> 코론타이의 묘사한 인물 '빠씨릿싸'[바실리사]는 쏘베트의 여성으로 남성과 동일하게 사회사업의 참가자였고 여권론자의 일인이었다는 것을 자신이 증명하였었다. 그 여성은 공동사업의 참가자요 훌륭한 여성의 권위였던 반면에 자기의 반려자에게 대한 사랑을 잊은 적이 없었다. 벌써 이곳에서 오등(吾等)이 발견할 수 있는 것은 뿔죠아 여성의 위선적 성도덕의 실행자가 아니요 진실한 의미에서 충분한 이지적 과정을 찾을 수 있는 것이다.
> 성의 해방이라는 뜻은 결코 성의 향락을 의미하는 것이 아니다.
> [...]
> 근세 여성에게 발견할 수 있는 다각 연애의 성적 심리를 가리켜 코론타이는 세계대전 후의 일반적 경향이라 술(述)하였고 이 같은 향락적 성행위에 대하여 엄정한 비판을 내린 것도 사실이다. 그에 의한다면 한 남편의 충실한 노예가 되는 이외에 근대의 자각한 여성은 반드시 한 국가를 위하여 계급을 위하여 없지 못할 일꾼이 되어야 할 것을 논하였다.
> [...]
> '빠씨릿싸'는 '뽀로드야'(볼로댜)를 사랑했었다. 그는 남성이 여성에 대한만으로의 사랑이 아니다. 동지로써의 사랑이었고 자각한 남

녀의 사상적 결합이라 볼 수 있다. 자기의 남편이라고 할 '뽀로드야' 가 자각한 사회적 공공사업에 실각했을 때 그의 아내 되는 '빠시릿 싸'는 얼마나 같은 동지로써 같은 공동사업의 참가자로써 이 '뽀로드 야'를 조력하였고 그를 위하여 정의와 투쟁하였는가?[31](인용자 강조)

김온은 다음과 같이 결론 내린다. "조선의 여성은 좋은 가정의 주 인공화 하는 이외에 좋은 사회인이 되는 동시에 남성의 노예보다는 해방 으로의 길을 찾기를 열망해 마지않는 것이다." 여성도 사회의 좋은 일꾼이 되어야 한다는 김온의 논지에는 "한 남편의 충실한 노예가 되는 이외에" "좋은 가정의 주인공화 하는 이외에"라는 전제가 어김없이 붙어 있다. 콜 론타이를 오독한 결과일 수도 있고 남성 본의의 발현일 수도 있겠으나, 어 떻든 바실리사가 가정의 틀을 깨고 진정한 공산주의 공동체로 향한다는 결말은 무시한 채 그녀가 과거 남편에게 품었던 동지·조력자·후원자로서 의 사랑만을 부각한 것은 콜론타이즘의 왜곡이 아닐 수 없다. 김온 등의 진 보적 인사들은 부르주아 연애 지상주의나 성적 향락주의를 배척했음에도, 그 결과 헌신적 아내와 주부로서의 기본 의무를 강조함으로써 오히려 보 수적 가부장제와 한 목소리가 되어버리는 모순을 범했던 것이다.

---

31) 김온, 「코론타이 연애관 비평」, 『별건곤』, 1930.6, 93-94쪽.

2. 정조와 내조: 타티아나와 엘레나

그렇게 해서 등장하는 것이 '양처'로서의 신여성론이다. 사실 신여성의 계층적 의미는 단순치 않다. 『신여자』 창간호에 실린 '현대여자' 7개조(물론 남성의 관점에서다)에는 "적어도 중학 정도의 여학교를 졸업한 여자"라는 교육 수준이 제1조건으로 명시되어 있지만,[32] 자유연애·자유 결혼의 신봉자, 성 해방론자, 신식 유행의 추종자 등 그 기초 위로 펼쳐진 스펙트럼이 다양하며, 시기마다 양상도 다르다. 1934년 『조선중앙일보』 기사는 "아메리카니즘에 물 젖은 모던 걸" "맑시즘에 물 젖은 콜론타이스트" "규중에서 콩나물같이 멋없이 자라난 구여성"의 세 부류로 신여성을 유형화하고 있는데,[33] 그런 부류에 포함되지 않고 마치 그들의 상위 모델처럼 부상한 또 하나의 유형이 바로 양처이다.

일찍이 양처현모론의 숨겨진 이데올로기를 간파한 나혜석은 "여자를 노예 만들기 위하여, 차(此) 주의로 부덕의 장려가 필요하였었도다"라면서, 양부현부(良夫賢父)론은 왜 없냐고 반론했다.[34] 그러나 "교육가의 상매적(商賣的) 일호책(一好策)"이라던 나혜석과 초기 여성 해방론자들의 비난에도 불구하고 "1930년대에는 '자유주의'와 '문화생활'을 내세웠던 '신여성'의 형태에 대한 반성으로, 중등 이상의 교육을 받은 여성은 현모양처

32) 양백화, 「내가 요구하는 7개조」, 『신여자』, 1920.3, 15-18쪽.
33) 정순정은 1930년대의 신여성을 의 세 부류로 분류했다. 정순정, 「신여성론」, 『조선중앙일보』, 1934, 11.9-11.14. 이상경, 「1930년대의 신여성과 여성작가의 계보 연구」, 244-245쪽에서 재인용.
34) 나혜석, 「이상적 부인」, 『나혜석 전집』, 364쪽.

론을 이상으로 삼아 체제에 순응해갔고, 그 결과 일제 말 일제가 내세운 군국주의적 모성에 훨씬 쉽게 순응해가게 되었다"고 현대 여성학계는 평가한다.[35] 양처현모론은 말하자면 "유교적 덕목과 근대적 규범의 공존 및 선택적 접합"이 만들어낸 근대 제국의 여성관이었다.[36]

김온의 콜론타이-양처론도 바로 그 같은 맥락에서 도출된 일종의 타협안이라고 할 수 있다. 김온과 함께 해외문학파 러시아 문학도였던 함대훈의 신여성론은 좀 더 흥미로운 논의거리를 안겨준다. 일본 유학 후 번역·창작·언론·연극 등 분야에서 문화계를 통틀어 가장 전문적인 러시아통으로 활약했던 함대훈의 문필 활동 목록에 콜론타이가 빠져 있음은 우연이 아닐 것이다. 현대 러시아 문화의 조류를 소개하는 데 누구보다 앞장섰던 함대훈이 무엇을 말하지 않는가에는, 어쩌면 무엇을 말하는가에 버금가는 의미가 내포되어 있다.[37]

귀국 후 러시아 문학 소개로 시작된 함대훈의 활동은 얼마 지나지 않아 여성 관련 영역으로도 확대되었다.[38] 그 시발점이 1933년 1월 창간

---

35) 이상경, 「1930년대의 신여성과 여성작가의 계보 연구」, 252쪽. 현모양처주의 여성교육관에 대한 찬반론과 친일 맥락에 대해서는 이송희, 『근대사 속의 한국여성』 참조.

36) 김수진, 『신여성, 근대의 과잉』, 349쪽.

37) 함대훈은 자신의 연애관을 피력하는 과정에서 한때 신봉했던 유행으로 콜론타이를 잠시 언급한 적은 있다. "사회주의 사상이 들어오면서 콜론타이의 '붉은 사랑'의 신봉자가 되어 형식을 초월한 사랑의 사도가 되려고도 했었다. 나는 성의 타락적인 일면은 부정하면서도 자유로운 연애와 결혼 도덕이나 형식을 초월한 그 연애관에 공명했었다. 그러나 연애란 결국 물거품과 같은 것으로 내게는 해석되었다." 함대훈, 「연애는 열병이다」, 『삼천리』, 1940.5, 124쪽. "부라우닝의 연애지상주의에서 콜론타이의 무형식 무도덕 연애주의"를 거친 끝에 도달한 함대훈의 결론은 "연애는 꿈같이 달콤한 추억으로만 남길 것이고 이것으로써 결혼의 묘혈로 들어갈 것이 아니라"(125쪽)는 스탕달식 낭만적 연애관이었다.

38) 함대훈이 귀국 후 발표한 첫 기고문은 체홉에 관해서였다. 「환멸기의 노문호 안톤 체홉 연구: 작가생활 50주년을 기념하야」, 『동아일보』, 1930.3.4.-3.19. 고골의 『검찰관』(개경역)에 이은 그의 첫 완역물 또한 체홉의 희곡 『곰』(『조선일보』, 1931.8.8-8.18)과 단편 「마을의 여자들」(『조선일보』, 1932.4.23-5.10

된 월간지 『신가정』이다. 3월에 쓴 짧은 수필을 제외하면 그해의 잡지 지면에 발표한 나머지 3편이 모두 여성·연애·결혼 문제 관련 글이었는데, 비록 「근대로서아 여류문학에 대하여」 「현대로서아 여류시인」처럼 러시아 현황을 전하는 기고문 형식을 띠긴 했으나, 혁명 전후 러시아 여류 문단의 흐름에 비추어 조선 여성과 여류 문학을 향해 발언하고자 하는 의도가 분명했다. 함대훈은 "어느 나라 문학사를 들쳐보아도 여류문학은 퍽도 빈약한 것이 사실"이라는 기본 관점에서[39] "조선에도 참다운 우리의 불안 동요 영구한 동경의 아름다운 글을 쓰는 여성이 나와주기를" 기원해마지 않았다.[40] 번역물인 「아르츠이바세프의 연애결혼론」에서는 "이 글은 현대 연애와 결혼에 한 경종이 될 것"이라며, 당시 인기를 끌었던 러시아 소설가 아르츠이바세프의 사랑론을 거울 삼아 자유연애·자유 결혼·성 해방과 같은 사회적 논제에 이의를 제시하기도 했다.[41] 또한, 독립적인 글이라고는 할 수 없지만, 연말호의 필자 송년사를 통해 "좀 더 희생적이오 열정적이오 허영적이 아닌 형식논자가 아닌 여성이 나와주었으면 좀 더 이상에 불타는 아름다운 혼의 여성이 나와주었으면..."이라고 평소의 이상적 여성상을

이었다. 1932년까지 소비에트 문학의 신경향 소개에 주력한 함대훈은 1933년부터 현대 러시아 여성 문학에 관심을 보이면서 여성 독자를 대상으로 대중적 기사와 번역, 통속 소설 등을 다수 발표했다. 그의 초기 문필 활동 목록은 김병철, 『한국근대번역문학사연구』, 736-741쪽 참조.

39) 함대훈, 「근대로서아 여류문학에 대하여」, 『신가정』, 1933.4, 124쪽. 「현대로서아 여류시인」에서도 함대훈은 유사한 관점("불행히도 여류시인의 자취는 극히 드문 것이 사실이외다")을 피력한다.

40) 함대훈, 「현대로서아 여류시인」, 『신가정』, 1933.10, 167쪽.

41) 함대훈, 「아르츠이바세프의 연애결혼론」, 『신가정』, 1933.11, 52-62쪽. 오늘날에는 아르츠이바세프를 별로 읽지 않지만, 20세기 전반에는 일본을 통해 널리 알려져 애독되고 번역되었다. 그의 대표작 『사닌』은 '세계적 명저'로 국내에 소개되었고(「세계명저소개 16: 알치바쉐프작 『사닌』」, 『동아일보』, 1931.8.17), 중국에서도 5·4운동 이후 러시아 문학 번역 붐을 통해 여러 차례 번역되었다. 김소정, 「러시아 니힐리스트 영웅의 중국적 수용」 참조.

공개했다.[42]

　　한마디로 말해 함대훈은 조선의 신여성에 대해 비판적이었다. "현대 신여성의 허영적인 일면을 그려보려"[43] 했다는 장편 『순정해협』과 소비에트 러시아의 신여성상에 빗대어 조선의 신여성을 비하한 논평 「조선 신여성론」은 대표적인 반신여성론으로 분류된다.[44] 반대로 함대훈 자신의 이상인 양처-신여성관을 뚜렷하게 반영한 번역물도 한 편 있다. 바로 푸슈킨의 『예브게니 오네긴』이다. 『신여성』 1933년 8월호에 실린 경개(梗槪) 역으로, 비록 완역은 아니지만, 푸슈킨의 대표작 중 주요 대목이 마침내 번역되었다는 점에 의의가 있다. 러시아 문학의 아이콘인 푸슈킨, 그중에서도 『예브게니 오네긴』을 소개한다는 것부터가 교과서적 접근인 데다가, 번역된 부분 역시 작품 중 가장 유명한 명장면인 타티아나의 연애편지와 설교 대목이다. 『예브게니 오네긴』은 '운문 소설'이라는 형식도 특이하지만, 무엇보다 잉여 인간형 귀족 남성 오네긴과 순수하고 고결한 귀족처녀 타티아나의 대비를 통해 이후 러시아 문학사에서 전개될 '강인한 여성 대 나약한 남성'의 전형을 만들어낸 작품이다. 두 인물 중에서도 타티아나는 푸슈

---

42) 『신가정』, 1933.12, 34쪽.

43) 함대훈, 「내 작품의 여주인공: 크고 적은 성군」, 『조광』, 1939.4, 158쪽.

44) 특히 『순정해협』의 남자주인공이 하는 다음과 같은 말을 기억할 것. "글쎄 요새 신여성은 참 큰일이야요. 일단 가정에 들어가면 가정부인 노릇을 해야겠는데 어디 그런 여성이 몇 개나 돼야죠. 제가 젠척하구 철없이 돈이나 쓰겠다죠. 그것두 돈이 넉넉한 가정이면 모르지만 몇푼 수입되지 않는 가정에두 해놓은 건 다 해놓구 살어야 한다니 참말 일본 여성에게 비교하면 조선의 신여성은 아무것도 아냐요!" 『순정해협』, 78쪽. 「조선 신여성론」에서도 함대훈은 러시아 작가 네크라소프의 고전적 여성상과 글라드코프의 소비에트 여성상을 비교한 다음, 가정을 등한시 한 채 사치와 허영과 불평만 일삼는 조선 신여성을 비판했다. 「조선 신여성론」, 『여성』, 1937.2, 16-18쪽. 일반적으로 1930년대 남성 지식인에게는 조선 신여성을 향한 비판적 시각과 함께 러시아 여성을 호의적으로 바라보려는 이중적 여성관이 공존했다고 한다. 장영은, 「금지된 표상, 허용된 표상: 1930년대 초반 『삼천리』에 나타난 러시아 표상을 중심으로」, 215쪽.

킨 자신의 이상인 순수함, 자연스러움, 감정의 진정성 등을 구현한 러시아 문학 최고의 여성상으로 손꼽힌다.

시골 처녀인 타티아나가 도시에서 온 낭만적 인물형 오네긴에게 반해 열렬한 고백 편지를 쓰지만 사랑을 거절당하고, 이후 최상류층 사교계의 여주인으로 성장한 타티아나를 보고 뒤늦게 사랑에 빠진 오네긴이 격정적인 구애를 하는데 이번엔 그녀가 거부한다는 줄거리에서 하이라이트는 단연 여주인공이 견지한 도덕적 완전무결함(integrity)에 있다. 작품의 마지막 부분에서 자신의 발아래 몸 던져 애원하는 오네긴에게 타티아나는 다음과 같은 유명한 말을 남긴다.

당신을 사랑해요 (숨길 필요가 있을까요?)
하지만 난 다른 남자에게 속한 몸,
영원히 그에게 충실할 것이에요.

남편에게 충실하기 위해 사랑을 포기한다는 것이다. 그러나 그녀의 이 마지막 선언을 단순히 남편 있는 부인의 정절 의무에만 연결시킨다면, 그것은 초보적인 해석이다. 사실 타티아나의 충의는 사랑하지 않는 남편을 향한 것이라기보다 자신이 한번 내린 선택과 지나간 시절의 순수, 그리고 그 시절의 순전한 사랑에 바치는 일편단심으로 봐야 옳다. 그녀의 사랑은 처음부터 끝까지 변함없으며, 따라서 오네긴의 변해버린(변하는) 사랑과는 근본적으로 차원이 다른데, 바로 그것이 타티아나라는 인물의 도덕적 강인함이고, 그래서 그녀는 오네긴의 격정에 흔들리지 않는다.

함대훈은 타티아나의 설교 대목을 번역할 때 시대적 유행어이자 계율의 개념어인 '정조'라는 단어를 끌어내 사용했다.

> 저는 당신을 사랑합니다 (거짓말을 해 무엇해요)
> 그러나 저는 다른 남자에 허한 몸이여요
> 더 영구히 그 사람에게 정조를 간직하려 해요.[45]

틀린 번역은 아니다. 다만 "더 영구히 그 사람에게 정조를 간직하려" 한다고 옮겨진 여주인공의 발화는 그녀의 행동을 개인이 아닌 사회적 차원의 규범으로 확고히 귀속시킨다. 다시 말하지만,『예브게니 오네긴』번역은 여성 계몽을 목적으로 발간된 남성 필진 중심의 『신여성』잡지에 실렸다. 자유연애와 성 해방의 조류에 맞선 새로운 '신여성' 즉 양처의 모델로서 교양 있고 현숙한 타티아나는 최적의 여성상이었다. 더구나 '정신적 정조가 중요하다' '정조는 취미다'라고 외치던 김일엽·나혜석 등의 신정조론에 반하는 정통 정조론의 예증으로서, 또 불륜을 소재로 한 수많은 애화의 반증으로서 명작 속 주인공 타티아나의 교훈은 의미 있는 대중적 메시지를 담고 있었다. 열정을 절제함으로써 자신과 가정을 지킨 타티아나의 예는 열정에 항복하여 자신과 가정을 파괴한 톨스토이의 안나 카레니나와 대조를 이루면서, 결혼한 여성의 삶으로부터 사랑의 권리를 아예 박탈해버리는 효과도 가져왔을 법하다. 안나 카레니나의 비극이 사랑에서 비롯되었고 열정적 사랑과 결혼생활이 애초에 양립 불가능하다는 식의 피상적 독법에 따른 결론은 바로 사랑에 대한 욕구 자체의 거세였다.[46]

....
45)「예브게니 아녜-긴」, 함대훈 역,『신여성』, 1933.8, 130쪽.
46) 안나 카레니나의 비극이 사랑에서 비롯된 것이며, 그것이 안나의 잘못된 선택이었다는 해석은 절친

함대훈은 푸슈킨의 여주인공을 편애하여 그녀를 러시아 문학이 아닌 조선 문학의 세계로, 더 나아가 실제 삶으로 끌어들인 1930년대 문필가이다. 그래서 자신의 첫사랑을 '타티아나'라는 이름의 백계 러시아 처녀로 설정했음은 물론, 자신의 소설 속 여성상에 타티아나적인 순종, 인내, 지조의 미덕을 덧입히기도 했다. 흥미롭게도, 함대훈이 그려낸 '타티아나적' 신여성의 "자기희생, 순정, 진실의 힘"은 허영, 질투, 불순종 같은 일반적인 조선 여성상과 배치되는 성질로 곧잘 규정되곤 했다.[47]

단적인 예로 동경 유학생 노문학도를 주인공 삼은 단편 「묘비」가 떠오른다. 주인공에게는 갓 결혼한 신여성 아내 이외에 '마음의 애인' 안나가 있다. 백계 러시아인 안나는 하르빈에 남아 있는, "애정보다 의리 때문에" 결혼한 남편에게 '정조'를 지키며 주인공과는 러시아어 대화 상대로서 우정을 쌓을 뿐이지만, 그에게는 그녀의 존재가 "마음의 사막 속에 있는 오아씨스"와 같다. 그것은 주인공이 "다만 엑조틱한 이국여성의 향기에만 도취된" 때문에서가 아니라 그녀가, 최소한 그가 보기에, 더없이 완벽한 여성성의 체현이기 때문이다.

나는 문학에서 옛날 로시아여자들의 순종, 인종, 인내, 의리를 보았고 안나에게서 포근한 여자의 정을 보았다. 여자라곤 내 평생에 내 안해와 안나 밖에 모르는 나였는데 어쩌면 이렇게 두 여성의 면이

한 해외문학파 동지였던 함대훈과 이헌구에 의해 공유되었고, 그들의 독법과 그 안에 담긴 결혼관은 동일 시기에 대중적으로 개진되었다. 함대훈, 「자연」, 『조광』, 1938.10, 260-269쪽; 이헌구, 「'안나' 그대는: 생활할 수 없는 사랑의 히로인」, 『삼천리』, 1938.12, 86-88쪽. 함대훈은 1937년에 쓴 짧은 수필에서도 안나 카레니나를 언급하며 '가정의 행복론'을 강조했다. 함대훈, 「서재」, 『조선문학』, 1937.7, 111-112쪽.
47) 함대훈, 「내 작품의 여주인공: 크고 적은 성군」, 157-159쪽.

정반대일까 안나의 그 관대, 자비, 정열, 순종, 매력에 대해 내 안해의 편협, 냉정, 가혹, 잔인, 히스테리, 살기 등은 참아볼 수 없는 양극의 대립이었다.[48]

함대훈의 통속 소설은 단순한 선악의 이분법으로 러시아 여성과 조선 여성을 대비하고 있다. 그 이분법 안에서 "유교적 덕목과 근대적 규범의 공존 및 선택적 접합"인 양처상은 러시아 여성에게, 그리고 그 정반대가 될 유교적 칠거지악과 근대적 해악의 악처상은 조선 여성에게 각각 속성으로 부여된다. 이 편리한 대비 구도가 말해주는 것은 당연히 주인공의 목소리를 빌린 함대훈 자신의, 또 그로써 대변되는 조선 남성 일반의 전통적 여성관이 될 것이다. 근대 조선의 신여성상에서 이상형을 찾지 못한 남성이 이국의 여인, 그것도 러시아 여인에게로 눈길을 돌리는 것은 돌연한 일이 아니다. 물론 러시아 문학도인 함대훈의 취향과 관계된 설정이긴 하지만, 함대훈 개인에게 국한된 경우라고만도 할 수 없다. 당대의 다른 많은 남성 작가·지식인 역시 문학 속의 "옛날 로시아여자" 혹은 그 대체물인 백계 러시아 여자에게 매력을 느끼고 그 안에서 이상의 모델을 구하기는 매한가지였다.

"맑시즘에 물 젖은 콜론타이스트"를 거부하는 조선 남성들의 입장에서라면, 소비에트 여성 대신 혁명 전 러시아 여성상을 택함이 당연했다. "누이와 같이 다정하고 허물없는" 현대 러시아 여성 예찬이 전혀 없었던 것은 아니지만,[49] 조선의 남성들에게 익숙했던 여성상은 카추샤, 타티

48) 함대훈, 「묘비」, 『조광』, 1938.11, 323쪽.
49) 진남생, 「세계여성예찬」, 『별건곤』, 1930.9, 113-120쪽.

아나, 소냐, 엘레나, 마리안나 같은 고전 문학의 여주인공들이었고, 그 여성들은 아름다우면서 열정적이고, 강인하면서도 온순하고 순종적이었다. "원기가 왕성하게" "바람과 같이 자유스럽게" 심지어는 "곰과 같이 우둔하고 거칠게" 보이며, 남자와 함께 다닐 때도 "피차에 꼭 대등하게 팔을 끼고 걷는" '남성적' 소비에트 여성과 달리[50] 그들은 "소박하고 순진하고 온순하고 아담한" 이른바 "트루게-네프적 여성"이었다.[51] 혁명의 역사에서도 "옛날 로시아여자"는 그 자신이 사상을 논하는 혁명가이기보다 정열과 자기희생의 정신으로 남편(12월당원)을 끝까지 따르며 사명을 완수하는 '내조자'들이었다. 문학 속 "옛날 로시아여자"는 정조의 상징과도 같아서 푸슈킨의 타티아나가 정조를 지키려고 사랑을 포기했다면, 투르게네프 소설 『그 전날 밤』의 엘레나와 『처녀지』의 마리안나는 자신이 택한 남자와 그 남자의 사상을 따라 끝까지 헌신했다. 그 면에서는 매춘부인 카추샤나 소냐도 다를 바 없었다. 투르게네프의 여주인공이 그립다고 한 혁명론자 김기진의 탄식에는 결국, 함대훈의 러시아 여성 예찬과 마찬가지로 완벽한 내조자를 갈구하는 가부장적 관성이 바탕에 깔려 있었다.

----

50) 김옥엽, 「쏘비엣의 활발한 여학생」, 『삼천리』, 1934:11, 178-182쪽. 『삼천리』는 세계의 여학생들을 조명한 특집에서 파리의 멋쟁이 여학생, 베를린의 건강한 여학생, 그리고 유혹에 잘 빠지는 미국 여학생과 대비되는 소비에트 러시아 여학생의 특징으로 활발한 남성성을 들었다.

51) 최화성, 「소련부녀의 현상」, 『신천지』, 1946.5, 97쪽. 최화성의 글은 해방기에 나타난 소련 홍보 기사의 하나로, 현대의 진정한 '쏘베-트 여성'은 과거 "억센 사지" '걸걸한 목소리' '넓은 가슴"으로 표상되던 소련 여성의 남성성에서 탈피하여 "소박하고 청순하면서 동시에 신시대의 여성답게 자유롭고 씩씩하며 남자에 지지 않을 만큼 모든 부면에서 활동을 할 수 있는 활발한 여자" 즉 '신 투르게-네프적 여성' 임을 밝힌다. 이 같은 견해는 2차 대전 당시 전통적 가치에 호소하며 소련을 집결하고자 했던 스탈린의 민족주의적·가족주의적 복고 정책과 맞닿아 있다. 동일 지면에 수록된 엘라 윈터의 보도 기사를 참조할 것. 엘라 윈터, 「소련의 신여성」, 『신천지』, 1946.5, 64-69쪽.

아아 로서아의 여성이 그리웁다. 『처녀지』의 마리안나가 그리웁다.
『그 전날 밤』의 에레-나가 그리웁다. 일찍이 니-체는 로서아의 여
성을 사랑하고 울었다 한다. 로서아의 역사를 밟는 조선에는 에레-
나가 과연 몇이나 있으며 마리안나가 과연 몇이나 있느냐.[52]

『처녀지』의 마수리나가 그리웁다. 네즈다노프를 끝끝내 사랑하던,
주의(主義)에 충실한 마수리나가 그리웁다……[53]

　　근대기 조선의 남성 독자들이 사랑한 러시아 문학 속 여주인공 중
『그 전날 밤』의 엘레나가 갖는 의미는 각별하다. 터키에 나라를 빼앗긴 불
가리아 출신 모스크바 대학생 인사로프와 그의 인격을 흠모하여 아내가
된 엘레나가 불가리아 독립운동에 헌신하게 된다는 소설의 내용은 식민지
조선의 젊은 남성독자들에게 먼 나라 사람들의 이야기일 수 없었다. "모든
것이 로서아소설에 잇는 일이 아니고 마치, 자기가 친히 격근 것 가타았다.
그러타! 인사롭은 꼭 저이엇다. 에레나는 누구가 될고?…"[54] 현진건 소설이
기록한 이 감상이야말로 당대의 독후감을 대변한다. 『그 전날 밤』의 극본
『격야(隔夜)』를 번역한 현철과 소설을 번역한 조명희, 이태준을 비롯하여
김억, 함대훈, 이효석, 임화 등의 독서 회고가 입증하는바, 러시아 문학에
훌륭한 여성상을 다수 선사한 투르게네프 작품에서 "무엇보다도 먼저 생

52) 김기진, 「프로므나드 상티망탈」, 『김팔봉문학전집』 1, 425쪽.
53) 김기진, 「Twilight」, 『김팔봉문학전집』 4, 280쪽.
54) 빙허, 『지새는 안개』, 『개벽』, 1923.5, 128쪽. 손성준·한지형, 「「각본 격야(隔夜)」 번역의 시공간적 맥락」, 348쪽에서 재인용.

각나는 것은 『그 전날 밤』이고 소설 중에 나타난 에레-나"였음은 결코 과장이 아니었다.[55] 인사로프가 고국에 가는 도중 병사하자 남편의 뜻을 잇겠다며 그의 유해와 함께 불가리아로 떠나 참전하는 엘레나에게서 이상적 여성상을 발견한 문학청년이 한 둘은 아니었겠으나, 그중에서도 김억의 소회가 주목을 끈다.

김억은 콜론타이즘을 맹렬히 공격했을 뿐 아니라 조선의 여성 해방 운동 전반에 대해 부정적이었다. 여성으로서의 진정한 자각도 없이 가정을 떠나 카페와 술집에서 '해방'을 실천하던 조선의 '노라'들에 비판적인 입장에서 "어떠한 위험과 어떠한 어려움이 닥쳐오더라도" 남편을 따르는, 더구나 죽은 남편의 뜻까지 이어가는 엘레나의 굳은 의지는 "여명기에 있는 여성의 태도로는 대단히 칭하할 만한 것"이었다. 흥미로운 점은 그가 여필종부(女必從夫)의 도를 유교적 관습이 아닌 근대적 가치("여명기에 있는 여성의 태도")와 결부시키고 있다는 사실이다. "한번 남성의 사상과 주의주장에 공명된 이상 그것을 어디까지든지 그대로 밟아 나아간"다는 것은 종

---

55) 「로서아문학과 여성: 삼인 姉妹과 에레-나」, 『삼천리』, 1934.11, 146쪽. 현철은 구사야마 마사오(楠山正雄)의 각본을 『격야(隔夜)』로 번역해 『개벽』에 연재하고(1920.6-1921.3), 조명희는 『조선일보』에 번역을 연재한 후(1924.8.4-10.26) 단행본으로 발행했으며(박문서관, 1925), 투르게네프를 애독했던 이태준은 소설의 경개역을 발표하면서 "풍부한 시상과 열정으로 청춘의 순결한 사랑과 청춘의 활달한 의용을 그린 작품"이라고 소개했다(『학생』, 1929.8, 78-85쪽). 김억은 「내가 좋아하는 소설 중의 여성」이라는 설문에서 '에레나'를 꼽았고(『삼천리』, 1931.12, 42쪽), 평론 「문예작품과 여성」에서도 엘레나를 통해 이상적 여성관을 피력했다(『삼천리』, 1934.6, 260-268쪽). 함대훈은 소설 『방파제』 「자연」 「묘비」 등에서 엘레나를 언급했으며, 이효석 또한 학창 시절 기숙사 내에 전파되어 있던 『그 전날 밤』의 인기를 회고했다(「나의 수업 시대」, 『이효석전집』 7, 157쪽). 임화는 「투르게네프가 만든 영원한 엘레나」(『조광』, 1936.2)에서 "『그 전날 밤』의 사랑스러운 히로인 엘레나는 아직 현대에 살 수 있고 또 미래에도 살아갈 수 있는 귀여운 여자일 것"이라고 했다. 임화, 『언제나 지상은 아름답다: 임화 산문선집』, 257-258쪽. 현철과 조명희의 투르게네프 번역 관련 자료는 손성준·한지형, 「'각본 격야(隔夜)」 번역의 시공간적 맥락」, 323-366쪽 참조.

속이 아니라 의지의 증표였고, "'투르게네프'의 소설이라는 소설에 나타나는 여성들은 모두 다 남성보다는 뜻이 굳고 맘이 세차다는 것"도 여성이 남성을 무시하고 독립한다거나 남성을 리드한다는 말이 아니었다. 투르게네프의 여성들은 남성에게 의존하지 않되, 남성을 위해 끝까지 충실하게 목숨을 바치는 내조자들이었다. 그 점을 인정하여 김억은 엘레나를 '여장부'로 지칭하기도 하고, 그녀의 "남성다운 행위에 감동"하기도 했던 것이다. 물론 충실한 여성 내조자의 지조가 '남성답다'고 치하된 순간 드러나는 남성 우월주의에 대해서는 자의식이 없었다.[56]

러시아 문학 속 여주인공들이 남성 독자의 관심과 애호를 받은 것은 카추샤·타티아나·엘레나·소냐 등의 경우에서 확인되듯, 독립적이면서도 순종적인 내조자의 형상과 '러시아 명작'의 위상이 공조한 덕분이다. 당시 다른 어느 서구문학보다도 열렬히 애독되고 회자되던 러시아 문학에는 어느 한 명의 특정 여주인공이 아니라 여러 명의 여주인공들이 일관된 미덕의 초상으로 진열되어 있었다. 강조하건대, 그것은 부족한 남성을 보조하며 조건 없이 따르는 자기희생적 여성성의 미덕이었다. 그 면에서 러시아 문학의 여성상은 근대기 남성 지식인·작가를 위시해 그들이 계몽시킨 일반 대중에게 신여성 현상과 전통적 가치의 괴리를 메꿔주는 편리하고도 유효한 매개체로 기능할 수 있었다. 남성 작가들은 러시아 여주인공을 거듭 환기하며 상상된 매력을 통해 자신이 현실에서 원하고 필요로 한, 그러나 쉽게 발견할 수 없는 이상적 신여성상을 구현했던 셈이다.

---

56) 문단에 나오는 인용은 김억, 「문예작품과 여성」, 261-264쪽에서 따온 것이다. "엘레나의 남성다운 행위에 감동"되었다는 구절만은 김억의 설문 「내가 좋아하는 소설 중의 여성: '에레나'와 '헝가리아 여자'」, 42쪽으로부터 인용되었다.

3. 사랑스러운 여자 올렌카

그런 맥락에서 러시아 여성이 조선 여성을 대체하고, 러시아 문학이 조선 남성의 욕망을 대변해주었다는 평가가 가능해진다. 번역하는 남성의 심리 또한 같은 맥락에서 이해될 수 있다. 함대훈이 타티아나가 등장하는 특정 부분을 골라 번역한 것처럼, 근대의 남성 작가·편집자는 여성을 주제로 한 작품을 번역할 때 다분히 선택적이었다. 남자의 부속품이 아닌 여성, 즉 "자각이 있고 의뢰성이 없는" 신여성상이 당연시되고,[57] 소비에트 여성의 해방된 삶이 유토피아적인 것으로 조명받는 와중에도[58] 남성 번역가의 선택은 여전히 '자각 없고 의뢰성 있는', 말하자면 체홉의 올렌카 같은 여성상을 비켜가지 않았다.

의지가 굳은 강인한 여성들이 투르게네프 소설의 축을 이룬 것과는 대조적으로, 체홉의 작품에는 다양한 성격과 배경의 여성 군상이 등장한다. 그중에서도 특히 1870-1880년대 러시아의 여성 문제 논쟁이 유머러스하게 반영된 소품들은 근대기 여성 잡지의 지면을 속속 장식해주었다. 예컨대 변영로가 1923년 '정처(正妻)'라는 제목으로 번역해 발표한 체홉 단편 「배우자(Cynpyra)」는 이듬해 '내조자'라는 제목으로 『태서명작단편집』에 수록되었고, 그로부터 10년이 지난 1935년에는 변영로 자신이 편집장

---

57) 이동원, 「나는 이런 여자를!」, 『신여자』, 1920.3, 21쪽. 조선의 신여성 운동에 부정적이었던 김억조차도 남편의 종달새가 되기를 거부한 노라에게서 여성 해방의 '자각'을 발견했다. 김억, 「문예작품과 여성」, 267쪽.

58) 김옥엽, 「'싸벳트 러시아'의 신연애·신결혼」, 『신여성』, 1932.3, 20-23쪽.

으로 있던 『신가정』지에 다시 한 번 기미생(驥尾生) 역 「얄미운 안해」로 게 재되었다.[59] 후자는 제목과 표기법만 바뀌었을 뿐 내용이 동일한 것으로 보아 변영로의 옛 번역으로 확인된다.

'정처' 또는 '내조자'라는 제목이 무색하게도 줄거리는 의사의 바람난 아내에 관한 이야기이다. 다른 남자와 바람을 피우면서 아무런 가책도 느끼지 않음은 물론, 연인과의 밀애를 위한 여행권까지 남편에게 요구하며 정작 이혼에 동의하지 않는, 한마디로 뻔뻔하고 이기적인 여인에게 '얄미운 아내'라는 표현은 오히려 애교 어린 호칭일 수 있다. 체홉이 사용한 제목 '배우자'가 통렬한 아이러니로 느껴지는 것은 무엇보다 그 법적·행정적 명칭이 실제로는 우스꽝스럽게 어긋나버린 부부 관계를 풍자하기 때문이다. 같은 맥락에서 변영로의 '정처'는 탁월한 어휘 선택이었다. 당시 자유연애 풍조가 양산한 신여성 '제2부인'에 대응하여 '제1부인-정처'의 의미가 한층 부각되어 있던 만큼,[60] 체홉 작품의 메시지는 그 반어법적 제목을 통해 한층 강조될 수 있었다. "'안해'라 하는 것이 '내조자'라 하는 말과 공통되는 말일진대"라고 김동인이 정의한 단어 '내조자' 역시 정열적 애인에 반대되는 "가장 적당할 안해"라는 뜻에서 체홉 풍의 패러디 효

59) 「正妻」, 변영로 역, 『동명』, 1923.4.1, 6-7쪽; 「內助子」, 변영로 역, 『태서명작단편집』, 경성, 조선도서, 1924, 13-26쪽; 「얄미운 안해」, 기미생 역, 『신가정』, 1935.6, 181-186쪽. 체홉의 국내 최초 번역물은 진학문의 「사진첩」(『학지광』, 1916.9)이다. 이후 1920년에 평양빛(주요섭 추정) 번역의 단편 「La Cigale[메뚜기]」(『서광』, 1920.9, 124-139쪽)이, 1925년에는 김온 번역의 희곡 『곰』(『현대일보』, 1925.12.7)이 소개되었고, 1924년 권보상 번역의 『로국문호 체홉 단편집』(경성, 조선도서)이 등장했다. 1924년의 『태서명작단편집』에 수록된 체홉 번역물은 진학문의 「사진첩」과 변영로의 「내조자」 이외에도 홍명희의 「산책녈」이 있다. 문석우는 김병철의 1차 조사에 의거하여 1920년대에 번역된 체홉 단편을 '22편 이상'으로 산정하고 있는데, 그 통계와 목록에는 수정이 필요하다. 문석우, 「체홉의 미학과 한국에서의 문학전통연구」 참조.

60) 『신여성: 근대 매체로 본 풍속사』, 214-223쪽.

과를 잘 표현해준 단어였다.[61]

이처럼 '정처' '내조자' '얄미운 아내'로 호칭된 체홉의 바람난 아
내 올가와는 정반대의 속성을 지닌 채 조선 남성들의 사랑을 받은 또 한
명의 여주인공이 올렌카다. '올렌카'는 '올가'의 애칭이어서 두 여성 인
물의 대비가 더욱 두드러지는 면도 있는데, 원 제목이 '사랑스러운 여자
(Душечка)'인 체홉 대표 단편의 주인공이며, "애착의 대상 없이는 단 1년도
살 수 없"기에 자연히 여러 남자의 여자가 되고 마는 인물이다.[62] 이 작품
은 '정 잘 부치는 여자'라는 제목으로 1936년도 『신가정』 지에 번역되었
고,[63] 이효석과 이태준도 명작으로 언급하는 등 독자층이 두터웠던 듯하
다. 다음이 이효석의 1920년대 중학 시절 회고이다.

그들이 가령 많이 읽은 것은 체호프의 단편집이었다. 14-5세에 체호
프를 읽는단들 그 멋을 알고 정확히 이해할 수는 만무하다고 생각되
나 일종의 문학의 분위기를 그런데서 터득했던 것은 사실일 듯하다.
북국의 자연묘사라든가 각색 인물의 변화에 모르는 속에 흥미를 느
껴갔던 듯하다. 한 가지 그릇된 버릇은 어디서 배웠던 것인지 작품

---

61) 김동인, 「열정은 병인가」, 『김동인전집』 4, 127쪽. 김동인의 단편은 애인 형 여자와 내조자 형 여자
사이에서 누가 더 좋은 아내감인가를 두고 고민하는 내용이다.
62) 체홉의 단편 제목은 현대 번역본에서 '사랑스러운 여자' '사랑스러운 여인' '귀여운 여인' 등으로 다
양하게 옮겨진다. 이 글에 나오는 인용문은 모두 김현택 번역, 「귀여운 여인」에서 가져온 것이다.
63) 체코브 저, 老石 역, 「정 잘 부치는 여자」, 『신가정』, 1936.3, 180-189쪽. '노석'은 변영로의 필명으로
추정되는데, 그가 이전에 번역한 다른 체홉 단편들과 비교해볼 때 작품의 주제나 제목 붙이는 방식 등에
서 유사성이 발견되기 때문이다. 변영로는 자신이 편집장으로 있던 『신가정』에 체홉의 「귀찮은 붙이들」
(『신가정』, 1933.8, 141-141쪽. 원제 '별장사람들(Дачники)')과 「얄미운 안해」(『신가정』, 1935.6, 181-
186쪽. 원제 '배우자(Супруга)')를 번역해 실었다.

속에서 반드시 모럴을 찾으려 애쓴 것이어서, 가령 단편 「사랑스러운 여자」처럼 주제가 또렷하고 모럴의 암시가 있는 작품만을 좋은 것이라 여긴 것이었다. 이런 버릇은 문학 공부에 화되면 화되었지 이로울 것은 없었고, 더구나 체호프를 이해함에 있어서는 불필요한 것이었다.[64]

정작 「사랑스러운 여자」의 주제와 모럴이 무엇인지 이 글에서 더는 설명하지 않지만, 이전 수필인 「나의 수업시대」로 거슬러 올라가보면 "「사랑스러운 여인」에서는 사랑의 본능적 욕구라는 훈의(訓意)를 찾아내고서야 마음이 시원하였다"라는 표현을 발견하게 된다.[65] 즉 이효석이 읽어낸 작품의 주제는 여성 본능으로서의 사랑 이야기였다.

과연 체홉의 '교훈'은 무엇이었을까? 올렌카는 스스로 삶에 대한 아무런 견해도 없고 행복도 찾지 못하는, 그림자나 앵무새 같은 여인이다. 그런데 그것은 경제적으로나 사회적으로 남자에게 의지해서도 아니고, 남성을 향한 성적 욕구가 강해서도 아니다. "항상 누구를 사랑했고, 또 사랑 없이는 살 수 없었"던 그녀는 어릴 적에는 아버지를, 여인이 된 후에는 세 명의 남자를, 그리고 나중에는 남자의 본처 소생 어린 아들까지도 사랑하여 전적으로 헌신하는 반려자이고, 그런 면에서 유교적 삼종지도(三從之道)의 변종 모델이기도 하다.

「사랑스러운 여자」를 여성의 본능적 사랑을 다룬 작품으로 볼 수

---

64) 이효석, 「노마의 십년」, 『이효석전집』 7, 265-266쪽.
65) 이효석, 「나의 수업시대」, 위의 책, 159쪽.

있는 여지는 충분하다. 그러나 디테일 처리가 정교하고 주제 의식에 있어서도 섬세하기 그지없는 체홉 작품의 모럴을 한마디로 종합한다는 것은 어려운 일이기도 하거니와, 아쉬운 일이다. 애초부터 체홉 자신이 하나의 모럴을 추구한 작가가 아니었다. 하지만 모럴이 중요했고, 또 모럴의 명료성에 가치를 부여했던 톨스토이는 「사랑스러운 여자」의 메시지와 작품의 창작 의도까지도 단적으로 정리해주었다.

> 작자는 분명히, [...] '귀여운 여인'이라는, 그의 판단에 의하면 참으로 가련한(그러나 개인적 주관에 따라서는 그렇지 않은) 여성을 조롱하고 싶었으리라. 쿠긴이라는 이름도 우스꽝스럽고, 그의 병과 자신의 죽음을 알리는 전보 이야기도 이상하고, 단정하고 장중한 목재사의 모습도, 수의관과 그 아이도 모두 우스꽝스럽지만, 자신이 사랑하는 사람에게 전심전력을 바치는 능력을 가진 '귀여운 여인'의 아름다운 마음은, 우스꽝스럽기는 커녕 오히려 성자의 마음이라 하지 않을 수 없다.
> 내 생각에는, 작자가 이 「귀여운 여인」을 썼을 때, 그의 마음이 아니라 머릿속에, 남녀평등론 위에 계몽되고 교양을 갖춘, 남자 이상은 아니라도 남자 못지않게 독립적으로 사회를 위해 일하는 신시대의 여성, 여성해방을 소리 높여 주장하는 여성이 어렴풋이 뇌리에 떠오르지 않았을까 한다. 그리고 「귀여운 여인」을 쓰기 시작할 때는 그녀를 부정적으로 쓸 생각이었을 거라고 짐작한다. [...]
> 체호프는 발람처럼 저주할 생각이었지만, 시의 신이 그것을 제지하며 반대로 축복하라고 명령한 결과, 자신도 모르게 그 사랑스러운

여성에게 신비로운 빛의 옷을 입혔고, 그래서 그녀는 자기 자신도 행복해지고, 운명이 자신과 짝 지워준 사람도 행복하게 만드는 여성의 전형으로서 영원히 남게 된 것이다. 이 단편은 그러한 의도치 않은 무의식 속에서 태어났기 때문에 이러한 걸작이 될 수 있었다.[66]

앞서도 언급했지만, 톨스토이는 다분히 전근대적인 남성 중심의, 때로는 여성 혐오증에 육박하는 여성관의 소유자였다. 여성의 능력과 임무는 지적인 활동이 아니라 오직 자식을 낳아 기르는 생물학적 생식력에 있다는 톨스토이의 기본 입장에서 여성 해방 논쟁은 마땅치 않음이 당연했으며, 그런 관점에서 보자면 체홉이 그려낸 여주인공 올렌카는 조롱받아야 할 가련한 인물이 아니라 오히려 숭배받아야 할 "사랑스러운 여자"였다.

우리말 번역이 영 어려운 러시아어 단어 '두셰츄카(душечка)'는 '가슴, 영혼(душа)'을 어원으로 한 지소형 애칭이다. 호감 가는 사랑스러운 사람을 지칭하거나 그런 사람을 부를 때 사용하며, 남녀 공용이다. 영어로는 보통 '달링(darling)'이라고 번역하고, 체홉의 단편 제목 또한 영어권에서는 'The Darling'으로 알려졌는데, 여주인공 올렌카의 별명이 바로 '달링'이다. 첫 남편을 위시해 주위 사람들이 모두 '달링'이라고 부르는 그녀는 명실공히 모든 이에게 '사랑스러운 여자'인 듯하다. '사랑스러운 여자다'라고 확언하지 못하는 것은 앞서 언급한 「배우자」의 경우처럼, 체홉이 날카로운 통찰력으로 올렌카의 사랑스러움에 모순의 이중성을 가미해놓았기

---

66) 톨스토이, 「체호프의 단편 「귀여운 여인」에 부친 글」, 『인생이란 무엇인가』, 채수동·고산 역, 505-508쪽.

때문이다.

올렌카는 매번 상대에게 동화되어 전적으로 사랑을 쏟지만, 아이러니컬하게도 그녀의 상대는 그 사랑의 힘으로 성장하거나 성공하는 법이 없다. 그녀를 사랑한 두 남편은 모두 급사하며, 세 번째 남자는 올렌카에게 지루함을 느끼고, 그의 중학생 아들마저 그녀를 귀찮은 존재로 여기는 지경에 이른다. 작품을 끝까지 잘 읽으면 알 수 있다. 그러므로 성실한 독자라면, 올렌카에 대해 "자기 자신도 행복해지고, 운명이 자신과 짝지워준 사람도 행복하게 만드는 여성의 전형"이라는 톨스토이의 평가를 되풀이하기 어려워진다. 바로 그런 이유로 '사랑스러운 여자'라는 작품 제목은 역설적일 수밖에 없다.

현대의 여성주의 관점에서 할 이야기가 많을 이 작품을 두고 인간 심리의 대가라는 톨스토이마저 지나치게 단순화된(혹은 의도된) 오독을 하고 있을 정도이니, 근대 조선의 남성 독자들이 어떤 흐름으로 읽었을지는 미루어 짐작할 수 있다. 1936년 『삼천리』 잡지 기사는 이렇게 썼다.

> 일찍이 괴테가, 부인의 이지(理智)에 사랑을 느끼지 못한다고 하였지만, 러시아 소설가 체홉의 단편 「어여쁜 여인」의 올렌카는 정(正)히 지적은 아니나 그 용모나 몸가짐에 있어서, 이지에 반하지 않는다는 남자들이 좋아하는 흔히 볼 수 있는 타입의 대표적 성격이다.
> [...]
> 남편이 바뀔 때마다 그 남편의 직업을 인생의 가장 중요한 것이라고 한 것은 이지적은 아니나 남자로 볼 때는 어여쁜 여성이다.[67]

---

67) 「체홉의 '어여쁜 여인'」, 『삼천리』, 1936.2, 172쪽.

'문호가 그린 여성'이라는 테마 섹션의 첫 번째 글에 포함된 부분이다. 명작을 통해 실제 삶의 여러 경우를 조명해보겠다는 기획 특집인데, 마음에 맞지 않는 부부 생활로 외도에 이른 남편의 아내(하웁트만의 케테), 젊은 애인 때문에 남편을 독살하는 아내(톨스토이의 아니샤), 남자를 파멸시키는 부정한 아내(플로베르의 마담 보바리), 옛 애인을 만나 남편의 의심을 사는 아내(메테르링크의 마나 반나), 다른 남자의 아이를 낳은 아내(스트린드베리의 라우라) 등 세계 명작에 등장하는 '악처'들의 대열에서 체홉의 올렌카는 당연히 "남자들이 좋아하는 흔히 볼 수 있는" '어여쁜 여인'으로 돌출 구성되었다. "이지적은 아니나 남자로 볼 때는 어여쁜 여성이다"라는 대목이 말해주는바, 남성의 시각은 올렌카의 의존성을 사랑스럽게 바라보고 그녀의 여성성을 전체 이야기의 '주제와 모럴'로 읽어내는 데 더욱 익숙했다.

　이태준이 내린 평가는 다음과 같다.

> 여기 소개하려는 작품은 그의 중년작의 하나인데 영역으로는 'Darling'으로, 세계문학전집 중 『로서아삼인집』에는 「可愛い女」로 번역된 조고만 단편이다. 문호 체홉을 엿보기에는 너무나 소품이나, 그러나 체홉적 향기와 애수를 가장 짙게 풍기어서 세계 고급 독자들에게는 일찍부터 '딸링' 노릇을 해오는 작품이다.[68]

　그 뒤로 줄거리 소개가 이어지는데, 이 지점이 중요하다. 체홉 원작의 아이러니는 마지막 대목에서 확실히 드러는데 그 장면을 어떻게 처리하는지는 곧 작품에 대한 이해의 척도가 될 수 있다. 톨스토이는 작품을 이

---

[68] 이태준, 「체홉의 '오렌카'」, 『이태준문학전집 17: 상허문학독본·평론』, 285-291쪽.

타적 여성성의 초상으로 읽고 있지만, 실제 이야기는 이렇게 끝난다.

> 오후 두 시에 그들은 함께 점심을 먹었고, 저녁이면 같이 공부를 했
> 다. 그녀는 그를 침대에 눕힌 다음, 한참 동안 그의 몸 위로 성호를
> 그어대고 기도문을 중얼거렸다. 그 다음 그녀는 침대에 누워 사샤가
> 학업을 마치고 의사 또는 기술자가 될 어렴풋한 먼 미래에 관하여
> 공상했다. 그는 말과 마차, 마당이 딸린 커다란 자기 집을 가질 것이
> 고, 결혼해서 아이들을 얻겠지. 그녀는 똑같은 것을 계속 생각하다
> 가 곯아떨어졌다. 질끈 감은 눈에서 눈물이 두 뺨 위로 흘러내렸다.
> [...]
> 소년은 꿈을 꾸는지 간간이 소리를 질러댔다.
> "너, 그냥 안 둘 거야! 꺼져! 꺼지라니까! 꺼져. 닥치라니까!"[69]

자기 자식이 아닌데도 모성 본능의 무조건적 사랑을 쏟으며 행여
친엄마가 찾아와 빼앗아 갈까 노심초사하는 올렌카의 옆방에서 소년은 잠
들어 꿈을 꾼다. 그런데 소년이 무의식중에 내뱉는 잠꼬대의 마지막 문장
이 예전에 올렌카가 귀찮게 달라붙는 고양이를 떼어내며 짜증내던 말("저
리 가, 저리 가란 말야. 귀찮다고!")과 유사하다. 체홉 특유의 신랄함이 발휘된 이
결정적 종결부를 톨스토이는 눈여겨보고자 하지 않았다. 체홉 작품을 소개
하고 번역한 조선의 남성 작가들도 마찬가지로 철저히 간과했다. 이태준은
단순히 '딸링' 올렌카의 안도감과 함께 줄거리 소개를 마쳤을 뿐이다.

---

69) 체홉, 「귀여운 여인」, 『사랑의 언어: 체호프 소설선집』, 김현택 역, 255-256쪽.

그리고 저녁마다 그 아이 어미가 아이 찾으러 오는 꿈을 꾸고는 깜짝 놀라 뛰여 일어나군 한다. 꿈인 것을 다행하게 생각하면서 가만히 아이 자는 방을 다시 엿보고 아이가 편히 자는 숨소리이면 그제야 마음을 놓고 다시 자기 자리로 돌아오는 것이였다.[70]

　　"남자로 볼 때는 어여쁜 여성"이라고 올렌카를 소개한 필자 또한 "세 사람이 평화한 생활을 한다"라는 해피엔딩으로 줄거리를 마무리했다. 「정 잘 부치는 여자」의 번역자는 올렌카의 모성애에 대한 장광설 후 이어지는 끝 대목을 사족이라도 된다는 듯이 아예 생략해버리기조차 했다.

　　아! 그는 어찌 싸샤를 사랑했던지! 예전에 맺었던 정출들은 이 아이 것에 대면 아무 것도 아니었다. 어머니의 본성이 발로된 이 때라 그렇게 완전히 그렇게 이해관계를 초월하여 그렇게 기꺼웁게 자기 몸을 바쳐본 적은 일찍이 없었다. 자기 아들도 아닌 이 아이를 위하여는 그의 빰움물과 헐러거리는 모자를 위하여는 죽으래도 기뻐서, 기쁘다 못하여 나오는 눈물을 뿌리며 죽기라도 했을 것이다. 무슨 까닭인고아 대체 무슨 까닭인고!
　　그렇게 싸샤를 학교까지 바래다주고는 만족하고 화평하고 사랑만 넘쳐 조용히 집으로 돌아왔다. 반년 동안에 젊어진 그의 얼굴은 웃음을 띄고 환하였다. 만나는 사람들이 바라보고는 까닭 없이 기뻤다.
　　[...]

---

70) 이태준, 「체홉의 '오렝카'」, 291쪽.

그리고는 사샤가 이야기하는 법대로 선생이야기며 공부이야기며 교과서이야기를 하였다.

새로 세 시에 만찬을 먹었다. 저녁이면 그 이튿날 과정을 같이 보다가 모를 게 있으면 같이 울었다. (이하 략)[71]

이야기를 어디까지 소개하고 번역하겠다는 결정은 이야기의 '주제와 모럴'을 무엇으로 보았는가에 대한 증언이나 다름없다. 그런 의미에서 번역은 해석이다. 체홉을 애독하고 체홉의 여성상을 사랑했던 남성 독자들의 관점은, 여성 문제에 관한 한 매우 편향적이었다. 카추샤를 연민하고 엘레나에게 감동하던 남성 독자들은 체홉의 다양한 여성상 중에서도 유독 자각 없고 의존적인 올렌카를 '귀엽고, 사랑스럽고, 어여쁜 여인'으로 지목했다. 그들은 노라의 깨달음과는 거리가 먼 올렌카의 몰주체성을 사랑과 헌신이라는 이름으로 승인했으며, 일부종사의 계율을 깨뜨린 그녀의 지조 없는 사랑 또한 관대히 용서했다. 중요한 것은 여성 스스로 베푸는 사랑의 무한함이자 그 사랑의 절정인 모성애였지, 반대로 여성이 받아야 할 사랑과 관심이 아니었다. 올렌카의 초상은 신여성 시대의 조선 남성에게 익숙했던 전통적 이상형과 분명히 겹쳐진다. 작품을 소개하고 번역한 남성 작가들은 다만 그 겹쳐지는 부분까지만을 보고, 동의하고, 옮기고자 했을 따름이다. 번역은 해석인 동시에 선언이었다.

---

71) 체코브 저, 「정 잘 부치는 여자」, 老石 역, 189쪽.

VIII
나타샤, 소냐

러시아 여성의 이름을 부르다

1. 나와 나타샤와 흰 당나귀

　김기진의 수필에 보면 태어난 아이에게 이름 지어주는 장면이 나온 다. "이왕이면 서양 이름으로" 하자는 제안에 따라 네스토르와 바쿠닌 같 은 무정부주의자 이름도 들었다가, 에레나, 카테리나, 소냐 같은 여자 이름 도 드는데, "그 어째 러시아 이름만 쳐드나?"라고 필자가 묻자 친구가 대답 한다. "우리 듣기는 그런 이름이 퍽 친밀한 듯하지 않은가? 나는 안나 카레 니나라는 이름이 제일 좋은 것같이 들리는데..."[1]

　김마리아·박마리아·차미리사·황에스더·박에스더·김앨리스·이도리 티·강엘리자베스 등 서양 이름이 선교사로부터 내려 받거나 신여성들 스 스로 선택한 문명의 표식이었다면,[2] 러시아 이름은 조선의 남성들이 특히 애호한, 발음한다는 사실만으로도 의미가 창조되는 낭만의 기호였다. 소 비에트 러시아에서 활동하던 여성 사회주의자를 제외하고는 러시아 이름 을 가진 조선의 신여성을 찾아보기 어려운 것과 마찬가지로, 근대기 남성 작가의 시적·낭만적 공간에서 러시아 이외의 이국적 이름을 발견하는 것 또한 흔치 않은 일이다.

　1930년대 후반부터 러시아 여성의 이름이 "번역 문학이 아닌 조선 문학의 일부로서 기록되기 시작했고" 조선 문학이 러시아 여성의 이름을

---

1) 김기진, 「MALHEUR」, 『김팔봉문학전집』 4, 322쪽.

2) "여성들이 이름을 갖기 시작했다는 것, 그러나 그것이 서양식이름이었다는 것 [...]은 여성의 근대화 가 사실 서양(기독교)에 의해 강력히 추동되었다는 것을 암시하는 것이기도 하다. 따라서 최초의 근대 적 여성들은 그 이름부터 강력히 서구 혹은 모던을 환기시키는 것이었고, 이는 식민지 남성들의 근대적 여성에 대한 양가적 감정, 즉 동경과 멸시의 근거가 된다." 『신여성, 매체로 본 풍속사』, 50~51쪽.

"전시하고 또 호명하기 시작"한 것은 사실이다.[3] 쉽게 말해서 톨스토이의 카추샤, 도스토옙스키의 소냐가 어느덧 나(조선)의 카추샤, 나(조선)의 소냐가 되어 나타났다는 것인데, 이때 카추샤와 소냐는 실제 러시아 여자일 수도 있고 조선 여자일 수도 있다. 근대 문학 무대에 출현한 '러시아 이름을 가진 여성'에게 국적 문제는 그다지 중요해 보이지 않는다. 그런 점에서 백석의 '나타샤'가 "좋아하는 먼 사람에게 붙인 이름이든 실제 마우자의 딸이든 나타샤라는 고유명사는 작품 속에 현실치외법권적인 아름다움을 부여한다"[4]라는 말은 전적으로 옳다. 중요한 것은 이름이 전하는 이 "현실치외법권적인 아름다움"의 초경계성이다. 국적은 물론이고 현실과 환상 사이의 경계마저 초월해버린 이름 나타샤는 이제 고유명사가 아니라 대명사이며, 그것은 기표와 기의 사이의 경계마저도 증발시켜버린 완전무결한 기호이다.

　　문제의 핵심은 이름이 아니라 그 이름을 거듭 부르는 행위의 의미에 있다. 야콥슨의 기호학 도식을 빌려서 말하자면, '나타샤'라는 말에는 시적(poetic)이자 교감적(phatic)인 기능이 도드라지고, 그래서 시는 "나타샤라는 이름을 마음껏 써보기 위해서 씌어진 이를테면 기호의 선율"로 읽히기도 한다.[5] 널리 알려진 바대로, 백석과 김광균과 오장환은 모두 나타샤를 자신의 시에 등장시켰다.

---

3) 김수림, 「제국과 유럽: 삶의 장소, 초극의 장소: 식민지 말기 공영권·생존권과 그 배치, 그 기율, 그리고 조선문학」, 158쪽. 필자는 '러시아-여성-의-이름'이라는 분철된 표기 방식을 사용하는데, 이는 식민지 근대 문학이 경험하여 기술한 삶-세계의 파편성을 재현하려는 시도로 보인다.

4) 유종호, 『시란 무엇인가』, 49쪽.

5) 위의 책, 49쪽.

가난한 내가
아름다운 나타샤를 사랑해서
오늘밤은 푹푹 눈이 나린다[6]

서울의 어느 어두운 뒤거리에서
이 밤 내 조그만 그림자 우에 눈이 나린다
눈은 정다운 옛이야기
남몰래 호젓한 소리를 내고
좁은 길에 흩어져
아스피린 분말이 되어 곱 – 게 빛나고
나타 – 샤 같은 계집애가 우산을 쓰고
그 우를 지나간다[7]

잠자는 약을 먹고서
나타샤는 고이 잠들고
나만 살았다.
나타샤는 마우재, 쫓긴 이의 딸
나 혼자만 살았느냐
고향이 있어서...[8]

6) 백석, 「나와 나타샤와 흰당나귀」(1938) 부분.
7) 김광균, 「눈 오는 밤의 시」(1940.5) 부분.
8) 오장환, 「고향이 있어서」(1940.12) 부분.

백석이 '아름다운 나타샤'를 호명하고, 김광균과 오장환이 그 뒤를 잇기까지의 계보는 확실치 않다. 나타샤는 카추샤, 엘레나, 소냐처럼 뚜렷한 문학적 혈통이 있는 이름이 아니다. 톨스토이의 『전쟁과 평화』에 등장하고, 투르게네프 소설 『루딘』에 등장하고, 또 도스토옙스키의 『학대받은 사람들』에도 등장하지만, 나타샤는 다른 인물처럼 널리 회자된 낭만적 여주인공이 아니며, 그 소설들도 세 작가의 다른 작품만큼 인기를 끌지는 못했다.

『전쟁과 평화』가 '전쟁 명저'로 소개되었을 때 나타샤는 거명만 되었지 인물형으로서는 전혀 조명되지 않았다.[9] 백석의 경우 나타샤를 예로 든 D. S. 미르스키의 논문을 1934년에 번역 소개한 적이 있으나, 톨스토이의 여주인공과 제임스 조이스의 여주인공을 비교한 미르스키의 생각을 그대로 옮기는 데 그쳤을 뿐이다. 게다가 "'톨스토이'에 있어서는 '나타샤'의 승리는 흙의 승리요, 부자연한 또 남의 토대 위에 입각한 지력과, 도시의 허위 희곡에 대한 전원의 근본적인 실한 승리요"[10] 운운하는 미르스키의 나타샤와 백석의 '아름다운 나타샤'를 연결하기는 어렵다. 도스토옙스키의 나타샤도 유달리 특징적이거나 중요한 인물형이 아니고, 마찬가지로 투르게네프의 엘레나와 마리안나가 이상적 여인으로 일컬어지던 것과 달리, '투르게네프적 여성(тургеневская девушка)'의 전형이라는 『루딘』의 나타샤가 칭송된 예도 찾아보기 어렵다.[11] 한마디로 나타샤는 변변한 문학적 족보도 없이 홀연히 조선 문학에 출현했다.

....

9) 「전쟁명저, 전쟁과 평화」, 『삼천리』, 1938.1, 30쪽.

10) 백석, 「'죠이쓰'와 애란문학: 띠·에스·미-르스키」, 송준, 『시인 백석』 2, 491쪽.

11) 크로포트킨이 투르게네프의 문학을 논하면서 나타샤를 언급한 글이 『삼천리』지에 실린 적은 있으나, 줄거리 소개뿐이었다. 크로포트킨, 「트르게네프 연구」, 『삼천리』, 1939.1, 177-179쪽.

바로 그런 배경에서 나타샤는 다른 어느 이름보다도 온전히 '나의 나타샤' '우리의 나타샤'가 될 수 있었는지 모른다. 최소한 백석이 그 이름을 부를 때까지 나타샤는 문학적 표상성에서 자유로운 이름이었다. 카추샤, 안나, 소냐, 타티아나처럼 문학적 원형이 뚜렷한 이름은 '나의 카추샤, 나의 안나' 등으로 호명될 때 은유의 그림자에서 자유롭지 못하다. 그렇게 호명된 여인은 문학적 원형과 동일시됨으로써 자동적으로 가엾은 신세의 카츄샤 같은, 열정적인 안나 같은, 희생양 소냐 같은, 정숙한 부인 타티아나 같은 여자가 되어버린다. 반면 나타샤에게는 기저텍스트의 전거가 없으며, 그런 이유에서라도 그 이름은 무구하다. 그 이름은 진열된 과거의 이름이 아니라 살아 있는 현재의 이름이고, 그래서 별다른 문학적 장애 없이 삶의 공간으로 직접 진입해 들어온다.

평론가 유종호의 추정대로 "하얼빈에 가서도 러시아 말 공부를 했고 해방 뒤에는 한동안 러시아 문학의 번역에 전념했다는 백석이 나타샤라는 이름에 각별한 애착을 가졌으리라는 것은 충분히 수긍할 수 있다."[12] 백석은 일본 유학 시절에 러시아어를 배웠고, 함흥 영생 고보 영어 교사로 재직 중이던 1937년부터는 백계 러시아인 양복점에 드나들며 러시아어를 본격적으로 공부했다.[13] 그리고 나타샤 시가 나온 후의 일이긴 하지만, 1940년대 초의 만주 체류 시에는 역시 백계 러시아인 지역을 자주 찾았고, 백계 러시아인 작가 바이코프의 만주 소설을 번역하기도 했다. 백석이 나타샤라는 이름의 여인과 실제로 교류했는지는 알 수가 없다. 그러나 나타샤(나탈리아의 애칭)는 비교적 흔한 이름이다. 그리고 만약 실제 인물의 이름

12) 유종호, 『다시 읽는 한국 시인』, 282쪽.
13) 송준, 『시인 백석』 2, 49-52쪽.

이라면 십중팔구 백계 러시아인으로 봐야 할 것이다. 혁명 후 한반도를 위시해 만주 지역에 거주하던 러시아인들은 거의 모두가 백계였다.

참고로 함대훈이 자기 글에서 처음 소개한 실제 러시아 여성도 나탈리야인데, 혁명 전 일본 주재 러시아 외교관의 딸로 나온다.[14] "외국어를 배우면서 이국여성과 그 나라말로 속삭일 때!" 느끼던 기쁨은 러시아어의 "명랑하고 리드미컬한 발음"과 아름다운 백계 러시아인 처녀의 입술에 떠오르는 "가벼운 미소"에서 비롯된 것이었다고, 함대훈은 회고한다. 유진오의 단편 「신경」에 나오는 카바레 댄서도 백계 러시아인 나타샤이다.

> 각가지 나라 말을 뒤섞어 이야기하고 있는 동안에 철은 여자의 이름은 나타-샤라는 것, 그 집은 보통 음식점이 아니라 캐바레라는 것, 나타-샤는 그곳에서 춤추고 있는 여자라는 것을 알았다. 문득 철은 이 여자도 소문에 듣던 로서아 귀족의 딸이 아닌가하고 생각하였다. 그리고 보니 딴은 여자의 말치며 몸가짐이 보통 음식점 여급 같지는 않아도 보인다.[15]

오장환도 시에서 "나타샤는 마우재, 쫓긴 이의 딸"이라고 못 박았다. 물론 백석의 나타샤가 백계인지 아닌지, 러시아인지 아닌지, 실제의 인물인지 아닌지는 전혀 중요치 않다. 나타샤가 무엇을(누구를) 표상하는지조차도 아무 의미 없다. 다시 말하건대, 나타샤는 기의가 부재하거나 불필요한 기표로서 시적·교감적 기능을 충실히 수행하고 있을 따름이다.

14) 함대훈, 「기쁘던 그날: 외국어와 이국여성」, 『신여성』, 1933.1, 3-4쪽.
15) 유진오, 「신경」, 『유진오 단편집』, 12쪽.

가난한 내가
아름다운 나타샤를 사랑해서
오늘밤은 푹푹 눈이 나린다

나타샤를 사랑은 하고
눈은 푹푹 날리고
나는 혼자 쓸쓸히 앉어 소주를 마신다
소주를 마시며 생각한다
나타샤와 나는
눈이 푹푹 쌓이는 밤 흰 당나귀 타고
산골로 가자 출출이 우는 깊은 산골로 가 마가리에 살자

눈은 푹푹 나리고
나는 나타샤를 생각하고
나타샤가 아니 올 리 없다
언제 벌써 내 속에 고조곤히 와 이야기한다
산골로 가는 것은 세상한테 지는 것이 아니다
세상 같은 건 더러워 버리는 것이다

눈은 푹푹 나리고
아름다운 나타샤는 나를 사랑하고
어데서 흰당나귀도 오늘밤이 좋아서 응앙응앙 울을 것이다

백석의 이 시를 움직이는 동력은 소리와 이미지의 일체성이다. 소리 내 읽어보아야 한다. 소리 내어 읽노라면, 무엇보다 'ㄴ(n)' 음이 음성적 '지배소(dominant)'임을 실감할 수 있다. 빈도수가 가장 두드러진다는 말이다. 시는 'ㄴ' 자음과 'ㅏ' 모음의 합성인 '나'("나" "나타샤" "눈은 나리고") 소리의 주술적 반복으로 가득 차 있으며, 그 소리는 눈처럼, 또는 눈이 되어 총 19행의 시 공간에 내려 쌓인다. 시각적으로는 당연히 흰색이 지배소일 터이고, 시각과 청각의 두 지배 요소를 모두 보유한 시어 '눈'을 매개로 하여 음성적 동질체인 '나'와 '나타샤'까지 흰색으로 동화하는 것도 자연스러운 일이다. '나(내)', '나타샤', '눈'은 모두 각각 5회 이상 등장하는 빈번 시어인데, 그 빈도수의 총합이 시를 구성하는 전체 명사의 50%를 상회한다.[16] 그만큼 동음동색의 시어인 '나와 나타샤와 눈'의 결속력과 지배력은 확고한 것이다. 이 완벽한 흰 세계에서 당나귀는 도저히 다른 색을 띨수가 없다. 그것은 당나귀가 밤새 내리는 눈에 뒤덮였다거나 알바이노성 희귀종이라는 실증 논리가 아니라[17] 시의 주조색이 흰색이라는, 매우 단순하면서도 강력한 시학적 내부 논리로 강제된 사실이다.

19행시 공간에 눈이 내려 쌓이는 동안 상상의 축적이 함께 일어나노라면, 시의 논리에도 변화가 생긴다. 이는 외롭고 가난한 현실에서 촉발된 초현실적 상상 논법(가난한 내가 나타샤를 사랑해서 눈이 나린다)이 마침내 순리의 현실 논법(눈은 내리고, 나타샤는 나를 사랑하고, 그러니 흰 당나귀도 좋아서 운

---

16) 시에 등장하는 명사를 총 32개로 산정할 때, '나(내)'와 '나타샤'가 나란히 6번, '눈'이 5번 등장함으로써 53%의 빈도로 계산되었다.

17) 유종호는 흰 당나귀를 "비현실 혹은 반현실의 기호"로 해석하면서도 "앨바이노성 당나귀가 없으란 법은 없고 또 당나귀의 하복부, 입, 눈 둘레, 다리 안쪽만은 대체로 백색이다"라는 동물학적 가정도 배제하지 않았다. 실제로 흰 당나귀는 이탈리아 남쪽 아시나라(Asinara)섬에 집단 서식한다고 알려졌다.

다)으로 교정됨을 말한다. '나'의 상상과 '눈'의 개입이 창조한 별세계에서, 그리고 오직 그 안에서 삶의 논리는 필연처럼 정연해지는데, 나타샤는 이 환상적인 무대에 흰 당나귀만큼이나 불가피한 등장인물이다. 그것은 소리의 관성('나'와 '나-타-샤')이 이끌어낸 메아리이자, 동시에 시각적 연상의 관성(흰 눈-흰 당나귀-흰 나타샤)이 생성한 반향으로서의 이름이다. 나타샤는 무엇보다 백석 시의 형식적 체계에 상응하는, 더없이 완벽한 '말'이며, 공교롭게도 러시아 여인의 이름이며, 다른 어떤 이름으로도 대체할 수 없는 고유의 자족적 기호이다.

　　나타샤라는 이름의 절대성은 이렇듯 시「나와 나타샤와 흰당나귀」에 소속된 시어로서의 완벽함에서 나온다. 백석에 이은 오장환의 나타샤를 두고 유종호는 "시는 탐나는 말 특히 그 기표를 두고 시인이 벌이는 사랑놀이"라고 표현했다.[18] 나타샤가 "탐나는 말"이 될 수 있는 것은 백석의 시가 있었기 때문이다. 백석의 시를 통해 나타샤가 단순히 아름다운 외국 여인의 이름을 넘어 자꾸 사용하고 싶은 완벽한 시어(기표)가 되어버렸기 때문이다. 나타샤는 흰색, 가난함, 당나귀, 눈 등 백석의 주요 시어들과 연결됨으로써 백석 문학 전체와 의미의 관계망을 형성하고, 백석이 열거하는 "가난하고 외롭고 높고 쓸쓸"한 모든 것과 친족 관계를 이룬다.[19] 이것이 이른바 백석 문학 내에서의 상호텍스트성이다.[20] 한편, 외적인 상호텍

----

18) 유종호, 『시란 무엇인가』, 49쪽.

19) 백석, 「흰 바람 벽이 있어」(1941.4)의 다음 구절을 상기할 것. "하늘이 이 세상을 내일 적에 그가 가장 귀해하고 사랑하는 것들은 모두/ 가난하고 외롭고 높고 쓸쓸하니 그리고 언제나 넘치는 사랑과 슬픔 속에 살도록 만드신 것이다/ 초생달과 바구지꽃과 짝새와 당나귀가 그러하듯이 그리고 또 '프랑시쓰 쨈'과 '도연명'과 '라이넬 마리아 릴케'가 그러하듯이. [...]"

20) 일찍이 아크메이스트 시인들(대표적으로 만델슈탐, 아흐마토바)의 상호텍스트성에 주목했던 러시아 시학 연구에서는 이 같은 시적 자기반복성을 '자기메타기술(автометаописание)'이라고 규정했다.

스트성에 의해 백석의 '아름다운 나타샤'는 눈 내리는 서울 밤거리의 '나타-샤같은 계집애'(김광균)로, 약 먹고 세상을 등진 백계 러시아 처녀 '나타샤 베드로프나'(오장환)로, 심지어 같은 이름의 앵무새나 개(한설야)로 이어지면서 의미의 확장을 지속한다.[21]

나타샤는 이국적 이름이지만, 백석의 시를 통해 비로소 의미를 부여받기 시작한 조선 이름이기도 하다. 신여성 시대 이름이지만 신여성과 거리가 멀고, 러시아 여인의 이름이지만 더는 실재하지 않는 나라 러시아의 이름이다. 그렇다면 나타샤는 경계를 초월한 말이다. 현실의 토양에서 떨어져 나온, 쫓기고 빼앗기고 소외된 자가 속한 세계의 이름인 동시에 완벽하고 아름다운 이상향의 이름이며, 또한 '흰색'의 이름이다. 이 같은 배경의 친연성 덕분에 근대 조선의 시인들은 '타자'의 것인 그 이름을 더욱 쉽게 '나(우리)'의 것으로 만들 수 있었을 것이다. '나타샤'를 연거푸 호명한다는 것은 그 이름에 내포된, 현실 너머의 '나'를 거듭 부르는 것과 같은 의미와 효과가 있었다.

근래의 제국주의 연구에서는 '소유' '정복' 같은 단어를 사용함으로써 탈제국적 저항 논리를 작동시키곤 한다. 그러나 과연 나타샤라는 이름을 '전시'하는 행위에 근대 유럽이나 제국을 '소유'하겠다는 식의 탈식민주의적 무의식이 작용했을지 의문이다. 백석의 나타샤는, 가령 이효석의 『벽공무한』에서 천일마와 결혼하여 조선화하는 하얼빈 출신의 백계 러

<hr>

P. Д. Тименчик, "Автометаописание у Ахматовой" 참조.

21) 한설야의 1939년 『동아일보』 연재소설 『마음의 향촌』에서 여주인공 초향은 앵무새와 개 이름으로 나타샤, 카추샤, 오피리쓰를 고려한다. 동물 이름으로까지 회화된다는 것은 나타샤가 당시 대중적으로 널리 회자된 이국적 이름이었음을 말해준다.

시아인 나아자와 달리, 식민지 동양의 '타자'로서 존재하는 서양의 대변자가 아니다. 한 번 더 강조하는데, '나타샤'는 일차적으로 백석의 시학 체계가 끌어들인 시적 기능의 이름이며, 기의의 한계를 극복한 이름이며, 따라서 "유럽과 러시아의 알레고리로서 등장"하는 이데올로기적 명명 같은 것과는 거리가 멀다.[22]

22) 그런 의미에서 김수림의 연구(「제국과 유럽: 삶의 장소, 초극의 장소」)처럼 '나타샤'의 호명을 "식민지의 초극" 혹은 "근대의 초극"과 연결 짓는 것은 탈식민주의 이론상으로만 가능할 뿐, 실제 작품의 세계와는 거리가 먼 과잉 해석이라 여겨진다.

2. 소냐와 순이

반면에 조금 다른 의미에서 이데올로기화하는 이름도 있다. '소냐'가 그렇다. 소냐는 체홉의 『바냐 아저씨』에서도 존재감이 큰 인물이지만, 뭐니 뭐니 해도 『죄와 벌』의 자기희생적 여주인공으로 깊이 각인되어 있다. 극웅 최승만이 "가장 수타적이오 희생적이오 인도적인 색채"의 러시아 문호로 도스토옙스키를 꼽으며 『죄와 벌』을 처음 언급한 것이 1919년의 일이다. 화산학인(이하윤)의 경개역이 『동아일보』에 연재된 것은 1929년에 이르러서고, 1931년에는 역시 『동아일보』 「세계명저소개」 란에 줄거리만 간단히 소개되었다. 근대 지식인의 도스토옙스키 수용이 일본을 통해 이루어졌음에도, 작가의 철학적 사상에 깊이 경도되어 있던 일본 독자층과 달리 조선의 지식인들은 가난하고 고통받는 민중에 할애된 "깊은 동정과 가련한 정"에 더 주목했기에 도스토옙스키를 인도주의자로 주저 없이 지목했다. 톨스토이와 도스토옙스키 비교를 통해 소설 문학의 기초를 설명했던 김동인도 "도스토옙스키는 온건한 사랑의 지도자이었었다. [⋯] '사랑으로써 모든 것은 해결된다'는 인생을 창조하였다"라고 결론지었다.[23]

'사랑으로써 모든 것은 해결된다'는 도스토옙스키의 명제가 가장 잘 드러난 작품이 『죄와 벌』이고, 그 명제가 가장 잘 구현된 인물이 소냐라는 사실에 이의를 제기하기는 어렵다. 물론 『백치』의 므이슈킨이나 『카라마조프 형제들』의 알료샤도 못지않은 사랑의 예증이겠으나, 『죄와 벌』은

23) 김동인, 「자기가 창조한 세계: 톨스토이와 도스토옙스키를 비교하여」, 『김동인전집』 16, 152-153쪽.

사랑을 통한 구원의 희망이 그 어떤 작품보다도 명확히 제시된 소설이며, 소냐는 무조건적 사랑과 연민의 정신으로 누구보다도 철저히 자신을 헌신하는 여성이다. 도스토옙스키의 다른 인물들과 달리 소냐에게는 반항과 회의의 전력이 없다. 도스토옙스키의 주요 인물들이 모두 선악의 연단을 거쳐 구원에 이르는 것과 대조적으로 소냐는 생래적 절대선의 성질로써 악의 세계를 관용하고 포용하는, 구원의 주체이다. 그런 점에서 소냐는 도스토옙스키의 다른 여주인공들과 구분될 뿐 아니라, 유사한 매춘 경력의 카추샤와도 변별되는 여성이다.

톨스토이의 카추샤가 갱생의 과정을 거치는 매춘부인 데 반해 소냐에게는 갱생이 요구되지 않는다. 처음부터 끝까지가 일관된 기독교적 선의 화신이고, 가족을 부양하려고 매춘을 하면서도 죄에 오염되지 않는 성서적 인물이기 때문이다. 소냐의 참담한 환경이 러시아 사회의 구조적 문제와 결부되어 있기는 하지만, 인간 각자의 성격과 심리의 영향을 받는 것 또한 사실이다. 가령 소냐의 아버지가 나약한 술주정뱅이가 아니었다면, 또 그녀의 계모가 자존과 자학의 히스테리아 폐병 환자가 아니었다면, 그리고 소냐 자신이 희생을 자처하지 않았더라면, 상황은 달라졌을 수 있다. 그러나 소냐는 러시아 정교가 설정한, 그야말로 한없이 온유하고 인내하며 사랑하는 이상적 인간의 전형이다. 인간 세계의 죄는 하나님이 계산하고 심판할 것이라는 기독교적 믿음에 따라 "지상의 몸을 희생한 것뿐이오 그 마음은 언제든지 천사"[24]로 남는 여성이 곧 소냐이다.

가난과 지적 번민 속에서 삶을 영위하던 근대 조선의 남성들에게

....

24) 「세계명저소개 5: 도스토옙스키 『죄와 벌』」, 『동아일보』, 1931.2.16.

소냐가 이상적인 애인상으로 떠올랐다는 것은 소냐 같은 구원의 존재가 그들에게 절실했다는 뜻이며, 또한 그만큼 그들이 라스콜니코프의 문제와 자신의 현실을 동일시했다는 뜻이다.[25]

> 나는 도스토옙스키의 『죄와 벌』을 읽었을 그때는 이미 여러해 전이었으나 그때 내 자신이 예술 방면에 파묻혔던 까닭인지 굳센 청년으로서의 고민이 남유달리 있었던 듯하였던 때여서 그랬던지 이 '소니아'를 찾아보려고 한 때도 있었다.
> 그렇게 이해가 깊고 그러니 그렇게 인간을 알고 현실을 잘 보고 그 까닭에 극도의 빈곤 중에서도 자기가 부둥켜안고 하소할 그 사나이를 찾았던 것이다. '소니아'가 조선에도 있었는지 있을 것인지?
> '라스콜니코프'는 '소니아'가 있음으로써 새 생활이 열렸을 것이다.[26]

한때 소냐와 같은 여자를 찾아보려 했다는 안석주(석영)의 회고는 『신여성』 잡지 기획 특집 「내가 좋아하는 소설의 주인공이 실재해 있다면?」에 실린 것이다. 소냐는 1933년 당시 문학 예술인 5인이 기억에 남는 소설 속 주인공을 소개하는 이 특집에서 유일하게 두 차례 거듭 이상적인 애인형으로 거론되었다. 안석주와 함께 소냐를 지목한 안회남은 아예 "소니아의 애인 라스콜니코프가 되고 싶다"라고까지 했을 정도다.

....

25) 이는 근대기만의 현상이 아니고, 괴롭고 궁핍한 시대를 고뇌하며 살아온 모든 지식인 독자에게 해당되는 현상일 것이다. 전당포가 있던 옛 골목길을 지나며 "나의 쾌활한 친구/ 라스꼴리니코프"와 "그 시절 나의 쏘냐"를 그리워하는 백무산 시 「나의 쏘냐」(『실천문학』, 2013.8)가 단적인 예로 떠오른다.
26) 안석주, 「내가 좋아하는 소설의 주인공이 실재해 있다면?: 라스콜콥프의 소니아」, 『신여성』, 1933.2, 95-96쪽.

그래 매음부 아니 매음소녀(나는 소녀라고 부르고 싶다)이면서도 끝없이 마음이 순결하고 성질이 온순하며 몸도 퍽 섬약한 소니아 소니아가 지금 나의 앞에 실재해 있다면? — 이것은 물론 터무니없는 공상이다. 그렇기 때문에 어떻게 하겠다는 나의 대답도 터무니없는 짓이라는 것은 두 말할 나위가 없는 것이다.

일언이폐지 그와 정신으로나 육체로나 제일 가까운 사람이 되고 싶다. 라스콜니코프가...

[...] 일(一) 매음소녀 소니아에게 자기의 죄를 자백하고 구원을 청하던 열혈한(熱血漢) 라스콜니코프가 되고 싶다.

소니아의 애인 라스콜니코프가 되고 싶다.[27]

안석주와 안회남의 소녀 예찬에는 남자 주인공 라스콜니코프와의 동질 의식이 전제되어 있다. 가난한 대학생 라스콜니코프의 사상에 공명하고, 그가 겪은 "한없는 번민, 참회, 암담"의 "진실한 투쟁의 생활"에 공감한 나머지 조선의 라스콜니코프가 되고 싶어졌으며, 동시에 "법률과 부모와 친우와 성현 모든 것을 제쳐놓고" 한 명의 여인에게 안겨 구원받는 감격적인 대단원을 꿈꾸게 된 것이다.[28] "도스토옙스키의 『죄와 벌』을 읽을 때에 라스콜리니코프가 소냐 앞에 엎드려 '나는 전 세계 인류 고통 앞에 무릎 굽힙니다' 하는 데 이르러 가슴이 후끈하도록 감격하여 보았"다는 조

<hr />

27) 안회남, 「내가 좋아하는 소설의 주인공이 실재해 있다면?: 매음소녀 소니아」, 『신여성』, 1933.2, 96-97쪽.

28) 인용 구절은 모두 안회남, 「내가 좋아하는 소설의 주인공이 실재해 있다면?: 매음소녀 소니아」, 96-97쪽에서 따온 것이다.

명희의 감회도 같은 맥락에서 이해될 수 있으며,[29] 정지용이 「황마차(幌馬車)」에 등장시킨 "가엾은 소-니야의 신세" 역시 도시 하층민인 유학생 정지용-라스콜니코프의 "쓰다듬어 주고 싶은, 쓰다듬을 받고 싶은 마음"에 준하는 자기연민의 투사로 해석될 수 있다.[30]

네거리 모퉁이 붉은 담벼락이 흠씬 젖었소. 슬픈 도회의 뺨이 젖었소. 마음은 열없이 사랑의 낙서를 하고 있소. 홀로 글성 글성 눈물 짓고 있는 것은 가엾은 소-니야의 신세를 비추는 빩안 전등의 눈알이외다. 우리들의 그전날 밤은 이다지도 슬픈지요. 이다지도 외로운지요. 그러면 여기서 두 손을 가슴에 념이고 당신을 기다리고 있으릿가?[31]

안석주는 카프 발기인이었고 안회남은 조선문학가동맹 소속으로 해방 후 월북했다. 정지용을 좌익으로 분류하기는 어렵겠으나, 그 또한 조선문학가동맹에 몸담았던 적이 있는 시인이다.[32] 일본 유학 후 카프에 가담했던 조명희는 1928년 소련으로 망명하여 소련작가동맹원으로 활동했다. 조선 독자층이 향유했던 도스토옙스키 문학의 핵심이 프롤레타리아

---

29) 포석, 「늦겨본일멫가지」, 『개벽』, 1926.6, 22쪽.

30) 정지용 시 「황마차」는 1927년 6월 『조선지광』에 발표되었으나, 집필 시기는 교토 유학 시절인 1925년 11월로 거슬러 올라간다. 애초 일본어로 발표되었다가(『近代風景』, 1927.4) 다시 한국어로 발표된 작품이다. 「황마차」의 집필 배경에 대해서는 박경수, 「정지용 초기 시의 일본 근대문화 수용과 문화의식」, 『정지용전집』 94쪽, 114-120쪽 참조.

31) 정지용, 「황마차」 부분.

32) 정지용의 사상적 행방에 대해서는 송기한, 「해방공간에서의 정지용 문학연구: 민족주의 사상과의 관련 양상을 중심으로」, 351-380쪽 참조.

문학으로서의 경향성에 있었음은 부인할 수 없다. 첫 번역물이『가난한 사람들』이었음은 물론이고 도스토옙스키 소설 중 가장 많이 읽힌 것이『학대받은 사람들』, 그리고 대표작은『카라마조프 형제들』이 아니라『죄와 벌』이라고 1931년 당시 신문에 소개되어 있다.[33]『죄와 벌』을 읽고 "룸펜 프롤레타리아적인 니힐리즘"에 빠져 빈궁 소설을 습작하다가 마침내 "조선의 고리키가 되겠다고 생각하였다"라는 송영의 기록이 말해주듯이[34] 도스토옙스키에서 고리키로 이어지는 조선 프롤레타리아 문학의 혁명적 계보는 뚜렷해 보인다.

그러나 초점은 조선의 좌익 계열 작가가 소냐를 선호했다는 단순 사실이 아니라, 조선 남성이 취사선택한 여성성의 변이에 맞춰져야 한다. 앞서 열거된 다른 여주인공들과 달리 소냐라는 이름의 여인은 "이국적인 로맨스와 열정의 표상"[35]과 전적으로 무관하다. 자유연애나 양처주의의 신여성도 아니고, 나타샤 같은 초현실의 이상향도 아니며, 다만 도시의 빈곤을 배경 삼은 지극히 현실적이고 근대적인 인물일 뿐이다. '매음부' 대신 '매음소녀'로 불려야 할 18세 소냐에게 성적 측면의 여성성은 배제되어 있으며, 라스콜니코프와의 관계에도 남녀 간 이성애의 기미는 전혀 보이지 않는다. 애인이라기보다는 영혼의 짝이요 고통의 동반자인 소냐는, 말하자면 '누이' 같은 존재이다. 친가족(아버지)뿐 아니라 남과도 같은 의붓가족(계모와 의붓동생들)을 위해 '지상의 몸'을 희생하는 천사 같은 누이이다. 흡사 "내 사랑하는 오직 하나뿐인 누이동생 순이(임화,「네거리의 순이」)"

33)「세계명저소개 5: 도스토옙스키『죄와 벌』」,『동아일보』, 1931.2.16.
34) 송영,「폭풍의 어둠을 뚫고」, 이기영 외,『우리시대의 작가 수업』, 105쪽.
35) 박진영,『번역과 번안의 시대』, 272쪽.

와 같은 소냐에게 부과된 고난과 희생의 무게는 그래서 더더욱 절절할 수밖에 없다. 소냐의 이데올로기화는 바로 이 지점에서 일어난다.

저게 누구냐
저게 누구여
건넌방 북켠 벽살에 웅크리고 붙어 앉아
갓들어온 나를 바라다보는 저 여자가!

아아 쏘냐 쏘냐…

쏘-냐야 어찌 알았으랴
내 여기서 너를 만날 줄!

기억도 새롭다

그때는 겨울…

눈보라로 밝고 눈보라로 어둡는 북극
북국에도 보기 드문 눈보라치는 밤이었다

거기·'밀냐야' — 해란강가 방갈로형 아라사 바 —
으스름한 자줏빛 살롱에서 우연히 사귄 우리

너는 열여덟의 얌전한 웨이트리스

나는 스물 하나의 우울한 방랑객

숭숭 끓는 사모왈·활활 타는 페치카 앞에서

하염없이 주고받는 이야기로 새는 줄 모르든 그 밤이여! [36)]

이찬의 「해후」는 '소냐'를 연민하는 '나'의 관점에서 펼쳐진 독백의 서사시이다. 술집에서 도망쳤다 붙잡혀 감옥에 들어온 소냐는 서산 출신의 조선 처녀로, 과거 북국의 러시아 바에서 화자인 '나'와 만나 사귀며 "하염없이 주고 받는 이야기로" 밤을 새우곤 했다. 그런데 한때는 "열여덟의 얌전한 웨이트리스"와 "스물 하나의 우울한 방랑객"이었던 두 사람이 4년 만에 경성의 유치장에서 해후하게 된 것이다. 화자의 서술을 통해 지난 4년간 소냐는 술집의 노예로 전락했으며, 화자는 사상범이 되었음을 미루어 짐작할 수 있다. 실제로 이찬은 카프 활동 중 검거되어 2년여의 옥고를 치르기도 했다.[37)]

이찬의 시는 어찌 보면 '조선'이라는 현실의 언어로 각색된 『죄와 벌』과도 같다. 물론 종교적 측면은 배제된 차원에서의 이야기이다. 『죄와 벌』의 라스콜니코프가 소냐를 만나 참회하고 시베리아 대지에서 구원의 깨달음을 얻는 것이 도스토옙스키 소설의 핵심 플롯이라면, 이찬의 시는 라스콜니코프인 '나'와 '소냐'인 조선 처녀가 서로의 처지에 가슴 아파하며 분노하는 현실의 서사이다. 동시에 일제 치하에서 짓밟히고 학대받는

<hr />

36) 이찬, 「해후」, 『이찬시전집』, 96-97쪽. 「해후」는 이찬의 두 번째 시집 『대망』(1937)에 수록되었다.
37) 위의 책, 599쪽.

박행한 약자 모두의 집단 서사이기도 하다. 조선의 라스콜니코프와 소냐
는 식민의 감옥에 갇혀 저주와 탄식의 신음을 계속할 뿐이고, 그런 그들이
고대하는 당장의 역사는 영혼의 구원이라는 관념적 이상보다 훨씬 더 다
급한, 반제국·반자본의 투쟁을 향한다.

움푹 들어간 눈 홀쭉 깎인 볼... 영 못보게 됐구나
억지로 들린 몇 잔 워드카에 불그스레해진 네 얼굴 곱기도 하드니

도시 어떤 녀석의 꾀에 걸렸든 어떤 녀석의 꾀에 –
고국 산천이 그리워도 "돈 모으기 전에는 안가겠어요" 하든 너
그 노릇도 "싫어서 못견디겠어요" 하든 너

네 스스로 이곳에 왔을 리 그 구렁에 발을 넣었을 리 만무하거니 새
삼스리 저주롭다 그 부류의 인간이!
[...]

아아 너는 참으로 박행한 여자다!
이제야 알아봤는가 재빠리 창살 가까이 기어 나와 눈짓하여 손짓하며
말 못건내는 안타까움에 입술 깨무는 쏘냐야

이내 소식에 울고부실 오십 노래에 병드신 어머님 근심
그리고 앞으로 닥쳐올 가진 고난의 걱정도 사라지고
말루 말루 가여운 네 생각에 가슴이 터지는 것 같다

아아 쏘냐! 쏘냐! [38]

'쏘냐'로 명명된 이 여주인공에게는 『죄와 벌』의 소냐와 카추샤의 운명이 함께 얽혀있다. 얌전한 처녀에서 술집여자로 전락한 천애고아 쏘냐는 가난한 집 살림을 위해 여공이 되는 어린 순이(「가구야 말려느냐」, 1932), "가난에서 나서 가난에서 자라" 술집여자가 된 옥순이(「안해의 죽엄을 듣고」, 1932), 엇비슷한 길을 향해 북만주로 떠나가는 월이(「북만주로 가는 월이」, 1937) 등과 함께 '식민의 비극성'이라는 운명 공동체에 속한 존재들이다. 이찬의 쏘냐는 곧 조선의 순이이다. 도스토옙스키의 소냐 혹은 톨스토이의 카추샤와 차이가 있다면, 그것은 조선의 쏘냐에게 구원과 부활의 희망이 요원하다는 사실이다. 쏘냐-순이의 비극은 현재진행형이며, 그녀의 구원은 신의 은총으로 이루어질 수 있는 것이 아니다.

이찬은 와세다 대학 출신의 노문학도로(1929년 입학, 중퇴), 유학 시절 임화와 가깝게 교류하며 카프 동경 지부인 '무산자사(無産者社)'에서 활동했다. 그가 도스토옙스키의 『죄와 벌』에 심취했을 것은 물론이고, 식민 자본의 희생양인 '누이동생 순이'들의 비극에 격분했을 것도 지극히 개연성 있는 사실이다. 임화가 1929년 이후 되풀이해 호명하게 될 "종로 네거리의 불쌍한 순이"는 정지용이 그에 앞서 환기했던 "슬픈 도회 네거리의 가엾은 소-니야"와 포개진다. 한편 이찬의 "끌려온 쏘냐"는 백신애의 단편 「꺼래이」(1934)를 여는 충격적인 첫 문장 "순이들은 끌려갔다"의 북국 순이와도 맞닿는다. 시간을 조금 거슬러 올라가면, 같은 운명을 살다가 결국 마굴

....
38) 위의 책, 97-98쪽.

에서 자살하고 마는, 동반자 작가 시절 이효석의 '누이동생 같은' 소냐 계순이(「기우」, 1929)도 있다. 심지어 서정주가 '순아'로 바꿔 부른 '종로 네거리의 열아홉 살쯤 스무 살쯤 되는 애들'(「부활」, 1941?)에서도 '소냐-순이'의 메아리는 지워지지 않는다.

도스토옙스키에 관해 당대의 어느 작가보다도 이해도가 높았던 염상섭은 「쏘니아 예찬」에서 다음과 같이 쓰고 있다.

> 쏘니아는 노서아 여자다. 그러나 세계의 가는 곳곳이 협사(狹斜)의 항(巷)은 물론이요, 백주대로에서도 발견할 수 있는 도회의 ○腫이다. 현대문명의 맹장염 같은 것인지도 모른다. 우리는 종로 네거리에서도 쏘니아를 발견할 수 있고, 우리의 인가(隣家)에도 쏘니아가 살지 모른다. 우리는 우리의 자매 가운데에 몇 천 몇 만의 쏘니아를 가졌는가!
>
> [...]
>
> 나는 쏘니아와 같이 운다. 가을밤 굿은비와도 같이 운다. 인류의 불행을 탄식하는 마음으로 운다. 나는 쏘니아를 공상의 세계에서 포옹한 아리따운 연인으로서 위로하려 함이다. 나는 쏘니아의 영혼을 바라보고 감격에 떤다. 그의 썩은 육체 안에 숨은 정의의 맘을 보았기 때문이다.[39]

염상섭은 "육체는 잃었을망정 그 기품, 그 심령의 고아순정(高雅純

---

39) 염상섭, 「쏘니아 예찬: 여자천하가 된다면」, 『염상섭문장전집』, 157쪽.

淨)함"을 지킨 '쏘니아'를 예찬했다. 동시에 그 삶이 너무도 비참한 "쏘니아를 위하야 나는 라스콜리니코프와 함께 소리 없이 운다"라고 했다.[40] 소냐는 구체적으로는 소설 속 매춘부이지만, 포괄적인 의미에서 자신을 희생한 모든 가엾은 누이의 대명사나 다름없다. 우연일 수 있겠으나, 향토적인 '순이(아)'와 이국적인 '소냐'는 실제 발음상으로도 유사한 이름이다. 그러나 소리의 인접성 이전에 두 이름은, 그리고 그 이름이 가리키는 조선과 러시아의 '누이'들은 수난과 희생이라는 운명 안에서 하나이다. 물론 그 옆에는 애인이자 오빠인 청년의 존재가 있다. 당장의 구원자가 되기에는 역시 가난하고 무력하지만 누이의 희생을 지켜보며 슬퍼하고, 분노하고, 누이의 희생을 통해 미래를 되찾게 될 존재가 있다. '오빠-누이 구조'가 근대 문학을 관통하는 핵심 궤적으로 주목된 지 오래며,[41] 식민지 시대에서 현대로 승계되는 '오누이론'은 앞으로도 많은 이의 관심에 합당한 주제로 남을 것이다. 그 대주제의 출발점에 오빠의 누이요 청년의 애인인 소냐-순이는 위치한다.

....

40) 위의 책, 162-163쪽.
41) 이경훈, 『오빠의 탄생: 한국 근대문학의 풍속사』, 42-75쪽 참조.

IX
실낙원인가 복낙원인가

주을 온천의 백계 러시아인 마을

1. 얀콥스키의 복낙원 '노비나'

온천에서 삼마정쯤 들어간 산골은 망명해 있는 외국 사람의 부락
'노비나' 촌이라는 것인데, 여름이 되면 그 부락이 피서지로 변해서
도회에 있는 외국인들이 한동안 모여들군 했다.[1]

(탈)식민 모더니티 담론 연구가 활발해지면서 망명 러시아인을 바
라보는 근대 조선의 관점에 대해서도 비교적 많은 논의가 등장하는 추세
이다.[2] '동양의 파리' 하르빈이나 신경, 상해 등의 무국적 거주자를 관찰대
상으로 삼은 연구가 주를 이룬다고 할 수 있는데, 기억할 것은 서구화된 근
대 도시의 대척점이라 할 조선 벽지에도 엄연히 그들만의 독립적인 공동
체 사회가 존재했으며, 그것이 이주와 경계 넘기에 주목하는 오늘날 경향
에 대단히 흥미로운 문화사적 자료가 된다는 사실이다.

1917년 10월 혁명 이후 지속되었던 소비에트 러시아의 내전이
1922년 가을 마침내 막을 내리고, 그때부터 이른바 '백계 러시아인', 즉 적
군에 맞서 싸우던 백군과 그 가족, 그리고 혁명의 반대편에 섰던 제정 러

---

1) 이효석, 『화분』, 『이효석전집』 4, 202쪽.
2) 대표적으로 김미현, 「이효석문학에 나타난 문화번역과 경계사유: 『벽공무한』을 중심으로」; 김주리,
「이효석 문학의 서구지향성이 갖는 의미 고찰」; ___, 「식민지 시대 속 온천 휴양지의 공간 표상」; 방민
호, 「이효석과 하얼빈」; 서재원, 「이효석의 일제말기 소설 연구: 『벽공무한』에 나타난 '하얼빈'의 의미를
중심으로」; 오태영, 「朝鮮 로컬리티와 (탈)식민 상상력: 이효석의 『화분』과 『벽공무한』을 중심으로」;
이경훈, 「하르빈의 푸른 하늘: 『벽공무한』과 대동아공영」; 이양숙, 「일제 말 이효석과 유진오의 도시 읽
기: 「하얼빈」과 「신경」을 중심으로」; 정여울, 「이효석 텍스트의 노스탤지아와 유토피아: 『벽공무한』을
중심으로」 등을 들 수 있다.

시아인 난민의 역사가 시작된다. 일찌감치 조국을 등지고 유럽으로 향했던 망명 러시아인들과 달리, 시베리아에서 연해주까지 밀린 끝에 패잔병이 된 극동 지역 백계 러시아인들에게 가장 가까운 탈출구는 바로 한반도였다. 1922년 10월 말에서 11월 초까지 포시에트 항구를 거쳐 원산에 도착한 백계 난민의 숫자가 적게는 9천 명에서 많게는 1만 5천 명에 이르는 것으로 집계되는데,[3] 그들은 대부분 중국, 일본, 북남미, 오스트레일리아, 필리핀 등 집단 거주지를 찾아 떠났고, 1925년에는 136명 정도만 조선 각지에 흩어져 정착했다는 기록이 있다.[4] 1936년에 집계된 한반도 내 백계 러시아인의 수는 203백 명, 1938년에는 100명 정도이며, 주로 함경도에 거주했다고 한다.[5]

　　1925년이 되어 구한말부터 서 있던 정동의 제정 러시아 공사관에 붉은 기가 걸리고 소련 영사 바실리 샤르마노프(Василий Шарманов)가 부임했지만, 1백여 명의 러시아인이 경성에 거주하던 1920년대 말까지 '적계' 러시아인은 거의 찾아볼 수 없었고,[6] 1946년 소비에트 영사관 폐쇄 직전에도 경성 주재 소련 시민이 36명에 불과했다는 통계를 고려한다면,[7] 혁명

---

3) 9천 명은 볼코프의 집계이고, 1만5천명은 클라크의 것이다. 조선의 백계 러시아인 연구로는 С. В. Волков, "К вопросу о руссокй эмиграции в Корее в начеле 20-х годов"; D. N. Clark, "Vanished Exiles: The Prewar Russian Community in Korea"; _____, Living Dangerously in Korea: The Western Experience 1900-1950, pp. 142-155; 황동하, 「식민지 조선의 백계 러시아인 사회」 참조.
4) 『동아일보』 1925년 1월 31일자 기사. 황동하, 「식민지 조선의 백계 러시아인 사회」, 292쪽에서 재인용.
5) 1936년 통계는 「경성가두의 틈입자」, 『조광』, 1936.3, 106쪽 참조. 1938년 통계는 「백로인의 망명촌: 노비나의 금석담(今昔譚) 5」, 『조선일보』, 1938.6.8.
6) Clark, "Vanished Exiles: The Prewar Russian Community in Korea," p. 45.
7) А. Н. Ланьков, "Русский Сеул: 1917-1945," http://www.russkie.org. 식민지 조선에 체류했던 적계 러시아인의 기록으로는 F. I. 샤브쉬나, 『식민지 조선에서』 참조.

이후 줄곧 조선의 일반 시민이 접했던 러시아인은 대부분 '백계' 러시아인이었다고 보아야 마땅하다. 해방 공간에 출몰한 러시아의 붉은 군대가 혹은 환대받고 혹은 혐오되던 시기에도 '백계'는 혁명과 무관하게 '하얀' 러시아인으로 일반화되면서 이데올로기의 성격보다는 인종의 범주에 따라 인식되곤 했다.

　　무국적자가 된 백계 러시아인 중에서 운이 좋은 극소수가 외국 상사나 은행 같은 정규 직장에 취업했을 뿐, 많은 이가 외국어 교습, 통번역, 소규모 상공업(빵집·양복점·미용실 등)에 종사하거나, 보따리장수·운전사·가정부·카페 여급·무용수·매춘부 등으로 막일을 하며 생계를 이어갔다. 경제적으로나 사회적으로나 백계 러시아인들은 대부분 초라하고 궁핍했다.

> 서울에 와 있는 백계러시아인이 있으나, 그들은 처지가 처지이니 만치 어려운 살림을 하고 있다. 소위 러시아 빵이나 기성 양복 또는 양복감을 어깨에 들처메고 돌아다니며 근근히 여명을 이어간다. 그들이 비단 조선뿐 아니라 각처에 망명하여 있으며 무슨 기회를 엿보고 있는지는 모르거니와 그들 중에는 옛날의 귀족들이 많다. 하여간 처음이야 끝이야 어쨌든 그들을 볼 때는 같은 외국 사람이지만 그 인간만이 퍽 딱해 보이기도 한다.[8]

　　그런데 이처럼 가련한 백계 러시아인들 사회에서 유독 자립적이고 강인하게 자신만의 낙원을 일구었던 일가가 있다. '야오시키' '양코스키'

---

8) 「대경성의 특수촌」, 『별건곤』, 1929.9, 109쪽.

'양씨' 등으로 일컬어진 백계 러시아인 얀콥스키(Янковский) 집안이다. 그들은 함경북도 경성 주을 온천 부근에 노비나(Новина, Novina) 마을을 조성하여 영지 겸 별장촌으로 운영했다. 극동의 러시아 망명객 사이에서는 물론 조선 내에서도 전설에 가까웠던 이곳에 관해 구라파 취향의 탐미주의자 이효석은 "노비나 촌에서 느끼는 Exoticism을 하나의 창처럼 바라보면서 그 정서를 금붕어처럼 호흡하며 즐겼다"라고 하며,[9] 당대의 모더니스트 김기림 역시 지대한 호기심을 품고 주을 온천 지역을 답사한 뒤 기록을 남겼다.[10]

함경북도 오지에 자리 잡고 사냥과 농경 등으로 자급자족한 얀콥스키 일가와 관련하여 당시 여러 가지 풍문이 난무했던 듯한데, 그중에는 심지어 다음과 같은 "터무니없는 소문들"도 있었다.

---

9) 정한모, 「효석론」, 『이효석전집』 8, 79쪽.

10) 노비나 촌의 실체에 관해서는 독립적인 연구가 이루어진 바 없고, 과거 신문·잡지·소설의 지면을 장식했던 몇몇 단편적 정보만이 남아 있을 뿐이다. 동시대 자료로서는 김동환의 「초하의 관북기행」(『동아일보』, 1928.7.20-22), 김기림의 「주을온천행」(『조선일보』, 1934.10.24-11.2), 장서언의 「소한집」(『동아일보』, 1938.9.7), 성준덕의 「사냥: 백두산」(『경향신문』, 1967.10.14-18) 등이 얀콥스키 별장촌 풍경을 부분적으로 다루었고, 본격적인 노비나 탐방기로는 『조선일보』 1938년 6월 4일-8일 자에 연재된 함북 특파원 오쾌일의 「백로인의 망명촌: 노비나의 금석담(今昔譚)」이 있다. 학술 논문으로는 황동하, 「식민지 조선의 백계 러시아인 사회」, 293-296쪽이 유일하게 노비나 촌 역사를 언급했다. 얀콥스키 일가에 관한 인터넷 블로그 자료(cheongsunghwa.blogspot.com/2010/09/blog-post.html)도 한 편 있기는 한데, 노비나 시기 이전에 연해주 지역을 주름잡던 미하일 얀콥스키 가족사만 상세히 서술할 뿐, 망명 이후의 이야기는 이어지지 않고 있다. 노비나 자료는 얀콥스키 일가의 회고록이 주를 이루며, 그 밖에 다음의 외국어 문헌들이 있다. Clark, "Vanished Exiles: The Prewar Russian Community in Korea"; Taylor, The Tiger's Claw; М. М. Гинце, "Новина и Лукоморье: поместья Янковских в Корее (Воспоминания юного дачника)"; Т. Кушнарева, Янковские: Записки клуба 'Родовед'; Л. Н. Андерсон, "А помнишь тот закат у моря?," Валерий Янковский: биобиблиографический сборник, с. 143-152; Т. Симбирцева, "Семья Янковких в истории Приморья и русско-корейских отношений," Коре Сарам, http://koryo-saram.ru.

그들은 거대한 나무 한 그루에 의지한 채 심연에 떨어지지 않고 매달려 있는 성에서 살았다. 그 성에는 높은 탑이 하나 있는데, 사냥꾼의 아름다운 딸과 사랑에 빠진 무시무시한 용이 그 안에 갇혀 있다고 했다. 용의 애처로운 울부짖음을 듣는다면 그 말이 사실임을 알 수 있다는 것이다! 소문에 의하면 사냥꾼 대장은 자신의 사냥칼로 아내의 맹장을 잘라내어 생명을 구했단다. 또 온가족이 호랑이 스테이크와 보드카만 먹고 산다고 했다! 그러나 소문이 전하는 가장 놀라운 사실은 일본이 그런 야만인들을 조선 땅에서 살게 했을 뿐더러, 심지어 '러시아국기'를 펄럭이게 하고 있다는 것이었다.[11]

소문을 전한 당사자인 메리 L. 테일러는 빅토리아 얀콥스카야의 초대로 노비나에 머무르며 보고 들은 이야기를 이후 '호랑이 발톱(The Tiger's Claw)'이라는 제목의 책으로 묶어냈다. 노비나에 대해 가장 길고도 상세한 관찰 기록인 이 책에서 테일러가 자신의 눈으로 목격하여 전한 진상은 이렇다.

조선 북부의 뾰족뾰족한 봉우리들과 울창한 계곡들 틈에 플라톤이 꿈꿨을 법한 공동생활의 실례가 펼쳐져 있었다. 얀콥스키 가족처럼 무일푼인 망명객들은 남녀노소 할 것 없이 모두가 각자 자신의 능력에 맞는 역할을 수행했다. 육체적으로 약하고 정신이 박약한(그런 사람들도 있었다) 사람들은 식당 일이나 가축과 꿀벌 기르는 일 같은 단

---

11) Taylor, *The Tiger's Claw*, p. 23-24.

순 가사노동을 했다. 노역자, 목수, 장인들은 필요한 건물을 지었다. [...] 어떤 이들은 농사를, 다른 어떤 이들은 말과 사슴과 개 돌보는 일을 했다. 어부 일 하는 사람도 있었고, 총을 잘 쏘면서 용기와 체력을 갖춘 사람들은 사냥꾼이 되었다. 각 분야마다 주어진 역할의 감독이 있어서, 그들은 일종의 계급장인 텍사스 카우보이모자를 썼다. 모든 일을 유리 얀콥스키 자신이 총괄했다. 급료를 받는 사람은 한 명도 없었다. 일상의 필수품을 모아둔 공동 보급소가 있어 모두 자신의 능력이 되는 만큼 내놓기도 하고, 또 자신의 필요에 따라 필요한 만큼씩 가져다 쓰기도 했다.[12]

환상의 신화와 일상의 신화 사이 어디엔가 존재할 법한 이 유토피아적 공동체에 관한 주요 자료는 거주자들의 회고록이다. 얀콥스키 일가는 외국인 별장촌 운영과 사냥, 녹용과 인삼 재배로 생계를 이어갔지만, 동시에 문학·무용·연극 등의 예술적 취미와 함께 삶을 꾸려감으로써 조선 벽지의 노비나 촌을 "가장 문화적이고 진정 러시아적인 보금자리"로 재탄생시켰다.[13] 가족들은 특히 문학에 재능이 뛰어나서 망명 생활 중에도 『작은 성(Теремок)』이라는 동화 제목이 달린 가족 문집을 발행하는가 하면, 시인이 된 딸 빅토리아는 노비나를 배경으로 자전 소설 『조선에서 있었던

---

12) 위의 책, p. 25.

13) 하르빈에서 발행된 망명 잡지(주간지) 『루베쥬』는 '조선의 타이가에서 발견한 러시아 동화'라는 제목으로 노비나 휴양촌을 다루면서 "가족의 힘으로 일구어낸 가장 문화적이고 진정 러시아적인 보금자리(культурнейшее, подлинно русское гнездо из своей семьи)"라는 표현을 썼다. Аргус, "Русские сказки в корейской тайге Новина - осторовок былой России," Рубеж, No. 37, 1934.8.8, c. 17.

일(*Это было в Корее...*)』(Novina, 1935)과 망명시 모음집 『떠돌이의 나라들(*По странам рассеяния*)』(New York, 1976)을 발간했다. 노비나 촌의 '영주' 유리 얀콥스키 역시 호랑이 사냥을 주제로 회고록 『호랑이 사냥 반백년(*Полвека охоты на тигров*)』을 노비나 시절인 1943년 집필했고, 그의 둘째 아들이자 빅토리아의 오빠인 발레리 얀콥스키는 노비나에 관한 여러 편의 회고 외에도 자전적 이야기 『네눈이(*Нэнуни*)』를 비롯한 단편 소설을 썼다.[14]

'네눈이'는 눈이 네 개라고 불릴 정도로 사냥에 뛰어났던 할아버지 미하일 얀콥스키의 한국어 별명으로, 유리 얀콥스키는 '네눈이 아들', 그의 아이들은 '네눈이 손자'로 일컬어졌다. 폴란드 귀족 출신 미하일 얀콥스키가 5년간의 시베리아 유형 후 블라디보스토크 부근 아스콜드섬에 머

---

14) 유리 얀콥스키의 회고와 발레리 얀콥스키의 노비나 이야기들은 『네눈이: 극동 오디세이(*Нэнуни: Дальневосточная одиссея*)』라는 단행본으로 묶여 발간되었고, 2012년에는 발레리의 할아버지인 미하일 얀콥스키의 회고 『아스콜드섬(*Остров Аскольд*)』까지 보태어 얀콥스키 3대의 공동 저작이 증보판으로 재출간되었다. 주을의 백계 러시아 망명객으로, 해방 후에는 잠시 소련군 통역관으로, 이후 강제수용소 포로(7년)로 파란만장한 삶을 살았던 발레리 얀콥스키(1911-2010)는 강제수용소 복역 후 오호츠크 해 부근 마가단과 모스크바 부근 블라디미르에 정착하여 가족의 역사와 향토 문화, 사냥, 인삼과 녹용 재배 등에 관한 많은 책을 남겼다. 발레리 얀콥스키는 결혼한 지 얼마 안 된 두 번째 부인과의 사이에서 아들이 태어나기 직전 소련군에게 체포되었고, 이후 캐나다로 망명한 가족과 50년이 지난 1986년에야 단 한 번 재회할 수 있었다. 1996년에는 얀콥스키 일가의 전설이 시작된 극동의 시데미반도(현재 명칭은 얀콥스키 반도)에 미하일 얀콥스키 동상이 건립되면서 노비나 시절 이후 흩어져 생존하던 가족들의 극적인 만남이 이루어졌다. 얀콥스키 일가의 망명 이야기는 니키타 미할코프의 TV 기록 영화 시리즈물 「러시아 없는 러시아인(*Русские без России*)」 중 한 편인 「극동으로의 탈출: 얀콥스키 일가(*Дальневосточный исход: Янковские*)」로 2009년에 제작되었는데, 이 영상물에서 당시 98세이던 발레리 얀콥스키의 강건한 모습을 확인할 수 있었다. 발레리 얀콥스키가 남긴 많은 회고록 중 대표적인 것으로는 다음을 꼽을 수 있다. *В поисках женьшеня: Рассказы; Потомки Нэнуни: повесть и рассказы; Долгое возвращение: Автобиографическая повесть; Новина: Рассказы и были; От гроба господня до гроба ГУЛАГА: Быль; "Novina"; Корея. Янковским: Творческая сага; От Сидеми до Новины: Дальневосточная сага.* 1925, 1926, 1927년에 한 권씩 타이프로 쳐서 만들었던 가족 문집 『작은 성(*Теремок*)』은 현재 블라디보스토크의 아르세네프 연해주 향토박물관(Приморский краеведческий музей им. В. А. Арсеньева)에 보관되어 있다.

물며 금광을 경영하다가, 1879년 인근의 시데미 반도(Сидеми 또는 Сидими)로 옮겨 꽃사슴과 말 사육 및 인삼 재배 영지를 일구면서부터 얀콥스키 집안의 극동 대서사는 시작된다. 사냥과 동식물 채집에 일가를 이루었던 미하일은 생전에 극동 전역에서 제일가는 명포수로 명성을 떨쳤으며, 새로이 발견한 지역의 동식물에 자신의 이름을 학명으로 남기기도 했다.

애초 사냥은 영지에서 기르는 동물을 맹수로부터 보호하기 위해 시작되었으나, 이후 일가의 주된 취미 활동을 넘어 마적(홍호자) 떼로부터 가족과 재산을 지키는 중요한 수단으로 발전했다. 극동-연해주-만주 지역을 누비는 폴란드계 러시아인 카우보이를 상상하면 된다. 얀콥스키가 개인적으로 조직하여 이끈 수비대에는 러시아인들 외에도 지역 조선인들이 대부분 고용되었으며, 이 수비대의 용맹한 활약 덕분에 얀콥스키 영지 인근은 맹수와 마적 떼로부터 안전할 수 있었다. 연해주에 주둔한 러시아 군대에 군마를 제공하고 중국인들에게는 녹용과 인삼을 팔면서 얀콥스키는 거대한 부를 축적했는데, 당시 가까이 지낸 동업자 겸 친구가 훗날 압록강 삼림 채벌권을 독점하게 될 보리스 브리너의 아버지인 스위스 출신 사업가 율리 브리너(Ю. И. Бринер)이다. 다름 아닌 할리우드 영화배우 율 브리너의 할아버지로, 브리너 집안은 얀콥스키의 노비나 영지에도 별장을 소유했으며, 그곳에 휴가 온 18세의 율 브리너는 얀콥스키 자제들과 어울리며 사냥을 즐겼다.[15]

혁명 후 백군 편에서 싸웠던 얀콥스키 일가가 청진으로 망명한 것이 1922년으로, 이때 가장은 미하일의 아들인 유리 얀콥스키였다. 그의 지

<hr />

15) 극동 지역의 유지였던 두 집안의 관계에 관해서는 율 브리너의 아들 록 브리너가 쓴 책이 있다. Rock Brynner, *Empire & Odyssey: The Brynners in Far East Russia and Beyond.*

휘 아래 시데미에서 배를 타고 해안선을 따라 조선에 다다르는 장면은 한마디로 '노아의 방주'를 방불케 한다. 그는 홀란드 암소 8마리와 말, 사슴, 사냥개 몇 마리, 그리고 70명의 식솔을 거느리고 청진에 왔고, 얼마 후 주을 근처에 땅을 사들여 정착하면서 제2의 시데미를 조성했다. 말과 사슴을 치고, 채소와 과일을 재배하고, 또 사냥하면서 백계 러시아인들의 별장지를 운영한 그곳은 선조였던 폴란드인 기사의 성(姓)과 '새롭다(нов-)'는 의미의 어원이 합쳐진 '노비나'로 명명되었다. 노비나는 소나무 숲과 자작나무 숲, 백사장, 암벽 계곡의 빼어난 풍경을 배경으로 1926년부터 1945년까지 존재했으며, 1930년대에 또 하나의 작은 바닷가 별장지가 추가되었다. 그곳은 '용현'의 일본식 발음인 '류켄(Ryuken)'에서 착안하여 푸슈킨의 서사시 「루슬란과 류드밀라」 첫대목에 나오는 '루코모리에(Лукоморье, 작은 만)'라고 불렀다.

1928년부터 급속히 성장하여 한때 전설에 가까운 명성을 얻었던 노비나의 자취는 당시 하르빈에서 발간된 주간지 『루베쥬』 기사들을 통해 확인된다. 극동 지역 백계 러시아인들의 문예 교양지였던 『루베쥬』는 1928년 3월 26일 자 잡지에서 얀콥스키 남자들의 표범 사냥 이야기를 다룬 것을 시초로, 1943년 8월까지 모두 19회나 노비나 관련 기사를 실었다. 극동 최고의 휴양지라는 홍보 성격이 강한 방문기와 스케치, 문화·종교 행사 보도가 주를 이루었으며, 다양한 사진 자료는 물론, 커버스토리로 표지를 장식한 것만도 세 차례다.[16]

16) 1932년 12월 10일 호(No.5)에는 "멋진 조선의 한가운데서: '노비나' 스케치"라는 표제 하에 말 탄 휴양객 사진이 표지로 실려 있고, 1940년 9월 14일 호(No. 3)에는 "얀콥스키의 조선 영지 '노비나' 인근 '세 잔' 폭포로 소풍 나온 러시아 휴양객들"이라는 표제로 네 명의 러시아 미녀(그중 한 명은 하얀 비키

『루베쥬』에 실린 기사를 통해 보건대, 노비나의 전성기는 1934-1941년이었다. 중국의 다른 어느 지역보다도 아름다운 자연 환경, 저렴한 가격, 러시아 음식·문화, 각종 여흥(해수욕, 하이킹, 승마, 배구, 온천, 사냥, 연극, 무용, 합창, 무도회 파티 등), 거기에 여름 휴양객들의 크고 작은 로맨스까지 보태져 노비나는 백계 러시아인 사이에서 대단한 인기를 끌었다. 한창 때는 예술 공연을 보러온 관객(일본인과 조선인 포함)이 2백 명이 넘었고,[17] 저녁 식탁에 모인 사람만도 1백 명이 넘었으며, 1937년에 세워진 정교회 성당의 예배에도 1백여 명이 참석했다고 한다.[18] 얀콥스키 가족과 몇몇 상주자를 제외하고는 대부분 5월부터 10월까지 여름 시즌에 머물렀지만, 겨울 사냥을 즐기러 만주, 중국, 일본, 심지어 미국에서 찾아오는 여행객도 있었다. 『한국의 야생동물지』를 남긴 스웨덴 동물학자 스텐 베리만(Sten Bergman)이 탐사를 위해 함경북도 지방에 머물며 이용했던 거처 역시 '슈오츠'(Shuotsu, 주을의 일본식 지명)의 노비나였다.[19]

　　백계 러시아인들이 노비나의 자연환경과 분위기에 젖어 옛 러시아의 환영을 소환하고 향유하는 광경은 결코 놀랍지 않다. 십 대 소년기부터 삼십 대 청년기까지 20년 넘게 그곳을 지켰던 발레리 얀콥스키의 회상에

니 복장) 사진이, 1943년 8월 20일 호(No. 24)에는 '만주 타이가에서의 사냥'이라는 제목으로 조선인 명포수 '신'과 두 명의 러시아인 사냥꾼(발레리 얀콥스키, B. 발키요프)이 포획물 앞에서 포즈를 취한 사진이 실려 있다. 노비나 인근의 '세 잔(три чаши)' 폭포는 러시아인들이 붙인 이름으로, 오심암을 일컫는 듯하다. 통권 862호(1926-1945)로 종간된 망명 잡지 『루베쥬』('경계', '국경'이라는 뜻의 러시아어)는 현재 미국 하와이 대학교 해밀턴 도서관 러시아 자료실에 가장 충실히 보관되어 있다.

17) Рубеж, No. 37, 1923.8.8, с.17. 공연은 민요 합창, 민속 춤, 연극, 시 낭송, 집시 합창과 집시 춤, 현대 춤 등으로 이루어졌으며, 공연이 끝난 후 참석자들은 새벽 6시까지 모여 춤을 추며 즐겼다.

18) Рубеж, No. 3, 1940.9.14, с.16; Рубеж, No. 35, 1937.8.2, с. 15.

19) 스텐 베리만은 자신의 책에 얀콥스키와 함께 했던 사냥과 노비나에서 보낸 성탄절 이야기를 기록했으며, 사진도 몇 장 실었다. S. 베리만, 『한국의 야생동물지』, 161-184쪽.

따르면 노비나는 꽃향기 밴 '낙원'이자 '동화'의 세계였으며, 망명객들은 그 안에서 "그리스도의 보호 아래" 생활했다.

돌이켜 보면 노비나와 루코모리에의 망명객들은 러시아 속담 맞다나 "그리스도의 보호 아래" 생활했다. 낙원의 삶이었다. 4월이 되면 산에는 분홍과 자주빛 진달래가 피었다. 5월 초에는 인근의 일본인 거주 지역 온보에 사쿠라가 만발했고, 밤이면 나무꼭대기마다 달린 램프가 연분홍빛 꽃더미에 불을 밝혀 동화 같은 광경이 펼쳐졌다. 사방에서 은은한 매화 꽃 향기가 풍겨왔다. 그 다음엔 살구, 배, 사과나무가 꽃을 피웠다. 6월부터는 큰길과 오솔길 가득 단 내음의 흰색 아카시아 꽃이 흐드러지기 시작했다. 얼마 후면 산이며 언덕이며 주황색과 붉은색 나리꽃, 선옹초, 푸른색과 보라색 아이리스, 자스민 천지였다. 9월에 가을하늘 빛의 히아신스가 이어졌다. 산봉우리의 떡갈나무, 단풍나무, 중국호도나무, 물푸레나무 잎사귀들은 온통 빨강, 주황, 노랑, 초록 빛 무지개로 단풍이 들었다.[20]

발레리의 기억이 떠올린 '낙원'과 '동화'는 노비나를 거쳐간 다른 백계 러시아인의 기록에도 어김없이 등장하는 단어이다. "동화적인 세계(сказочный мир)" "낙원의 공간(райский уголок)" "동화 이야기(a fairy-tale)" "환상적인 러시아 공간(дивный русский уголок)" "러시아 동화(русские сказки)" 같은 이구동성의 표현들이 자아내는 분위기가 단지 젊고 아름다웠던 시절

20) Ю. Янковский, *От гроба господня до гроба ГУЛАГА*, с. 60-61.

과의 거리감에서 비롯된 착시 현상만은 아닐 것이다. 회고적 서술뿐 아니라 동시대적 관찰을 통해서도 동일하게 발견되는 그 표현들은 '망명'이라는 유예된 삶의 비현실적 현실감을 가리키는 동시에, 거칠고 이질적인 환경에서 자신만의 순수한 고유성을 지키려던 무의식적 노력의 증거라고 볼 수 있다. 동화의 세계란 곧 혁명과 망명의 현실이 허락하는 가장 이상적인 안전 지대를 의미했다.

동시대인이 바라본 당시의 노비나는 "가장 문화적이고 교양 있는(культурный, культурнейший)" "러시아인의 둥지요 보금자리(русское гнездо, русский очаг)"로, 이때 러시아의 '문화와 교양'은 조선의 미개함을 배경으로 했기에 더욱 두드러졌다.

> 산들을 배경으로 조선 북부의 오지에서 공연되는 발레 루스(Ballet Russe)라니! 그건 정말이지 한 편의 동화 같았다![21]

> 안동과 서울을 지나 3일쯤 더 가노라면, 야만의 조선 한가운데서 돌연 교양 있는 러시아인의 안식처가 눈앞에 나타난다.[22] (원문 강조)

> 조선의 토착민들에게 이 모두가 가장 강렬한 흥미를 일으키는 것이어서, 그들은 종종 '노비나'를 찾곤 한다. 흰 겉옷과 실린더 모양의 독특한 모자를 걸친 그들의 모습은 러시아 민속복(сарафан)과 나란히 있을

---

21) Taylor, *The Tiger's Claw*, p. 26.
22) *Рубеж*, No. 50, 1932.12.10, c. 12.

때 특히 대조적으로 두드러지며, 러시아인의 삶의 편린이 뚫고 들어온 세계가 과연 어떠한 곳인가를 특하나 명확히 강조해 보여준다.[23]

'문명과 야만'이라는 저 진부한 이분법 구도에서 조선인과 러시아인의 관계가 상호적이 되기란 어려웠을 것이다. 물론 얀콥스키 일가는 조선인과 가까웠다. 연해주 시절부터 조선인을 신뢰하여 고용했고, 언어를 구사했으며, 마을 아이 세 명을 가족으로 입양하고, 조선을 '제2의 고향'이라 했다. 마을 조선인들이 얀콥스키를 영웅적 인물로, 중재자로, 자신들의 보호자로 여겼다는 기록도 있다.[24] 그렇다고 해도 그가 "호랑이와 인삼의 나라"에 온 "교양 있는 러시아인 식민지 개척자(культурный русский колонизатор)"[25]였다는 사실만큼은 달라지지 않는다.

요컨대, 얀콥스키는 노비나를 통해 '러시아'라는 실낙원의 복원을 실현하고자 했고, 그것은 미개한 조선 원주민으로부터 격리된 삶의 전제 조건하에서만 가당한 일이었다. 조선인이 얀콥스키의 피고용인이고, 사냥 친구이고, 또 양자였던 순간에도 노비나 별장촌은 여전히 "사나운 개가 있소. 주인의 허가 없이 들어오지 마오"라는 게시문 적힌 돌문의 폐쇄적 장

---

23) *Рубеж*, No. 37, 1934.8.8, c. 17.

24) Taylor, *The Tiger's Claw*, p. 183. 얀콥스키와 조선인과의 관계에 대해서는 다음의 회고를 참조할 것. "얀콥스키 가족이 개인적으로 조선인들하고 만큼 일본인과도 가깝게 지냈는지는 기억이 없다. 나 자신은 조선인들을 무척 좋아했다. 그들에게는 어딘가 러시아인처럼 인간적이고 솔직한 면이 있었다." Гинце, "Новина и Лукоморье," c. 45.

25) *Рубеж*, No. 13, 1932.3.26, c. 12. 고려인 작가 명철이 얀콥스키를 조선인들의 착취자로 묘사한 소설로 『마을 사람들』(『레닌 기치』, 1980, 9.30-10.3)이 있다고 하나, 직접 확인하지는 못했다. Clark, *Living dangerously in Korea: The Western Experience 1900-1955*, p. 149 참조.

소일 수밖에 없었다.[26] 그리고 그 고립된 공간에서 그들은 원시 정글의 타잔이 되었고, 목축과 수렵의 신 판(Pan)이 되었고, 무인도에 표류한 로빈슨 가족이 되었다.[27]

　　노비나의 얀콥스키 일가에 관한 주된 자료는 회고록이라고 앞서 말했다. 내부인의 자기 서술이 주를 이룬다는 사실부터 배타적 고립주의의 혐의를 받을 만하지만, 무엇보다 노비나에 거주했던 얀콥스키 일가와 주변 러시아인들의 회고에서 조선이 '배경' 이상의 관찰 대상으로 등장하지 않는다는 점이 놀랍다. 유리 얀콥스키와 발레리 얀콥스키, 그리고 시인이었던 빅토리아 얀콥스카야의 회고는 모두 자신의 이야기, 즉 노비나의 백계 러시아인 이야기일 뿐 조선 이야기가 아니다. 서술의 초점이 떠나온 러시아와 노비나에서 영위하던 자신의 삶에 온전히 고정되어 있고, 조선이나 조선인(사냥꾼을 제외한)은 관심의 반경에서 물러난 채 희미하다. 조선은 그들이 일시적으로나마 향유한 '동화 같은 세계'의 무대 배경을 제공했을 따름이다. 당시 대부분 서양인에게 조선이 탐험과 관찰의 대상이었고, 그들의 체류 기록이 민족지학적이고 분석적인 패턴에 충실했던 점과는 확연히 대조되는 부분이다.

　　노비나 촌 백계 러시아인들의 특수성이 바로 여기에 있다. 발레리 얀콥스키의 여러 회고록에는 특이하게도 '이야기(рассказ)' '자전적 소설(автобиографическая повесть)' '창작 모험담(творческая cara)' 같은 장르상 부제가 붙는다. 빅토리아 얀콥스카야의 자전 소설 또한 현실과 비현실을 뒤섞

26) 김기림, 『김기림전집』 5, 266쪽.
27) 타잔, 로빈슨 가족, 판은 노비나에 대한 회고에 등장하는 비유들이다. 로빈슨 가족은 나폴레옹의 혁명을 피해 뗏목을 타고 도망치다가 무인도에 표류하게 된 스위스 가족 이야기의 주인공이다.

어버린 혼종 장르의 형식으로 쓰여 있다. 마치 사실성과 허구성의 경계가 중요하지 않으며, 또 굳이 구분할 이유도 없다는 투다. 한걸음 더 나아가 해석해보면, 이는 현실과 비현실을 의식적으로 경계 짓지 않으려는 망명자 심리와 일맥상통하는 면이 있다. 노비나의 러시아인들은 과거를 지키기 위해 현재를 부정할 수밖에 없는 운명의 망명객들이었다. 얀콥스키 일족은 모두 훌륭한 이야기꾼이었고, 그들은 흡사 『천일야화』의 주인공처럼 그날그날의 이야기로 하루하루의 삶을 이어갔다고 한다. 사실과 허구 중간에 위치한 그들 회고록의 장르는 사실과 허구 중간 지점에 존재했던 '동화같은 노비나'와 그 복락원 안에서 영위된 삶을 재현하는 최적의 방식이었다.

2. 김기림의 실낙원 '노비나'

김기림은 조선일보 기자로서 1934년 가을에 주을 온천을 답사했다. 그 답사기가 1934년 10월 24일-11월 2일 자 『조선일보』에 연재된 「주을온천행」이다. "온보[朱乙溫堡] 거리에는 발을 멈추지 않고 그 길로 먼 산골짜기로 꼬리를 감춘 탄탄대로를 더듬어 올라"간 끝에 다다른 곳이 "주을 온천에 한 특이한 매력을 주는 백계로인 '양코스키' 별장촌"이었다고 말할 만큼, 노비나 촌의 명성은 이미 많은 이의 호기심을 자극했다.

'양코스키'에 관한 국내 신문기사는 1925년경부터 등장한다. 청진에서 개최한 노어 강습회가 성황을 이루고, 또 함북 경성의 음악 연주 대회에 출연한 일가족이 큰 인기를 끌었다는 보도를 위시하여 1928년에는 김동환의 「초하(初夏)의 관북기행」에서 주을 온천 지역에 터전을 잡고 자급자족하는 "망명로국장교 양코스키 일가" 이야기가 꽤 길게 서술되었다. 1934년 관북 지역을 여행한 현상윤도 주을 온천을 소개하면서 "온천서 천류를 끼고 상류로 1리가량만 올라가면 백계 노인들의 별장이 30여개 있다고 한다"라는 정보를 잊지 않고 전했다.[28] 관북 하면 주을, 주을 하면 백계

---

28) 관련 기사는 모두 『동아일보』에 실린 것들이다. 「노어강습회 성황」, 1925.2.17.; 「음악연주대회」, 1925.7.8.; 김동환, 「초하의 관북기행 5·6·7」, 1928.7.20.-7.22; 현상윤, 「여름의 산해승화: 기이(奇異) 관북행 7」, 1934.8.19. 1934년 10월 『조선일보』에 연재된 김기림의 「주을온천행」 이후 1938년에는 장서언이 얀콥스키 마을 기행문 「소한집(小閑集)」을 『동아일보』(1938.9.7)에 실었다. 해방과 분단 후에도 회상기 형태의 몇몇 기사가 이어졌다. 하음, 「계계(溪谿)에의 회상」, 『경향신문』, 1948.8.1.; 성준덕, 「사냥 2: 백두산편」, 『경향신문』, 1967.10.14.; 성준덕, 「사냥4: 백두산편」, 『경향신문』, 1967.10.18. 백두산에서 얀콥스키, 루즈벨트 대통령의 조카, 조선의 명포수인 김포수·박포수와 함께 사냥했다는 성준덕은 얀콥스키 영지를 이렇게 묘사했다. "주을온천에서 서쪽으로 한동안 걸어 들어가니 북구식의 건물들이 산기슭에 점점이 놓여 있다. 목장도 있고 예배당까지 있다. 첫눈에 띄는 '러셔'인의 할머니 한 사람이 붉은 수건을

러시아인 마을이었던 듯하다.

후에 다시 언급하겠지만, 온천 경험을 묘사한 김동환의 기록이 특히 흥미롭다. 그 글에서 얀콥스키가의 처녀들은 『부활』의 카추샤에 비유되었고, 몇 년 후 즉 김기림의 주을 여행보다 한 달 앞선 1934년 9월에는 『삼천리』 잡지에 「주을온천의 갓쥬샤」라는 글이 실제로 게재되기도 했다. '이국풍경'을 소개한다며 「명사십리의 금발랑(金髮娘)」과 함께 실린 기사였다. 외국인 선교사, 교수, 의사, 회사 지배인 가족 등이 모여들던 원산 명사십리와 망명객 마을의 풍경은 대조적인데, 그 풍경의 차이는 돌아갈 고향을 둔 여유 있는 서양인과 "여기서 아주 죽을 작정으로" 모여 살게 된 러시아인의 운명적 격차이자, 그들을 바라보는 차별적 시선의 반영이기도 하다.

"전 조선에 화려하기로 으뜸"인 원산 서양인촌의 "빨간기와 파란기와를 인 사치스러운 문화주택"과 "한쪽에 백두산 줄기로서 흘러내리는 보기에도 시원한 주을천이 있고 그 냇가에 운치 좋게 아담하게 앉은" 별장촌이 겉모습부터 대비되는 가운데, 노비나 촌의 러시아인들은 명사십리의 서양 문명인들과 달리 혹은 톨스토이의 소설 『부활』 속 인물로, 혹은 원시인으로, 혹은 집시 족속으로 그려진다.

둘러쓰고 서 있다. '양코후스키'집을 물으니 서슴지 않고 가리키면서 알아듣지 못하는 말로 중얼거렸다. 양코후스키 집은 대단히 크다. 현관은 2층인데 지하실까지 있다. 석축으로 둘러싸인 앞마당에는 사냥개가 여덟 마리, 그리고 산양과 닭까지 기르며 집 뒤에는 사슴을 다섯 마리나 기르는 목장까지 있고 마굿간에는 말이 세 필이나 있다. [...] 실내는 호피와 곰털, 그리고 진기한 짐승들의 모피가 쭉 걸려 있다. 부인이 들고온 양주는 백두산의 산포도로 담근 술이라 하며 안주도 자신이 잡은 곰과 멧돼지 고기를 요리한 것이라고 겸손하게 말한다." 신문 언론인으로 국내 수렵계를 대표했던 성준덕은 자신이 쓴 사냥 백과사전에서도 "로인 엽사 양코후스키-"라는 짧은 항목을 삽입해 "한국의 맹수 수렵가로 국내 엽사들에게도 저명한" 얀콥스키를 기억했다. 성준덕, 『수렵백과』, 43쪽.

여름날 [...] 저녁만 되면 저녁밥 일찍이 끝내고 남녀들이 몸에 실 한 오라기 아니 걸치고 그 앞 강변에 나가 물속에서 가달춤도 추고 뛰어다니며 원시인유(原始人類) 같이 자유롭게 방분하게 놉니다.

겨울 되면 [...] 하얀 수건으로 머리를 동인 고까색(高架索) 농부의 따님같이 차림 차리고 수건을 어깨에 걸치고 짧은 스카트를 입은 노서아 여자들이 흔히 목욕 다니는 것을 볼 수 있어요.

그네들은 입으로 가느다랗게 늘 노래를 불러요. 집시— 족속들인지도 모르지요.[29]

당시의 선입관에 불과할지 모르겠으나, '원시인유' 내지 '집시족속'과 흡사한 이 러시아 망명객들이, 알고 보면 옛날 제정 러시아 시대에는 대학교수, 장군, 부자 등 "다 경력들은 그럴듯한" 사람들이다.[30] 명사십리의 외국인이 현재의 명사(名士)들이라면, 주을의 러시아인은 과거의 명사들이며, 그래서 그들은 '지금 여기'의 조선인 눈에 더더욱 이국적인 존재일 수밖에 없다. 자기들만의 성당과 묘지를 갖추고, 자기들만의 문화를 지키고, 자기들만의 노래를 부르며 자급자족하는 이 러시아 망명객들은 "조선냄새 나는 서양사람 별장지대"에서 조선 노래("명사십리 해당화야..." "달아달아 밝은 달아..." "갓주사 내사랑아...")를 읊조리는 일반 서양인들과 전혀 다른 "참

29) 「주을온천의 갓쥬샤」, 『삼천리』, 1934, 9, 377쪽.

30) 망명 러시아인들은 일단 제정 러시아 시대 상류층(귀족, 부호, 고관 등) 출신으로 상정되곤 했다. 그러나 영화나 소설을 통해 일반화된 이미지와 달리 망명한 러시아인들의 실제 출신 성분은 다양했으며, 그중 상류층 비율이 제정 러시아 내에서의 비율보다 높았던 것은 결코 아니다. 다만, 교육 수준만큼은 상대적으로 훨씬 높았다고 한다. M. Raeff, *Russia Abroad: A Cultural History of Russian Emigration, 1919-1939*, p. 26.

특이한 존재"이다.

현재에서 빗겨 난, 즉 '망명'이라는 현실의 시공간에서 원시적 비현실의 세계로 뒷걸음질쳐버린 러시아인들의 피서 광경은 심지어 '광란'이라 할 만큼 자유분방해 보이고, 또 그러면 그럴수록 뿌리 잃은 그들의 향수는 영구하고 슬퍼 보인다. 「주을온천행」에서 김기림이 기술한 노비나 촌의 정경은 다음과 같다.

> 여름이면 상해 합이빈 등지로부터 수백명의 백계로인 남녀가 이곳에 모여들어서 밤을 새어 강한 '윗카'를 기울이면서 '사바귀춤'을 추며 혹은 '볼가'의 뱃노래를 부르면서 광란의 한여름을 보낸다고 한다. 정원 한복판에 세운 높은 기죽(旗竹) 꼭대기에서는 제정 '러시아'의 옛 국기를 한구석에 떠붙인 흰 3각기가 푸른 하늘을 등지고 펄럭거린다. 무너져버린 그들의 옛 영화와 꿈에 대한 영구한 향수와 추억의 표상이다. 그들은 아침마다 '레코드'로 옛 국가를 들으면서 이 상복 입은 기폭에 향하여 거수의 예를 함으로써 지나간 날에 대한 경의를 표한다고 한다.[31]

"무너져버린 그들의 옛 영화와 꿈에 대한 영구한 향수," 그리고 그 속에서 술과 노래와 춤으로 지새우는 광란의 한여름 밤 — 이것이 바로 조선인의 눈에 비친 '유예된 삶'의 현장이다. 실제 눈으로가 아니라 '의식'의 눈으로 편집한 현장이라고 말하는 편이 정확할 것이다. 나라 잃은 망명 러

---

31) 김기림, 「주을온천행」, 『김기림전집』 5, 265쪽. '윗카'는 보드카를, '사바귀춤'은 장화춤(сапоги, 발음상으로는 '사빠기'에 가깝다) 즉 코사크 춤을 말한다.

시아인은 어디에 있건, 무엇을 하건, 운명적으로 '애수'의 포로일 수밖에 없다. 그래서 신흥의 기상이 넘치는 소비에트 노농 러시아인들과 반대로, 몰락해버린 제정 러시아인들은 가련하고, 병적이고, 또 우울하게 비친다. "큰 바다에 뜬 파선된 배의 자유"와도 같은 그들의 부유(浮游)가 한편으로 짓밟힌 자존심에 분노를 키우고, 다른 한편으로 퇴폐의 '에로와 구로'를 퍼뜨린다는 것이 당시 하르빈을 중심으로 백계 러시아인에게 고정된 이미지였다.[32] 김기림은 전언(傳言)의 서술 어미("...다고 한다")를 통해 그 같은 고정관념을 반복해 인용한다.

> 우리는 쓴 웃음을 웃으면서 돌층계를 돌아서 물소리를 좇아 내려갔다. 골짜기를 굴러 떨어지는 급한 물은 한데 모여서 이 정원 한가운데 시퍼런 소를 이루었다. 깨끗한 모래가 그 푸른 소를 조심스럽게 담고 있고 깎아 세운 듯한 바위돌들이 그것을 다시 에워싸고 있다. 높은 바위와 바위 사이에 걸터놓은 위태로운 나무다리를 건너서 우리는 하늘을 가리는 깊은 숲 속 오솔길을 헤치고 낮은 골짜기의 모래불까지 내려갔다.

----

32) "큰 바다에 뜬 파선된 배의 자유"는 박 게렌스키의 표현이다. "에로와 구로"는 '에로틱'과 '그로테스크'의 줄임말로 백계 러시아인들이 종사하는 하르빈 환락가를 일컬을 때 자주 사용되었다. 식민지 조선인의 백계 러시아인 이미지는 대부분 하르빈, 상해, 신경 등 도시 여행을 통해 형성된 것인데, 1930년대 유행한 여행기류의 기고문을 통해 대중적으로 확산되었다. 홍양명, 「상해의 백계 로서아 여성」, 『삼천리』, 1932.12, 418-419쪽; 박 게렌스키, 「합이빈의 정조」, 『삼천리』, 1933.9, 651-653쪽; 홍종인, 「애수의 하르빈」, 『조광』 1937.8, 210-217쪽; 김용팔, 「할삔의 인상」(1938년의 인상에 대한 회고), 『문예』, 1953.11, 157-160쪽; 이운곡, 「합이빈의 로인 에미그란트」, 『조광』 1939.8, 96-99쪽; 엄시우, 「합이빈의 외국정서」, 『만선일보』, 1940.5.25-28 등 참조. 하르빈을 주제로 한 글은 아니지만, 소비에트 여성의 원기 왕성한 남성적 이미지와 백계 러시아 여성의 순종적 가련함을 대비한 흥미로운 기사로는 김옥엽, 「소비에트의 활발한 여학생」, 『삼천리』, 1934.11, 178-182쪽 참조. 만주/하르빈 여행에 관한 주요 일차 문헌은 소재영 편, 『간도 유랑 40년』과 최삼룡·허경진 편, 『만주기행문』에 다수 수록되어 있다.

우리의 체중을 실고 추기던 허공다리가 아찔하게 머리 위에 쳐다보인다. 여기서 여름이면 수많은 뜻 잃은 백인 남녀가 어리꾸진 물장난과 마음 빈 웃음소리와 아우성 속에 잃어버린 그들의 왕국에 대한 끝이 없는 향수를 흩어버리면서 피부에까지 치밀어 오는 고국으로 향하는 끊임없는 열정을 한가지로 식힌다고 한다.

우리는 마치 어느 '러시아' 작가의 소설 속을 헤매고 난 듯한 막연한 느낌을 가슴에 받아가지고 그 '센티멘탈'한 뜰을 나와 버렸다.[33]

김기림의 노비나 촌 방문기는 소문의 장소를 답사한 기록이다. 그래서 일반론적 풍문과 체험적 사실과 주관적 해석이 한데 어우러져 있다. 기자 김기림의 목적은 "...다고 한다"라고 말로만 듣던 장소를 자신의 발로 직접 밟고 눈으로 확인하는 것인데, '망명객의 애수'라는 감상적 명제에 사로잡힌 그의 답사는 풍문의 상투성을 쉽게 떨쳐내지 못한다. 광란의 "물장난과 마음 빈 웃음소리와 아우성"이 잃어버린 왕국을 향한 "끝이 없는 향수"와 "끊임없는 열정"을 잠재우려는 안간힘에 불과하다는 풍평(風評)을 결론 삼은 한, 그의 눈에 비친 텅 빈 뜰은 으레 '센티멘탈'하고, 그곳을 지키는 백인 가족의 신세 또한 "거의 울적에 가까"울 수밖에 없다.[34]

노비나 촌은 "사나운 개가 있소. 주인의 허가 없이 들어오지 마오"라는 게시문이 적힌 '돌문'으로 닫혀 있는, 겉으로는 배타적인 장소이다. 그러나 '사나운 개'라던 그 셰퍼드가 실은 호랑이 새끼와 함께 노는 '아주

33) 김기림, 「주을온천행」, 266쪽.

34) "나는 쓸쓸한 '테니스 코트'를 지나서 나무그루 사이에 비틀어진 오솔길을 연기가 나는 오직 하나뿐인 지붕 쪽으로 향하여 내려갔다. 거의 울적에 가까운 이 백인 가족의 왕성한 식욕을 기다리는 토종 암탉 두어 마리가 햇볕에 몸뚱아리를 씻으면서 길 양쪽에서 놀고 있는 것이다." 위의 글, 265쪽.

순한 개'임을 알게 된 김기림은 다음과 같은 풍자적 해석을 덧붙여놓았다. "역시 대문에 붙인 게시는 외국에 와서 사는 사람들의 비겁한 심리가 시키는 한 시위운동에 지나지 않는 겐가보다."[35] 여기서 주목할 것은 게시문이나 돌문의 허황됨보다 그것을 읽는 김기림 자신의 심리이다. 졸음에 빠진 셰퍼드 개의 형상도 그렇고, 야성을 상실한 호랑이 새끼도 그렇고, 김기림이 그리는 노비나 촌은 온통 발톱 잃은 맹수의 표식으로 채워져 있다. 그것은 곧 한때 '네 눈'이라는 별명을 얻을 정도로 뛰어난 사냥꾼이었으나 혁명의 내전 중 열두 곳에 상처를 입고 쫓겨 온 망명 러시아인 일가의 표식이기도 하다. 텅 빈 휴양촌의 닫힌 돌문을 굳이 두드려 발 들여놓은 김기림의 저의는 바로 그 표식의 확인에 있었다 해도 무리가 아니다.

"마치 어느 '러시아' 작가의 소설 속을 헤매고난 듯한 막연한 느낌"으로 그 '센티멘탈'한 뜰을 나온 기자 김기림은 비로소 시인으로서 감상에 젖는다. 그가 보기에 장백산맥의 봉우리들도 온통 감상에 젖어 있고, 가을도 슬프다. 혹 인생무상의 깨달음에 힘입은 덕분인지, 오심암(吾心岩)에서는 생에 대한 애착마저 씻어버린다. 내려오는 길에 우연히 들른 노비나 촌에서 "지나간 날 그들의 호사스럽던 생활의 면모가 그대로 남아 있"는 두터운 앨범들을 훑어보게 되는 것은 비어버린 마음에의 재확인과 다를 바 없다. 앨범을 보여준 러시아 처녀에게 그가 던지는 질문은 하나다.

---

35) 위의 글, 266쪽. 김기림의 이 같은 해석을 겨냥해 풍자하는 듯한 기록도 하나 있어 비교해볼 만하다. 장서언, 「소한집」, 『동아일보』, 1938.9.7. '보라'라는 인물을 내세워 함북 경성을 여행한 이야기인데, 이 주인공이 "천만장자 백계노인"의 마을을 관광하던 중 "정말 맹견"에게 물리고야 말았으나, 다행히 광견은 아니더라는 내용이다.

"고국에 가고 싶지 않소?"라고 물었더니

"갈 수나 있다구요" 하고 '미스·양코스키'는 쓸쓸히 머리를 흔든다.[36]

김기림의 러시아인 별장촌 소묘에 흐르는 일관된 정조란 바로 이것, '잃어버린 것'을 향한 영원한 향수이며, 관찰자의 의식이 그렇게 고정되어 있는 만큼, 노비나 촌은 '광란'에 가까운 향락의 장소인데도 실낙원의 폐허로 비친다.[37] 노비나 촌 러시아인들이 잃어버린 것은 러시아 제국이기도 하고 지난날의 영화와 꿈이기도 하고 고향의 영지이기도 하겠지만, 노비나 촌을 방문한 김기림 또한 실은 '잃어버린 것'이 적지 않을 터이다. 「주을온천행」은 이렇게 상징적으로 끝을 맺는다.

마음은 丹心뿜 짙은 단풍 속에 길이 남겨둔 채 미련한 '버스'는 나의
빈 몸뚱아리만 싣고 터덜터덜 산길을 돌아온다.

그가 잃은 것은 비단 '오심암'(말 그대로 '내 마음의 바위')에 두고 온 마음만이 아니다. 김기림의 여행기는 잃어버린, 즉 변해버린 조선 풍경으로 시작하고 마무리되며, 그렇기 때문에 그 자체가 조선인으로서 상실의 기

---

36) 위의 글, 270쪽.

37) 이효석의 「성화」에 삽입된 노비나 촌 묘사도 비슷한 맥락으로 읽을 수 있다. "붉은 푸른 흰 지붕의 비인 별장들은 알을 까가지고 달아난 뒤의 새둥우리요, 머루넝쿨과 다래덩쿨 아래 정자는 끝난 이야기의 쓸쓸한 배경이다. 조그만 극장 닫힌 문간에는 가을청결검사 종이표지가 싸늘하게 붙었고 홀 안에는 울리지 않는 피아노가 거멓게 들여다보인다. 벽 위의 그림이 칙칙하고 무대에 장치한 질그릇의 독들이 앙상하다. 운동장 구석의 먼지 앉은 벤취에도 때묻은 그네줄에도 지천으로 버려진 초크레트 종이에도 사라진 꿈의 찌끼가 고요하게 때묻었을 뿐이다. 한 잎 두 잎 떨어지는 낙엽은 이야기의 부스러기와도 같다." 이효석, 「성화」, 『이효석전집』 3, 278쪽.

록이기도 하다. 주을 온천행의 출발점인 청진은 현재 바다를 메꾸기 위해 천마산을 깎는 토건 사업 중이고, 평야를 흐르던 수성천은 콘크리트 방천 (防川)이 되어 있다. 도시의 '번영'을 위한 개발 행위라고 하지만, "청진 거리에서 만나는 사람들의 얼굴에, 화물자동차의 고함소리에 신암동(新岩洞)의 훤소(喧騷) 속에 일종의 진정치 못하는 활기가 흐르는" 것이 느껴지면서, "그러한 것들이 과연 얼마나 영구적이며 또한 아님을 나는 모른다"라고, 김기림은 분명히 회의하고 있다.[38]

여행기 끝부분은 더욱 명시적이다. 돌아오는 길에 "조선여관으로서는 집안에 따로 목욕탕을 가진 오직 한 집이라는 용천관"에 들었는데, 그곳은 "포근한 온돌 기분을 찾아들었지만 대하는 법이 하나도 조선식이 아니다." 여자들 또한 김기림이 알고 있는 '건강한' 북관 여자들과는 전혀 다른 모습이다.

북도 아낙네들이 그 손발이 온몸과는 조화되지 않도록 크지만, 오히려 나그네의 찬탄을 받는 까닭은 어디까지든지 굳센 자립의 정신과 분투의 기개가 그 건강한 육체에 넘치고 있는 까닭이다. 그들의 자랑은 서울 등지의 하도 많은 기생과 창기 속에서도 좀체로 그들 북도 출신을 찾아볼 수가 없는 곳에 있었다. 지금 그리 고상하다 할 수 없는 이 직업에 종사하는 그들을 앞에 놓고 거기서도 역시 자본의 공세 아래 힘없이 쓰러지는 지나간 날의 탄식을 듣는 것이다.[39]

....
38) 김기림, 「주을온천행」, 263쪽.
39) 김기림, 위의 글, 271쪽.

함북 성진이 고향임에도 여느 관북 출신 문인들(가령 백석, 이용악, 김동환, 이찬 등)과 달리 작품에 좀처럼 북국 정취를 담지 않았던 김기림에게서 드물게 마주칠 법한 대목이다. '서구 근대 문명을 지향한 모더니스트 김기림'의 초상에 필히 붙여야 할 각주일 수도 있다. 아무튼 "자본의 공세 아래 힘없이 쓰러지는 지나간 날의 탄식"이 식민지 근대성에 대한 탄식이며, 그것이 곧 '잃어버린 것의 향수'라는 총칭으로 명명될 애수의 감정임을 부정하기 어렵다.

김기림이 근대성을 경계로 하여 왕복한 주을 온천 답사 중심에는 '과거'의 화석인 노비나가 자리 잡고 있다. 그리고 그 노비나 한가운데에는 인간으로 하여금 모든 것을 버리게 하는 저 "텃기 모르는 순결한 자연"의 오심암이 위치한다. 실제 여행 경로와 여행 기록의 구성 모두가 그렇다. 그것은 '잃어버림'의 체험 경로인 동시에 '지금 여기'의 근대에서 과거와 원시로 향하는 마음의 경로이다. 망명 러시아인의 모습을 빌린 한 식민지 조선인의 '센티멘탈 저니'라고도 할 수 있다.

김기림은 그날 일본식 여관으로 변해버린 용천관에 머무는 대신, "마음은 吳心岩 짙은 단풍 속에 길이 남겨둔채 [...] 빈 몸뚱아리만 싣고 터덜터덜 산길을 돌아"왔다고 했다. 청진을 떠나 노비나의 오심암으로 이어진 여행 경로가 낙원을 찾아 떠난 순례길이었다면, 귀환의 경로는 '낙원의 표상-오심암'에서 '실낙원의 증표-노비나'로, 그리고 마침내 '실낙원의 실제-조선'으로 뒷걸음질치는 하강의 연속선에 불과하다. 이처럼 김기림이 따라간 여행길의 구도는 전반부와 후반부 모두 지극히 상징적이다. 「주을온천행」이 단순한 명소 탐방기를 넘어 근대인의 낙원 상실기로 읽힐 수 있는 것은 그 때문이다.

3. 백색 위의 백색: 이효석의 주을과 하르빈

주을의 노비나 촌은 하르빈의 호텔 모데른과는 정반대의 장소이다.[40] 하르빈과 주을의 대비는 도시와 시골, 인공과 자연, 퇴폐미와 건강미의 자명한 차이를 넘어, 그곳에 자리 잡은 백계 러시아인 공동체의 성격과 관점에서도 상대적인 변별성을 보여준다. 똑같은 무국적 망명 러시아인들의 피난처였음에도, 러시아인들 자신이 바라 본 두 망명지의 느낌은 전혀 달랐다. 러시아인들의 노비나 회고에는 '애수' '향수' '퇴폐' '쓸쓸함' 등 조선인 관찰자가 느끼고 상상하며 사용한 부정적인 뉘앙스의 단어들을 찾아볼 수 없다. '동양의 파리'인 국제도시 하르빈에서 부유하는 러시아인, 그리고 자신의 '영지'에서 자기 방식대로 자기네끼리 휴양하는 러시아인은 그 모습과 처지에서 서로 상반된 존재이기 때문이다.

하르빈과 주을의 백계 러시아 사회라는 상이한 두 양상은 망명 사회가 어떤 공간을 배경으로 성립했는지, 그리고 그 공간에서 어떤 생활 방식이 작동하는지와 직결된 문제이다. 노비나라고 스스로 명명한 자치 공간에서 러시아인들은 '주인'이었지 룸펜 계층이 아니었다. 말하자면 이효석이 소설 『벽공무한』에서 말한 '쭉정이'는 분명히 아니었다. 하르빈(만주국)의 조선인이 경험한 이중 심리 한편에는 "'유사 해방감'과 '의사 제국주

---

40) Л. Н. 안데르손은 노비나의 첫인상을 다음과 같이 호텔 모데른에 비교한다. "여름에 오는 별장객들을 위해 모데른 풍의 호텔을 지었더라면, 이 자연의 아름다움 속에서 그것이 얼마나 지루하고 부자연스럽게 보였을까?" Андерсон, "А помнишь тот закат у моря?," с. 146.

의자'로서의 포즈"가,[41] 그리고 다른 한편에는 '쭉정이 사상' 같은 자기비하의 참담함이 동전의 양면처럼 공존하고 있다. 하르빈에 있는 조선인의 복합 심리가 하르빈을 배경으로 살아가는 망명 러시아인에 대해서도 우월감과 열등감, 경멸과 연민이 뒤섞인 양가적 입장으로 유사하게 발현될 수 있음은 자연스러운 이치일 것이다.

그렇다면 국제도시 하르빈에서 경험한 양가적 관점이 식민지 조선의 자연 공간에 이르러서는 수정되어야 하는 것 또한 당연한 이치이다. 그런데 김기림이 바라본 노비나 촌의 백계 러시아인에게서 하르빈츠이(харбинцы, 하르빈의 백계 러시아인)와의 변별성은 발견되지 않는다. 이는 김기림이 하르빈을 여행한 적이 없다는 데서 비롯한 한계일 수 있는데, 1930년 간도 여행이 만주 경험의 전부였던 그로서는 용정에 묻힌 백계 러시아인의 묘지를 보며 상상했던 "조국을 그리우는 한 많은 '쎄레나-드'의 흐느끼는 울음소리"[42]와 이후 노비나 촌에서 느끼게 되는 센티멘털리즘이 모두 '나라 잃은 망명자의 애수'라는 하나의 공통분모로 쉽사리 합류해버린 감이 있다.

반면, 하르빈과 주을 두 곳을 다 여행하고 기록했던 이효석에 이르면 양상이 훨씬 복잡해진다. 그는 "절실한 생활감정에 기인한 생리적인 것"[43]으로서의 이국취향을 노비나 촌 백계 러시아인을 통해 해소하던 중 급기야 두 차례의 하르빈 여행을 감행하여 단편 「하르빈」(1940)과 장편 『벽공무한』(1940)을 집필했다. 노비나에 대해서는 「북국풍물」(1931) 「이등변삼

---

41) 김철, 「몰락하는 신생─'만주'의 꿈과 〈농군〉의 오독」, 522쪽.
42) 김기림, 「간도기행」, 최삼룡·허경진 편, 『만주기행문』, 107쪽.
43) 정한모, 「효석론」, 『이효석전집』 8, 80쪽.

각형의 경우」(1934) 「지협의 가을」(1935) 「상송 도톤」(1936) 「마음에 남는 풍경」(1937) 「주을의 지협」(1937) 「산협의 시」(1940) 「주을소묘」(1940, 일본어)에 이르는 수필에서 묘사를 했고, 「북국점경」(1929), 「화분」(1939), 「성화」(1939) 등의 소설에서도 배경으로 삼았다.

이효석과 주을의 인연은 1929년부터 1940년까지 10년 넘게 계속되었는데, 노비나 촌의 얀콥스키 일가와도 교류가 있었던 것으로 나타난다. 수필 「지협의 가을」에는 선배를 통해 발을 들인 노비나 촌의 구조와 자연환경이 상세히 기술되어 있다. 그곳에서 이효석은 '콜니엡씨'(노비나 상주민 코레넵스키) 부부와 사귀고, "희랍의 폐허를 연상케 하"는 영지도 구경하고, 또 식당에 들어가 "미목수려한 청년과 분면단발(粉面斷髮)의 여자"(얀콥스키의 아들 발레리와 딸 빅토리아)와 마주치기도 하며, 이 경험은 이후 장편 『화분』에서 주인공 영훈이 얀콥스키와 교섭해 노비나 촌 극장 안의 피아노를 빌려 쓴다거나, 극장 안 어둠 속에서 미란과 키스를 나눈다거나, 현마가 '왈리엘군'과 친해져 위스키와 보드카를 교환해 마시는 장면으로, 또 「성화」의 '나'가 피서객이 떠나간 별장지를 찾아 평소 안면 있던 '콜리예프씨'와 해우하는 장면 등으로 재현된다.

노비나 촌은 북국의 일부이다. 함북 경성에 이주하기 전부터 피서 삼아 북국을 찾곤 했다는 이효석은 그곳 여인네의 "놀랄 만치 흰 살결"을 지방 풍물 중 하나로 꼽았다. "찢기는 검은 구름 사이로 해죽이 웃는 달조각같이 향기로운 살결!"[44]이라고 감탄조로 묘사된 이 '흰 살결'은 일차적으로 흰 눈, 흰 백양·백화나무("희고 깨끗하고 고결한 그 자태"), 흰 자작나무("살

----

44) 이효석, 「북국풍물」, 『이효석전집』(2016) 5, 7쪽.

결보다도 희고 백지보다도 근심 없는 자작나무의 몸결"), 흰 모래 같은 주을의 자연 요소와 일체감을 이루는 한편, 주을의 서양인 이주자들, 곧 백계 러시아 여 자의 "백설같이 현란"한 육체에 수렴되어버리기도 하는 중의적 색채의 이 미지이다.

이효석은 『삼천리』 3호에 발표한 「북국점경」에서 처음 주을의 백계 러시아인을 묘사했다. 북국에 관한 다섯 쪽의 짧은 풍경(말 그대로 '점경') 모 음인 이 초기 단편 안에 「마우자」라고 중간 제목을 붙인 스케치가 있다. 좀 긴 듯하지만 전문을 인용한다.

마우자

깊은 마을. 우거진 산. 솟은 바위. 더운 온천. 맑은 시내. 숲 속에서 새어 오는 비둘기 소리와 엄쳐서 흐르는 맑은 시내. 시내를 따라 올 라가 고요하고 으슥한 푸른 언덕 위에 우뚝 솟은 청쇄한 별장. 낙천 지 같은 동산. 그것이 마우자(노서아인)의 별장이다. 혁명이 폭발되 자 도읍을 쫓겨나 멀리 동으로 달아온 백계노인 양코스키 일족의 별 장이다.

기차가 되고 세상이 변하니 사포와 사아벨45)만 보아도 겁내던 이 벽 촌에 지금에는 코 높고 빛 다른 마우자까지 들어오게 되었다. 옛적 에 여진인이 들어왔던 옛 성터 남은 이 마을에 이제 빛 다른 마우자

---

45) 노일전쟁 당시 북국에 출현했던 러시아군을 환유하는 이미지이다. '사아벨'은 러시아 기병의 장검 (sabel, сабля)이고, '사포'는 군장화를 뜻하는 '사포기/사빠기(сапоги)'의 오기(誤記)가 아닌가 싶다.

들어와 흰 옷 사이에 네 활개를 폈다.

팔과 목덜미를 드러내 놓고 거리를 거니는 아라사 미인, 온천물에
철벅거리는 아라사 미인, 마을의 기관(奇觀)이다.

찬 나라의 언 살을 녹이는 뜨거운 물, 그 속에 헤이는 미인의 무리, 안
개 깊은 바다의 인어의 무리같이 깊숙이 물에 잠겼다가 샘전에 나와
느릿한 허리를 척척 누이는 풍류, 옛적 양귀비의 그것보다도 훨씬
정취가 깊을 것 같다. 창으로 새어드는 햇빛에 비쳐 김 오르는 살빛,
젖가슴, 허리, 배, 두 다리 할 것 없이 백설같이 현란하다. 미끈미끈
한 짐승의 무리, 하이얀 짐승의 무리.

여름의 별장 푸른 잔디 위해 진홍빛 초록빛 옷에 싸여 흰 테이블을
둘러싸고 마시고 웃고 아이들 잔디밭 가를 뛰고 노는 광경, 경쾌한
자동차를 마을길로 몰아 거리로 해수욕장으로 드라이브 하는 광경,
탐나는 정경이다. 마을의 양기로운 풍경이다. 나라를 쫓겨 가질 것
도 못 가지고 삽시간에 도망해 온 그들로서 오히려 이러하다. 산 깊
은 이 벽촌에 와서도 그들의 호화는 오히려 다름없다.

부르조아는 어디를 가든지 간에 생활을 윤 있게 할 줄 알고 향락할
줄을 안다.

어떻든 온천의 마우자 탐나는 정경이요 아니꼬운 풍경이다.[46]

이효석은 대단한 영화광으로 알려졌는데, 실로 한 편의 활동사진
을 방불케 하는 삽화가 아닐 수 없다. 화자는 '카메라 눈'이 되어 멀리 자연

의 전경을 조감하기도 하고, 바로 코앞에서 욕탕 안 서구 문명인의 나체를 엿보기도 하고, 또 욕탕 밖에서 펼쳐지는 그들의 윤택한 일상을 롱샷(long shot)으로 관찰하기도 한다. 그런데 주을의 백계 러시아인을 이렇듯 다각도로 바라보는 화자의 시선에는 일정한 패턴의 아이러니가 깃들어 있다. 그것은 과거와 현재, 원시와 문명, 그리고 본연성과 이국성 사이를 오가는 과정에서 생성된 양가적 인식의 아이러니다. 이효석의 화자가 묘사한 주을은 물 흐르고 새 우는 깊은 자연 한가운데 백계 러시아인의 별장이 우뚝 솟아 있고, 여진족이 침입했던 옛 성터에는 "빛 다른 마우자"가 들어와 활개 치고, 또 욕탕 안 "하아얀 짐승"의 속살이 "흰 테이블"을 둘러싼 진홍빛 초록빛 겉살로 둔갑하기도 하는 변신과 겹침의 공간이다. "기차가 되고 세상이 변하니 [...] 빛 다른 마우자 들어와 흰 옷 사이에 네 활개를 폈다"라고 화자는 표현하거니와, 그의 카메라 눈이 조준한 주을은 조선의 흰색과 마우자의 흰색이 포개진 '백색 위의 백색' 공간이며, 무엇보다 주객이 전도된 공간이다.

'마우자'라는 제목으로 시작된 이효석의 스케치는 "탐나는 정경이요 아니꼬운 풍경이다"라는 문장으로 끝맺는다. 본문 안 괄호 속에 부연되어 있듯이, '마우자'는 러시아인을 뜻하는 말이다. 그러나 단순 통속명이 아니라 '말과 소의 자식(馬牛子)', 곧 '짐승 새끼'라는 의미를 숨긴 비어(卑語)이다. '마우자'는 이효석이 비슷한 시기에 쓴 다른 작품들(「노령근해」「상륙」)에서도 두어 번 사용되지만, 이후에는 등장하지 않는다. 당시에는 북쪽 국경 지대에서 널리 통용되었을뿐더러 원래의 비의(卑意)가 남아 있었을[47] 이 속어를 초기 이효석이 어떤 의도로 사용했을지는 확언하기 어렵다. 다

_____

47) '말과 소의 자식(馬牛子)'이라는 원래 의미를 중앙 러시아의 나이 든 고려인들은 아직도 뚜렷이 기억하고 있다.

만, 혁명 러시아인 동지마저도 '마우자'로 불리고 있는 만큼("가죽옷 입고 에 나멜 혁대 띤 굵직한 마우자들 숲에 한시라도 속히 싸여 보고 싶었다"), 러시아인을 낮추어 폄훼하기보다는 조선어의 지방색을 재현하려고 끌어들였을 가능성이 커 보인다. 즉 '마우자'는 이효석의 초기 작품에 나타난 북국의 맥락에서 북국 조선인의 목소리를 표방하고자 의도적으로 선택된 지역어이며, 이후 그 표상이 약화됨에 따라,[48] 또는 북국을 서술한다 하더라도 원주민이 아닌 방문객의 시선으로 서술하게 됨에 따라 지역 속어인 '마우자' 또한 자취를 감춘다고 보는 편이 논리적으로 타당할 것이다.

마우자는 러시아인을 총칭하는 말이지만, 주을의 마우자는 얀콥스키 일족의 백계 러시아인을 가리킨다. 그들은 혁명으로 나라를 빼앗겨 도망 온 처지에서도 여전히 "낙천지 같은" 별장을 짓고 호화로운 삶을 향유할 줄 아는 부르주아이며, 그것은 그들을 훔쳐보는 조선인에게 선망과 멸시의 이중 감정을 불러일으킨다. "어떻든 온천의 마우자 탐나는 정경이요 아니꼬운 풍경"이라고 결론짓는 화자의 이중 심리는 무엇에서 비롯하며 무엇을 말하는가?

화자의 눈에 비친 백계 러시아인의 삶은 서구 영화의 한 장면이요, 인어나 양귀비 전설의 현현과 다름없다. 화자는 상상 속에 존재하던 욕망의 대상을 눈으로 확인하고 감상하지만, 여전히 구경꾼에 불과하다. 백계 러시아인의 삶은 그의 카메라 눈 너머 피사체일 뿐이며, 말 그대로 '그림의 떡'이다. 그러나 '그림의 떡'이라고 해서 모두 아니꼬울 리 없고, 예컨대 백계 러시아인의 삶을 사진첩이나 영화로 구경하거나 서구 문명 사회를

---

48) 이현주, 「1920년대 후반 식민지 문학에 나타난 '북국(北國)' 표상 연구: 이효석 초기 작품과 카프 관련 활동을 중심으로」, 697쪽.

배경으로 바라볼 때는 굳이 뒤틀린 감정이 들어설 이유가 없다. 그 대상이 '도망자'가 아닌 보통 러시아인이나 소비에트 러시아인만 되더라도 보는 이의 반응은 다를 수 있다. 그러므로 문제의 핵심은 박탈감 자체가 아니라, 탐하는 주체와 탐나는 객체의 관계에 있는 것이다.

유진오는 이효석이 "주을 부근 재주(在住)의 백계 로인들의 생활에 이상한 흥미를 가지고 있었으며 이 흥미는 쌓이고 쌓여서 1939년 여름의 하루빈 여행에까지 발전했지만 이것 역시 결코 백인 숭배라는 그런 천박한 동기에서가 아니었던 것은 말할 필요도 없을 것이다"라고 했다.[49] 백계 러시아인을 바라보는 이효석의 관점은 확실히 이중적이다. 그의 각별한 흥미가 "백인 숭배라는 천박한 동기"에서 빚어진 것이 아니듯, 그의 거부감 역시 소외나 배제와 관련된 단순한 결핍 의식의 발현과는 거리가 멀다.

「북국점경」의 화자는 하르빈이 아니라 주을, 이제는 남의 땅이 되어버린 저 깊은 조선 벽촌에서 백계 러시아인을 본다. 나라 잃은 '흰 살결'의 러시아인은 비록 겉으로는 주을의 식민지 조선인과 닮은꼴이지만, 안으로는 정반대의 존재임을 알 수 있다. 화자는 안과 겉의 이 간극을 보는 듯하다. 그들은 도망 온 나그네 주제에 주인의 자리를 차지했으며, 빼앗긴 신세임에도 호화를 누리고 있다. 그들은 분명히 마을의 풍경을 바꿔놓은 침입자들이다. 그러나 과거에 "사포와 사아벨"로 겁주던 고약한 제국 병사나 옛적 여진족 같은 미개인과는 달리 "코 높고 빛 다른 마우자"들이다. 부르주아 문명인인 그들은 '푸른 잔디 위의 흰 테이블'과 '자동차 드라이브'의 정경으로 초점이 맞춰지는 한편, 마우자 어원 그대로 '짐승의 무리'로

<hr />

49) 유진오, 「작가 이효석론」, 『이효석전집』 8, 39쪽.

서 목격되기도 한다.

> 창으로 새어드는 햇빛에 비쳐 김 오르는 살빛, 젖가슴, 허리, 배, 두
> 다리 할 것 없이 백설같이 현란하다. 미끈미끈한 짐승의 무리, 하아
> 얀 짐승의 무리.

온천탕 안 여인을 훔쳐본 것이 이효석이 처음은 아닐 터이고, 사실
이 대목은 실제 경험보다 간접 경험에 바탕을 둔 상상의 소산에 가깝다. 선
행 텍스트의 궤적이 그만큼 뚜렷하기 때문이다. 「북국점경」은 파인 김동환
의 『삼천리』지 3호에 발표되었다. 경성 출신 김동환은 잡지 창간 1년 전인
1928년 7월, 『동아일보』 지면에 「초하(初夏)의 관북기행」을 연재했는데, 그
중 주을 온천장에서 얀콥스키 처녀들의 나체를 엿보는 장면이 있다.

> 널빤지 틈으로 비추는 것을 보니 18·9세 밖에 아니 되어 보이는 설백
> 의 서양묘령여자가 하나도 아니요 둘이나 전나체가 되어 욕조에 걸
> 터앉아 노래를 부르고 있다. 들은 즉 그들이 피서를 온 노서아 처녀
> 들이라 한다. 우리는 그 노래 소리나 다시 듣고자 귀를 판장에 가만
> 기울였다.
> [...]
> 두 처녀의 노래는 아마 찬송가인 듯싶다. 우리는 구름 속에 드나드
> 는 한 조각 명월같이 백설의 나신이 가끔가끔 널판장 틈으로 은현하
> 는 것을 쳐다보면서 외국소녀의 고운 목소리를 고요히 듣고 있었다.
> [...]

우리가 내려오는데 그때에야 아까의 노서아 처녀들이 수건을 들고 오심암 가는 길가에 있는 자기의 별장으로 돌아간다. 물에서 가즉 나온 관계인지 두 볼이 발긋하고 머리를 약간 한편으로 기울인 모양이 톨스토이의 카추샤가 저런 여자였다면 『부활』의 모델은 잘된 것일 줄로 생각된다. 그 균제된 육체와 희고 부드럽고 윤택 있는 살결이 멀리서 보기에도 산중에 귀물일시 분명하다.

두 여자는 우리를 보고 빙긋 웃으며 무어라고 저희끼리 재깔거리면서 과수원 속 '빌네지' 속에 그만 숨어버리자 우리는 무엇을 잃은듯하여 그 집 통마루를 한참 쳐다보다가 돌아섰다.[50]

이효석의 스케치와 김동환의 기행문을 상호텍스트성으로 묶을 개연성은 여러 면에서 충분해 보인다. 두 작가의 친분 관계나 글의 게재 내력은 제쳐두고 텍스트만 비교하더라도 동일 상황, 동일 피사체, 유사 언어라는 공통점이 있다. 그러나 두 필자의 관심사와 관점은 상이하며, 따라서 글이 전달하는 메시지도 각기 다르게 표출된다.

김동환의 묘사는 한마디로 신화적이다. 널빤지 틈으로 훔쳐본 서양 처녀들은 "구름 속에 드나드는 한 조각 명월"에 비유되는가 하면, 소설 속 여주인공의 형상과 겹쳐지기도 한다. 목욕 중에도 찬송가를 부르는(실제로는 아닌데 그렇게 여겨졌을 것이다), 흡사 하늘에서 내려온 '선녀' 같은 "설백의 서양묘령여자들"은 '나무꾼'의 위치에 선 조선인 관찰자에게 다만 멀리서 보고 멀리서 듣고, 그러다 놓쳐버리고 마는 존재들이다. 그들은 인간이 아

....

50) 김동환, 「초하의 관북기행」 4·5·6, 『동아일보』, 1928.7.20-7.22.

니라 '귀물'이요 환영이며, "균제된 육체와 희고 부드럽고 윤택 있는 살결"이 목도되는 순간에도 보는 이에게 육체적이거나 성적인 반응을 불러일으키지 않는다.

이효석은 좀 다르다. 온천탕의 아라사 미인들이 인어나 양귀비에 비유될지라도, 그것은 신화화를 탈피하기 위해서일 뿐, "옛적 양귀비"보다도 "훨씬 정취가 깊을 것 같"은 그녀들은 실재적이고 또 충분히 관능적이다. 관념상의 미인이 아니라 눈앞에 드러난 미끈미끈한 살덩어리, 육괴(肉塊)인 것이다. 화자의 에로틱한 관음증이 결국 성적 욕망의 분출과 맞닿는지는 불분명하다. 화자의 '시선의 손'이 그들의 육체를 젖가슴에서 허리로, 배로, 두 다리로 더듬어 내려가지만, 정작 '두 다리' 사이의 은밀한 디테일이 기대되는 지점에서는 돌연 후퇴해버리기 때문이다. 화자는 끝까지 보지 않거나, 보더라도 끝까지 묘사하지 않는다. 그래서 "백설같이 현란"하던 나체의 여자들은 결정적인 순간에 동물적 육체성의 극치인 "미끈미끈한 짐승의 무리, 하아얀 짐승의 무리"로 뭉뚱그려지고, 곧이어 "푸른 잔디 위에 진홍빛 초록빛 옷"으로 낯설어지고 만다.

이효석의 카메라 눈은 회피하는 눈이자 은닉하는 눈이다. 욕망 대상으로부터의 시선 철회가 실제로 소유할 수 없음에 대한 인용인지, 경외감에서 비롯한 외면인지, 무관심의 선언인지, "윤리적 단죄의식"[51]의 표현인지, 아니면 모두 다인지는 알 수 없다. 그러나 백계 러시아 여자에 대한 이효석의 탐미는 거세된 에로티시즘의 또 다른 얼굴이며, 그 점에서 일본 작가 다니자키 준이치로(谷崎潤一郎)의 백색 에로티시즘을 강하게 연상시

---

51) 정여울은 온천의 마우자에 대한 이효석의 양가감정을 '미적 욕망'과 '윤리적 단죄의식'의 동시 발현으로 보았다. 정여울, 「이효석 텍스트의 노스탤지아와 유토피아」, 289쪽.

킨다. 국내 연구자들이 아직 주목하고 있지 않으나, 이효석과 다니자키 문학의 연관성은 가치 있는 주제이고, 다니자키의 '동양적 코스모폴리타니즘'과 '식민적 양면성'도 이효석의 서구주의를 논하는 과정에서 반드시 거쳐 가야 할 경유지일 것이다.[52]

다니자키는 백인 여성을 미적으로 숭배했고, 특히 일본에 거주하는 백계 러시아 여자들을 자주 작품에 등장시켜 그들의 '흰 피부'에 대한 집착을 탐미적으로 그려냈다.[53] 그는 양식 주택에 살면서 백계 러시아인 가족을 이웃 삼고 또 백계 러시아 여자로부터 댄스 교습도 받던 요코하마 시절을 배경 삼아 작품을 여러 편 남겼는데,[54] 가령 「아베 마리아」(アヹ・マリア, 1923)의 다음 대목은 이효석의 바탕텍스트로 지목될만하다.

나는 무의식적으로 니나의 손을 잡고는, 전율했다. 지금까지 그녀와 악수할 기회가 있었지만, 이렇듯 앙상하고 추한 손가락으로 그 새하얀 손등에 갈색 얼룩을 묻히는 것이 부끄러워 한 번도 그런 적이 없었다.

[...]

----

52) '동양적 코스모폴리타니즘'(Oriental cosmopolitanism)이나 '식민적 양면성'(colonial ambivalence)은 영미권에서 다니자키를 논할 때 사용하는 표현들이다. T. LaMarre, *Shadows on the Screen*, p. 13 참조. 국내의 일본문학 연구물 중 다니자키의 서양 인식을 다룬 경우는 있으나(이보라, 「다니자키 준이치로의 『치인의 사랑(痴人の愛)』론: 죠오지(譲治)의 서양 인식과 갈등을 중심으로」), 이효석과의 상호텍스트성을 논한 예는 발견되지 않는다.

53) K. Tsuruta, "Tanizaki Jun'ichirō's Pilgrimage and Return"; T. Yokota-Murakami, "The Sexual Body in Exile: The Somatic Politics of the (White) Russian and Russian Jews in Manchuria and Japan" 참조.

54) 「혼모쿠 야화」(1922), 「백호(白狐) 온천」(1923), 「아베 마리아」(1923), 「육괴」(1923), 장편 『치인의 사랑』(1929) 등이 대표적이다. Tsuruta, "Tanizaki Jun'ichirō's Pilgrimage and Return," p. 244-245.

나는 고개를 들어서 그녀를 본다. 그녀는 눈을 감고 있다. 양쪽 팔을 무릎으로 늘어뜨리고, 얼굴을 위로 향해 쓰러진 듯 소파에 기대어, 장밋빛 천을 덮고, 혼은 없이 다만 한 덩어리의 부드러운 하얀 몸이 거기 있다고 말하는 듯한 상태로…… 그녀는 자신의 입술 가까이로 내 입술이 다가오는 것을 느낀다. 깊은 잠에 빠져있는 것 같던 그녀의 얼굴이, 어떤 저주스러운 몽마에게 습격당해 눈썹을 찌푸린다. 나의 양손은 나도 모르게 조금씩 그녀의 등을 돌아, 어깨의 후크를 풀고자 한다. 바들바들 떨면서, 열 개의 갈색 손가락은, 순백색 피부의 성지를 범하고자 한다.[55]

인용문 중 두 번째 단락은 주인공 화자의 상상이다. 그는 요코하마 하숙집 딸인 백계 러시아 처녀 니나를 흠모하지만 "그 새하얀 손등에 갈색 얼룩을 묻히는 것이 부끄러워" 손도 제대로 잡지 못하고, 성적인 욕망은 오직 상상 속에서만 충족되는데 그나마도 온전히 되지는 않는다. 일본의 갈색과 백계 러시아의 흰색이 절대 어울릴 수 없다고 믿는 그는 "갈색 얼굴과 갈색 집이 우글우글한 일본 거리"에서 니나의 "아름다운 하얀 몸"을 하루빨리 구해내 그녀의 "동료들인 아름다운 인어가 많은 땅으로" 옮겨주겠다고 다짐한다.

백인 여자에 대한 동양인 남자의 관심과 성적 욕망을 이 자리에서 길게 논할 필요는 없겠으나, 확실한 것은 러시아 혁명 이후 근대 동아시아권에서 백계 러시아 여자의 육체(흰 피부, 금발, 푸른 눈)가 백인 여자 집단 전

---

55) 谷崎潤一郞, 「アヱ·マリア」, 『谷崎潤一郞全集』 8, 中央公論社, 1981, 546-549. 한국어 번역이 없어 영어 번역과 대조해가며, 조교 권순민 군의 도움을 받아 직접 옮겨보았다.

체를 대표하여 소유 대상화되었다는 사실이다. 만주국은 물론 한·중·일 3
국에서 눈에 가장 쉽게 띄는 백인 여자는 십중팔구 백계 러시아 계통이었
을 터이며, 그들은 과거에 이미 동양의 힘으로 제압된 바 있고(러일전쟁) 또
현재에도 충분히 제압할 수 있는 '여성적' 서양의 환유였다. 그런데 백계
러시아 여자가 백인 미녀의 표본으로 관찰되고 텍스트화되고 또 소유되는
과정에는 실제가 아닌 상상의 힘, 그리고 그 상상을 부추긴 사회심리적 관
성이 깊게 내재해 있다. 다니자키가 니나를 환상 속에서 탐하고, 이효석과
김동환이 허구적 틀(인어, 양귀비, 선녀, 카추샤)을 빌려 얀콥스키 처녀들을 간
접 체험하는 것도 모두 같은 맥락에서다.

　　당시 문학·사진·여행기 등의 홍보 채널을 통해 유통되던 백계 러시
아 여자의 표상은 필경 개념적 산물이었다. 그들이 대부분 상류층 출신이
라는 기대는 환상에 불과했고, 만주 대도시의 서비스업 종사자(카페 여급·
댄서·매춘부)가 의례 백계 러시아 여자라는 생각도 허구이기는 마찬가지였
다.[56] 그런데도 "유곽에 욱실욱실 모여 있는 백계노랑(白系露娘)" 중 10분지
9는 귀족 영양이라거나[57] 카바레 댄서가 "서양사람과 동양사람을 꼭 반씩
타놓은 것 같은 미인"[58]이라는 식의 상투적 묘사는 백계 러시아 여자를 다
룬 텍스트에 응당 등장하여 동양 남성의 환상적 욕망을 자극했다. 백계 러
시아 여자로 굴절된 백색 여성성이 황색 남성성의 지배욕을 합리화하고
미화하는 편리한 수단이 되었음은 물론이다.

---

56) 실제로 1930년대 말 신경에서 일하던 카페 여급이나 카바레 댄서는 대부분 일본인과 조선인이었으
며, 하르빈의 매춘 종사자 중에서도 러시아인의 수는 중국인이나 조선인에 훨씬 못 미치는 수준이었던
것으로 조사된다. 조은주, 「일제 말기 만주의 도시 문화 공간과 문학적 표현」, 109쪽.
57) 리운곡, 「합이빈의 노인(露人)에미그란트」, 최삼룡 허경진 편, 『만주기행문』, 474쪽.
58) 유진오, 「신경」, 『유진오 단편집』, 11쪽.

다니자키는 일본이라는 '갈색(茶色)' 바탕 위에 백계 러시아 여자를 올려놓고, 그 우월한 아름다움을 숭배하며 탐미했다. 단순화의 위험을 무릅쓰고 말하자면, 다니자키의 백색 우월주의가 황색 열등주의의 거울 이미지고, 그것은 서양 제국주의에 대한 동양 제국주의의 근본적인 열등의식과 일맥상통한다는, 다소 진부한 분석이 불가피해 보인다.[59] 백계 러시아인과 일본인의 결혼이 없지 않았음에도,[60] 다니자키는 작품에서 두 인종을 결합시키거나 자신이 직접 서양 여자와 관계를 맺지는 않았다. 그는 다만 멀리서, 주로 상상의 공간과 통로(꿈·영화·환상 등)를 통해 백색 피부를 갈망하고 찬미했을 따름이다.

여기서 제국인 다니자키와 식민지인 이효석의 차이점이 발견된다. 이효석은 주을 주재 백계 러시아 여자의 흰 피부를 훔쳐보고 탐미하기는 했으나 '집착'하지 않았다. 조선인과 백계 러시아인 사이의 경계는 분명했으며, 조선의 백색과 러시아의 백색은 포개진 채, 그러나 독립적으로 각각의 삶을 이어갔다. 주을의 백계 러시아인은 자기 마을(노비나)을 소유했을 뿐 주을 자체를 소유하지는 않았던 것이다. 주을을 배경으로 한 소설이나 수필에서 주인공이 노비나 마을을 찾는 시기도 백계 러시아인들이 모두 떠난 가을철이지, 피서객으로 붐비는 한여름 성수기가 아님을 기억해야

---

59) 이것은 물론 일차적 해석이다. 초기작인 「인어의 슬픔」(1917)이나 「인면창」(1918)에 나타난 다니자키의 이상적 신여성형이 서양 모델의 단순 복제이기보다는 동양과 서양이 뒤섞인 하이브리드 형상이고, 그 면에서 오히려 "백색보다 더 백색(whiter than white)"의 효과를 창출한다는 한층 정교한 해석도 참고할 필요가 있다. LaMarre, *Shadows on the Screen*, p. 134.

60) 일례로 다니자키와 동시대 작가인 군지 지로마사(郡司次郞正)는 1937년, 통신사 기자로 하르빈에 거주하는 동안 숭가리 강가의 빌라에서 백계 러시아 여자와 함께 살았다. Yokota-Murakami, "The Sexual Body in Exile: The Somatic Politics of the (White) Russian and Russian Jews in Manchuria and Japan," p. 20.

한다. "나는 바로 나 앉은 자리에서 음식하였을 남녀와 음식할 남녀의 수많은 계열 속에 내 자신도 넣어 생각하면서 식은 홍차를 마셨다"라고, 이효석은 쓰고 있다.[61]

이효석은 하르빈을 배경으로 세 편의 소설을 썼다. 그리고 그 세 편의 소설에서 조선인 남자 주인공을 백계 러시아 여자와 결합시켰다. 단편 「하르빈」에서는 '나'와 카바레 댄서 유우라가 '하르빈의 이국인'이라는 동질감으로 하나가 되며, 장편 『벽공무한』과 미완성 일문 소설에서는 아예 국제결혼으로 가족이 된다. 『벽공무한』의 조선인은 "만주에는 두 가지 종류의 여자가 있다네. 둘 다 대륙의 꽃은 꽃이래두, 품질이 아주 다르단 말야"라고 말한다.[62] "대륙의 꽃"은 백계 러시아 여자를 뜻하며, "두 가지 종류"는 양귀비와 해바라기, 즉 퇴폐적 여성과 건강한 여성의 양면을 가리키는데, 주인공 천일마와 사랑에 빠져 조선의 신부가 되는 백계 러시아인 나아자는 물론 해바라기 부류이다. 백계 러시아 여자 일반이 '에로와 구로'의 주범으로 치부되던 사회 분위기에서[63] 드물게나마 건강과 순결의 표상인 '나의 그녀'가 존재했으며, 그것이 하르빈 등으로 향하는 동양 남자의 숨겨진 욕구 대상이었음을 주목하게 된다. 그런데 흥미로운 점은, 아마도 '에로와 구로'에 대한 의식적 반작용 때문이었을 수 있겠으나, 이상적인 백계 러시아 여자와 동양 남자의 관계에서 육체와 성의 문제는 극도로 절제되고 은폐된다는 사실이다.

---

61) 이효석, 「지협의 가을」, 『이효석전집』 7, 57쪽.
62) 이효석, 『벽공무한』, 『이효석전집』 5, 87쪽.
63) "할빈의 에로의 세계 구로의 천지에 충만 되어 있는 것은 모두 백계로서아인의 계집들 뿐이다." 박게렌스키, 「합이빈의 정조」, 651쪽.

백계 러시아 여자의 눈부신 흰 육체는 역시 멀리서 찬미되고 탐해질 뿐, 실제로는 경험되지 않는다. 경험된다 해도 묘사되지 않으며, 혹은 관계의 더 중요한 요인 – '마음' – 에 따른 자연스러운 표현으로 설명되고는 한다. 가령 천일마와 나아자의 결합은 "맘의 애정"에서 출발해 처지의 유사성에 따라 확정되었을 뿐, 육체적 본능의 끌림으로 이루지지 않는다. 결혼 이후 나아자가 보이는 과감한 애정 표현 또한 "가장 바르고 자연스러운" "부부의 길"로 받아들여진다. 『벽공무한』과 비슷한 시기에 쓰인 미완성 일문 소설에서도 국제주의자 승서와 이리나의 결합은 그 근원이 "똑같이 고향에서 받아들여질 수 없는 사람끼리의 공통된 고민," 그리고 그들끼리의 일치된 "꿈과 희망"으로 거슬러 올라간다.[64]

하르빈은 국경 없는 사랑을 가능케 하는 곳이다. '세계 인종 진열장'인 그곳은 조선인 남자와 백계 러시아인 여자의 인종적 경계를 지워버리고 그들을 계급적 동종 의식을 통해 하나로 엮어주는 '중개소'와도 같다. 주인공 천일마가 "문화사업 뿌로커"임은 그런 점에서 상징적 의미가 있는 설정이며, 카바레 댄서 나아자가 "외국여자 치고는, 그다지 야단스러운 품성이 아"니고 "어디인지 동양사람다운 침착한 데가 보"인다는 것은

---

64) 이효석 「미완의 일문소설」, 『이효석전집』(2016) 6, 330쪽. 이 미완성 일문 소설에서 다니자키의 메아리는 특히 두드러진다. '국제적 방랑자'인 고승서는 이리나와 결혼하지만, 일본인 아내를 둔 친일 제국주의자인 형 고승인(일본 명 아마노 가쓰토)은, 다니자키의 인물이 그랬던 것처럼, 동생의 백인 아내를 보며 자신의 황색 열등감에 수치스러워 한다. "하얀 피부에 흑갈색의 머리채를 드리운 건강하고 키가 늘씬한 이리나의 풍모를 대하는 것만으로도 아마노는 눈이 부셔서 마음이 어지러울 지경이었다. 그런 정경에 익숙지 않은 동양 사람의 눈에는 너무나 가슴 설레는 딴 세상의 꽃이었다. 맑은 하늘빛 눈동자에 이쪽의 병색 짙은 모습이 거울처럼 비칠 것을 생각하니 창피하고 궁색하여 깊은 거리감이 느껴졌으나 아우가 생애를 걸고 연모해 온 아름다움을 이해할 수 있을 것 같았다. 잘 익은 포도의 냄새가 풍기는 밝고 희고 대담한 아름다움이었다."(326쪽) 이효석이 두 형제의 각기 다른 미의식과 사회의식을 통해 식민지 조선인의 이중 아이덴티티를 보여주고자 한 것 같아 흥미롭다.

필연적인 전제조건일 것이다.[65] 일마의 조선인 친구들이 보기에도 이상형인 나아자는 "아무리 봐두 동양의 얼굴"이며, 피부와 머리카락 색깔만 다를 뿐 "눈이며 눈썹이며 코며가 온순한 조선의 것"이다.[66]

이처럼 조선인과 결합하는 백계 러시아인은 외모와 품성에서부터 동질적인 존재로 그려진다. 그러나 하르빈에서 식민지 조선인과 백계 러시아인을 하나로 묶어주는 가장 결정적인 요건을 꼽는다면, 그것은 앞서 말한 '쭉정이' 계급으로서의 연대감이다. "국제적 쭉정이의 진열장"인 키타이스카야 거리에서 주인공 일마는 불현듯 깨닫는다.

> 거리는 국제적 쭉정이의 진열장이다. 삶에 쫓겨 할 바를 모르고 갈팡질팡 헤매인다. 어제까지 그것을 느끼지 않았던 일마가 아니언만, 오늘 불현 듯이 그 사상이 줄기차게 솟았다.
>
> [...]
>
> 일마는 자기 또한 하나의 쭉정이임을 알았다. 뜬돈 일만 오천원이 생겼대야 지금 정도의 문화사업을 한 대야 기실 쭉정이밖에는 안되는 것이다. 쭉정이끼리이기 때문에 나아자와도 결합이 되었다. 쭉정이는 쭉정이끼리 한 계급이다. 나아자나 자기의 그 어느 한 편이 쭉정이가 아니었던들 오늘의 결합은 없었을 것이다.
>
> [...]
>
> 혈족의 차이도 피의 빛깔도 쭉정이라는 사실과는 아무 관계가 없다.

---

65) 이효석, 『벽공무한』, 『이효석전집』 5, 53쪽.
66) 위의 책, 184쪽.

혈족의 단결이 쭉정이를 구해 주지는 못하는 것이요, 쭉정이는 쭉정이끼리만 피와 피부를 넘어 피차를 생각하고 구원하고 합할 수 있는 것이다.[67]

이효석의 친족성은 피와 피부색과 무관한 다른 두 조건, 미의식과 계층의식에 의해 결정된다. "진리나 가난한 것이나 아름다운 것은 공통되는 것이어서 부분이 없고 구역이 없다"라고 했다.[68] 아름다운 것이 아름다운 것과 하나이듯이, 가난한 사람은 가난한 사람과 하나이며, 이 같은 신분의 동질성은 하르빈이라는 국제도시를 배경으로 첨예하게 드러난다. 그것이 이효석이 바라보는 백계 러시아인의 이중성과 직결된 문제인 듯하다.

이효석은 주을과 하르빈의 두 공간에서 백계 러시아인을 바라보았다. 그리고 같은 공간에서도 그들을 동경의 대상과 멸시의 대상으로 구분해 바라보았다. 그것은 분열의 시선이자 갈등의 시선이었다. 식민의 족쇄에 짓눌린 하층부 백계 러시아인과 문명을 향유하는 상층부 백계 러시아인은 같은 혈족임에도 합류되지 않는 별개의 부류였고, 이효석은 전자를 향해 연민과 모멸을, 그리고 후자를 향해 선망과 거부의 모순된 시선을 각각 할애했다. 주을의 푸른 잔디 위에서 보았던 것과 유사한 백계 러시아인 가족의 정경(남편은 송화강 배 위에서 낚시질하고 그 옆의 수영복 입은 아내는 책 읽고 있는)을 쌍안경으로 지켜본 「하르빈」의 화자는 말한다. "이 단란한 풍경은 아무리 오래 보아도 싫지 않다."[69] 주을에서와 달리 그는 카바레 댄서 유우

67) 위의 책, 137·139·260쪽.
68) 이효석, 「화분」, 『이효석전집』 4, 178쪽.
69) 이효석, 「하르빈」, 『이효석전집』 3, 121-122쪽.

라(그녀는 강을 보며 '죽음'밖에는 생각하지 못한다)와 함께 본 이 풍경에 대해서 만큼은 아니꼬워하지 않는다.

　　이효석이 그려낸 조선인 주인공들은 쇠락한 백계 러시아인에게 '애감(哀感)'을 느끼고, 그것이 친밀감으로, 더 나아가 사랑으로 진전한다. 단편 「여수」의 '나'가 유랑 악단의 카테리나에게 끌리는 것은 그녀가 프랑스 여배우 미레이유 바랑(Mireille Balin)을 닮기도 하였지만, 동양적인 애수를 풍기는 까닭에서다. 그들은 '약자의 슬픔'으로 서로 동화되며, 자기연민과 사랑의 감정이 뒤섞여 하나가 된다. 백계 러시아 소녀가 아리랑을 부르고, 백계 러시아 여성이 조선 신부가 되어 한복을 입고 한글을 배우고 온돌 찬미자가 되는 식의 문화적 화합 공식을, 말년의 이효석은 애용했다. 그것은 "이국적인 것을 향하는 어쩔 수 없는 향수"[70]를 내부적으로 해소하기 위한 편법이었을 수도 있고, 다른 한편으로는 식민과 탈식민 사이에서 취한 타협의 절충안이었을 수도 있다. 단, 그 같은 타협과 절충은 조선인과 백계 러시아인이 연대의식을 공유하는 하르빈에서만 가능했다.

　　주을의 백계 러시아인을 두고 이효석은 애감을 느낀다고 쓰지 않는다. 주을의 아름답고도 슬픈 애감은 오직 가을의 빈 터, 주인 없는 지협(地峽)의 자연, 그리고 거기에 속한 자신의 것일 뿐이다.

　　　　남이 꿈을 깐 뒷자리를 하염없이 거닐기란 웬 일인지 이야기를 잃은
　　　　초라한 거지같은 느낌이 문득 든 까닭에 쇠를 잠근 별장 앞을 지나기
　　　　도 먼지 않은 벤취에 걸어앉기도 멋쩍어 우리는 양코스키 씨의 터 안

---

70) 정한모, 「효석론」, 『이효석전집』 8, 83쪽.

으로 발을 옮겨 놓았다. 꿀을 치는 벌 떼, 풀 먹는 소들, 뛰노는 사슴들 — 쓸쓸한 마음속에서 그곳만은 생활이 무르녹아 있는 듯하다.[71]

실낙원의 조선 땅에서도 노비나만큼은 낙원의 풍모를 유지했고,[72] 그곳 얀콥스키들은 결코 '빼앗긴 자'가 아니었다. "탐나는 정경이요 아니꼬운 풍경"이라는 이효석의 양가감정은 주을 안의 노비나, 곧 '백색 위의 백색'이라는 중첩 현실의 아이러니에서 비롯한 것이며, 자기 것과 남의 것, 주인과 객의 부조리한 전도를 깨달은 약자의 인식이다. 그러므로 주을의 백계 러시아인을 바라보는 이효석의 시선이 "식민지배자의 시선을 모방한다"[73]라고만 말한다면, 그것은 지나치게 단순화한 반쪽만의 해석일 수 있고, 진실은 어쩌면 그 반대에 가까울는지 모른다.

이효석은 1929년부터 1940년까지 주을에 관해 썼다. 한때 온천 별장지의 백계 러시아인을 부러움과 질시의 눈으로 바라보던 그는 1939년과 1940년 두 차례 만주 여행을 통해 식민 근대화의 현실을 낯설게 목격했다. 이 여행은 주을을 바라보는 관점에도 변화를 불러왔다. 말년의 이효석이 주을과 하르빈의 백계 러시아인을 소설과 수필 장르에서 교차해 기술하고 있음은 매우 흥미로운 사실이다. 하르빈(만주)과 주을이라는 거울 이미지의 두 공간 사이를 그는 물리적으로 또 상징적으로 왕래했다. "만주의 도회에서 얻은 얼크러지고 더럽혀진 산문의 페이지를 피서지 그늘에서 씻

---

71) 이효석, 「성화」, 『이효석전집』 3, 278-279쪽.
72) 그 점에서 소설 『벽공무한』의 인물들이 모여드는 경성의 카페를 '실낙원'으로 이름 붙인 것은 우연이 아닐 것이다.
73) 김주리, 「식민지 시대 속 온천 휴양지의 공간 표상」, 146쪽.

어 버리고 헤어 버릴 것이다"라면서 그가 돌아와 찾는 곳이 주을이다.[74] 만주가 '산문'이라면, 주을은 '시'여야 했다.

　이효석의 만주 여행은 유쾌했던 것 같지 않다. 그는 이국적이고 구라파적인 도시 한가운데서 맛보는 슬픔과 쓸쓸함을 기행 수필에서 자주 토로했는데, 그것은 쇠약한 것, 몰락해 사라지는 것에 대한 애수였다. 이 감상은 부인과 사별 후 떠났던 두 번째 하르빈 여행에서 더욱 심화되었다.

　　지금 눈 아래의 거리는 사실 벌써 작년 여행에 본 그 거리는 아니다. 각각으로 변하는 인상이 속일 수 없는 자취를 거리에 적어간다. 오고 가는 사람들의 얼굴도 변했거니와 모든 풍물이 적지 아니 달라졌다. 낡고 그윽한 것이 점점 허덕거리며 물러서는 뒷자리에 새 것이 부락스럽게 밀려드는 꼴이 손에 잡을 듯이 알려진다. 이 위대한 교대의 인상으로 말미암아 할빈의 애수는 겹겹으로 서리워 가는 것이다.[75]

　불과 일 년 만에 나타난 하르빈의 이 변화는 주을에도 어김없이 찾아드는 시대적 추세이다. 주을을 소재로 한 이효석의 마지막 글(「주을소묘」)은 "올 가을부터 주을역 앞에서 가네다(金田) 온천까지 다니는 마차가 생겨 이 일대에 새로운 풍물이 또 하나 더해졌다"라는 문장으로 말문을 연다. 1940년 12월, 주을 정양을 전후하여 쓴 이 글에서 이효석은 주을의 풍경이 근대 자본 투입으로 바뀌기 시작했으며, 시정(詩情)이 저절로 솟는 전

----

74) 이효석, 「산협의 시」, 『이효석전집』(2016) 5, 357-8쪽.
75) 이효석, 「하르빈」, 『이효석전집』 3, 115쪽. 인위적 변화에 대한 애수의 감상은 두 번째 만주여행기록인 「새것과 옛것: 만주여행 단상」에도 드러난다.

원과 불심 깊은 성지 모두 "앞으로 커다란 발전이 예상"되는 산업 개발지와 맞닿게 되었다고 기록한다.

「주을소묘」는 『文化朝鮮』에 게재된 글이다.[76] 물론 일어로 쓰였다. 일본제국 말기 조선총독부 철도국 산하 일본여행협회에서 발간한 잡지에 실렸다는 점만으로도 논점이 예측되는 이 글에서 전시 군국주의 가치관은 예외 없이 강조된다. 공적인 메시지는 둘로 나뉘는데, 하나가 아름다운 자연과 뛰어난 온천장을 갖춘 주을에서도 "때가 때인 만큼" 향락을 자제해야 한다는 훈시이고, 다른 하나는 남의 땅을 함부로 차지한 백계 러시아인들의 '뻔뻔함'에 대한 비판이다.

이 이국인 마을은 그 자체만으로 하나의 이색적인 풍경을 이룬다. 산 아래에 있는 온천장 손님들은 탐승(探勝) 목록 중의 하나로 이곳을 추가해서 줄줄이 보러 온다. 구경거리가 된 이국인들 입장에서는 달갑지 않은 일이다. 화단이 있는 마당에 무례하게 침입하거나 창문으로 집 안을 들여다보는 행위들이 못 견디게 싫을 것이다. 이따금 불쾌해하는 여자들의 목소리가 들리기도 한다. 계곡으로 내려가는 구내(構內) 입구에 팻말이 서 있다. 주변을 둘러보는 시간은 몇 시부터 몇 시까지라는 것, 꽃이나 초목을 꺾지 말 것 따위의 금지 경고문이 쓰여 있는데 우습기 짝이 없다. 공원의 팻말이라면 이해하겠으나 그곳은 모두의 산이자 모두의 길이다. 집요하게 남의 사생활을 기웃

---

76) 이효석, 「주을소묘」, 『이효석전집』(2016) 6, 411-417쪽. 일본여행협회 조선지부에서 발행한 여행 홍보 잡지 『관광조선』과 『문화조선』에 관해서는 오태영, 「관광지로서의 조선과 조선문화의 소비: 『관광조선』과 『문화조선』에 대한 개괄적인 소개」, 281-287쪽 참조.

거리고 쓸데없이 참견하는 교양 없는 패들도 문제이지만, 남의 땅에 와서 살벌하게 경고 팻말을 세우는 짓 또한 기가 막힐 노릇이다. 이국인들이 들어와서 토지를 사고 거기에 집을 짓거나 밭을 일구거나 산에다 탕탕 울타리를 칠 때 나랏법으로는 어떤지 모르겠으나 어쨌든 뻔뻔한 놈들이라고 해야 마땅하다.[77]

"이런 일을 생각하면 이 산속도 결국 유쾌하지만은 않은 땅"이라면서, 이효석은 이어서 쓴다.

산중에서 아름다운 것은 나무들의 우듬지나 하늘과 구름이며 계곡물이지 털빛이 다른 인간의 노래나 그들의 색다른 풍속이 아니다. 이역에서 온 그들은 토착민들보다 훨씬 자유롭다.[78]

일어로 쓴 이 글에서만큼은 같은 시기 다른 글들의 지배소인 애수가 느껴지지 않는다. 1940년 말 이효석은 온천탕의 미녀를 훔쳐보고 찬탄하거나 푸른 잔디 위의 피크닉 장면을 선망하지 않았다. 대신, 그는 준엄한 시선으로 '털빛' 다른 이방인들을 비판했으며, 건전하고 양식 있는 문화인의 자세를 훈계했다. 그것이 제국 시민의 분노 어린 목소리를 연상시키는 것은 사실이다. 그런데 실제로 누구를 향한 분노였을지는 생각을 요한다.

이효석은 노비나의 백계 러시아인을 두고 "남의 땅"에 들어와 "기

---

77) 이효석, 「주을소묘」, 416쪽.
78) 위의 글, 416-417쪽.

가 막힐" 일을 하는 "뻔뻔한 놈들"이라고 비난했다. 그러나 정작 남의 땅을 차지하고 기가 막힐 일을 벌여온 뻔뻔한 놈들이 누구던가? 정녕 "이역에서 온 그들은 토착민들보다 훨씬 자유롭다." 그것이 조선 현실의 아이러니였다. 일본이 망명 러시아인을 뻔뻔하다고 비난하는 것야말로 본말이 전도되었다는 사실을, 글 쓰는 이효석이, 또 글 읽는 조선인 독자가 간파하지 못했을 리 없다. 그러므로 이효석의 시선이 "식민지배자의 시선을 모방"한다고 말하는 것은 반쪽만의 사실일 것이다. 특히 일어로 된 마지막 기행문 「주을소묘」에서 그 '모방'은 이솝 언어의 의미로밖에는 해석되지 않는다. 주을의 노비나는 결국 주객이 전도된 조선 땅 전체의 비유였고, 이효석은 그 사실을 식민 지배자의 눈과 목소리를 빌려 신랄하게 보여주었다. 말년의 이효석을 둘러싼 친일 논쟁에서 기억되어야 할 대목이다.

X

이태준의 붉은 광장

해방기 소련 여행의 지형학

1. 해방기의 소비에트 러시아 열풍

"지금 일본문단으로 말하면 뿔예술 대 푸로예술의 격렬한 투쟁중이다. 이러한 추세는 우리문단을 권외로 할 리 만무하다. 멀지 않은 앞날에 표면으로 나타날 현상의 하나이다."[1] 『개벽』 1923년 1월호에 실린 박종화의 진단이다. 실제로 1925년 4월 조선공산당이 조직되고, 같은 해 8월 조선 프롤레타리아 예술가 동맹(KAPF)이 정식 출범함으로써 문단은 순수 문학과 경향 문학의 양 진영으로 갈라지는데, 이론 논쟁과 창작에 있어 양분화된 향후 10년간 문단사에서 우위를 차지한 편은 프로 문학이었다.[2]

조선공산당이 해산된 것이 1928년, 카프가 공식 해체된 것이 1935년이다. 이후 해방될 때까지의 '암흑기' 10년을 지내고 표면에 재부상한 좌익 프로 문학은 1946년 2월 결성된 조선문학가동맹을 중심으로 다시금 문단을 주도했다. "해방 이후 3년 정도의 기간에 출간된 대략 1천 700종의 도서들을 살펴보면 '해방 공간'의 출판 상황이 좌익 출판에 의해 주도되었음을 알 수 있다"라는 조사 결과가 있고,[3] 러시아 문학의 번역 실태만 보더라도 당시 지식인 계층에 뿌리내린 사회주의 혁명과 소비에트 러시아의 위상을 확인하기란 어렵지 않다.

1920년대 러시아 문학 전성 시대를 거쳐 1930년대에 이르면 러시

1) 박월탄, 「문단의 1년을 추억하야 현상과 작품을 개평하노라」, 『개벽』, 1923.1, 5쪽.

2) 백철, 『신문학사조사』, 280-416쪽 참조.

3) 조상호, 『한국언론과 출판저널리즘』, 나남, 1999, 76쪽. 강준만, 『한국 현대사 산책: 1940년대편 1권』, 155쪽에서 재인용.

아 문학의 번역물은 양적으로 현격히 줄어든다.[4] 산문의 경우, 투르게네프나 도스토옙스키의 고전 대신 안드레예프, 콜론타이, 솔로굽, 조슈첸코, 고르키, 가르신, 파블렌코 등 동시대 작가들이 번역되고, 시에서는 혁명 시인이거나 혁명에 관한 시를 쓴 현대 시인들이 대거 등장했다. 드라마, 평론 등 기타 장르에서도 동시대 소비에트 작가들이 주를 이루었다. 일반 식자층의 관심이 혁명 후 러시아에 경도되어 있었음을 말해주는 대목이다.

1975년에 나온 국내 번역 문학 통계 자료에 따르면, 1945-1949년의 이른바 '해방 공간'에서는 정치성 강한 소비에트 문학이 집중적으로 번역 소개되었는데, 「승리」 「전쟁의 표정」 「첫 승리」 「연착된 열차」 「스탈린그라드 반격」 「최후의 일선」 등 제목만 보더라도 그 내용을 알 수 있는 제2차 세계대전의 전쟁 영웅물들이 주목을 끈다. 시 또한 혁명시·영웅시가 대부분이었고, 번역물에 포함된 푸슈킨의 고전시 역시 반전제주의 혁명과 자유를 외친 정치시 「자유의 싹(Свободы сеятель пустынный...)」과 「시이베리아에 보내는 편지(Во глубине сибирских руд...)」 2편이었다. 기타 장르로는 소련 문학론이나 레닌 관련 글, 소비에트 문학 현황, 소비에트 농민 문학 소개 등이 등장했다. 집계된 총 70편의 번역물 거의 모두가 소비에트 혁명 문학의 범주에 속한다는 사실이야말로 당시 출판계를 지배했던 소련 문화 영향력의 증거가 아닐 수 없다.[5]

1970년대라는 제한된 환경에서 집계된 해방기 자료는 오늘날의 관점에서 수정·보완이 필요하다. 무엇보다 북조선에서 발간된 출간물의 보완

---

4) 김병철, 『한국근대번역문학사연구』, 736-742쪽.

5) 위의 책, 837-841쪽 참조.

이 급선무일 터인데, 가령 『문화전선』 『문학예술』 『조선문학』 같은 북조선 문학동맹 기관지들을 자료에 포함할 경우, 러시아-소련 문학 수용의 통계 수치는 크게 바뀔 수밖에 없다. 물론 수정·보완된다고 해도, 좌익 주도 출판 경향과 사회주의 리얼리즘으로 대표되는 소련 문학의 무게 중심이 지금보다 훨씬 더 드라마틱하게 부각될 뿐, 전체적인 지형도 자체가 변하는 것은 아니다. "남한엔 공산주의적 이상에 공감하는 사람들이 여전히 더 많고, 남한의 정치적 성향은 의심할 나위 없이 좌익적"[6]이라는 1946년 미군정 장교의 보고서를 섣부른 반공주의로 간주할 수는 없을 것이다. 국민 70%가 사회주의 사상을 지지했다는 1946년 7월의 미군정 여론조사 결과 역시, 일제 강점기로부터 이어져 내려온 좌익·항일 사상의 전통을 기억할 때 지극히 개연성 있는 실태 파악이다.[7]

> 8월 15일의 서울은 마치 쥐죽은 듯했다. 물론 주민들은 일본의 항복을 알고 있었으나 많은 사람들이 믿지 않았다. 그냥 기다렸다. 조심스러운 기쁨과 희망을 가지고. 그런데 그 바로 다음 날 모든 것이 바뀌었다. [...] 어제까지만 해도 텅텅 비고 조용하기만 했던 서울은 완전히 변했다. 수많은 사람들이 파도처럼 광장과 거리와 골목을 가득 메웠다.
>
> 대부분이 하얀 명절옷을 입고 있어, 끝없는 흰 바다가 흔들리며 들

6) 정용욱, 『『주한미군사』와 해방직후 정치사연구』, 정용욱 외, 『'주한미군사'와 미군정기 연구』, 백산서당, 2002, 46쪽. 강준만, 『한국 현대사 산책: 1940년대편 1권』, 155쪽에서 재인용.
7) 사회주의 사상을 지지한 70% 이외에 13%는 자본주의를, 10%는 공산주의를 좋아하는 사상으로 꼽았다. 김민환, 『미 군정 공보기구의 언론활동』, 서강대언론문화연구소, 1991, 36쪽. 강준만, 위의 책, 155쪽에서 재인용.

끓는 것 같았다. 건물에는 태극기와 붉은 천, 소련 깃발들이 걸려 있었다. 많은 사람들이 그 깃발들을 들고 다녔다. 오랜 세월 동안 보관해 두었던 비밀장소에서 꺼낸 것들이었다.

여러 가지 색깔로 된 천에 조선어와 러시아어로 표어를 써서 들고 다녔다. "소련군을 환영합니다!" "소련군에게 감사하고 스딸린에게 감사한다!" "적군 만세!" "우리는 기쁘다. 기다린다. 감사한다!"—개인적인 전문을 연상시키는 표어 중의 하나에 그렇게 쓰여 있었다.

학생들은 커다란 적색 천을 들고 다녔다. 거기에는 조선어와 러시아어로 다음과 같이 쓰여 있었다. "위대한 소련군과 해방군에게 감사한다." 글자와 단어들은 정확하지 않게 쓰여 있었으나, 거기에는 얼마나 진실한 마음과 거대한 감사의 뜻이 들어 있는지...

몇몇 사람들의 손에는 레닌과 스딸린의 자그마한 초상화들이 들려 있었다. 언제 준비할 수 있었을까? 마치 알고 있기나 했던 것처럼.

어딘가에서 연합국들의 깃발도 펄럭이고 있었다.[8]

1940-46년 소련 영사관의 영사 부인으로 서울에 거주했던 역사가 파냐 샤브쉬나(Ф. И. Шабшина)는 1945년 8월 15일과 16일 서울 정경을 이렇게 일기에 적었다. 8월 16일 오전, 서대문 형무소의 수감자들이 석방되던 순간에는 애국가에 이어 인터내셔널의 멜로디가 울려 퍼졌다는 사실도 기

---

8) F. I. 샤브쉬나, 『1945년 남한에서』, 김명호 역, 70-71쪽. 원저는 *Южная Корея 1945-1946: записки очевидца*, М., Наука, 1974.

록해놓았다.[9] '목격자의 수기'라는 부제가 붙은 샤브쉬나의 기록에 의하면, 최소 미군 진주가 시작되기까지 3주 남짓한 기간의 한반도 정서는 해방과 함께 도래할 인민 혁명의 기대감에 휩쓸렸으며, 소련 열풍은 결코 북조선에만 국한된 현상이 아니었다.[10] 해방 직후 우후죽순 결성된 많은 단체 중에서 조-미 단체가 "가장 인원이 적은 단체 중의 하나였다"라는 샤브쉬나의 진술이나 다수 국민의 사회주의 경도 현상, 좌익 주도의 출판계 경향 등은 모두 소비에트 러시아에 대한 민족적 환대 분위기를 말해주는 당대 지표들이다.

소련 외교부 인사의 회고와 미군정 측 보고서의 역사적 진위 혹은 정치적 배경을 논하는 것이 이 장의 목적은 아니다. 다만 기억할 점은 소련을 향한 그 같은 대중적 열풍의 맥락에서 이태준을 선두로 일련의 친소 경향 소련 인상기가 생산되었으며, 동시에 소련의 실상을 파헤쳐 고발하는 반소 인상기 또한 그에 대한 반동으로 이어졌다는 사실이다.[11] 이미 1920년대 중반부터 좌·우 양분화의 길을 걸어온 소비에트 러시아 여행 담론은 소련과 일본이 전시 태세를 갖추는 1930년대 후반부에 접어들며 '유토피아냐 디스토피아냐'는 시각으로 양극화되었고, 결국 좌·우 이념 대립의 표출 창구로 기능하기에 이르렀다. 전쟁은 여행기 공간에서 일찌감치 예행되었고, 또 실제로도 벌어졌던 것이다.

---

9) 샤브쉬나, 위의 책, 73쪽.
10) 해방기 북조선의 소련 열풍에 관해서는 남원진, 「해방기 소련에 대한 허구, 사실 그리고 역사화」 참조.
11) 해방기에 생산된 북조선 측 소련 기행문 관련 상세 정보는 임유경, 「미 국립문서보관소 소장 소련기행 해제」를 참조할 것. 해방기 반공 기행문 연구로는 이행선의 「해방공간, 소련·북조선기행과 반공주의」와 「단정기, '스파이 정치'와 반공주의」를 들 수 있다.

2. 붉은 광장의 미학

1946년 8월 조선문학자대회 의장단 자격으로 방북, 9주간(1946.8.10-10.17) 소련 방문, 1947년 5월 『소련기행』 출간, 그리고 마침내 월북으로 귀결된 이태준의 급작스런 행보와 당시 전개된 좌·우 입장 충돌은 해방기 소련 여행을 둘러싼 담론 전쟁의 단적인 예라고 할 수 있다.[12] 『소련기행』 은 단행본 출간 이전인 1946년 12월부터 『해방』 『문학』 『문학평론』 등의 잡지에 게재되었는데, 그보다 앞선 1946년 11월에는 소련 여행에 관한 이태준의 감회가 동지들에게 보낸 편지 형식으로 조선문학가동맹의 『문학』 지에 발표되었다.

쏘베트는 무엇보다도 인간들이 부러웠습니다. 그전 문학에서 보던 사람들은 없었습니다. 자연으로 돌아가라, 마음이 가난한 자는 복받느니라, 아무리 외치어도 잃어버리기만 하던 인간성의 최고의 것이 유물론의 사회에서 소생되어 있는 것은, 얼마나 놀라운 사실이리까! 제도의 개혁이 없이는 백천만 웨친다야 미사려구에 불과함으로 예술이 인간에 보다 크게 기여하려면 인간을 바르게 못살게 하는 제도 개혁에부터 받쳐야 할 것을 절실히 느꼈습니다.

여러분의 오늘 분투는 어둡고 구석진 듯하나 세계의 민주정신의 태

---

12) 이태준의 월북과 『소련기행』 관련 논의 및 1차 서지학적 자료는 박헌호, 「역사의 변주, 왜곡의 증거: 해방 이후의 이태준」; 권성우, 「이태준 기행문 연구」; 임유경, 「미 국립문서보관소 소장 소련기행 해제」, 359-362쪽; 배개화, 「이태준, 최대다수의 행복을 꿈꾼 민주주의자」 등 참조.

양이 여러분의 무대를 쏘아 비치고 있는 것입니다. 영웅적으로 일하십시오. 우리의 악수할 날도 그리 머지않을 겁니다.

10월 20일 아침 평양에서 상허[13]

문학에서 혁명으로, 유심(唯心)에서 유물(唯物)로의 중심 이동을 역설한 이 편지는 이태준의 전향서로 읽혀도 무방하다. 한 걸음 더 나아가 그의『소련기행』자체를 한 편의 긴 전향서로 보는 것도 불가능한 독법은 아니다. 이태준을 위시해 이기영, 이찬, 허민, 백남운, 한설야, 오장환, 장시우 등의 월북 인사들이 연이어 발표한 소련 인상기가 '사실의 기록'이라기보다 '의지의 서사'라는 평가는 매우 정확한 총평이지만,[14] 그 안에서도 이태준의 인상기와 다른 인상기 사이에는 경계가 있어 보인다. '전향'의 서사성 여부에 따른 차이라고 할 수 있다.[15]

여느 친소·친북 여행자들과 달리 이태준의『소련기행』에는 자신의 내적 변화를 고백하며 지난날의 사상적 과오를 뉘우치는 화자의 모습이 비쳐 나온다. 이태준의 여행기는 변화하는 소련에 대한 기록일 뿐 아니라, 변화하는 자신에 대한 기록이다. 혁명 국가 소련의 '제도'와 '새 인간사회'에 찬탄하고, 마르크스 레닌주의 유토피아를 '민주조선' 건설의 모델로 삼아야 한다는 공적 자의식에 분연한 가운데, 이태준은 사적 차원의 성찰과 반성을 잊지 않고 서술한다.

13) 상허,「서울문학가동맹여러분에게」,『문학』, 1946.11, 23쪽.
14) 임유경,「'오뻬꾼'과 '조선사절단', 그리고 모스크바의 추억: 해방기 소련기행의 문화정치학」, 268쪽.
15) 이태준과 다른 인상기들의 차이를 국가와 개인의 관계, 소련에 대한 입장, 사회주의적 애국주의 등의 관점에서 상세히 고찰한 연구도 있다. 배개화,「탈식민지 문학자의 소련기행과 새 국가 건설: 1946년 조선 문학자의 소련기행을 중심으로」.

유물사관이란 인간의 정신관계를 전혀 몰각하는, 모-든 정신문화나 전통에 대한 덮어놓고의 선전포고로 알어온 것은 나 자신부터 불성실한데 기인한 허무한 선입견이었다. 오늘의 쏘비에트란 허다한 정의정신가들의 이루 헤일 수 없는 희생인 양심적 정신노력의 산물인 것이다. 양심과 실천을 떠나 정신의 존엄성이 어디 존재할 것인가?[16]

여행 마지막 날인 10월 5일, 모스크바에서 보낸 밤을 기록한 부분에 나오는 대목이다. '붉은광장에서'라는 제목의 이 장은 『소련기행』 15장 중 14번째로, 단행본 출간 이전 이미 조선문학가동맹 기관지인 『문학』 3호에 단독 게재 되었다는 사실이 말해주듯, 내용 면에서 가장 핵심적인 메시지를 담고 있다. 이태준은 소련 여행 중 모스크바를 모두 세 번 방문했다. 모스크바 관련 장은 여행기를 통틀어 네 차례 등장하는데(「모스크바」「다시 모스크바」「세번째 모스크바」「붉은광장에서」), 세 번째 방문의 마지막 날 기록인 「붉은광장에서」는 모스크바라는 실제 공간에 관한 견문기라기보다 '붉은 도시'라는 기표에 대한 정신적 인상기 성격이 두드러진다. 궁전·대로·대극장·학교·백화점·병원 같은 가시적 시설물이나 전승 기념식 대광경을 위주로 구경하던 이전과 달리, 세 번째 모스크바 방문 때의 견문 대상은 역사 박물관·레닌 박물관·레닌 묘·고르키 박물관 등 혁명 기념 시설물이 주를 이룬다. 앞서 보고 감탄했던 소련 사회 전체의 '뿌리'를 마침내 실증하며 확인하는 대단원의 의미가 강조된 셈이다.

소련 여행의 중심이 모스크바 방문이라면, 모스크바의 핵심은 크

16) 이태준, 「소련기행」, 『이태준문학전집』 4, 171쪽. 이후 등장하는 『소련기행』 인용문은 본문에 『이태준문학전집』 4권의 쪽수만 밝히기로 한다.

레믈린과 스파스카야 종탑, 그리고 레닌 묘가 위치한 '붉은 광장'이며, 그곳의 상징이자 전 소련의 아이콘이라 할 수 있는 것이 크레믈린 지붕 위의 '붉은 기'와 스파스카야 종탑의 '붉은 별'이다. 이태준의 소련 체류는 모스크바의 어느 어귀를 통해서건 들어서게 되어 있는 붉은 광장, 하늘 위로 휘날리는 붉은 기, 첨탑 꼭대기의 붉은 별, 그리고 종탑이 가리키는 모스크바 시간(московское время)과 함께 끝맺는다. 9주간 여행은 "모스크바의 모든 길은 붉은광장에 통한다"(167)라는 옛 격언이 말 그대로의 현실로 체험되는 과정이며, 그 여정의 길잡이인 붉은 별과 붉은 기의 실체를 찾아 마침내 참배하게 되는 순례의 경로라고 할 수 있다. 모스크바 마지막 일정이 레닌묘, 레닌 박물관, 고르키 박물관, 그리고 고르키의 『레닌 회상기』에 대한 반추로 채워져 있다는 사실은 그런 점에서 의미가 깊다.

이태준의 기록은 공적 차원의 감회가 사적 차원으로 전환하는 순간들을 담고 있으며, 그래서 내면 여행기로서의 의미를 지닌다. 깨닫고 반성하는 전향의 선언으로 읽히는 것이 그 때문인데, 그 중심에 '미'에 대한 입장의 전향이 자리 잡고 있다. 순수 문학파(구인회) 대표 작가이자 동양 전통미를 탐미하는 상고(尙古)주의자였던 이태준에게 아름다움은 지고의 가치였다. 고르키 박물관을 찾은 이태준이 "구리배암이 감겨있는 단장" "은으로 꽃장식이 있는 담배갑" "청(靑)동아뱀의 문진" 등 소장품을 눈여겨보는 가운데, 특히 "[단장은] 구수한 잡목이여서 배암장식이 있으나 일점 속기가 없고 탄환 맞은 담배갑도 은장식이나 누르스럼한 나무가 역시 아취 있는 물건이었다"(164)라고 품평하는 장면은 평소 즐겼던 골동 취미가 드러나는 대목이다. 그 같은 고아한 심미안의 소유자였기에 그의 전향과 월북이 동시대인들에게 쉽게 납득되지 않았던 것이고, 절친했던 정지용조차

"자네 좌익을 내 믿기 어렵거니와 아무도 죽어도 살아도 민족의 '서울'에서 견딜 근기가 없는 사람이 비행기 타고 모스코바 가는 바람에 웃슥했던가 시퍼이"라고 친구의 행보를 충동적 경솔함으로밖에는 해석할 수 없었던 것이다.[17]

그런데 『소련기행』의 막바지인 세 번째 모스크바 방문 기록을 자세히 읽다 보면, 이태준의 전향이 다름 아닌 미학적 입장에서의 방향 전환과 맞물려 있음을 확인하게 된다. 심미주의자 이태준에서 사회주의자 이태준으로의 전환은 '미'의 포기가 아니라, '미'의 재평가를 의미했다. 상류층 미학이 아닌 민중 미학에서 참된 아름다움을 발견한 톨스토이가 "예술이란 무엇인가?"라고 되물으며 자신의 작품과 세계 명작들을 전면 부정했던 미적 회심의 사건과도 겹치는 면이 있다. '붉은 광장', 즉 러시아어 어원상으로는 '아름다운 광장'이기도 한 새 인간세계의 중심에 서서 이태준은 '아편'과도 같은 도피책에 불과했던 자신의 미학을 부정하고 참회한다.

노신이 일즉, 청년들에게 동양책을 가까이 하지 말라 경계한 것은, 후진들로 하여 다시금 봉건노예가 되지 않게 하기 위함이였을 것이다. 그러나 일종 아편과 같은 이 아세아 감정의 신비경은 때때로 우리에게 향수를 짜내게 하여 내 자신의 머리부터 시대와 모순되는 불투명한 속에 즐겨 깃들여오곤 하였다. 그러면서도 일제 밑에서는 이런 고고와 독선의 정신이 추하지는 않게 용신할 도원경일 수도 있었던 것이다. 그러나 이제는 우리에게도 현실을 호흡할 자유는 왔다. (165)

17) 정지용, 「소설가 이태준군 조국의 〈서울〉로 돌아오라 ─「이북문화인에게 보내는 멧세지」 중」 (1950), 『정지용전집』 2, 537쪽.

"아세아사상은 구라파 사람들로 하여금 자본주의 기구 밑에 달게 예속케 하는 비굴한 정신을 길러준다"라는 고르키의 말을 회상한 이태준은 "신비와 공상의 동방적 정신"으로 숨어들 수밖에 없었던 과거의 식민지 시절을 고백하는 동시에 이제는 "봉건체제 속에 깊이 마비된 꿈"에서 깨어나 "과학과 현실의 서구적 정신"을 택해야 한다고 다짐하는 것이다 (165). 고르키 박물관에서의 이 같은 현실 인식은 레닌 묘 앞에서도 이어진다. 베토벤의 「아파시오나타 소나타」를 들으면서 감탄하던 레닌이 "그러나 가끔 음악을 즐겨 듣고 견딜 수 없게 마땅치가 못한 것은, 이런 더러운 지옥 속에서 어떻게 천연스럽게 앉아 그런 미의 창조에만 열중했었느냐 말이야?"라고 흥분했다는 고르키의 회고를 기억하며 이태준은 마르크스주의 미학의 선행 조건인 현실(하부구조)의 중요성을 다시금 인식하게 된다.

> 이해관계를 그냥 두고 사람더러 초인간이 되라는 염불이나, 지옥 같은 환경에 노예처럼 굴복하면서 미부터 찾으려던 모─든 독선적 미운동은 확실히 선후가 바뀌었던 것이다! (172)

이태준의 붉은 광장은 그가 새롭게 획득한 미학 원칙에 따른다면 분명히 '아름다운 광장'이다. 붉기에 아름답다. "파리야 나는 너를 사랑한다. 나는 너에게서 살고 너에게서 죽었을 것이다. 만일 나에게 모스크바가 없었드라면!" 마야콥스키의 이 시구에 대해서도 이태준은 혁명적 관점에서 해석을 내린다. 프랑스의 파리가 아름다운 것은 그곳에서 "18세기의 '승리의 깃발'"(169)이 펄럭였기 때문이며, 지금 모스크바가 파리보다 아름다울 수 있다면, 그것은 "오늘 20세기의 '승리의 깃발'"(169)이 모스크바에 휘날리고 있어서이다. 그래서 이태준의 눈에는 붉은 광장의 문 닫힌 상점이나 소련제 상품의 조야함과 같은 외적 초라함도 내적 아름다움의 증표와 다르지 않다.

물론 자본주의사회라면 이만큼 번화한 거리엔 더 다채한 진열창들과 더 포장 고운 상품들일 것이다. 그러나 그런 외양찬란한 도시엔 슬픈 이면이 있다. 이 도시엔 저녁먹이를 위해 인륜을 판다거나 병든 부모가 창백한 여공딸의 품삯이나 기다리고 누웠는 그런 불행한 식구나 암담한 가정은 없다. 단순한 영양적 시각으로 상품진열창을 비교할 것이 아니라 우리의 관심사는, 어느 사회가 그 원칙에 있어, 그 제도에 있어 더 정의요, 더 진보요, 인류의 문화와 평화를 위해 더 위대한 가능성을 가졌는가 그것일 것이다. (168)

이태준의 사상적·미학적 전향은 그가 무엇을 보고자 하는가와 관련된 문제이다. 소련에 온 이태준은 '옛 것'이 아닌 '새 것'을 본다. 그리고 모든 면에서 '새 것'을 약속하는 사회주의 혁명의 '제도'를 본다. 이태준이 감탄하는 것은 그의 눈이 선택적으로 바라본 실제 광경 너머 확장해 상상하며 예견하는 관념의 청사진이기도 하다. 그는 아직 완성되지 않은 유토피아-소련의 미래를 앞당겨 선험하고, 그것을 통해 앞으로 도래할 유토피아-조선의 미래를 확신하고자 집중할 따름이다. 앙드레 지드를 실망시켰던 소련의 현실이 관용되는 것은 그 때문이다.

지금 집을 짓고 내부를 꾸미는 중에 있는 집을 찾아왔으면, 앉을 자리 좀 불편한 것이나 그 집 사람들이 풀 묻은 손으로 바쁘게 돌아가는 그것을 볼 것이 아니라 그 집의 설계여하와 완전히 준공된 뒷날 어떨 것을 생각해 비판함이 정당하고 의의 있는 관찰일 것이다.

이제 우리 조선도 '해방이 되었으니 모든 것이 일제 때보다 나으리라' 혹은 '우리 정부만 서면 모든 게 마음대로 되리라' 이런 생각이 이념에서라면 옳은 것이나 현실에서 곧 바란다면 그건 철없고 염체없는 수작일 것이다. 한 새로운 이념에 합치되는 현실이란 허다하게 있을 수 있는 모순당(矛盾撞)을 극복해내는 실제라는 고해의 피안일 것이다.(130)

1936년 파리에서 온 앙드레 지드와는 대조적으로, 1946년 조선에서 온 이태준은 "물품의 조야를 탄키는커녕, 그렇기 때문에 아직 조야한 물품에 도리어 만강의 경의를 표해 옳은 것"(129)이라고 역설한다. 그의 기록은 망막을 뛰어 넘어 뇌리에 비친 개념의 투시도이며, 그렇기에 '실제의 고해'를 넉넉히 보아 넘길 수 있다. 그것은 단순히 "일제 말기에 구차한 시절을 보낸 뒤에 뜻하지 않게 구경한 '놀라운 신세계'에 대한 감탄"[18]의 관용을 넘어, 이념으로 무장된 넓고도 두터운 시야의 관용이다. "한 새로운 이념에 합치되는 현실이란 허다하게 있을 수 있는 모순당(矛盾撞)을 극복해내는 실제라는 고해의 피안"이라는 이태준의 긴 표현에서 방점은 '현실'과 '피안'의 일치에 있다. 현재는 피안의 이상향에 다다르기 위한 징검다리에 불과하

---

18) 유종호, 「이태준이 본 1946년 소련」, 『동아일보』, 2001.8.25.

며 혁명가의 현실은 고해의 실제가 아니라 미래로 향하는 이념이다.

> 낡은 세상에서 낡은 것 때문에 받던 오랜 동안의 노예생활에서 갓
> 풀린 나로서 이 소련에의 여행이란, 롱(籠) 속에서 나온 새의 처음 날
> 으는 천공이었다. 나는 참으로 황홀한 수개월이었다. 인간의 낡고 악
> 한 모든 것은 사라졌고 새 사람들의 새 생활, 새 관습 새 문화의 새 세
> 계였다. 그리고도 소련은 날로 새로운 것에도, 마치 영원한 안정체
> 바다로 향해 흐르는 대하(大河)처럼 끊임없이 나아가고 있었다.(12)

이태준은 첫 소련 여행의 감회를 '끝없는 새로움의 황홀감'으로 정
리했다. 동시대 소련 인상기들에도 공통적으로 자리 잡고 있는 이 '신흥'
의 화두는 "지구상의 신세계인 쏘련"과 갓 해방된 독립 조선을 동질의 운
명체로 엮어주는 역동성의 표현이다. 새로 태어난 나라의 국민으로서 새
로 건설된 지구상의 이상향을 찾아가는 감격을 그는 "롱(籠) 속에서 나온
새의 처음 날으는 천공"에 비유했거니와, 해방기 소련 인상기들의 공통분
모는 바로 이 '상승'의 비유가 말해주는 힘찬 비약과 진보의 운동성에 있
다. 집단 농장이 되었든, 공장이 되었든, 건설 현장이 되었든, 일반 시민이
되었든, 소비에트 러시아는 언제나 움직이고 있으며, 앞으로 전진 중이다.
더 나은 미래를 향한 공동의 전진이야말로 이태준이 새롭게 발견한 예술
이었다.

"내 눈에 비친 것을 주로 묘사에 옮겨 현상을 현상대로 전하기에 명
념하였다"(12)라는 이태준의 『소련기행』 서문은 그러므로 자기모순의 역
설이다. '내 눈에 비친 것'과 '현상'의 관계를 너무 쉽게 동일시하고 있기

때문이다. 그런 이유에서라도 '의지의 서사'인 그의 기록을 두고 사실성 여부를 따지는 것은 무모한 일일 수 있었겠으나, 기행문 출간 당시에 가열되고 있던 남·북 이념 대립은 이태준이 묘사한 소련 사회의 실체를 중심으로 논쟁을 몰고 갔다. 소련 여행기는 '미국 대 소련'의 프로파간다 차원에서 경쟁적으로 반박되거나 재생되었던 것이다.[19]

요컨대 『소련기행』에 대한 두 방향의 반론이 있었는데, 이태준 개인의 무지와 반역 행위를 비난하는 인신공격[20] 외에 또 다른 방식은 소련의 진상을 폭로하는 기록 생산으로써의 맞대응이었다. 이 점에서 이태준의 『소련기행』이 해방기 반공주의의 단초를 제공했다는 평가는 타당하다.[21] 가령, 이동봉 같은 독자가 "소련에는 가본 일도 있고 또 소련현실에 대하여는 일가의 견해를 가지고 있다"라는 전제하에 "이씨가 보고 온 소련이라는 것은 차라리 소련의 많은 면 중의 가장 적은 면이고 그것은 동시

---

19) 해방기의 '미국 대 소련' 프로파간다 경쟁은 당시 간행된 번역물의 대립 양상을 통해서도 확인된다. "[영미쪽 번역물의 경우] 거의 모두가 시사성을 띤 것으로서 세기의 총아로 등장한 원자폭탄에 관한 기사가 아니면 소련을 알리려는 글들, 그리고 평론도 해방이라는 환희 속에서 지금까지 굳게 닫혔던 해방의 은인인 미국의 문학 현상을 알리는 글들이 무질서하리만큼 노도처럼 밀어닥쳐 일대장관을 이루고 있다. [...] 미국의 경우와 마찬가지로 38선 이북을 점령한 소련의 문학 역시 노도처럼 북으로부터 유입되었을 것은 말할 것도 없는 당연한 사실로서, 실제로 그 정치적 특수성으로 말미암아 미국과 앞뒤를 다퉈가며 소련문학이 북으로부터 밀어닥쳤던 것이다." 김병철, 『한국근대번역문학사연구』, 837쪽.

20) 예를 들어 황중엽은 이태준의 외국어 실력이나 독서량 등을 조롱했고(황중엽, 「시작과 진실 — prelude: Andre Gide contre 이태준」), 독고훈은 소련에서 무궁화를 보고 이태준이 보인 반응을 반애국적인 것으로 해석하면서 "씨의 소련기행은 자기의 본심에서가 아니라 모종의 위압 밑에 썼거나 그렇지 않으면 씨가 바른 정신을 가지지 못했거나 두 가지 중 한 가지"라고 했다. 독고훈, 「상허와 무궁화 — 소련기행을 읽고」, 『가톨릭청년』, 1947.9, 77쪽.

21) "소련을 예찬한 이태준의 『소련기행』(1947.5) 이후 이동봉의 산발적인 반박성 글이 나왔고 김일수의 『쏘련의 일상생활』(1948.5)이 나오면서 반공이 본격화 되었다." 이행선, 「단정기, '스파이 정치'와 반공주의」, 157쪽. 사실 소련 여행기를 통한 이념 대립의 시발점은 1920년대로까지 거슬러 올라가겠지만, 남·북 대립 차원에서는 이태준의 『소련기행』을 결정적 계기로 볼 수 있겠다.

에 가장 좋은 면뿐인 것을 알아야 한다"라고 반박한 데 이어,[22] 박원민은 소련 파견 교원 시찰단으로 5개월 가까이 체류했던 체험기를 『동아일보』에 연재하면서 "실지로 내 눈으로 보고 온 쏘련은 공산주의자들이 떠드는 그러한 나라도 아니며 또 이태준씨가 쓴 『소련기행』과도 다른 나라였다는 것을 폭로하려고 하는 것"을 집필 동기로 밝히기도 했다.[23]

이태준의 소련 찬양에 맞서 이어진 반소 인상기들은 "쏘련을 필요 이상으로 관대히 평가하는 것도 혹은 또 과소평가하는 것도 삼가야 할 것"이며 오직 "사실 그대로를 현실 그대로를 냉정히 파악"해야 한다는 '객관적' 목적 의식을 표방한 것들이었다.[24] 대부분 월남인의 직·간접 체험기 형식을 띠었던 우익 성향 인상기의 공통 과제는 좌익 인상기들이 제도와 이념 선전에만 몰입한 채 미처 보지 못했던 소련 현실의 참상을 알림으로써 그 제도와 이념의 폐해를 반증하는 데 있었다. 이들 인상기는 스탈린의 전횡, 극심한 빈곤, 숨죽이며 맹종하는 인민으로 채워진 디스토피아를 생생히 전하면서, 머리가 아닌 몸으로 겪은 공포의 소련 현실을 증언했다. 목숨 걸고 탈출해야 했던 소련 국경과 시베리아 수용소 이야기들을 "반공주의

---

22) 이동봉, 「이상과 실체 — 상허의 소련기행을 읽고(上)」, 『경향신문』, 1947.8.10. 이동봉의 기사는 9월 7일과 14일 『경향신문』에 중, 하편으로 계속되었다.

23) 박원민, 「소련기행」, 『동아일보』, 1948.10.28. 1947년 1월 7일부터 5월 20일까지 소련을 시찰한 박원민의 여행기는 1948년 10월 28일부터 11월 7일까지 총 8회 연재되었다. 박원민이 묘사한 소련은 연재물의 제목만 보더라도 "서백리아 철도는 원시적"이고, "도처마다 걸인군"과 "하대 받는 노동자"로 가득 찬 "암흑과 공포의 나라"이며 "선전의 나라"라는 식으로 부정적이다.

24) 인용된 구절은 박원민의 「소련기행」에서 따온 것이다. 박원민의 글처럼 이태준의 저술에 맞서 쓴 반소 경향 여행기와는 달리, 역사적·정치적·문화적 호기심과 지식욕을 통해 소련 전반의 현실을 조명하고자 한 『신천지』 잡지의 '소련특집호'(1946년 11월호)도 있다. 이 특집호에는 국내 각 분야, 각 진영 지식인들의 글과 미·소 양측의 소련 관련 기사들이 함께 실려 있어 최대한 '중립적' 입장을 보여주려 한 편집 의도가 엿보인다.

로 '공포 정치'를 조장하는 남조선"의 스파이 정치 서사로만 일괄 범주화하는 것은 지나쳐 보이지만, 해방기 반소 인상기들이 친소 인상기 못지않은 이념적 의도의 마스터 플롯과 수사를 빌려 자기 복제를 거듭했다는 것만큼은 사실이다.[25]

---

25) 앙드레 지드의 여행기와 함께 소련의 실체에 대한 관심이 고조되었던 1930년대 말부터 게·페·우 극동 장관 류슈코프의 소련 탈출기(「류대장 월경탈출기」, 『조광』, 1938.8, 72-79쪽) 같은 외국인 수기를 통해 스탈린 공포 정치의 실상이 폭로되었음은 물론, 해방기에는 유사한 경로와 방식의 목숨 건 탈출기들이 내국인에 의해서도 생산되었다. 예를 들어 독일에서 세계대전을 겪고 포로가 되었다가 소련 국경을 탈출, 고국에 돌아와 다시 3·8선을 넘어 월남하기까지의 역경을 기록한 해외문학과 김준엽(김온)의 『사선만리: 백림-모스크바-삼팔선까지』가 대표적이다. 이행선의 「해방공간, 소련·북조선기행과 반공주의」는 정치담론으로서의 여행기, 특히 남한에서 유포된 반소주의 여행기를 다룬다는 점에서 참고할 만한데, 그러나 유독 반소 여행기만을 '스파이물'로 규정하면서 "반공주의로 '공포 정치'를 조장하는 남조선"의 "증오정치"에 귀속시키는 것은 일방향적인 견해로 보인다. 프로파간다의 기능으로 보자면, 반소 여행기와 친소 여행기 모두 정치적 산물이기 때문이다.

3. 시베리아 유토피아니즘

낙토인가, 죽음의 유형지인가? 소비에트 러시아에 대한 상반된 입장과 시각 충돌은 시베리아의 이원 표상을 통해 상징적으로 대변된다. 이태준의 『소련기행』 단행본과 앞을 다투며 발표된 「시베리아로 유형간 조카에게」라는 글이 있다. 원산 출신 모윤숙이 시베리아로 20년간 유형을 떠난 조카에게 쓴 편지 형식의 수필이다. 서울 약전 조교수였던 '명(明)'이라는 이름의 이 조카는 정치와 무관한 크리스천이자 한쪽 다리가 불구인 장애인인데, 해방 후 38선에서 붙잡혀 평양의 러시아 헌병대 감옥에 갇혔다가 시베리아 유형지로 압송되었다. 그 죄목이 분명히 나와 있지 않지만 정치 스파이 혐의로 추정된다. 주인공이 모윤숙의 친조카인지도 확인되지 않고 시베리아 유형 이야기 어디까지가 사실인지도 알 수 없으나, 당시 시대 분위기상 모윤숙의 수필이 '시베리아' 이미지를 빌린 민족 비극의 원형이나 집단 서사로서 집필되었을 가능성은 충분해 보인다.[26]

모윤숙의 글을 일컬어 오장환은 "『문화』라는 좋은 잡지 이름에 『이북통신』 같은 느낌을 주었다"라고 혹평했는데,[27] 오늘날 관점에서는 실화

---

26) 예를 들어, 김시성의 『시베리아 유형기』는 1946년 2월 신탁통치 반대로 체포되어 5년간 시베리아와 중앙아시아 수용소에서 복역했던 체험을 담고 있다. 김시성에 따르면, 신의주 학생 사건으로 체포된 11명도 함께 시베리아에서 복역했다. 곽병규의 『시베리아 아리랑』은 '미국의 첩자'라는 죄명으로 1946년 3월 평양에서 체포되어 20년의 시베리아 중노동형을 선고받고 강제수용소 생활을 하다가 1957년 탈출한 이야기이다. 모윤숙의 조카 '명'에 관해서는 자료를 찾을 수 없으나 1946년 당시 함흥에 있던 모윤숙의 동생 모기윤이 『문예 독본』에 민족주의 시를 실어 문제가 되었다는 자료는 있다. 김병익, 『한국문단사』, 262쪽. 모기윤은 월남한 이후 서울에서 『고금명작 문장독본』(신항사, 1954)을 펴냈다.

27) 오장환, 「민족주의라는 연막」, 『오장환 전집』, 467쪽.

라기보다 상투화된 시베리아 애가에 가깝게 읽힌다. 시베리아 유형지의 조카를 호명하며 눈물 흘리는 월남인 모윤숙의 목소리는 눈 쌓인 시베리아를 배경으로 이루어질 수 없는 사랑의 연인 '시몬'을 호명하는 베스트셀러(『렌의 애가』) 작가 모윤숙의 목소리와 크게 다르지 않다.[28] 눈·혹한·광풍이라는 시베리아 유형지의 토포이, 슬픔과 연민의 독백이라는 감상적 어법이 공통된 가운데, 그 주제인 사랑의 멜로드라마가 정치의 멜로드라마로 뒤바뀌어 변주되고 있다는 느낌도 든다.

> 明아! 러시아는 어대며 시베리아는 어대냐? 카쥬샤가 눈 깔린 벌판으로 쇠사슬을 끌고 가던 그 끝없는 벌판 말이냐? 활동사진이나 소설로 보던 때도 진저리 몸서리가 치던 세계의 대(大) 죄수가 모이는 유형지! 아 ― 네가 무슨 죄 극하여 20년의 형을 받고 그리로 갔단 말이냐?
>
> [...]
>
> 明아! 밤 열한시! 잠이 안 온다. 커틴을 간지리는 봄바람이 밤이 되어 그런지 유난히 산드럽다. 내 귀는 하늘을 날아 함박눈 쏟아지는 시베리아 눈보라를 듣는다. 너와 함께 갔다던 몇 사람의 조선사람의 뺨에 뿌러치는 매운 바람소리를 듣는다. 치워서 떠는 네 핼쓱한 얼

28) 가령 다음과 같은 장면을 기억할 것. "눈 날리는 광야! 회회교도의 밤기도 소리가 멀-리 중얼거리고, 약대가 차고 가는 적은 방울의 음조가 리봉처럼 풀려갑니다. [...] 북국의 노역이 끝나는 나는 가벼운 몸으로 세상에서 물러갈 것입니다. 유랑하는 조선 사람이 많습니다. [...] 토요일이면 그들과 함께 눈 위로 설매를 타고 몇 시간씩 유쾌한 시간을 보내는 것이 가장 큰 기쁨 중의 하나입니다." 모윤숙, 『렌의 애가』, 34쪽. '시몬'은 "모든 한국 여성이 염원하는 이상의 모델"이라는 것이 작가의 해설이었다. 모윤숙, 「시몬, 그 홀로 지내는 사람」, 『고독을 부르는 시몬』, 195쪽.

굴을 본다. 네 손목에 채운 차거운 쇠사슬 소리를 듣는다. 거기도 지금 밤이냐? 결딴코 잠이 들지 못할 이 밤 너는 얼마나 기맥혀 더운 눈물만 흘리고 있느냐?[29]

대부분 독자들에게 시베리아 유형지는 "활동사진이나 소설"을 통해 이미 가본 것과 다름없이 익숙해진 심상의 공간이다. "카쥬샤가 눈 깔린 벌판으로 쇠사슬을 끌고 가던"이라는 장면의 환기만으로도 모윤숙의 간접 수기(어쩌면 허구일 수도 있는)가 직접 체험 못지않은 실감을 불러일으키고 또 연민과 공분의 눈물마저 흘리게 할 수 있었다면, 그것은 필경 시베리아 카추샤의 상투성이 발휘하는 대중적 영향력 덕분이었을 것이다. 톨스토이 원작에서 카추샤와 죄수들이 유형지로 떠나는 때는 정확히 "뜨거운 7월의 여름날"이지만, 20세기 초에 유행한 번안극 『부활』로 굳어진 상상의 광경은 흥미롭게도 그와 정반대이다. 톨스토이 소설을 애독했다는 이광수조차 "옛날의 애인 카추우샤를 따라서 눈이 푸실푸실 내리는 시베리아로 떠나가던 그 마당"이라는 각색된 장면에 끌려 감동했듯이[30] 초기 독자들이 향유했던 러시아 문학의 감상, 즉 집단적 심상에 각인된 러시아 이미지의 요체는 원작과 무관한 '흰 눈과 카추샤'의 애상이었다. 이광수의 서간 소설 『유정』이나 모윤숙의 『렌의 애가』 같은 한국판 시베리아 정사(情史)의 골자가 바로 『부활』에서 파생된 '흰 눈과 카추샤'의 통속성에 있다고 봐도 과언이 아니다. 서간체 수필인 「시베리아로 유형간 조카에게」

29) 모윤숙, 「시베리아로 유형간 조카에게」, 『문화』, 1947.4, 30-31쪽.
30) 이광수, 「『부활』과 『창세기』: 내가 감격한 외국 작품」, 『이광수 전집』 16, 364쪽.

역시 동일 계보를 잇는 방계 텍스트의 일종이라 할 수 있다.

그런데 이태준과 여타 친소 성향 여행자들의 기행문에서 공통되게 눈에 띄는 것이 바로 이 감상적이고도 통속적인 시베리아 표상의 배격이다. 그들의 시베리아는 결코 혹독하지 않으며 애상적이지 않다. "옛날부터 서백리아라 하면 사람 살지 못할 땅으로 예상하고 있는 사람이 많지요. 더욱 '가츄샤'의 유형으로 가장 보편적으로 소개된 관계도 있음으로 자연히 그러한 생각을 가지게 되는 듯하외다"[31]와 같은 일반론을 반증하기 위해 호출되는 것이 바로 지금 현재의 공장, 산업, 집단 농장, 건설 현장, 문화 현장과 그 안에서 활기차게 생활하는 건강한 소련인의 모습이다. 다음은 이태준의 말이다.

나는 '시베리아'니 '오로라'니 하는 말을 '카츄샤'의 이름과 같이 기억한 때문일까 지금 시베리아의 북극을 향한 적은 길들을 볼 때 어느듯 다감해진다. 언제 풀릴지 모르는 장기수들의 침묵의 행렬이 눈앞에 떠오르는 것이다. 견디기에는 너무나 추운 곳, 문화와 생활의 도시로부터는 너무나 거리가 먼 곳, 탈옥수들이 며칠을 걷다가도 물 한 모금 얻어 마실 인가가 없어 도로 자진해 관헌에게 잡힌다는 일대 공간지옥, 지금 쏘비에트 정부위원들 속에도 일찍 이 지옥살이를 돌파한 이가 한두 분이 아닐 것이다. [...]
그러나 이는 모다 지나가버린 악몽이었다. 지금의 시베리아는 그런 수인의 망령이나 배회하는 황원(荒原)은 아니다. 처처에 현대적 공

---

31) 김동진, 「갓츄샤 유배가든 서백리아정조」, 『삼천리』, 1929.6, 20쪽.

장도시가 나오고 처처에 불빛 밝은 평화스러운 신규모의 꼴호즈들이 지나가는 것이다. 정거장마다 모스크바의 뉴-쓰와 음악이 울리고 신 5개년계획의 과학동력이 이 무궁한 대자연을 주야 없이 개발, 건설하며 있지 않은가!

혁명 이후 쏘비에트의 '우랄' 이동건설은 특히 괄목할 만한 것으로 인구 10만 이상의 도시만 백 이상이 증설되였다 한다. 자원개발과 공업 시설이 전초로서 새 세계의 문화는 이 끝없는 황원을 끝없이 낙토화하며 있는 것이다.(176)

"수인의 망령이나 배회하는 황원"에 우뚝 솟은 낙토만큼 극적인 혁명 위업은 없을 것이다. 이태준을 위시한 여행자들에게 시베리아의 감회가 각별한 이유는 그 때문이다. 평양에서 소련으로 들어가는 관문이 시베리아 도시 보로실로프(Ворошилов)였던 만큼,[32] 당연히 첫 도착지의 인상은 강할 수밖에 없었다. 1946년 여름 북조선에 역병이 돌고 있었던 관계로 이태준 일행은 보로실로프 공항에 내린 뒤에 근처 스이훈(Сейхун, Сырдарья) 강변의 격리촌에서 며칠을 보내야 했는데, 이때 처음 접한 러시아인 의사, 간호사, 장교, 그리고 그들과 함께 즐겼던 러시아 문화(술·춤·노래 등)의 기억은 유토피아 소련의 증표로 끝까지 남게 된다.

이주와 항일 운동으로 얼룩진 민족 역사 현장을 다시 돌아보는 감

---

32) 이태준이 '워로실로브'라고 쓴 이 도시의 이전 명칭은 니콜스크 우수리스키였고, 조선 이주민 사이에서는 '소학령(小鶴嶺)'(이태준은 '송학녕'으로 표기)으로 불렸는데, 1936년 혁명 영웅 K. E. 보로실로프의 이름으로 개칭되었다. 초기 소련 여행자들은 평양에서 비행기를 타고 일단 보로실로프까지 날아간 뒤에 그곳에서 모스크바를 향해 비행기 또는 횡단열차로 이동했다.

개무량도 물론 있었다. 한때 가난한 유민으로, 방랑자로, 항일 투사로 목숨 걸고 넘어야 했던 소련 국경을 독립국가의 일원으로 초청받아 비행기를 타고 넘게 된 조선인의 격세지감은 다른 나라 여행자들(가령 앙드레 지드, 에드가 스노, 곽말약)에게서는 찾아볼 수 없는 감정이다.[33] 특히 연해주에서 거주했던 어린 시절의 기억이 있는 이태준에게 시베리아는 개인적인 감회가 깊은 지역일뿐더러, 정서적으로 조선 영토의 연장선에 있는 '이국 아닌 이국'이었다. 비행기에서 땅을 내려다본 이태준이 "감개무량한 국경 일대는 끝끝내 구름에 덮여있었다"(17)라며 두 나라 영토의 경계를 확인하지 못하는 것은 그런 맥락에서 의미심장한 장면이 아닐 수 없다.

그러나 무엇보다 시베리아의 의미는 자연을 제압한 인간 의지의 표상, 즉 혁명 신세계로서의 상징성에 있었다. 붉은 광장의 모스크바가 혁명의 심장부인 것은 사실이지만, 혁명의 힘으로 이루어진 개척과 발전의 예증은 단연 시베리아였다. 스탈린의 시베리아 낙토화 운동이 일구어낸 신도시 – 보로실로프·옴스크·스베르들롭스크·노보시비르스크 등 – 야말로 인간의 손이 창조한 '기적'과 같은 것이었기 때문이다.[34] 소련이 건설하며 선전했던 밝고 아름다운 자연의 시베리아, 과학기술의 신천지인 그 시베리아에 톨스토이 소설의 유형지가 들어설 자리는 없었다. 바깥 공기가 아무리 차도 건물 안은 "봄날같이 훈훈"했으며,[35] 눈이 아무리 내려도 제설

---

33) 오장환 역시 소련 방문 시(「비행기 위에서」, 『씨비리 시편』, 1948.12)에서 자신이 "공화국 여권"을 지닌 "어엿한 새나라 공민"임을 자랑스러워했다.

34) 소비에트 시대의 시베리아 낙토화 운동(Siberia to Utopia)에 대해서는 J. Hughes(1991) *Stalin, Siberia and the Crisis of the NEP* 참조.

35) 이태준, 「이태준의 『혁명절의 모쓰크바』」 301쪽. 1950년 평양의 문화전선사가 발간한 『혁명절의 모쓰크바』는 상·하로 나뉘어 『한국근대문학연구』 2:2, 2001, 291-316쪽과 3:1, 2002, 348-369쪽에 전문

과 배설(排雪)이 잘되어 "원야의 개척자인 승리를 상징하는 것인 동시에 동한(冬寒) 투쟁의 생활력을 시위하는"[36] 곳이 시베리아였다. 당연히 그곳의 여주인공은 소설 『부활』의 매춘부 카추샤가 아니라, 전쟁터로 나간 병사를 사랑하는 건강한 처녀 카추샤여야만 했다.[37]

1946년에 이어 1949년 10월, 혁명 32주년 행사를 위해 소련을 재방문한 이태준은 꿈이 현실이 된 낙원 시베리아의 감회를 다시 한 번 상세히 기록한다.

> 선진한 과학의 무기를 든 소련 인민들 앞에 대 시베리아의 자연은 가지가지 꿈을 자아내게 하며 이 꿈들이 또박또박 실현되는 무변한 새 문명의 무대로 전개되어 있다. 최근 소련서는 원자력으로 시베리아의 큰 강들을 역류시키어 중앙아시아 사막지대를 옥토화 할 계획이 발표되었거니와 이미 미추린 학설이 이 상동지대(常凍地帶)에 기여한 문화의 꽃과 열매도 한두 가지가 아닐 것이다. 제정시대에는 기근과 질병과 추위와 저주의 귀양살이들로 울타리 없는 감옥지대였으나 혁명 후 불과 30년에 오늘 시베리아에는 무수한 새 도시들이 일어났으며 그 도시들은 하나같이 대학과 극장들로부터 지어진 문화도시들이었다. 모쓰크바로부터 가장 먼 벽강 하바롭쓰크에서 일

소개되었다.

36) 백남운, 『쏘련인상』, 41쪽.

37) 많은 이의 귀에 익은 러시아 민요 「카추샤」는 제2차 세계대전 당시 만들어져 유행하기 시작한 노래로서(이사콥스키 시), 톨스토이의 카추샤와는 상관없는 시베리아 처녀 카추샤가 등장한다. 보로실로프 격리촌에서 카추샤 노래를 듣게 된 이태준은 "여기 사람들은 카츄샤를 조선사람들이 춘향이나 심청이 이상으로 사랑한다"(24)라고 적는데, 아마도 『부활』의 여주인공으로 오인하지 않았나 싶다.

개기사로 있던 무명청년도 일약 스탈린계관의 작가가 되며 눈보라와 맹수들만 울부짖던 원시림 속에서 세계적 과학과 예술의 전당이 흘립하였다. [...] 오늘 소련의 시베리아 대륙은 기근도 질병도 귀양자리도 아득한 옛말로 사라졌고 오직 풍요한 물질과 숭고한 민주 도덕 속에서 과학과 예술의 꽃이 처처에 불야성을 이루어 피어 나가는 무변의 낙원이었다.[38]

여기서 놀라워해야 할 점은, "기근과 질병과 추위와 저주"의 감옥이던 시베리아가 "무변의 낙원"으로 변신했다는 사실을 넘어, 그것이 "혁명 후 불과 30년에" 성취되었다는 사실이다. 이태준은 그 대목을 주목했다. "이곳은 30년 전만 하여도 수목만 우거진 황량한 들판이었다 한다. 그러나 오늘은 잠시 길거리를 지내치며 보는 것만으로도 훌륭한 문화도시임을 느낄 수 있었다"[39]라는 그의 소감은 30년 후 혁명 조선의 미래에 대한 희망의 예시이기도 했을 것이다. 19세기 말 페테르부르그에 당도했던 조선왕조 사절단은 '20년 만에' 원시에서 문명으로 진화한 표트르 대제의 창조물에 감탄하며 조선 근대화의 귀감으로 삼고자 했다.[40] 그와 마찬가지로 '30년 만에' 건설된 시베리아의 실례는 조선의 재건을 위한 실질적 모델이나 다름없었다. "오늘 조선과 같은 민족이나 사회로서 옳은 국가건설을 하

---

38) 이태준, 「이태준의 『혁명절의 모쓰크바』」(상), 302-303쪽. 생물학자 V. 미추린의 이름을 딴 '미추린 학설'은 생물의 본성이 환경에 의해 변화하고 발전한다는 유물론적 이론으로 스탈린의 지지를 받았다.
39) 위의 글, 299쪽.
40) 1896년 페테르부르그에 도착한 고종의 사절단이 시내에 나가 제일 먼저 본 것은 표트르 대제의 청동 기마상이었다. 사절단의 여행 기록(『해천추범』)은 표트르 대제의 러시아 근대화 과정을 서술하면서 "20년 전에는 나도 야인(野人)이었다"라고 한 표트르 대제의 말을 인용하기도 했다.

자면 어느 용도로 비쳐보나 운명적으로 결탁이 될 사회"(52)가 소련의 '계획 사회'인 증거는 바로 그것이었다.

게다가 시베리아는 시시각각 발전 중인 현재진행형 낙원이었다.

> 1946년에 왔을 때와 우선 달라진 것은 비행장에 나온 자동차들이 모두 새 5개년 계획에서 생산된 소련제들이며 경쾌한 뽀베다와 고급차 씨-스는 군데군데 최근에 준공된 듯한 고층건물들이 선 새 아스팔트길을 달리는 것이었다. [...] 왕래하는 시민들의 의복이나 신발이 3년 전에 볼 때와는 월등히 우수해졌고 식료품 상점 앞에서도 배급을 타러 줄 지어선 광경은 다시 볼 수 없는 옛말이 되고 말았다.[41]

이태준이 다시 찾은 1949년의 소련은 제4차 5개년계획을 4년 만에 완수했다는 놀라운 성공 신화를 자축하는 분위기였다. 비슷한 시기에 소련을 두 번째 방문한 이기영도 "3년 전과는 아주 딴판"인 발전상을 여러 차례 언급한 바 있다.[42] 스탈린의 위대한 영도력과 남녀 '스타하노프(Стаханов)'들의 즐거운 노동으로 일구어낸 불과 '3년 만의' 이 변화는 혁명 후 '30년 만에' 성취된 발전의 압축도일 뿐 아니라, 영원무궁하게 진행될 낙원 건설의 보증서였다. 이것이 바로 이태준을 위시한 여행자들이 보고 기록했던 시베리아의 핵심이다. 혁명 후 목격한 시베리아는 과거 러시아

---

41) 이태준, 「이태준의 『혁명절의 모쓰크바』」(상), 295-296쪽.
42) 이기영, 「쏘련은 인민의 위대한 벗」, 『리기영선집』, 3-100쪽. 이기영은 1946년부터 1953년 사이에 소련을 네 차례 방문하였다. 「쏘련은 인민의 위대한 벗」은 1949년 6월 푸슈킨 탄생 150주년에 초청받아 단독으로 여행한 기록이다.

문학이 서술했던 추위와 고통의 유형지가 아니라 "삶의 보금자리 포근한 곳," "정녕 축복받은 쏘베트의 땅"이었다.[43] "살을 에이는 혹한 속에서도/ 멈출 새 없는 건설의 영원한 숨결!"이 약동하는 혁명 위업의 공간이었다.

어제도 공장이 섰다
오늘은 극장이 선다
또 내일은
더 큰 건물들에 힘찬 엔진 소리가
언 땅을 울릴 것이다.

[...]

오 이 눈보라 속인
삼동에도 아이스크림을 즐기는
씨비리 사람들은
오히려 그들이 반주하는
휘파람으로
벽돌장을 쌓아나갔다
벽돌장을 쌓아나갔다

그리하여

---

43) 이응태, 「시비리의 봄」, 『문학예술(원전 조선문학)』 2권 6호, 1949.6, 68쪽. 「시비리의 봄」은 오장환의 「비행기 위에서」, 민병균의 「꽃다발」과 함께 실린 소련 방문 시편이다.

눈가운데

커다란 도시는

거인과 같이 생기어났다[44]

44) 오장환, 「눈 속의 도시」(1949.1), 『오장환전집』, 323-325쪽. "살을 에이는 혹한 속에서도/ 멈출 새 없
는 건설의 영원한 숨결!"은 같은 시에 등장하는 구절이다.

4. 소련인의 웃음: 앙드레 지드와 이태준

"삼동에도 아이스크림을 즐기는/ 씨비리 사람들"이라는 오장환의 시구야말로 해방기 여행자들이 그려낸 '행복한 소련인'의 초상 중 실감나는 한 장면이다. 1949년 5월, 모스크바 시립병원에서 신병 치료 중 5·1절 행사를 지켜본 오장환은 행복한 그들을 또 이렇게 묘사했다.

> 아 나는 이처럼
> 헤아릴 수 없는 많은 사람이
> 한결같은 즐거움과
> 한결같은 행복감에
> 취하여 있는 것을 처음 보았다.[45]

비단 5·1절과 같은 대규모 기념식이나 통치자 스탈린의 출현에 반응하는 집단 행위로서의 환희가 아니라, 엄동설한에 아이스크림을 즐기는 따위의 일상적 행복감을, 조선의 방문자들은 한 목소리로 증언하고 있다. 소련인은 건강하고, 쾌활하고, 친절하다. 가련한 카추샤, 순종적인 소냐 등 문학 속 여주인공과 달리 소련 여성들은 원기왕성하고 적극적이며, 또 아이들도 마찬가지다. "쏘베트는 무엇보다도 인간들이 부러웠습니다. 그전 문학에서 보던 사람들은 없었습니다"라고 했던 이태준의 고백은 바로 이

---

45) 오장환, 「모스크바의 5·1절」, 위의 책, 359쪽.

"요순 때 사람들"(171) 같은 소련 시민의 모습에 대한 상찬이었다. "그 전오랫동안 조선에서나, 일본에서나, 만주나, 상해 등지의 여행들에서 별로 구경할 수 없던 사람들"(170)이라고 이태준이 묘사한 사람들, 즉 소련 사회가 탄생시킨 '새 타입 인간'의 존재는 그 시대 여행자들이 주목하고 감동한, 혁명 낙원의 가장 생생한 증거물이었다. "쏘련인민은 확실히 새 타이프 인간들"이며, "쏘베트 사람들은 쏘베트 사회 제도가 낳은 새 인간들"인만큼, "인류의 선도자인 그들에게서 우리는 모든 것을 배워야 할 것"이라는 '배움'의 명제는 더 할 나위 없이 자명했다.[46)]

십장이나 감독 밑에서 풀이 죽은 창백한 여공들은 하나도 아니다. 학생들이 저희를 애끼는 교사 밑에서 학과연습을 하는 것 같은, 가끔 저희끼리 명랑한 웃음도 주고받는, 유쾌한 노동들이다. 이들은 유쾌치 않을 이유가 없는 때문이었다. 일본이나 조선의 좌익소설에 흔히 나오는 여공들처럼 저희 집은 어두운 골목 속에나 있고, 병든 어머니가 아버지가 콜룩거리고 누웠고, 배고파 떼쓰는 동생들이 누데기 이불 속에서 울부짖고, 사내동생이 월사금을 못 내어 학교에서 쫓겨오고, 이런 암담한 근심걱정이라고는 그들의 가슴속에 한 가지도 없는 때문이다. 자기들의 노동에서 나오는 소득은 곧 자기들에게 그만치 혜택이 공동으로 미치는 것이요 그것으로 어떤 특별한 사람들만이 놀고먹는 것은 아니다. 저주하려야 저주할 대상이 없는 내일, 내가 하는 명랑한 노동인 것이다. 게다가 노동이란 문화의 창조

---

46) 첫 인용구는 백남운 『쏘련인상』, 263쪽; 이어지는 두 인용구는 장시우 『쏘련참관기』, 46쪽.

이지 노예적 복무라는 관념도 있을 수 없는 제도다.(117)

소련인은 왜 명랑한가? 소련인은 행복하기 때문에 명랑하며 행복해서 웃는다고, 이태준을 비롯한 좌익 경향의 여행자들은 생각했다. 소련인의 건강한 웃음은 위대한 제도의 표식으로 당연시되었을 뿐, 그에 대해 더는 숙고나 회의가 필요하지 않았다.[47] 그런데 기억해야 할 것이, 건강하게 웃음 짓는 소련의 '새 인간형'이라는 것 자체가 이상적 제도의 결과물이기 이전에 그 제도를 구축하고 선전하기 위한 국가 이념의 목표였다는 사실이다. 소비에트 사회 건설 초기에 설계된 '새 인간형(новый человек, человек нового типа)'은 새로운 시대의 새로운 인간형이 필요하다는 레닌의 구상으로 만들어진 모델이었고, 이에 따라 트로츠키는 절제된 감정과 고양된 본능을 갖춘 조화로운 육체의 '초인'을 '미래의 인간'으로 설정했다.[48] 혁명 이전에 이미 루나차르스키는 곧은 체격, 활기, 빛나는 눈, 친절한 미소 같은 긍정적인 신체 조건을 앞으로 다가올 "가장 완벽한 삶(совершеннейшая жизнь)"의 미학적 기초로 제시한 바도 있다.[49]

그러나 비판적 입장에서 볼 때 "국제주의적인 친절미와 우호적인 인상"[50]에 건강한 웃음의 트레이드마크까지 더해진 '새 인간형'은 소비에

47) 소련 시민의 활기와 행복감이 혁명의 에너지에 의한 것이라는 해석은 서구 여행자들도 공유한 바다. P. Hollander, "The Appeals of Soviet Society: The First Pilgrimage," *Political Pilgrims: Travels of Western Intellectuals to the Soviet Union, China, and Cuba 1928-1979*, pp. 102-176.

48) 레온 트로츠키, 『문학과 혁명』, 김정겸 옮김, 263-264쪽.

49) А. В. Луначарский, "Основы позитивной эстетики(1904)," *Собрание сочинений в восьми томах*. т. 3, с. 32-100. 루나차르스키는 친절한 웃음(ласковая улыбка)이 보는 사람에게 우호적 감정을 일으키며, 또한 웃는 사람의 선한 마음이 상대방의 마음에도 전달된다고 했다(с. 72).

50) 백남운, 『쏘련인상』, 263쪽.

트 국가주의의 "정신적 분장술(spiritual make-up)"에 불과했다. 새로운 인간형의 주창은 곧 진정한 인간의 소멸(비인간화)을 뜻한다는 것이 망명 사상가 베르댜예프의 통찰이었으며,[51] 베르댜예프와 마찬가지로 스탈린식 공산주의에 실망한 앙드레 지드 역시 인간 개성의 상실을 소련 사회의 근본적인 문제점으로 분석했다.

> 공장과 실습장, 작업장, 공원, 휴양소, '문화 공원' 등의 노동자들과
> 직접적인 접촉을 하는 동안 내게는 강렬한 기쁨의 순간들이 있었다.
> 새로운 동지들과 나 사이에 형성된 느닷없는 공감을 느꼈고, 내 가
> 슴은 확장되어 만발하는 듯만 했다. 그곳에서 찍은 사진들 속의 내
> 가 프랑스에서보다 더 미소 짓고 — 아니, 웃고 — 있는 이유도 그 때
> 문이다.[52]

1937년 출간 직후 14개 국어로 번역되며 대성공을 거두었던 앙드레 지드의 인상기는 이렇게 소련 노동자들과 함께 찍은 사진 속 웃음으로 시작한다. 그는 자신이 본국 프랑스에서보다 훨씬 더 많이 웃었던 이유를 파고들면서, 그 웃음의 본질을 분석하는 작업에 착수했던 것이다.

앙드레 지드는 이태준보다 10년 전인 1936년, 소련작가동맹의 초청으로 소련을 방문했다. 국가 외빈으로 단독 초청된 경우였고, 여정은 모스크바와 레닌그라드 대도시 중심이었다. 지드는 소련에 도착하자마자 막

---

51) N. A. Berdyaev, *The Origin of Russian Communism*, p. 182-183. 프랑스에 망명 중이던 베르댜예프의 책은 1937년 처음 번역, 출간되었다. '정신적 분장술'은 베르댜예프가 사용한 표현이다.
52) A. Gide, *Return From the USSR*, p. 3.

심 고르키가 사망하여 붉은 광장 장례식 때 추도사를 읽어야 했으며, 체류 중 공식적으로뿐 아니라 비공식적으로도 소련 사회와 시민을 관찰했다. 이 9주간의 방문 기록이 『소련으로부터의 귀환(Retour de l'URSS)』(1936)으로, 얼마 후에는 근거 자료가 포함된 속편 『내 소련으로부터의 귀환에 대한 정정(Retouches à mon retour de l'URSS)』(1937)도 이어졌다. 소련에 대해 관심이 지대했던 일본에서 전편과 속편 모두 발간 직후 번역되었기에 이태준을 포함한 일제강점기 지식인 상당수는 지드의 인상기를 직접 읽거나, 최소한 익히 들어 알고 있었다.[53]

지드의 목표는 소련의 실체를 직시하는 것이었다. 이미 1930년대 초부터 소비에트 러시아에 대해 의혹을 품어왔던 그가 소련작가동맹의 초청을 받아들인 것도 그 점을 검증하기 위해서였는데,[54] 불행히도 소련에서 목격한 것은 "우리가 꿈꿔왔던 것, 감히 희망조차 할 수 없었던 것, 그러나 그것을 위해 우리의 온 힘과 의지를 쏟아 부어왔던 것"[55]과는 거리가 멀었다. 추호의 비판이나 항거도 허용하지 않는 스탈린 공포 정치에 지드는 경악했고, 일당 독재 체제의 순응주의가 조장하는 프티 부르주아 정신에 실망했다. 두 권의 인상기는 열렬한 혁명 지지자가 느낄 수밖에 없었던 혼돈

53) 1937년 2월 10일 자 『조선일보』에 실린 유진오의 「지이드의 소련여행기: 그 물의에 관한 감상 수제(數題)」는 지드에 대한 관심이 국내에도 확산되어 있었음을 말해준다. 일본에서 번역된 지드의 소련 방문기는 다음 두 권이다. ソヴェト旅行記, 小松 清 譯, 1937; ソヴェト旅行記修正, 堀口 大學 譯, 1938. 지드의 소련 인상기를 조명한 국내 논문으로는 황동하, 「앙드레 지드의 『소련방문기』에 나타난 소련 인상」이 대표적이다. 앙드레 지드를 위시하여 20세기 전반부(1920–30년대)에 서구 지성인 사이에서 유행했던 소련 여행의 정치적 함의에 대해서는 Hollander, Political Pilgrims: Travels of Western Intellectuals to the Soviet Union, China, and Cuba 1928-1979, pp. 3-176 참조.
54) 앙드레 지드를 둘러싼 당시 정치 상황에 관해서는 A. Sheridan, André Gide: A Life in the Present 참조.
55) Gide, Return From the USSR, p. xiv.

과 배반감의 표출이었다.

이태준의 『소련기행』은 지드의 인상기를 두 번 언급하고 있다. 그러나 지드가 고르키 장례식에서 읽은 조사를 인용하고, 소련산 제품의 조야함을 불평했던 사실만을 언급할 뿐, 정작 그가 제기한 소련 문제의 핵심은 거론하지 않는다. 대신 "얼굴뿐 아니라 전신에 부드러운 덕윤"(79)이 흐르는 스탈린을 감격적으로 묘사하고, "장래는 모두가 무차별의 가능성이 자라며 있는 사회"(128)라면서 신계급주의적 현실을 정당화할 따름이다. 한마디로 이태준이 앙드레 지드를 정확히 읽지 않았거나 소련의 실체를 사회학적으로 파악할 능력이 모자랐다고 말할 수 있다. 유진오는 일찍이 지드의 소련 인상기를 둘러싼 파문을 두고 "무슨 주의 무슨 주의의 사상적 연락(連絡)"에 급급해 "이성과 진실"을 우선시한 인간 지드를 이해하지 못했던 때문으로 해석한 바 있는데, 이태준의 지드 독법이 바로 그 경우에 해당하는 것일 수 있다.

이태준과 앙드레 지드는 둘 다 소련인의 웃음에 주목했다. 그러나 그들의 해석은 달랐다. 그것은 소련인의 웃음이 진짜냐 가짜냐는 문제가 아니었다. 소련을 지상 낙원으로 간주한 이태준에게 소련인이 보여준 행복감은 자명했지만, 소련의 궁핍을 적시한 앙드레 지드에게는 그렇지 못했다. 그는 자신이 회의하고 비판하는 현실에서 시민은 정작 행복해한다는 점, 더군다나 그들에게 조소나 가식의 기미가 전혀 없다는 점에 놀라워했다.

그럼에도 불구하고 여전히 러시아인들은 행복해 보인다. [...] 거리에서 만나는 얼굴이 되었건, (어떻건 젊은이의 얼굴들 말이다), 공장 노동자가 되었건, 유원지나 휴양지나 공원에 모여든 군중이 되었건, 소련에서만큼 사람들 스스로 쾌활한 모습을 보여주는 나라는 세상 어느 곳에도 없다. 이제는 우리가 알게 된, 그들 다수가 처해 있는 저 끔찍한 궁핍이 그 같은 모습과 어떻게 조화를 이룰 수 있는 것일까?[56]

궁핍 속에서의 웃음이라는 이 묘한 모순성, 고통과 행복감의 기괴한 공존에 대해 지드가 도달한 결론은 그것이 러시아인 특유의 생래적 "확신, 무지, 그리고 희망"에서 나온 것이라는 생각이었다.

내가 전에 말한 것처럼, 그들의 행복감은 "확신, 무지, 그리고 희망"에서 나온 것이다. 그들의 숫자는 우리가 경탄해 하는 무리를 이룰 만큼 충분하다. 만약 소련의 모든 것이 쾌활해 보인다면, 쾌활하지 않은 모든 것이 의심을 받기 때문이며, 불행해하는 것, 적어도 불행해 보이는 것이 극도로 위험한 일이기 때문이다. 러시아는 비탄을 위한 장소가 아니다. 시베리아만 제외하고 말이다.[57]

소련인의 웃음은 불행을 허락하지 않는 역사, 다시 말해 불행에 대한 감각과 표현력을 마비시킨 오랜 전제주의 역사에서 비롯한 관성이지, 결코 혁명이 탄생시킨 새 인간형의 자각적 표현이 아니라는 말이다. 지드가 볼 때 그것은 러시아 민족의 웃음이었지 소비에트인의 웃음이 아니었다.

....

56) Gide, *Afterthoughts on the USSR*, p. 65.
57) 위의 책, p. 66.

극심한 시련을 거치면서도 고통스러워하지 않고 최소한 무너지지 않았던 그들의 모습에 경탄하면서, 도스토옙스키는 그것을 '고양이의 생명력'이라고 했다. 모든 것을 이겨내는 생명애, 무관심이나 무감각에서 나온 것일 수도 있겠으나 그보다는 풍부한 가슴과 기꺼움, 서정적 열정, 이유를 알 수도, 뭐라 설명 할 수도 없이 때와 장소와 방법을 가리지 않고 솟구쳐 오르는 기쁨에서 비롯된… 나로서는 놀랍다고 밖에 할 수 없는 그 능력, 무엇에도 아랑곳없이 그저 기뻐할 준비가 되어 있는 저 놀라운 성향. 도스토옙스키를 전형적인 작가로 만드는 것이 바로 그것이다. 그리고 그것이 나를 지극히 깊게, 마치 형제처럼, 감동시킨다. 도스토옙스키를 통해, 그와 더불어, 모든 러시아인이 나를 감동시킨다. 그토록 비극적인 체험에 그토록 관대히 몸을 맡길 수 있는 민족은 러시아인들 밖에 없을 것이다.[58]

그전 문학에서 보던 사람들은 없었다며 감격하는 이태준과 달리, 지드는 19세기의 도스토옙스키가 묘사한 바대로의 사회와 인간을 발견하고 그들의 고통에 머리 숙였다. 삶은 여전히 비참한데, 민중은 여전히 삶을 사랑하고, 지드는 도스토옙스키가 그랬던 것처럼 눈 먼 민중의 인내력과 생명력에 감탄할 수밖에 없었다.

"소련에 관한 책을 쓰게 되면서 나는 비로소 나의 학습을 마치게 되

....

58) 위의 책, pp. 66-67. 지드는 자신이 숭배했던 도스토옙스키의 러시아를 통해 러시아를 관심의 대상으로 삼아 이해했다고 할 수 있다. 지드의 도스토옙스키 평론서인 『도스토옙스키』(Dostoievsky, 1923)에는 도스토옙스키가 절망의 정점에서 쓴 다음 편지가 인용되어 있다. "난 항상 살 준비를 하는 듯하네. 우습지. 안 그런가? 고양이의 생명력이라고나 할까!" (1865.4.14) 앙드레 지드, 『도스토예프스키를 말하다』, 46쪽.

었다"[59]라는 지드의 고백은 시사하는 바가 크다. 지드의 방문기는 드물게도 그 제목이 회귀형('소련으로부터의 귀환')인데, 제목이 말해주듯, 지드가 기록한 소련 방문의 진정한 의미는 여행지에서가 아니라 그곳으로부터 돌아와 이루어지는 것들에 있다. 소련을 제대로 '보는' 것은 여행지를 떠나와 그곳에서의 경험을 낯설게 하면서부터이고, 자신이 본 것과 그것을 바라보던 자신까지를 포괄적 시야에 담게 되면서부터이다.

'소련으로부터의 귀환'은 당연히 물리적인 회귀 이상의 것이다. 지드는 한 차례의 방문에 관해 두 차례의 글쓰기를 이어가면서 자기 입장의 변천사를 기록했다. 과연 지드가 소련으로부터 '귀환'한 곳은 어디인가? 첫 인상기에서 지드는 소련에 대해 회의는 하면서도("내가 애초에 틀렸었단 말인가?") "소련은 만들어지고 있는 중"(The Soviet Union is "in the making.")[60]이라는 단서를 붙여 관용의 길을 택했다. 갓 탄생하여 건설 중인 유토피아는 아직 완성되지 않았고, 따라서 비판은 유예되어야 마땅하다는 논리였다.

한편, 두 번째 인상기에서의 지드는 "원하는 바대로가 아니라 있는 그대로 본"[61] 소련을 기록하고자 했다. 그 결과 "만들어지고 있는 중"이 아닌 실패한 소련의 윤곽을 드러낼 수밖에 없었다. 지드의 첫 인상기는 "소련이 여전히 우리를 가르치고 놀라게 만들고 있다"[62]라는 말로 끝맺지만, 속편에서는 '소련'이라는 지칭이 사라진다. 인류에게 가르침을 주는 것은 소련이 아니라, 혁명의 죽음을 경고하는 저 "영광스러운, 비운의 러시아

---

59) 위의 책, p. 56.
60) Gide, *Return From the USSR*, p. xiii.
61) Gide, *Afterthoughts on the USSR*, p. 71.
62) Gide, *Return From the USSR*, p. 62.

(glorious and ill-fated Russia)"라는 이유에서다.[63]

지드의 귀환은 결국 '소련'이라는 실험체에서 '러시아'라는 원형으로의 귀환을 의미한다. 그것은 지드 자신의 명쾌한 표현대로, '원하는 바'에서 '있는 그대로' 보는 행위로의 귀환이기도 하다. 그러나 지드의 소련 관찰이 과연 전적으로 '있는 그대로'였는지에 대해서도 이론의 여지는 있다. 관점의 문제가 여전히 남아 있기 때문이다. 소련인의 웃음이 러시아민족성 고유의 "확신, 무지, 그리고 희망"에서 비롯된 것이라는 지드의 결론에는 대문호 도스토옙스키의 렌즈를 통해 도출된 반응과 해석으로서의 측면이 있다. 과거에 읽고 감동했던, 그리하여 자신의 사유와 감성에 기초를 제공했던 러시아 문학의 경험을 바탕으로 오늘의 소련 경험을 바라보려는 심리적 관성이 지드에게 없지 않았던 것이다.

지드가 여행했던 1930년대는 "엄청난 비극의 시대였을 뿐 아니라 정신적인 비상과 열광의 시대"[64]였다고 평가된다. 페레스트로이카 이후 '소련'은 '러시아'로 회귀했다. 그러나 진실을 파헤치며 혁명의 이름으로 희생당한 과거의 복원과 복권을 진행하는 역사 한편에는 "알지 못할 추상적인 이상에 대한 낭만적이고, 때로는 맹신에 가까웠던 믿음이 우리가 선택했던 목적의 타당성에 대한 의식적인 신념으로 전이되었다"라고 증언하는 스탈린 시대 시민도 여전히 존재한다.[65] 혁명이라는 대사건의 '낭만적 정서'에 젖어 행복하고 활기찼던 소련인의 초상을 지드는 부정하고자

---

63) Gide, *Afterthoughts on the USSR*, p. 71.

64) 샤브쉬나, 『식민지 조선에서』, 44쪽.

65) 위의 책, 35쪽. "[흐루쇼프의 1956년 스탈린 격하 연설 이후] 나라는 스탈린의 희생자와 스탈린에 대한 기억을 받들며 그의 통치로써 성취된 성과에 자랑스러워하는 사람들로 양분되었다"라는 올랜도 파이지스의 평가도 기억할 것. O. Figes, *Revolutionary Russia: 1891-1991. A History*, p. 5.

했지만, 당시의 그들에게는 그것이 엄연한 시대적 진실이었다.

그때는 혁명의 열기로 곧 도래할 낙원과 평등, 형제애와 공산주의에 대한 열망으로 불타올랐던 사람들이 가건물에서 살았고, 노래를 부르며 일터로 향했으며, 열정적이며 헌신적으로 강력한 공업을 일으켰다. 그 어떤 재고와 재심사로도 그 시대의 낭만적 정서에 대한 가치를 떨어뜨릴 수 없을 것이다. 낭만적 정서는 깊은 신뢰를 수행하는 전국민적인 것이었으며, 사람들은 열심히 일했다. 기적을 이루면서... 이 돌진은 놀랄 만큼 오래 진행되었다. 기아도, 힘겨운 생활도, 재산몰수도, 그리고 곳곳에서 나타났던 '인민의 적들'도 그 열기를 고갈시킬 수 없었다. 스딸린식 사회주의에서 우리는 몇 십 년을 살았다.[66]

---

66) D. 그라닌, 『프라브다』, 8.5. 샤브쉬나, 『1945년 남한에서』, 25쪽에서 재인용. 스탈린 시대 소련인들이 공유했던 집단적 열광의 분위기는 O. 파이지스, 『속삭이는 사회: 스탈린 시대 보통사람들의 삶, 내면, 기억』 1, 263-380쪽에도 상세히 기록되어 있다. 스탈린 정권이 소련 시민 사이에 확산시킨 공식 이념으로서의 '행복감'에 관해서는 E. A. Dobrenko and M. Balina eds., *Petrified Utopia: Soviet Style*; E. A. Dobrenko, "The Labor of Joy: Soviet Culture and the Production of Exultant Masses," *Socialist Realisms: Soviet Paintings 1920-1970*, pp. 135-146 참조.

5. 맺는말

'있는 그대로'의 의미는 그만큼 다원적이다. 이태준을 위시하여 해
방기 소련 여행자들의 기록에서 공통으로 전달되는 것이 '목적의 타당성'
에 대한 맹목에 가까운 신념과 열정이고, 그것이 다분히 "개념의 지배를
받은 감정"의 발현임을 부정할 수 없다. 일본의 문학평론가 고바야시 히
데오(小林秀雄)는 사상에 함몰된 1930년대 프롤레타리아 문학을 겨냥하여
"사물의 참모습 찾기를 방해하는 것은 감정이 아니라, 개념의 지배를 받은
감정이었다"[67]라고 썼다. 친소·친북 경향의 여행자들이 '사회주의 유토피
아'라는 개념의 지배하에 소련을 찾고, 그 사상의 지배하에 소련을 바라본
것은 사실이다. 그들은 '원하는 바대로'의 소련을 보고 기록했다.

그런데 과연 그들에게 '원하는 바대로'와 '있는 그대로' 사이의 경
계가 존재했을까? 회의적이다. 그 경계를 명확히 인식했던 앙드레 지드의
자기 관찰이나 반성적 시선이 그들에게는 없었고, 또 자신이 열광하며 바
라본 것을 새삼 낯설게 해야 할 이유도 없었다. 중요한 것은 사상적으로뿐
아니라 시대적으로 절박했던 현실 유토피아의 염원이었다. 소비에트 러시
아를 지지한 서구 지식인들에게 토마스 모어식 현실 비판으로서의 유토피
아 정신이 중요했다고 한다면, 해방기 조선의 지식인들에게는 새로운 국
가 건설과 체제 수립이라는 당면 과제가 시급했다. "정치사회 현실에 대
한 평가를 우선적으로 결정짓는 것은 [...] 관찰자 자신이 무엇을 필요로 하

---

67) 고바야시 히데오, 「현대 문학의 불안」, 『고바야시 히데오 평론집』, 43쪽.

는가이다"[68]라는 견해를 따를 때 조선의 여행자들에게 '원하는 바대로'와 '있는 그대로'의 분리는 불가능했다.

그들의 입장에서 소련은 무엇보다 "조선의 해방자이며 진정한 우호적 원조자"[69]였다. 이태준이 출국하던 시점의 평양은 해방 첫돌 기념 준비로 들떠 있었고, 소련도 세계대전에서의 승리와 복구 작업의 흥분에 빠져 있었다. 방문하는 측과 환대하는 측 모두 미래를 향한 확신과 열성으로 일치된 집단 도취 분위기에서 여행은 행해졌고 기록되었다.

그런 의미로 볼 때 해방기 여행자들의 소련 인상기는 구한말 첫 러시아방문기인 『해천추범』과 겹쳐지는 면이 있다. 혁명 후 소련이 그랬던 것처럼, 혁명 전 러시아 제국 역시 조선에는 세계 최강의 문명국이자, 우방이자, 발전 모델로 받아들여졌다. 구한말 여행자들에게 페테르부르그가 발전 신화의 예증이었다면, 해방기 여행자들에게는 시베리아가 그 기능을 했다. 20년 만에 건설된 '웅도' 페테르부르그가 근대화의 표본이었다면, 30년 만에 실현된 '낙원' 시베리아는 사회주의 혁명이 약속한 인류 발전의 전범이었다. 표트르 대제와 스탈린은 각각 두 시대의 혁명적 발전을 이끈 영웅이었고, 러시아 제국은 '우월한 서양'의 모델로서, 소련은 '우월한 사회주의 국가'의 모델로서 각각 학습과 모방의 대상이 되었다. 그렇기 때문에 두 번에 걸친 조선 사절단의 여행에서 이념적이고 사대적인 흔적을 지우기는 어렵다.

물론 중요한 차이점도 있다. 구한말 사절단의 일차적 호기심은 문

<hr />

68) Hollander, *Political Pilgrims: Travels of Western Intellectuals to the Soviet Union, China, and Cuba 1928-1979*, p. 11.

69) 백남운, 『쏘련인상』, 9쪽.

명이라는 '개념'에 앞서 가시적인 기물(奇物)과 시설에 쏠렸고, 그들은 고국에 돌아가면서 각종 기구와 공산품(즉 西器)을 수집해갔다. 한편, 북조선 방소 사절단의 초점은 구체적 기물보다 제도와 사상에 집중되었고, 특히 사람'들'에 관심이 컸다. 돌이켜보면, 『해천추범』에는 러시아인에 대한 관심 어린 묘사가 드러나 있지 않다. "무엇보다도 인간들이 부러웠"다던 이태준의 고백을 『해천추범』의 민영환에게서 기대하기란 어려운 일이다. 다수의 행복을 생각하고 다수의 편에 선 제도를 갈망했던 20세기 지식인과 왕조의 안녕과 부국강병을 염려했던 19세기 사대부의 차이로 이해될 만하다.

　　왕조에 종속된 구한말 사절단의 관점은 고종 이외의 통치자를 향한 관심이나 칭송을 허락하지 않았다. 황제 대관식 참석이 공식 임무였음에도, 『해천추범』에서 니콜라이 황제에 대한 언급은 극히 드물며, 러시아 근대화의 주인공인 표트르 대제는 오직 역사 속 기념비(청동 기마상)를 통해 기억될 따름이다. 그와는 대조적으로, 해방기 사절단의 주된 관심은 박물관 속 레닌을 뛰어넘어 살아 있는 스탈린에 집중되었다. 그리고 "전 세계 근로 인민의 숭앙하는 태양"[70]으로 박수 받는 스탈린의 형상 뒤에서 새롭게 건설될 조국 북조선의 '태양'은 서서히 그 윤곽을 드러내고 있었다.

---

70) 백남운, 『쏘련인상』, 264쪽.

한국어

가린-미하일롭스키, N. 『(러시아인이 바라본 1898년의) 한국, 만주, 랴오둥반도 : 가린-미
　　　하일롭스키의 여행기』, 이희수 역, 동북아역사재단, 2010.
가와카미 하지메(河上肇). 『가난이야기』, 전수미 역, 지만지, 2010.
강준만. 『한국 현대사 산책 : 1940년대편』 1, 인물과사상사, 2004.
강헌국. 「김동인의 창작방법론과 그 실천 : 1920년대를 중심으로」, 『국어국문학』 177,
　　　2016.12.
고바야시 히데오(小林秀雄). 『고바야시 히데오 평론집』, 유은경 역, 소화, 2004.
고병익. 『동아교섭사의 연구』, 서울대학교출판부, 1970.
곤차로프, 이반 A. 『전함 팔라다호』(조선 편), 심지은 편역, 『러시아인, 조선을 거닐다』,
　　　한국학술정보, 2006.
권보드래. 『연애의 시대 : 1920년대 초반의 문화와 유행』, 현실문화연구, 2003.
　　　　　. 「「소년」과 톨스토이 번역」, 『한국근대문학연구』 12, 2005.
권성우. 「이태준 기행문 연구」, 『상허학보』 14, 2005.
권영민 편. 『염상섭 문학연구』, 민음사, 1987
권희영. 『한국과 러시아 : 관계와 변화』, 국학자료원, 1999.
김경석. 「문학연구회 리얼리즘 형성에 대한 소고」, 『중국인문과학』 28, 2004.
김경선. 「악라사관기」(『연원직지』 3, 1832), 『(국역)연행록선집』 X, 민족문화추진회, 1977.
김경일. 「1920-30년대 한국의 신여성과 사회주의」, 『한국문화』 36, 2005.
김기림. 『김기림전집』, 심설당, 1988.
김기진(팔봉). 『김팔봉문학전집』, 문학과지성사, 1988.
김동리. 『김동리 전집』, 민음사, 1995-1997.
김동인. 『김동인전집』, 조선일보사, 1987-1988.
김득련. 『환구음초(環璆唫艸)』, 허경진 역, 평민사, 2011.
김미연. 『이광수의 톨스토이 수용과 번역 양상 고찰』, 고려대학교 석사학위논문, 2012.
김미현. 「이효석문학에 나타난 문화번역과 경계사유 : 『벽공무한』을 중심으로」, 『한국학연
　　　구』 36, 2015.

김병익. 『한국문단사』, 문학과지성사, 2001.

김병철. 『한국근대번역문학사연구』, 을유문화사, 1975.

_____. 『한국근대서양문학이입사연구』, 을유문화사, 1982.

김성동. 『현대사 아리랑: 꽃다발도 무덤도 없는 혁명가들』, 녹색평론사, 2010.

김소정. 「러시아 니힐리스트 영웅의 중국적 수용」, 『중국어문학』 70, 2015.

김수림. 「제국과 유럽: 삶의 장소, 초극의 장소: 식민지 말기 공영권·생존권과 그 배치,
　　　　그 기율, 그리고 조선문학」, 『상허학보』 23, 2008.

김수진. 『신여성, 근대의 과잉: 식민지 조선의 신여성 담론과 젠더 정치, 1920-1934』, 소명
　　　　출판, 2009.

김억(안서). 『안서김억전집』, 한국문화사, 1987.

김열규·신동욱 편. 『염상섭연구』, 새문사, 1982.

김용직. 『한국 현대경향시의 형성 전개』, 국학자료원, 2002.

김욱동. 『번역과 한국의 근대』, 소명출판, 2010.

김윤식. 『이광수와 그의 시대』, 솔, 1999.

김응교. 「윤동주에게 살아난 투르게네프: 투르게네프 「거지」와 윤동주 「투르게네프의 언
　　　　덕」, 『기독교사상』, 2014.

김재원. 『동서를 넘나들며』, 휘문출판, 1978.

김종균 편. 『염상섭소설연구』, 국학자료원, 1999.

김주리. 식민지 시대 속 온천 휴양지의 공간 표상, 『한국문화』 40, 2007.

_____. 「이효석 문학의 서구지향성이 갖는 의미 고찰」, 『민족문학사연구』 24, 2007.

김준연. 『노농로서아의 진상』, 중앙서림, 1926.

김철. 「몰락하는 신생 - '만주'의 꿈과 『농군』의 오독」, 박지향 외 편, 『해방 전후사의 재인
　　　　식』 1, 책세상, 2006.

김춘수. 『꽃과 여우』, 민음사, 1997.

김현주. 「이광수의 문화적 파시즘」, 『현대문학의 연구』 14, 2000.

나르스카야, N[B]. 『동화의 나라, 한국』, 안지영 역, 한국학술정보, 2006.

나운규. 『춘사 나운규 전집』, 김갑의 편저, 집문당, 2001.

나혜석. 『나혜석 전집』, 서정자 편, 푸른사상, 2013.

남원진. 「해방기 소련에 대한 허구, 사실 그리고 역사화」, 『한국현대문학연구』 34, 2011.

더브런, C. 『순수와 구원의 대지 시베리아』, 황의방 역, 까치, 2010.

도스토옙스키, F. M. 『카라마조프 형제들』, 김연경 역, 민음사, 2007.

_____. 『죄와 벌』, 김연경 역, 민음사, 2012.

모윤숙. 『렌의 애가』, 청구문화사, 1949.

_____. 『고독을 부르는 시론』, 어문각, 1986.

모치즈끼 데츠오(望月哲男). 「일본에서의 도스토예프스키」, 한국슬라브학회 편, 『러시아
　　　　연구』, 민음사, 1991.

문석우. 「러시아 사실주의 문학의 수용과 그 한국적 변용: 톨스토이를 중심으로」, 『한국
　　　　문학 속의 세계문학』, 규장각, 1998.

_____. 「체홉의 미학과 한국에서의 문학전통연구」, 『인문학연구』 29, 2003.

_____. 『한·러 비교문학 연구』, 조선대학교출판부, 2009.

민영환. 『해천추범』, 을유문화사, 1959.

박경수. 「정지용 초기 시의 일본 근대문화 수용과 문화의식」, 『한국문학논총』 71, 2015.

박노벽. 『한러 경제관계 20년: 1884-1903』, 한울, 1994.

박숙자. 『속물 교양의 탄생: 명작이라는 식민의 유령』, 푸른역사, 2012.

박용옥. 「신여성에 대한 사회적 수용과 비판」, 문용옥 외, 『신여성』, 청년사, 2003.

박지향. 「유길준이 본 서양」, 『진단학회』 89, 2000.

박진영. 『번역과 번안의 시대』, 소명출판, 2011.

_____. 「한국에 온 톨스토이」, 『한국근대문학연구』 23, 2011.

_____. 박진영. 「『해당화』의 번역자 나정 박현환: 한국에 온 톨스토이」, http://bookgram.
　　　　pe.kr/120119413222.

박헌호. 「역사의 변주, 왜곡의 증거: 해방 이후의 이태준」, 『이태준문학전집』 4, 깊은샘, 2001.

방민호. 「이효석과 하얼빈」, 『현대소설연구』 35, 2007.

배개화. 「이태준, 최대다수의 행복을 꿈꾼 민주주의자」, 『상허학보』 43, 2015.

_____. 「탈식민지 문학자의 소련기행과 새 국가 건설: 1946년 조선문학자의 소련기행을
　　　　중심으로」, 『한국현대문학연구』 46, 2015.

배상미. 「식민지조선에서의 콜론타이 논의의 수용과 그 의미」, 『여성문학연구』 33, 2014.

백남운. 『쏘련인상』, 선인, 2005.

백신애. 『백신애 선집』, 현대문학, 2009.

백영길. 「노신 문학의·종교성: 도스토예프스키론을 중심으로」, 『중국어문논총』 39, 2008.

백천풍. 『한국근대문학 초창기의 일본적 영향』, 동국대학교 석사학위논문, 1981.

백철. 『조선신문학사조사』, 수선사, 1948.

_____. 『신문학사조사』, 신구문화사, 1986.

베리만 S. 『한국의 야생동물지』, 신복룡·변영욱 역, 집문당, 1999.

블룸, H. 『영향에 대한 불안』, 양석원 역, 문학과지성사, 2012.

샤브쉬나. F. I. 『식민지 조선에서』, 김명호 역, 한울, 1996.

_____. 『1945년 남한에서』, 김명호 역, 한울, 1996.

서재원. 「이효석의 일제말기 소설 연구:『벽공무한』에 나타난 '하얼빈'의 의미를 중심으로」, 영남대학교 석사학위논문, 2010.

서정자. 「콜론타이즘의 이입과 신여성 기획」, 『여성문학연구』 12, 2004.

성준덕. 『수렵백과』, 교육문화사, 1965.

셰로솁스키, B. 『코레야 1903년 가을』, 김진영 외 역, 개마고원, 2006.

소재영 편. 『간도 유랑 40년』, 조선일보사, 1989.

손성준. 「텍스트의 시차와 공간적 재맥락화: 염상섭의 러시아 소설 번역이 의미하는 것들」, 『한국어문학연구』 62, 2014.

손성준·한지형. 「각본『격야(隔夜)』번역의 시공간적 맥락」, 『국제어문』 67, 2015.

송기한. 「해방공간에서의 정지용 문학연구: 민족주의 사상과의 관련 양상을 중심으로」, 『한민족어문학』 66, 2014.

송우혜. 『윤동주 평전』, 푸른역사, 2004.

송준 편. 『시인 백석』, 흰당나귀, 2012.

안병용. 「뚜르게네프 산문시 "거지"와 윤동주의 "트루게네프의 언덕"」, 『슬라브학보』 21:3, 2006.

야나부 아키라(柳父章). 『번역어의 성립』, 김옥희 역, 마음산책, 2011.

양주동. 『양주동전집』, 동국대학교출판부, 1995.

엄순천. 「한국에서의 러시아문학 번역현황 조사 및 분석」, 『노어노문학』 17:3, 2005.

염상섭. 『염상섭전집』, 민음사, 1987.

_____. 『삼대』, 현대문학, 2011.

_____. 『염상섭문장전집』, 소명출판, 2013.

오장환. 『오장환전집』, 국학자료원, 2003.

오태영. 「'朝鮮' 로컬리티와 (탈)식민 상상력: 이효석의 『화분』과 『벽공무한』을 중심으로」, 『사이(SAI)』 4, 2008.

_____. 「관광지로서의 조선과 조선문화의 소비:『관광조선』과 『문화조선』에 대한 개괄적인 소개」, 『일본학』 30, 2010.

우수진. 「카츄샤 이야기:『부활』의 대중서사와 그 문화 변용」, 『한국학연구』 32, 2014.

원재연. 「19세기 조선의 러시아 인식과 문호개방론」, 『한국문화』 23, 1999.

유길준. 『서유견문』, 허경진 역, 서해문집, 2004.

유종호. 『시란 무엇인가』, 민음사, 1995.

_____. 『유종호 전집』, 민음사, 1995.

_____.『다시 읽는 한국 시인』, 문학동네, 2002.

유진오.『유진오 단편집』, 지만지, 2012.

윤동주.『하늘과 바람과 별과 시』, 정음사, 1955.

윤치호.『윤치호 일기』, 국사편찬위원회, 1975.

윤호병.『문학과 문학의 비교: 한국 현대시에 반영된 외국시의 영향과 수용』, 푸른사상, 2008.

이경훈.「하르빈의 푸른 하늘:『벽공무한』과 대동아공영」, 김철·신형기 외,『문학 속의 파시
　　　 즘』, 삼인, 2001.

_____.『오빠의 탄생: 한국 근대 문학의 풍속사』, 문학과지성사, 2003.

_____.「첫사랑의 기억, 혼혈아의 내선일체 – 이광수와 야마사키 도시오」,『기억, 망각,
　　　 그리고 상상력』, 연세대학교 대학출판문화원, 2013.

이광린.『한국개화사연구』, 일조각, 1999.

이광수.『이광수전집』, 삼중당, 1962-1963.

이기봉.『북의 문학과 예술인』, 사사연, 1986.

이기영.『리기영선집』, 평양: 조선작가동맹출판사, 1961.

_____.『이기영선집』, 풀빛, 1989-1992.

_____ 외.『우리시대의 작가수업』, 역락, 2001.

이병조.『러시아 프리아무르 한인사회와 정교회 선교활동: 19세기 중엽~20세기 초 극동
　　　 한인들의 이야기』, 경인문화사, 2016.

이보라.「타니자키 쥰이치로의『치인의 사랑(痴人の愛)』론: 죠오지(譲治)의 서양 인식과
　　　 갈등을 중심으로」, 한국외국어대학교 석사학위논문, 2012.

이보영.「염상섭문학과 도스토옙스키: 초기작을 중심으로」,『동양문학』3, 1988.

이보영.『식민지현대문학론』, 필그림, 1984.

이상경.『한국근대여성문학사론』, 소명출판, 2002.

_____.「1930년대의 신여성과 여성작가의 계보 연구」,『여성문학연구』12, 2004.

_____.「『부인』에서『신여성』까지: 근대 여성 연구의 기초자료」,『근대서지』2, 2010.

이상옥.『이효석의 삶과 문학』, 집문당, 2004.

이상화.『상화시집』, 정음사, 1973.

이선영.「춘원의 비교문학적 고찰」,『이광수 연구』, 태학사, 1984.

이송희.『근대사 속의 한국여성』, 국학자료원, 2014.

이양숙.「일제 말 이효석과 유진오의 도시 읽기:「하얼빈」과「신경」을 중심으로」,『한국현대
　　　 문학연구』43, 2014.

이찬.『이찬시전집』, 소명출판, 2003.

이충우.『경성제국대학』, 다락원, 1980.

이태준.『이태준 문학전집』, 서음출판사, 1988.

_____.「이태준의 혁명절의 모쓰크바」,『한국근대문화연구』 2:2, 한국근대문학회, 2001.

_____.「이태준의 혁명절의 모쓰크바 하」,『한국근대문화연구』 3:1, 한국근대문학회, 2002.

이하윤.「해외문학시대의 문우들」,『소천이헌구선생 송수기념논총』, 1970.

이행선.「해방공간, 소련·북조선기행과 반공주의」,『인문과학연구논총』 36, 2013.

_____.「단정기, '스파이 정치'와 반공주의」,『대동문화연구』 90, 2015.

이헌구.『문화와 자유』, 청춘사, 1958.

이현주.「1920년대 후반 식민지 문학에 나타난 '북국(北國)' 표상 연구: 이효석 초기 작품
        과 카프 관련 활동을 중심으로」,『우리문학연구』 44, 2014.

이효석.『이효석 전집』, 창미사, 1983.

_____.『이효석전집』, 서울대학교출판문화원, 2016.

이훈구.『만주와 조선인』, 숭실전문학교 경제학연구실, 1932.

이희정.『한국근대소설의 형성과『매일신보』』, 소명출판, 2008.

임유경.「미 국립문서보관소 소장 소련기행 해제」,『상허학보』 26, 2009.

_____.「'오빼꾼'과 '조선사절단', 그리고 모스크바의 추억: 해방기 소련기행의 문화정치
        학」,『상허학보』 27, 2009.

임화.『임화전집』, 박이정, 2000-2001.

_____.『언제나 지상은 아름답다: 임화 산문선집』, 역락, 2012.

장시우.『쏘련참관기』, 평양: 상업성민주상업사, 1950.

장영은.「금지된 표상, 허용된 표상: 1930년대 초반『삼천리』에 나타난 러시아 표상을 중심
        으로」,『상허학보』 22, 2008.

정명자.『이광수의『유정』과 Толстой의 Воскресение간의 비교문학적 고찰』, 고려대학교 석
        사학위논문, 1981.

정선태.「시인의 번역과 소설가의 번역: 김억과 염상섭의 「밀회」 번역을 중심으로」,『외국
        문학연구』 53, 2014.

정여울.「이효석 텍스트의 노스탤지아와 유토피아:『벽공무한』을 중심으로」,『한국현대문
        학연구』 33, 2011.

정주아.「심상지리의 외부, '불확실성의 심연'과 문학적 공간 – 춘원 이광수의 문학에 나타
        난 러시아의 공간성을 중심으로」,『어문연구』 41:2, 2013.

정지용.『정지용전집』, 민음사, 2003.

정혜경.『백수들의 위험한 수다』, 케포이북스, 2012.

조남현. 『한국문학잡지사상사』, 서울대학교출판문화원, 2012

조명희. 『조명희 선집』, 창조문화사, 2000.

조시정. 『1930년대 후반 한국문학의 모색과 도스토예프스키』, 서울대학교 박사학위논문, 2015.

조용훈. 「투르게네프의 이입과 영향: 「산문시」를 중심으로」, 『서강어문』 7, 1990.

조은주. 「일제 말기 만주의 도시 문화 공간과 문학적 표현」, 『한국민족문화』 48, 2013.

진학문(순성·몽몽). 「요조오한」, 『송뢰금(외)』, 범우, 2004.

천 샤오메이(陳小眉). 『옥시덴탈리즘』, 정진배·김정아 역, 강, 2001.

체홉, A. P. 『로로문호 체홉 단편집』, 권보상 역, 경성: 조선도서, 1924.

_____. 『사랑의 언어: 체호프 소설선집』, 김현택 역, 중앙M&B, 2003.

최남선. 『육당최남선전집』, 현암사, 1974.

최덕교 편. 『한국잡지백년』, 현암사, 2004.

최범순. 「우치다 로안의 『죄와 벌』 번역의 위상」, 『일본문화연구』 11, 2004.

최삼룡·허경진 편. 『만주기행문』, 보고사, 2010.

최주한. 「1930년대 전반기 이광수의 지도자론과 파시즘」, 『어문연구』 135, 2007.

최현식. 「1910년대 번역·번안 서사물과 국민국가의 상상력: 『소년』과 『청춘』을 중심으로」, 『한국 근대 서사양식의 발생 및 전개와 매체의 역할』, 소명출판, 2005.

콜론타이, A. M. 『붉은 사랑』, 김제헌 역, 공동체, 1988.

톨스토이, L. N. 『성욕론』, 양우섭 역, 선문사, 1947.

_____. 『부활』, 박형규 역, 민음사, 2003.

_____. 『인생이란 무엇인가』, 채수동·고산 역, 동서문화사, 2004.

투르게네프, I. S. 『처녀지』, 김학수 역, 범우사, 1986.

_____. 『산문시』, 김학수 역, 범우사, 1998.

트로츠키, L. D. 『문학과 혁명』, 김정겸 역, 과학과 사상, 1990.

파이지스, O. 『속삭이는 사회: 스탈린 시대 보통사람들의 삶, 내면, 기억』, 김남섭 역, 교양인, 2013

푸슈킨, A. S. 『예브게니 오네긴』, 김진영 역, 을유문화사, 2009.

프랑크, A. G. 『리오리엔트』, 이희재 역, 이산, 2003.

하야시 요코(林陽子). 「일본문화: 근대 한국문단에 있어서의 석천탁목수용에 관한 일고찰」, 『일본언어문화』 16, 2010.

_____. 「'끝없는 토론 뒤'와 '백수의 탄식' 재고찰」, 『일본언어문화』 18, 2011.

하야시 후미코(林芙美子). 『방랑기』, 최연 역, 소화, 2001.

한기형·이혜령 편. 『저수하의 시간, 염상섭을 읽다』, 소명출판, 2014.

한재덕, 『김일성을 고발한다』, 내외문화사, 1965.

함대훈, 『순정해협』, 『한국문학전집 13』, 민중서관, 1959.

황동하, 「일제식민지시대(1920년~1937년) 지식인에 비친 러시아혁명 – 대중적으로 유통된 합법잡지를 중심으로」, 『서양사론』 102, 2009.

_____, 「식민지 조선의 백계 러시아인 사회」, 『향토서울』 83, 2013.

황선미, 「중국에서의 일본 '新村主義' 수용과 영향」, 『중국소설논총』 46, 2015.

황중엽, 『시작과 진실: 배신적 혁명』, 진성당, 1947.

황지영, 『1910년대 잡지의 특성과 유학생 글쓰기: 『학지광』을 중심으로』, 연세대학교 석사학위논문, 2010.

『순성 진학문 추모문집』, 순성추모문집발간위원회, 1975.

『신여성: 매체로 본 근대 여성 풍속사』, 연구공간 수유+너머 근대매체연구팀, 한겨레신문사, 2005.

「피득대제전」, 조종관 역, 『공수학보』(1907), 『아단문고 미공개 자료 총서』, 2012.

『태서명작단편집』, 변영로 역, 경성: 조선도서, 1924.

『1920년대 수필집』, 평양: 문학예술종합출판사, 2001.

러시아어

Андерсон, Л. Н. А помнишь тот закат у моря? // Валерий Янковский: биобиблиографический сборник. Владивосток, 2010.

Бердяев, Н. А. Миросозерцание Достоевского. YMCA-Press, 1968.

Вада Х. Россия как проблема всемирной истории. М., 1999.

Волков, С. В. К вопросу о руссокй эмиграции в Корее в начале 20-х годов // Российское корееведение. Вып. 2. 2001.

Гинце, М. М. Новина и Лукоморье: поместья семьи Янковских в Корее // Русская Атлантида, 2004: 13-15.

Гончаров, И. А. Собрание сочинений в 8-и томах. М., 1977-1980.

Достоевский, Ф. М., Полное собрание сочинений в 30-ти томах. Л., 1972-1990.

Иванова, В. И. Л. Н. Толстой в Корее: *Власть тьмы* на корейском языке // Русская классика в странах востока. СПб., 1982.

Ким, Р. ред. Лев Толстой и литературы Востока. М., 2000.

Киносита, Т. Антропология и поэтика творчества Ф. М. Достоевского. Санкт-Петербург, 2005.

Кушнарева Т. Янковские: Записки клуба 'Родовед'. Владивосток, 2008.

Ланьков А. Н. Русский Сеул: 1917-1945 // http://www.russkie.org.

Лу Синь. Собрание сочинений. М., 1954-1956.

Луначарский, А. В. Собрание сочинений в восьми томах. М., 1967.

Мамонов, А. И. Пушкин в Японии. М., 1984.

Мережковский, Д. С. Полное собрание сочинений в 24 томах. 1914.

Мидзутани, К. А. С. Пушкин в Ниппон. Харбин, 1937.

Нарская, В. Страна утренняго покоя (Корея). СПб., 1910.

Савада, К. И. С. Тургенев в Японии // Русская литература. No. 4. 1999.

Симбирцева Т. М. Семья Янковских в истории Приморья и русско-корейских отношений
        // Коре Сарам, http://koryo-saram.ru.

Тименчик, Р. Д. Автометаописание у Ахматовой // Russian Literature. No. 10-11. 1975.

Тургенев, И. С. Полное собрание сочинений и писем в 30-и томах. М.-Л., 1960-1968.

Хохлов, А. Н. Первый преподаватель русского языка Н. Н. Бирюков // Проблемы
        Дальнего Востока. No. 2. 2008.

Чень, Синьюй. О роли и влиянии Достоевского в Китае // Достоевский: Материалы и
        исследования. No. 20. 2013.

Чиркин, С. В. Двадцать лет службы на Востоке: записки царского дипломата. М., 2006.

Шнейдер, М. Е. Русская классика в Китае. М., 1977.

Янковская, В. Ю. Это была в Корее..., Novina, 1935.

_____. По странам рассеяния, NY., 1976.

Янковский, В. Ю. В поисках женьшеня: Рассказы. Ярославль,1972.

_____. Потомки Нэнуни: повесть и рассказы. М., 1986.

_____. Русская классика и японская литература. М., 1987.

_____. Долгое возвращение: Автобиографическая повесть, Ярославль, 1991.

_____. Новина: Рассказы и были. Золотые ворота, 1995.

_____. От гроба господня до гроба ГУЛАГА: Быль. Ковров, 2000.

_____. Novina. Восточная коллекция. 2002, No.3, 10, с. 119-133.

_____ et als. Корея. Янковским: Творческая сага. Владимир. 2003.

Berdyaev, N. A. *The Origin of Russian Communism*, Univ. of Michigan Press, 1960.

Berton, P. et als. *Japanese Training and Research in the Russian Field*, LA, 1956.

Bloom, H. *The Anxiety of Influence: A Theory of Poetry*, Oxford Univ. Press, 1973.

Brynner, R. *Empire & Odyssey: The Brynners in Far East Russia and Beyond*, Steerforth, 2006.

Carrier, J. G. "Occidentalism: the world turned upside-down," *American Ethnologist*, Vol. 19: 2, May. 1992.

Clark, D. N. "Vanished Exiles: The Prewar Russian Community in Korea," in Dae-Sook Suh ed. *Korean Studies: New Pacific Currents*, University of Hawaii Press, 1994.

_____. *Living Dangerously in Korea*, Eastbridge, 2003

Clark, K. *The Soviet Novel: History as Ritual*, Indiana Univ. Press, 1981.

Dobrenko, E. A. "The Labor of Joy: Soviet Culture and the Production of Exultant Masses," *Socialist Realisms: Soviet Painting 1920-1970*, SKIRA, 2012.

_____. & Balina M. eds. *Petrified Utopia: Happiness Soviet Style*, Anthem Press, 2009.

Figes, O. *Revolutionary Russia: 1891-1991. A History*, Metropolitan Books, 2014.

Gamsa, M. *The Reading of Russian Literature in China: A Moral Example and Manual of Practice*, Palgrave, 2010.

Gide, A. *Afterthoughts on the USSR*, D. Bussy trans., Dial Press, 1938.

_____. *Return from the USSR*, D. Bussy trans., Alfred A. Knopf, 1937.

Hollander, P. *Political Pilgrims: Travels of Western Intellectuals to the Soviet Union, China, and Cuba 1928-1979*, Oxford Univ. Press, 1981.

Hughes, J. *Stalin, Siberia and the Crisis of the NEP*, Cambridge Univ. Press, 1991

Kaye, P. *Dostoevsky and English Modernism, 1900-1930*, Cambridge Univ. Press, 1999.

Keene, D. *The First Modern Japanese: The Life of Ishigawa Takuboku*, Columbia University Press, 2016.

Kropotkin, P. A. *Ideals and Realities in Russian Literature*, Alfred A. Knopf, 1919.

Lacan, J. "The Mirror Stage as Formative of the Function of the I," *Écrits: A Selection*, Norton, 1977.

LaMarre, T. *Shadows on the Screen*, University of Michigan Press, 2005.

Löwy, M. "Marxism and Revolutionary Romanticism," *On Changing the World*, Haymarket Books, 1993.

Margalit A. & Buruma I. *Occidentalism: the West in the Eyes of its Enemies*, Penguin Books, 2004.

Ning, W. "Orientalism vs. Occidentalism?," *New Literary History*, Vol. 28:1, 1997.

Nobori, S. "Russian literature and Japanese literature", P. Berton et als. ed. & trans. *The Russian*

Impact on Japan, University of Southern California Press, 1981.

Numano, M., "Haruki vs. Karamazov: The Influence of the Great Russian Literature on Contemporary Japanese Writers," *Реникса*, Vol. 3, 2012.

Raeff, M. *Russia Abroad: A Cultural History of Russian Emigration, 1919-1939*, Oxford Univ. Press, 1990.

Rimer, J. T. ed. *A Hidden Fire: Russian and Japanese Cultural Encounters, 1868-1926*, Stanford Univ. Press, 1995.

Said, E. *Orientalism*, Pantheon Books, 1978.

Scanlan, J. P. ed. *Russian Thought after Communism: the Recovery of a Philosophical Heritage*, Routledge, 1994.

Sheridan, A. *André Gide: A Life in the Present*, Harvard University Press, 1999.

Slezkind, Y. & Diment, G. eds. *Between Heaven and Hell: The Myth of Siberia in Russian Culture*, Palgrave, 1993.

Taylor, M. L. *The Tiger's Claw*, Burke, 1956.

Tsuruta, K. "Tanizaki Jun'ichirō's Pilgrimage and Return," *Comparative Literature Studies*, Vol. 37: 2, East-West Issue, 2000.

Venn, C. *Occidentalism: Modernity and Subjectivity*, SAGE Publications, 2000.

Yokota-Murakami, T. "The Sexual Body in Exile: The Somatic Politics of the (White) Russian and Russian Jews in Manchuria and Japan," *Revue Canadienne de Littérature Comparée*, Vol. 41:1, 2014.

기타

Koyama-Richard, B. *Tolstoï et le Japon*, Publications orientalistes de France, 1990.

Le Clézio, J-M. G. "Dans la forêt des paradoxes," nobelprize.org/nobel_prizes/literature/ laureates/2008/clezio-lecture_en.html.

谷崎潤一郎,『谷崎潤一郎全集』, 中央公論社, 1981.

大村益夫,『韓國近代文學と日本』, 緑蔭書房, 2003.

野中政孝,『東京外国語大学史』, 不二出版, 1999.

早稲田大學出版部,『早稲田大學百年史』, 早稲田大學出版部, 1990.

和田春樹,『ロシアと日本』, 藤原影 編, 彩流社, 1985.

찾아보기

시베리아의 향수
근대 한국과 러시아 문학, 1896-1946

1판 1쇄 발행일 2017년 10월 31일
1판 2쇄 발행일 2017년 12월 15일

지은이 | 김진영
펴낸이 | 이나무
펴낸곳 | 이숲
등록 | 2008년 3월 28일 제301-2008-086호
주소 | 서울시 중구 장충단로8가길 2-1(장충동 1가 38-70)
전화 | 2235-5580
팩스 | 6442-5581
홈페이지 | http://www.esoope.com
페이스북 | http://www.facebook.com/EsoopPublishing
Email | esoope@naver.com
ISBN | 979-11-86921-50-0 93890
ⓒ 이숲, 2017, printed in Korea.

▶ 이 도서의 국립중앙도서관 출판시도서목록(CIP)은 e-CIP홈페이지(http://www.nl.go.
kr/ecip)와 국가자료공동목록시스템 (http://www.nl.go.kr/kolisnet)에서 이용하실 수 있
습니다.(CIP제어번호 : CIP2017024589)